绣像本古典小说名著

阅微草堂笔记

[清]纪昀　著

沈清山　注

长江出版传媒｜崇 文 书 局

图书在版编目（CIP）数据

阅微草堂笔记 /（清）纪昀著 ；沈清山注. -- 武汉：崇文书局，2018.7（2021.8 重印）
（绣像本古典小说名著）
ISBN 978-7-5403-5065-9

Ⅰ. ①阅… Ⅱ. ①纪… ②沈… Ⅲ. ①笔记小说一小说集一中国一清代 Ⅳ. ① I242.1

中国版本图书馆 CIP 数据核字（2018）第 135423 号

阅微草堂笔记

丛书统筹 郑小华
责任编辑 张 弛
封面设计 甘淑媛
责任校对 董 颖
责任印制 李佳超
出版发行 长江出版传媒 | 崇文书局
地 址 武汉市雄楚大街 268 号 C 座 11 层
电 话 (027)87680797 邮政编码 430070
印 刷 湖北画中画印刷有限公司
开 本 640mm×970mm 1/16
印 张 37
字 数 600 千
版 次 2018 年 7 月第 1 版
印 次 2021 年 8 月第 2 次印刷
定 价 68.00 元

前 言

《阅微草堂笔记》是继《聊斋志异》之后又一部重要的文言小说集，它打破了《聊斋志异》在清代文言小说领域“一统天下”的局面。自此，两种不同类型的文言小说作品，有如双峰对峙，两水分流，自成流派，各极其盛。

一 纪昀的小说观念

纪昀(1724—1805)，字晓岚，又字春帆，号观弈道人、孤石老人、石云，谥号文达，直隶河间府献县(今属河北沧县)人。父亲纪容舒是康熙朝举人，历任户部、刑部属官，外放云南姚安府知府，后升任礼部尚书，《阅微草堂笔记》中的“姚安公”即是他。纪昀生于官宦家庭，得到良好的培养。自幼聪明，能一目十行，过目成诵，更有夜间清晰见物的特异功能。十五岁，受业于名儒董邦达。二十四岁应顺天府乡试，考取第一，解元夺魁。后两次会试落第。三十一岁中进士，入翰林院为庶吉士。历任侍读学士、学政、知府等。乾隆三十三年(1768)，因姻亲两淮盐运使卢见曾罹法，纪昀为其通风报信而获罪，谪戍乌鲁木齐三年，四十八岁遇赦返京。乾隆三十八年(1773)，纪昀五十岁，开始任《四库全书》总纂官，“始终其事，十有馀年”，是其一生最重要的事业。他主纂的《四库全书总目提要》具有极高的学术价值。后累官至礼部尚书、协办大学士。八十二岁卒于京师。纪昀学问渊博，长于考证训诂。

纪昀创作《阅微草堂笔记》，是有意与《聊斋志异》立异的。盛时彦《姑妄听之跋》引述纪昀语曰：“《聊斋志异》盛行一时，然才子之笔，非著书者之笔也。……今一书而兼二体，所未解也。小说既述见闻，即属叙事，不比戏场关目，随意装点。……今燕昵之词、媟狎之态，细微曲折，摹绘如生。使出自言，似无此理；使出作者代言，则何从而闻见之？又所未解也。留仙之才，余诚莫逮其万一；惟此二事，则夏虫不免疑冰。”这表明他不赞成《聊斋志异》“用传奇法，而以志怪”的叙事体例；主张“文章流别，各有体裁”，小说创作，应揆情度理，直录其事，“简淡数言，自然妙远”。纪昀坚持目录学意义上的小说观念，这从他主编《四库全书总目提要》对“小说”所做的分类上可以看得出来。

明以前，关于目录学意义上的“小说”的归属问题，主要存在“子部说”和“史部说”的分歧。东汉班固《汉书·艺文志》把“小说”附于诸子“九家”（法、名、儒、墨、道、阴阳、纵横、杂、农）的骥尾，是由于它秉赋有与诸子相同的素质，即“以议论为宗”。《隋书·经籍志·小说家》也说：“儒、道、小说，圣人之教也，而有所偏”，“合而叙之”，“谓之子部”。与子部的特征形成对照，史部的标志在于“以叙事为宗”。但唐代的刘知几注意到一个事实：子书与史书并没有逾越不了的界限。将“小说”划入子部或史部，都有一定的事实依据。但“子部说”与“史部说”的对峙并存，却导致了学术思想的混乱。

作为四库全书的总纂官，纪昀无法回避这一挑战。因为“小说”也是四部中的一员，他必须为之安排一个合适的位置，并使“小说”的各成员之间关系协调。纪昀选择了“子部说”。但这已不是原生态的“子部”理论，而是吸取了“史部说”的合理内核，并尊重“小说”创作的实际情形，以叙述性作为“小说”的基石。因此，他关于“小说”的分类就比胡应麟整洁：“其一叙述杂事，其一记录异闻，其一缀辑琐语。”这三类，“校以胡应麟之所分，实止两类，前一即杂录，后二即志怪，第析叙事有条贯者为异闻，钞录细碎者为琐语而已。传奇不著录；丛谈辩订箴规三类则多改隶于杂家，小说范围，至是乃稍整洁矣。”（《中国小说史略》第一篇《史家对于小说之著录及论述》）

既以叙述性作为“小说”的基石，又将“小说”归入“子部”，两者结合，才能说明纪昀的小说观念：小说必须重视叙述（包括叙事），其叙事内容允许一定程度的虚构，并且负有“议”即论事说理的责任。他的《阅微草堂笔记》是其小说观念的具体贯彻，表现出和《聊斋志异》所代表的传奇小说显然不同的风貌。

二 《阅微草堂笔记》与子部小说的文类特征

《阅微草堂笔记》所体现的子部小说的文类特征，需要在与传奇小说的比较中加以说明。

关于子部小说与传奇小说写作立场的差异，盛时彦《阅微草堂笔记序》作了强烈暗示：“河间先生以学问文章负天下重望，而天性孤直，不喜以心性空谈标榜门户；亦不喜才人放诞诗社酒社，夸名士风流。是以退食之馀，惟耽怀典籍；老而懒于考索，乃采掇异闻，时作笔记，以寄所欲言。《滦阳消夏录》等五书，俶诡奇谲，无所不载；洸洋恣肆，无所不言。而大旨要归于醇正，欲使人知所劝惩。故诲淫导欲之书，以佳人才子相矜者，虽纸贵一时，终渐归湮没。而先生之书，则梨枣屡镌，久而不厌，是则华实不同之明验矣。”盛时彦所说的“诲淫导欲之书，以佳人才子相矜者”，其主体即自中唐开始兴盛的传奇小说。

唐人传奇是在德宗至宪宗朝发展到鼎盛阶段的，其基本特征之一便是“才子佳人”题材的作品骤然勃兴。在唐人传奇之后，宋、明传奇小说，包括清代的《聊斋志异》，也一以贯之地以“风流”故事为主体。如何解读传奇小说中的才子佳人题材作品，见仁见智，大概很难统一。作为学者的纪昀，他对传奇小说的解读深入准确，在某些层面上甚至为现当代学术界所不及。比如《阅微草堂笔记》卷九载：

林塘知其异人，因问以神仙感遇之事。僧曰：“古来传记所载，有寓言者，有托名者，有借抒恩怨者，有喜谈诙诡以诧异闻者，有点缀风流以为佳话，有本无所取而寄情绮语，如诗人之拟艳词者；大都伪者十八九，真者十一二。此一二真者，又大都皆才鬼灵狐，花妖木魅，而无一神仙。其称神仙必诡词。夫神正直而聪明，仙冲虚而清静，岂有名列丹台，身依紫府，复有荡姬佚女，参杂其间，动入桑中之会哉？”林塘叹其精识，为古所未闻。

中国古代的神仙感遇故事，先是存在于辞赋中，如宋玉《神女赋》、曹植《洛神赋》，接着出现于志怪小说中，如《搜神记》卷一的《董永》、《杜兰香》、《弦超》，然后在唐人传奇中蔚为大观，如《玄怪录·崔书生》、《传奇·裴航》等。这些感遇故事，“伪者十八九”，占去了绝大部分。

从表达知己之感的角度看，蒲松龄的才子佳人题材小说有一个显著特点，即：在《聊斋志异》中，纯真美丽的女性是衡量男子价值的重要尺度，只有“绝慧”、“工诗”而又怀才不遇的“狂生”才有可能得到少女们的青睐。这样的情节安排，显然意在对作家自我的才情在虚构的故事中予以认可，以补偿他在现实生活中失去的一切。对《聊斋志异》这类旨在“寄怀”的作品，如同对于唐人传奇中的“神仙感遇”之作一样，纪昀一方面注意到其“寓言”意味，小说的存在具有学理上的合理性，另一方面，他更注意一部分读者可能误读，其结果是将“寓言”“见诸实事”。《阅微草堂笔记》中的若干作品便是针对“《聊斋志异》贻误读者”这一事实而写的，如卷十三的一则：

董秋原言：东昌一书生，夜行郊外。忽见甲第甚宏壮，私念此某氏墓，安有是宅，殆狐魅所化欤？稔闻《聊斋志异》青凤、水仙诸事，冀有所遇，踯躅不行。俄有车马从西来，服饰甚华，一中年妇揭帏指生曰："此郎即大佳，可延入。"生视车后一幼女，妙丽如神仙，大喜过望。既入门，即有二婢出邀。生既审为狐，不问氏族，随之入。亦不见主人出，但供张甚盛，饮馔丰美而已。生候合卺，心摇摇如悬旌。至夕，箫鼓喧闻，一老翁搴帘揖曰："新婿入赘，已到门。先生文士，定习婚仪，敢屈为傧相，三党有光。"生大失望，然原未议婚，无可复语；又饫其酒食，难以遽辞。草草为成礼，不别而归。家人以失生一昼夜，方四出觅访。生愤愤道所遇，闻者莫不拊掌曰："非狐戏君，乃君自戏也。"

与"东昌一书生"相辅相成的故事在《阅微草堂笔记》中还有几则。如卷十六："闻有少年随塾师读书山寺。相传寺楼有魅，时出媚人。私念狐女必绝艳，每夕诣楼外，祷以媟词，冀有所遇。"结果遭到狐的陷害。卷十七："狐魅，人之所畏也，而有罗生者，读小说杂记，稔闻狐女之姣丽，恨不一遇。近郊古冢，人云有狐，又云时或有人与狎昵。乃诣其窟穴，具贽币牲醴，投书求婚姻，且云或香闺娇女，并已乘龙，或鄙弃樗材，不堪倚玉，则乞赐一艳婢，用充贵媵，衔感亦均。"结果为狐所蛊惑，"家为之凋，体亦为之敝"。某"少年"、罗生和"东昌一书生"，他们与毕怡庵(《聊斋志异·狐梦》)一样，都沉溺在对艳遇的渴望中。不过结局迥然相异：毕怡庵如愿以偿，"东昌书生"大失所望，某"少年"和罗生食的却是苦果。纪昀反仿《青凤》、《狐梦》一类作品，旨在调侃《聊斋志异》对艳遇故事的热衷，并借以消解其负面的社会影响。这体现了子部小说家注重"淑世"的写作立场。

在叙事准则的选择上，纪昀也一以贯之地保持了与传奇小说的距离和差异。他所关注的叙事准则，包括虚构限度、叙述手段和叙事风度等方面。

关于虚构限度，纪昀认为，传奇小说中存在大量"欲神其说，不必实有是事"的虚构。这类虚构在传奇小说中具有体裁的合理性，但就虚构逻辑而言，却属于不合情理的过度虚构。例如唐代李公佐的传奇小说《谢小娥传》，写谢小娥之父与夫往来江湖做买卖，被强盗杀害。小娥访得凶手，受雇为役，伺机杀死了两个仇人，并报官府尽收其馀党。在小说中，作者有意留下虚构的痕迹，比如谢小娥的父亲和丈夫被申春、申兰劫杀，他们向谢小娥托梦，理当直接点出申春、申兰的名字，可是他们偏不，而用"田中走，一日夫"隐申春，以"车中猴，东门草"隐申兰，以至于小娥好些年也弄不清仇人是谁。这显然不合情理。纪昀批评李公佐所设计的谢小娥之梦，是因为在他看来，李公佐未免好奇过甚。纪昀创作《阅微草堂笔记》，即格外注意把握虚构限度。《阅微草堂笔记》卷七提出一个观点："余尝谓小说载异物能文翰者，惟鬼与狐差可信，鬼本人，狐近于人也。其他草木鸟兽，何自知声病。至于浑家门客并苍蝇草帚亦俱能诗，即属寓言，亦不应荒诞至此。"

关于叙述手段的选择，我们的意思是：无论是子部小说还是传奇小说，它们都离不开叙述，但子部小说的叙述服务于"论"，而传奇小说的叙述旨在创造引人入胜的故事、情境或氛围。这种体裁宗旨的不同有可能影响叙述者对叙述手段的选择。比如，以《阅微草堂笔记》和传奇小说相比，传奇小说无疑更注重诱发读者的悬念，而《阅微草堂笔记》往往依次道来，平铺直叙。纪昀的目的不是讲述一个扣人心弦的故事，他更关注对哲理、知识的说明。

《阅微草堂笔记》卷十载：

> 至危至急之地，或忽出奇焉；无理无情之事，或别有故焉。破格而为之，不能胶柱而断之也。吾乡一媪，无故率媪姬数十人，突至邻村一家，排闼强劫其女去。以为寻衅，则素不往来；以为夺婚，则媪又无子。乡党骇异，莫解其由。女家讼于官，官出牒拘摄，媪已携女先逃，不能踪迹，同行婢媪，亦四散逋亡。累继多人，辗转推鞫，始有一人吐实，曰："媪一子，病瘵垂殁，媪抚之恸曰：'汝死自命，惜哉不留一孙，使祖父竟为馁鬼也。'子呻吟曰：'孙不可必得，然有望焉。吾与某氏女私昵，孕八月矣，但恐产必见杀耶。'子殁后，媪咄咄独语十馀日，突有此举，殆劫女以全其胎耳。"官怃然曰："然则是不必缉，过两三月自返耳。"届期果抱孙自首。官无如之何，仅断以不应重律，拟杖纳赎而已。此事如兔起鹘落，少纵即逝。此媪亦捷疾若神矣。
>
> 安静涵言：其携女宵遁时，以三车载婢媪，与己分四路行，故莫测所在。又不遵官路，横斜曲折，歧复有歧，故莫知所向。且晓行夜宿，不淹留一日，俟分娩乃税宅，故莫迹所居停。其心计尤周密也。女归，为父母所弃，遂偕媪抚孤，竟不再嫁。以其初涉溱洧，故旌典不及，今亦不著其氏族焉。

就实质而言，这是一个公案故事，涉及到作案和破案等程序。公案故事通常伴随着悬念迭出的情节，这一则也不例外。但纪昀所采用的叙述方式却提示读者：他更关注的是故事所体现的哲理而不是故事本身的传奇性。其叙述方式有这样几点值得注意：以"论"带"叙"，"论"构成作品的第一重心；采用全知叙事，以加快信息的释放。可以这样认为："至危至急之地，或忽出奇焉；无理无情之事，或别有故焉"的见解本身需要有"至危至急之地"、"无理无情之事”与之呼应，否则，论点就缺乏必要的论据。论点的特殊性决定了论据的特殊性。所以，纪昀虽然不能消除故事本身所具有的传奇性，却在力所能及的范围内淡化而不是强化这种传奇性。如果因为这则故事而误以为纪昀对悬念情有所钟，其把握文本的能力是会受到质疑的。

关于叙述风度，纪昀《阅微草堂笔记》卷十八描述过“才子之笔，务殚心巧；飞仙之笔，妙出天然”的境界。在他看来，所谓“天然”，即“如春云出岫，疏疏密密，意态自然，无杈桠怒张之状”，“如空江秋净，烟水渺然，老鹤长唳，清飙远引，亦消尽纵横之气”。卷二四又特别倡导“无笔墨之痕”而反对“努力出棱，有心作态”。《聊斋志异》正是纪昀所谓“才子之笔”，因此“纵横之气”、“务殚心巧”、“努力出棱，有心作态”，可以视为他对传奇小说的批评；而“妙出天然”、“意态自然”、“无笔墨之痕”则可看做纪昀理想的子部小说风范。如果不把纪昀的意见当成价值判断，我们确实可以由此出发，去理解传奇小说与子部小说叙事风度的区别。

冯镇峦《读聊斋杂说》曾就《聊斋志异》与《阅微草堂笔记》作过一番比较，其论述涉及到“著书者之笔”与“才子之笔”叙述风度的差异：“《聊斋》以传记体叙小说之事，仿《史》、《汉》遗法，一书兼二体，弊实有之，然非此精神不出，所以通人爱之，俗人亦爱之，竟传矣。虽有乖体例可也。纪公《阅微草堂四种》，颇无二者之病。然文字力量精神，别是一种，其生趣不逮也。”“文有设身处地法。昔赵松雪好画马，晚更入妙，每欲构思，便于密室解衣踞地，先学为马，然后命笔。一日管夫人来，见赵宛然马也。又苏诗《题画雁》云：‘野雁见人时，未起意先改。君从何处看，得此无人态？’此文家运思入微之妙，即所谓设身处地法也。聊斋处处以此会之。”冯镇峦所揭示的是两种艺术精神的差异。传奇小说家在时间和空间上强调现场感，而子部小说家则强调非现场感。强调现场感，故作者设身处地去体验描写对象并将体验形之笔墨；强调非现场感，故常用转述和回忆的口吻，用笔不能太细，因为他假定读者会提出下述质询：你是如何知道的？这种现场感和非现场感的区别，与子部小说和传奇小说的旨趣不同有关。子部小说和传奇小说虽然都不免采用叙述手段，但子部小说的宗旨是阐发思想和知识，一切多馀的辞藻都用不上；传奇小说在注重藻饰方面近于集部的辞章，色彩斑斓的想象需要色彩斑斓的描绘与之匹配。

综上所述，《阅微草堂笔记》在题旨上注重事理的揭示，在叙事准则上反对过度虚构，风格简淡，回避现场感，它所体现的子部小说的文类特征是鲜明而系统的。由此看来，读《阅微草堂笔记》，不仅可以了解子部小说，也有助于了解传奇小说。

三 《阅微草堂笔记》中的狐鬼

《阅微草堂笔记》中涉及狐鬼的作品，与《聊斋志异》相比，其主要不同在于：在《聊斋志异》中，狐鬼通常是事件的当事人，其悲、欢、穷、通构成缠绵悱恻的情节；而《阅微草堂笔记》中的狐鬼，并不以自身的悲、欢、穷、通感染读者，它们或作为旁观者悠然地打量着人类，一旦发现某一个人或某一群人做了什么不太光明磊落的事，便揭开其真相，以引起读者快意的大笑，或作为纪昀的代言人，有时谈文业，有时讥道学，不仅风度儒雅，且多卓见胜解。由于狐鬼的无所不可往、无所不可在的灵性，所以纪昀能游刃有余地创造一个充满幽默、充满睿智的文本。这些地方，很能见出纪昀的个性。

纪晓岚的朋友钱陈群(1686—1774)，字主敬，号香树，又号柘南居士，嘉兴人。康熙进士，雍正、乾隆间久值南书房，充经筵讲官，乾隆曾和他一起考论古今，称为故人。官至刑部左侍郎，以疾罢归，乾隆常寄诗相与唱和，与沈德潜并称"东南二老"，卒谥文端。纪晓岚督学福建，途经嘉兴，专程拜访过他。乾隆三十二年(1767)，四十四岁的纪晓岚服阕赴京，因旧第未赎，一度借居钱在京故宅，并与宅中雅狐结下笔墨因缘。《阅微草堂笔记》卷三记述这一因缘说：

> 丁亥春，余携家至京师。因虎坊桥旧宅未赎，权住钱香树先生空宅中。云楼上亦有狐居，但扃锁杂物，人不轻上。余戏粘一诗于壁曰："草草移家偶遇君，一楼上下且平分。耽诗自是书生癖，彻夜吟哦莫厌闻。"一日，姬人启锁取物，急呼怪事。余走视之，则地板尘上，满画荷花，茎叶筠亭，具有笔致。因以纸笔置几上，又粘一诗于壁曰："仙人果是好楼居，文采风流我不如。新得吴笺三十幅，可能一一画芙蕖？"阅数日启视，竟不举笔。以告裘文达公，公笑曰："钱香树家狐，固应稍雅。"

这是写狐的雅，更是写人的雅。这种雅狐，与《聊斋志异》中的多情之狐，给人的感觉是大不一样的。

与雅狐的形象相映生辉，《阅微草堂笔记》的鬼，也不同寻常，时有睿智过人之论。例如卷十四的一则所记：

> 有韩生者，丁卯夏读书山中。窗外为悬崖，崖下为涧。涧绝陡，两岸虽近，然可望而不可至也。月明之夕，每见对岸有人影，虽知为鬼，度

其不能越，亦不甚怖。久而见惯，试呼与语。亦响应，自言是坠涧鬼，在此待替。戏以馀酒，凭窗洒涧内，鬼下就饮，亦极感谢。自此遂为谈友，诵肄之暇，颇消岑寂。

一日试问："人言鬼前知。吾今岁应举，汝知我得失否？"鬼曰："神不检籍，亦不能前知，何况于鬼？鬼但能以阳气之盛衰，知人年运；以神光之明晦，知人邪正耳。若夫禄命，则冥官执役之鬼，或旁窥窃听而知之；城市之鬼，或辗转相传而闻之；山野之鬼弗能也。城市之中，亦必捷巧之鬼乃闻之，钝鬼亦弗能也。譬君静坐此山，即官府之事不得知，况朝廷之机密乎！"一夕，闻隔涧呼曰："与君送喜。顷城隍巡山，与社公相语，似言今科解元是君也。"生亦窃自贺。及榜发，解元乃韩作霖，鬼但闻其姓同耳。生太息曰："乡中人传官里事，果若斯乎！"

鬼是中国古代志怪小说中常见的主角之一。魏晋南北朝的干宝、刘义庆等均对之有过浓墨重彩的描绘。在他们笔下，鬼有几桩人所不具的能耐，能前知（事先知道）即是其一。刘义庆《幽冥录》中的"王彪之"一则，写王彪之母预先知道了未来三年的事情，帮助儿子避免了"奇厄"，就是鬼能前知的证明。但纪昀认为，这种想象与情理不合，于是他写了"有韩生者"这个高度喜剧化的故事。韩生以为鬼能前知，故请它预测吉凶；这山野之鬼不仅诚实地表明自己无此能耐，还把它无此能耐的理由说得一清二楚。这些理由，当然是纪昀借鬼的口说出来的。后来鬼偶然听到城隍与社公的对话，得悉今科解元姓韩，遂向韩生道喜，谁知如同乡下人传官里事，差了一大截。纪昀借这个故事，既风趣地证明了鬼前知的说法不合情理，又意味深长地表达了小道消息不可信的道理。由此可见，《阅微草堂笔记》确乎是一部阐述事理的书，而其魅力在于，他说得幽默，说得睿智，在给人启迪的同时，还让读者享受到了阅读的乐趣。

《阅微草堂笔记》的狐鬼，丰富多彩，与《聊斋志异》中的狐鬼大为不同而又相映生辉。

教育部长江学者特聘教授
武汉大学文学院教授、博士生导师　陈文新

原序

文以载道，儒者无不能言之。夫道岂深隐莫测，秘密不传，如佛家之心印，道家之口诀哉？万事当然之理，是即道矣。故道在天地，如汞泻地，颗颗皆圆；如月映水，处处皆见。大至于治国平天下，小至于一事一物、一动一言，无乎不在焉。文，其道之一端也。文之大者为六经，固道所寄矣；降而为列朝之史，降而为诸子之书，降而为百氏之集，是又文中之一端，其言皆足以明道；再降而稗官小说，似无与于道矣，然《汉书·艺文志》列为一家，历代书目亦皆著录，岂非以荒诞悖妄者？虽不足数，其近于正者，于人心世道亦未尝无所裨欤！

河间先生以学问文章负天下重望，而天性孤直，不喜以心性空谈标榜门户；亦不喜才人放诞诗社酒社，夸名士风流。是以退食之馀，惟耽怀典籍；老而懒于考索，乃采掇异闻，时作笔记，以寄所欲言。《滦阳消夏录》等五书，俶诡奇谲，无所不载；洸洋恣肆，无所不言。而大旨要归于醇正，欲使人知所劝惩。故诲淫导欲之书，以佳人才子相矜者，虽纸贵一时，终渐归湮没。而先生之书，则梨枣屡镌，久而不厌，是则华实不同之明验矣。顾翻刻者众，讹误实繁，且有妄为标目，如明人之刻《冷斋夜话》者，读者病焉。

时彦夙从先生游，尝刻先生《姑妄听之》，附跋书尾，先生颇以为知言。迩来诸板益漫漶，乃请于先生，合五书为一编，而仍各存其原第；篝灯手校，不敢惮劳。又请先生检视一过，然后摹印。虽先生之著作不必借此刻以传，然鱼、鲁之舛差稀，于先生教世之本志，或亦不无小补云尔。

嘉庆庚申八月，门人北平盛时彦谨序。

郑 序

河间纪文达公，久在馆阁，鸿文巨制，称一代手笔。或言公喜诙谐，嬉笑怒骂，皆成文章。今观公所著笔记，词意忠厚，体例谨严，而大旨悉归劝惩，殆所谓是非不谬于圣人者与！虽小说，犹正史也。公自云："不颠倒是非如《碧云騢》，不怀挟恩怨如《周秦行纪》，不描摹才子佳人如《会真记》，不绘画横陈如《秘辛》，冀不见摈于君子。"盖犹公之谦词耳。公之孙树馥，来宦岭南。从索是书者众，因重锓板。树馥醇谨有学识，能其官，不堕其家风云。

道光十五年乙未春日，龙溪郑开禧识。

目录

卷二 滦阳消夏录二

卷三 滦阳消夏录三

卷四 滦阳消夏录四

卷五　滦阳消夏录五

卷六 滦阳消夏录六

卷七　如是我闻一

卷八 如是我闻二

卷九　如是我闻三

卷十　如是我闻四

卷十一 槐西杂志一

卷十二　槐西杂志二

卷十三　槐西杂志三

卷十四　槐西杂志四

卷十五　姑妄听之一

卷十六 姑妄听之二

卷十七　姑妄听之三

卷十八　姑妄听之四

卷十九　滦阳续录一

卷二十　滦阳续录二

卷二十一 滦阳续录三

卷二十二 滦阳续录四

卷二十三 滦阳续录五

卷二十四 滦阳续录六

附 纪汝佶六则

佛
神
妖
仙女
寿星
怪

士人
商人
道士
僧人

尼姑
小孩
老婦
女人

隐士
渔夫
樵夫
木匠
農人

胡御史
尤物
吕四
劉士玉
任舉

此狐留有餘惜福當如是
周虎
王半仙
農婦
何為陰世重却無利己害人
鄭蘇仙
無雲和尚
官家子婦

莫笑孫醫專用術須知盟術甚於孫
滿腹心事向誰訴數尺銀絲了此身
孫能醫病
王僑自戕
王崑霓
殘照下空山暝色蒼然合
臧官姦僕婦

蕭疎林木高人夢
零落胭脂女子魂
許氏
高士
深山遲見日
古寺早生秋
落魂叩求紙
衣服盡春一
紙衣不信
妖異說

姊妯
妹妹
蝴蝶不知春歸否
祇趁菜花黃處飛
青面鬼
王金英
陰曹勢利殊陽世
不受皇恩也入祠
貪媪
女人

唯受陰譴故頻現像
劉香
節婦
翰林寵婢
十年心事伊誰辨且看宗人瀝血詩
安得此劍斬盡龍陽

舞台新劇當知警个：騷狐是小人
天上人間會於見三寳女
演劇詩奇
夜深月泣
道人幻術

此身非莊周
也能幻蝴蝶
鄭慎人
劉横
乞差救命
巡檢署中一太湖

卷一

滦阳消夏录一

乾隆己酉乾隆五十四年(1789)夏，以编排秘籍，于役滦 luán 阳河北承德的别称。时校理久竟，特督视官吏题签庋 guǐ 放置架而已。昼长无事，追录见闻，忆及即书，都无体例。小说稗官，知无关于著述；街谈巷议，或有益于劝惩。聊付抄胥存之，命曰《滦阳消夏录》云尔。

神　猪

胡御史牧亭言：其里有人畜一猪，见邻叟辄瞋目狂吼，奔突欲噬，见他人则否。邻叟初甚怒之，欲买而啖 dàn 其肉。既而憬然省曰："此殆佛经所谓夙冤耶！世无不可解之冤。"乃以善价赎得，送佛寺为长生猪。后再见之，弭耳昵就，非复曩 nǎng 态原来的样子矣。尝见孙重画伏虎应真即伏虎罗汉，有巴西今川东、鄂西一带李衎题曰："至人骑猛虎，驭之犹骐骥。岂伊本驯良，道力消其鸷凶猛。乃知天地间，有情皆可契。共保金石心，无为多畏忌。"可为此事作解也。

智　狐

沧州刘士玉孝廉明清时对举人的称呼，有书室为狐所据。白昼与人对语，掷瓦石击人，但不睹其形耳。知州平原董思任，良吏也，闻其事，自往驱之。方盛陈人妖异路之理，忽檐际朗言曰："公为官颇爱民，亦不取钱，故我不敢击公。然公爱民乃好名，不取钱乃畏后患耳，故我亦不避公。公休矣，毋多言取困自找麻烦。"董狼狈而归，咄咄不怡者数日。刘一仆妇甚粗蠢，独不畏狐，狐亦不击之。或于对语时，举以问狐。狐曰："彼虽下役，乃真孝妇也。鬼神见之犹敛避，况我曹辈乎！"刘乃令仆妇居此室，狐是日即去。

谐 鬼

爱堂先生言：闻有老学究夜行，忽遇其亡友。学究素刚直，亦不怖畏，问："君何往？"曰："吾为冥吏，至南村有所勾摄，适同路耳。"因并行。至一破屋，鬼曰："此文士庐也。"问何以知之。曰："凡人白昼营营忙碌的样子，性灵汩gǔ没淹没。惟睡时一念不生，元神朗彻，胸中所读之书，字字皆吐光芒，自百窍而出，其状缥缈缤纷，烂如锦绣。学如郑、孔郑玄，汉代经学大师；孔安国，西汉经学家，孔子十一代孙，文如屈、宋、班、马屈原、宋玉、班固、司马迁，前两位是战国时期文学家，后两位是汉代史学家者，上烛霄汉，与星月争辉；次者数丈，次者数尺，以渐而差；极下者亦荧荧如一灯，照映户牖yǒu门窗。人不能见，惟鬼神见之耳。此室上光芒高七八尺，以是而知。"学究问："我读书一生，睡中光芒当几许？"鬼嗫嚅欲言又止的样子良久曰："昨过君塾，君方昼寝。见君胸中高头讲章一部，墨卷五六百篇，经文七八十篇，策略三四十篇，字字化为黑烟，笼罩屋上。诸生诵读之声，如在浓云密雾中。实未见光芒，不敢妄语。"学究怒叱之，鬼大笑而去。

鬼 诗

东光李又聃先生，尝至宛平相国废园中，见廊下有诗二首。其一曰："飒飒西风吹破棂，萧萧秋草满空庭。月光穿漏飞檐角，照见莓苔半壁青。"其一曰："耿耿疏星几点明，银河时有片云行。凭阑坐听谯qiáo楼古代城门上建造的瞭望楼鼓，数到连敲第五声。"墨痕惨淡，殆不类人书。

梦中绝句

董曲江先生，名元度，平原人。乾隆壬申乾隆十七年(1752)进士，入翰林。散馆，改知县，又改教授，移疾旧时官员上书称病，多为居官者求退的婉辞归。少年梦人赠一扇，上有三绝句曰："曾公饮马天池日，文采西园感故知。至竟心情终不改，月明花影上旌旗。""尺五城南并马来，垂杨一例赤鳞开。黄金屈戌门窗、柜子等上的环纽雕胡锦，不信陈王即曹植，魏武帝曹操之子，爵封陈王八斗才。""萧鼓冬冬画烛楼，是谁亲按《小凉州》？春风豆蔻知多少，并作秋江一段愁。"语多难解。后亦卒无征验，莫明其故。

精灵论诗

平定王孝廉执信，尝随父宦huàn做官榆林。夜宿野寺经阁下，闻阁上有人絮语，似是论诗。窃讶此间少文士，那得有此？因谛听仔细听之，终不甚了了。后语声渐出阁廊下，乃稍分明。其一曰："唐彦谦诗格不高，然'禾麻地废生边气，草木春寒起战声'，故是佳句。"其一曰："仆尝有句云：'阴碛日光连雪白，风天沙气入云黄。'非亲至关外，不睹此景。"其一又曰："仆亦有一联云：'山沉边气无情碧，河带寒声亘古秋。'自谓颇肖边城日暮之状。"相与吟赏者久之，寺钟忽动，乃寂无声。天晓起视，则扃jiōng钥尘封大门紧闭，锁上落满灰尘。"山沉边气"一联，后于任总镇遗稿见之。总镇名举，出师金川时，百战阵殁者也。"阴碛"一联，终不知为谁语。即其精灵长在，得与任公同游，亦决非常鬼矣。

无赖吕四

沧州城南上河涯，有无赖吕四，凶横无所不为，人畏如狼虎。一日薄暮，与诸恶少村外纳凉，忽隐隐闻雷声，风雨且至。遥见似一少妇，避入河干古庙中。吕语诸恶少曰："彼可淫也。"时已入夜，阴云黯黑。吕突入掩其口，众共褫chǐ脱去衣沓嬲niǎo。俄电光穿牖，见状貌似是其妻，急释手问之，果不谬。吕大恚huì愤怒，欲提妻掷河中。妻大号曰："汝欲淫人，致人淫我，天理昭然，汝尚欲杀我耶？"吕语塞，急觅衣裤，已随风吹入河流矣。旁皇无计，乃自负裸妇归。云散月明，满村哗笑，争前问状。吕无可置对，竟自投于河。盖其妻归宁，约一月方归。不虞母家遘gòu遇到回禄火灾，无屋可栖，乃先期返。吕不知，而搆此难。后妻梦吕来曰："我业重，当永堕泥犁。缘生前事母尚尽孝，冥官检籍，得受蛇身，今往生矣。汝后夫不久至，善事新姑嫜；阴律不孝罪至重，毋自蹈冥司汤镬也。"至妻再醮jiào指妇女在丈夫死后再婚日，屋角有赤练蛇垂首下视，意似眷眷。妻忆前梦，方举首问之，俄闻门外鼓乐声，蛇于屋上跳掷数四，奋然去。

人狐恋

献县周氏仆周虎，为狐所媚，二十馀年如伉俪。尝语虎曰：“吾炼形已四百馀年，过去生中，于汝有业缘当补，一日不满，即一日不得生天转生天道，即成仙。缘尽，吾当去耳。”一日，辗chǎn笑然自喜，又泫xuàn流泪然自悲，语虎曰：“月之十九日，吾缘尽当别。已为君相一妇，可聘定之。”因出白金付虎，俾bǐ使、让备礼。自是狎昵燕婉，逾于平日，恒形影不离。至十五日，忽晨起告别。虎怪其先期，狐泣曰：“业缘一日不可减，亦一日不可增，惟迟早则随所遇耳。吾留此三日缘，为再一相会地也。”越数年，果再至，欢洽三日而后去。临行呜咽曰：“从此终天诀矣！”陈德音先生曰：“此狐善留其有馀，惜福者当如是。”刘季箴则曰：“三日后终须一别，何必暂留？此狐炼形四百年，尚未到悬崖撒手地位，临事者不当如是。”余谓二公之言，各明一义，各有当也。

狐　友

献县令明晟，应山人。尝欲申雪一冤狱，而虑上官不允，疑惑未决。儒学门斗有王半仙者，与一狐友，言小休咎多有验，遣往问之。狐正色曰：“明公为民父母，但当论其冤不冤，不当问其允不允。独不记制府李公之言乎？”门斗返报，明为悚sǒng然惊悚貌。因言制府李公卫未达时，尝同一道士渡江。适有与舟子争诟者，道士太息曰：“命在须臾，尚较计数文钱耶？”俄其人为帆脚所扫，堕江死。李公心异之。中流风作，舟欲覆。道士禹步诵咒，风止得济。李公再拜谢更生。道士曰：“适堕江者，命也，吾不能救。公贵人也，遇厄得济，亦命也，吾不能不救。何谢焉？”李公又拜曰：“领师此训，吾终身安命矣。”道士曰：“是不尽然。一身之穷达，当安命，不安命则奔竞排轧，无所不至。不知李林甫、秦桧，即不倾陷善类，亦作宰相，徒自增罪案耳。至国计民生之利害，则不可言命。天地之生才，朝廷之设官，所以补救气数也。身握事权，束手而委命，天地何必生此才，朝廷何必设此官乎？晨门掌管城门开闭的人曰：‘是知其不可而为之。’诸葛武侯诸葛亮，谥号忠武侯曰：‘鞠躬尽瘁，死而后已。成败利钝，非所逆睹。’此圣贤立命之学，公其识之。”李公谨受教，拜问姓名。道士曰：“言之恐公骇。”下舟行数十步，翳yì然隐没，藏匿灭迹。昔在会城，李公曾话是事，不识此狐何以得知也。

郑苏仙梦冥府

北村郑苏仙，一日梦至冥府，见阎罗王方录囚。有邻村一媪至殿前，王改容拱手，赐以杯茗，命冥吏速送生善处。郑私叩冥吏曰："此农家老妇，有何功德？"冥吏曰："是媪一生无利己损人心。夫利己之心，虽贤士大夫或不免。然利己者必损人，种种机械，因是而生，种种冤愆，因是而造，甚至贻臭万年，流毒四海，皆此一念为害也。此一村妇而能自制其私心，读书讲学之儒，对之多愧色矣。何怪王之加礼乎？"郑素有心计，闻之惕然而寤wù。郑又言，此媪未至以前，有一官公服昂然入，自称所至但饮一杯水，今无愧鬼神。王哂shěn冷笑，讥笑曰："设官以治民，下至驿丞闸官，皆有利弊之当理。但不要钱即为好官，植木偶于堂，并水不饮，不更胜公乎？"官又辩曰："某虽无功，亦无罪。"王曰："公一生处处求自全，某狱某狱，避嫌疑而不言，非负民乎？某事某事，畏烦重而不举，非负国乎？三载考绩之谓何？无功即有罪矣。"官大踧踖cù jí恭敬而不安的样子，锋棱顿减。王徐顾慢慢回过头笑曰："怪公盛气耳。平心而论，要是三四等好官，来生尚不失冠带。"促命即送转轮王。观此二事，知人心微暖，鬼神皆得而窥，虽贤者一念之私，亦不免于责备。"相在尔室"《诗经·大雅·抑》："相在尔室，尚不愧于屋漏。"意为即使独自一人身处室内时也要光明磊落，不要做有愧于神明的事，其信然乎？

狂电穿人

雍正壬子雍正十年(1732)，有宦家子妇，素无勃谿xī吵架，争斗。这里指婆媳不和状。突狂电穿牖，如火光激射，雷楔贯心而入，洞左胁而出。其夫亦为雷焰燔fán烧焚烧，背到尻kāo屁股皆焦黑，气息仅属。久之乃苏，顾妇尸泣曰："我性刚劲，与母争论或有之，尔不过私诉抑郁，背灯掩泪而已，何雷之误中尔耶？"是未知律重主谋，幽明一也。

无云和尚

无云和尚，不知何许人。康熙中，挂单佛教用语，指行脚僧到寺院投宿河间资胜寺，终日默坐，与语亦不答。一日，忽登禅床，以界尺拍案一声，泊然化去。视案上有偈曰："削发辞家净六尘，自家且了自家身。仁民爱物无穷事，原有周公孔圣人。"佛法近墨战国时墨家学派，主张"兼爱""非攻"，此僧乃近于杨杨朱，先秦哲学家，主张"贵生""重己"。

宁波吴生

宁波吴生，好作北里游寻花问柳的委婉说法。后昵一狐女，时相幽会，然仍出入青楼间。一日狐女请曰："吾能幻化，凡君所眷，吾一见即可肖其貌。君一存想，应念而至，不逾于黄金买笑乎？"试之，果顷刻换形，与真无二。遂不复外出。尝语狐女曰："眠花藉柳，实惬人心。惜是幻化，意中终隔一膜耳。"狐女曰："不然，声色之娱，本电光石火，岂特吾肖某某为幻化，即彼某某亦幻化也。岂特某某为幻化，即妾亦幻化也。即千百年来，名姬艳女，皆幻化也。白杨绿草，黄土青山，何一非古来歌舞之场？握雨携云，与埋香葬玉、别鹤离鸾，一曲伸臂顷耳。中间两美相合，或以时刻计，或以日计，或以月计，或以年计，终有诀别之期。及其诀别，则数十年而散，与片刻暂遇而散者，同一悬崖撒手，转瞬成空。倚翠偎红，不皆恍如春梦乎？即夙契原深，终生聚首，而朱颜不驻，白发已侵，一人之身，非复旧态。则当时黛眉粉颊，亦谓之幻化可矣。何独以妾肖某某为幻化也？"吴洒然一下子，顿时有悟。后数岁，狐女辞去，吴竟绝迹于狎游。

老儒遇鬼

交河及孺爱、青县张文甫，皆老儒也，并授徒于献。尝同步月南村北村之间，去馆稍远，荒原阒qù寂，榛莽翳然草木丛生的样子。张心怖欲返，曰："墟墓间多鬼，曷可久留。"俄一老人扶杖至，揖二人，坐曰："世间安得有鬼，不闻阮瞻魏晋时人，坚持无鬼论之论乎？二君儒者，奈何信释氏释迦牟尼，这里代指佛教之妖妄。"因阐发程朱二气屈伸之理，疏通证明，词条流畅。二人听之，皆首肯，共叹宋儒见理之真，递相酬对，竟忘问姓名。适大车数辆远远至，牛铎铮然。老人振衣急起曰："泉下之人，岑寂久矣。不持无鬼之论，不能留二君作竟夕谈。今将别，谨以实告，毋讶相戏侮也。"俯仰之顷，欻xū然已灭。是间绝少文士，惟董空如先生墓相近，或即其魂欤。

河间唐生

河间唐生，好戏侮。土人至今能道之，所谓唐啸子者是也。有塾师好讲无鬼，尝曰："阮瞻遇鬼，安有是事，僧徒妄造蜚语耳。"唐夜洒土其窗，而呜呜击其户。塾师骇问为谁，则曰："我二气之良能也。"塾师大怖，蒙首股栗，使二弟子守达旦。次日委顿不起。朋友来问，但呻吟曰："有鬼。"既而知唐所为，莫不拊掌。然自是魅大作，抛掷瓦石，摇撼户牖，无虚夕。初尚以为唐再来，细察之，乃真魅。不胜其嬲，竟弃馆而去。盖震惧之后，益以惭恧nǜ惭愧，其气已馁něi空虚，此处指没有勇气，狐乘其馁而中之也。妖由人兴，此之谓乎？

轻薄少年

天津某孝廉，与数友郊外踏青，皆少年轻薄放荡。见柳荫中少妇骑驴过，欺其无伴，邀众逐其后，嫚màn侮辱语调谑。少妇殊不答，鞭驴疾行。有两三人先追及，少妇忽下驴软语，意似相悦。俄某与三四人追及，审视，正其妻也。但妻不解骑，是日亦无由至郊外。且疑且怒，近前诃之，妻嬉笑如故。某愤气潮涌，奋掌欲掴其面。妻忽飞跨驴背，别换一形，以鞭指某数曰："见他人之妇，则狎亵百端；见是己妇，则恚恨如是。尔读圣贤书，一恕字尚不能解，何以挂名桂籍科举登第人员的名籍耶？"数讫径行。某色如死灰，僵立道左，殆不能去。竟不知是何魅也。

媚　鬼

德州田白岩曰：有额都统者，在滇黔间山行，见道士按一丽女于石，欲剖其心。女哀呼乞救。额急挥骑驰及，遽格道士手，女噭jiào然形容声音响亮一声，化火光飞去。道士顿足曰："公败吾事！此魅已媚杀百馀人，故捕诛之以除害。但取精已多，岁久通灵，斩其首则神遁去，故必剖其心乃死。公今纵之，又贻患无穷矣。惜一猛虎之命，放置深山，不知泽麋林鹿，劘mó磨其牙者几许命也！"匣其匕首，恨恨渡溪去。此殆白岩之寓言，即所谓"一家哭，何如一路哭也"。姑容墨吏，自以为阴功，人亦多称为忠厚；而穷民之卖儿贴妇，皆未一思，亦安用此长者乎？

贪吏遇鬼

献县吏王某，工刀笔，善巧取人财。然每有所积，必有一意外事耗去。有城隍庙道童，夜行廊庑wǔ间，闻二吏持簿对算。其一曰："渠今岁所蓄较多，当何法以销之？"方沉思间，其一曰："一翠云足矣，无烦迂折也。"是庙往往遇鬼，道童习见，亦不怖，但不知翠云为谁，亦不知为谁销算。俄有小妓翠云至，王某大嬖宠爱之，耗所蓄八九；又染恶疮，医药备至，比愈等到痊愈时，则已荡然矣。人计其平生所取，可屈指数者，约三四万金。后发狂疾暴卒，竟无棺以殓。

艳女说驿使

陈云亭舍人言：有台湾驿使宿馆舍，见艳女登墙下窥，叱索无所睹。夜半琅然有声，乃片瓦掷枕畔。叱问是何妖魅，敢侮天使天子的使臣。窗外朗应曰："公禄命重，我避公不及，致公叱索，惧干神谴，惴惴至今。今公睡中萌邪念，误作驿卒之女，谋他日纳为妾。人心一动，鬼神知之。以邪召邪，神不得而咎我，故投瓦相报。公何怒焉？"驿使大愧沮，未及天曙，促装去。

人狐争居

叶旅亭御史宅，忽有狐怪，白昼对语，迫叶让所居。扰攘戏侮，至杯盘自舞，几榻自行。叶告张真人，真人以委法官古代对道士的尊称。先书一符，甫张而裂。次牒都城隍，亦无验。法官曰："是必天狐，非拜章不可。"乃建道场七日。至三日，狐犹诟詈责骂，至四日，乃婉词请和。叶不欲与为难，亦祈不竟其事。真人曰："章已拜，不可追矣。"至七日，忽闻格斗砰訇，门窗破堕，薄暮尚未已。法官又檄他神相助，乃就擒，以罂小口大腹的罐子贮之，埋广渠门外。余尝问真人驱役鬼神之故，曰："我亦不知所以然，但依法施行耳。大抵鬼神皆受役于印，而符箓则掌于法官。真人如官长，法官如吏胥。真人非法官不能为符箓，法官非真人之印，其符箓亦不灵。中间有验有不验，则如各官司文移章奏，或准或驳，不能一一必行耳。"此言颇近理。又问设空宅深山，猝遇精魅，君尚能制伏否？曰："譬大吏经行，劫盗自然避匿。傥或无知猖獗，突犯双旌，虽手握兵符，征调不及，一时亦无如之何。"此言亦颇笃实。然则一切神奇之说，皆附会也。

石壁出人语

朱子颖运使古代官名言：守泰安日，闻有士人至岱岳深处，忽人语出石壁中，曰："何处经香，岂有转世人来耶？"劃 huò 然破裂的声音震响，石壁中开，贝阙琼楼，涌现峰顶，有耆儒冠带下迎。

士人骇愕，问此何地。曰："此经香阁也。"士人叩经香之义。曰："其说长矣，请坐讲之。昔尼山这里指孔子删定，垂教万年，大义微言，递相授受。汉代诸儒，去古未远，训诂笺注，类能窥先圣之心，又淳朴未漓，无植党争名之习，惟各传师说，笃溯渊源。沿及有唐，斯文未改。迨乎北宋，勒为注疏十三部，先圣嘉焉。诸大儒虑新说日兴，渐成绝学，建是阁以贮之。中为初本，以五色玉为函，尊圣教也。配以历代官刊之本，以白玉为函，昭帝王表章之功也。皆南面。左右则各家私刊之本，每一部成，必取初印精好者，按次时代，庋置斯阁，以苍玉为函，奖汲古之勤也。皆东西面。并以珊瑚为签，黄金作锁钥。东西两庑 wǔ 古代堂下周围的廊屋以沉檀为几，锦绣为茵。诸大儒之神，岁一来视，相与列坐于斯阁。后三楹则唐以前诸儒经义，帙以纂组整理并分组，收为一库。自是以外，虽著述等身，声华盖代，总听其自贮名山，不得入此门一步焉，先圣之志也。诸书至子刻午刻，一字一句，皆发浓香，故题曰经香。盖一元斡 wò 运，二气絪缊，阴起午中，阳生子半，圣人之心，与天地通。诸大儒阐发圣人之理，其精奥亦与天地通，故相感也。然必传是学者始闻之，他人则否。世儒于此十三部，或焚膏夜里点灯继晷 guǐ 日光，这里指夜以继日地钻研，钻仰终身，或锻炼苛求，百端掊击，亦各因其性识之所根耳。君四世前为刻工，曾手刊《周礼》半部，故馀香尚在，吾得以知君之来。"

因引使周览阁庑，款以茗果。送别曰："君善自爱，此地不易至也。"士人回顾，惟万峰插天，杳无人迹。

案，此事荒诞，殆尊汉学者之寓言。夫汉儒以训诂用通行的语言解释古代语言文字专门，宋儒以义理讲求儒家经义，探究名理相尚。似汉学粗而宋学精，然不明训诂，义理何由而知？概用诋排，视犹土苴 zhǎ 腐土、杂草，代指卑贱的东西，未免既成大辂 lù，追斥椎轮；得济迷川，遽焚宝筏造出了华美的大车，就回头批评没有辐条的简陋车轮；驶出了难渡的津口，马上就烧毁宝贵的筏子。于是攻宋儒者又纷纷而起。故余撰《四库全书·诗部总叙》有曰：宋儒之攻汉儒，非为说经起见也，特求胜于汉儒而已。后人之攻宋儒，亦非为说经起见也，特不平宋儒之诋汉儒而已。韦苏州诗曰："水性自云静，石中亦无声。如何两相激，雷转空山惊。"此之谓矣。平心而论，《易》自王弼始变旧说，为宋学之萌芽。宋儒不攻《孝经》，词义明显。宋儒所争，只今文古文字句，亦无关宏旨，均姑置弗议。至《尚书》《三礼》《三传》《毛诗》《尔雅》诸注疏，皆根据古义，断非宋儒所能。《论语》《孟子》宋儒积一生精力，字斟句酌，亦断非汉儒所及。盖汉儒重师传，渊源有自；宋儒尚心悟，研索易深。汉儒或执旧文，过于信传；宋儒或凭臆断，勇于改经。计其得失，亦复相当。惟汉儒之学，非读书稽古，不能下一语；宋儒之学，则人人皆可以空谈。其间兰艾同生，诚有不尽餍 yàn 满足人心者，是嗤点嘲笑指责之所自来。此种虚搆之词，亦非无因而作也。

曹氏不怕鬼

曹司农竹虚言：其族兄自歙 shè 地名，歙县，在今安徽省东南部往扬州，途经友人家。时盛夏，延坐书屋，甚轩爽。暮欲下榻其中，友人曰："是有魅，夜不可居。"曹强居之。夜半，有物自门隙蠕蠕入，薄如夹纸。入室后，渐开展作人形，乃女子也。曹殊不畏。忽披发吐舌，作缢鬼吊死鬼状。曹笑曰："犹是发，但稍乱；犹是舌，但稍长。亦何足畏！"忽自摘其首置案上。曹又笑曰："有首尚不足畏，况无首耶！"鬼技穷，倏 shū 然灭。及归途再宿，夜半门隙又蠕动。甫露其首，辄唾曰："又此败兴物耶！"竟不入。此与嵇中散事相类。夫虎不食醉人，不知畏也。大抵畏则心乱，心乱则神涣，神涣则鬼得乘之；不畏则心定，心定则神全，神全则沴 lì 戾之气妖邪之气不能干。故记中散是事者，称"神志湛然，鬼惭而去"。

默庵先生

董曲江言：默庵先生为总漕明清时总管漕运的官时，署有土神、马神二祠，惟土神有配。其少子恃才兀傲，谓土神于思sāi胡须很多的样子老翁，不应拥艳妇；马神年少，正为嘉耦好配偶，美姻缘。径移女像于马神祠。俄眩仆昏倒不知人。默庵先生闻其事，亲祷，移还乃苏。又闻河间学署有土神，亦配以女像，有训导明清府、州、县儒学的辅助教职谓黉hóng宫学宫不可塑妇人，乃别建一小祠迁焉。土神凭附身于其幼孙语曰："汝理虽正，而心则私，正欲广汝宅耳，吾不服也。"训导方侃侃谈古礼，猝中其隐，大骇，乃终任不敢居是室。二事相近。或曰："训导迁庙犹以礼，董渎神甚矣，谴当重。"余谓董少年放诞耳，训导内挟私心，使已有利；外假公义，使人无词。微神发其阴谋，人尚以为能正祀典也。《春秋》诛心指揭露、指责人的思想、用心，训导谴当重于董。

戏　术

戏术皆手法捷耳，然亦实有般运术作者原注：宋人书"搬运"皆作"般"。忆小时在外祖雪峰先生家，一术士置杯酒于案，举掌拍之，杯陷入案中，口与案平。然扪案下，不见杯底。少选取出，案如故。此或障目法也。又举鱼脍一巨碗一大碗切细了的鱼肉，抛掷空中不见。令其取回，则曰："不能矣，在书室画厨夹屉中，公等自取耳。"时以宾从杂遝tà宾客很多，拥挤杂乱，书室多古器，已严扃紧闭，且夹屉高仅二寸，碗高三四寸许，断不可入，疑其妄。姑呼钥启视，则碗置案上，换贮佛手五；原贮佛手之盘，乃换贮鱼脍，藏夹屉中。是非般运术乎？理所必无，事所或有，类如此，然实亦理之所有。狐怪山魈xiāo传说中山里的鬼怪，盗取人物不为异，能劾hé禁狐怪山魈者亦不为异。既能劾禁，即可以役使；既能盗取人物，即可以代人盗取物，夫又何异焉？

北窗怪声

旧仆庄寿言：昔事某官，见一官侵晨至，又一官续至，皆契交交往密切的朋友也，其状若密递消息者。俄皆去，主人亦命驾遽出乘驿车出门，至黄昏乃归。车殆马烦，不胜困惫。俄前二官又至，灯下或附耳，或点首，或摇手，或蹙眉，或拊掌，不知所议何事。漏下二鼓，我遥闻北窗外吃吃有笑声，室中弗闻也。方疑惑间，忽又闻长叹一声曰："何必如此！"始宾主皆惊，开窗急视，新雨后泥平如掌，绝无人迹。共疑为我呓语说梦话。我时因戒勿窃听，避立南荣外花架下，实未尝睡，亦未尝言，究不知其何故也。

仙　童

永春邱孝廉二田，偶憩息九鲤湖道中。有童子骑牛来，行甚驶马行急速，泛指急行，至邱前小立，朗吟曰："来冲风雨来，去踏烟霞去。斜照万峰青，是我还山路。"怪村竖粗俗的年轻人那得作此语，凝思欲问，则笠影出没杉桧间，已距半里许矣。不知神仙游戏，抑乡塾小儿闻人诵，而偶记也。

诗有鬼魅

莆田林教谕学官名，元、明、清县学亦置教谕，掌文庙祭祀，教育所属生员霈 pèi，以台湾俸满北上。至涿州地名，在今河北省南，下车便旋，见破屋墙匡外，有磁锋划一诗曰："骡纲队队响铜铃，清晓冲寒过驿亭。我自垂鞭玩残雪，驴蹄缓踏乱山青。"款曰"罗洋山人"。读讫，自语曰："诗小有致，罗洋是何地耶？"屋内应曰："其语似是湖广人。"入视之，惟凝尘败叶而已。自知遇鬼，惕然登车。恒郁郁不适，不久竟卒。

梦中吟

景州李露园基塙，康熙甲午康熙五十三年（1714）孝廉，余婿僚也。博雅工诗。需次旧时指官吏授职后，按照资历依次补缺日，梦中作一联曰："鸾翮 hé 嵇中散，蛾眉屈左徒。"醒而自不能解。后得湖南一令，卒于官，正屈原行吟地也。

花犬显灵

先祖母张太夫人，畜一小花犬。群婢患其盗肉，阴搤杀之暗地里偷偷杀死。中一婢曰柳意，梦中恒见此犬来啮，睡辄呓语。太夫人知之，曰：“群婢共杀犬，何独衔冤于柳意？此必柳意亦盗肉，不足服其心也。”考问果然。

神　柏

福建汀州试院，堂前二古柏，唐物也，云有神。余按临日，吏白当诣树拜。余谓木魅不为害，听之可也，非祀典所有，使者不当拜。树柯叶森耸，隔屋数重可见。是夕月明，余步阶上，仰见树杪树梢两红衣人，向余磬折拱揖弯腰作揖，冉冉渐没。呼幕友出视，尚见之。余次日诣树，各答以揖。为镌一联于祠门曰：“参天黛色常如此，点首朱衣或是君。”此事亦颇异。袁子才尝载此事于《新齐谐》又名《子不语》，所记稍异，盖传闻之误也。

幻　术

德州宋清远先生言：吕道士，不知何许人，善幻术，尝客田山薑司农家。值朱藤盛开，宾客会赏。一俗士言词猥鄙，喋喋不休，殊败人意。一少年性轻脱，厌薄尤甚，斥勿多言。二人几攘臂捋起衣袖，伸出胳膊。形容人情绪激动的样子。一老儒和解之，俱不听，亦愠形于色。满座为之不乐。道士耳语小童，取纸笔，画三符焚之，三人忽皆起，在院中旋折数四。俗客趋东南隅坐，喃喃自语。听之，乃与妻妾谈家事。俄左右回顾若和解，俄怡色自辩，俄作引罪状，俄屈一膝，俄两膝并屈，俄叩首不已。视少年，则坐西南隅花栏上，流目送盼，妮妮软语。俄嬉笑，俄谦谢，俄低唱《浣纱记》又名《吴越春秋》。传奇剧本。明代梁辰鱼作。写春秋时越王勾践卧薪尝胆，又向吴王夫差进献美女西施，终于灭吴的故事，呦呦不已。手自按拍，备诸冶荡之态。老儒则端坐石磴上，讲《孟子》“齐桓、晋文之事”一章。字剖句析，指挥顾盼，如与四五人对语。忽摇首曰“不是”，忽瞋目曰“尚不解耶”，咯咯痨嗽仍不止。众骇笑。道士摇手止之。比酒阑，道士又焚三符。三人乃惘惘痴坐，少选始醒，自称不觉醉眠，谢无礼因感到自己行为无礼而道歉。众匿笑散。道士曰:“此小术,不足道。叶法善引唐明皇入月宫,即用此符。当时误以为真仙,迂儒又以为妄语,皆井底蛙耳。”后在旅馆,符摄一过往贵人妾魂,妾苏后,登车识其路径门户,语贵人急捕之,已遁去。此《周礼》所以禁怪民欤!

马 语

交河老儒及润础,雍正乙卯雍正十三年(1735)乡试,晚至石门桥,客舍皆满,惟一小屋,窗临马枥马槽,无肯居者,姑解装焉。群马跳踉,夜不得寐。人静后,忽闻马语。及爱观杂书,先记宋人说部中有堰下牛语事,知非鬼魅,屏息听之。一马曰:“今日方知忍饥之苦。生前所欺隐草豆钱,竟在何处?”一马曰:“我辈多由圉人《周礼》中的官名,掌管养马放牧等事。泛称养马的人转生,死者方知,生者不悟,可为太息!”众马皆呜咽。一马曰:“冥判亦不甚公,王五何以得为犬?”一马曰:“冥卒曾言之,渠一妻二女并淫滥,尽盗其钱与所欢,当罪之半抵消一半的罪孽矣。”一马曰:“信然,罪有轻重,姜七堕豕身,受屠割,更我辈不若也。”及忽轻嗽,语遂寂。及恒举以戒圉人。

烂 舌

余一侍姬,平生未尝出詈lì语骂人的话。自云亲见其祖母善詈,后了无疾病,忽舌烂至喉,饮食言语皆不能,宛转数日而死。

某生刃妻

有某生在家,偶晏起很晚才起床,呼妻妾不至。问小婢,云并随一少年南去矣。露刃追及,将骈斩之,少年忽不见。有老僧衣红袈裟,一手托钵,一手振锡杖,格其刀曰:“汝尚不悟耶?汝利心太重,忮忌心太重,机巧心太重,而能使人终不觉可以使其他人都无法察觉。鬼神忌隐恶,故判是二妇,使作此以报汝。彼何罪焉?”言讫亦隐。生默然引归。二妇云:“少年初不相识,亦未相悦,忽惘然如梦,随之去。”邻里亦曰:“二妇非淫奔者,又素不相得,岂肯随一人?且淫奔必避人,岂有白昼公行,缓步待追者耶?其为神谴信矣。”然终不能名其恶说出此人的恶行，真隐恶哉！

画中景

事皆前定，岂不信然？戊子乾隆三十三年(1768)春，余为人题《蕃骑射猎图》曰："白草粘天野兽肥，弯弧爱尔马如飞。何当快饮黄羊血，一上天山雪打围。"是年八月，竟从军于西域。又，董文恪公尝为余作《秋林觅句图》。余至乌鲁木齐，城西有深林，老木参云，弥亘数十里。前将军伍公弥泰建一亭于中，题曰"秀野"。散步其间，宛然前画之景。辛卯乾隆三十六年(1771)还京，因自题一绝句曰："霜叶微黄石骨青，孤吟自怪太零丁。谁知早作西行谶预言、预兆，老木寒云秀野亭。"

毒　医

南皮疡 yáng 医某，艺颇精，然好阴用毒药，勒索重赀 zī，同"资"。不餍所欲，则必死。盖其术诡秘，他医不能解也。一日，其子雷震死。今其人尚在，亦无敢延聘请之者矣。或谓某杀人至多，天何不殛杀死某身而殛其子？有佚罚焉。夫罪不至极，刑不及孥子女，亦指妻子和儿女；恶不至极，殃不及世。殛其子，所以明祸延后嗣也。

六壬术士

安中宽言：昔吴三桂之叛，有术士精六壬用阴阳五行进行占卜凶吉的方法之一，将往投之。遇一人，言亦欲投三桂，因共宿。其人眠西墙下，术士曰："君勿眠此，此墙亥刻当圮 pǐ 倒塌。"其人曰："君术未深，墙向外圮，非向内圮也。"至夜果然。余谓此附会之谈也，是人能知墙之内外圮，不知三桂之必败乎？

奇　僧

有僧游交河苏吏部次公家，善幻术，出奇不穷，云与吕道士同师。尝抟 tuán 揉搓泥为豕，咒之，渐蠕动；再咒之，忽作声；再咒之，跃而起矣。因付庖屠以供客，味不甚美。食讫，客皆作呕逆，所吐皆泥也。有一士因雨留同宿，密叩僧曰："《太平广记》载术士咒片瓦授人，划壁立开，可潜至人闺阁中。师术能及此否？"曰："此不难。"拾片瓦咒良久，曰："持此可往，但勿语，语则术败矣。"士试之，壁果开。至一处，见所慕，方卸妆就寝。守僧戒，不敢语，径掩扉，登榻狎昵。妇亦欢洽，倦而酣睡。忽开目，则眠妻榻上也。方互相疑诘两人正在互相指责追问，僧登门数之曰："吕道士一念之差，已受雷诛。君更累我耶？小术戏君，幸不伤盛德，后更无萌此念。"既而太息曰："此一念，司命已录之。虽无大谴，恐于禄籍旧时所说的冥府里记录人福、禄、寿的簿册有妨耳。"士果蹭蹬困顿，失意，晚得一训导，竟终于寒毡。

胡维华

康熙中，献县胡维华以烧香聚众谋不轨。所居由大城、文安一路行，去京师三百馀里；由青县、静海一路行，去天津二百馀里。维华谋分兵为二，其一出不意，并程抵京师；其一据天津，掠海舟。利则天津之兵亦北趋，不利则遁往天津，登舟泛海去。方部署伪官，事已泄。官军擒捕，围而火攻之，髫龀tiáo chèn 扎辫子、换牙齿，指幼童不遗。

初，维华之父雄于赀，喜周穷乏，亦未为大恶。邻村老儒张月坪，有女艳丽，殆称国色。见而心醉。然月坪端方迂执，无与人为妾理，乃延之教读。月坪父母柩在辽东，不得返，恒戚戚。偶言及，即捐金使扶归，且赠以葬地。月坪田内有横尸，其仇也。官以谋杀勘审理，又为百计申辩得释。一日，月坪妻携女归宁，三子并幼，月坪归家守门户，约数日返。乃阴暗地里使其党，夜键户而焚其庐将大门拴上，放火烧房子，父子四人并烬。阳表面上为惊悼，代营丧葬，且时周其妻女，竟依以为命。或有欲聘女者，妻必与谋，辄阴沮，使不就。久之，渐露求女为妾意。妻感其惠，欲许之。女初不愿，夜梦其父曰："汝不往，吾终不畅吾志也。"女乃受命。岁馀，生维华，女旋病卒。维华竟覆其宗。

慧女复仇

又，去余家三四十里，有凌虐其仆夫妇死而纳其女者。女故慧黠聪明而狡猾，经营其饮食服用，事事当意。又凡可博其欢者，冶荡狎媟xiè，无所不至。皆窃议其忘仇。蛊惑既深，惟其言是听。女始则导之奢华，破其产十之七八，又谗间其骨肉，使门以内如寇仇。继乃时说《水浒传》宋江、柴进等事，称为英雄，怂恿之交通盗贼。卒以杀人抵法。抵法之日，女不哭其夫，而阴携卮酒，酹 lèi 以酒祭祀其父母墓曰："父母恒梦中魇我，意恨恨似欲击我，今知之否耶？"人始知其蓄志报复，曰："此女所为，非惟人不测，鬼亦不测也，机深哉！"然而不以阴险论，《春秋》原心（主张）推究本意，本不共戴天者也。

鬼　牒

余在乌鲁木齐，军吏具文牒数十纸，捧墨笔请判，曰："凡客死于此者，其棺归籍，例给牒，否则魂不得入关。"以行于冥司，故不用朱判，其印亦以墨。视其文，鄙诞殊甚。曰："为给照事：照得某处某人，年若干岁，以某年某月某日在本处病故。今亲属搬柩归籍，合行给照。为此俾仰沿路把守关隘鬼卒，即将该魂验实放行，勿得勒索留滞，致干未便。"余曰："此胥役托词取钱耳。"启将军除其例。旬日十天后，或告城西墟墓中鬼哭，无牒不能归故也。余斥其妄。又旬日，或告鬼哭已近城。斥之如故。越旬日，余所居墙外䰲䰲 rú rú《说文》曰："䰲，鬼声。"有声。余尚以为胥役所伪。越数日，声至窗外。时月明如昼，自起寻视，实无一人。同事观御史成曰："公所持理正，虽将军不能夺也。然鬼哭实共闻，不得照者，实亦怨公。盍试一给之，姑间执谗慝 tè 指邪恶奸佞之人之口。倘鬼哭如故，则公益有词矣。"勉从其议，是夜寂然。又，军吏宋吉禄在印房，忽眩仆。久而苏，云见其母至。俄台军以官牒呈，启视，则哈密报吉禄之母来视子，卒于途也。天下事何所不有，儒生论其常耳。余尝作乌鲁木齐杂诗一百六十首，中一首云："白草飕飕接冷云，关山疆界是谁分？幽魂来往随官牒，原鬼昌黎竟未闻。"即记此二事也。

渡江遇僧

范蘅洲言：昔渡钱塘江，有一僧附舟，径置坐具，倚樯竿，不相问讯。与之语，口漫应，目视他处，神意殊不属。蘅洲怪其傲，亦不再言。时西风过急，蘅洲偶得二句，曰："白浪簸舡头，行人怯石尤即石尤风。相传古代有商人尤某娶石氏女，感情甚笃。尤某远行不归，石女思念成疾，临死叹约："吾恨不能阻其行，以至于此。今凡有商旅远行，吾当作大风为天下妇人阻之。"后代指大风、逆风。"下联未属，吟哦数四。僧忽闭目微吟曰："如何红袖女，尚倚最高楼？"蘅洲不省所云，再与语，仍不答。比系缆，恰一少女立楼上，正着红袖。乃大惊，再三致诘追问。曰："偶望见耳。"然烟水渺茫，庐舍遮映，实无望见理。疑其前知，欲作礼，则已振锡去。蘅洲惘然莫测，曰："此又一骆宾王矣！骆宾王，字观光，唐代诗人。曾任临海丞。后随徐敬业起兵反对武则天，兵败后下落不明，或说被杀，或说为僧。相传唐代考工员外郎宋之问流放途中路过灵隐寺，夜宿寺中，漫步吟诗："鹫岭郁岧峣，龙宫锁寂寥。"苦思良久也没有想到满意的下联。这时一旁的老僧吟道："楼观沧海日，门对浙江潮。"宋之问茅塞顿开，接着把诗吟到终篇："桂子月中落，天香云外飘。扪萝登塔远，刳木取泉遥。云薄霜初下，冰轻叶未凋。待入天台路，看余度石桥。"老僧的两句诗最为遒劲壮丽。后有人告诉宋之问，这位老僧就是骆宾王。参见《唐才子传》卷一"

老桑树神

清苑张公钺，官河南郑州时，署有老桑树，合抱不交，云栖神物，恶而伐之。是夕，其女灯下睹一人，面目手足及衣冠色皆浓绿，厉声曰："尔父太横，姑示警于尔。"惊呼媪婢至，神已痴矣。后归戈太仆仙舟，不久下世。驱厉鬼，毁淫祠，正狄梁公、范文正公辈事。德苟不足以胜之，鲜不取败。

凶　宅

钱文敏公曰："天之祸福，不犹君之赏罚乎？鬼神之鉴察，不犹官吏之详议乎？今使有一弹章曰：'某立身无玷，居官有绩，然门径向凶方，营建犯凶日，罪当谪罚。'所司允乎？驳乎？又使有一荐牍曰：'某立身多瑕，居官无状，然门径得吉方，营建值吉日，功当迁擢zhuó升官。'所司又允乎？驳乎？官吏所必驳，而谓鬼神允之乎？故阳宅之说，余终不谓然。"此譬比喻至明，以诘形家，亦无可置辩。然所见实有凶宅：京师斜对给孤寺道南一宅，余行吊者五；粉坊琉璃街极北道西一宅，余行吊者七。给孤寺宅，曹宗丞学闽尝居之，甫移入，二仆一夕并暴亡，惧而迁去；粉坊琉璃街宅，邵教授大生尝居之，白昼往往见变异，毅然不畏，竟殁其中。此又何理欤？刘文正公曰："卜地见《书》即《尚书》，卜日见《礼》即《礼记》。苟无吉凶，圣人何卜？但恐非今术士所知耳。"斯持平之论公平合理的论断矣。

树中怪

沧州潘班，善书画，自称黄叶道人。尝夜宿友人斋中，闻壁间小语曰："君今夕毋留人共寝，当出就君。"班大骇，移出。友人曰："室旧有此怪，一婉娈女子，不为害也。"后友人私语所亲曰："潘君其终困青衿青色交领的长衫。古代学子和明清秀才的常服。代指读书人乎？此怪非鬼非狐，不审何物。遇粗俗之人不出，遇富贵之人亦不出，惟遇才士之沦落者，始一出荐枕耳。"后潘果坎壈坎坷艰难以终。越十馀年，忽夜闻斋中啜泣声。次日，大风折一老杏树，其怪乃绝。外祖张雪峰先生尝戏曰："此怪大佳，其意识在绮罗人上。"

夭逝女之碣

陈枫崖光禄言：康熙中，枫泾一太学生，尝读书别业。见草间有片石，已断裂剥蚀，仅存数十字，偶有一二成句，似是夭逝女子之碣 jié 圆顶的石碑也。生故好事，意其墓必在左右，每陈茗果于石上，而祝以狎词。越一载馀，见丽女独步菜畦间，手执野花，顾生一笑。生趋近其侧，目挑眉语，方相引入篱后灌莽间，女凝立直视，若有所思，忽自批其颊抽了自己一个耳光曰："一百馀年心如古井，一旦乃为荡子所动乎？"顿足数四，奄然而灭。方知即墓中鬼也。蔡修撰季实曰："古称盖棺论定，观于此事，知盖棺犹难论定矣。是本贞魂，乃以一念之差，几失故步。"晦庵朱熹，号晦庵先生诗曰："世上无如人欲险，几人到此误平生。"谅哉！

废园喑鬼

王孝廉金英言：江宁一书生，宿故家废园中。月夜有艳女窥窗。心知非鬼即狐，爱其姣丽，亦不畏怖，招使入室，即宛转相就。然始终无一语，问亦不答，惟含笑流盼而已。如是月馀，莫喻其故。一日，执而固问之，乃取笔作字曰："妾前明某翰林侍姬，不幸夭逝。因平生巧于谗搆谗言陷害，使一门骨肉如水火。冥司见谴，罚为喑 yīn 哑鬼，已沉沦二百馀年。君能为书《金刚经》

十部，得仗佛力，超拔苦海，则世世衔感矣。”书生如其所乞。写竣之日，诣书生再拜，仍取笔作字曰：“借金经忏悔，已脱离鬼趣。然前生罪重，仅能带业往生，尚须三世作哑妇，方能语也。”

卷二

滦阳消夏录二

村叟之卜

董文恪公为少司空时，云昔在富阳村居，有村叟坐邻家，闻读书声，曰："贵人也。"请相见。谛观再四，又问八字干支，沉思良久，曰："君命相皆一品，当某年得知县官名。掌管一县的政事。始于唐，宋代多以中央官员为县官，至明始正式用作一县长官的名称，清代沿袭，为正七品官，某年署大县代理大县县令，某年实授正式任命，某年迁通判官名。即共同处理政务之意。始于宋，明清设于各府，分掌粮运及农田水利等事务，为正六品，某年迁知府官名。权知府事，省称知府。始于唐，至明代始以知府为正式官名，管辖州县，为府一级的行政长官。清代因之，从四品，某年由知府迁布政布政使的省称，清代专管一省的财赋和人事的官名，从二品，某年迁巡抚官名。清为省级地方政府长官，总揽全省军事、吏治、刑狱、民政等，职权甚重，从二品，或加衔成正二品，某年迁总督官名。清代以总督为地方最高长官，辖一省或二三省，综理军民要政，正二品，或加衔成从二品。善自爱，他日知吾言不谬也。"后不再见此叟，其言亦不验。然细较生平，则所谓知县，乃由拔贡清制，初定六年一次，乾隆七年(1742)改为每十二年一次，由各省学政选拔文行兼优的生员，贡入京师，称为拔贡生，简称拔贡。同时，经朝考合格，入选者一等任七品京官得户部七品官也；所谓调署大县，乃庶吉士明清翰林院官名。为皇帝近臣，负责起草诏书，有为皇帝讲解经籍等责也；所谓实授，乃编修明清翰林院官名。位次修撰，与修撰、检讨同为史官。主要负责诰敕起草、史书纂修、经筵侍讲等也；所谓通判，乃中允官名。汉置，为太子官属。至唐代负责礼仪、驳正启奏、监察宫内药膳等。明清承唐制也；所谓知府，乃侍读学士清中央官名。掌收发本章、总稽翻译也；所谓布政使，乃内阁学士清中央官名。参与讨论军政机密也；所谓巡抚，乃工部侍郎清中央机关官名，副职。参与管理全国工程事务也。品秩皆符，其年亦皆符，特内外异途耳。是其言验而不验，不验而验，惟未知总督如何。后公以其年拜礼部尚书清中央官名，正职。主管礼仪、祭祀、科举和外事活动，品秩仍符。

按推算干支，或奇验，或全不验，或半验半不验。余尝以闻见最确者，反复深思，八字贵贱贫富，特大概如是。其间乘除盈缩，略有异同。无锡邹小山先生夫人，与安州陈密山先生夫人，八字干支并同。小山先生官礼部侍郎，密山先生官贵州布政使，均二品也。论爵，布政不及侍郎之尊；论禄，则侍郎不及布政之厚，互相补矣。二夫人并寿考。陈夫人早寡，然晚岁康强安乐；邹夫人白首齐眉，然晚岁丧明引申为丧子，家计亦薄，又相补矣。此或疑地有南北，时有初正也。余第六侄与奴子仆人的孩子刘云鹏，生时只隔一墙，两窗相对，两儿并落蓐啼。非惟时同刻同，乃至分秒亦同。侄至十六岁而夭，奴子今尚在。岂非此命所赋之禄，只有此数。侄生长富贵，消耗先尽；奴子生长贫贱，消耗无多，禄尚未尽耶？盈虚消息，理似如斯，俟sì 等待知命者更详之。

妻妾换位

曾伯祖光吉公，康熙初官镇番守备。云有李太学妻，恒虐其妾，怒辄褫chǐ 脱下下衣鞭之，殆无虚日。里有老媪，能入冥，所谓走无常者是也。规其妻曰："娘子与是妾有夙冤，然应偿二百鞭耳。今妒心炽盛，鞭之殆过十馀倍，又负彼债矣。且良妇受刑，虽官法不褫衣。娘子必使裸露以示辱，事太快意，则干鬼神之忌。娘子与我厚，窃见冥籍，不敢不相闻。"妻哂曰："死媪谩语，欲我禳解取钱耶？"会经略莫洛遘gòu 遭遇、赶上王辅臣之变，乱党蜂起，李殁于兵，妾为副将韩公所得。喜其明慧，宠专房。韩公无正室，家政遂操于妾。妻为贼所掠。贼破被俘，分赏将士，恰归韩公。妾蓄以为婢，使跪于堂而语之曰："尔能受我指挥，每日晨起，先跪妆台前，自褫下衣，伏地受五鞭，然后供役，则贷尔命。否则尔为贼党妻，杀之无禁，当寸寸脔luán 切成小块的肉尔，饲犬豕。"妻惮死失志，叩首愿遵教。然妾不欲其遽死，鞭不甚毒，俾知痛楚而已。年馀，乃以他疾死。计其鞭数，适相当。此妇真顽钝无耻哉！亦鬼神所忌，阴夺其魄也。此事韩公不自讳，且举以明果报，故人知其详。

韩公又言：此犹显易其位也。明季尝游襄、邓襄阳、邓州一带间，与术士张鸳湖同舍。鸳湖稔知居停主人妻虐妾太甚，积不平，私语曰："道家有借形法。凡修炼未成，气血已衰，不能还丹者，则借一壮盛之躯，乘其睡，与之互易。吾尝受此法，姑试之。"次日，其家忽闻妻在妾房语，妾在妻房语。比出户，则作妻语者妾，作妾语者妻也。妾得妻身，但默坐，妻得妾身，殊不甘，纷纭争执，亲族不能判。鸣之官。官怒为妖妄，笞其夫，逐出。皆无可如何。然据形而论，妻实是妾，不在其位，威不能行，竟分宅各居而终。此事尤奇也。

先贤讲经

相传有塾师，夏夜月明，率门人纳凉河间献王刘德。西汉景帝之子。封为河间王，谥曰献。好儒学，史家称其“修学好古，实事求是”祠外田塍上。因共讲《三百篇》拟题，音琅琅如钟鼓。又令小儿诵《孝经》，诵已复讲。忽举首见祠门双古柏下，隐隐有人。试近之，形状颇异，知为神鬼。然私念此献王祠前，决无妖魅，前问姓名，曰毛苌cháng、贯长卿、颜芝，因谒王至此。塾师大喜，再拜，请授经义。毛、贯并曰：“君所讲，适已闻，都非我辈所解，无从奉答。”塾师又拜曰：“《诗》义深微，难授下愚。请颜先生一讲《孝经》可乎？”颜回面向内曰：“君小儿所诵，漏落颠倒，全非我所传本。我亦无可着语处。”俄闻传王教曰：“门外似有人醉语，聒耳已久，可驱之去。”余谓此与爱堂先生所言学究遇冥吏事，皆博雅之士，造戏语以诟俗儒也。然亦空穴来风，桐乳来巢乎？

褴褛人

先姚安公性严峻，门无杂宾。一日，与一褴褛人对语，呼余兄弟与为礼，曰：“此宋曼珠曾孙，不相闻久矣，今乃见之。明季兵乱，汝曾祖年十一，流离戈马间，赖宋曼珠得存也。”乃为委曲谋生计。因戒余兄弟曰：“义所当报，不必谈因果。然因果实亦不爽不会有差错。昔某公受人再生恩，富贵后，视其子孙零替，漠如陌路。后病困，方服药，恍惚见其人手授二札，皆未封。视之，则当年乞救书也。覆杯于地曰：‘吾死晚矣！’是夕当天夜里卒。”

扶乩问寿

宋按察蒙泉言：某公在明为谏官，尝扶乩jī一种迷信占卜活动。扶，指扶架子；乩，谓卜以问疑。术士制丁字形木架，其直端顶部悬锥下垂。架在沙盘上，由两人分扶横木两端，依法请神，木架的下垂部分即在沙上画成文字，作为神的启示，或与人唱和，或示人吉凶，或与人处方问寿数，仙判某年某月某日当死。计期不远，恒悒悒。届期乃无恙。后入本朝指归顺清朝，至九列。适同僚家扶乩，前仙又降。某公叩以所判无验。又判曰：“君不死，我奈何？”某公俯仰沉思，忽命驾去。盖所判正甲申三月十九日明崇祯十七年（1644）三月十九日，崇祯帝自缢于煤山，百官从主赴难也。

东方未明之砚

沈椒园先生为鳌峰书院山长唐、五代时对山居讲学者的敬称。宋元时为官立书院置山长，讲学兼领院务，明清时改由地方聘请时，见示高邑赵忠毅公旧砚，额有“东方未明之砚”六字。背有铭曰：“残月荧荧，太白睒睒 shǎn 光闪烁的样子，鸡三号，更五点，此时拜疏击大奄同“阉”，指宦官。事成，策汝功；不成，同汝贬。”盖劾魏忠贤时，用此砚草疏也。末有小字一行，题“门人王铎书”。此行遗未镌 juān 雕刻，而黑痕深入石骨，干则不见，取水濯之，则五字炳然。相传初令铎书此铭，未及镌而难作。后在戍所，乃镌之，语工勿镌此一行。然阅一百馀年，涤之不去，其事颇奇。或曰，忠毅嫉恶严。渔洋山人王士祯(1634－1711)，原名士禛，号阮亭，又号渔洋山人，谥文简。明末清初杰出诗人、学者、文学家笔记称，铎人品日下，书品亦日下，然则忠毅先有所见矣。削其名，摈之也，涤之不去，欲著其尝为忠毅所摈也。天地鬼神，恒于一事偶露其巧，使人知警。是或然欤！

二　格

乾隆庚午乾隆十五年(1750)，官库失玉器，勘诸苑户。苑户常明对簿时，忽作童子声曰：“玉器非所窃，人则真所杀。我即所杀之魂也。”问官大骇，移送刑部。姚安公时为江苏司郎中，与余公文仪等同鞫 jū 审问之。魂曰：“我名二格，年十四，家在海淀，父曰李星望。前岁上元，常明引我观灯归。夜深人寂，常明戏调我，我力拒，且言归当诉诸父。常明遂以衣带勒我死，埋河岸下。父疑常明匿我，控诸巡城。送刑部，以事无左证，议别缉真凶。我魂恒随常明行，但相去四五尺，即觉炽如烈焰，不得近。后热稍减，渐近至二三尺，又渐近至尺许，昨乃都不觉热，始得附之。”又言初讯时，魂亦随至刑部，指其门乃广西司。按所言月日，果检得旧案。问其尸，云在河岸第几柳树旁。掘之亦得，尚未坏。呼其父，使辨识，长恸曰：“吾儿也！”以事虽幻杳，而证验皆真。且讯问时，呼常明名，则忽似梦醒，作常明语；呼二格名，则忽似昏醉，作二格语。互辩数四，始款伏。又父子絮语家事，一一分明。狱无可疑，乃以实状上闻，论如律。命下之日，魂喜甚。本卖糕为活，忽高唱“卖糕”一声，父泣曰：“久不闻此，宛然生时声也。”问：“儿当何往？”曰：“吾亦不知，且去耳。”自是再问常明，不复作二格语矣。

刀　痕

南皮张副使受长官河南开归道时，夜阅一谳yàn牍判案的案卷，沉吟自语曰："自刭jǐng用刀割颈死者，刀痕当入重而出轻。今入轻出重，何也？"忽闻背后太息曰："公尚解事。"回顾无一人。喟然曰："甚哉，治狱之可畏也。此幸不误，安保他日之不误耶？"逐移疾而归。

玉　马

先叔母高宜人封建时代妇女因丈夫或子孙而得的一种封号。明清时，五品官妻、母封宜人之父，讳荣祉，官山西陵川令。有一旧玉马，质理不甚白洁，而血浸斑斑。斫紫檀为座承之，恒置几上。其前足本为双跪欲起之形，一日，左足忽伸出于座外。高公大骇，阖署传视，曰："此物程朱不能格推究，解释也。"一馆宾曰："凡物岁久则为妖。得人精气多，亦能为妖。此理易明，无足怪也。"众议碎之，犹豫未决。次日，仍屈还故形。高公曰："是真有知矣。"投炽炉中，似微有呦呦声，后无他异。然高氏自此渐式微衰败。高宜人云，此马煅三日，裂为二段，尚及见其半身。又武清王庆坨曹氏厅柱，忽生牡丹二朵，一紫一碧，瓣中脉络如金丝，花叶葳蕤，越七八日乃萎落。其根从柱而出，纹理相连。近柱二寸许，尚是枯木，以上乃渐青。先太夫人，曹氏甥也，小时亲见之，咸曰瑞也。外祖雪峰先生曰："物之反常者为妖，何瑞之有！"后曹氏亦式微。

玉带化蛇

先外祖母言：曹化淳字如，号止虚子，武清王庆坨（今属天津）人。幼年时因家境寒微净身入宫。精诗文工书画，深受司礼太监王安赏识，后入信王府陪侍五皇孙朱由检。1628年朱由检继位，为崇祯帝，曹化淳负责处理魏忠贤时的冤案，平反昭雪两千馀件死，其家以前明玉带殉。越数年，墓前恒见一白蛇。后墓为水啮，棺坏朽。改葬之日，他珍物具在，视玉带则亡矣。蛇身节节有纹，尚似带形。岂其悍鸷之魄，托玉而化欤？

狐女翳镜

外祖张雪峰先生，性高洁，书室中几砚精严，图史整肃。恒鐍锁闭其户，必亲至乃开。院中花木翳yì遮蔽如，莓苔绿缛。僮婢非奉使令，亦不敢轻蹈一步。舅氏健亭公，年十一二时，乘外祖他出，私往院中树下纳凉。闻室内似有人行，疑外祖已先归，屏息从窗隙窥之，见竹椅上坐一女子，靓妆如画。椅对面一大方镜，高可五尺，镜中之影，乃是一狐。惧弗敢动，窃窥所为。女子忽自见其影，急起，绕镜四周呵之，镜昏如雾。良久归坐，镜上呵迹亦渐消，再视其影，则亦一好女子矣。恐为所见，蹑足而归。后私语先姚安公。姚安公尝为诸孙讲《大学》"修身"章，举是事曰："明镜空空，故物无遁影。然一为妖气所翳，尚失真形。况私情偏倚，先有所障者乎？"又曰："非惟私情为障，即公心亦为障。正人君子，为小人乘其机而反激之，其固执决裂，有转致颠倒是非者。昔包孝肃即包拯，谥号孝肃之吏，阳为弄权之状，而应杖之囚，反不予杖。是亦妖气之翳镜也。故正心诚意，必先格物致知推究事物的原理而获取真知。"

狐贞于人

有卖花老妇言：京师一宅近空圃，圃故多狐。有丽妇夜逾短垣，与邻家少年狎。惧事泄，初诡托姓名。欢昵渐洽，度不相弃，乃自冒为圃中狐女。少年悦其色，亦不疑拒。久之，忽妇家屋上掷瓦骂曰："我居圃中久，小儿女戏抛砖石，惊动邻里或有之，实无冶荡蛊惑事。汝奈何污我？"事乃泄。异哉，狐媚恒托于人，此妇乃托于狐。人善媚者比之狐，此狐乃贞于人。

义 妾

有游士以书画自给。在京师纳一妾，甚爱之。或遇谦会，必袖果饵以贻。妾亦甚相得。无何病革jí病情危急，语妾曰："吾无家，汝无归；吾无亲属，汝无依。吾以笔墨为活，吾死，汝琵琶别抱唐白居易《琵琶行》有"门前冷落鞍马稀，老大嫁作商人妇""千呼万唤始出来，犹抱琵琶半遮面"句，后以"琵琶别抱"指妇女改嫁，势也，亦理也。吾无遗债累汝，汝亦无父母兄弟掣肘。得行己志，可勿受锱铢聘金，但与约，岁时许汝祭我墓，则吾无恨矣。"妾泣受教。纳之者亦如约，又甚爱之。然妾恒郁郁忆旧恩，夜必梦故夫同枕席，睡中或妮妮呓语。夫觉之，密延术士镇以符箓。梦语止，而病渐作，驯至绵惙逐渐加重到气息仅存的地步。临殁，以额叩枕曰："故人情重，实不能忘，君所深知，妾亦不讳。昨夜又见梦曰：'久被驱遣，今得再来。汝病如是，何不同归？'已诺之矣。能邀格外之惠，还妾尸于彼墓，当生生世世，结草衔环。不情之请，惟君图之。”语讫奄然。夫亦豪士，慨然曰：“魂已往矣，留此遗蜕何为？杨越公能合乐昌之镜南朝陈将亡时，驸马徐德言与妻乐昌公主估计不能相保，因破铜镜各执其半，约于正月十五日售其破镜，获取联系。陈亡，乐昌公主没入越国公杨素家。及期，徐辗转依约至京，果访得售半镜者，夫妻得以重聚。此后以“破镜重圆”喻夫妻离散或决裂后重归于好，吾不能合之泉下乎？”竟如所请。

此雍正甲寅雍正十二年(1734)、乙卯雍正十三年(1735)间事。余是年十一二，闻人述之，而忘其姓名。余谓再嫁，负故夫也；嫁而有贰心，负后夫也。此妇进退无据焉。何子山先生亦曰：“忆而死，何如殉而死乎？”何励庵先生则曰：“《春秋》责备贤者，未可以士大夫之义律儿女子。哀其遇可也，悯其志可也。”

酒　鬼

屠者许方，尝担酒二罂大腹小口的瓦罐夜行，倦息大树下。月明如昼，远闻呜呜声，一鬼自丛薄茂密的草丛中出，形状可怖。乃避入树后，持担以自卫。鬼至罂前，跃舞大喜，遽开饮。尽一罂，尚欲开其第二罂，缄甫半启，已颓然倒矣。许恨甚，且视之似无他技，突举担击之，如中虚空。因连与痛击，渐纵弛委地，化浓烟一聚。恐其变幻，更箠百馀。其烟平铺地面，渐散渐开，痕如淡墨，如轻縠hú轻薄的绸缎，渐愈散愈薄，以至于无。盖已澌灭矣。

余谓鬼，人之馀气也。气以渐而消，故《左传》称新鬼大，故鬼小。世有见鬼者，而不闻见羲、轩伏羲氏与轩辕氏，中国神话体系中人类的始祖以上鬼，消已尽也。酒，散气者也，故医家行血发汗、开郁驱寒之药，皆治以酒。此鬼以仅存之气，而散以满罂之酒，盛阳鼓荡，蒸烁微阴，其消尽也固宜。是澌灭于醉，非澌灭于箠也。闻是事时，有戒酒者曰：“鬼善幻，以酒之故，至卧而受箠。鬼本人所畏，以酒之故，反为人所困。沉湎者念哉！”有耽酒者曰：“鬼虽无形而有知，犹未免乎喜怒哀乐之心。今冥然醉卧，消归乌有，反其真矣。酒中之趣，莫深于是。佛氏以涅槃为极乐，营营者恶乎知之！”庄子所谓此亦一是非，彼亦一是非欤？

牛产麟

献县田家牛产麟麒麟，骇而击杀。知县刘征廉收葬之，刊碑曰“见麟郊”。刘固良吏，此举何陋也！麟本仁兽，实非牛种。犊之麟而角，雷雨时蛟龙所感耳。

空宅怪异

董文恪公未第时，馆于空宅，云常见怪异。公不信，夜篝灯以待。三更后，阴风飒然，庭户自启，有似人非人数辈，杂遝拥入拥挤杂乱地挤进来。见公大骇曰："此屋有鬼！"皆狼狈奔出。公持梃tǐng棍棒逐之，又相呼曰："鬼追至，可急走！"争逾墙去。公恒言及，自笑曰："不识何以呼我为鬼？"故城贾汉恒，时从公受经，因举《太平广记》载："野叉欲啖哥舒翰唐代名将，生卒年不详。西突厥族哥舒部的后裔。因破吐番有功，被封为西平郡王。唐代宗赠太尉，谥号武愍妾尸，翰方眠侧，野叉相语曰：'贵人在此，奈何？'"翰自念呼我为贵人，击之当无害，遂起击之。野叉逃散。鬼、贵音近，或鬼呼先生为贵人，先生听未审也？"公笑曰："其然。"

绿　笺

庚午乾隆十五年(1750)秋，买得《埤雅》训诂书。宋代陆佃所作。全书二十卷，专门解释名物，为《尔雅》的补充，所以称为《埤雅》一部，中折叠绿笺一片，上有诗曰："愁烟低幂朱扉双，酸风微戛玉女窗。青磷隐隐出古壁，土花蚀断黄金釭古代宫室壁带上的环状金属装饰物。""草根露下阴虫急，夜深悄映芙蓉立。湿萤一点过空塘，幽光照见残红泣。"末题"靓云仙子降坛诗，张凝敬录"。盖扶乩者所书。余谓此鬼诗，非仙子诗也。

梦中绝句

沧州张铉耳先生，梦中作一绝句曰："江上秋潮拍岸生，孤舟夜泊近三更。朱楼十二垂杨遍，何处吹箫伴月明？"自跋云："梦如非想，如何成诗？梦如是想，平生未到江南，何以落想至此？莫明其故，姑录存之。"桐城姚别峰，初不相识。新自江南来，晤会面于李锐巅家，所刻近作，乃有此诗。问其年月，则在余梦后岁馀。开箧出旧稿示之，共相骇异。世间真有不可解事，宋儒事事言理，此理从何处推求耶？

又，海阳李漱六，名承芳，余丁卯乾隆十二年(1747)同年也。余厅事私宅的堂屋挂《渊明采菊图》，是蓝田叔画。董曲江曰："一何神似李漱六！"余审视信然。后漱六公车入都，乞此画去，云平生所作小照，都不及此。此事亦不可解。

周氏救女

景城西偏，有数荒冢，将平矣。小时过之，老仆施祥指曰："是即周某子孙，以一善延三世者也。"盖前明崇祯末，河南、山东大旱蝗，草根木皮皆尽，乃以人为粮，官吏弗能禁。妇女幼孩，反接反绑双手鬻yù卖于市，谓之"菜人"。屠者买去，如刲kuī杀，解剖羊豕。周氏之祖，自东昌商贩归，至肆午餐到店里吃午饭。屠者曰："肉尽，请少待。"俄见曳二女子入厨下，呼曰："客待久，可先取一蹄来。"急出止之，闻长号一声，则一女已生断右臂，宛转地上。一女战栗无人色。见周，并哀呼，一求速死，一求救。周恻然心动，并出赀赎之。一无生理，急刺其心死；一携归，因无子，纳为妾。竟生一男，右臂有红丝，自腋下绕肩胛，宛然断臂女也。后传三世乃绝。皆言周本无子，此三世乃一善所延云。

贞烈农妇

青县农家少妇，性轻佻，随其夫操作，形影不离。恒相对嬉笑，不避忌人，或夏夜并宿瓜圃中。皆薄其冶荡。然对他人，则面如寒铁。或私挑之，必峻拒。后遇劫盗，身受七刀，犹诟詈，卒不污而死。又皆惊其贞烈。老儒刘君琢曰："此所谓质美而未学本质美好但没有受到教育也。惟笃于夫妇，故矢死不二。惟不知礼法，故情欲之感，介于仪容；燕昵之私，形于动静。"辛彤甫先生曰："程子有言，凡避嫌者，皆中不足。此妇中无他肠，故坦然径行不自疑。此其所以能守死也。彼好立崖岸者指道貌岸然、自负自傲的人，吾见之矣。"先姚安公曰："刘君正论，辛君有激之言也。"

后其夫夜守豆田，独宿团焦圆形草屋中。忽见妇来，燕婉如平日，曰："冥官以我贞烈，判来生中乙榜，官县令。我念君，不欲往，乞辞官禄为游魂，长得随君。冥官哀我，许之矣。"夫为感泣，誓不他偶。自是昼隐夜来，几二十载。儿童或亦窥见之。此康熙末年事，姚安公能举其姓名居址，今忘矣。

老儒韩生

献县老儒韩生，性刚正，动必遵礼，一乡推祭酒。一日，得寒疾。恍惚间，一鬼立前曰："城隍神唤。"韩念数尽当死，拒亦无益，乃随去。至一官署，神检籍曰："以姓同，误矣。"杖其鬼二十，使送还。韩意不平，上请曰："人命至重，神奈何遣愦愦昏乱、糊涂的样子之鬼，致有误拘。倘不检出，不竟枉死耶？聪明正直之谓何！"神笑曰："谓汝倔强，今果然。夫天行不能无岁差天时的运行，每年都不会无差异，况鬼神乎？误而即觉，是谓聪明；觉而不回护，是谓正直。汝何足以知之？念汝言行无玷，姑贷宽恕汝，后勿如是躁妄也。"霍然而苏。韩章美云。

小奴大月

先祖有小奴，名大月，年十三四。尝随村人罩鱼河中，得一大鱼，长几二尺。方手举以示众，鱼忽拨刺掉尾，击中左颊，仆水中。众怪其不起，试扶之，则血缕浮出。有破碗在泥中，锋铦 xiān 锋利如刃，刺其太阳穴死矣。先是其母梦是奴为人执缚俎上绑在砧板上，屠割如羊豕，似尚有馀恨。醒而恶之，恒戒以毋与人斗。不虞乃为鱼所击。佛氏所谓夙生中负彼命耶。

土　偶

刘少宗伯青垣言：有中表涉元稹《会真》之嫌者，女有孕，为母所觉。饰言夜恒有巨人来，压体甚重，面色黝黑。母曰："是必土偶为妖也。"授以彩丝，于来时阴系其足，女窃付所欢，系关帝祠周将军足上。母物色得之，挞其足几断。后复密会，忽见周将军击其腰，男女并僵卧不能起。皆曰污蔑神明之报也。夫专其利而移祸于人，其术巧矣。巧者，造物之所忌。机械万端，反而自及，天道也。神恶其崄巇 yǎn 指人心险恶，非恶其污蔑也。

罗两峰视鬼

扬州罗两峰，目能视鬼。曰："凡有人处皆有鬼。其横亡厉鬼，多年沉滞者，率在幽房空宅中，是不可近，近则为害。其憧憧摇曳不定的样子往来之鬼，午前阳盛，多在墙阴；午后阴盛，则四散游行。可以穿壁而过，不由门户，遇人则避路，畏阳气也。是随处有之，不为害。"又曰："鬼所聚集，恒在人烟密簇处，僻地旷野，所见殊稀。喜围绕厨灶，似欲近食气。又喜入溷 hùn 厕厕所，则莫明其故，或取人迹罕到耶？"所画有《鬼趣图》，颇疑其以意造作。中有一鬼，首大于身几十倍，尤似幻妄。然闻先姚安公言：瑶泾陈公，尝夏夜挂窗卧，窗广一丈。忽一巨面窥窗，阔与窗等，不知其身在何处。急掣剑刺其左目，应手而没。对屋一老仆亦见之，云从窗下地中涌出。掘地丈馀，无所睹而止。是果有此种鬼矣。茫茫昧昧，吾乌乎质之！

刘四遇鬼

奴子刘四，壬辰乾隆三十七年（1772）夏乞假归省。自御牛车载其妇。距家三四十里，夜将半，牛忽不行。妇车中惊呼曰："有一鬼，首大如瓮，在牛前。"刘四谛视，则一短黑妇人，首戴一破鸡笼，舞且呼曰"来！来！"惧而回车，则又跃在牛前呼"来！来！"如是四面旋绕，遂至鸡鸣。忽立而笑曰："夜凉无事，借汝夫妇消闲耳，偶相戏。我去后，慎勿詈我，詈则我复来。鸡笼是前村某家物，附汝还之。"语讫，以鸡笼掷车上去。天曙抵家，夫妇并昏昏如醉。妇不久病死，刘四亦流落无人状。鬼盖乘其衰气也。

狐戏人

景城有刘武周墓，《献县志》亦载。按，武周山后马邑人，墓不应在是，疑为隋刘炫墓。炫，景城人。《一统志》载其墓在献县东八十里。景城距城八十七里，约略当是也。旧有狐居之，时或戏嬲醉人。里有陈双，酒徒也。闻之愤曰："妖兽敢尔！"诣墓所，且数且詈。时耘者满野，皆见其父怒坐墓侧，双跳踉叫号。竞前呵曰："尔何醉至此，乃詈尔父！"双凝视，果父也，大怖叩首。父径趋归。双随而哀乞，追及于村外。方伏地陈说，忽妇媪环绕，哗笑曰："陈双何故跪拜其妻？"双仰视，又果妻也，愕而痴立。妻亦径趋归。双惘惘至家，则父与妻实未尝出。方知皆狐幻化戏之也，惭不出户者数日。闻者无不绝倒笑得前仰后合的样子。余谓双不詈狐，何至遭狐之戏，双有自取之道焉。狐不嬲人，何至遭双之詈？狐亦有自取之道焉。颠倒纠缠，皆缘一念之妄起。故佛言一切众生，慎勿造因。

方桂寻马

方桂，乌鲁木齐流人被流放的人子也。言尝牧马山中，一马忽逸去。蹑踪往觅，隔岭闻嘶声甚厉。寻声至一幽谷，见数物，似人似兽，周身鳞皴，斑驳如古松，发蓬蓬如羽葆古代的一种仪仗，以鸟羽聚于柄头如盖，目睛突出，色纯白，如嵌二鸡卵。共按马生啗其肉。牧人多携铳chòng 指枪一类的火器自防，桂故顽劣，因升树放铳。物悉入深林去。马已半躯被啖矣。后不再见，迄不知为何物也。

狐 宅

芮庶子铁崖宅中一楼，有狐居其上，恒镐之。狐或夜于厨下治馔陈设饮食，斋中宴客，家人习见亦不讶。凡盗贼火烛，皆能代主人呵护，相安已久。后鬻宅于李学士廉衣，廉衣素不信妖妄，自往启视，则楼上三楹量词，古代计算房屋的单位，一说一列为一楹；一说一间为一楹，洁无纤尘，中央一片如席大，藉以木板，整齐如几榻，馀无所睹。时方修筑，因并毁其楼，使无可据。亦无他异。迨甫落成，突烈焰四起，顷刻无寸椽。而邻屋枯草无一茎被爇ruò 焚烧。皆曰狐所为也。刘少宗伯青垣曰："此宅自当是日焚耳，如数不当焚，狐安敢纵火？"余谓妖魅能一一守科律，则天无雷霆之诛矣。王法禁杀人，不敢杀者多，杀人抵罪者亦时有。是固未可知也。

高阜雉蛇

王少司寇兰泉言：梦午塘提学江南时，署后有高阜高高的土丘，恒夜见光怪。云有一雉一蛇居其上，皆岁久，能为魅。午塘少年盛气，集锸chā 铁锹畚běn 土筐平之。众犹豫不举手，午塘方怒督，忽风飘片席蒙其首，急撤去，又一片蒙之，皆署中凉篷上物也。午塘觉其异，乃辍停止役。今尚岿然存。

某生妻妾

老仆魏哲闻其父言：顺治初，有某生者，距余家八九十里，忘其姓名，与妻先后卒。越三四年，其妾亦卒。适其家佣工人，夜行避雨，宿东岳祠廊下。若梦非梦，见某生荷校扛着枷锁立庭前，妻妾随焉。有神衣冠类城隍，磬折对岳神语曰："某生污二人，有罪；活二命，亦有功，合相抵。"岳神咈然曰："二人畏死忍耻，尚可贷。某生活二人，正为欲污二人，但宜科罪，何云功罪相抵也？"挥之出。某生及妻妾亦随出。悸不敢语。天曙归告家人，皆莫能解。

有旧仆泣曰："异哉，竟以此事被录乎！此事惟吾父子知之，缘受恩深重，誓不敢言。今已隔两朝，始敢追述。两主母皆实非妇人也。前明天启中，魏忠贤杀裕妃，其位下宫女内监，皆密捕送东厂，死甚惨。有二内监，一曰福来，一曰双桂，亡命逃匿。缘与主人曾相识，主人方商于京师，夜投焉。主人引入密室，吾穴隙私窥。主人语二人曰：'君等声音状貌在男女之间，与常人稍异，一出必见获。若改女装，则物色不及。然两无夫之妇，寄宿人家，形迹可疑，亦必败。二君身已净，本无异妇人；肯屈意为我妻妾，则万无一失矣。'二人进退无计，沉思良久，并曲从。遂为办女饰，钳其耳，渐可受珥耳饰。并市软骨药，阴为缠足。越数月，居然两好妇矣。乃车载还家，诡言在京所娶。二人久在宫禁，并白皙温雅，无一毫男子状。又其事迥出意想外，竟无觉者。但讶其不事女红，为恃宠骄惰耳。二人感主人再生恩，故事定后亦甘心偕老。然实巧言诱胁，非哀其穷，宜司命之见谴也。"信乎，人可欺，鬼神不可欺哉！

科名有命

乾隆己卯乾隆二十四年(1759)，余典山西乡试，有二卷皆中式矣。一定四十八名，填草榜时，同考官万泉吕令滮，误收其卷于衣箱，竟觅不可得。一定五十三名，填草榜时，阴风灭烛者三四，易他卷乃已。揭榜后，拆视弥封把试卷上填写姓名的地方折角或盖纸糊住，防止舞弊，失卷者范学敷，灭烛者李腾蛟也。颇疑二生有阴谴。然庚辰乾隆二十五年(1760)乡试，二生皆中式。范仍四十八名，李于辛丑乾隆四十六年(1781)成进士。乃知科名有命，先一年亦不可得，彼营营者何为耶？即求而得之，亦必其命所应有，虽不求亦得也。

愦愦女鬼

先姚安公言：雍正庚戌雍正八年(1730)会试，与雄县汤孝廉同号舍。汤夜半忽见披发女鬼，搴掀起帘手裂其卷，如蛱蝶乱飞。汤素刚正，亦不恐怖，坐而问之曰："前生吾不知，今生则实无害人事。汝胡为来者？"鬼愕眙chì 惊视却立曰："君非四十七号耶？"曰："吾四十九号。"盖前有二空舍，鬼除之未数也。谛视良久，作礼谢罪而去。斯须间，四十七号喧呼某甲中恶矣。此鬼殊愦愦，此君可谓无妄之灾。幸其心无愧怍，故仓卒间敢与诘辩，仅裂一卷耳，否亦殆哉。

东岳冥官

顾员外德懋mào，自言为东岳冥官，余弗深信也。然其言则有理。曩nǎng以前在裘文达公家，尝谓余曰："冥司重贞妇，而亦有差等：或以儿女之爱，或以田宅之丰，有所系恋而弗去者，下也；不免情欲之萌，而能以礼义自克者，次也；心如枯井，波澜不生，富贵亦不睹，饥寒亦不知，利害亦不计者，斯为上矣。如是者千百不得一，得一则鬼神为起敬。一日，喧传节妇至，冥王改容，冥官皆振衣伫迓yà等待。见一老妇儽léi然疲惫、颓废的样子来，其行步步渐高，如蹑阶级。比到，则竟从殿脊上过，莫知所适。冥王怃然曰：'此已生天，不在吾鬼箓中矣。'"又曰："贤臣亦三等：畏法度者为下；爱名节者为次；乃心王室，但知国计民生，不知祸福毁誉者为上。"又曰："冥司恶躁竞，谓种种恶业，从此而生，故多困踬受挫，颠沛困顿之，使得不偿失。人心愈巧，则鬼神之机亦愈巧。然不甚重隐逸，谓天地生才，原期于世事有补。人人为巢、许巢父、许由，历史上两位著名的隐士，则至今洪水横流，并挂瓢饮犊之地，亦不可得矣。"又曰："阴律如《春秋》责备贤者，而与人为善。君子偏执害事，亦录以为过；小人有一事利人，亦必予以小善报。世人未明此义，故多疑因果或爽出差错耳。"

灯下人

内阁学士永公，讳宁，婴困扰，缠绕疾，颇委顿。延医诊视，未遽愈。改延一医，索前医所用药帖，弗得。公以为小婢误置他处，责使搜索，云："不得，且笞汝。"方倚枕憩息，恍惚有人跪灯下曰："公勿笞婢，此药帖小人所藏。小人即公为臬司时平反得生之囚也。"问："藏药帖何意？"曰："医家同类皆相忌，务改前医之方，以见所长。公所服药不误，特初试一剂，力尚未至耳。使后医见方，必相反以立异，则公殆矣。所以小人阴窃之。"公方昏闷，亦未思及其为鬼。稍顷始悟，悚然汗下。乃称前方已失，不复记忆，请后医别疏方。视所用药，则仍前医方也。因连进数剂，病霍然一下子，很快如失。公镇乌鲁木齐日，亲为余言之，曰："此鬼可谓谙悉世情矣。"

游僧幻术

族叔楘mù庵言：肃宁有塾师，讲程朱之学。一日，有游僧乞食于塾外，木鱼琅琅，自辰逮午不肯息。塾师厌之，自出叱使去，且曰："尔本异端，愚民或受尔惑耳。此地皆圣贤之徒，尔何必作妄想？"僧作礼曰："佛之流而募衣食，犹儒之流而求富贵也，同一失其本来，先生何必定相苦？"塾师怒，自击以夏楚古代学校两种体罚越礼犯规者的用具。后泛指用棍棒等进行体罚。僧振衣起曰："太恶作剧。"遗布囊于地而去。意必复来，暮竟不至。扪之，所贮皆散钱。诸弟子欲探取。塾师曰："俟其久而不来，再为计。然须数明，庶不争。"甫启囊，则群蜂坌涌，螫师弟师傅和弟子面目尽肿。号呼扑救，邻里咸惊问。僧忽排闼入曰："圣贤乃谋匿人财耶？"提囊径行。临出，合掌向塾师曰："异端偶触忤圣贤，幸见恕。"观者粲然笑的样子。或曰："幻术也。"或曰："塾师好辟佛，见僧辄诋，僧故置蜂于囊以戏之。"楘庵曰："此事余目击，如先置多蜂于囊，必有蠕动之状见于囊外，尔时殊未睹也。云幻术者为差近。"

青雷寓言

朱青雷言：有避仇窜匿深山者，时月白风清，见一鬼徙倚白杨下，伏不敢起。鬼忽见之曰："君何不出？"栗而答曰："吾畏君。"鬼曰："至可畏者莫若人，鬼何畏焉？使君颠沛至此者，人耶鬼耶？"一笑而隐。余谓此青雷有激之寓言也。

库中巨蟒

都察院库中有巨蟒，时或夜出。余官总宪时，凡两见。其蟠迹着尘处，约广二寸馀，计其身当横径五寸。壁无罅xià缝隙，门亦无罅，窗棂阔不及二寸，不识何以出入。大抵物久则能化形，狐魅能由窗隙往来，其本形亦非窗隙所容也。堂吏云：其出应休咎吉凶、善恶，殊无验，神其说耳。

鬼神代治

幽明异路，人所能治管理、惩办者，鬼神不必更治之，示不渎轻慢，对人不恭敬也。幽明一理，人所不及治者，鬼神或亦代治之，示不测也。戈太仆仙舟言："有奴子尝醉寝城隍神案上，神拘去笞二十。"两股青痕斑斑，太仆目见之。

土神显灵

杜生村，距余家十八里。有贪富室之贿，鬻其养媳为妾者。其媳虽未成婚，然与夫聚已数年，义不再适旧称女子出嫁。度事不可止，乃密约同逃。翁姑觉而追之。二人夜抵余村土神祠，无可栖止，相抱泣。忽祠内语曰："追者且至，可匿神案下。"俄庙祝庙中掌管香火的人踉跄醉归，横卧门外。翁姑追至，问踪迹。庙祝呓语应曰："是小男女二人耶？年约若干，衣履若何，向某路去矣。"翁姑急循所指路往。二人因得免，乞食至媳之父母家。父母欲讼官，乃得不鬻。尔时祠中无一人。庙祝曰："吾初不知是事，亦不记作是语。"盖皆土神之灵也。

孝悌寡媳

乾隆庚子乾隆四十五年(1780)，京师杨梅竹斜街火，所毁殆百楹。有破屋岿然独存。四面颓垣，齐如界画，乃寡媳守病姑旧时妻称夫的母亲不去也。此所谓"孝悌之至，通于神明"。

于氏称疾

于氏，肃宁旧族也。魏忠贤窃柄时，视王侯将相如土苴。顾以生长肃宁，耳濡目染，望于氏如王谢，为侄求婚，非得于氏女不可。适于氏少子赴乡试，乃置酒强邀至家面与议。于生念许之则祸在后日，不许则祸在目前，猝不能决。托言父在难自专。忠贤曰："此易耳。君速作札，我能即致太翁也。"

是夕，于翁梦其亡父，督课如平日，命以二题：一为"孔子曰诺孔子说可行"，一为"归洁其身而已矣回家独善其身就行了"。方搆思，忽叩门惊醒。得子书，恍然顿悟。因复书许姻，而附言病颇棘棘手，难办，促子速归。肃宁去京四百馀里，比信返，天甫微明，演剧犹未散。于生匆匆束装，途中官吏迎候者已供帐相属。抵家后，父子俱称疾不出。是岁为天启甲子。越三载而忠贤败，竟免于难。事定后，于翁坐小车，遍游郊外，曰："吾三载杜门闭门，仅博得此日看花饮酒，岌乎危哉！"

于生濒行时，忠贤授以小像曰："先使新妇识我面。"于氏与余家为表戚，余儿时尚见此轴。貌修伟而秀削，面白色隐赤，两颧微露，颊微狭，目光如醉，卧蚕以上，赭石薄晕如微肿。衣绯红。座旁几上，露列金印九。

道士梦神

杜林镇土神祠道士，梦土神语曰："此地繁剧，吾失于呵护，致疫鬼误入孝子节妇家，损伤童稚。今镌juān秩降级或降职去矣。新神性严重，汝善事之，恐不似我姑容也。"谓春梦无凭，殊不介意。越数日，醉卧神座旁，得寒疾几殆。

桐园女子

景州戈太守桐园，官朔平时，有幕客幕府的僚属，师爷之类的人物夜中睡醒，明月满窗，见一女子在几侧坐。大怖，呼家奴。女子摇手曰："吾居此久矣，君不见耳。今偶避不及，何惊骇乃尔。"幕客呼益急。女子哂曰："果欲祸君，奴岂能救？"拂衣遽起，如微风之振窗纸，穿棂而逝。

泥塑判官

颖州吴明经跃鸣言：其乡老儒林生，端人也。尝读书神庙中，庙故宏阔，僦租赁居者多。林生性孤峭，率不相闻问。

一日，夜半不寐，散步月下，忽一客来叙寒温。林生方寂寞，因邀入室共谈，甚有理致。

偶及因果之事。林生曰："圣贤之为善，皆无所为而为者也。有所为而为，其事虽合天理，其心已纯乎人欲矣。故佛氏福田佛教语。佛教认为供养布施，行善修德，能受福报，犹如播种田亩，有秋收之利，故称之说，君子弗道也。"

客曰："先生之言，粹然儒者之言也。然用以律己则可，用以律人则不可；用以律君子犹可，用以律天下之人则断不可。圣人之立教，欲人为善而已。其不能为者，则诱掖诱导、扶持以成之；不肯为者，则驱策以迫之。于是乎刑赏生焉。能因慕赏而为善为了赏赐而做善事，圣人但与其善，必不责其为求赏而然也；能因畏刑而为善害怕刑罚而做善事，圣人亦与其善，必不责其为避刑而然也。苟以刑赏使之循天理，而又责慕赏畏刑之为人欲，是不激劝于刑赏，谓之不善；激劝于刑赏，又谓之不善，人且无所措手足矣。况慕赏避刑，既谓之人欲，而又激劝以刑赏，人且谓圣人实以人欲导民矣，有是理欤？盖天下上智少而凡民多，故圣人之刑赏，为中人以下设教。佛氏之因果，亦为中人以下说法。儒释之宗旨虽殊，至其教人为善，则意归一辙。先生执董子即董仲舒，西汉哲学家谋利计功之说，以驳佛氏之因果，将并圣人之刑赏而驳之乎？先生徒见缁流僧徒。僧尼多穿黑衣，故称诱人布施，谓之行善，谓可得福；见愚民持斋烧香，谓之行善，谓可得福；不如是者，谓之不行善，谓必获罪。遂谓佛氏因果，适以惑众。而不知佛氏所谓善恶，与儒无异；所谓善恶之报，亦与儒无异也。"

林生意不谓然，尚欲更申己意。俯仰之顷，天已将曙。客起欲去，固挽留之。忽挺然不动，乃庙中一泥塑判官。

雷阳公言

族祖雷阳公言：昔有遇冥吏者，问："命皆前定，然乎？"曰："然。然特穷通寿夭之数，若唐小说所称预知食料，乃术士射覆古代的一种猜物游戏，往往用以占卜法耳。如人人琐记此等事，虽大地为架，不能庋此簿籍矣。"问："定数可移乎？"曰："可。大善则移，大恶则移。"问："孰定之？孰移之？"曰："其人自定自移，鬼神无权也。"问："果报何有验有不验？"曰："人世善恶论一生，祸福亦论一生。冥司则善恶兼前生，祸福兼后生论善或恶，则兼顾前一辈子；论祸或福，则兼顾后一辈子，故若或爽也。"问："果报何以不同？"曰："此皆各因其本命。以人事譬之，同一迁官，尚书迁一级则宰相，典史迁一级，不过主簿耳。同一镌秩，有加级者抵，无加级，则竟镌矣。故事同而报或异也。"问："何不使人先知？"曰："势不可也。先知之，则人事息，诸葛武侯为多事，唐六臣为知命矣。"问："何以又使人偶知？"曰："不偶示之，则恃无鬼神而人心肆，暧昧难知之处，将无不为矣。"先姚安公尝述之曰："此或雷阳所论，托诸冥吏也。然揆揣度，衡量之以理，谅亦不过如斯。"

姚安公仆

先姚安公有仆，貌谨厚而最有心计。一日，乘主人急需，饰词邀勒夸大其辞，巧言勒索，得赢数十金。其妇亦悻悻自好，若不可犯，而阴有外遇。久欲与所欢逃，苦无资斧旅费、盘缠。既得此金，即盗之同遁。越十馀日捕获，夫妇之奸乃并败。余兄弟甚快之。姚安公曰："此事何巧相牵引，一至于斯！殆有鬼神颠倒其间也。夫鬼神之颠倒，岂徒博人一快哉！凡以示戒云尔。故遇此种事，当生警惕心，不可生欢喜心。甲与乙为友，甲居下口，乙居泊镇，相距三十里。乙妻以事过甲家，甲醉以酒而留之宿。乙心知之，不能言也，反致谢焉。甲妻渡河覆舟，随急流至乙门前，为人所拯。乙识而扶归，亦醉以酒而留之宿。甲心知之，不能言也，亦反致谢焉。其邻媪阴知之，合掌诵佛曰：'有是哉，吾知惧矣。'其子方佐人诬讼帮打官司的人作伪证，急自往呼之归。汝曹如此媪可也。"

废祠亡灵

四川毛公振翧，任河间同知时，言其乡人有薄暮山行者，避雨入一废祠，已先有一人坐檐下。谛视，乃其亡叔也，惊骇欲避。其叔急止之曰："因有事告汝，故此相待。不祸汝，汝勿怖也。我殁之后，汝叔母失汝祖母欢，恒非理见箠挞经常无缘无故地挨打。汝叔母虽顺受不辞，然心怀怨毒，于无人处窃诅詈。吾在阴曹为伍伯古代五人曰伍，伍长曰伯，故称，见土神牒报者数矣。凭汝寄语，戒其悛quān改悔改。如不知悔，恐不免魂堕泥犁也。"语讫而灭。乡人归，告其叔母，虽坚讳无有，然悚然变色，如不自容。知鬼语非诬矣。

里胥鞭囚

毛公又言：有人夜行，遇一人，状似里胥里长，管理一乡事务的公差，锁絷一囚，坐树下。因并坐暂息。囚啜泣不止，里胥鞭之。此人意不忍，从旁劝止。里胥曰："此桀黠jié xiá凶暴狡黠之魁，生平所播弄倾轧者，不啻chì不止数百。冥司判七世受豕身，吾押之往生也。君何悯焉！"此人栗然而起，二鬼亦一时灭迹。

诗二首

千生心力坐销磨，纸上烟云过眼多。
拟筑书仓今老矣，只应说鬼以东坡。

前因后果验无差，琐记搜罗鬼一车。
传语洛闽门弟子，稗官原不入儒家。

观弈道人自题

卷三

滦阳消夏录三

戈壁蝎虎

俞提督金鳌言：尝夜行辟展今新疆鄯善戈壁中作者原注：戈壁者，碎沙乱石不生水草之地，即瀚海也，遥见一物，似人非人，其高几一丈，追之甚急。弯弧中其胸，踣bó跌倒而复起。再射之始仆。就视，乃一大蝎虎壁虎。竟能人立而行，异哉。

林中黑气

昌吉叛乱之时，捕获逆党，皆戮于迪化城西树林中作者原注：迪化即乌鲁木齐，今建为州。树林绵亘数十里，俗称之树窝，时戊子乾隆三十三年（1768）八月也。后林中有黑气数团，往来倏忽，夜行者遇之辄迷。余谓此凶悖之魄，聚为妖厉，犹蛇虺huǐ虽死，馀毒尚染于草木，不足怪也。凡阴邪之气，遇阳刚之气则消。遣数军于月夜伏铳击之，应手散灭。

供　马

乌鲁木齐关帝祠有马，市贾所施以供神者也。尝自啮草山林中，不归皂枥。每至朔望朔日与望日，农历每月初一与十五祭神，必昧爽拂晓先立祠门外，屹如泥塑。所立之地，不失尺寸。遇月小建农历的小月，有29日。大建为30日，其来亦不失期。祭毕，仍莫知所往。余谓道士先引至祠外，神其说耳。庚寅乾隆三十五年（1770）二月朔，余到祠稍早，实见其由雪碛缓步而来，弭耳奋拉着耳朵，顺从的样子竟立祠门外。雪中绝无人迹，是亦奇矣。

老儒贿盗

淮镇在献县东五十五里处，即《金史》所谓槐家镇也。有马氏者，家忽见变异，夜中或抛掷瓦石，或鬼声呜呜，或无人处突火出。嬲岁馀不止，祷禳祈祷鬼神求福除灾亦无验。乃买宅迁居，有赁居者嬲如故，不久亦他徙。是以无人敢再问。有老儒不信其事，以贱价得之。卜日迁居，竟寂然无他。颇谓其德能胜妖。既而有猾盗登门与诟争，始知宅之变异，皆老儒贿盗夜为之，非真魅也。先姚安公曰："魅亦不过变幻耳。老儒之变幻如是，即谓之真魅可矣。"

前明僧人

己卯乾隆二十四年(1759)七月，姚安公在苑家口，遇一僧，合掌作礼曰："相别七十三年矣，相见不一斋乎？"适旅舍所卖皆素食，因与共饭。问其年，解囊出一度牒僧道出家，由官府发的凭证，乃前明成化二年所给。问："师传此几代矣？"遽收之囊中，曰："公疑我，我不必再言。"食未毕而去，竟莫测其真伪。尝举以戒昀曰："士大夫好奇，往往为此辈所累。即真仙真佛，吾宁交臂失之。"

狐居小楼

余家假山上有小楼，狐居之五十馀年矣。人不上，狐亦不下，但时见窗扉无风自启闭耳。楼之北曰绿意轩，老树阴森，是夏日纳凉处。戊辰乾隆十三年(1748)七月，忽夜中闻琴声、棋声，奴子奔告姚安公。公知狐所为，了不介意，但顾奴子曰："固胜于汝辈饮博。"次日，告昀曰："海客无心，则白鸥可狎。从前有个喜欢鸥鸟的人，每到海边，鸥鸟都会和他戏耍。有一次他父亲让他抓一只鸥鸟来玩，此后，当他再去海边时，鸥鸟就只在空中盘旋而不与他亲近了。见《列子·黄帝篇》相安已久，惟宜以不闻不见处之。"至今亦绝无他异。

钱宅雅狐

丁亥乾隆三十二年(1767)春，余携家至京师。因虎坊桥旧宅未赎，权住钱香树先生空宅中。云楼上亦有狐居，但扃锁杂物，人不轻上。余戏粘一诗于壁曰："草草移家偶遇君，一楼上下且平分。耽诗自是书生癖，彻夜吟哦莫厌闻。"一日，姬人启锁取物，急呼怪事。余走视之，则地板尘上，满画荷花，茎叶苕亭，具有笔致。因以纸笔置几上，又粘一诗于壁曰："仙人果是好楼居，文采风流我不如。新得吴笺三十幅，可能一一画芙蕖？"越数日启视，竟不举笔。以告裘文达公，公笑曰："钱香树家狐，固应稍雅。"

河间冯树楠

河间冯树楠，粗通笔札，落拓京师十馀年。每遇机缘，辄无成就；干祈于人，率口惠而实不至。穷愁抑郁，因祈梦于吕仙祠。夜梦一人语之曰："尔无恨人情薄，此因缘尔所自造也。尔过去生中，喜以虚词博长者名。遇有善事，心知必不能举也，必再三怂恿，使人感尔之赞成；遇有恶人，心知必不可贷也，必再三申雪，使人感尔之拯救。虽于人无所损益，然恩皆归尔，怨必归人，机巧已为太甚。且尔所赞成拯救，皆尔身在局外，他人任其利害者也。其事稍稍涉于尔，则退避惟恐不速，坐视其人之焚溺，虽一举手之力，亦惮烦不为。此心尚可问乎？由是思维，人于尔貌合而情疏，外关切而心漠视，宜乎不宜？鬼神之责人，一二行事之失，犹可以善抵；至罪在心术，则为阴律所不容。今生已矣，勉修未来可也。"后果寒饿以终。

仆魂辩曰

史松涛先生，讳茂，华州人。官至太常寺卿，与先姚安公为契友趣味相投的朋友。余十四五时，忆其与先姚安公谈一事曰：某公尝棰杀一干仆，后附一痴婢后来这个仆人的魂魄附在一个傻傻的婢女身上，与某公辩曰："奴舞弊当死，然主人杀奴，奴实不甘。主人高爵厚禄，不过于奴之受恩乎？卖官鬻爵，积金至巨万，不过于奴之受赂乎？某事某事，颠倒是非，出入生死，不过于奴之窃弄权柄乎？主人可负国，奈何责奴负主人？主人杀奴，奴实不甘。"某公怒而击之仆，犹呜呜不已。后某公亦不令终善终，因叹曰："吾曹断断不至是。然旅进旅退与众人同进退。形容随大流，没有主见，坐食俸钱，而每责僮婢不事事，毋乃亦腹诽矣乎！"

李某诱妇

束城李某，以贩枣往来于邻县，私诱居停寄居的处所主人少妇归。比至家，其妻先已偕人逃。自诧曰："幸携此妇来，不然，鳏失去妻子的男子矣。"人计其妻迁贿之期，正当此妇乘垣后日。适相报，尚不悟耶！既而此妇不乐居农家，复随一少年遁，始茫然自失。后其夫踪迹至束城，欲讼李。李以妇已他去，无佐证，坚不承。纠纷间，闻里有扶乩者，众曰："盍质于仙？"仙判一诗曰："鸳鸯梦好两欢娱，记否罗敷代指美女，出自汉乐府诗《陌上桑》："使君自有妇，罗敷自有夫。"自有夫。今日相逢须一笑，分明依样画壶卢。"其夫默然径返。两邑接壤，有知其事者曰："此妇初亦其夫诱来者也。"

荔姐装鬼

满媪，余弟乳母也。有女曰荔姐，嫁为近村民家妻。一日，闻母病，不及待婿同行，遽狼狈而来。时已入夜，缺月微明，顾见一人追之急。度是强暴，而旷野无可呼救。乃隐身古冢白杨下，纳簪珥怀中，解络系颈，披发吐舌，瞪目直视以待。其人将近，反招之坐。及逼视，知为缢鬼，惊仆不起。荔姐竟狂奔得免。比入门，举家大骇，徐问得实，且怒且笑，方议向邻里追问。次日，喧传某家少年遇鬼中恶，其鬼今尚随之，已发狂谵 zhān 语因病而神志不清，胡言乱语。后医药符箓皆无验，竟颠痫终身。此或由恐怖之馀，邪魅乘机而中之，未可知也。或一切幻象，由心而造，未可知也。或明神殛恶，阴夺其魄，亦未可知也。然均可为狂且 jū 狂人戒。

假鬼陈冤

制府唐公执玉，尝勘一杀人案，狱具矣。一夜秉烛独坐，忽微闻泣声，似渐近窗户。命小婢出视，嗷然而仆。公自启帘，则一鬼浴血跪阶下。厉声叱之，稽颡 sǎng 脑门。稽颡，古代一种跪拜礼，屈膝下拜，以额触地，表示极度的虔诚曰："杀我者某，县官乃误坐某。仇不雪，目不瞑也。"公曰："知之矣。"鬼乃去。翌日，自提讯。众供死者衣履，与所见合。信益坚，竟如鬼言改坐某。问官申辩百端，终以为南山可移，此案不动。其幕友疑有他故，微叩探问，询问公。始具言始末，亦无如之何。

一夕，幕友请见，曰："鬼从何来？"曰："自至阶下。"曰："鬼从何去？"曰："欻xū然越墙去。"幕友曰："凡鬼有形而无质，去当奄然而隐，不当越墙。"因即越墙处寻视，虽甃zhòu瓦不裂，而新雨之后，数重屋上皆隐隐有泥迹，直至外垣而下。指以示公曰："此必囚贿捷盗所为也。"公沉思恍然，仍从原谳。讳其事，亦不复深求。

破寺蠢僧

景城南有破寺，四无居人，惟一僧携二弟子司香火，皆蠢蠢如村佣，见人不能为礼。然谲诈殊甚，阴市松脂炼为末，夜以纸卷燃火撒空中，焰光四射。望见趋问（见到的人们）都跑来询问，则师弟键户酣寝，皆曰不知。又阴市戏场佛衣，作菩萨罗汉形，月夜或立屋脊，或隐映寺门树下。望见趋问，亦云无睹。或举所见语之，则合掌曰："佛在西天，到此破落寺院何为？官司方禁白莲教假借"弥勒下生"的民间秘密宗教团体，盛行于元、明、清，与公无仇，何必造此语祸我？"人益信为佛示现，檀施布施日多。然寺日颓敝，不肯葺一瓦一椽。曰："此方人喜作蜚语，每言此寺多怪异。再一庄严，惑众者益借口矣。"积十馀年，渐致富。忽盗瞰其室，师弟并拷死，罄其赀去。官检所遗囊箧，得松脂戏衣之类，始悟其奸。此前明崇祯末事。先高祖厚斋公曰："此僧以不蛊惑为蛊惑，亦至巧矣。然蛊惑所得，适以自戕自己伤害自己。虽谓之至拙可也。"

二　僧

有书生嬖一娈童，相爱如夫妇。童病将殁，凄恋万状，气已绝，犹手把书生腕，擘bāi掰开之乃开。后梦寐见之，灯月下见之，渐至白昼亦见之。相去恒七八尺，问之不语，呼之不前，即之则却退。缘是惘惘成心疾，符箓劾治无验。其父姑令借榻丛林这里指佛教僧人聚居的处所，冀鬼不敢人佛地。至则见如故。

一老僧曰："种种魔障，皆起于心。果此童耶？是心所招；非此童耶？是心所幻。但空尔心，一切俱灭矣。"又一老僧曰："师对下等人说上等法，渠无定力，心安得空？正如但说病证，不疏药物耳。"因语生曰："邪念纠结，如草生根；当如物在孔中，出之以楔，楔满孔则物自出。尔当思维，此童殁后，其身渐至僵冷，渐至洪胀，渐至臭秽，渐至腐溃，渐至尸虫蠕动，渐至脏腑碎裂，血肉狼藉，作种种色。其面目渐至变貌，渐至变色，渐至变相如罗刹，则恐怖之念生矣。再思维此童如在，日长一日，渐至壮伟，无复媚态，渐至鬑鬑有须，渐至修髯rán两腮的胡子如戟胡须像剑戟一样刺人，渐至面苍黧lí面色灰黄发黑，渐至发斑白，渐至两鬓如雪，渐至头童齿豁头秃齿落，渐至伛偻劳嗽，涕泪涎沫，秽不可近，则厌弃之念生矣。再思维此童先死，故我念彼；倘我先死，彼貌姣好，定有人诱，利饵势胁，彼未必守贞如寡女。一旦引去，荐彼枕席，我在生时对我种种淫语，种种淫态，俱回向是人，恣其娱乐；从前种种昵爱，如浮云散灭，都无馀滓，则愤恚之念生矣。再思维此童如在，或恃宠跋扈，使我不堪，偶相触忤，反面诟谇；或我财不赡，不餍所求，顿生异心，形色索漠；或彼见富贵，弃我他往，与我相遇如陌路人，则怨恨之念生矣。以是诸念起伏生灭于心中，则心无馀间。心无馀间，则一切爱根欲根无处容着，一切魔障不祛自退矣。"

生如所教，数日或见或不见，又数日竟灭迹。病起往访，则寺中无是二僧。或曰古佛现化，或曰十方常住佛教语。指接待往来僧人的寺院，来往如云，萍水偶逢，已飞锡佛教语。指僧人云游四方他往云。

姊妹狐

先太夫人乳媪廖氏言：沧州马落坡，有妇以卖面为业，得馀面以养姑。贫不能畜驴，恒自转磨，夜夜彻四鼓四更天。姑殁后，上墓归，遇二少女于路，迎而笑曰："同住二十馀年，颇相识否？"妇错愕不知所对。二女曰："嫂勿讶，我姊妹皆狐也，感嫂孝心，每夜助嫂转磨。不意为上帝所嘉，缘是功行，得证正果。今嫂养姑事毕，我姊妹亦登仙去矣。敬来道别，并谢提携也。"言讫，其去如风，转瞬已不见。妇归，再转其磨，则力几不胜，非宿昔之旋运自如矣。

乌鲁木齐

乌鲁木齐，译言"好围场"也。余在是地时，有笔帖式翻译满汉文书的官员名乌鲁木齐。计其命名之日，在平定西域前二十馀年。自言初生时，父梦其祖语曰："尔所生子，当名乌鲁木齐。"并指画其字以示。觉而不省为何语；然梦甚了了，姑以名之。不意今果至此，意将终此乎？后迁印房主事，果卒于官。计其自从征至卒，始终未尝离是地。事皆前定，岂不信夫！

巴　拉

乌鲁木齐又言：有厮养负责砍柴做饭等粗杂活计的男性仆役曰巴拉，从征时，遇贼每力战。后流矢贯左颊，镞箭头出于右耳之后，犹奋刀斫一贼，与之俱仆。后因事至孤穆第作者原注：在乌鲁木齐、特纳格尔之间，梦巴拉拜谒。衣冠修整，颇不类贱役。梦中忘其已死，问："向在何处，今将何往？"对曰："因差遣过此，偶遇主人，一展积恋耳。"问："何以得官？"曰："忠孝节义，上帝所重。凡为国捐生者，虽下至仆隶，生前苟无过恶，幽冥必与一职事；原有过恶者，亦消除前罪，向人道转生。奴今为博克达山神部将，秩如骁骑校也。"问："何往？"曰："昌吉。"问："何事？"曰："赍jī带着有文牒，不能知也。"霍然而醒，语音似犹在耳。时戊子乾隆三十三年(1768)六月。至八月十六日而有昌吉变乱之事，鬼盖不敢预泄云。

绣花女鞋

昌吉筑城时，掘土至五尺馀，得红纻丝绣花女鞋一，制作精致，尚未全朽。余乌鲁木齐杂诗曰："筑城掘土土深深，邪许yé hǔ拟声词。众人一齐用力时的呼喊声相呼万杵音。怪事一声齐注目，半钩新月藓花侵。"咏此事也。入土至五尺馀，至近亦须数十年，何以不坏？额鲁特清代西部蒙古各部的总称女子不缠足，何以得作弓弯样，仅三寸许？此必有其故，今不得知矣。

郭　六

郭六，淮镇农家妇，不知其夫氏郭父氏郭也，相传呼为郭六云尔。雍正甲辰雍正二年(1724)、乙巳雍正三年(1725)间，岁大饥。其夫度不得活，出而乞食于四方。濒行，对之稽颡曰："父母皆老病，吾以累汝矣。"妇故有姿，里少年瞰其乏食，以金钱挑之，皆不应，惟以女工养翁姑。既而必不能赡，则集邻里叩首曰："我夫以父母托我，今力竭矣。不别作计，当俱死。邻里能助我，则乞助我；不能助我，则我且卖花作者原注：里语以妇女倚门为"卖花"，毋笑我。"邻里趑趑嗫嚅犹犹豫豫，欲言又止的样子，徐散去。乃恸哭白翁姑，公然与诸荡子游。阴蓄夜合之资，又置一女子，然防闲甚严，不使外人觌dí见到其面。或曰，是将邀重价，亦不辩也。

越三载馀，其夫归。寒温甫毕，即与见翁姑，曰："父母并在，今还汝。"又引所置女见其夫曰："我身已污，不能忍耻再对汝。已为汝别娶一妇，今亦付汝。"夫骇愕未答，则曰："且为汝办餐。"已往厨下自刭矣。县令来验，目炯炯不瞑。县令判葬于祖茔，而不祔fù合葬夫墓，曰："不祔墓，宜绝于夫也；葬于祖茔，明其未绝于翁姑也。"目仍不瞑。其翁姑哀号曰："是本贞妇，以我二人故至此也。子不能养父母，反绝代养父母者耶？况身为男子不能养，避而委一少妇，途人知其心矣，是谁之过而绝之耶？此我家事，官不必与闻也。"语讫而目瞑。

时邑人议论颇不一。先祖宠予公曰："节孝并重也，节孝又不能两全也。此一事非圣贤不能断，吾不敢置一词也。"

有憾于君

御史某之伏法也，有问官白昼假寐闭目养神，恍惚见之，惊问曰："君有冤耶？"曰："言官受赂鬻章奏，于法当诛，吾何冤？"曰："不冤，何为来见我？"曰："有憾于君。"曰："问官七八人，旧交如我者亦两三人，何独憾我？"曰："我与君有宿隙，不过进取相轧耳，非不共戴天者也。我对簿时，君虽引嫌不问，而阳阳有德色；我狱成时，君虽虚词慰藉，而隐隐含轻薄。是他人据法置我死，而君以修怨快我死也。患难之际，此最伤人心，吾安得不憾！"问官惶恐愧谢曰："然则君将报我乎？"曰："我死于法，安得报君？君居心如是，自非载福之道，亦无庸我报。特意有不平，使君知之耳。"语讫，若睡若醒，开目已失所在，案上残茗尚微温。后所亲见其惘惘如失，阴叩之，乃具道始末，喟然曰："幸哉我未下石也，其饮恨犹如是。曾子曰：'哀矜勿喜对遭受灾祸的人要怜悯，不能幸灾乐祸。'不其然乎！"所亲为人述之，亦喟然曰："一有私心，虽当其罪，犹不服，况不当其罪乎！"

宋小岩

程编修鱼门曰："怨毒之于人甚矣哉！宋小岩将殁，以片札寄其友曰：

'白骨可成尘，游魂终不散；黄泉业镜台，待汝来相见。'余亲见之。其友将殁，以手拊床曰：'宋公且坐。'余亦亲见之。"

某公多事

相传某公奉使归，驻节指身居要职的官员于外执行使命，在当地住下馆舍。时庭菊盛开，徘徊花下，见小童隐映疏竹间，年可十四五，端丽温雅如靓妆女子。问知为居停主人子。呼与语，甚慧黠。取一扇赠之，流目送盼，意似相就。某公亦爱其秀颖，与流连软语。适左右皆不在，童即跪引其裾曰："公如不弃，即不敢欺公，父陷冤狱，得公一语可活。公肯援手，当不惜此身。"方探袖出讼牒，忽暴风冲击，窗扉六扇皆洞开，几为驺 zōu 从古代的贵族出行时随侍的骑马侍从所窥。心知有异，急挥之去，曰："俟夕徐议。"即草草命驾行。后廉知访查得知为土豪杀人，狱急不得解，赂胥吏引某公馆其家，阴市娈童，伪为其子，又赂左右，得至前为秦弱兰之计北宋初年，宋主准备进攻南唐，先派翰林学士陶谷前去劝降，同时探听虚实。陶谷是个有名的才子，少年得志，又自以为是大国使臣，不把南唐君臣放在眼里。他到了南唐，气焰逼人，倨傲万状。南唐众臣只得忍气吞声，接待陶谷。后丞相宋齐丘看出他虽外状骄矜，却是个品德俱亏的好色之徒。于是和金陵名妓秦弱兰设一计，陶谷果然中计，只得听凭南唐摆布，不虞冤魄之示变也。裘文达公尝曰："此公偶尔多事，几为所中。士大夫一言一动，不可不慎。使尔时面如包孝肃，亦何隙可乘。"

烈　女

明崇祯末，孟村有巨盗肆掠，见一女有色，并其父母絷 zhí 捆绑之。女不受污，则缚其父母加炮烙。父母并呼号惨切，命女从贼。女请纵父母去，乃肯从。贼知其绐 dài 欺骗己，必先使受污而后释。女遂奋掷批贼颊，与父母俱死，弃尸于野。后贼与官兵格斗，马至尸侧，辟易不肯前，遂陷淖就擒。女亦有灵矣，惜其名氏不可考。论是事者，或谓女子在室，从父母之命者也。父母命之从贼矣，成一己之名，坐视父母之惨酷，女似过忍。或谓命有治乱，从贼不可与许嫁比。父母命为娼，亦为娼乎？女似无罪。先姚安公曰："此事与郭六正相反，均有理可执，而于心终不敢确信。不食马肝，未为不知味也。不吃马肝，不算不知道滋味。相传马肝有毒，不能食用。比喻不应讨论的事不去推究"

刘羽冲

刘羽冲，佚其名，沧州人。先高祖厚斋公多与唱和。性孤僻，好讲古制，实迂阔不可行。尝倩qìng请董天士作画，倩厚斋公题。内《秋林读书》一幅云："兀坐秋树根，块然无与伍。不知读何书，但见须眉古。只愁手所持，或是《井田谱》。"盖规之也。偶得古兵书，伏读经年，自谓可将十万。会有土寇，自练乡兵与之角，全队溃覆，几为所擒。又得古水利书，伏读经年，自谓可使千里成沃壤，绘图列说于州官。州官亦好事，使试于一村。沟洫甫成农田水利刚刚修成，水大至，顺渠灌入，人几为鱼。由是抑郁不自得，恒独步庭阶，摇首自语曰："古人岂欺我哉！"如是日千百遍，惟此六字。不久，发病死。后风清月白之夕，每见其魂在墓前松柏下，摇首独步。侧耳听之，所诵仍此六字也。或笑之，则欻隐。次日伺之，复然。

泥古者愚，何愚乃至是欤！阿文勤公尝教昀曰："满腹皆书能害事，腹中竟无一卷书，亦能害事。国弈不废忽视旧谱，而不执照搬旧谱；国医不泥拘泥，迷信古方，而不离离开，摒弃古方。故曰：'神而明之，存乎其人。'又曰：'能与人规矩，不能使人巧。'"

魏忠贤之恶

明魏忠贤之恶，史册所未睹也。或言其事知必败，阴蓄一骡，日行七百里，以备逋逃；阴蓄一貌类己者，以备代死。后在阜城尤家店，竟用是私遁去。

余谓此无稽之谈也。以天道论之，苟神理不诬，忠贤断无幸免理；以人事论之，忠贤擅政七年，何人不识？使窜伏旧党之家，小人之交，势败则离，有缚献而已矣。使潜匿荒僻之地，则耕牧之中，突来阉宦，异言异貌，骇视惊听，不三日必败。使远遁于封域之外，则严世蕃明朝嘉靖皇帝的首辅严嵩独子。为人奸猾机灵，通时务，悉国典，权倾一时尝通日本，仇鸾尚交谙达仇鸾，明陕西镇原（今属甘肃）人，字伯翔。出身将家，投靠严嵩，约为父子，得重用。谙达，即俺答，明鞑靼部首领。嘉靖二十九年（1550），俺答调集十馀万士兵南下，仇鸾重金贿赂使其东向蓟镇，忠贤无是也。山海阻深，关津隔绝，去又将何往？昔建文明惠帝朱允炆，靖康之变后失踪行遁，后世方且传疑。然建文失德无闻，人心未去，旧臣遗老，犹有故主之思。燕王明太祖四子朱棣，靖康之变后称帝，即明成祖称戈篡位，屠戮忠良，又天下之所不与。递相容隐，理或有之。忠贤虐焰薰天，毒流四海，人人欲得而甘心。是时距明亡尚十五年，此十五年中，安得深藏不露乎？故私遁之说，余断不谓然。

文安王岳芳曰："乾隆初，县学中忽雷霆击格，旋绕文庙，电光激射，如掣赤练，入殿门复返者十馀度。训导王著起曰：'是必有异。'冒雨入视，见大蜈蚣伏先师神位上。钳出掷阶前。霹雳一声，蜈蚣死而天霁。验其背上，有朱书'魏忠贤'字。"是说也，余则信之。

深山小人

乌鲁木齐深山中，牧马者恒见小人高尺许，男女老幼，一一皆备。遇红柳吐花时，辄折柳盘为小圈，着顶上，作队跃舞，音呦呦如度曲。或至行帐窃食，为人所掩，则跪而泣。絷之，则不食而死。纵之，初不敢遽行，行数尺辄回顾。或追叱之，仍跪泣。去人稍远，度不能追，始蓦涧越山去。然其巢穴栖止处，终不可得。此物非木魅，亦非山兽，盖僬侥jiāo yáo古代传说中的矮人之属。不知其名，以形似小儿，而喜戴红柳，因呼曰"红柳娃"。邱县丞天锦，因巡视牧厂，曾得其一，腊以归做成标本带回来。细视其须眉毛发，与人无二。知《山海经》所谓"靖人《山海经》中所记载的小矮人"，凿然有之。有极小必有极大，《列子》所谓"龙伯之国古代传说中的巨人国"，亦必凿然有之。

塞外雪莲

塞外有雪莲，生崇山积雪中，状如今之洋菊，名以莲耳。其生必双，雄者差大，雌者小。然不并生，亦不同根，相去必一两丈。见其一，再觅其一，无不得者。盖如菟丝、茯苓，一气所化，气相属也。凡望见此花，默往探之则获。如指以相告，则缩入雪中，杳无痕迹，即劚zhú凿开雪求之，亦不获。草木有知，理不可解。土人曰："山神惜之。"其或然欤？此花生极寒之地，而性极热。盖二气有偏胜，无偏绝，积阴外凝，则纯阳内结。坎卦以一阳陷二阴之中，剥、复二卦，以一阳居五阴之上下，是其象也。然浸酒为补剂，多血热妄行。或用合媚药，其祸尤烈。盖天地之阴阳均调，万物乃生。人身之阴阳均调，百脉乃合。故《素问》全名《黄帝内经素问》，是现存最早的中医理论著作曰："亢则害，承乃制。过分了就有害，可持续就好控制"自丹溪朱丹溪，字彦修，名震亨，元代著名医学家立“阳常有馀，阴常不足”之说，医家失其本旨，往往以苦寒伐生气。张介宾字会卿，号景岳，别号通一子，明代医学家辈矫枉过直，遂偏于补阳，而参蓍桂附，流弊亦至于杀人。是未知《易》道扶阳，而乾之上九，亦戒以“亢龙有悔”也。嗜欲日盛，羸弱者多，温补之剂易见小效，坚信者遂众。故余谓偏伐阳者，韩非刑名之学；偏补阳者，商鞅富强之术。初用皆有功，积重不返，其损伤根本，则一也。雪莲之功不补患，亦此理矣。

风灾之域

唐太宗《三藏圣教序》唐太宗为表彰玄奘法师西行诸国求取佛经，回国后翻译三藏要籍而作的序言称风灾鬼难之域，似即今辟展土鲁番地。其地沙碛中，独行之人，往往闻呼姓名，一应则随去不复返。又有风穴在南山，其大如井，风不时从中出。每出，则数十里外先闻波涛声，迟一二刻风乃至。所横径之路，阔不过三四里，可急行而避。避不及，则众车以巨绳连缀为一。尚鼓动颠簸，如大江浪涌之舟。或一车独遇，则人马辎重皆轻若片叶，飘然莫知所往矣。风皆自南而北，越数日自北而南，如呼吸之往返也。

余在乌鲁木齐，接辟展移文，云军校雷庭，于某日人马皆风吹过岭北，无有踪迹。又昌吉通判报，某日午刻，有一人自天而下，乃特纳格尔遣犯徐吉，为风吹至。俄特纳格尔县丞报，徐吉是日逃。计其时刻，自巳至正午，已飞腾二百馀里。此在彼不为怪，在他处则异闻矣。徐吉云，被吹时如醉如梦，身旋转如车轮，目不能开，耳如万鼓乱鸣，口鼻如有物拥蔽，气不得出，努力良久，始能一呼吸耳。

按，《庄子》称“大块噫气天地的呼吸，其名为风”。气无所不之，不应有穴。盖气所偶聚，因成斯异。犹火气偶聚于巴蜀，遂为火井，水脉偶聚于于阗tián古西域国名，在今新疆和田一带，遂为河源云。

诸狐修仙

何励庵先生言：相传明季有书生，独行丛莽间，闻书声琅琅，怪旷野那得有是。寻之，则一老翁坐墟墓间，旁有狐十馀，各捧书蹲坐。老翁见而起迎，诸狐皆捧书人立。书生念既解读书，必不为祸，因与揖让，席地坐。问：“读书何为？”老翁曰：“吾辈皆修仙者也。凡狐之求仙有二途：其一采精气，拜星斗，渐至通灵变化，然后积修正果，是为由妖而求仙。然或入邪僻，则干天律。其途捷而危。其一先炼形为人，既得为人，然后讲习内丹，是为由人而求仙。虽吐纳导引，非旦夕之功，而久久坚持，自然圆满。其途纡而安。顾形不自变，随心而变，故先读圣贤之书，明三纲五常之理，心化则形亦化矣。"

书生借视其书，皆《五经》、《论语》、《孝经》、《孟子》之类，但有经文而无注。问："经不解释，何由讲贯？"老翁曰："吾辈读书，但求明理。圣贤言语，本不艰深，口相授受，疏通训诂解释词义，即可知其义旨，何以注为？"书生怪其持论乖僻，惘惘莫对。姑问其寿，曰："我都不记。但记我受经之日，世尚未有印板书刻板印刷的书。"又问："阅历数朝，世事有无同异？"曰："大都不甚相远。惟唐以前，但有儒者。北宋后，每闻某甲是圣贤，为小异耳。"书生莫测，一揖而别。后于途间遇此翁，欲与语，掉头径去。

案，此殆先生之寓言。先生尝曰："以讲经求科第，支离敷衍，其词愈美而经愈荒。以讲经立门户，纷纭辩驳，其说愈详而经亦愈荒。"语意若合符节。又尝曰："凡巧妙之术，中间必有不稳处。如步步踏实，即小有蹉失，终不至折肱伤足。"与所云修仙二途，亦同一意也。

卧虎山人

有扶乩者，自江南来。其仙自称卧虎山人，不言休咎，惟与人唱和诗词，亦能作画。画不过兰竹数笔，具体而已。其诗清浅而不俗。尝面见下坛一绝云："爱杀嫣红映水开，小停白鹤一徘徊。花神怪我衣襟绿，才藉莓苔稳睡来。"又咏舟，限车字；咏车，限舟字。曰："浅水潺潺二尺馀，轻舟来往兴何如？回头岸上春泥滑，愁杀疲牛薄笨车。""小车䡨辘驾乌牛，载酒聊为陌上游。莫羡王孙金勒马，双轮徐转稳如舟。"其馀大都类此。问其姓字，则曰："世外之人，何必留名。必欲相迫，有杜撰应命而已。"

甲与乙共学其符，召之亦至，然字多不可辨，扶乩者手不习也。一日，乙焚符，仙竟不降。越数日再召，仍不降。后乃降于甲家，甲叩乙召不降之故。仙判曰："人生以孝弟即"孝悌"。孝，尊敬、赡养父母；悌，尊敬兄长为本，二者有惭，则不可以为人。此君近与兄析产，隐匿千金；又诡言其父有宿逋久欠的税赋或债务，当兄弟共偿，实掩兄所偿为己有。吾虽方外闲身，不预人事，然义不与此等人作缘。烦转道意，后毋相渎。"又判示甲曰："君近得新果，遍食此处指特殊优待儿女，而独忘孤侄，使啜泣竟夕。虽是无心，要由于意有歧视。后若再尔，吾亦不来矣。”先姚安公曰：“吾见其诗词，谓是灵鬼；观此议论，似竟是仙。”

天女下凡

广西提督田公耕野，初娶孟夫人，早卒。公官凉州镇时，月夜独坐衙斋，恍惚梦夫人自树杪翩然下，相劳苦如平生，曰：“吾本天女，宿命当为君妇，缘满仍归。今过此相遇，亦馀缘之未尽者也。”公问：“我当终何官？”曰：“官不止此，行去矣。”问：“我寿几何？”曰：“此难言。公卒时不在乡里，不在官署，不在道途馆驿，亦不殁于战阵，时至自知耳。”问：“殁后尚相见乎？”曰：“此在君矣。君努力升天，即可见，否即不能也。”公后征叛苗，师还，卒于戎幕指军营之下。

魏藻遇罗刹

奴子魏藻，性佻荡，好窥伺妇女。一日，村外遇少女，似相识而不知其姓名居址。挑与语，女不答而目成眉目传情，径西去。藻方注视，女回顾若招。即随以往。渐逼近，女面赪 chēng 脸红，小语曰：“来往人众，恐见疑。君可相隔小半里，俟到家，吾待君墙外车屋中。枣树下系一牛，旁有碌碡 liù zhou 碾压用的农具。用牲畜或人力牵引来压平田地、碾脱谷粒等者是也。”既而渐行渐远，薄暮，将抵李家洼，去家三十里矣。宿雨初晴，泥将没胫，足趾亦肿痛。遥见女已入车屋，方窃喜，趋而赴。女方背立，忽转面，乃作罗刹佛教语。指吃人的恶鬼形，锯牙钩爪，面如靛，目睒睒如灯。骇而返走，罗刹急追之。狂奔二十馀里，至相国庄，已届亥初。识其妇翁门，急叩不已。门甫启，突然冲入，触一少妇仆地，亦随之仆。诸妇怒噪，各持捣衣杵乱捶其股。气结不能言，惟呼“我我”。俄一媪持灯出，方知是婿，共相惊笑。次日，以牛车载归，卧床几两月。当藻来去时，人但见其自往自还，未见有罗刹，亦未见有少女。岂非以邪召邪，狐鬼乘而侮之哉？先兄晴湖曰：“藻自是不敢复冶游，路遇妇女，必俯首。是虽谓之神明示惩，可也。”

瞽者堕井

去余家十馀里，有瞽gǔ者盲人姓卫。戊午乾隆三年(1738)除夕，遍诣常呼弹唱家辞岁，各与以食物，自负以归。半途，失足堕枯井中。既在旷野僻径，又家家守岁，路无行人，呼号嗌yì咽喉干，无应者。幸井底气温，又有饼饵可食，渴甚，则咀水果，竟数日不死。会屠者王以胜驱豕归，距井犹半里许，忽绳断豕逸，狂奔野田中，亦失足堕井。持钩出豕。乃见瞽者，已气息仅属矣。井不当屠者所行路，殆若或使之也。先兄晴湖问以井中情状，瞽者曰："是时万念皆空，心已如死，惟念老母卧病，待瞽子以养。今并瞽子亦不得，计此时恐已饿莩，觉酸彻肝脾，不可忍耳。"先兄曰："非此一念，王以胜所驱豕必不断绳。"

义　盗

齐大，献县剧盗也。尝与众行劫，一盗见其妇美，逼污之。刃胁不从，反接其手，缚于凳，已褫下衣，呼两盗左右挟其足矣。齐大方看庄作者原注：盗语谓屋上了望以防救者为"看庄"，闻妇呼号，自屋脊跃下，挺刃突入曰："谁敢如是，吾不与俱生！"汹汹欲斗，目光如饿虎。间不容发之顷，竟赖以免。后群盗并就捕骈诛，惟齐大终不能弋获泛指擒获。群盗云，官来捕时，齐大实伏马槽下。兵役皆云："往来搜数过，惟见槽下朽竹一束，约十馀竿，积尘污秽，似弃置多年者。"

梁上狐语

张明经晴岚言：一寺藏经阁上有狐居，诸僧多栖止阁下。一日，天酷暑，有打包僧厌其嚣杂，径移坐具住阁上。诸僧忽闻梁上狐语曰："大众且各归房，我眷属不少，将移住阁下。"僧问："久居阁上，何忽又欲据此？"曰："和尚和尚本为梵文"师"的音译，为印度对人师的尊称。在中国则常指出家修行的男性佛教徒在彼。"问："汝避和尚耶？"曰："和尚佛子，安敢不避？"又问："我辈非和尚耶？"狐不答。固问之，曰："汝辈自以为和尚，我复何言！"从兄懋园闻之曰："此狐黑白太明，然亦可使三教儒、道、佛三教中人，各发深省。"

甲乙丙

甲见乙妇而艳之，语与丙。丙曰："其夫粗悍，可图也。如不吝挥金，吾能为君了此事。"乃择邑子同乡冶荡者，饵以金而属之曰："尔白昼潜匿乙家，而故使乙闻。待就执，则自承欲盗。白昼非盗时，尔容貌衣服无盗状，必疑奸，勿承也。官再鞫jū审问而后承，罪不过枷杖。当设策使不竟不了了之其狱，无所苦也。"邑子如所教，狱果不竟。然乙竟出其妇。丙虑其悔，教妇家讼乙，又阴赂证佐，使不胜。乃恚而别嫁其女。乙亦决绝，听其嫁。甲重价买为妾，丙又教邑子反噬甲，发其阴谋，而教甲赂息。计前后干没千金矣。

适闻家庙社会旧时于春秋社日迎赛土神的集会，力修供具赛神，将以祈福。先一夕，庙祝梦神曰："某金自何来？乃盛仪以飨我。明日来，慎勿令入庙。非礼之祀，鬼神且不受，况非义之祀乎！"丙至，庙祝以神语拒之。怒弗信，甫至阶，舁yú者颠蹶倒仆，跌落，供具悉毁，乃悚然返。

后岁馀，甲死。邑子以同谋之故，时往来丙家，因诱其女逃去。丙亦气结死。妇携赀改适。女至德州，人诘得奸状，牒送回籍，杖而官卖。时丙奸已露，乙憾甚，乃鬻产赎得女，使荐枕三夕，而转售于人。或曰，丙死时，乙尚未娶，丙妇因嫁焉。此故为快心之谈，无是事也。邑子后为丐，女流落为娼，则实有之。

园中木魅

益都李词畹言：秋谷先生南游日，借寓一家园亭中。一夕就枕后，欲制一诗。方沉思间，闻窗外人语曰："公尚未睡耶？清词丽句，已心醉十馀年。今幸下榻此室，窃听绪论，虽已经月，终以不得质疑问难为恨。虑或仓卒别往，不罄所怀，便为平生之歉。故不辞唐突，愿隔窗听挥麈之谈麈zhǔ，鹿尾，常用来做拂尘。晋人清谈时，常挥动拂尘以为谈助，后因此称谈论为"挥麈"。先生能不拒绝乎？"秋谷问："君为谁？"曰："别馆幽深，重门夜闭，自断非人迹所到。先生神思夷旷，谅不恐怖，亦不必深求。"问："何不入室相晤？"曰："先生襟怀萧散，仆亦倦于仪文，但得神交，何必定在形骸之内耶？"秋谷因日与酬对，于六义《诗经》六义：风、雅、颂、赋、比、兴，一般认为前三种是诗的分类，后三种是表现手法颇深。如是数夕，偶乘醉戏问曰："听君议论，非神非仙，亦非鬼非狐，毋乃'山中木客解吟诗'乎？"语讫寂然。穴隙窥之，缺月微明，有影蓬蓬然，掠水亭檐角而去。园中老树参云，疑其木魅矣。

词畹又云：秋谷与魅语时，有客窃听。魅谓渔洋山人诗如名山胜水，奇树幽花，而无寸土艺五谷；如雕栏曲榭，池馆宜人，而无寝室庇风雨；如彝盛酒器鼎古代烹煮用具罍古代盛酒或者盥洗用具洗盥洗用具，类似盆，斑斓满几，而无釜甑蒸锅供炊爨爨 cuàn，灶台。这里指烧火做饭；如纂组锦绣，巧出仙机，而无裘葛御寒暑；如舞衣歌扇，十二金钗，而无主妇司中馈；如梁园金谷，雅客满堂，而无良友进规谏。秋谷极为击节。又谓明季诗庸音杂奏，故渔洋救之以清新；近人诗浮响日增，故先生救之以刻露。势本相因，理无偏胜。窃意二家宗派，当调停相济，合则双美，离则两伤。秋谷颇不平之云。

道士卖药

乌鲁木齐有道士卖药于市。或曰，是有妖术，人见其夜宿旅舍中，临睡必探佩囊，出一小壶卢葫芦，倾出黑物二丸，即有二少女与同寝，晓乃不见。问之，则云无有。余忆《辍耕录》周月惜事元末明初陶宗仪的《辍耕录》上记载，有一个道士专门收集穷苦人家死者的鬼魂，派遣他们去富贵人家作祟，然后前去化解，借此发财，周月惜即鬼魂中的一个，曰："此乃所采生魂也，是法食马肉则破。"适中营有马死，遣吏密嘱旅舍主人，问适有马肉可食否。道士掉头曰："马肉岂可食？"余益疑，拟料理之。同事陈君题桥曰："道士携少女，公未亲见；不食马肉，公亦未亲见。周月惜事，出陶九成小说，未知真否；所云马肉破法，亦未知验否。公信传闻之词，据无稽之说，遽兴大狱，似非所宜。塞外不当留杂色人闲杂人等，饬所司驱之出境，足矣。"余乃止。

后将军温公闻之曰："欲穷治者大过。倘畏刑妄供别情，事关重大，又无确据，作何行止？驱出境者太不及。倘转徙别地，或酿事端，云曾在乌鲁木齐久住，谁职其咎？行迹可疑人，关隘例当盘诘搜检，验有实证，则当付所司；验无实证，则具牒递回原籍，使勿惑民，不亦善乎？"余二人皆服公之论。

死生有命

庄学士本淳，少随父书石先生泊舟江岸，夜失足落江中，舟人弗知也。漂荡间，闻人语曰："可救起福建学院。此有关系这里指可以凭借脱离危险的东西，匆草草惊慌失措。”不觉已还挂本舟舵尾上，呼救得免。后果督福建学政。赴任时，举是事语余曰：“吾其不返乎？”余以立命之说勉之。竟卒于官。

又，其兄方耕少宗伯，雍正庚戌雍正八年(1730)在京邸，遇地震，压于小衖巷子，胡同中。适两墙对圮，相拄支撑如人字帐形，坐其中一昼夜，乃得掘出。岂非死生有命乎？

梦魇

何励庵先生言：十三四时，随父罢官还京师。人多舟狭，遂布席于巨箱上寝。夜分，觉有一掌扪之，其冷如冰，魇 yǎn 噩梦良久乃醒。后夜夜皆然，谓是神虚，服药亦无效，至登陆乃已。后知箱乃其仆物。仆母卒于官署，厝 cuò 停柩，把棺材停放待葬，或浅埋以待改葬郊外。临行阴焚其柩，而以衣包骨匿箱中。当由人眠其上，魂不得安，故作是变怪也。然则旅魂随骨返，信有之矣。

鬼趣

励庵先生又云：有友聂姓，往西山深处上墓返。天寒日短，翳然已暮。畏有虎患，竭蹶行色匆匆的样子力行，望见破庙在山腹，急奔入。

时已曛 xūn 黑天黑，闻墙隅人语曰：“此非人境，檀越梵语音译，即施主可速去。”心知是僧，问：“师何在此暗坐？”曰：“佛家无诳语，身实缢鬼，在此待替。”聂毛骨悚栗，既而曰：“与死于虎，无宁死于鬼，吾与师共宿矣。”鬼曰：“不去亦可。但幽明异路，君不胜阴气之侵，我不胜阳气之烁，均刺促不安耳。各占一隅，毋相近可也。”聂遥问待替之故，鬼曰：“上帝好生，不欲人自戕其命。如忠臣尽节，烈女完贞，是虽横夭，与正命无异，不必待替。其情迫势穷，更无求生之路者，闵其事非得已，亦付转轮，仍核计生平，依善恶受报，亦不必待替。倘有一线可生，或小忿不忍，或借以累人，逞其戾气，率尔投缳，则大拂天地生物之心，故必使待替以示罚。所以幽囚沉滞，动至百年也。”问：“不有诱人相替者乎？”鬼曰：“吾不忍也。凡人就缢，为节义死者，魂自顶上升，其死速。为忿嫉死者，魂自心下降，其死迟。未绝之顷，百脉倒涌，肌肤皆寸寸欲裂，痛如脔割，胸膈肠胃中如烈焰燔烧，不可忍受。如是十许刻，形神乃离。思是楚毒指酷刑，见缢者方阻之速返，肯相诱乎？”聂曰：“师存是念，自必生天。”鬼曰：“是不敢望，惟一意念佛，冀忏悔耳。”俄天欲曙，问之不言，谛视亦无所见。

后聂每上墓，必携饮食纸钱祭之，辄有旋风绕左右。一岁，旋风不至，意其一念之善，已解脱鬼趣矣。

王半仙访狐

王半仙尝访其狐友，狐迎笑曰："君昨夜梦至范住家，欢娱乃尔。"范住者，邑之名妓也。王回忆实有是梦，问何以知。曰："人秉阳气以生，阳亲上，气恒发越于顶。睡则神聚于心，灵光与阳气相映，如镜取影。梦生于心，其影皆现于阳气中，往来生灭，倏忽变形一二寸小人，如画图，如戏剧，如虫之蠕动。即不可告人之事，亦百态毕露，鬼神皆得而见之。狐之通灵者亦得见之，但不闻其语耳。昨偶过君家，是以见君之梦。"又曰："心之善恶，亦现于阳气中。生一善念，则气中一线如烈焰；生一恶心，则气中一线如浓烟。浓烟幂首，尚有一线之光，是畜生道中人；并一线之光而无之，是泥犁狱中人矣。"王问："恶人浓烟幂首，真梦影何由复见？"曰："人心本善，恶念蔽之。睡时一念不生，则此心还其本体，阳气仍自光明。即其初醒时，念尚未起，光明亦尚在。念渐起，则渐昏；念全起，则全昏矣。君不读书，试向秀才问之，孟子所谓夜气，即此是也。"王悚然曰："鬼神鉴察，乃及于梦寐之中。"

雷出于地

雷出于地，向于福建白鹤岭上见之。岭高五十里，阴雨时俯视，浓云仅及山半，有气一缕，自云中涌出，直激而上。气之纤末，忽火光迸散，即砰然有声，与火炮全相似。至于击物之雷，则自天而下。戊午乾隆三年(1738)夏，余与从兄懋园、坦居读书崔庄三层楼上。开窗四望，数里可睹。时方雷雨，遥见一人自南来，去庄约半里许，忽跪于地。倏云气下垂，幂之不见。俄雷震一声，火光照眼如咫尺，云已敛而上矣。少顷，喧言高川李善人为雷所殛。随众往视，遍身焦黑，仍拱手端跪，仰面望天。背有朱书，非篆非籀，非草非隶，点画缴绕，不能辨几字。其人持斋礼佛，无善迹，亦无恶迹，不知为夙业为隐慝隐藏的罪恶也。其侄李士钦曰："是日晨起，必欲赴崔庄，实无一事。竟冒雨而来，及于此难。"或曰："是日崔庄大集作者原注：崔庄市人交易，以一、六日大集，三、八日小集，殆鬼神驱以来，与众见之。"

吏为狐媚

余官兵部时，有一吏尝为狐所媚，尪wāng瘦瘦弱、衰弱骨立。乞张真人符治之，忽闻檐际人语曰："君为吏，非理取财，当婴刑戮。我夙生曾受君再生恩，故以艳色蛊惑，摄君精气，欲君以瘵zhài疾疫病。亦指痨病善终。今被驱遣，是君业重不可救也。宜努力积善，尚冀万一挽回耳。"自是病愈。然竟不悛改。后果以盗用印信、私收马税伏诛。堂吏有知其事者，后为余述之云。

绣　鸾

前母张太夫人，有婢曰绣鸾。尝月夜坐堂阶，呼之，则东西廊皆有一绣鸾趋出，形状衣服无少异，乃至右襟反折其角，左袖半卷亦相同。大骇，几仆。再视之，惟存其一。问之，乃从西廊来。又问见东廊人否，云："未见也。"此七月间事，至十一月即谢世。殆禄已将近，故魅敢现形欤！

菩萨意

沧州插花庙尼，姓董氏。遇大士菩萨的通称诞辰，治供具将毕，忽觉微倦，倚几暂憩。恍惚梦大士语之曰："尔不献供，我亦不忍饥；尔即献供，我亦不加饱。寺门外有流民四五辈，乞食不得，困饿将殆。尔辍供具以饭之，功德胜供我十倍也。"霍然惊醒，启门出视，果不谬。自是每年供具献毕，皆以施丐者，曰："此菩萨意也。"

舟子信道

先太夫人言：沧州有轿夫田某，母患臌gǔ中医指肚子膨胀的病，亦作"鼓"将殆。闻景和镇一医有奇药，相距百馀里。昧爽狂奔去，薄暮已狂奔归，气息仅属。然是夕卫河暴涨，舟不敢渡。乃仰天大号，泪随声下。众虽哀之，而无如何。忽一舟子解缆呼曰："苟有神理，此人不溺。来来，吾渡尔。"奋然鼓棹，横冲白浪而行。一弹指顷，已抵东岸。观者皆合掌诵佛号。先姚安公曰："此舟子信道之笃，过于儒者。"

卷四

滦阳消夏录四

狂　生

卧虎山人降乩于田白岩家，众焚香拜祷。一狂生独倚几斜坐，曰："江湖游士，练熟手法为戏耳。岂有真仙日日听人呼唤？"乩即书下坛诗曰："鶗鴂tí jué即杜鹃鸟惊秋不住啼，章台回首柳萋萋。花开有约肠空断，云散无踪梦亦迷。小立偷弹金屈戌，半酣笑劝玉东西。琵琶还似当年否？为问浔阳估客妻。"狂生大骇，不觉屈膝。盖其数日前密寄旧妓之作，未经存稿者也。仙又判曰："此笺幸未达，达则又作步非烟唐代皇甫枚所著《非烟传》中的女主角，因与林家少年幽会，被丈夫发现后打死矣。此妇既已从良，即是窥人闺阁。香山居士唐代诗人白居易，字乐天，号香山居士偶作寓言，君乃见诸实事耶？大凡风流佳话，多是地狱根苗。昨见冥官录籍，故吾得记之。业海洪波，回头是岸。山人饶舌，实具苦心，先生勿讶多言也。"狂生鹄立伸长脖子呆立案旁，殆无人色。后岁馀，即下世。余所见扶乩者，惟此仙不谈休咎，而好规人过，殆灵鬼之耿介者耶？先姚安公素恶淫祀，惟遇此仙必长揖曰："如此方严，即鬼亦当敬。"

扶乩者

姚安公未第时，遇扶乩者，问有无功名，判曰："前程万里。"又问登第当在何年，判曰："登第却须候一万年。"意谓或当由别途进身。及癸巳康熙五十二年(1713)万寿恩科朝廷为显示加恩赦免而举办的科举考试。这里的万寿是指庆贺康熙帝六十大寿登第，方悟万年之说。后官云南姚安府知府，乞养归，遂未再出。并前程万里之说亦验。大抵幻术多手法捷巧，惟扶乩一事，则确有所凭附，然皆灵鬼之能文者耳。所称某神某仙，固属假托；即自称某代某人者，叩以本集中诗文，亦多云年远忘记，不能答也。其扶乩之人，遇能书者则书工，遇能诗者即诗工，遇全不能诗能书者，则虽成篇而迟钝。余稍能诗而不能书，从兄坦居，能书而不能诗。余扶乩，则诗敏捷而书潦草；坦居扶乩，则书清整而诗浅率。余与坦居实皆未容心，盖亦借人之精神始能运动，所谓鬼不自灵，待人而灵也。蓍龟本枯草朽甲，而能知吉凶，亦待人而灵耳。

缢　鬼

先外祖居卫河东岸，有楼临水傍，曰度帆。其楼向西，而楼之下层门乃向东，别为院落，与楼不相通。先有仆人史锦捷之妇缢于是院，故久无人居，亦无扃钥。有僮婢不知是事，夜半幽会于斯。闻门外窸窣轻微细碎的声响似人行，惧为所见，伏不敢动。窃于门隙窥之，乃一缢鬼步阶上，对月微叹。二人股栗，皆僵于门内，不敢出。门为二人所据，鬼亦不敢入，相持良久。有犬见鬼而吠，群犬闻声亦聚吠。以为有盗，竞明烛持械以往。鬼隐，而僮仆之奸败。婢愧不自容，迨夕，亦往是院缢。觉而救苏，又潜往者再。还其父母乃已。因悟鬼非不敢入室也，将以败二人之奸，使愧缢以求代也。外祖母曰："此妇生而阴狡，死尚尔哉，其沉沦也固宜。"先太夫人曰："此婢不作此事，鬼亦何自而乘？其罪未可委之鬼。"

老叟投牒

辛彤甫先生官宜阳知县时，有老叟投牒曰："昨宿东城门外，见缢鬼五六，自门隙而入，恐是求代。乞示谕百姓，仆妾勿凌虐，债负勿逼索，诸事互让勿争斗，庶鬼无所施其技。"先生震怒，笞而逐之。老叟亦不怨悔，至阶下拊膝曰："惜哉，此五六命不可救矣！"越数日，城内报缢死者四。先生大骇，急呼老叟问之，老叟曰："连日昏昏，都不记忆，今乃知曾投此牒。岂得罪鬼神，使我受笞耶？"是时此事喧传，家家为备，缢而获解者果二：一妇为姑所虐，姑痛自悔艾；一迫于逋欠，债主立为焚券，皆得不死。乃知数虽前定，苟能尽人力，亦必有一二之挽回。又知人命至重，鬼神虽前知其当死，苟一线可救，亦必转借人力以救之。盖气运所至，如严冬风雪，天地亦不得不然。至披裘御雪，墐用泥涂塞缝隙户避风，则听诸人事，不禁其自为。

史某拒色

献县史某，佚其名，为人不拘小节，而落落有直气，视龌龊者蔑如也。偶从博场归，见村民夫妇子母相抱泣。其邻人曰："为欠豪家债，鬻妇以偿。夫妇故相得，子又未离乳，当弃之去，故悲耳。"史问："所欠几何？"曰："三十金。""所鬻几何？"曰："五十金，与人为妾。"问："可赎乎？"曰："券甫成，金尚未付，何不可赎！"即出博场所得七十金授之，曰："三十金偿债，四十金持以谋生，勿再鬻也。"夫妇德史甚，烹鸡留饮。酒酣，夫抱儿出，以目示妇，意令荐枕以报。妇颔之，语稍狎。史正色曰："史某半世为盗，半世为捕役，杀人曾不眨眼。若危急中污人妇女，则实不能为。"饮啖讫，掉臂径去，不更一言。

半月后，所居村夜火。时秋获方毕，家家屋上屋下柴草皆满，茅檐秫篱茅草做的屋檐，高粱杆扎的篱笆，斯须四面皆烈焰。度不能出，与妻子瞑坐待死。恍惚闻屋上遥呼曰："东岳有急牒，史某一家并除名。"剨 huò 然爆裂破碎的声音有声，后壁半圮。乃左挈妻，右抱子，一跃而出，若有翼之者。火熄后，计一村之中，爇 ruò 死烧死者九。邻里皆合掌曰："昨尚窃笑汝痴，不意七十金乃赎三命。"余谓此事见佑于司命，捐金之功十之四，拒色之功十之六。

健牛当道

姚安公官刑部日，德胜门外有七人同行劫，就捕者五矣。惟王五、金大牙二人未获。王五逃至漷县今北京市通州区，路阻深沟，惟小桥可通一人。有健牛怒目当道卧，近辄奋触，退觅别途，乃猝与逻者遇。金大牙逃至清河桥北，有牧童驱二牛挤仆泥中，怒而角斗。清河去京近，有识之者，告里胥，缚送官。二人皆回民，皆业屠牛，而皆以牛败。岂非宰割惨酷，虽畜兽亦含怨毒，厉气所凭，借其同类以报哉？不然，遇牛触仆，犹事理之常；无故而当桥，谁使之也？

转　生

宋蒙泉言：孙峨山先生，尝卧病高邮舟中。忽似散步到岸上，意殊爽适。俄有人导之行，恍惚忘所以，亦不问。随去至一家，门径甚华洁。渐入内室，见少妇方坐蓐古代曾有妇女临产时有坐在草蓐上分娩的习惯，此处代指临产。欲退避，其人背后拊一掌，已昏然无知。久而渐醒。则形已缩小，绷置锦褓中。知为转生，已无可奈何。欲有言，则觉寒气自顖 xìn 门又称顶门，婴儿头顶骨未合缝的地方入，辄噤不能出。环视室中，几榻器玩及对联书画，皆了了。至三日，婢抱之浴，失手坠地，复昏然无知，醒则仍卧舟中。家人云，气绝已三日，以四肢柔软，心膈尚温，不敢殓耳。先生急取片纸，疏所见闻，遣使由某路送至某门中，告以勿过挞婢。乃徐为家人备言。是日疾即愈，径往是家，见婢媪皆如旧识。主人老无子，相对惋叹，称异而已。

近梦通政鉴溪亦有是事，亦记其道路门户。访之，果是日生儿即死。顷在直庐古代侍臣值班时休息的处所，图阁学时泉言其状甚悉，大抵与峨山先生所言相类。惟峨山先生记往不记返；鉴溪则往返俱分明，且途中遇其先亡夫人，到家入室时见夫人与女共坐，为小异耳。

案，轮回之说，儒者所辟。而实则往往有之，前因后果，理自不诬。惟二公暂入轮回，旋归本体，无故现此泡影，则不可以理推。“六合之外，圣人存而不论语出《庄子·齐物论》。意为天地之外的事物，圣人知其存在但不予讨论”，阙所疑可矣。

祈梦断狱

再从伯与父亲同祖辈而年长于父者灿臣公言：曩有县令，遇杀人狱不能决，蔓延日众。乃祈梦城隍祠。梦神引一鬼，首戴磁盎古代的一种容器，腹大口小，盎中种竹十馀竿，青翠可爱。觉而检案中有姓祝者，祝、竹音同，意必是也。穷治无迹用尽酷刑手段，没有找到证据。又检案中有名节者，私念曰：“竹有节，必是也。”穷治亦无迹。然二人者九死一生矣。计无复之，乃以疑狱上，请别缉杀人者，卒亦不得。夫疑狱，虚心研鞫jū审问犯人，或可得真情。祷神祈梦之说，不过慑伏愚民，给之吐实耳。若以梦寐之恍惚，加以射覆之揣测，据为信谳，鲜不谬矣。古来祈梦断狱之事，余谓皆事后之附会也。

伪雷击人

雍正壬子雍正十年(1732)六月，夜大雷雨，献县城西有村民为雷击。县令明公晟往验，饬棺殓矣。越半月馀，忽拘一人讯之曰：“尔买火药何为？”曰：“以取鸟。”诘曰：“以铳击雀，少不过数钱，多至两许，足一日用矣。尔买二三十斤何也？”曰：“备多日之用。”又诘曰：“尔买药未满一月，计所用不过一二斤，其馀今贮何处？”其人词穷。刑鞫之，果得因奸谋杀状，与妇并伏法。或问：“何以知为此人？”曰：“火药非数十斤不能伪为雷。合药必以硫磺。今方盛夏，非年节放爆竹时，买硫磺者可数。吾阴使人至市，察买硫磺者谁多。

皆曰某匠。又阴察某匠卖药于何人。皆曰某人。是以知之。”又问：“何以知雷为伪作？”曰：“雷击人，自上而下，不裂地。其或毁屋，亦自上而下。今苫shàn草屋梁皆飞起，土炕之面亦揭去，知火从下起矣。又此地去城五六里，雷电相同，是夜雷电虽迅烈，然皆盘绕云中，无下击之状。是以知之。尔时其妇先归宁，难以研问，故必先得是人，而后妇可鞫。”此令可谓明察矣。

雷震恶人

戈太仆仙舟言：乾隆戊辰乾隆十三年(1748)，河间西门外桥上，雷震一人死，端跪不仆；手擎一纸裹，雷火弗爇。验之皆砒霜，莫明其故。俄其妻闻信至，见之不哭，曰：“早知有此，恨其晚矣！是尝诟谇辱骂老母，昨忽萌恶念，欲市砒霜毒母死。吾泣谏一夜，不从也。”

二姑娘

再从兄旭升言：村南旧有狐女，多媚少年，所谓二姑娘者是也。族人某，意拟生致之活捉她，未言也。一日，于废圃见美女，疑其即是。戏歌艳曲，欣然流盼。折草花掷其前，方欲俯拾，忽却立数步外，曰：“君有恶念。”逾破垣竟去。

后有二生读书东岳庙僧房，一居南室，与之昵；一居北室，无睹也。南室生尝怪其晏至，戏之曰：“左挹浮邱袖，右拍洪崖肩左手抓着浮邱的衣袖，右手拍着洪崖的肩膀。此处用来讽刺狐女朝三暮四耶？”狐女曰：“君不以异类见薄，故为悦己者容。北室生心如木石，吾安敢近？”南室生曰：“何不登墙一窥？未必即三年不许。如使改节，亦免作程伊川程颐，字正叔，北宋洛阳伊川人，人称“伊川先生”。北宋理学家，教育家面向人。”狐女曰：“磁石惟可引针。如气类不同，即引之不动。无多事，徒取辱也。”

时同侍姚安公侧，姚安公曰：“向亦闻此，其事在顺治末年。居北室者，似是族祖雷阳公。雷阳一老副榜，八比以外无寸长，只心地朴诚，即狐不敢近。知为妖魅所惑者，皆邪念先萌耳。”

有媪视鬼

先太夫人外家曹氏，有媪能视鬼。外祖母归宁时，与论冥事。媪曰：“昨于某家见一鬼，可谓痴绝。然情状可怜，亦使人心脾凄动。鬼名某，住某村，家亦小康，死时年二十七八。初死百日后，妇邀我相伴，见其恒坐院中丁香树下，或闻妇哭声，或闻儿啼声，或闻兄嫂与妇诟谇声，虽阳气逼烁不能近，然必侧耳窗外窃听，凄惨之色可掬。后见媒妁至妇房，愕然惊起，张手左右顾。后闻议不成，稍有喜色。既而媒妁再至，来往兄嫂与妇处，则奔走随之，皇皇如有失。送聘之日，坐树下，目直视妇房，泪涔涔如雨。自是妇每出入，辄随其后，眷恋之意更笃。嫁前一夕，妇整束奁 lián 具女子梳妆用的镜匣，复徘徊檐外，或倚柱泣，或俯首如有思；稍闻房内嗽声，辄从隙私窥，营营者彻夜。吾太息曰：‘痴鬼何必如是！’若弗闻也。娶者入，秉火前行。避立墙隅，仍翘首望妇。吾偕妇出，回顾，见其远远随至娶者家，为门尉门神所阻。稽颡哀乞，乃得入。入则匿墙隅，望妇行礼，凝立如醉状。妇入房，稍稍近窗，其状一如整束奁具时。至灭烛就寝，尚不去，为中霤神古时传说中管理人们生活的五神之一所驱，乃狼狈出。时吾以妇嘱归视儿，亦随之返。见其直入妇室，凡妇所坐处眠处，一一视到。俄闻儿索母啼，趋出，环绕儿四周，以两手相搓，作无可奈何状。俄嫂出，挞儿一掌。便顿足拊心，遥作切齿状。吾视之不忍，乃径归，不知其后何如也。后吾私为妇述，妇啮齿自悔。里有少寡议嫁者，闻是事，以死自誓曰：‘吾不忍使亡者作是状。’”

嗟乎！君子义不负人，不以生死有异也；小人无往不负人，亦不以生死有异也。常人之情，则人在而情在，人亡而情亡耳。苟一念死者之情状，未尝不戚然感也。儒者见谄渎之求福有的人靠欺下媚上而求福，妖妄之滋惑编造怪异荒诞的说法来迷惑人，遂龂龂 yín yín 争辩的样子持无鬼之论，失先王神道设教之深心，徒使愚夫愚妇，悍然一无所顾忌。尚不如此里妪之言，为动人生死之感也。

借尸回生

王兰泉少司寇言：胡中丞文伯之弟妇，死一日复苏，与家人皆不相识，亦不容其夫近前。细询其故，则陈氏女之魂，借尸回生。问所居，相去仅数十里。呼其亲属至，皆历历相认。女不肯留胡氏。胡氏持镜使自照，见形容皆非，乃无奈而与胡为夫妇。此与《明史·五行志》司牡丹事《明史·五行志》载：“洪武二十四年八月，河南龙门妇司牡丹死三年，借袁马头之尸复生。”相同。当时官为断案，从形不从魂。盖形为有据，魂则无凭。使从魂之所归，必有诡托售奸者，故防其渐焉。

山西富商

有山西商，居京师信成客寓，衣服仆马皆华丽，云且援例报捐根据官府规定，纳捐若干，报请取得某种官职。即买官。一日，有贫叟来访，仆辈不为通。自候于门，乃得见。神意索漠，一茶后，别无寒温。叟徐露求助意，怫然曰："此时捐项且不足，岂复有馀力及君！"叟不平，因对众具道西商昔穷困，待叟举火生火做饭。这里指富商曾依靠老者生活者十馀年；复助百金使商贩，渐为富人。今罢官流落，闻其来，喜若更生。亦无奢望，或得囊所助之数，稍偿负累，归骨乡井足矣。语讫絮泣，西商亦似不闻。

忽同舍一江西人，自称姓杨，揖西商而问曰："此叟所言信否？"西商面赪曰："是固有之。但力不能报为恨耳。"杨曰："君且为官，不忧无借处。倘有人肯借君百金，一年内乃偿，不取分毫利，君肯举以报彼否？"西商强应曰："甚愿。"杨曰："君但书券，百金在我。"西商迫于公论，不得已书券。杨收券，开敝箧，出百金付西商。西商怏怏持付叟。杨更治具，留叟及西商饮。叟欢甚，西商草草终觞而已。叟谢去，杨数日亦移寓去，从此遂不相闻。

后西商检箧中少百金，鐍锁封识皆如故，无可致诘。又失一狐皮半臂，而箧中得质票当票一纸，题钱二千，约符杨置酒所用之数。乃知杨本术士，姑以戏之。同舍皆窃称快。西商惭沮，亦移去，莫知所往。

忽作鬼语

蒋编修菱溪，赤崖先生子也。喜吟咏。尝作七夕诗曰："一霎人间箫鼓收，羊灯无焰三更碧。"又作中元诗曰："两岸红沙多旋舞，惊风不定到三更。"赤崖先生见之，愀 qiǎo 然悲伤的样子曰："何忽作鬼语？"果不久下世。故刘文定公作其遗稿序曰："就河鼓以陈词，三更焰碧；会盂兰而说法，两岸沙红。诗谶先成，以君才过终军西汉济南人，字子云。十八岁被选为博士弟子，上书评论国事，后奉命赴南越（今两广地区），被杀。死时年仅二十余岁，时称"终童"之岁；诔词安属，顾我适当骑省之年。"

农夫陈四

农夫陈四，夏夜在团焦守瓜田。遥见老柳树下，隐隐有数人影，疑盗瓜者，假寐听之。中一人曰："不知陈四已睡未？"又一人曰："陈四不过数日，即来从我辈游，何畏之有？昨上直土神祠，见城隍牒矣。"又一人曰："君不知耶？陈四延寿矣。"众问："何故。"曰："某家失钱二千文，其婢鞭箠数百未承。婢之父亦愤曰：'生女如是，不如无。倘果盗，吾必缢杀之。'婢曰：'是不承死，承亦死也。'呼天泣。陈四之母怜之，阴典衣得钱二千，捧还主人曰：'老妇昏愦，一时见利取此钱，意谓主人积钱多，未必遽算出。不料累此婢，心实惶愧。钱尚未用，谨冒死自首，免结来世冤。老妇亦无颜居此，请从此辞。'婢因得免。土神嘉其不辞自污以救人，达城隍，城隍达东岳。东岳检籍，此妇当老而丧子，冻饿死。以是功德，判陈四借来生之寿于今生，俾养其母。尔昨下直当值结束，指下班，未知也。"陈四方窃愤母以盗钱见逐，至是乃释然。后九年母死，葬事毕，无疾而逝。

百鬼报恩

外舅即岳父。《尔雅·释亲》：妻之父为外舅，妻之母为外姑马公周箓言：东光南乡有廖氏募建义冢旧时收葬无主尸骨的坟场，村民相助成其事，越三十馀年矣。雍正初，东光大疫。廖氏梦百馀人立门外，一人前致词曰："疫鬼且至，从君乞焚纸旗十馀，银箔糊木刀百馀。我等将与疫鬼战，以报一村之惠。"廖故好事，姑制而焚之。数日后，夜闻四野喧呼格斗声，达旦乃止。阖村果无一人染疫者。

精魂杖妾

沙河桥张某商贩京师，娶一妇归，举止有大家风。张故有千金产，经理亦甚有次第。一日，有尊官骑从甚盛，张杏黄盖，坐八人肩舆轿子，至其门前问曰："此是张某家否？"邻里应曰："是。"尊官指挥左右曰："张某无罪，可缚其妇来。"应声反接是妇出。张某见势焰赫奕气势显赫的样子，亦莫敢支吾。尊官命褫妇衣，决臀三十，昂然竟行。村人随观之，至林木荫映处，转瞬不见，惟旋风滚滚，向西南去。方妇受杖时，惟叩首称死罪。后人问其故，妇泣曰："吾本侍郎某公妾，公在日，意图固宠一直受宠，曾誓以不再嫁。今精魂昼见，无可复言也。"

王秃子

王秃子幼失父母，迷其本姓。育于姑家，冒姓王。凶狡无赖，所至童稚皆走匿，鸡犬亦为不宁。一日，与其徒自高川醉归，夜经南横子丛冢间，为群鬼所遮。其徒股栗伏地，秃子独奋力与斗，一鬼叱曰："秃子不孝，吾尔父也，敢肆殴！"秃子固未识父，方疑惑间，又一鬼叱曰："吾亦尔父也，敢不拜！"群鬼又齐呼曰："王秃子不祭尔母，致饥饿流落于此，为吾众人妻。吾等皆尔父也。"秃子愤怒，挥拳旋舞，所击如中空囊。跳踉至鸡鸣，无气以动，乃自仆丛莽间。群鬼皆嘻笑曰："王秃子英雄尽矣，今日乃为乡党吐气。如不知悔，他日仍于此待尔。"秃子力已竭，竟不敢再语。天晓鬼散，其徒乃掖以归。自是豪气消沮，一夜携妻子遁去，莫知所终。此事琐屑不足道，然足见悍戾者必遇其敌，人所不能制者，鬼亦忌嫉妒，憎恨而共制之。

飞虫夜伤人

戊子乾隆三十三年(1768)夏，京师传言，有飞虫夜伤人。然实无受虫伤者，亦未见虫，徒以图相示而已。其状似蚕蛾而大，有钳距，好事者或指为射工。按，短蜮yù"射工"。晋代《抱朴子内篇·登涉》："又有短狐，一名蜮，一名射工，能伺影射，其实水虫也。"含沙射影，不云飞而螫人，其说尤谬。余至西域，乃知所画，即辟展之巴蜡虫。此虫秉炎炽之气而生，见人飞逐。以水噀xùn含在嘴里喷出之，则软而伏。或噀不及，为所中，急嚼茜草根敷疮则瘥，否则毒气贯心死。乌鲁木齐多茜草，山南辟展诸屯，每以官牒取移，为刈获者指从事田间劳动者备此虫云。

缢妇之魂

乌鲁木齐虎峰书院，旧有遣犯妇缢窗棂上。山长前巴县令陈执礼，一夜，明烛观书，闻窗内承尘天花板。唐以前没有天花板，房梁横木上用布挡灰，名曰"承尘"上窸窣有声。仰视，见女子两纤足，自纸罅徐徐垂下，渐露膝，渐露股。陈先知是事，厉声曰："尔自以奸败，愤恚死，将祸我耶？我非尔仇，将魅我耶？我一生不入花柳丛，尔亦不能惑。尔敢下，我且以夏楚扑尔。"乃徐徐敛足上，微闻叹息声。俄从纸罅露面下窥，甚姣好。陈仰面唾曰："死尚无耻耶？"遂退入。陈灭烛就寝，袖刃以待其来，竟不下。次日，仙游陈题桥访之，话及是事，承尘上有声如裂帛，后不再见。然其仆寝于外室，夜恒呓语，久而渐病瘵zhài慢性病。多指痨病。垂死时，陈以其相从两万里外，哭甚悲。仆挥手曰："有好妇，尝私就我。今招我为婿，此去殊乐，勿悲也。"陈顿足曰："吾自恃胆力，不移居，祸及汝矣。甚哉，客气此处指一时的意气，偏激的情绪之害事也！”后同年六安杨君逢源，代掌书院，避居他室，曰：“孟子有言：‘不立乎岩墙之下。语出《孟子·尽心上》：“莫非命也，顺受其正；是故知命者不立乎岩墙之下。”即君子要远离危险之处’”

无故见鬼

德郎中亨，夏日散步乌鲁木齐城外，因至秀野亭纳凉。坐稍久，忽闻大声语曰：“君可归，吾将宴客。”狼狈奔回，告余曰：“吾其将死乎？乃白昼见鬼。”余曰：“无故见鬼，自非佳事。若到鬼窟见鬼，犹到人家见人尔，何足怪焉？”盖亭在城西深林，万木参天，仰不见日。旅榇chèn客死他乡的人的灵柩之浮厝暂停在地面上或浅埋待改葬的灵柩者，罪人之伏法者，皆在是地，往往能为变怪云。

武邑某公

武邑某公，与戚友赏花佛寺经阁前。地最豁厂，而阁上时有变怪。入夜，即不敢坐阁下。某公以道学自任，夷然态度镇定如常弗信也。酒酣耳热，盛谈《西铭》原名《订顽》，为《正蒙·乾称篇》中的一部分，为宋六儒之一的张载所著。后程颐将《订顽》改名为《西铭》，朱熹又将《西铭》从《正蒙·乾称篇》中分出，加以注释，成为独立篇章。被视为张载的代表作万物一体之理，满座拱听，不觉入夜。忽阁上厉声叱曰：“时方饥疫，百姓颇有死亡。汝为乡宦，既不思早倡义举，施粥舍药；即应趁此良夜，闭户安眠，尚不失为自了汉《晋书·山涛传》：“帝谓涛曰：‘西偏吾自了之，后事深以委卿。’”后用“自了汉”来形容那些只顾自己，不顾大局的人。乃虚谈高论，在此讲民胞物与《西铭》：“民吾同胞，物吾与也。”意思是世上的人，都是我的同胞；世间万物，都是我的同辈。后用来泛指博爱。不知讲至天明，还可作饭餐，可作药服否？且击汝一砖，听汝再讲邪不胜正。”忽一城砖飞下，声若霹雳，杯盘几案俱碎。某公仓皇走出，曰：“不信程朱之学，此妖之所以为妖欤！”徐步太息而去。

画中仕女

沧州画工伯魁，字起瞻作者原注：其姓是此“伯”字，自称伯州犁之裔。友人或戏之曰：“君乃不称二世祖太宰公？”近其子孙不识字，竟自称白氏矣。伯州犁：春秋时期楚国人，姬姓。原为晋国贵族，尝画一仕女图，方勾出轮郭，以他事未竟，锁置书室中。越二日，欲补成之，则几上设色小碟，纵横狼藉，画笔亦濡染几遍，图已成矣。神采生动，有殊常格。魁大骇，以示先母舅张公梦征，魁所从学画者也。公曰："此非尔所及，亦非吾所及，殆偶遇神仙游戏耶？"时城守尉永公宁，颇好画，以善价取之。永公后迁四川副都统，携以往。将罢官前数日，画上仕女忽不见，惟隐隐留人影，纸色如新，馀树石则仍黯旧。盖败征之先见衰败的兆头也，然所以能化去之故，则终不可知。

野田髑髅

佃户张天锡，尝于野田见髑髅，戏溺撒尿其口中。髑髅忽跃起作声曰："人鬼异路，奈何欺我？且我一妇人，汝男子，乃无礼辱我，是尤不可。"渐跃渐高，直触其面。天锡惶骇奔归，鬼乃随至其家。夜辄在墙头檐际，责詈不已。天锡遂大发寒热，昏瞀 mào 神智昏乱不知人。阖家拜祷，怒似少解。或叩其生前姓氏里居，鬼具自道。众叩首曰："然则当是高祖母，何为祸于子孙？"鬼似凄咽，曰："此故我家耶？几时迁此？汝辈皆我何人？"众陈始末。鬼不胜太息，曰："我本无意来此，众鬼欲借此求食，怂恿我来耳。渠有数辈在病者旁，数辈在门外。可具浆水一瓢，待我善遣之。大凡鬼恒苦饥，若无故作灾，又恐神责。故遇事辄生衅，求祭赛祭祀酬神。尔等后见此等，宜谨避，勿中其机械。"众如所教。鬼曰："已散去矣。我口中秽气不可忍，可至原处寻吾骨，洗而埋之。"遂呜咽数声而寂。

魂念子孙

又，佃户何大金，夜守麦田，有一老翁来共坐。大金念村中无是人，意是行路者偶憩。老翁求饮，以罐中水与之。因问大金姓氏，并问其祖父。恻然曰："汝勿怖。我即汝曾祖，不祸汝也。"细询家事，忽喜忽悲。临行，嘱大金曰："鬼自伺放焰口佛教语。称为地狱中饿鬼举行超度的佛事为"放焰口"。这里指祭祀活动求食外，别无他事，惟子孙念念不能忘，愈久愈切。但苦幽明阻隔，不得音问。或偶闻子孙炽盛，辄跃然以喜者数日，群鬼皆来贺。偶闻子孙零替，亦悄然以悲者数日，群鬼皆来唁。较生人之望子孙，殆切十倍。今闻汝等尚温饱，吾又歌舞数日矣。"回顾再四，丁宁勉励而去。先姚安公曰："何大金蠢然一物，必不能伪造斯言。闻之，使之追远之心油然而生。"

夜半人语

乾隆丙子乾隆二十一年(1756),有闽士赴公车汉代官署名。后指举人进京应试。岁暮抵京,仓卒不得栖止,乃于先农坛北破寺中僦一老屋。越十馀日,夜半,窗外有人语曰:"某先生且醒,吾有一言。吾居此室久,初以公读书人,数千里辛苦求名,是以奉让。后见先生日外出,以新到京师,当寻亲访友,亦不相怪。近见先生多醉归,稍稍疑之。顷闻与僧言,乃日在酒楼观剧,是一浪子耳。吾避居佛座后,起居出入,皆不相适,实不能隐忍让浪子。先生明日不迁,吾瓦石已备矣。"僧在对屋,亦闻此语,乃劝士他徙。自是不敢租是室。有来问者,辄举此事以告云。

苍岭先生

申苍岭先生,名丹,谦居先生弟也。谦居先生性和易,先生性爽豪,而立身端介则如一。里有妇为姑虐而缢者,先生以两家皆士族,劝妇父兄勿涉讼。是夜,闻有哭声远远至,渐入门,渐至窗外,且哭且诉,词甚凄楚,深怨先生之息讼。先生叱之曰:"姑虐妇死,律无抵法,即讼亦不能快汝意。且讼必检验,检验必裸露,不更辱两家门户乎?"鬼仍絮泣不已。先生曰:"君臣无狱,父子无狱。人怜汝枉死,责汝姑之暴戾则可。汝以妇而欲讼姑,此一念已干名犯义矣。任汝诉诸明神,亦决不直汝也。"鬼竟寂然去。谦居先生曰:"苍岭斯言,告天下之为妇者可,告天下之为姑者不可。"先姚安公曰:"苍岭之言,子与子言孝;谦居之言,父与父言慈。

夜狐点诗

董曲江游京师时,与一友同寓,非其侣也,姑省宿食之赀云尔。友征逐富贵,多外宿。曲江独睡斋中。夜或闻翻动书册,摩弄器玩声,知京师多狐,弗怪也。一夜,以未成诗稿置几上,乃似闻吟哦声,问之弗答。比晓视之,稿上已圈点数句矣。然屡呼之,终不应。至友归寓,则竟夕寂然。友颇自诧有禄相,故邪不敢干。偶日照李庆子借宿,酒阑之后,曲江与友皆就寝。李乘月散步空圃,见一翁携童子立树下。心知是狐,翳身窃睨nì斜眼看其所为。

童子曰："寒甚，且归房。"翁摇首曰："董公同室固不碍，此君俗气逼人，那可共处？宁且坐凄风冷月间耳。"李后泄其语于他友，遂渐为其人所闻，衔李次骨对李庆子含恨在心，深入骨髓。竟为所排挤，狼狈负笈返。

虱

余长女适德州卢氏，所居曰纪家庄，尝见一人卧溪畔，衣败絮呻吟。视之，则一毛孔中有一虱，喙皆向内，后足皆钩于败絮，不可解，解之则痛彻心髓。无可如何，竟坐视其死。此殆夙孽所报欤！

红衣女子

汪阁学晓园，僦居阎王庙街一宅。庭有枣树，百年以外物也。每月明之夕，辄见斜柯上一红衣女子垂足坐，翘首向月，殊不顾人。迫之则不见，退而望之，则仍在故处。尝使二人一立树下，一在室中，室中人见树下人手及其足，树下人固无所睹也。当望月时，俯视地上树有影，而女子无影。投以瓦石，虚空无碍。击以铳，应声散灭；烟焰一过，旋复本形。主人云，自买是宅，即有是怪，然不为人害，故人亦相安。夫木魅花妖，事所恒有，大抵变幻者居多。兹独不动不言，枯坐一枝之上，殊莫明其故。晓园虑其为患，移居避之。后主人伐树，其怪乃绝。

廖　姥

廖姥，青县人，母家姓朱，为先太夫人乳母。年未三十而寡，誓不再适，依先太夫人终其身。殁时年九十有六。性严正，遇所当言，必侃侃与先太夫人争。先姚安公亦不以常媪遇之。余及弟妹，皆随之眠食，饥饱寒暑，无一不体察周至。然稍不循礼，即遭呵禁。约束仆婢，尤不少假借，故仆婢莫不阴憾之。顾司管钥，理庖厨，不能得其毫发私，亦竟无如何也。尝携一童子，自亲串亲戚家通问归，已薄暮矣。风雨骤至，趋避于废圃破屋中。雨入夜未止，遥闻墙外人语曰："我方投汝屋避雨，汝何以冒雨坐树下？"又闻树下人应曰："汝毋多言，廖家节妇在屋内。"遂寂然。后童子偶述其事，诸仆婢皆曰："人不近情，鬼亦恶而避之也。"嗟乎！鬼果恶而避之哉？

安氏狐友

安氏表兄，忘其名字。与一狐为友，恒于场圃间对谈。安见之，他人弗见也。

狐自称生于北宋初。安叩以宋代史事，曰："皆不知也。凡学仙者，必游方之外，使万缘断绝，一意精修。如于世有所闻见，于心必有所是非。有所是非，必有所爱憎，有所爱憎，则喜怒哀乐之情必迭起循生，以消铄其精气，神耗而形亦敝矣。乌能至今犹在乎？迨道成以后，来往人间，视一切机械变诈，皆如戏剧；视一切得失胜败，以至于治乱兴亡，皆如泡影。当时既不留意，又焉能一一而记之？即与君相遇，是亦前缘。然数百年来，相遇如君者，不知凡几，大都萍水偶逢，烟云倏散，夙昔笑言，亦多不记忆。则身所未接者，从可知矣。"

时八里庄三官庙，有雷击蝎虎一事。安问以物久通灵，多婴遭遇雷斧，岂长生亦造物所忌乎？曰："是有二端：夫内丹导引，外丹服饵，皆艰难辛苦以证道，犹力田以致富，理所宜然。若媚惑梦魇，盗采精气，损人之寿，延己之年，事与劫盗无异，天律不容也。又或恣为妖幻，贻祸生灵，天律亦不容也。若其葆养元神，自全生命，与人无患，于世无争，则老寿之物，正如老寿之人耳，何至犯造物之忌乎？"

舅氏实斋先生闻之，曰："此狐所言，皆老氏指老子的学说之粗浅者也。然用以自养，亦足矣。"

因果相偿

浙江有士人，夜梦至一官府，云都城隍庙也。有冥吏语之曰："今某公控其友负心，牵君为证。君试思尝有是事不？"士人追忆之，良是。俄闻都城隍升座，冥吏白某控某负心事，证人已至，请勘断。都城隍举案示士人，士人以实对。都城隍曰："此辈结党营私，朋求进取。以同异为爱恶，以爱恶为是非。势孤则攀附以求援，力敌则排挤以互噬。翻云覆雨，倏忽万端。本为小人之交，岂能责以君子之道？操戈入室，理所必然。根勘已明，可驱之去。"顾士人曰："得无谓负心者有佚罚耶？夫种瓜得瓜，种豆得豆，因果之相偿也；花既结子，子又开花，因果之相生也。彼负心者，又有负心人蹑其后，不待鬼神之料理矣。”士人霍然而醒。后阅数载，竟如神之所言。

食猫夫人

闽中某夫人喜食猫。得猫则先贮石灰于罂，投猫于内，而灌以沸汤。猫为灰气所蚀，毛尽脱落，不烦挦xián扯拔毛发治；血尽归于脏腑，肉白莹如玉。云味胜鸡雏十倍也。日日张网设机，所捕杀无算。后夫人病危，呦呦作猫声，越十馀日乃死。卢观察㧑huī吉尝与邻居，㧑吉子荫文，余婿也，尝为余言之。因言景州一宦家子，好取猫犬之类，拗折其足，捩之向后，观其孑孓jié jué形容肢体屈伸颠蹶的样子跳号以为戏，所杀亦多。后生子女，皆足踵反向前。又余家奴子王发，善鸟铳，所击无不中，日恒杀鸟数十，惟一子，名济宁州，其往济宁州时所生也。年已十一二，忽遍体生疮如火烙痕，每一疮内有一铁子，竟不知何由而入。百药不痊，竟以绝嗣。杀业至重，信夫！

余尝怪修善果者，皆按日持斋，如奉律令，而居恒则不能戒杀。夫佛氏之持斋，岂以菇蔬啖果即为功德乎？正以茹蔬啖果即不杀生耳。今徒曰某日某日观音斋期，某日某日准提斋期，是日持斋，佛大欢喜；非是日也，烹宰溢乎庖，肥甘罗乎俎，屠割惨酷，佛不问也。天下有是事理乎？且天子无故不杀牛，大夫无故不杀羊，士无故不杀犬豕，礼也。儒者遵圣贤之教，固万万无断肉理。然自宾祭以外，特杀亦万万不宜。以一脔之故，遽戕一命；以一羹之故，遽戕数十命或数百命。以众生无限怖苦无限惨毒，供我一瞬之适口，与按日持斋之心，无乃稍左乎？东坡先生向持此论，窃以为酌中之道。愿与修善果者一质之。

回煞之说

“六合之外，圣人存而不论。”然六合之中，实亦有不能论者。人之死也，如儒者之论，则魂升魄降已耳；即如佛氏之论，鬼亦收录于冥司，不能再至人世也；而世有回煞之说古代迷信说法。阴阳家按人死时年月干支推算魂灵返舍的时间，并说返回之日有凶煞出现，故称。也叫“归煞”，庸俗术士，又有一书，能先知其日辰时刻与所去之方向，此亦诞妄之至矣。然余尝于隔院楼窗中，遥见其去，如白烟一道，出于灶突之中，冉冉向西南而没。与所推时刻方向无一差也。又尝两次手自启钥，谛视布灰之处，手迹足迹，宛然与生时无二，所亲皆能辨识之。是何说欤？

祸福有命，死生有数，虽圣贤不能与造物争。而世有蛊毒魇魅之术，明载于刑律。蛊毒余未见，魇魅则数见之。为是术者，不过瞽者巫者，与土木之工。然实能祸福死生人，历历有验。是天地鬼神之权，任其播弄无忌也。又何说欤？

其中必有理焉，但人不能知耳。宋儒于理不可解者，皆臆断以为无是事，毋乃胶柱鼓瑟鼓瑟时胶住瑟上的弦柱，就不能调节音的高低。比喻固执拘泥，不知变通乎？李又聃先生曰："宋儒据理谈天，自谓穷造化阴阳之本；于日月五星，言之凿凿，如指诸掌。然宋历十变而愈差。自郭守敬郭守敬，元代天文学家、水利学家和数学家。字若思，顺德邢台（今属河北）人。1276年，郭与王恂、许衡等编制《授时历》，是当时世界上最先进的一种历法。通行三百六十多年以后，验以实测，证以交食，始知濂、洛、关、闽濂指周敦颐，世称"濂溪先生"；洛指程颐、程颢二兄弟，因其家在洛阳，世称其学为"洛学"；关指张载，因其家在关中，故称其学为"关学"；闽指朱熹，因其曾讲学于福建考亭，故称"闽学"，又称"考亭派"。此四家代表了宋代理学的四个流派，于此事全然未解。即康节即邵雍，康节为其谥号。宋朝时著名卜士，发明《梅花易术》占卜之法。最通数学，亦仅以奇偶方圆，揣摩影响，实非从推步而知。故持论弥高，弥不免郢书燕说比喻牵强附会。夫七政古天文术语。说法不一，一说指日、月和金、木、水、火、土五星；一说指北斗七星。运行，有形可据，尚不能臆断以理，况乎太极先天、求诸无形之中者哉？先圣有言：'君子于不知，盖阙如也。'"

女巫郝媪

女巫郝媪，村妇之狡黠者也。余幼时，于沧州吕氏姑母家见之。自言狐神附其体，言人休咎。凡人家细务，一一周知。故信之者甚众。实则布散徒党，结交婢媪，代为刺探隐事，以售其欺。尝有孕妇，问所生男女。郝许以男，后乃生女。妇诘以神语无验，郝瞋目曰："汝本应生男，某月某日，汝母家馈饼二十，汝以其六供翁姑，匿其十四自食。冥司责汝不孝，转男为女。汝尚不悟耶？"妇不知此事先为所侦，遂惶骇伏罪。其巧于缘饰皆类此。一日，方焚香召神，忽端坐朗言曰："吾乃真狐神也。吾辈虽与人杂处，实各自服气炼形，岂肯与乡里老妪为缘，预人家琐事？此妪阴谋百出，以妖妄敛财，乃托其名于吾辈。故今日真附其体，使共知其奸。"因缕数其隐恶，且并举其徒党姓名。语讫，郝霍然如梦醒，狼狈遁去。后莫知所终。

丐者之妻

侍姬之母沈媪言：高川有丐者，与母妻居一破庙中。丐夏月拾麦斗馀，嘱妻磨面以供母。妻匿其好面，以粗面溲秽水，作饼与母食。是夕大雷雨，黑暗中妻忽嗷然一声。丐起视之，则有巨蛇自口入，啮其心死矣。丐曳而埋之。沈媪亲见蛇尾垂其胸臆间，长二尺馀云。

邻村塾师

有两塾师邻村居，皆以道学自任。一日，相邀会讲，生徒侍坐者十馀人。方辩论性天，剖析理欲，严词正色，如对圣贤。忽微风飒然，吹片纸落阶下，旋舞不止。生徒拾视之，则二人谋夺一寡妇田，往来密商之札也。此或神恶其伪，故巧发其奸欤。然操此术者众矣，固未尝一一败也。闻此札既露，其计不行，寡妇之田竟得保。当由茕嫠寡妇苦节，感动幽冥，故示是灵异，以阴为呵护云尔。

蠡县凶宅

李孝廉存其言：蠡县有凶宅，一耆儒与数客宿其中。夜闻窗外拨剌声，耆儒叱曰："邪不干正，妖不胜德。余讲道学三十年，何畏于汝！"窗外似有女子语曰："君讲道学，闻之久矣。余虽异类，亦颇涉儒书。《大学》扼要在诚意使心志真诚，诚意扼要在慎独独处时也能谨慎不苟。君一言一动，必循古礼，果为修己计乎？抑犹有几微近名者在乎？君作语录，断断于诸儒辩，果为明道计乎？抑犹有几微好胜者在乎？夫修己明道，天理也；近名好胜，则人欲之私也。私欲之不能克，所讲何学乎？此事不以口舌争，君扪心清夜，先自问其何如，则邪之敢干与否，妖之能胜与否？已了然自知矣，何必以声色相加乎？"耆儒汗下如雨，瑟缩不能对。徐闻窗外微哂曰："君不敢答，犹能不欺其本心。姑让君寝。"又拨剌一声，掠屋檐而去。

盗有罪矣

某公之卒也，所积古器，寡妇孤儿不知其值，乞其友估之。友故高其价，使久不售。俟其窘极，乃以贱价取之。越二载，此友亦卒，所积古器，寡妇孤儿亦不知其值，复有所契之友效其故智，取之去。或曰："天道好还，无往不复。效其智者罪宜减。"余谓此快心之谈，不可以立训也。盗有罪矣，从而盗之，可曰罪减于盗乎？

屠者许方

屠者许方，即前所记夜逢醉鬼者也。其屠驴，先凿地为堑坑，置板其上，穴板四周为四孔，陷驴足其中。有买肉者，随所买多少，以壶注沸汤沃驴身，使毛脱肉熟，乃刳而取之。云必如是始脆美。越一两日，肉尽乃死。当未死时，拑其口不能作声，目光怒突，炯炯如两炬，惨不可视，而许恬然不介意。后患病，遍身溃烂，无完肤，形状一如所屠之驴。宛转茵褥床垫，求死不得，哀号四五十日，乃绝。病中痛自悔责，嘱其子志学急改业。方死之后，志学乃改而屠豕。余幼时尚见之，今不闻其有子孙，意已殄绝久矣。

老儒入冥

边随园征君言：有入冥者，见一老儒立庑下，意甚惶遽。一冥吏似是其故人，揖与寒温毕，拱手对之笑曰："先生平日持无鬼论，不知先生今日果是何物？"诸鬼皆粲然，老儒蝟 wèi 缩而已。

守藏神

东光马大还，尝夏夜裸卧资胜寺藏经阁。觉有人曳其臂曰："起起，勿亵佛经。"醒见一老人在旁，问："汝为谁？"曰："我守藏神也。"大还天性疏旷，亦不恐怖。时月明如昼，因呼坐对谈。曰："君何故守此藏？"曰："天所命也。"问："儒书汗牛充栋，不闻有神为之守，天其偏重佛经耶？"曰："佛以神道设教，众生或信或不信，故守之以神；儒以人道设教，凡人皆当敬守之，亦凡人皆知敬守之，故不烦神力。非偏重佛经也。"问："然则天视三教如一乎？"曰："儒以修己为体，以治人为用。道以静为体，以柔为用。佛以定为体，以慈为用。其宗旨各别，不能一也。至教人为善，则无异；于物有济，亦无异。其归宿则略同，天固不能不并存也。然儒为生民立命，而操其本于身；释道皆自为之学，而以馀力及于物。故以明人道者为主,明神道者则辅之,亦不能专以释道治天下。此其不一而一,一而不一者也。盖儒如五谷,一日不食则饥,数日则必死;释道如药饵,死生得失之关,喜怒哀乐之感,用以解释冤愆、消除怫郁,较儒家为最捷;其祸福因果之说,用以悚动下愚,亦较儒家为易入。特中病则止,不可专服常服,致偏胜为患耳。儒者或空谈心性,与瞿昙又译为"乔达摩",即释迦摩尼的姓。这里是佛的代称、老聃混而为一;或排击二氏,如御寇仇,皆一隅之见也。"问:"黄冠缁徒黄色的头冠,黑色的衣服。代指道士僧侣,恣为妖妄,不力攻之,不贻患于世道乎?"曰:"此论其本原耳。若其末流,岂特释道贻患,儒之贻患岂少哉?即公醉而裸眠,恐亦未必周公、孔子之礼法也。"大还愧谢。

因纵谈至晓,乃别去。竟不知为何神。或曰狐也。

百工祠神

百工技艺,各祠一神为祖。倡族祀管仲,以女闾三百也;伶人祀唐玄宗,以梨园子弟也。此皆最典。胥吏祀萧何、曹参,木工祀鲁班,此犹有义。至靴工祀孙膑,铁工祀老君之类,则荒诞不可诘矣。长随泛指仆役所祀曰钟三郎,闭门夜奠,讳之甚深,竟不知为何神。曲阜颜介子曰:"必中山狼之转音也。"先姚安公曰:"是不必然,亦不必不然。郢书燕说,固未为无益。"

妇挞夫者

先叔仪庵公,有质库即当铺在西城中。一小楼为狐所据,夜恒闻其语声,然不为人害,久亦相安。一夜,楼上诟谇鞭笞声甚厉,群往听之。忽闻负痛疾呼曰:"楼下诸公,皆当明理,世有妇挞夫者耶?"适中一人,方为妇挞,面上爪痕犹未愈。众哄然一笑曰:"是固有之,不足为怪。"楼上群狐亦哄然一笑,其斗遂解。闻者无不绝倒。仪庵公曰:"此狐以一笑霁威,犹可与为善。"

田村徐四

田村徐四,农夫也。父殁,继母生一弟,极凶悖。家有田百馀亩,析产时,弟以赡母为词,取其十之八,曲从之。弟又择其膏腴者,亦曲从之。后弟所分荡尽,复从兄需索。乃举所分全付之,而自佃田以耕,意恬如也。一夜自邻村醉归，道经枣林，遇群鬼抛掷泥土，栗不敢行。群鬼啾啾，渐逼近，比及觌面，皆悚然辟易，曰："乃是让产徐四兄。"倏化黑烟四散。

五台一僧

白衣庵僧明玉言：昔五台一僧，夜恒梦至地狱，见种种变相。有老宿教以精意诵经，其梦弥甚，遂渐至委顿。又一老宿曰："是必汝未出家前，曾造恶业。出家后，渐明因果，自知必堕地狱，生恐怖心。以恐怖心，造成诸相。故诵经弥笃，幻象弥增。夫佛法广大，容人忏悔，一切恶业，应念皆消。放下屠刀，立地成佛。汝不闻之乎？"是僧闻言，即对佛发愿，勇猛精进，自是宴然无梦矣。

义妾义狐

沈观察夫妇并故，幼子寄食亲戚家，贫窭 jù 无人状。其妾嫁于史太常家，闻而心恻，时阴使婢媪与以衣物。后太常知之，曰："此尚在人情天理中。"亦勿禁也。钱塘季沧洲因言：有孀妇病卧，不能自炊，哀呼邻媪代炊，亦不能时至。忽一少女排闼入，曰："吾新来邻家女也。闻姊困苦乏食，意恒不忍。今告于父母，愿为姊具食，且侍疾。"自是日来其家，凡三四月，孀妇病愈，将诣门谢其父母。女泫然曰："不敢欺，我实狐也，与郎君在日最相昵。今感念旧情，又悯姊之苦节，是以托名而来耳。"置白金数铤于床，呜咽而去。二事颇相类。然则琵琶别抱，掉首无情，非惟不及此妾，乃并不及此狐。

两妻相争

吴侍读颉云言：癸丑乾隆五十八年(1793)，一前辈偶忘其姓，似是王言敷先生，忆不甚真也。尝僦居海丰寺街，宅后破屋三楹，云有鬼，不可居。然不出为祟，但偶闻音响而已。

一夕，屋中有诟谇声。伏墙隅听之，乃两妻争坐位，一称先来，一称年长，哓哓 xiāo xiāo 然激烈争辩的样子不止。前辈不觉太息曰："死尚不休耶？"再听之，遂寂。夫妻妾同居，隐忍相安者，十或一焉；欢然相得者，千百或一焉。以尚有名分相摄也，至于两妻并立，则从来无一相得者，亦从来无一相安者。无名分以摄之，则两不相下，固其所矣。又何怪于嚣争哉！

卷五

滦阳消夏录五

郑 五

郑五，不知何许人，携母妻流寓河间，以木工自给。病将死，嘱其妻曰："我本无立锥地，汝又拙于女红，度老母必以冻馁死。今与汝约，有能为我养母者，汝即嫁之，我死不恨也。"妻如所约，母借以存活。或奉事稍怠，则室中有声，如碎磁折竹。一岁，棉衣未成，母泣号寒。忽大声如钟鼓，殷动墙壁。如是者七八年，母死后乃寂。

佃户曹自立

佃户曹自立，粗识字，不能多也。偶患寒疾，昏愦中为一役引去。途遇一役，审为误拘，互诟良久，俾送还。经过一处，以石为垣，周里许，其内浓烟坌涌，紫焰赫然；门额六字，巨如斗，不能尽识，但记其点画而归。据所记偏旁推之，似是"负心背德之狱"也。

债 鬼

世称殇子未成年而夭折的孩子为债鬼，是固有之。卢南石言：朱元亭一子病瘵，绵惙时，呻吟自语曰："是尚欠我十九金。"俄医者投以人参，煎成未饮而逝，其价恰得十九金。此近日事也。或曰："四海之中，一日之内，殇子不知其凡几，前生逋负者，安得如许之众？"夫死生转毂旋转的车轮，形容因果循环迅速，因果循环，如恒河之沙，积数不可以测算；如太空之云，变态不可以思议。是诚难拘以一格。然计其大势，则冤愆纠结，生于财货者居多。老子曰："天下攘攘，皆为利往；天下熙熙，皆为利来。"人之一生，盖无不役志于是者。顾天地生财，只有此数，此得则彼失，此盈则彼亏。机械于是而生，恩仇于是而起。业缘报复，延及三生。观谋利者之多，可以知索偿者之不少矣。史迁即司马迁有言:“怨毒之于人甚矣哉!”君子宁信其有,或可发人深省也。

里妇新寡

里妇新寡,狂且赂邻媪挑之。夜入其闼,阖扉将寝,忽灯光绿黯,缩小如豆,俄爆然一声,红焰四射,圆如二尺许,大如镜,中现人面,乃其故夫也。男女并噭然仆榻下。家人惊视,其事遂败。或疑嫠妇独居的寡妇堕节者众,何以此鬼独有灵?余谓鬼有强弱,人有盛衰。此本强鬼,又值二人之衰,故能为厉耳。其他茹恨黄泉,冤缠数世者,不知凡几,非竟神随形灭也。或又疑妖物所凭,作此变怪,是或有之。然妖不自兴,因人而兴。亦幽魂怨毒之气,阴相感召,邪魅乃乘而假借之。不然,陶婴之室汉代刘向《列女传·鲁寡陶婴》记载,春秋鲁陶门之女。少寡,抚养幼孤,纺绩为生,作《黄鹄之歌》以明志。后以陶婴为妇女贞洁的代表,何未闻黎邱之鬼《吕氏春秋·疑似》记载,魏国有个黎邱村,有个奇怪的鬼,喜欢装扮成别人的儿子、侄子、兄弟的样子哉。

胜负之心

罗仰山通政在礼曹时,为同官所轧,动辄掣肘,步步如行荆棘中。性素迂滞,渐恚愤成疾。

一日,郁郁枯坐,忽梦至一山,花放水流,风日清旷。觉神思开朗,垒块顿消。沿溪散步,得一茅舍。有老翁延入小坐,言论颇洽。老翁问何以有病容,罗具陈所苦。老翁太息曰:“此有夙因,君所未解。君七百年前为宋黄筌五代时西蜀画院的宫廷画家。早年以工笔出名,擅长花鸟,兼人物、山水、竹木等,某即南唐徐熙五代南唐名画家,擅长花木,蚕虫鸟蝶也。徐之画品,本居黄上。黄恐夺供奉之宠,巧词排抑,使沉沦困顿,衔恨以终。其后辗转轮回,未能相遇。今世业缘凑合,乃得一快其宿仇。彼之加于君者,即君之曾加于彼者也,君又何憾焉?大抵无往不复者,天之道;有施必报者,人之情。既已种因,终当结果。其气机之感,如磁之引针,不近则已,近则吸而不解。其怨毒之结,如石之含火,不触则已,触则激而立生。其终不消释,如疾病之隐伏,必有骤发之日。其终相遇合,如日月之旋转,必有交会之躔。然则种种害人之术,适以自害而已矣。吾过去生中,与君有旧,因君未悟,故为述忧患之由。君与彼已结果矣,自今以往,慎勿造因可也。”

罗洒然有省，胜负之心顿尽。数日之内，宿疾全除。此余十许岁时，闻霍易书先生言。或曰："是卫公延璞事，先生偶误记也。"未知其审，并附识之。

征漕之案

田白岩言：康熙中，江南有征漕征收漕粮之案，官吏伏法者数人。数年后，有一人降乩于其友人家，自言方在冥司讼某公。友人骇曰："某公循吏，且其总督两江，在此案前十馀年，何以无故讼之？"乩又书曰："此案非一日之故矣。方其初萌，褫革除一官，窜流一二吏，即可消患于未萌。某公博忠厚之名，养痈不治，久而溃裂，吾辈遂遘其难。吾辈病民蠹国，不能仇现在之执法者也。追原祸本，不某公之讼而谁讼欤？"书讫，乩遂不动。迄不知九幽之下，定谳如何。《金人铭》曰："涓涓不壅堵塞，将为江河；毫末不札，将寻斧柯。"古圣人所见远矣。此鬼所言，要不为无理也。

姜某之犬

里有姜某者，将死，嘱其妇勿嫁。妇泣诺。后有艳妇之色者，以重价购为妾。方靓妆登车，所蓄犬忽人立怒号，两爪抱持啮妇面，裂其鼻准，并盲其一目。妇容既毁，买者委之去。后亦更无觊觎者。此康熙甲午康熙五十三年(1714)、乙未康熙五十四年(1715)间事，故老尚有目睹者。皆曰："义哉此犬，爱主人以德；智哉此犬，能攻病之本。"余谓犬断不能见及此，此其亡夫厉鬼所凭也。

爱堂先生

爱堂先生尝饮酒夜归，马忽惊逸。草树翳荟，沟塍凹凸，几蹶者三四。俄有人自道左出，一手挽辔马的缰绳，一手掖之下，曰："老母昔蒙拯济，今救君断骨之厄也。"问其姓名，转瞬已失所在矣。先生自忆生平未有是事，不知鬼何以云然。佛经所谓无心布施，功德最大者欤？

治狱之难

张福，杜林镇人也，以负贩为业。一日，与里豪争路，豪挥扑推堕石桥下。时河冰方结，觚棱如锋刃，颅骨破裂，仅奄奄存一息。里胥故嗛怨恨豪，遽闻于官。官利其财，狱颇急。福阴遣母谓豪曰："君偿我命，与我何益？能为我养老母幼子，则乘我未绝，我到官言失足堕桥下。"豪诺之。福粗知字义，尚能忍痛自书状。生供凿凿，官吏无如何也。福死之后，豪竟负约。其母屡控于官，终以生供有据，不能直。豪后乘醉夜行，亦马蹶堕桥死。皆曰："是负福之报矣。"先姚安公曰："甚哉，治狱之难也！而命案尤难。有顶凶者，甘为人代死；有贿和者，甘鬻其所亲，斯已猝不易诘矣。至于被杀之人，手书供状，云非是人之所杀，此虽皋陶听之，不能入其罪也。倘非负约不偿，致遭鬼殛，则竟以财免矣。讼情万变，何所不有，司刑者可据理率断哉！"

以财为命

姚安公言：有孙天球者，以财为命。徒手积累至千金，虽妻子冻饿，视如陌路。亦自忍冻饿，不轻用一钱。病革时，陈所积于枕前，一一手自抚摩，曰："尔竟非我有乎？"呜咽而殁。孙未殁以前，为狐所嬲，每摄其财货去，使窘急欲死，乃于他所复得之。如是者不一。又有刘某者，亦以财为命，亦为狐所嬲。一岁除夕，凡刘亲友之贫者，悉馈数金。讶不类其平日所为。旋闻刘床前私箧，为狐盗去二百馀金，而得谢柬表达感谢的纸条数十纸。盖孙财乃辛苦所得，狐怪其悭啬，特戏之而已。刘财多由机巧剥削而来，故狐竟散之。其处置亦颇得宜也。

古寺人语

余督学闽中时，幕友钟忻湖言：其友昔在某公幕，因会勘宿古寺中。月色朦胧，见某公窗下有人影，徘徊良久，冉冉上钟楼去。心知为鬼魅，然素有胆，竟蹑往寻之。至则楼门锁闭，楼上似有二人语。其一曰："君何以空返？"其一曰："此地罕有官吏至，今幸两官共宿，将俟人静讼吾冤。顷窃听所言，非揣摩迎合之方揣摩迎合上司的方法，即消弭弥缝之术消除麻烦掩盖过错的手段，是不足以办吾事，故废然返。”语毕，似有太息声。再听之，竟寂然矣。次日，阴告主人。果变色摇手，戒勿多事。迄不知其何冤也。

余谓此君友有嗛于主人，故造斯言，形容其巧于趋避，为鬼揶揄耳。若就此一事而论，鬼非目睹，语未耳闻，恍惚杳冥，茫无实据，虽阎罗包老，亦无可措手，顾乃责之于某公乎？

学究犯狐

平原董秋原言：海丰有僧寺，素多狐，时时掷瓦石嬲人。一学究借东厢三楹授徒，闻有是事，自诣佛殿诃责之。数夕寂然，学究有德色。一日，东翁过谈，拱揖之顷，忽袖中一卷堕地。取视，乃秘戏图也。东翁默然去。次日生徒不至矣。狐未犯人，人乃犯狐，竟反为狐所中。君子之于小人，谨备之而已；无故而触其锋，鲜不败也。

周将军

关帝祠中，皆塑周将军，其名则不见于史传。考元鲁贞《汉寿亭侯即关羽庙碑》，已有“乘赤兔兮从周仓”语，则其来已久，其灵亦最著。里媪有刘破车者，言其夫尝醉眠关帝香案前，梦周将军蹴之起，左股青痕，越半月乃消。

鬼有轮回

谓鬼无轮回，则自古至今，鬼日日增，将大地不能容。谓鬼有轮回，则此死彼生，旋即易形而去，又当世间无一鬼。贩夫田妇，往往转生，似无不轮回者；荒阡废冢，往往见鬼，又似有不轮回者。

表兄安天石，尝卧疾，魂至冥府，以此问司籍之吏。吏曰：“有轮回，有不轮回。轮回者三途：有福受报，有罪受报，有恩有怨者受报。不轮回者亦三途：圣贤仙佛不入轮回，无间地狱不得轮回，无罪无福之人，听其游行于墟墓，馀气未尽则存，馀气渐消则灭。如露珠水泡，倏有倏无；如闲花野草，自荣自落。如是者无可轮回。或有无依魂魄，附人感孕，谓之偷生。高行缁黄指僧道。僧人缁衣，道士黄冠，故称，转世借形，谓之夺舍。是皆偶然变现，不在轮回常理之中。至于神灵下降，辅佐明时；魔怪群生，纵横杀劫。是又气数所成，不以轮回论矣。”

天石固不信轮回者，病痊以后，尝举以告人曰：“据其所言，乃凿然成理。”

文昌司禄之神

星士虞春潭，为人推算，多奇中。偶薄游襄、汉，与一士人同舟，论颇款洽。久而怪其不眠不食，疑为仙鬼。夜中密诘之。士人曰：“我非仙非鬼，文昌司禄之神也，有事诣南岳。与君有缘，故得数日周旋耳。”虞因问之曰：“吾于命理，自谓颇深，尝推某当大贵，而竟无验。君司禄籍，当知其由。”士人曰：“是命本贵，以热中，削减十之七矣。”虞曰：“仕宦热中，是亦常情，何冥谪若是之重？”士人曰：“仕宦热中，其强悍者必怙权依权仗势，怙权者必狠而愎；其孱弱者必固位巩固持权，固位者必险而深。且怙权固位，是必躁竞，躁竞相轧，是必排挤。至于排挤，则不问人之贤否，而问党之异同；不计事之可否，而计己之胜负。流弊不可胜言矣。是其恶在贪酷上，寿且削减，何止于禄乎？”虞阴记其语。越两岁馀，某果卒。

狐女为妾

张铉耳先生之族，有以狐女为妾者，别营静室居之。床帷器具，与人无异，但自有婢媪，不用张之奴隶耳。室无纤尘，惟坐久觉阴气森然，亦时闻笑语，而不睹其形。

张故巨族，每姻戚宴集，多请一见，皆不许。一日，张固强之。则曰：“某家某娘子犹可，他人断不可也。”入室相晤，举止娴雅，貌似三十许人。诘以室中寒凛之故，曰：“娘子自心悸耳，室故无他也。”后张诘以独见是人之故，曰：“人阳类，鬼阴类，狐介于人鬼之间，然亦阴类也。故出恒以夜，白昼盛阳之时，不敢轻与人接也。某娘子阳气已衰，故吾得见。”张惕然曰：“汝日与吾寝处，吾其衰乎？”曰：“此别有故。凡狐之媚人有两途：一曰蛊惑，一曰夙因。蛊惑者，阳为阴蚀，则病，蚀尽则死；夙因则人本有缘，气自相感，阴阳翕合，故可久而相安。然蛊惑者十之九，夙因者十之一。其蛊惑者亦必自称夙因，但以伤人不伤人知其真伪耳。”后所见之人，果不久下世。

罗富贾贫

罗与贾比屋而居，罗富贾贫。罗欲并贾宅，而勒其值；以售他人，罗又阴挠之。久而益窘，不得已减值售罗。罗经营改造，土木一新。落成之日，盛筵祭神。纸钱甫燃，忽狂风卷起，着梁上，烈焰骤发，烟煤迸散如雨落。弹指间，寸椽不遗，并其旧庐爇焉。方火起时，众手交救，罗拊膺因哀痛或悲愤而捶胸止之，曰："顷火光中，吾恍惚见贾之亡父。是其怨毒之所为，救无益也。吾悔无及矣。"急呼贾子至，以腴田二十亩书券赠之。自是改行从善，竟以寿考终。

沧州樊氏

沧州樊氏扶乩，河工某官在焉。降乩者关帝也，忽大书曰："某来前！汝具文忏悔，语多回护。对神尚尔，对人可知。夫误伤人者，过也，回护则恶矣。天道宥过而殛恶宽恕过错而惩罚作恶，其听汝巧辩乎！"其人伏地惕息，挥汗如雨。自是怏怏如有失，数月病卒。竟不知所忏悔者何事也。

孝妇为神

褚寺农家有妇姑同寝者，夜雨墙圮，泥土簌簌下。妇闻声急起，以背负墙，而疾呼姑醒。姑匍匐堕炕下，妇竟压焉，其尸正当姑卧处。是真孝妇，以微贱无人闻于官，久而并佚其姓氏矣。相传妇死之后，姑哭之恸。一日，邻人告其姑曰："夜梦汝妇冠帔pèi古代妇女的服饰。冠，帽子。帔，披肩来曰：'传语我姑，无哭我。我以代死之故，今已为神矣。'"乡之父老皆曰："吾夜所梦亦如是。"

或曰："妇果为神，何不示梦于其姑？此乡邻欲缓其恸，造是言也。"余谓忠孝节义，殁必为神。天道昭昭，历有证验。此事可以信其有。即曰一人造言，众人附和，"天视自我民视，天听自我民听"。人心以为神，天亦必以为神矣，何必又疑其妄焉。

与狐交心

长山聂松岩，以篆刻游京师。尝馆余家，言其乡有与狐友者，每宾朋宴集，招之同坐。饮食笑语，无异于人，惟闻声而不睹其形耳。或强使相见，曰："对面不睹，何以为相交？"狐曰："相交者交以心，非交以貌也。夫人心叵测，险于山川；机阱万端，由斯隐伏。诸君不见其心，以貌相交，反以为密；于不见貌端，反以为疏。不亦悖乎？"田白岩曰："此狐之阅世深矣。"

无鬼之论

肃宁老儒王德安，康熙丙戌康熙四十五年(1706)进士也，先姚安公从受业焉。尝夏日过友人家，爱其园亭轩爽，欲下榻于是。友人以夜有鬼物辞。王因举所见一事曰："江南岑生，尝借宿沧州张蝶庄家。壁张钟馗像，其高如人，前复陈一自鸣钟。岑沉醉就寝，皆未及见。夜半酒醒，月明如昼。闻机轮格格，已诧甚，忽见画像，以为奇鬼，取案上端砚仰击之。大声砰然，震动户牖。僮仆排闼入视，则墨沈淋漓，头面俱黑；画前钟及玉瓶磁鼎，已碎裂矣。闻者无不绝倒。然则动云见鬼，皆人自胆怯耳。鬼究在何处耶？"语甫脱口，墙隅忽应声曰："鬼即在此，夜当拜谒，幸勿以砚见击。"王默然竟出。后尝举以告门人曰："鬼无白昼对语理，此必狐也。吾德恐不足胜妖，是以避之。"盖终持无鬼之论也。

明　器

明器，古之葬礼也，后世复造纸车纸马。孟云卿《古挽歌》曰："冥冥何所须？尽我生人意。"盖姑以缓恸云耳。然长儿汝佶病革时，其女为焚一纸马，汝佶绝而复苏，曰："吾魂出门，茫茫然不知所向。遇老仆王连升牵一马来，送我归。恨其足跛，颇颠簸不适。"焚马之奴泫然曰："是奴罪也。举火时实误折其足。"又，六从舅母常氏弥留时，喃喃自语曰："适往看新宅颇佳，但东壁损坏，可奈何？"侍疾者往视其棺，果左侧朽穿一小孔，匠与督工者尚均未觉也。

夜梦神语

李又聃先生言：昔有寒士下第者，焚其遗卷，牒诉于文昌祠。夜梦神语曰："尔读书半生，尚不知穷达有命耶？"尝侍先姚安公，偶述是事。先姚安公咈然曰："又聃应举之士，传此语则可。汝辈手掌文衡旧时判定文章高下以取士的权力者，传此语则不可。聚奎堂柱有熊孝感相国题联曰：'赫赫科条，袖里常存惟白简；明明案牍，帘前何处有朱衣？'汝未之见乎？"

黄裳寓言

海阳李玉典前辈言：有两生读书佛寺，夜方媟狎，忽壁上现大圆镜，径丈馀，光明如昼，毫发毕睹。闻檐际语曰："佛法广大，固不汝嗔。但汝自视镜中，是何形状？"余谓幽期密约，必无人在旁，是谁见之？两生断无自言理，又何以闻之？然其事为理所宜有，固不必以子虚乌有视之。

玉典又言：有老儒设帐《后汉书·马融传》："（融）常坐高堂，施绛纱帐，前授生徒，后列女乐，弟子以次相传，鲜有入其室者。"后以"设帐"指设馆授徒废圃中。一夜闻垣外吟哦声，俄又闻辩论声，又闻嚣争声，又闻诟詈声，久之遂闻殴击声。圃后旷无居人，心知为鬼。方战栗间，已斗至窗外。其一盛气大呼曰："渠评驳吾文，实为冤愤！今同就正于先生。"因朗吟数百言，句句手自击节。其一且呻吟呼痛，且微哂之。老儒惕息不敢言。其一厉声曰："先生究以为如何？"老儒嗫嚅久之，以额叩枕曰："鸡肋鸡的肋骨。比喻身体瘦弱不足以当尊拳。"其一大笑去，其一往来窗外，气咻咻然，至鸡鸣乃寂。云闻之胶州法黄裳。余谓此亦黄裳寓言也。

孟生文熺

天津孟生文熺，有隽才出众的才智，张石粼先生最爱之。一日，扫墓归，遇孟于路旁酒肆。见其壁上新写一诗曰："东风翦翦漾春衣，信步寻芳信步归。红映桃花人一笑，绿遮杨柳燕双飞。徘徊曲径怜香草，惆怅乔林挂落晖。记取今朝延伫处，酒楼西畔是柴扉。"诘其所以，讳不言。固诘之，始云适于道侧见丽女，其容绝代，故坐此冀其再出。张问其处，孟手指之。张大骇曰：

"是某家坟院，荒废久矣，安得有是？"同往寻之，果马鬣蓬科指坟丘被衰草掩映的样子，杳无人迹。

肠断《华山畿》

余在乌鲁木齐时，一日，报军校王某差运伊犁军械，其妻独处。今日过午，门不启，呼之不应，当有他故。因檄迪化同知木金泰往勘。破扉而入，则男女二人共枕卧，裸体相抱，皆剖裂其腹死。男子不知何自来，亦无识者。研问邻里，茫无端绪，拟以疑狱结矣。是夕，女尸忽呻吟，守者惊视，已复生。越日能言，自供与是人幼相爱，既嫁犹私会。后随夫驻防西域，是人念之不释，复寻访而来；甫至门，即引入室。故邻里皆未觉。虑暂会终离，遂相约同死，受刃时痛极昏迷，倏如梦觉，则魂已离体。急觅是人，不知何往，惟独立沙碛中，白草黄云，四无边际。正彷徨间，为一鬼缚去，至一官府，甚见诘辱。云是虽无耻，命尚未终，叱杖一百，驱之返。杖乃铁铸，不胜楚毒，复晕绝。及渐苏，则回生矣。视其股，果杖痕重叠。驻防大臣巴公曰："是已受冥罚，奸罪可勿重科矣。"余乌鲁木齐杂诗有曰："鸳鸯毕竟不双飞，天上人间旧愿违。白草萧萧埋旅榇，一生肠断《华山畿》南朝时流行于长江下游的民歌，讲述了华山附近一对青年男女殉情的悲剧。"即咏此事也。

白日见鬼

朱青雷言：尝与高西园散步水次水畔，时春冰初泮pàn刚开始融化，净绿瀛溶水波浮动的样子。高曰："忆晚唐有'鱼鳞可怜紫，鸭毛自然碧'句，无一字言春水，而晴波滑笏水波荡漾的样子之状，如在目前。惜不记其姓名矣。"朱沉思未对间，老柳后有人语曰："此初唐刘希夷诗，非晚唐也。"趋视无一人。朱悚然曰："白日见鬼矣。"高微笑曰："如此鬼，见亦大佳，但恐不肯相见耳。"对树三揖而行。归检刘诗，果有此二语。余偶以告戴东原即戴震，字东原，乾嘉考据学派的代表人物，东原因言：有两生烛下对谈，争《春秋》周正夏正，往复甚苦。窗外忽太息言曰："左氏周人，不容不知周正朔，二先生何必词费也。"出视窗外，惟一小童方酣睡。观此二事，儒者日谈考证，讲"曰若稽古语出《尚书·尧典》，话说查至上古"，动至十四万言，安知冥冥之中，无在旁揶揄者乎？

有驴叹曰

聂松岩言：即墨于生，骑一驴赴京师。中路憩息高岗上，系驴于树，而倚石假寐，忽见驴昂首四顾，浩然叹曰："不至此地数十年，青山如故，村落已非旧径矣。"于故好奇，闻之跃然起曰："此宋处宗长鸣鸡南朝宋刘义庆《幽冥录》有载，兖州刺史宋处宗得到一只长鸣鸡，将鸡笼放在书房窗前。此鸡日日听主人吟诗读书，渐渐能习人语，时常与他对话，谈论问题也很有见地。后世遂以"鸡窗"代指书窗、书斋也！日日乘之共谈，不患长途寂寞矣。"揖而与言，驴啮草不应。反复开导，约与为忘形交，驴亦若勿闻。怒而痛鞭之，驴跳掷狂吼，终不能言。竟箠折一足，鬻于屠肆，徒步以归。此事绝可笑，殆睡梦中误听耶？抑此驴夙生冤谴，有物凭之，以激于之怒杀耶？

健仆毕四

三叔父仪南公，有健仆毕四。善弋猎，能挽十石dàn古代容量单位，十升为一斗，十斗为一石弓。恒捕鹑于野。凡捕鹑者必以夜，先以藁秸插地，如禾陇之状，而布网于上；以牛角作曲管，肖鹑声吹之。鹑既集，先微惊之，使渐次避入藁秸中；然后大声惊之，使群飞突起，则悉触网矣。吹管时，其声凄咽，往往误引鬼物至，故必筑团焦自卫，而携兵仗以备之。

一夜，月明之下，见老叟来作礼曰："我狐也，儿孙与北村狐搆衅，举族械战。彼阵擒我一女，每战必反接驱出以辱我。我亦阵擒彼一妾，如所施报焉。由此仇益结，约今夜决战于此。闻君义侠，乞助一臂力，则没齿感恩。持铁尺者彼，持刀者我也。"毕故好事，忻然随之往，翳丛薄间。两阵既交，两狐血战不解，至相抱手搏。毕审视既的，控弦一发，射北村狐踣bó倒地身亡。不虞弓劲qíng矢铦xiān弓力过猛，箭头又锋利，贯腹而过，并老叟洞腋殪yì杀死焉。两阵各惶遽，夺尸弃俘囚而遁。毕解二狐之缚，且告之曰："传语尔族，两家胜败相当，可以解冤矣。"先是北村每夜闻战声，自此遂寂。

此与李冰战国时期水利专家。李冰死后，世间流传着许多他为了百姓与鬼神相斗的传说事相类，然冰战江神为捍灾御患；此狐逞其私愤，两斗不已，卒至两伤，是亦不可以已乎？

树下之鬼

姚安公在滇时，幕友言署中香橼树下，月夜有红裳女子靓妆立，见人则冉冉没土中。众议发视之。姚安公携卮酒浇树下，自祝之曰："汝见人则隐，是无意于为祟也。又何必屡现汝形，自取暴骨之祸？"自是不复出。又有书斋甚轩敞，久无人居。舅氏安公五章，时相从在滇，偶夏日裸寝其内，梦一人揖而言曰："与君虽幽明异路，然眷属居此，亦有男女之别。君奈何不以礼自处？"矍然醒，遂不敢再往。姚安公尝曰："树下之鬼可谕之以理，书斋之魅能以理谕人。此郡僻处万山中，风俗质朴，浑沌未凿，故异类亦淳良如是也。"

彩衣小儿

余两三岁时，尝见四五小儿，彩衣金钏，随余嬉戏，皆呼余为弟，意似甚相爱。稍长时，乃皆不见。后以告先姚安公，公沉思久之，爽然曰："汝前母恨无子，每令尼媪以彩丝系神庙泥孩归，置于卧内，各命以乳名，日饲果饵，与哺子无异。殁后，吾命人瘗yì埋葬楼后空院中，必是物也。恐后来为妖，拟掘出之，然岁久已迷其处矣。"前母即张太夫人姊。一岁忌辰，家祭后，张太夫人昼寝，梦前母以手推之曰："三妹太不经事，利刃岂可付儿戏？"愕然惊醒，则余方坐身旁，掣姚安公革带佩刀出鞘矣。始知魂归受祭，确有其事。古人所以事死如生也。

两盗互骇

表叔王碧伯妻丧，术者言某日子刻回煞，全家皆避出。有盗伪为煞神，逾垣入，方开箧攫簪珥，适一盗又伪为煞神来，鬼声呜呜渐近。前盗惶遽避出。相遇于庭，彼此以为真煞神，皆悸而失魂，对仆于地。黎明，家人哭入，突见之，大骇。谛视乃知为盗。以姜汤灌苏，即以鬼装缚送官。沿路聚观，莫不绝倒。据此一事，回煞之说当妄矣。然回煞形迹，余实屡目睹之。鬼神茫昧，究不知其如何也。

神来绝句

益都朱天门言：甲子乾隆九年(1744)夏，与数友夜集明湖侧，召妓侑觞。饮方酣，妓素不识字，忽援笔书一绝句曰："一夜潇潇雨，高楼怯晓寒。桃花零落否？呼婢卷帘看。"掷于一友之前。是人观讫，遽变色仆地。妓亦仆地。顷之妓苏，而是人不苏矣。后遍问所亲，迄不知其故。

正定扶乩者

癸巳乾隆三十八年(1773)、甲午乾隆三十九年(1774)间，有扶乩者自正定来。不谈休咎，惟作书画。颇疑其伪托，然见其为曹慕堂作着色山水长卷及醉钟馗像，笔墨皆不俗。又见赠董曲江一联曰："黄金结客心犹热，白首还乡梦更游。"亦酷肖曲江之为人。

曹二悍妇

佃户曹二妇悍甚，动辄诃詈风雨，诟谇鬼神。乡邻里间，一语不合，即揎撸起袖露臂，携二捣衣杵，奋呼跳掷如虓xiāo虎怒吼的虎。一日，乘阴雨出窃麦，忽风雷大作，巨雹如鹅卵，已中伤仆地。忽风卷一五斗栲栳用柳条编成的盛物器具。亦称"笆斗"堕其前，顶之得不死。岂天亦畏其横欤？或曰："是虽暴戾，而善事其姑。每与人斗，姑叱之，辄弭伏；姑批其颊，亦跪而受。然则遇难不死，有由矣。"孔子曰："夫孝，天之经也，地之义也。"岂不然乎！

高川堕龙

癸亥乾隆八年(1743)夏，高川之北堕一龙，里人多目睹之。姚安公命驾往视，则已乘风雨去。其蜿蜒攫拿之迹，蹂躏禾稼二亩许，尚分明可见。龙，神物也，何以致堕？或曰："是行雨有误，天所谪也。"

按，世称龙能致雨，而宋儒谓雨为天地之气，不由于龙。余谓《礼》称"天降时雨，山川出云"，故《公羊传》谓"触石而出，肤寸而合，不崇朝而雨天下者，惟泰山之云"。是宋儒之说所本也。《易·文言·传》称"云从龙"，故董仲舒祈雨法召以土龙，此世俗之说所本也。大抵有天雨，有龙雨；油油而云，潇潇而雨者，天雨也；疾风震雷，不久而过者，龙雨也。观触犯龙潭者，立致风雨，天地之气能如是之速合乎？洗鲊鲊 zhǎ，腌制的鱼。此处指准备祭礼以谢神答诵梵咒者，亦立致风雨，天地之气能如是之刻期乎？故必两义兼陈，其理始备。必规规然胶执一说，毋乃不通其变欤！

白昼遇鬼

里人王驴耕于野，倦而枕块以卧。忽见肩舆从西来，仆马甚众，舆中坐者先叔父仪南公也。怪公方卧疾，何以出行。急近前起居。公与语良久，乃向东北去。归而闻公已逝矣。计所见仆马，正符所焚纸器之数。仆人沈崇贵之妻，亲闻驴言之。后月馀，驴亦病卒。知白昼遇鬼，终为衰气矣。

异　事

余第三女，许婚戈仙舟太仆子。年十岁，以庚戌乾隆五十五年(1790)夏至卒。先一日，病已革，时余以执事在方泽，女忽自语曰："今日初八，吾当明日辰刻去，犹及见吾父也。"问何以知之，瞑目不言。余初九日礼成归邸，果及见其卒，卒时壁挂洋钟恰琤然鸣八声。是亦异矣。

乂义之辩

膳夫杨乂，粗知文字。随姚安公在滇时，忽梦二鬼持朱票来拘，标名曰杨义。乂争曰："我名杨乂，不名杨义，尔定误拘。"二鬼皆曰："乂字上尚有一点，是省笔义字。"乂又争曰："从未见义字如此写，当仍是乂字误滴一墨点。"二鬼不能强而去。同寝者闻其呓语，殊甚了了。俄姚安公终养归，乂随至平彝，又梦二鬼持票来，乃明明楷书"杨义"字。乂仍不服曰："我已北归，当属直隶城隍。尔云南城隍，何得拘我？"喧诟良久。同寝者呼之乃醒，自云二鬼甚愤，似必不相舍。次日，行至滇南胜境坊下，果马蹶堕地卒。

义犬四儿

余在乌鲁木齐，畜数犬。辛卯赐环东归，一黑犬曰四儿，恋恋随行，挥之不去，竟同至京师。途中守行箧甚严，非余至前，虽僮仆不能取一物。稍近，辄人立怒啮。一日，过辟展七达坂作者原注：达坂译言山岭，凡七重，曲折陡峻，称为天险，车四辆，半在岭北，半在岭南，日已曛黑，不能全度。犬乃独卧岭巅，左右望而护视之，见人影辄驰视。余为赋诗二首曰："归路无烦汝寄书，风餐露宿且随予。夜深奴子酣眠后，为守东行数辆车。""空山日日忍饥行，冰雪崎岖百廿程，我已无官何所恋，可怜汝亦太痴生。"纪其实也。

至京岁馀，一夕，中毒死。或曰："奴辈病其司夜严，故以计杀之，而托词于盗。"想当然矣。余收葬其骨，欲为起冢，题曰"义犬四儿墓"；而琢石象出塞四奴之形，跪其墓前，各镌姓名于胸臆，曰赵长明，曰于禄，曰刘成功，曰齐来旺。或曰："以此四奴置犬旁，恐犬不屑。"余乃止，仅题额诸奴所居室，曰"师犬堂"而已。

初，翟孝廉赠余此犬时，先一夕梦故仆宋遇叩首曰："念主人从军万里，今来服役。"次日得是犬，了然知为遇转生也。然遇在时阴险狡黠，为诸仆魁，何以作犬反忠荩忠诚？岂自知以恶业堕落，悔而从善欤？亦可谓善补过矣。

狐能化形

狐能化形，故狐之通灵者，可往来于一隙之中，然特自化其形耳。

宋蒙泉言：其家一仆妇为狐所媚，夜辄褫衣无寸缕，自窗棂舁yú 抬出，置于廊下，共相戏狎。其夫露刃追之，则门键不可启。或掩扉以待，亦自能坚闭，仅于窗内怒詈而已。一日，阴藏鸟铳，将隔窗击之。临期觅铳不可得。次日，乃见在钱柜中。铳长近五尺，而柜口仅尺馀，不知何以得入。是并能化他形矣。宋儒动言格物，如此之类，又岂可以理推乎？

姚安公尝言："狐居墟墓，而幻化室庐，人视之如真，不知狐自视如何。狐具毛革，而幻化粉黛，人视之如真，不知狐自视又如何。不知此狐所幻化，彼狐视之更当如何。此真无从而推究也。"

石洞六女

乌鲁木齐把总蔡良栋言：此地初定时，尝巡瞭至南山深处作者原注：乌鲁木齐在天山北，故呼曰南山。日色薄暮，似见隔涧有人影，疑为玛哈沁作者原注：额鲁特语谓劫盗曰玛哈沁，营伍中袭其故名，伏丛莽中密侦之。见一人戎装坐磐石上，数卒侍立，貌皆狰狞。其语稍远不可辨，惟见指挥一卒，自石洞中呼六女子出，并姣丽白皙。所衣皆缯彩，各反缚其手，觳觫hú sù恐惧的样子俯首跪。以次引至坐者前，褫下裳伏地，鞭之流血，号呼凄惨，声彻林谷。鞭讫，径去，六女战栗跪送，望不见影，乃呜咽归洞。其地一射可及，而涧深崖陡，无路可通。乃使弓力强者，攒射对崖一树。有两矢着树上，用以为识。明日，迂回数十里寻至其处，则洞口尘封。秉烛而入，曲折约深四丈许，绝无行迹。不知昨所遇者何神，其所鞭者又何物。生平所见奇事，此为第一。

考《太平广记》，载老僧见天人追捕飞天野叉事，野叉正是一好女。蔡所见似亦其类欤？

羊魂报冤

六畜指马、牛、羊、鸡、狗、猪充庖，常理也；然杀之过当，则为恶业。非所应杀之人而杀之，亦能报冤。乌鲁木齐把总茹大业言：吉木萨游击清代武官名。从三品，次于参将一级遣奴入山寻雪莲，迷不得归。一夜，梦奴浴血来曰："在某山遇玛哈沁为脔食，残骸犹在桥南第几松树下，乞往迹之。"游击遣军校寻至树下，果血污狼藉，然视之皆羊骨。盖圉卒共盗一官羊，杀于是也。犹疑奴或死他所。越两日，奴得遇猎者引归，始知羊假奴之魂，以发圉卒之罪耳。

牛 怪

李媪，青县人。乾隆丁巳乾隆二年(1737)、戊午乾隆三年(1738)间，在余家司爨cuàn烧火做饭。言其乡有农家，居邻古墓。所畜二牛，时登墓蹂践。夜梦有人呵责之。乡愚粗戆gàng鲁莽，愣，置弗省。俄而家中怪大作，夜见二物，其巨如牛，蹴踏跳掷，院中盎瓮皆破碎。如是数夕，至移碌碡即石滚子，用于碾压的农具于房上，砰然滚落，火焰飞腾，击捣衣砧为数段。农家恨甚，乃多借鸟铳，待其至，合手击之，两怪并应声踣。农家大喜，急秉火出视，乃所畜二牛也。自是怪不复作，家亦渐落。凭其牛以为妖，俾自杀之，可谓巧于播弄矣；要亦乘其犷悍之气，故得以假手也。

僧道疑案

献县城东双塔村，有两老僧共一庵。一夕，有两老道士叩门借宿。僧初不允。道士曰："释道虽两教，出家则一。师何所见之不广?"僧乃留之。次日至晚，门不启，呼亦不应。邻人越墙入视，则四人皆不见。而僧房一物不失，道士行囊中藏数十金，亦具在。皆大骇，以闻于官。邑令粟公千钟来验，一牧童言村南十馀里外枯井中似有死人。驰往视之，则四尸重叠在焉，然皆无伤。粟公曰："一物不失，则非盗；年皆衰老，则非奸；邂逅留宿，则非仇；身无寸伤，则非杀。四人何以同死？四尸何以并移？门扃不启，何以能出？距井窎远，何以能至？事出情理之外，吾能鞫人，不能鞫鬼。人无可鞫，惟当以疑案结耳。"径申上官。上官亦无可驳诘，竟从所议。应山明公晟，健令也，尝曰："吾至献，即闻是案；思之数年，不能解。遇此等事，当以不解解之。一作聪明，则决裂百出矣。人言粟公愦愦糊涂的样子，吾正服其愦愦也。"

蛇 角

《左传》言："深山大泽，实生龙蛇。"小奴玉保，乌鲁木齐流人子也。初隶特纳格尔今新疆阜康市军屯。尝入谷追亡羊，见大蛇巨如柱，盘于高岗之顶，向日晒鳞。周身五色烂然，如堆锦绣；顶一角，长尺许。有群雉飞过，张口吸之，相距四五丈，皆翩然而落，如矢投壶。心知羊为所吞矣，乘其未见，循涧逃归，恐怖几失魂魄。军吏邬图麟因言，此蛇至毒，而其角能解毒，即所谓吸毒石也。见此蛇者，携雄黄数斤，于上风烧之，即委顿不能动。取其角，锯为块，痈疽初起时，以一块着疮顶，即如磁吸铁，相粘不可脱。待毒气吸出，乃自落。置人乳中，浸出其毒，仍可再用。毒轻者乳变绿，稍重者变青黯，极重者变黑紫。乳变黑紫者，吸四五次乃可尽，馀一二次愈矣。余记从兄懋园家有吸毒石，治痈疽颇验。其质非木非石，至是乃知为蛇角矣。

催生符

正乙真人，能作催生符，人家多有之。此非祷雨驱妖，何与真人事？殊不可解。或曰："道书载有二鬼：一曰语忘，一曰敬遗，能使人难产。知其名而书之纸，则去。符或制此二鬼欤？"夫四海内外，登产蓐者，殆恒河沙数，其天下只此语忘、敬遗二鬼耶？抑一处各有二鬼，一家各有二鬼，其名皆曰语忘、敬遗也？如天下止此二鬼，将周游奔走而为厉，鬼何其劳？如一处各有二鬼，一家各有二鬼，则生育之时少，不生育之时多，扰扰千百亿万，鬼无所事事，静待人生育而为厉，鬼又何其冗闲无用乎？或曰："难产之故多端，语忘、敬遗其一也。不能必其为语忘、敬遗，亦不能必其非语忘、敬遗，故召将试勘焉。"是亦一解矣。第以万一或然之事，而日日召将试勘，将至而有鬼，将驱之矣；将至而非鬼，将且空返，不渎神矣乎？即神不嫌渎，而一符一将，是炼无数之将，使待幽王之烽火即《史记·周本纪》记载的周幽王"烽火戏诸侯"一事；上帝且以真人一符，增置一神。如诸符共一将，则此将虽千手千目，亦疲于奔命；上帝且以真人诸符，特设以无量化身之神，供捕风捉影之役矣。能乎不能？然赵鹿泉前辈有一符，传自明代，曰高行真人精炼刚气之所画也。试之，其验如响。鹿泉非妄语者，是则吾无以测之矣。

雷 神

俗传张真人厮役皆鬼神。尝与客对谈，司茶者雷神也。客不敬，归而震霆随之，几不免。此齐东语即齐东野语。《孟子·万章》："此非君子之言，齐东野人之语也。"比喻荒唐之言也。忆一日与余同陪祀，将入而遗其朝珠，向余借。余戏曰："雷部鬼律令行最疾，何不遣取？"真人为辴 chǎn 然笑的样子。然余在福州使院时，老仆魏成夜夜为祟扰。一夜，乘醉怒叱曰："吾主素与天师善，明日，寄一札往，雷部立至矣。"应声而寂。然则狐鬼亦习闻是语也。

木妖畏匠人

奴子王廷佐，夜自沧州乘马归。至常家砖河，马忽辟易。黑暗中，见大树阻去路，素所未有也。勒马旁过，此树四面旋转，当其前。盘绕数刻，马渐疲，人亦渐迷。俄所识木工国姓、韩姓从东来，见廷佐痴立，怪之。廷佐指以告。时二人已醉，齐呼曰："佛殿少一梁，正觅大树。今幸而得此，不可失也。"各持斧锯奔赴之，树倏化旋风去。《阴符经》即《黄帝阴符经》，传为黄帝所作，一说为唐李筌所伪托曰："禽即"擒"，制服之制在气。"木妖畏匠人，正如狐怪畏猎户。积威所劫，其气焰足以慑伏之，不必其力之相胜也。

大风西来

宁津苏子庚言：丁卯乾隆十二年(1747)夏，张氏姑妇同刈麦收割麦子。甫收拾成聚，有大旋风从西来，吹之四散。妇怒，以镰掷之，洒血数滴渍地上。方共检寻所失，妇倚树忽似昏醉，魂为人缚至一神祠。神怒叱曰："悍妇乃敢伤我吏，速受杖！"妇性素刚，抗声曰："贫家种麦数亩，资以活命。烈日中妇姑辛苦，刈甫毕，乃为怪风吹散。谓是邪祟，故以镰掷之，不虞伤大王之使者。且使者来往，自有官路，何以横经民田，败人麦？以此受杖，实所不甘。"神俯首曰："其词直，可遣去。"妇苏而旋风复至，仍卷其麦为一处。

说是事时，吴桥王仁趾曰："此不知为何神，不曲庇其私昵，谓之正直可矣；先听肤受之诉，使妇几受刑，谓之聪明则未也。"景州戈荔田曰："妇诉其冤，神即能鉴，是亦聪明矣。倘诉者哀哀，听者愦愦，君更谓之何？"子庚曰："仁趾之责人无已时。荔田言是。"

鳖　宝

四川藩司张公宝南，先祖母从弟也。其太夫人喜鳖臛huò肉羹。一日，庖人得巨鳖，甫断其首，有小人长四五寸，自颈突出，绕鳖而走。庖人大骇仆地。众救之苏，小人已不知所往。及剖鳖，乃仍在鳖腹中，已死矣。先祖母曾取视之，先母时尚幼，亦在旁目睹。装饰如《职贡图》古代外国或中国境内少数民族向中国皇帝进贡的纪实图画中回回在明清两代的文献中，主要指回族，即回回民族；有时指伊斯兰教，如回回教状，帽黄色，褶蓝色，带红色，靴黑色，皆纹理分明如绘；面目手足，亦皆如刻画。馆师岑生识之，曰："此名鳖宝，生得之，剖臂纳肉中，则啖人血以生。人臂有此宝，则地中金银珠玉之类，隔土皆可见。血尽而死，子孙又剖臂纳之，可以世世富。"庖人闻之大懊悔，每一念及，辄自批其颊。外祖母曹太夫人曰："据岑师所云，是以命博财也。人肯以命博财，其计多矣，何必剖臂养鳖？”庖人终不悟，竟自恨而卒。

孤树上人

孤树上人，不知何许人，亦不知其名。明崇祯末，居景城破寺中。先高祖厚斋公，尝赠以诗。一夜，灯下诵经，窗外窸窣有声，似人来往。呵问为谁，朗应曰：“身是野狐，为听经来此。”问：“某刹法筵最盛，何不往听？”曰：“渠是有人处诵经，师是无人处诵经也。”后为厚斋公述之，厚斋公曰：“师以此语告我，亦是有人处诵经矣。”孤树怃然者久之。

巨笔吐焰

李太白梦笔生花，特睡乡幻景耳。福建陆路提督马公负书，性耽翰墨，稍暇即临池相传汉朝书法家张芝常在水池边洗笔，久而久之，池中水都被墨给染黑了，后人便将“临池”作为练习书法的代称。一日，所用巨笔悬架上，忽吐焰，光长数尺。自毫端倒注于地，复逆卷而上，蓬蓬然逾刻乃敛。署中弁卒皆见之。马公画为小照，余尝为题诗。然马公竟卒于官，则亦妖而非瑞矣。

魂出门外

史少司马抑堂，相国文靖公次子也。家居时，忽无故眩瞀，觉魂出门外，有人掖之登肩舆，行数里矣。复有肩舆自后追至，疾呼“且住”。视之，则文靖公也。抑堂下舆叩谒，文靖公语之曰：“尔尚有子孙未出世，此时讵怎么，如何可前往？”挥舁者即轿夫送归。霍然而醒，时年七十四。次年举一子，越两年又举一子，果如文靖公之言。此抑堂七十八岁时至京师，亲为余言。

卷六

滦阳消夏录六

巨人立墓

乌什今新疆塔里木盆地西北边缘的天山南麓回部将叛时，城西有高阜，云其始祖墓也。每日将暮，辄见巨人立墓上。面阔逾一尺，翘首向东，若有所望。叛党殄灭后，乃不复见。或曰："是知劫运将临，待收其子孙之魂也。"或曰："东望者，示其子孙，有兵自东来，早为备也。"或曰："回部为西域，向东者，面内也，示其子孙不可叛也。"是皆不可知。其为乌什将灭之妖孽，则无疑也。

老僧入冥

宏恩寺僧明心言：上天竺上天竺寺建于五代吴越王时期，原名天竺看经院，位于杭州灵隐寺南。清朝乾隆年间改名为"法喜寺"有老僧，尝入冥。见狰狞鬼卒，驱数千人在一大公廨外，皆褫衣反缚。有官南面坐，吏执簿唱名，一一选择精粗，揣量肥瘠，若屠肆之鬻羊豕。

意大怪之。见一吏去官稍远，是旧檀越，因合掌问讯："是悉何人？"吏曰："诸天魔众，皆以人为粮。如来运大神力，摄伏魔王，皈依五戒。而部族繁夥，叛服不常，皆曰自无始以来，魔众食人，如人食谷；佛能断人食谷，我即不食人。如是哓哓，即彼魔王亦不能制。佛以孽海洪波，沉伦不返，无间地狱，已不能容。乃牒下阎罗，欲移此狱囚，充彼啖噬；彼腹得果，可免荼毒生灵。十王共议，以民命所关，无如守令，造福最易，造祸亦深。惟是种种冤愆，多非自作，冥司业镜，罪有攸归。其最为民害者，一曰吏，一曰役，一曰官之亲属，一曰官之仆隶。是四种人，无官之责，有官之权。官或自顾考成，彼则惟知牟利，依草附木，怙势作威，足使人敲髓洒膏，吞声泣血。四大洲佛教认为围绕在须弥山周围的四大洲，分别为东胜神洲、西牛贺洲、南赡部洲、北俱芦洲内，唯此四种恶业至多，是以清我泥犁，供其汤鼎。以白皙者、柔脆者、膏腴者充魔王食，以粗材充众魔食。故先为差别，然后发遣。其间业稍轻者，一经脔割烹炮，即化为乌有。业重者，抛馀残骨，吹以业风，还其本形，再供刀俎。自二三度至千百度不一。业最重者，乃至一日化形数度，刲剔燔炙，无已时也。”僧额手曰：“诚不如削发出尘，可无此虑。”吏曰：“不然。其权可以害人，其力即可以济人。灵山即灵鹫山，印度佛教圣坛所在地会上，原有宰官；即此四种人，亦未尝无逍遥莲界者也。”语讫忽寤。

僧有侄在一县令署，急驰书促归，劝使改业。此事即僧告其侄，而明心在寺得闻之。虽语颇荒诞，似出寓言；然神道设教，使人知畏，亦警世之苦心，未可绳以妄语戒也。

林鬼遇鬼

沧州瞽者刘君瑞，尝以弦索指吹拉弹唱来往余家。言其偶有林姓者，一日薄暮，有人登门来唤曰：“某官舟泊河干，闻汝善弹词，邀往一试，当有厚赉 lài 赠予。”即促抱琵琶，牵其竹杖导之往。约四五里，至舟畔，寒温毕，闻主人指挥曰：“舟中炎热，坐岸上奏技，吾倚窗听之可也。”林利其赏，竭力弹唱。约略近三鼓，指痛喉干，求滴水不可得。侧耳听之，四围男女杂坐，笑语喧嚣，觉不似仕宦家，又觉不似在水次，辍弦欲起。众怒曰：“何物盲贼，敢不听使令！”众手交捶，痛不可忍，乃哀乞再奏。久之，闻人声渐散，犹不敢息。忽闻耳畔呼曰：“林先生何故日尚未出，坐乱冢间演技，取树下早凉耶？”矍然惊问，乃其邻人早起贩鬻过此也。知为鬼弄，狼狈而归。林姓素多心计，号曰林鬼。闻者咸笑曰：“今日鬼遇鬼矣。”

役鬼符咒

先姚安公曰：里有白以忠者，偶买得役鬼符咒一册，冀借此演搬运法，或可谋生。乃依书置诸法物，月明之夜，作道士装，至墟墓间试之。据案对书诵咒，果闻四面啾啾声。俄暴风突起，卷其书落草间，为一鬼跃出攫去。众鬼哗然并出，曰：“尔恃符咒拘遣我，今符咒已失，不畏尔矣。”聚而攒击，以忠踉跄奔逃，背后瓦砾如骤雨，仅得至家。是夜疟疾大作，困卧月馀，疑亦鬼为祟也。一日诉于姚安公，且惭且愤。姚安公曰：“幸哉！尔术不成，不过成一笑柄耳。倘不幸术成，安知不以术贾祸？此尔福也，尔又何尤焉？”

二鬼

从侄虞惇所居宅，本村南旧圃也。未筑宅时，四面无居人。一夕，灌圃者田大卧井旁小室，闻墙外诟争声，疑为村人，隔墙问曰："尔等为谁？夜深无故来扰我。"其一呼曰："一事求大哥公论，不知何处客鬼，强入我家调我妇，天下有是理耶？"其一呼曰："我自携钱赴闻家庙，此妇见我嬉笑，邀我入室。此人突入夺我钱，天下又有是理耶？"田知是鬼，噤不敢应。二鬼并曰："此处不能了此事，当诉诸土地耳。"喧喧然向东北去。田次日至土地祠问庙祝，乃寂无所闻。皆疑田妄语。临清李名儒曰："是不足怪，想此妇和解之矣。"众为粲然。

城隍破棺

乾隆己未乾隆四年(1739)，余与东光李云举、霍养仲同读书生云精舍。一夕偶论鬼神。云举以为有，养仲以为无，正辩诘间，云举之仆卒然曰："世间原有奇事，倘奴不身经，虽奴亦不信也。尝过城隍祠前丛冢间，失足踏破一棺。夜梦城隍拘去，云有人诉我毁其室。心知是破棺事，与之辩曰：'汝室自不合当路，非我侵汝。'鬼又辩曰：'路自上我屋，非我屋故当路也。'城隍微笑顾我曰：'人人行此路，不能责汝；人人踏之不破，何汝踏破？亦不能竟释汝。当偿之以冥镪 qiǎng 串成串的纸钱。'既而曰：'鬼不能自葺棺。汝覆以片板，筑土其上可也。'次日如神教，仍焚冥镪，有旋风卷其灰去。一夜复过其地，闻有人呼我坐。心知为曩鬼，疾驰归。其鬼大笑，音磔磔 zhé zhé 如枭鸟。迄今思之，尚毛发悚然也。"养仲谓云举曰："汝仆助汝，吾一口不胜两口矣。然吾终不能以人所见为我所见。"云举曰："使君鞫狱，将事事目睹而后信乎？抑以取证众口乎？事事目睹无此理，取证众口，不以人所见为我所见乎？君何以处焉？"相与一笑而罢。

粤东异僧

莆田林教授清标言：郑成功据台湾明天启四年(1624)，荷兰殖民者侵占中国台湾。永历十五年(1661)，郑成功率军在台湾南部登陆，攻克荷兰殖民者的巢穴赤嵌城(今安平)。次年，荷兰总督投降，台湾重归祖国。他在台湾建立行政机构，推行屯田，促进了当地的经济发展时，有粤东异僧泛海至。技击绝伦，袒臂端坐，斫以刃，如中铁石；又兼通壬遁风角六壬、奇门遁甲、风角，都是古代的术数。与论兵，亦娓娓有条理。成功方招延豪杰，甚敬礼之。稍久，渐骄蹇。成功不能堪，且疑为间谍，欲杀之而惧不克。

其大将刘国轩曰："必欲除之，事在我。"乃诣僧款洽，忽请曰："师是佛地位人，但不知遇摩登伽佛经中的摩登伽女，曾诱惑阿难。后泛指女性还受摄否？"僧曰："参寥和尚北宋僧人，曾有诗句："禅心已似沾泥絮，不逐春风上下狂。"久心似沾泥絮矣。"刘因戏曰："欲以刘王大体双一验道力，使众弥信心可乎？"乃选娈童倡女姣丽善淫者十许人，布茵施枕，恣为媟狎于其侧，柔情曼态，极天下之妖惑。僧谈笑自若，似无见闻；久忽闭目不视。国轩拔剑一挥，首已欻然落矣。国轩曰："此术非有鬼神，特炼气自固耳。心定则气聚，心一动则气散矣。此僧心初不动，故敢纵观；至闭目不视，知其已动而强制，故刃一下而不能御也。"

所论颇入微，但不知椎埋恶少，何以能见及此。其纵横鲸窟十馀年，盖亦非偶矣。

江南崔寅

牛公悔庵，尝与五公山人散步城南，因坐树下谈《易》即《易经》。忽闻背后语曰："二君所论，乃术家《易》，非儒家《易》也。"怪其适自何来，曰："已先坐此，二君未见耳。"问其姓名，曰："江南崔寅。今日宿城外旅舍，天尚未暮，偶散闷闲行。"山人爱其文雅，因与接膝促膝而谈，究术家儒家之说。

崔曰："圣人作《易》，言人事也，非言天道也；为众人言也，非为圣人言也。圣人从心不逾矩，本无疑惑，何待于占？惟众人昧于事几，每两歧罔决，故圣人以阴阳之消长，示人事之进退，俾知趋避而已。此儒家之本旨也。顾万事万物，不出阴阳。后人推而广之，各明一义。杨简心学创始人陆象山的弟子，在陆王心学的产生与传承过程中影响极大、王宗传以理学阐述《易经》，体现了当时的正统学术观念阐发心学，此禅家之《易》，源出王弼者也。陈抟字图南，号扶摇子，继承了汉代以来的象数学传统，对宋代理学有很大影响、邵康节字尧夫，谥号康节，自号安乐先生、伊川翁。北宋哲学家、易学家，有"内圣外王"之誉推论先天，此道家之《易》，源出魏伯阳东汉炼丹理论家者也。术家之《易》衍于管指管辂，字公明，三国时魏术士，被后世奉为卜卦观相的祖师、郭即郭璞，字景纯，东晋著名学者，被尊为中国风水学鼻祖，源于焦即焦延寿，汉代学者，著有《焦氏易林》、京即京房，焦延寿的学生，汉代著名易学大师，即二君所言是矣。《易》道广大，无所不包，见智见仁，理原一贯。后人忘其本始，反以旁义为正宗。是圣人作《易》，但为一二上智设，非千万世垂教之书，千万人共喻之理矣。经者常也，言常道也；经者径也，言人所共由也。曾是六经之首，而诡秘其说，使人不可解乎？"二人喜其词致，谈至月上未已。

诘其行踪，多世外语。二人谢曰："先生其儒而隐者乎？"崔微哂曰："果为隐者，方韬光晦迹之不暇，安得知名？果为儒者，方反躬克己之不暇，安得讲学？世所称儒称隐，皆胶胶扰扰者也。吾方恶此而逃之。先生休矣，毋污吾耳！"割然长啸，木叶乱飞，已失所在矣。方知所见非人也。

壁中人面

南皮许南金先生，最有胆。在僧寺读书，与一友共榻。夜半，见北壁燃双炬。谛视，乃一人面出壁中，大如箕，双炬其目光也。友股栗欲死。先生披衣徐起曰："正欲读书，苦烛尽。君来甚善。"乃携一册背之坐，诵声琅琅。未数页，目光渐隐；拊壁呼之，不出矣。又一夕如厕，一小童持烛随。此面突自地涌出，对之而笑。童掷烛仆地。先生即拾置怪顶，曰："烛正无台，君来又甚善。"怪仰视不动。先生曰："君何处不可往，乃在此间？海上有逐臭之夫《吕氏春秋·遇合》有载："人有大臭者，其亲戚兄弟妻妾知识无能与居者，自苦而居海上。海上人有说其臭者，昼夜随之而弗能去。"后以"逐臭之夫"比喻嗜好怪僻，与众不同的人，君其是乎？不可辜君来意。"即以秽纸拭其口。怪大呕吐，狂吼数声，灭烛而没。自是不复见。先生尝曰："鬼魅皆真有之，亦时或见之。惟检点生平，无不可对鬼魅者，则此心自不动耳。"

鬼　隐

戴东原言：明季有宋某者，卜葬地，至歙县深山中。日薄暮，风雨欲来，见岩下有洞，投之暂避。闻洞内人语曰："此中有鬼，君勿入。"问："汝何以入？"曰："身即鬼也。"宋请一见。曰："与君相见，则阴阳气战，君必寒热小不安。不如君爇火自卫，遥作隔座谈也。"宋问："君必有墓，何以居此？"曰："吾神宗时为县令，恶仕宦者货利相攘，进取相轧，乃弃职归田。殁而祈于阎罗，勿轮回人世，遂以来生禄秩，改注阴官。不虞幽冥之中，相攘相轧，亦复如此，又弃职归墓。墓居群鬼之间，往来嚣杂，不胜其烦，不得已避居于此。虽凄风苦雨，萧索难堪，较诸宦海风波，世途机阱，则如生忉dāo利天梵语音译，又称"三十三天"，佛教理论中位于须弥山的山顶矣。寂历空山，都忘甲子。与鬼相隔者，不知几年；与人相隔者，更不知几年。自喜解脱万缘，冥心造化。不意又通人迹，明朝当即移居。武陵渔人，勿再访桃花源晋代陶渊明所作《桃花源记》中的人物与地点也。"语讫不复酬对，问其姓名，亦不答。宋携有笔砚，因濡墨大书"鬼隐"两字于洞口而归。

乩 对

阳曲王近光言：冀宁道赵公孙英有两幕友，一姓乔，一姓车，合雇一骡轿回籍。赵公戏以其姓作对曰："乔、车二幕友，各乘半轿而行。"恰皆"轿"之半字也。时署中召仙，即举以请对。乩判曰："此是实人实事，非可强凑而成。"越半载，又召仙，乩忽判曰："前对吾已得之矣：卢、马两书生，共引一驴而走。"又判曰："四日后，辰巳辰时相当于上午7点到9点，巳时相当于上午9点到11点之间，往南门外候之。"至期遣役侦视，果有卢、马两生，以一驴负新科墨卷，赴会城出售。赵公笑曰："巧则诚巧。然两生之受侮深矣。"此所谓箭在弦上，不得不发，虽仙人亦忍俊不禁也。

狐 戏

先祖有庄，曰厂里，今分属从弟东白家。闻未析箸即分家时，场中一柴垛，有年矣，云狐居其中，人不敢犯。偶佃户某醉卧其侧，同辈戒勿触仙家怒。某不听，反肆詈。忽闻人语曰："汝醉，吾不较。且归家睡可也。"次日，诣园守瓜。其妇担饭来馌yè给在田间劳作的人送饭，遥望团焦中，一红衫女子与夫坐。见妇惊起，仓卒逾垣去。妇故妒悍，以为夫有外遇也，愤不可忍，遽以担痛击。某百口不能自明，大受箠楚。妇手倦稍息，犹喃喃毒詈。忽闻树杪大笑声，方知狐戏报之也。

取子偿冤

吴惠叔言：其乡有巨室，惟一子，婴疾甚剧。叶天士诊之，曰："脉现鬼证，非药石所能疗也。"乃请上方山道士建醮。至半夜，阴风飒然，坛上烛光俱黯碧。道士横剑瞑目，若有所睹，既而拂衣竟出。曰："妖魅为厉，吾法能祛。至夙世冤愆，虽有解释之法，其肯否解释，仍在本人。若伦纪所关，事干天律，虽绿章拜奏，亦不能上达神霄。此祟乃汝父遗一幼弟，汝兄遗二孤侄，汝蚕食鲸吞，几无馀沥。又茕茕孩稚，视若路人。至饥饱寒温，无可告语；疾痛疴痒，任其呼号。汝父茹痛九泉，诉于地府。冥官给牒，俾取汝子以偿冤。吾虽有术，只能为人驱鬼，不能为子驱父也。"果其子不久即逝。后终无子，竟以侄为嗣。

二牛斗盗

护持寺在河间东四十里。有农夫于某，家小康。一夕，于外出，劫盗数人从屋檐跃下，挥巨斧破扉，声丁丁然。家惟妇女弱小，伏枕战栗，听所为而已。忽所畜二牛，怒吼跃入，奋角与盗斗。梃刃交下，斗愈力。盗竟受伤，狼狈去。盖乾隆癸亥乾隆八年(1743)，河间大饥，畜牛者不能刍秣 chú mò 用饲料喂牲口，多鬻于屠市。是二牛至屠者门，哀鸣伏地，不肯前。于见而心恻，解衣质钱赎之，忍冻而归。牛之效死固宜，惟盗在内室，牛在外厩，牛何以知有警？且牛非矫捷之物，外扉坚闭，何以能一跃逾墙？此必有使之者矣，非鬼神之为而谁为之？此乙丑乾隆十年(1745)冬在河间岁试，刘东堂为余言。东堂即护持寺人，云亲见二牛，各身被数刃也。

瑞　草

芝称瑞草，然亦不必定为瑞。静海元中丞在甘肃时，署中生九芝，因以自号。然不久即罢官。舅氏安公五占公，停柩在室，忽柩上生一芝。自是子孙式微，今已无龆龀。盖祸福将萌，气机先动；非常之兆，理不虚来。第为休为咎，则不能预测耳。先兄晴湖则曰："人知兆发于鬼神，而人事应之。不知实兆发于人事，而鬼神应之。亦未始不可预测也。"

天生梵字

大学士伍公弥泰言：向在西藏，见悬崖无路处，石上有天生梵字大悲咒。字字分明，非人力所能，亦非人迹所到。当时曾举其山名，梵音难记，今忘之矣。公一生无妄语，知确非虚搆。天地之大，无所不有。宋儒每于理所无者，即断其必无，不知无所不有，即理也。

喇嘛

喇嘛有两种：一曰黄教，一曰红教，各以其衣别之也。黄教讲道德，明因果，与禅家派别而源同。红教则惟工幻术。理藩院尚书留公保住，言驻西藏时，曾忤一红教喇嘛。或言登山时必相报。公使肩舆鸣驺先行，而阴乘马随其后。至半山，果一马跃起压肩舆上，碎为齑粉。此留公自言之。曩nǎng过去，曾经从军乌鲁木齐时，有失马者，一红教喇嘛取小木凳咒良久，凳忽反覆折转，如翻桔槔井上汲水的工具。使失马者随行，至一山谷，其马在焉。此余亲睹之。考西域吞刀吞火之幻人，自前汉已有。此盖其相传遗术，非佛氏本法也。故黄教谓红教曰魔。或曰："是即波罗门，佛经所谓邪师外道者也。"似为近之。

非狐为妖

巴里坤现为巴里坤哈萨克自治县，是新疆维吾尔自治区哈密市下辖自治县、辟展、乌鲁木齐诸山皆多狐，然未闻有祟人者。惟根克忒有小儿夜捕狐，为一黑影所扑，堕山崖伤足，皆曰狐为妖。此或胆怯目眩，非狐为妖也。大抵自突厥、回鹘以来，即以弋猎为事。今日则投荒者、屯戍者、开垦者、出塞觅食者搜岩剔穴，采捕尤多，狐恒见伤夷，不能老寿，故不能久而为魅欤？抑僻在荒徼，人已不知导引炼形术，故狐亦不知欤？此可见风俗必有所开，不开则不习；人情沿于所习，不习则不能。道家化性起伪之说，要不为无见。姚安公谓滇南僻郡，鬼亦淳良。即此理也。

托名求食

副都统刘公鉴言：曩在伊犁，有善扶乩者，其神自称唐燕国公张说。与人唱和诗文，录之成帙。性嗜饮，每降坛，必焚纸钱，而奠以大白指大杯的白酒。不知龙沙葱雪龙堆、沙漠、葱岭、雪山，指塞外之间，燕公何故而至是？刘公诵其数章，词皆浅陋，殆打油、钉铰指洗镜、补锅、锔碗等杂役之流。客死冰天，游魂不返，托名以求食欤？

秃项马

里人张某，深险诡谲，虽至亲骨肉，不能得其一实语。而口舌巧捷，多为所欺，人号曰“秃项马”。马秃项为无鬃，鬃、踪同音，言其恍惚闪烁，无踪可觅也。一日，与其父夜行迷路，隔陇见数人团坐，呼问当何向。数人皆应曰“向北”，因陷深淖中。又遥呼问之。皆应曰“转东”。乃几至灭顶。蹩躠 bié xiè 跛行的样子泥涂，困不能出，闻数人拊掌笑曰：“秃项马，尔今知妄语之误人否？”近在耳畔，而不睹其形。方知为鬼所绐也。

妖由人兴

妖由人兴，往往有焉。李云举言：一人胆至怯，一人欲戏之。其奴手黑如墨，使藏于室中，密约曰：“我与某坐月下，我惊呼有鬼，尔即从窗隙伸一手。”届期呼之，突一手探出，其大如箕，五指挺然如舂杵舂米的木棒。宾主俱惊，仆众哗曰：“奴其真鬼耶？”秉炬持仗入，则奴昏卧于壁角。救之苏，言：“暗中似有物以气嘘我，我即迷闷。”族叔楘庵言：“二人同读书佛寺，一人灯下作缢鬼状，立于前；见是人惊怖欲绝，急呼：‘是我，尔勿畏。’是人曰：‘固知是尔，尔背后何物也？’回顾乃一真缢鬼。”盖机械一萌，鬼遂以机械之心从而应之。斯亦可为螳螂黄雀螳螂捕蝉，黄雀在后。讽刺那些只顾眼前利益，不顾身后祸患的人之喻矣。

善恶之报

余八九岁时，在从舅实斋安公家，闻苏丈东皋言：交河某令，蚀贪污官帑 tǎng 收纳财务的府库，管库数千，使其奴赍还。奴半途以黄河覆舟报，而阴遣其重台携归。重台又窃以北上，行至兖州，为盗所劫杀。从舅咋舌曰：“可畏哉！此非人之所为，而鬼神之所为也。夫鬼神岂必白昼现形，左悬业镜，右持冥籍，指挥众生，轮回六道，而后见善恶之报哉？此足当森罗铁榜矣。”苏丈曰：“令不窃赀，何至为奴干没？奴不干没，何至为重台效尤？重台不效尤，何至为盗屠掠？此仍人之所为，非鬼神之所为也。如公所言，是令当受报，故遣奴窃赀；奴当受报，故遣重台效尤；重台当受报，故遣盗屠掠。鬼神既遣之报，人又从而报之，不已颠乎？”从舅曰：“此公无碍之辩才，非正理也。然存公之说，亦足于相随波靡之中，劝人以自立。”

撰文驱鬼

刘乙斋廷尉为御史时，尝租西河沿一宅。每夜有数人击柝，声琅琅彻晓；其转更攒点，一一与谯鼓相应。视之则无形，聒耳至不得片刻睡。乙斋故强项刚正不屈，乃自撰一文，指陈其罪，大书粘壁以驱之。是夕遂寂。乙斋自诧不减昌黎之驱鳄唐代韩愈在潮州为官时，为解除当地鳄鱼之患，号召当地人驱逐鳄鱼，作有《祭鳄鱼文》也。余谓：“君文章道德似尚未敌昌黎，然性刚气盛，平生尚不作暧昧事，故敢悍然不畏鬼。又拮据迁此宅，力竭不能再徙，计无复之，惟有与鬼以死相持。此在君为困兽犹斗，在鬼为穷寇勿追耳。君不记《太平广记》载周书记与鬼争宅，鬼惮其木强而去乎？”乙斋笑击余背曰：“魏收轻薄哉！魏收，字伯起，北朝史学家、文学家，撰有《魏书》。纪昀常自比魏收，因此他的朋友都这样称呼他然君知我者。”

山魈据楼

余督学福建时，署中有笔捧楼，以左右挟两浮图佛教建筑的统称，后专指高塔也。使者居下层，其上层则复壁曲折，非正午不甚睹物。旧为山魈所据，虽不睹独足反踵之状，而夜每闻声。偶忆杜工部即杜甫，字子美，号少陵野老，曾任检校工部员外郎，世称“杜工部”“山精白日藏”句，悟鬼魅皆避明而就晦，当由曲房幽隐，故此辈潜踪。因尽撤墙垣，使四面明窗洞启，三山翠霭，宛在目前。题额曰“浮青阁”，题联曰：“地迥不遮双眼阔，窗虚只许万峰窥。”自此山魈迁于署东南隅会经堂。堂故久废，既于人无害，亦听其匿迹，不为已甚矣。

山　鬼

徐公景熹，官福建盐道时，署中箧笥qiè sì 藏物的竹器，多用于收藏文书或衣物每火自内发，而扃钥如故。又一夕，窃剪其侍姬发，为祟殊甚。既而徐公罢归，未及行而卒。山鬼能知一岁事，故乘其将去肆侮也。徐公盛时，销声匿迹；

衰气一至,无故侵陵。此邪魅所以为邪魅欤!

田陇间有物

余乡青苗被野时,每夜田陇间有物,不辨头足,倒掷而行,筑地登登如杵声。农家习见不怪,谓之青苗神。云常为田家驱鬼,此神出,则诸鬼各归其所,不敢散游于野矣。此神不载于古书,然确非邪魅。从兄懋园尝于李家洼见之,月下谛视,形如一布囊,每一翻折,则一头着地,行颇迟重云。

陈太夫人

先祖宠予公,原配陈太夫人,早卒。继配张太夫人,于归日出嫁日,独坐室中,见少妇揭帘入,径坐床畔。着玄帔黄衫,淡绿裙,举止有大家风。新妇不便通寒温,意谓是群从娣姒兄妻为娣,弟妻为姒,或姑姊妹耳。其人絮絮言家务得失、婢媪善恶,皆委曲周至。久之,仆妇捧茶入,乃径出。后阅数日,怪家中无是人,细诘其衣饰,即陈太夫人敛时服也。死生相妒,见于载籍者多矣。陈太夫人已掩黄垆,犹虑新人未谙料理,现身指示,无间幽明,此何等居心乎!今子孙登科第、历仕宦者,皆陈太夫人所出也。

道士神符

伯高祖爱堂公,明季有声黉序古代的学校间。刻意郑、孔之学,无问冬夏,读书恒至夜半。一夕,梦到一公廨,榜额曰“文仪”,班内十许人治案牍,一一恍惚如旧识。见公皆讶曰:“君尚迟七年乃当归,今犹早也。”霍然惊寤,自知不永,乃日与方外游。偶遇道士,论颇洽,留与共饮。道士别后,途遇奴子胡门德,曰:“顷一书忘付汝主,汝可携归。”公视之,皆驱神役鬼符咒也。闭户肄习,尽通其术,时时用为戏剧,以消遣岁月。越七年,至崇祯丁丑崇祯十年(1637),果病卒。卒半日复苏,曰:“我以亵用五雷法,获阴谴。冥司追还此书,可急焚之。”焚讫复卒。半日又苏,曰:“冥司查检,缺三页,饬归取。”视灰中,果三页未烬,重焚之,乃卒。此事姚安公附载家谱中。公闻之先曾祖,曾祖闻之先高祖,高祖即手焚是书者也。孰谓竟无鬼神乎?

蜃气城影

余族所居，曰景城，宋故县也。城址尚依稀可辨。或偶于昧爽时遥望烟雾中，现一城影，楼堞宛然，类乎蜃气。此事他书多载之，然莫明其理。余谓凡有形者，必有精气。土之厚处，即地之精气所聚处，如人之有魂魄也。此城周回数里，其形巨矣。自汉至宋千馀年，为精气所聚已久，如人之取多用宏，其魂魄独强矣。故其形虽化，而精气之盘结者非一日之所蓄，即非一日所能散。偶然现象，仍作城形，正如人死鬼存，鬼仍作人形耳。然古城郭不尽现形，现形者又不常见，其故何欤？人之死也，或有鬼，或无鬼；鬼之存也，或见，或不见，亦如是而已矣。

陈生睡庑下

南宫鲍敬之先生言：其乡有陈生，读书神祠。夏夜袒裼tǎn xī 脱去上衣，袒露上身睡庑下，梦神召至座前，诃责甚厉。陈辩曰："殿上先有贩夫数人睡，某避于庑下，何反获愆？"神曰："贩夫则可，汝则不可。彼蠢蠢如鹿豕，何足与较？汝读书，而不知礼乎？"盖《春秋》责备贤者，理如是矣。故君子之于世也，可随俗者随，不必苟异；不可随俗者不随，亦不苟同。世于违礼之事，动曰某某曾为之。夫不论事之是非，但论事之有无，自古以来，何事不曾有人为之，可一一据以借口乎？

转世索命事

渔洋山人记张巡唐代邓州南阳（今属河南）人。开元进士。安史之乱时，他起兵守雍丘（今河南杞县），抵抗叛军。后移守睢阳（今河南商丘），与太守许远共同作战，在内无粮草、外无援兵的情况下，依靠军民坚守数月不屈。后睢阳失守，英勇就义。守城时，由于粮草断绝，他令士兵杀了包括自己的爱妾在内的老弱妇幼为食妾转世索命事，余不谓然。其言曰："君为忠臣，我则何罪，而杀以飨士？"夫孤城将破，巡已决志捐生。巡当殉国，妾不当殉主乎？古来忠臣仗节，覆宗族、糜妻子者，不知凡几。使人人索命，天地间无纲常矣。使容其索命，天地间亦无神理矣。王经之母含笑受刃，彼何人乎！此或妖鬼为祟，托一古事求祭飨，未可知也。或明季诸臣，顾惜身家，偷生视息，造作是言以自解，亦未可知也。儒者著书，当存风化，虽齐谐志怪，亦不当收悖理之言。

冯道之墓

族叔棨庵言：景城之南，恒于日欲出时见一物，御旋风东驰。不见其身，惟昂首高丈馀，长鬣鬖鬖sān长毛垂落散乱的样子，不知何怪。或曰："冯道墓前石马，岁久为妖也。"考道所居，今曰相国庄。其妻家，今曰夫人庄。皆与景城相近。故先高祖诗曰："青史空留字数行，书生终是让侯王。刘光伯墓无寻处，相国夫人各有庄。"其墓则县志已不能确指。北村之南，有地曰石人洼，残缺翁仲，犹有存者。土人指为道墓，意或有所传欤。董空如尝乘醉夜行，便旋其侧。倏阴风横卷，沙砾乱飞，似隐隐有怒声。空如叱曰："长乐老顽钝无耻！七八百年后岂尚有神灵？此定邪鬼依托耳。敢再披猖，且日日来溺汝。"语讫而风止。

南村董天士

南村董天士，不知其名，明末诸生，先高祖老友也。《花王阁剩稿》中，有哭天士诗四首，曰："事事知心自古难，平生二老对相看。飞来遗札惊投箸，哭到荒村欲盖棺。残稿未收新画册作者原注：天士以画自给，馀赀惟卖破儒冠。布衾两幅无妨敛，在日黔娄《汉书·艺文志》、晋皇甫谧《高士传·黔娄先生》记载为齐人。隐士，不肯出仕，家贫，死时衾不蔽体不畏寒。""五岳填胸气不平，谈锋一触便纵横。不逢黄祖真天幸，曾怪嵇康太世情。开牖有时邀月入，杖藜到处避人行。料应尘海无堪语，且试骖鸾比喻仙人乘鸾鸟云游向紫清。""百结悬鹑两鬓霜，自餐冰雪润空肠。一生惟得秋冬气，到死不知罗绮香作者原注：天士不娶。寒贯村醪才破戒，老栖僧舍是还乡。只今一瞑无馀事，未要青蝇作吊死后只有青蝇来凭吊，比喻生前没有知心好友忙。""廿年相约谢风尘，天地无情殒此人。乱世逃禅聊解脱，衰年哭友倍酸辛。关河泱漭连兵气，齿发沧浪寄病身。泉下有灵应念我，白杨孤冢亦伤神。"天士之生平，可以想见。县志不为立传，盖未见先高祖诗也。相传天士殁后，有人见其骑驴上泰山，呼之不应。俄为老树所遮，遂不见。意或尸解登仙欤？抑貌偶似欤？迹其孤僻之性，似于仙为近也。

快哉行

先高祖集有《快哉行》一篇，曰："一笑天地惊，此乐古未有。平生不解饮，满引亦一斗。老革老兵昔媚珰，正士皆碎首。宁知时势移，人事反覆手。当年金谷花，今日章台柳。巧哉造物心，此罚胜枷杻。酒酣谈旧事，因果信非偶。淋漓挥醉墨，神鬼运吾肘。姓名讳不书，聊以存忠厚。时皇帝十载，太岁在丁丑。恢台仲夏月，其日二十九。同观者六人，题者河间叟。"盖为许显纯明魏忠贤手下。崇祯元年(1628)，阉党覆灭，许显纯被斩首诸姬流落青楼作也。初，诸姬隶乐籍时，有以死自誓者。夜梦显纯浴血来曰："我死不蔽辜，故天以汝等示身后之罚。汝若不从，吾罪益重。"诸姬每举以告客，故有"因果信非偶"句云。

堕马者

先四叔父栗甫公，一日往河城探友。见一骑飞驰向东北，突挂柳枝而堕。众趋视之，气绝矣。食顷，一妇号泣来，曰："姑病无药饵，步行一昼夜，向母家借得衣饰数事，不料为骑马贼所夺。"众引视堕马者，时已复苏。妇呼曰："正是人也。"其袱掷于道旁，问袱中衣饰之数，堕马者不能答；妇所言，启视一一合。堕马者乃伏罪。众以白昼劫夺，罪当缳首即绞刑，将执送官。堕马者叩首乞命，愿以怀中数十金，予妇自赎。妇以姑病危急，亦不愿涉讼庭，乃取其金而纵之去。叔父曰："果报之速，无速于此事者矣。每一念及，觉在在处处有鬼神。"

齐舜庭

齐舜庭，前所记剧盗齐大之族也。最剽悍，能以绳系刀柄，掷伤人于两三丈外。其党号之曰"飞刀"。其邻曰张七，舜庭故奴视之，强售其住屋广马厩，且使其党恐之曰："不速迁，祸立至矣。"张不得已，携妻女仓皇出，莫知所适，乃诣神祠祷曰："小人不幸为剧盗逼，穷迫无路。"敬植杖神前，视所向而往。杖仆向东北，乃迤逦行乞至天津。以女嫁灶丁，助之晒盐，粗能自给。三四载后，舜庭劫饷事发，官兵围捕，黑夜乘风雨脱免。念其党有在商舶者，将投之泛海去。昼伏夜行，窃瓜果为粮，幸无觉者。一夕，饥渴交迫，遥望一灯荧然。试叩门，一少妇凝视久之，忽呼曰："齐舜庭在此。"盖追缉之牒，已急递至天津，立赏格募捕矣。众丁闻声毕集，舜庭手无寸刃，乃弭首就擒。少妇即张七之女也。使不迫逐七至是，则舜庭已变服，人无识者；地距海口仅数里，竟扬帆去矣。

王兰洲买童

王兰洲尝于舟次买一童，年十三四，甚秀雅，亦粗知字义。云父殁，家中落，与母兄投亲不遇，附舟南还。行李典卖尽，故鬻身为道路费。与之语，羞涩如新妇，固已怪之。比就寝，竟弛服横陈。王本买供使令，无他念；然宛转相就，亦意不自持。已而童伏枕暗泣。问："汝不愿乎？"曰："不愿。"问："不愿，何以先就我？"曰："吾父在时，所畜小奴数人，无不荐枕席。有初来愧拒者，辄加鞭笞曰：'思买汝何为？愦愦乃尔！'知奴事主人，分当如是，不如是则当箠楚。故不敢不自献也。"王蹶起推枕曰："可畏哉！"急呼舟人鼓楫，一夜追及其母兄，以童还之，且赠以五十金。意不自安，复于悯忠寺礼佛忏悔。梦伽蓝此处指伽蓝神，即寺庙的护院神语曰："汝作过改过在顷刻间，冥司尚未注籍，可无庸渎世尊也。"

惨绿袍

戈东长前辈官翰林时，其太翁傅斋先生市上买一惨绿袍。一日镉户出，归失其钥。恐误遗于床上，隔窗视之，乃见此袍挺然如人立，闻惊呼声乃仆。众议焚之。刘啸谷前辈时同寓，曰："此必亡人衣，魂附之耳。鬼为阴气，见阳光则散。"置烈日中反覆曝数日，再置屋中，密觇偷看之，不复为祟矣。又东长头早童秃头，恒以假发续辫。将罢官时，假发忽舒展蜿蜒，如蛇掉尾。不久即归田。是亦亡人之发，感衰气而变幻也。

空屋读书声

德清徐编修开厚，亦壬戌乾隆七年(1742)前辈。初入馆时，每夜读书，则宅后空屋中有读书声，与琅琅相答。细听所诵，亦馆阁律赋也。启户则无睹。

一夕，蹑足屏息窥之，见一少年，着青半臂，蓝绫衫，携一卷背月坐，摇首吟哦，若有馀味，殊不似为祟者。后亦无休咎。唐小说载天狐超异科，策二道，皆四言韵语，文颇古奥。或此狐亦应举者欤？此戈东长前辈说。戈，徐同年进士也。

以钱贮棺

乌鲁木齐八蜡祠道士，年八十馀。一夕，以钱七千布荐下，卧其上而死。众议以是钱营葬。夜见梦于工房吏邬玉麟曰："我守官庙，棺应官给。钱我辛苦所积，乞纳棺中，俟来生我自取。"玉麟悯而从之。葬讫，太息曰："以钱贮棺，埋于旷野，是以璠玙两种美玉敛也，必暴骨。"余曰："以钱买棺，尚能且梦；发棺攘夺，其为厉必矣。谁能为七千钱，以性命与鬼争？必无恙。"众皆輾然。然玉麟正论也。

乱山归途

辛卯乾隆三十六年(1771)春，余自乌鲁木齐归。至巴里坤，老仆咸宁据鞍睡，大雾中与众相失。误循野马蹄迹，入乱山中，迷不得出，自分必死。偶见崖下伏尸，盖流人逃窜冻死者。背束布橐，有糇粮干粮。宁借以疗饥，因拜祝曰："我埋君骨，君有灵，其导我马行。"乃移尸岩窦中，运乱石坚窒。惘惘然信马行，越十馀日，忽得路。出山，则哈密境矣。哈密游击徐君，在乌鲁木齐旧相识，因投其署以待余。余迟两日始至，相见如隔世。此不知鬼果有灵，导之以出；或神以一念之善，佑之使出；抑偶然侥幸而得出。徐君曰："吾宁归功于鬼神，为掩胔埋骼者劝也。"

鬼尚好名

董曲江前辈言：顾侠君刻《元诗选》清代顾嗣立编选的元代诗歌总集成，家有五六岁童子，忽举手外指曰："有衣冠者数百人，望门跪拜。"嗟乎！鬼尚好名哉！余谓剔抉幽沉，搜罗放佚，以表章之力，发冥漠之光精选被埋没的，搜罗散逸的，通过宣传、刻印发行，使死者的作品发扬光大，其衔感九泉，固理所宜有。至于交通声气，号召生徒，祸枣灾梨，递相神圣相互联络，号召笼络门徒，粗制滥造，互相吹捧以为神圣，不但有明末造，标榜多诬，即月泉吟社诸人，亦病未离乎客气矣。盖植党者多私，争名者相轧，即盖棺以后，论定犹难；况乎文酒流连，唱予和汝之日哉。《昭明文选》我国现存最早的一部诗文总集，由南朝梁武帝长子萧统组织编选而成以何逊字仲言，南朝梁诗人。有集八卷，亡佚，明代辑有《何水部集》一卷见存，遂不登一字。古人之所见远矣。

黑驴怪

余次女适长山袁氏，所居曰焦家桥。今岁归宁，言：距所居二三里许，有农家女归宁，其父送之还夫家。中途入墓林便旋，良久乃出。父怪其形神稍异，听其语音亦不同，心窃有疑，然无以发也。至家后，其夫私告父母曰："新妇相安久矣，今见之心悸，何也？"父母斥其妄，强使归寝。所居与父母隔一墙。夜忽闻颠扑膈膈声，惊起窃听，乃闻子大号呼。家众破扉入，见一物如黑驴冲人出，火光爆射，一跃而逝。视其子，惟馀残血。天曙，往觅其妇，竟不可得。疑亦为所啖矣。此与《太平广记》所载罗刹鬼事全相似，殆亦是鬼欤！观此知佛典不全诬，小说稗官，亦不全出虚搆。

河间丑妇

河间一妇，性佚荡，然貌至陋。日靓妆倚门，人无顾者。后其夫随高叶飞官天长，甚见委任。豪夺巧取，岁以多金寄归。妇借其财，以招诱少年，门遂如市。迨叶飞获谴，其夫遁归，则囊箧全空，器物斥卖亦略尽，惟存一丑妇，淫疮遍体而已。人谓其不拥厚赀，此妇万无堕节理。岂非天道哉！

宅有吉凶

伯祖湛元公、从伯君章公、从兄旭升，三世皆以心悸不寐卒。旭升子汝允，亦患是疾。一日治宅，匠睨楼角而笑曰："此中有物。"破之，则甃砌砖如小龛，一故灯檠qíng灯台在焉。云此物能使人不寐，当时圬者泥瓦匠之魇术也。汝允自是遂愈。丁未乾隆五十二年(1787)春，从侄汝伦为余言之。此何理哉？然观此一物藏壁中，即能操主人之生死，则宅有吉凶，其说当信矣。

梦至冥司

戴户曹临，以工书供奉内廷。尝梦至冥司，遇一吏，故友也，留与谈。偶揭其簿，正见己名，名下朱笔草书，似一“犀”字。吏夺而掩之，意似薄怒，问之亦不答。忽惶遽而醒，莫测其故。偶告裘文达公，文达沉思曰：“此殆阴曹简便之籍，如部院之略节。户、中二字，连写颇似‘犀’字。君其终于户部郎中乎？”后竟如文达之言。

梦神示诗

东光霍易书先生，雍正甲辰雍正二年(1724)举于乡。留滞京师，未有所就，祈梦吕仙祠中。梦神示以诗曰：“六瓣梅花插满头，谁人肯向死前休？君看矫矫云中鹤，飞上三台阅九秋。”至雍正五年，初定帽顶之制，其铜盘六瓣如梅花，始悟首句之意。窃谓仙鹤为一品服，三台为宰相位，此句既验，末二句亦必验矣。后由中书舍人官至奉天府尹，坐谴谪军臺，其地曰葵苏图，实第三臺也。官牒省笔，皆书“臺”为“台”，适符诗语。果九载乃归。在塞外日，自署别号曰“云中鹤”，用诗中语也。后为姚安公述之，姚安公曰：“‘霍’字上为‘雲’字头，下为‘鹤’字之半，正隐君姓，亦非泛语。”先生喟然曰：“岂但是哉！早年气盛，锐于进取，自谓卿相可立致，卒致颠蹶。职是之由，第二句神戒我矣。惜是时未思也。”

龟卜

古以龟卜。孔子系《易》，极言蓍德，而龟渐废。《火珠林》火珠林卦法的代表作，相传为麻衣道人所作始以钱代蓍，然犹烦六掷。《灵棋经》一部系统记述古代杂卜的著作始一掷成卦，然犹烦排列。至神祠之签，则一掣而得，更简易矣。神祠率有签，而莫灵于关帝；关帝之签，莫灵于正阳门侧之祠。盖一岁中，自元旦至除夕，一日之中，自昧爽至黄昏，摇筒者恒琅琅然。一筒不给，置数筒焉。杂遝纷纭，倏忽万状，非惟无暇于检核，亦并不容于思议。虽千手千目，亦不能遍应也。然所得之签，皆验如面语，是何故欤？其最奇者，乾隆壬申乾隆十七年(1752)乡试。一南士于三月朔日斋沐以祷，乞示试题。得一签曰：“阴里相看怪尔曹，舟中敌国笑中刀。藩篱剖破浑无事，一种天生惜羽毛。”是科《孟子》题为“曹交问曰‘人皆可以为尧舜’”，至“汤九尺”，应首句也。《论语》题为“夫子莞尔而笑曰‘割鸡焉用牛刀’”，应第二句也。《中庸》题为“故天之生物，必因其材而笃焉”，应第四句也。是真不可测矣。

魂飞冥府

孙虚船先生言：其友尝患寒疾，昏愦中觉魂气飞越，随风飘荡。至一官署，谛视门内皆鬼神，知为冥府。见有人自侧门入，试随之行，无呵禁者。又随众坐庑下，亦无诘问者。窃睨堂上，讼者如织。冥王左检籍，右执笔，有一两言决者，有数十言数百言乃决者，与人世刑曹无少异。琅珰引下，皆帖伏无后言。忽见前辈某公盛服入，冥王延坐，问讼何事。则诉门生故吏之辜恩，所举凡数十人，意颇恨恨。冥王颜色似不谓然，俟其语竟，拱手曰：“此辈奔竞排挤，机械万端，天道昭昭，终罹冥谪。然神殛之则可，公责之则不可。种桃李者得其实，种蒺藜一年生草本植物。茎平铺在地，羽状复叶，小叶长椭圆形，开黄色小花，果皮有尖刺者得其刺，公不闻乎？公所赏鉴，大抵附势之流，势去之后，乃责之以道义，是凿冰而求火也。公则左矣，何暇尤人？”某公怃然久之，逡巡有所顾虑，徘徊不前竟退。友故与相识，欲近前问讯。忽闻背后叱叱声，一回顾间，悚然已醒。

王和尚

董文恪公老仆王某，性谦谨，善应门，数十年未忤一人，所谓“王和尚”者是也。言尝随文恪公宿博将军废园，月夜据石纳凉。遥见一人仓皇隐避，一人邀遮而止之，捉其臂共坐树下，曰：“以为汝生天久矣，乃在此相遇耶？”因先述相交之契厚，次责任事之负心，曰，某事乘我急需，故难其词以勒我，中饱几何。某事欺我不谙，虚张其数以绐我，干没又几何。如是数十事，每一事一批其颊，怒气坌涌，似欲相吞噬。俄一老叟自草间出，曰：“渠今已堕饿鬼道，君何必相凌？且负债必还，又何必太遽？”其一人弥怒曰：“既已饿鬼，何从还债？”老叟曰：“业有满时，则债有还日。冥司定律，凡称贷子母之钱，来生有禄则偿，无禄则免，为其限于力也。若胁取诱取之财，虽历万劫，亦须填补。其或无禄可抵，则为六畜以偿；或一世不足抵，则分数世以偿。今夕董公所食之豚，非其干仆某之十一世身耶？”其一人怒似略平，乃释手各散。老叟意其土神也。所言干仆，王某犹及见之，果最有心计云。

奇　鬼

福建曹藩司绳柱言：一岁，司道会议臬署，上食未毕，一仆携小儿过堂下，小儿惊怖不前，曰：“有无数奇鬼，皆身长丈馀，肩承梁柱。”众闻号叫，方出问，则承尘上落土簌簌，声如撒豆。急跃而出，已栋摧仆地矣。咸额手谓鬼神护持也。湖广定制府长，时为巡抚，闻话是事，喟然曰：“既在在处处有鬼神护持，自必在在处处有鬼神鉴察。”

右《滦阳消夏录》三卷，前二卷成于热河，后一卷则在热河成其半，还京后乃足成之。故间有今岁事，乃并为一书，因其原名者，如陆放翁即陆游，字务观，号放翁，南宋诗人吟咏万篇，非作于一时一地，统名曰《剑南诗集》云尔。庚戌乾隆五十五年（1790）六月廿九日缮净本竟因题。

卷七

如是我闻一

曩撰《滦阳消夏录》,属草未定,遽为书肆所窃刊,非所愿也。然博雅君子,或不以为纰缪,且有以新事续告者,因补缀旧闻,又成四卷。欧阳公曰:"物尝聚于所好。"岂不信哉!缘是知一有偏嗜,必有浸淫而不自已者。天下事往往如斯,亦可以深长思也。辛亥乾隆五十六年(1791)七月二十一日题。

柿园败将

太原折生遇兰言:其乡有扶乩者,降坛大书一诗曰:"一代英雄付逝波,壮怀空握鲁阳戈。庙堂有策军书急,天地无情战骨多。故垒春滋新草木,游魂夜览旧山河。陈涛十郡良家子,杜老酸吟意若何?"署名曰"柿园败将明崇祯十五年(1642),孙传庭在郏县败于李自成,阵亡,故称"。皆悚然,知为白谷孙公孙传庭,字伯雅,又字百谷,一字白谷也。柿园之役,败于中旨之促战,罪不在公。诗乃以房琯车战唐肃宗至德元年(756),房琯任招讨节度使,与叛将安守忠战于陈涛,大败自比,引为己过。正人君子之用心,视王化贞明朝户部主事历右参议,叛东林党转投阉党辈偾辕翻车误国,犹百计卸责于人者,真三光之于九泉矣。大同杜生宜滋,亦录有此诗,"空握"作"辜负","春滋"作"春添","意若何"作"竟若何",凡四字不同。盖传写偶异,大旨则无殊也。

贞烈妇魂

许南金先生言:康熙乙未康熙五十四年(1715),过阜城之漫河。夏雨泥泞,马疲不进,息路旁树下,坐而假寐。恍惚见女子拜,言曰:"妾黄保宁妻汤氏也,在此为强暴所逼,以死捍拒,卒被数刃而死。官虽捕贼骈诛,然以妾已被污,竟不旌表。冥官哀其贞烈,俾居此地,为横死诸魂长,今四十馀年矣。夫异乡丐妇,踽踽独行,猝遇三健男子,执缚于树,肆行淫毒,除骂贼求死,别无他术。其啮齿受玷,由力不敌,非节之不固也。司谳者诃责无已,不亦冤乎?公状貌似儒者,当必明理,乞为白之。"梦中欲询其里居,霍然已醒。后问阜城士大夫，无知其事者；问诸老吏，亦不得其案牍。盖当时不以为烈妇，湮没久矣。

咿咿狐语

京师某观，故有狐。道士建醮，醵集资多金。蒇chǎn完成，解决事后，与其徒在神座灯前，会计出入，尚阙数金。师谓徒干没，徒谓师误算，盘珠格格，至三鼓未休。忽梁上语曰："新秋凉爽，我倦欲眠，汝何必在此相聒？此数金，非汝欲买媚药，置怀中，过后巷刘二姐家，二姐索金指镮，汝乘醉探付彼耶？何竟忘也？"徒转面掩口。道士乃默然敛簿出。剃工魏福，时寓观内，亲闻之。言其声咿咿呦呦，如小儿女云。

旱 魃

旱魃传说中造成旱灾的妖怪为虐，见《云汉》《诗经·大雅》篇名，诗中记述了大旱之年，周宣王祈神求雨的经过之诗，是事出经典矣。《山海经》实以女魃，似因诗语而附会。然据其所言，特一妖神耳。近世所云旱魃，则皆僵尸。掘而焚之，亦往往致雨。夫雨为天地之䜣合联合作用，一僵尸之气焰，竟能弥塞乾坤，使隔绝不通乎？雨亦有龙所作者，一僵尸之伎俩，竟能驱逐神物，使畏避不前乎？是何说以解之？又狐避雷劫，自宋以来，见于杂说者不一。夫狐无罪欤，雷霆克期而击之，是淫刑也，天道不如是也。狐有罪欤，何时不可以诛，而必限以某日某刻，使先知早避？即一时暂免，又何时不可以诛，乃过此一时，竟不复追理？是佚罚也，天道亦不如是也。是又何说以解之？偶阅近人《夜谈丛录》，见所载焚旱魃一事、狐避劫二事，因记所疑，俟格物穷理者详之。

奇 井

虎坊桥西一宅，南皮张公子畏故居也，今刘云房副宪居之。中有一井，子、午二时汲则甘，馀时则否，其理莫明。或曰："阴起午中，阳生子半，与地气应也。"然元气昆仑，充满天地，何他井不与地气应，此井独应乎？西土最讲格物学，《职方外纪》明天启三年(1623)，意大利传教士艾儒略根据庞迪我和熊三拔所著的底本编译而成的一部地理专著载其地有水，一旦十二潮，与晷漏不差秒忽。有欲穷其理者，构庐水侧，昼夜测之，迄不能喻，至恚而自沉。此井抑亦是类耳。

煞　神

张读《宣室志》张读，字圣用，一作圣朋，深州陆泽（今河北深县以西）人。唐大中六年(852)登进士第。《宣室志》，中唐志怪小说集曰：俗传人死数日，当有禽自柩中出，曰煞。太和中，有郑生者，网得一巨鸟，色苍，高五尺馀，忽无所见。访里中民讯之，有对者曰："里中有人死，且数日，卜者言，今日煞当去。其家伺而视之，有巨鸟色苍，自柩中出。君所获果是乎？"此即今所谓煞神也。徐铉《稽神录》宋初徐铉所撰志怪小说集曰：彭虎子少壮，有膂lǚ力体力，尝谓无鬼神。母死，俗巫诫之曰："某日殃煞当还，重有所杀，宜出避之。"合家细弱，悉出逃隐，虎子独留不去。夜中有人推门入，虎子惶遽无计，见有一瓮，便入其中，以板盖头。觉母在板上，有人问："板下无人耶？"母曰："无。"此即今所谓回煞也。俗云殇子未生齿者，死无煞；有齿者即有煞。巫觋xí古代称女巫为"巫"，男巫为"觋"能预克其期。家奴孙文举、宋文皆通是术。余尝索视其书，特以年月日时干支推算，别无奇奥。其某日逢其凶煞，当用某符禳解，则诡词取财而已。或有室庐逼仄，无地避煞者，又有压制之法，使伏而不出，谓之斩殃，尤为荒诞。然家奴宋遇妇死，遇召巫斩殃，迄今所居室中，夜恒作响，小儿女亦多见其形。似又不尽诬矣。天地之大，何所不有；幽明之理，莫得而穷。不必曲为之词，亦不必力攻其说。

徼外之鬼

人死者，魂隶冥籍矣。然地球圆九万里，径三万里，国土不可以数计，其人当百倍中土，鬼亦当百倍中土。何游冥司者，所见皆中土之鬼，无一徼jiào边界外之鬼耶？其在在各有阎罗王耶？顾郎中德懋，摄阴官者也。尝以问之，弗能答。人不死者，名列仙籍矣。然赤松赤松子，传说中的修道神仙、广成广成子，轩辕黄帝之师，闻于上古，何后代所遇之仙，皆出近世？刘向原名更生，字子政，西汉经学家以下之所记，悉无闻耶？岂终归于尽，如朱子之论魏伯阳耶？娄真人近垣，领道教者也。尝以问之，亦弗能答。

鬼神护佑

里人阎勋，疑其妻与表弟通，遂携铳击杀其表弟。复归而杀妻，剚zì 刺刃于胸，格格然如中铁石，迄不能伤。或曰："是鬼神愍其枉死，阴相之也。"然枉死者多，鬼神何不尽阴相欤？当由别有善行，故默邀护佑耳。

夜梦一神

景州申君学坤，谦居先生子也。纯厚朴拙，不坠家风。信道学甚笃，尝谓从兄懋园曰："曩在某寺，见僧以福田诱财物，供酒肉赀。因著一论，戒勿施舍。夜梦一神，似彼教所谓伽蓝者，与余侃侃争曰：'君勿尔也。以佛法论，广大慈悲，万物平等。彼僧尼非万物之一耶？施食及于鸟鸢，爱惜及于虫鼠，欲其生也。此辈借施舍以生，君必使之饥而死，曾视之不若鸟鸢虫鼠耶？其间破坏戒律，自堕泥犁者，诚比比皆是。然因有枭鸟，而尽戕羽族；因有破獍jìng 古书上说的一种像虎豹的兽，生下来就吃生它的母兽，而尽戕兽类，有是理耶？以世法论，田不足授，不能不使百姓自谋食。彼僧尼亦百姓之一种，募化亦谋食之一道耳。必以其不耕不织为蠹国耗民，彼不耕不织而蠹国耗民者，独僧尼耶？君何不一一著论禁之也？且天地之大，此辈岂止数十万。一旦绝其衣食之源，羸弱者转乎沟壑，姑勿具论；桀黠者铤而走险，君何以善其后耶？昌黎辟佛韩愈，字退之，祖籍昌黎（今河北），世称韩昌黎。崇尚儒学，排斥佛教，尚曰鳏寡孤独废疾者有养。君无策以养，而徒朘juān 缩减其生，岂但非佛意，恐亦非孔孟意也。驷不及舌，君其图之。'余梦中欲与辩，倏然已觉，其语历历可忆。公以所论何如？"

懋园沉思良久曰："君所持者正，彼所见者大。然人情所向'匪今斯今《诗经·周颂·载芟 shān》："匪今斯今，振古如兹。"意为"不是如今才如此，自古就是如此。"'，岂君一论所能遏？此神刺刺不休，殊多此一争耳。"

岸上二叟

同年金门高，吴县人。尝夜泊淮扬之间，见岸上二叟相遇，就坐水次草亭上。一叟曰："君近何事？"一叟曰："主人避暑园林，吾日日入其水阁，观活秘戏图。百媚横生，亦殊可玩。其第五姬尤妖艳。见其与主人剪发为誓，约他年燕子楼中作关盼盼唐代徐州著名歌妓。工诗文，善歌舞。礼部尚书张建宠妾。建死后，独居徐州燕子楼十五年，不愿改嫁。后因白居易作《感故张仆射诸妓》一诗讽其守节而不殉节，关盼盼遂绝食而死；又约似玉箫再世，重侍韦皋韦皋，字城武，唐京兆万年（今陕西西安）人。传说韦皋与侍女玉箫互生爱慕，赠指环为信物。两人分别七年后，玉箫以为他不会再回来，绝食而死。后韦皋封王，蜀地献上歌姬，名为玉箫，似为原玉箫转世。主人为之感泣。然偶闻其与母窃议，则谓主人已老，宜早储金帛，为琵琶别抱计也。君谓此辈可信乎？”相与太息久之。一叟又曰：“闻其嫡甚贤，信乎？”一叟掉头曰：“天下之善妒人也，何贤之云！夫妒而嚣争，是为渊驱鱼者也。此妇于妾媵之来，弱者抚之以恩，纵其出入冶游，不复防制，使流于淫佚。其夫自愧而去之。强者待之以礼，阳尊之与己匹，而阴导之与夫抗，使养成骄悍，其夫不堪而去之。有二术所不能饵者，则密相煽搆，务使参商两败者，又多有之。幸不即败，而一门之内，诟谇时闻，使其夫入妾之室则怨语愁颜，入妻之室乃柔声怡色。其去就不问而知矣。此天下之善妒人也，何贤之云！”

门高窃听所言，服其中理，而不解其日入水阁语。方凝思间，有官舫鸣钲来，收帆欲泊。二叟转瞬已不见，乃悟其非人也。

有狐遗方

先兄晴湖曰：“饮卤汁者，血凝而死，无药可医。里有妇人饮此者，方张皇莫措，忽一媪排闼推开门入，曰：‘可急取隔壁卖腐家所磨豆浆灌之。卤得豆浆，则凝浆为腐而不凝血。我是前村老狐，曾闻仙人言此方也。’语讫不见。试之果见苏。刘涓子有鬼遗方，此可称狐遗方矣。”

二鬼求食

客作秦尔严，尝御车自李家洼往淮镇，遇持铳击鹊者，马皆惊逸。尔严仓皇堕车下，横卧辙中，自分无生理，而马忽不行。抵暮归家，沽酒自庆，灯下与侪chái辈同辈话其异。闻窗外人语曰：“尔谓马自不行耶？是我二人掣其辔也。”开户出视，寂无人迹。明日，因赍酒脯，至堕处祭之。先姚安公闻之，曰：“鬼如此求食，亦何恶于鬼！”

狐窟教子

里人王五贤作者原注：幼时闻呼其字是此二音，不知即此二字否也，老塾师也。尝夜过古墓，闻鞭朴声，并闻责数曰："尔不读书识字，不能明理，将来何事不可为？至上干天律时，尔悔迟矣。"谓深更旷野，谁人在此教子弟。谛听，乃出狐窟中。五贤喟然曰："不图此语闻之此间。"

快意狐仙

先叔仪南公，有质库在西城。客作陈忠，主买菜蔬。侪辈皆谓其近多馀润指赚的外快，宜飨众，忠讳无有。次日，箧钥不启，而所蓄钱数千，惟存九百。楼上故有狐，恒隔窗与人语，疑所为。试往叩之，果朗然应曰："九百钱是汝雇值，分所应得，吾不敢取，其馀皆日日所干没，原非汝物。今日端阳，已为汝买粽若干，买酒若干，买肉若干，买鸡鱼及瓜菜果实各若干，并泛酒雄黄，亦为买得，皆在楼下空屋中。汝宜早烹炮，迟则天暑，恐腐败。"启户视之，累累具在。无可消纳，竟与众共餐。此狐可谓恶作剧，然亦颇快人意也。

拆 字

"亥"有二首六身，是拆字之权舆矣。汉代图谶，多离合点画。至宋谢石辈，始以是术专门，然亦往往有奇验。乾隆甲戌乾隆十九年(1754)，余殿试后，尚未传胪即唱名。古代科举殿试之后，由皇帝宣布登第进士名次的典礼，在董文恪公家，偶遇一浙士，能拆字。余书一"墨"字。浙士曰："龙头竟不属君矣。'里'字拆之为二甲，下作四点，其二甲第四乎？然必入翰林。四点'庶'字脚、'士''吉'字头，是庶吉士矣。"后果然。

又，戊子乾隆三十三年(1768)秋，余以漏言获谴，狱颇急，日以一军官伴守。一董姓军官云能拆字。余书"董"字使拆。董曰："公远戍矣。是千里万里也。"余又书"名"字，董曰："下为'口'字，上为'外'字偏旁，是口外矣。日在西为'夕'，其西域乎？"问："将来得归否？"曰："字形类'君'，亦类'召'，必赐还也。"问："在何年？"曰："'口'为'四'字之外围，而中缺两笔，其不足四年乎？今年戊子，至四年为辛卯乾隆三十六年(1771)，'夕'字'卯'之偏旁，亦相合也。”果从军乌鲁木齐，以辛卯六月还京。盖精神所动，鬼神通之；气机所萌，形象兆之。与揲蓍灼龟数蓍草、烧龟甲，都是占卜的方法，事同一理，似神异而非神异也。

医者胡宫山

医者胡宫山，不知何许人。或曰：“本姓金，实吴三桂之间谍。三桂败，乃变易姓名。”事无左证，莫之详也。余六七岁时及见之，年八十馀矣，轻捷如猿猱náo古书上记载的一种猴，技击绝伦。尝舟行，夜遇盗，手无寸刃，惟倒持一烟筒，挥霍如风，七八人并刺中鼻孔仆。然最畏鬼，一生不敢独睡。言少年尝遇一僵尸，挥拳击之，如中木石，几为所搏，幸跃上高树之顶。尸绕树踊距，至晓乃抱木不动。有铃驮群过，始敢下视。白毛遍体，目赤如丹砂，指如曲钩，齿露唇外如利刃。怖几失魂。又尝宿山店，夜觉被中蠕蠕动，疑为蛇鼠。俄枝梧撑拄，渐长渐巨，突出并枕，乃一裸妇人。双臂抱持，如巨絙束缚，接吻嘘气，血腥贯鼻，不觉晕绝。次日得灌救，乃苏。自是胆裂，黄昏以后，遇风声月影，即惴惴却步云。

幕僚得官

南皮令居公铉，在州县幕二十年，练习案牍，聘币无虚岁。拥赀既厚，乃援例得官，以为驾轻车就熟路也。比莅任，乃愦愦如木鸡；两造争辩，辄面赪语涩，不能出一字；见上官，进退应对，无不颠倒，越岁馀，遂以才力不及劾。解组解下印绶，辞官的代称之日，梦蓬首垢面人长揖曰：“君已罢官，吾从此别矣。”霍然惊醒，觉心境顿开。贫无归计，复理旧业，则精明果决，又判断如流矣。所见者其夙冤耶？抑即昌黎所送之穷鬼韩愈曾作《送穷文》，借穷鬼与自己的对话来抒发内心的郁闷与不平耶？

奇　鬼

裘文达公言：官詹事时，遇值日，五鼓赴圆明园。中途见路旁高柳下，灯火围绕，似有他故。至则一护军缢于树，众解而救之。良久得苏，自言过此暂憩，见路旁小室中有灯光，一少妇坐圆窗中招我。逾窗入，甫一俯首，项已被挂矣。盖缢鬼变形求代也。此事所在多有，此鬼乃能幻屋宇，设绳索，为可异耳。又先农坛西北文昌阁之南作者原注：文昌阁俗曰高庙，汇有积水，亦往往有溺鬼诱人。余十三四岁时，见一人无故入水。已没半身，众噪而挽之，始强回。痴坐良久，渐有醒意。问："何所苦而自沉？"曰："实无所苦。但渴甚，见一茶肆，趋往求饮。犹记其门悬匾额，粉板青字，曰'对瀛馆'也。"命名颇有文义，谁题之、谁书之乎？此鬼更奇矣。

刘鬼谷

山东刘君善谟，余丁卯乾隆十二年(1747)同年也。以其黠巧，皆戏呼曰"刘鬼谷"。刘故诙谐，亦时以自称，于是鬼谷名大著，而其字若别号，人转不知。乾隆辛未乾隆十六年(1751)，僦校尉营一小宅。田白岩偶过闲话。四顾慨然曰："此凤眼张三旧居也，门庭如故，埋香黄土已二十馀年矣。"刘骇然曰："自卜此居，吾数梦艳妇来往堂庑间，其若人乎？"白岩问其状，良是。刘沉思久之，拊几曰："何物淫鬼，敢魅刘鬼谷！果现形，必痛抶之。"白岩曰："此妇在时，真鬼谷子，捭阖利用手段分化、拉拢百变，为所颠倒者多矣。假鬼谷子何足云！京师大矣，何必定与鬼同住？"力劝之别徙。余亦尝访刘于此，忆斜对戈芥舟宅约六七家，今不得指其处矣。

有贼坑下

史太常松涛言：初官户部主事时，居安南营，与一孀妇邻。一夕盗入孀妇家，穴壁已穿矣。忽大呼曰："有鬼！"狼狈越墙去。迄不知其何所见也。岂神或哀其茕独，阴相之欤？又戈东长前辈一日饭罢，坐阶下看菊，忽闻大呼曰："有贼！"其声喑呜，如牛鸣盎中，举家骇异。俄连呼不已，谛听乃在庑下炉坑内。急邀逻者来，启视，则儽然一饿夫，昂首长跪。自言前两夕乘暗阑入，伏匿此坑，冀夜深出窃。不虞二更微雨，夫人命移腌虀切细后腌制的蔬果两瓮置坑板上，遂不能出。尚冀雨霁移下，乃两日不移。饥不可忍，自思出而被执，罪不过杖；不出则终为饿鬼，故反作声自呼耳。其事极奇，而实为情理所必至。录之亦足资一粲也。

新奇事

河间府吏刘启新，粗知文义。一日问人曰："枭鸟、破獍是何物？"或对曰："枭鸟食母，破獍食父，均不孝之物也。"刘拊掌曰："是矣。吾患寒疾，昏愦中魂至冥司，见二官连几坐。一吏持牍请曰：'某处狐为其孙啮杀，禽兽无知，难责以人理。今惟议抵，不科不孝之罪。'左一官曰：'狐与他兽有别。已炼形成人者，宜断以人律；未炼形成人者，自宜仍断以兽律。'右一官曰：'不然。禽兽他事与人殊，至亲属天性，则与人一理。先王诛枭鸟、破獍，不以禽兽而贷也。宜仍科不孝，付地狱。'左一官首肯曰：'公言是。'俄吏抱牍下，以掌掴吾，悸而苏。所言历历皆记，惟不解枭鸟、破獍语。窃疑为不孝之鸟兽，今果然也。"

案，此事新奇，故阴府亦烦商酌。知狱情万变，难执一端。据余所见，事出律例之外者。一人外出，讹传已死。其父母因鬻妇为人妾。夫归，迫于父母，弗能讼也。潜至娶者家，伺隙一见，竟携以逃。越岁缉获，以为非奸，则已别嫁；以为奸，则本其故夫。官无律可引也。

又，劫盗之中，别有一类，曰"赶蛋"。不为盗，而为盗之盗。每伺盗出外，或袭其巢，或要诸路，夺所劫之财。一日互相格斗，并执至官。以为非盗，则实强掠；以为盗，则所掠乃盗赃。官亦无律可引也。

又，有奸而怀孕者，决罚后，官依律判生子还奸夫。后生子，本夫恨而杀之。奸夫控故杀其子。虽有律可引，而终觉奸夫所诉，有理无情；本夫所为，有情无理。无以持其平也。不知彼地下冥官，遇此等事，又作何判断耳？

风氏园古松

丰宜门外风氏园古松，前辈多有题咏。钱香树先生尚见之，今已薪指砍掉了当作柴火矣。何华峰云：相传松未枯时，每风静月明，或闻丝竹。一巨公偶游其地，偕宾友夜往听之。二鼓后，有琵琶声，似出树腹，似在树杪。久之，小声缓唱曰："人道冬夜寒，我道冬夜好。绣被暖如春，不愁天不晓。"巨公叱曰："何物老魅，敢对我作此淫词！"戛然而止。俄登登复作，又唱曰："郎似桃李花，妾似松柏树。桃李花易残，松柏常如故。"巨公点首曰："此乃差近风雅。"徐音摇曳之际，微闻树外悄语曰："此老殊易与，但作此等语言，便生欢喜。"拨剌一响，如有弦断。再听之，寂然矣。

朦胧人语

佃户卞晋宝，息耕陇畔，枕块暂眠。朦胧中闻人语曰："昨官中有何事？"一人答曰："昨勘某人继妻，予铁杖百。虽是病容，尚眉目如画，肌肉如凝脂。每受一杖，哀呼宛转，如风引洞箫，使人心碎。吾手颤不得下，几反受鞭。"问者太息曰："惟其如是之妖媚，故蛊惑其夫，荼毒前妻儿女，造种种恶业也。"晋宝私念："是何官府，乃用铁杖？"欲起问之。欠伸拭目，乃荒烟蔓草，四顾阒然。

张三辰抚侄

故城贾汉恒言：张二酉、张三辰，兄弟也。二酉先卒，三辰抚侄如己出，理田产，谋婚娶，皆殚竭心力。侄病瘵，经营医药，殆废寝食。侄殁后，恒忽忽如有失。人皆称其友爱。越数岁，病革，昏瞀中自语曰："咄咄怪事！顷到冥司，二兄诉我杀其子，斩其祀，岂不冤哉！"自是口中时喃喃，不甚可辨。一日稍苏，曰："吾知过矣。兄对阎罗数我曰：'此子非不可化诲者，汝为叔父，去父一间耳。乃知养而不知教，纵所欲为，恐拂其意。使恣情花柳，得恶疾以终。非汝杀之而谁乎？'吾茫然无以应也，吾悔晚矣。"反手自椎chuí 自己捶打自己而殁。三辰所为，亦末俗之所难，坐以杀侄，《春秋》责备贤者耳。然要不得谓二酉苛也。

平定王执信，余己卯乾隆二十四年(1759)所取士也。乞余志其继母墓。称母生一弟，曰执蒲，庶出一弟，曰执璧。平时饮食衣物，三子无所异；遇有过，责詈箠楚，亦三子无所异也。贤哉！数语尽之矣。

柱中泣声

钱遵王《读书敏求记》钱曾，字遵王，号也是翁，又号贯花道人、述古主人。清代藏书家、版本学家。《读书敏求记》是钱曾撰写的一部解题式书目，内容侧重于版本的鉴定载：赵清常殁，子孙鬻其遗书，武康山中，白昼鬼哭。聚必有散，何所见之不达耶？明寿宁侯故第在兴济，斥卖略尽，惟厅事仅存。后鬻其木于先祖。拆卸之日，匠者亦闻柱中有泣声。千古痴魂，殆同一辙。余尝与董曲江言："大地山河，佛氏尚以为泡影，区区者复何足云！我百年后，倘图书器玩，散落人间，使赏鉴家指点摩挲，曰：'此纪晓岚故物。'是亦佳话，何所恨哉！"曲江曰："君作是言，名心尚在。余则谓消闲遣日，不能不借此自娱。至我已弗存，其他何有？任其饱虫鼠，委泥沙耳。故我书无印记，砚无铭识，正如好花朗月，胜水名山，偶与我逢，便为我有，迨云烟过眼，不复问为谁家物矣。何能镌号题名，为后人计哉！"所见尤洒脱也。

仆女复仇

职官奸仆妇，罪止夺俸，以家庭暱亲近近，幽暧难明。律意深微，防诬蔑反噬之渐也。然横干强迫，阴谴实严。

戴遂堂先生言：康熙末，有世家子挟污仆妇。仆气结成噎膈，时妇已孕，仆临殁，以手摩腹曰："男耶？女耶？能为我复仇耶？"后生一女，稍长，极慧艳。世家子又纳为妾，生一子。文园消渴汉代司马相如曾任文园令，"常有消渴疾"，因此称病闲居，事见《史记·司马相如列传》，后以"文园"代称，俄夭天年。女帷薄不修，竟公庭涉讼，大损家声。十许年中，妇缟袂扶棺，女青衫对簿，先生皆目见之，如相距数日耳。岂非怨毒所钟，生此尤物以报哉？

黑气摇漾

遂堂先生又言：有调其仆妇者，妇不答。主人怒曰："敢再拒，箠汝死。"泣告其夫。方沉醉，又怒曰："敢失志，且剸刃汝胸。"妇愤曰："从不从皆死，无宁先死矣。"竟自缢。官来勘验，尸无伤，语无证，又死于夫侧，无所归咎，弗能究也。然自是所缢之室，虽天气晴明，亦阴阴如薄雾，夜辄有声如裂帛。灯前月下，每见黑气，摇漾似人影，即之则无。如是十馀年，主人殁，乃已。未殁以前，昼夜使人环病榻，疑其有所见矣。

女鬼求衣

乌鲁木齐军吏邬图麟言：其表兄某，尝诣泾县访友。遇雨，夜投一废寺。颓垣荒草，四无居人，惟山门尚可栖止，姑留待霁。时云黑如墨，暗中闻女子声曰："怨鬼叩头，求赐纸衣一袭，白骨衔恩。"某怖不能动，然度无可避，强起问之。鬼泣曰："妾本村女，偶独经此寺，为僧所遮留。妾哭詈不从，怒而见杀。时衣已尽褫，遂被裸埋，今百馀年矣。虽在冥途，情有廉耻。身无寸缕，愧见神明。故宁抱沉冤，潜形不出。今幸逢君子，傥取数翻彩楮，剪作裙襦，焚之寺门，使幽魂蔽体，便可愬诸地府，再入转轮。惟君哀而垂拯焉。"某战栗诺之，泣声遂寂。后不能再至其地，竟不果焚。尝自谓负此一诺，使此鬼茹恨黄泉，恒耿耿不自安也。

司镜之吏

于道光言：有士人夜过岳庙，朱扉严闭，而有人自庙中出。知是神灵，膜拜呼上圣。其人引手掖之曰："我非贵神，右台司镜之吏，赍文簿到此也。"问："司镜何义？其业镜也耶？"曰："近之，而又一事也。业镜所照，行事之善恶耳。至方寸微暧，情伪万端，起灭无恒；包藏不测，幽深邃密，无迹可窥，往往外貌麟鸾，中韬鬼蜮，隐慝未形，业镜不能照也。南北宋后，此术滋工，涂饰弥缝。或终身不败。故诸天合议，移业镜于左台，照真小人；增心镜于右台，照伪君子。圆光对映，灵府洞然；有拗捩扭曲，不顺者，有偏倚者，有黑如漆者，有曲如钩者，有拉杂如粪壤者，有溷浊如泥滓者，有城府险阻千重万掩者，有脉络屈盘左穿右贯者，有如荆棘者，有如刀剑者，有如蜂虿者，有如狼虎者，有现冠盖影者，有现金银气者；甚有隐隐跃跃，现秘戏图者。而回顾其形，则皆岸然道貌也。其圆莹如明珠，清澈如水晶者，千百之一二耳。如是者，吾立镜侧，籍而记之，三月一达于岳帝，定罪福焉。大抵名愈高，则责愈严；术愈巧，则罚愈重。春秋二百四十年，瘅恶不一，惟震夷伯之庙出自《汉书·五行志》："九月己卯晦，震夷伯之庙。"指上天发出警告，大夫不能世代为官，因独掌朝政而昏庸，天特示谴于展氏，隐慝故也。子其识之。"士人拜受教，归而乞道光书额，名其室曰"观心"。

李露园诗

有歌童扇上画鸡冠，于筵上求李露园题。露园戏书绝句曰："紫紫红红胜晚霞，临风亦自弄夭斜即"夭邪"，指姿态婀娜。枉教蝴蝶飞千遍，此种原来不是花。"皆叹其运意双关之巧。露园赴任湖南后，有扶乩者或以鸡冠请题，即大书此诗。余骇曰："此非李露园作耶?"乩忽不动,扶乩者狼狈去。颜介子叹曰："仙亦盗句。"或曰："是扶乩者本伪托,已屡以盗句败矣。"

狐媚农家子

从兄坦居言:昔闻刘馨亭谈二事。其一,有农家子为狐媚,延术士劾治。狐就擒,将烹诸油釜。农家子叩额乞免,乃纵去。后思之成疾,医不能疗。狐一日复来,相见悲喜。狐意殊落落,谓农家子曰："君苦相忆,止为悦我色耳,不知是我幻相也。见我本形,则骇避不遑矣。"欻然扑地,苍毛修尾,鼻息咻咻,目睒睒如炬,跳掷上屋,长嗥数声而去。农家子自是病痊。此狐可谓能报德。其一亦农家子为狐媚,延术士劾治。法不验,符箓皆为狐所裂。将上坛殴击,一老媪似是狐母,止之曰："物惜其群,人庇其党。此术士道虽浅,创之过甚,恐他术士来报复。不如且就尔婿眠,听其逃避。"此狐可谓能虑远。

二　杏

康熙癸巳康熙五十二年(1713),先姚安公读书于厂里作者原注:前明土贡澄浆砖,此地砖厂故址也,偶折杏花插水中。后花落,结二杏如豆,渐长渐巨,至于红熟,与在树无异。是年逢万寿恩科,遂举于乡。王德安先生时同住,为题额曰"瑞杏轩"。此庄后分属从弟东白。乾隆甲申乾隆二十九年(1764),余自福建归,问此匾,已不存矣。拟请刘石庵补书,而代葺此屋,作记刻石龛于壁,以存先世之迹。因循未果,不识何日偿此愿也。

滑稽刘叟

先姚安公言:雍正初,李家洼佃户董某父死,遗一牛,老且跛,将鬻于屠肆。牛逸,至其父墓前,伏地僵卧,牵挽鞭箠皆不起,惟掉尾长鸣。村人闻是事,络绎来视。忽邻叟刘某愤然至,以杖击牛曰："渠父堕河,何预于汝?使随波漂没,充鱼鳖食,岂不大善?汝无故多事,引之使出,多活十馀年。致渠生奉养,病医药,死棺敛,且留此一坟,岁需祭扫,为董氏子孙无穷累。汝罪大矣,就死汝分,牟牟者何为?"盖其父尝堕深水中,牛随之跃入,牵其尾得出也。董初不知此事，闻之大惭，自批其颊曰：“我乃非人！”急引归。数月后，病死，泣而埋之。此叟殊有滑稽风，与东方朔救汉武帝乳母事汉武帝的奶妈犯了罪，将按法令治罪，奶妈去向东方朔求救。东方朔说：“皇上残忍且固执任性，别人求情，反而死得更快。你临刑时，千万不要说话，只可连连回头望着皇帝，我会想办法激将他。”奶妈依言，在向武帝告别时频频回头。东方朔也陪侍在武帝旁边，大声说：“你还不赶快离开！皇上现在已经长大了，难道还会想起你喂奶时的恩情吗？为什么还要回头看！”武帝顿生依恋之情，怜悯起奶妈了，下令赦免了奶妈的罪过竟暗合也。

衰气所召

姨丈王公紫府，文安旧族也。家未落时，屠肆架上一豕首，忽脱钩落地，跳掷而行。市人噪而逐之，直入其门而止。自是日见衰谢，至饘粥稀粥不供。今子孙无孑遗矣。此王氏姨母自言之。又姚安公言：亲表某氏家作者原注：岁久忘其姓氏，惟记姚安公言此事时，称曰汝表伯，清晓启户，有一兔缓步而入，绝不畏人，直至内寝床上卧。因烹食之。数年中死亡略尽，宅亦拆为平地矣。是皆衰气所召也。

说鬼书生

王菊庄言：有书生夜泊鄱阳湖，步月纳凉，至一酒肆，遇数人，各道姓名，云皆乡里。因沽酒小饮，笑言既洽，相与说鬼。搜异抽新，多出意表。

一人曰：“是固皆奇，然莫奇于吾所见矣。曩在京师，避嚣寓丰台花匠家，邂逅一士共谈。吾言此地花事殊胜，惟墟墓间多鬼可憎。士曰：‘鬼亦有雅俗，未可概弃。吾曩游西山，遇一人论诗，殊多精诣，自诵所作，有曰“深山迟见日，古寺早生秋”，又曰“钟声散墟落，灯火见人家”，又曰“猿声临水断，人语入烟深”，又曰“林梢明远水，楼角挂斜阳”，又曰“苔痕侵病榻，雨气入昏灯”，又曰“鸺鹠 xiū liú 岁久能人语，魍魉山深每昼行”，又曰“空江照影芙蓉泪，废苑寻春蛱蝶魂”，皆楚楚有致。方拟问其居停，忽有铃驮琅琅，欻然灭迹。此鬼宁复可憎耶？’吾爱其脱洒，欲留共饮。其人振衣起曰：‘得免君憎，已为大幸，宁敢再入郇厨？’一笑而隐。方知说鬼者即鬼也。”

书生因戏曰：“此诚奇艳，古所未闻。然阳羡鹅笼南朝梁吴均《续齐谐》中记载的一个奇幻故事。阳羡（今江苏宜兴）许彦遇一书生，说自己脚痛，请求待在他的鹅笼中。书生入笼后，笼没变大，书生也没变小，与两只鹅并坐，鹅也不惊。许彦背着笼，也不觉重。后在树下休息时，书生说要设宴表示感谢，从口中吐出箱子，箱子中装满山珍海味，又吐一女子陪饮。后书生醉卧，那女子又吐出一名少年，少年也吐出一个女子一同宴饮。后书生酒醒，又将各人依次收回，幻中出幻，乃辗转相生，安知说此鬼者，不又即鬼耶？”数人一时变色，微风飒起，灯光黯然，并化为薄雾轻烟，濛濛四散。

庚午乾隆十五年(1750)四月，先太夫人病革时，语子孙曰：“旧闻地下眷属，临终时一一相见。今日果然。幸我平生尚无愧色。汝等在世，家庭骨肉，当处处留将来相见地也。”姚安公曰：“聪明绝特之士，事事皆能知，而独不知人有死；经纶开济之才，事事皆能计，而独不能为死时计。使知人有死，一切作为必有索然自返者；使能为死时计，一切作为必有悚然自止者。惜求诸六合之外，失诸眉睫之前也！”

玉　璜

一南士以文章游公卿间。偶得一汉玉璜，质理莹白，而血斑彻骨，尝用以镇纸。一日，借寓某公家。方灯下搆一文，闻窗隙有声，忽一手探入。疑为盗，取铁如意欲击。见其纤削如春葱，瑟缩而止。穴纸窃窥，乃一青面罗刹鬼，怖而仆地。比苏，则此璜已失矣。疑为狐魅幻形，不复追诘。后于市上偶见，询所从来。辗转经数主，竟不能得其端绪。久乃知为某公家奴伪作鬼装所取。董曲江戏曰：“渠知君是惜花御史，故敢露此柔荑。使遇我辈粗材，断不敢自取断腕。”余谓此奴伪作鬼装，一以使不敢揽执，一以使不复追求。又灯下一掌破窗，恐遭捶击，故伪作女手，使知非盗；且引之窥见恶状，使知非人，其运意亦殊周密。盖此辈为主人执役，即其钝如椎；至作奸犯科，则奇计环生，如鬼如蜮。大抵皆然，不独此一人一事也。

厅上老人

朱竹坪御史尝小集阎梨材尚书家。酒次，竹坪慨然曰：“清介清廉耿直是君子分内事。若恃其清介以凌物，则殊嫌客气不除。昔某公为御史时，居此宅，坐间或言及狐魅，某公痛詈之。数日后，月下见一盗逾垣入。内外搜捕，皆无迹。扰攘彻夜，比晓，忽见厅事上卧一老人，欠身而起曰：‘长夏溽暑作者原注：“长夏”字出黄帝《素问》，谓六月也。王太仆注：“读上声。”杜工部“长夏江村事事幽”句，皆读平声，盖注家偶未考也，偶投此纳凉，致主人竟夕不安，殊深惭愧。’一笑而逝。盖无故侵狐，狐以是戏之也。岂非自取侮哉！”

骂座灌夫

朱天门家扶乩，好事者多往看。一狂士自负书画，意气傲睨，旁若无人，至对客脱袜搔足垢，向乩哂曰：“且请示下坛诗。”乩即题曰：“回头岁月去骎骎 qīn qīn 马快跑的样子，几度沧桑又到今。曾见会稽王内史即王羲之，亲携宾客到山阴。”众曰：“然则仙及见右军耶？”乩书曰：“岂但右军，并见虎头即顾恺之，小字虎头。”狂生闻之，起立曰：“二老风流，既曾亲睹，此时群贤毕至，古今人相去几何？”又书曰：“二公虽绝艺入神，然意存冲挹谦虚，雅人深致，使见者意消；与骂座灌夫，自别是一流人物。离之双美，何必合之两伤？”众知有所指，相顾目笑。回视狂生，已着袜欲遁矣。此不识是何灵鬼，作此虐谑。惠安陈舍人云亭，尝题此生《寒山老木图》曰：“憔悴人间老画师，平生有恨似徐熙。无端自写荒寒景，皴出秋山鬓已丝。”“使酒淋漓礼数疏，谁知侠气属狂奴。他年倘续《宣和谱》，画史如今有灌夫。”乩所云“骂座灌夫”，当即指此。又不识此鬼何以知此诗也。

某太学遇鬼

舅氏张公梦征言：儿时闻沧州有太学生，居河干。一夜，有吏持名刺即名帖，清代官员互相拜访时通用的名片叩门，言新太守过此，闻为此地巨室，邀至舟中相见。适主人以会葬宿姻家，相距十馀里。阍者持刺奔告，亟命驾返，则舟已行。乃饬车马，具贽币，沿岸急追。昼夜驰二百馀里，已至山东德州界。逢人询问，非惟无此官，并无此舟，乃狼狈而归。惘惘如梦者数日。或疑其家多赀，劫盗欲诱而执之，以他出幸免。又疑其视贫亲友如仇，而不惜多金结权贵，近村故有狐魅，特恶而戏之。皆无左证。然乡党喧传，咸曰：“某太学遇鬼。”先外祖雪峰公曰：“是非狐非鬼亦非盗，即贫亲友所为也。”斯言近之矣。

牛眠之地

俗传鹊蛇斗处为吉壤，就斗处点穴，当大富贵，谓之龙凤地。余十一二岁时，淮镇孔氏田中，尝有是事，舅氏安公实斋亲见之。孔用以为坟，亦无他验。余谓鹊以虫蚁为食，或见小蛇啄取；蛇蜿蜒拒争，有似乎斗，此亦物态之常，必当日曾有地师为人卜葬，指鹊蛇斗处是穴，如陶侃葬母，仙人指牛眠处为穴耳陶侃是晋代著名诗人陶渊明的曾祖父，是东晋王朝的一代名臣。陶侃母亲去世后，他想寻一块风水宝地安葬母亲，后遇一老者告知："前有牛眠地可葬。"陶侃前行一里馀地，果见牛眠于地，遂葬之。后"牛眠地"成为风水宝地的代称。后人见其有验，遂传闻失实，谓鹊蛇斗处必吉。然则因陶侃事，谓凡牛眠处必吉乎？

绳还绳

庆云、盐山间，有夜过墟墓者，为群狐所遮，裸体反接，倒悬树杪。天晓人始见之，掇梯解下。视背上大书三字，曰"绳还绳"，莫喻其意。久乃悟二十年前，曾捕一狐倒悬之，今修怨也。胡厚庵先生仿西涯新乐府，中有《绳还绳》一篇曰："斜柯三丈不可登，谁蹑其杪如猱升？谛而视之儿倒绷，背题字曰绳还绳。问何以故心懵腾，恍然忽省蹶然兴，束缚阿紫此处代指狐狸当年曾。旧事过眼如风灯，谁期狭路遭其朋。吁嗟乎！人妖异路炭与冰，尔胡肆暴先侵陵？使衔怨毒伺隙乘。吁嗟乎！无为祸首兹可惩。"即此事也。

牧童背负狐

刘香畹言：沧州近海处，有牧童年十四五，虽农家子，颇白皙。一日，陂bēi池塘畔午睡醒，觉背上似负一物，然视之无形，扪之无质，问之亦无声。怖而返，以告父母，无如之何。数日后，渐似拥抱，渐似抚摩，既而渐似梦魇，遂为所污。自是媟狎无时，而无形无质无声，则仍如故。时或得钱物果饵，亦不甚多。

邻塾师语其父曰："此恐是狐，宜藏猎犬，俟闻媚声时排闼嗾犬吠攫之。"父如所教。狐噭然破窗出，在屋上跳掷，骂童负心。塾师呼与语曰："君幻化通灵，定知世事。夫男女相悦，感以情也。然朝盟同穴，夕过别船者，尚不知其几。至若娈童，本非女质，抱衾荐枕，不过以色为市耳。当其傅粉熏香，含娇流盼，缠头万锦，买笑千金，非不似碧玉多情，回身就抱。迨富者赀尽，贵者权移，或掉臂长辞，或倒戈反噬，翻云覆雨，自古皆然。萧韶之于庾信，慕容冲之于苻坚，载在史册，其尤著者也。其所施者如彼，其所报者尚如此。

然则与此辈论交，如抟沙作饭矣。况君所赠，曾不及五陵豪贵汉代高、惠、景、武、昭五帝陵在长安西，后长安豪贵皆聚居于该地，后世便以“五陵”代指富贵豪门之万一，而欲此童心坚金石，不亦颠乎？”语讫寂然。

良久，忽闻顿足曰：“先生休矣。吾今乃始知吾痴。”浩叹数声而去。

地祇之言

姜白岩言：有士人行桐柏山中，遇卤簿古代帝王驾出时扈从的仪仗队前导，衣冠形状，似是鬼神。暂避林内，舆中贵官已见之，呼出与语，意殊亲洽。因拜问封秩。曰：“吾即此山之神。”又拜问：“神生何代？冀传诸人世，以广见闻。”曰：“子所问者人鬼，吾则地祇也。夫玄黄剖判，融结万形。形成聚气，气聚藏精，精凝孕质，质立含灵，故神祇与天地并生。惟圣人通造化之原，故燔柴、瘗yì玉均为古代祭祀仪式。燔柴，将玉帛、牲畜等祭品置于柴堆上焚烧；瘗玉，古代祭山仪式结束后，埋玉于坑，载在六经。自稗官琐记，创造鄙词，曰刘、曰张，谓天帝有废兴，曰吕、曰冯，谓河伯有夫妇，儒者病焉。紫阳崛起，乃以理诘天，并皇矣之下临，亦斥为乌有，而鬼神之德，遂归诸二气之屈伸矣。夫木石之精，尚生夔罔传说中只有一条腿的怪物；雨土之精，尚生羵羊。岂有乾坤斡运，元气鸿洞，反不能聚而上升，成至尊之主宰哉！观子衣冠，当为文士。试传吾语，使儒者知圣人飨报之由。”士人再拜而退。然每以告人，辄疑以为妄。余谓此言推鬼神之本始，植义甚精。然自白岩寓言，托诸神语耳。赫赫灵祇，岂屑与讲学家争是非哉？

妇立檐下

裘编修超然言：丰宜门内玉皇庙街，有破屋数间，锁闭已久，云中有狐魅。适江西一孝廉与数友过夏作者原注：唐举子下第后，读书待再试，谓之过夏，取其地幽僻，僦舍于旁。一日，见幼妇立檐下，态殊妖媚，心知为狐。少年豪宕，意殊不惧。黄昏后，诣门作礼，祝以媟词。夜中闻床前窸窣有声，心知狐至，暗中举手引之。纵体入怀，遽相狎昵，冶荡万状，奔命殆疲。比月上窗明，谛视乃一白发媪，黑陋可憎，惊问：“汝谁？”殊不愧赧，自云：“本城楼上老狐，娘子怪我饕餮而慵作，斥居此屋，寂寞已数载。感君垂爱，故冒耻自献耳。”孝廉怒，搏其颊，欲缚箠之。撑拄摆拨间，同舍闻声，皆来助捉。忽一脱手，已琤然破窗遁。次夕，自坐屋檐，作软语相唤。孝廉诟詈，忽为飞瓦所击。又一夕，揭帷欲寝，乃裸卧床上，笑而招手。抽刃向击，始泣骂去。惧其复至，移寓避之。登车顷，突见前幼妇自内走出。密遣小奴访问，始知居停主人之甥女，昨偶到街买花粉也。

墙缺见妇

琴工钱生作者原注：以鼓琴客裘文达公家，滑稽善谐戏。因面有瘢风，皆呼曰钱花脸。来往数年，竟不能举其里居名字也言：一选人，居会馆，于馆后墙缺见一妇，甚有姿首，衣裳故敝，而修饰甚整洁。意颇悦之。馆人有母年五十馀，故大家婢女，进退语言，均尚有矩度，每代其子应门。料其有干才，赂以金，祈谋一晤。对曰："向未见此，似是新来。姑试侦探，作万一想耳。"

越十许日，始报曰："已得之矣。渠本良家，以贫故，忍耻出此。然畏人知，俟夜深月黑，乃可来。乞勿秉烛，勿言勿笑，勿使僮仆及同馆闻声息，闻钟声即勿留。每夕赠以二金足矣。"选人如所约，已往来月馀。一夜，邻弗戒于火，选人惶遽起，僮仆皆入室救囊箧。一人急搴帐曳茵褥，訇然有声，一裸妇堕榻下，乃馆人母也。莫不绝倒。

盖京师媒妁最奸黠，遇选人纳媵，多以好女引视，而临期阴易以下材，觉而涉讼者有之。幕首入门，背灯障扇，俟定情后始觉，委曲迁就者亦有之。此媪狃于乡风，竟以身代也。然事后访问四邻，墙缺外实无此妇。或曰魅也。裘文达公曰："是此媪引致一妓，炫诱选人耳。"

管上血渍

安氏从舅善鸟铳，郊原逐兔，信手而发，无得脱者。所杀殆以千百计。一日，遇一兔，人立而拱，目炯炯如怒。举铳欲发，忽炸而伤指，兔已无迹。心知为兔鬼报冤，遂辍其事。又尝从禽即田猎晚归，渐已昏黑。见小旋风裹一物，火光荧荧，旋转如轮。举铳中之，乃秃笔一枝，管上微有血渍。明人小说载牛天锡供状事，言凡物以庚申日得人血，皆能成魅明代冯梦龙所作小说《情史》中有一篇讲述一块牛骨头、一只绣花鞋和一块板砖在庚申日粘人血成精的故事。是或然欤。

厕中敝帚

奴子王廷佑之母言：青县一民家，岁除日，有卖蓪草花者，叩门呼曰："伫立久矣，何花钱尚不送出耶？"诘问家中，实无人买花。而卖者坚执一垂髫女子持入。正纷扰间，闻一媪急呼曰："真大怪事，厕中敝帚柄上，竟插花数朵也。"取验，果适所持入。乃锉而焚之，呦呦有声，血出如缕。此魅既解化形，即应潜养灵气，何乃作此变异，使人知而歼除，岂非自取其败耶？天下未有所成，先自炫耀；甫有所得，不自韬晦者，类此帚也夫！

王玉射狐

外祖雪峰张公家奴子王玉善射。尝自新河携盐租返，遇三盗，三矢仆之，各唾面纵去。一日，携弓矢夜行，见黑狐人立向月拜，引满一发，应弦饮羽。归而寒热大作。是夕，绕屋有哭声曰："我自拜月炼形，何害有汝？汝无故见杀，必相报恨。汝未衰，当诉诸司命耳。"数日后，窗棂上铿然有声，愕眙惊问。闻窗外语曰："王玉，我告汝：我昨诉汝于地府，冥官检籍，乃知汝过去生中，负冤讼辩，我为刑官，阴庇私党，使汝理直不得申，抑郁愤恚，自刺而死。我堕身为狐，此一矢所以报也。因果分明，我不怨汝。惟当时违心枉拷，尚负汝笞掠百馀。汝肯发愿免偿，则阴曹销籍，来生拜赐多矣。"语讫，似闻叩额声。王叱曰："今生债尚不了了，谁能索前生债耶？妖鬼速去，无扰我眠。"遂寂然。世见作恶无报，动疑神理之无据，乌知冥冥之中，有如是之委曲哉？

庸人自扰

雍正甲寅雍正十二年（1734），余初随姚安公至京师。闻御史某公性多疑。初典永光寺一宅，其地空旷。虑有盗，夜遣家奴数人，更番司铃柝；犹防其懈，虽严寒溽暑，必秉烛自巡视，不胜其劳。别典西河沿一宅，其地市廛chán 店铺集中的市区栉比，又虑有火，每屋储水瓮，至夜铃柝巡视，如在永光寺时，不胜其劳。更典虎坊桥东一宅，与余邸隔数家。见屋宇幽邃，又疑有魅。先延僧诵经，放焰口，钹鼓琤琤者数日，云以度鬼。复延道士设坛召将，悬符持咒，钹鼓琤琤者又数日，云以驱狐。宅本无他，自是以后，魅乃大作，抛掷砖瓦，攘窃器物，夜夜无宁居。婢媪仆隶，因缘为奸，所损失无算，论者皆谓妖由人兴。居未一载又典绳匠胡同一宅。去后不通闻问，不知其作何设施矣。姚安公尝曰："天下本无事，庸人自扰之。"其此公之谓乎？

寺僧哂曰

钱塘陈乾纬言：昔与数友泛舟至西湖深处，秋雨初晴，登寺楼远眺。一友偶吟"举世尽从忙里老，谁人肯向死前休"句，相与慨叹。

寺僧微哂曰："据所闻见，盖死尚不休也。数年前，秋月澄明，坐此楼上，闻桥畔有诟争声，良久愈厉。此地无人居，心知为鬼。谛听其语，急遽搀夺，不甚可辨，似是争墓田地界。俄闻一人呼曰：'二君勿喧，听老僧一言可乎？夫人在世途，胶胶扰扰，缘不知此生如梦耳。今二君梦已醒矣，经营百计，以求富贵，富贵今安在乎？机械万端，以酬恩怨，恩怨今又安在乎？青山未改，白骨已枯，孑然惟剩一魂。彼幻化黄粱，尚能省悟；何身亲阅历，反不知万事皆空？且真仙真佛以外，自古无不死之人；大圣大贤以外，自古亦无不消之鬼。并此孑然一魂，久亦不免于澌灭。顾乃于电光石火之内，更兴蛮触《庄子·杂篇·则阳》讲述了一则故事，说有建立在蜗牛角上的国家，右角上的叫蛮氏，左角上的叫触氏，双方常为争地而战，伏尸数万。后以"蛮触"比喻因小事争吵的双方之兵戈，不梦中梦乎？'语讫，闻呜呜饮泣声，又闻浩叹声曰：'哀乐未忘，宜乎其未齐得丧。如斯挂碍，老僧亦不能解脱矣。'遂不闻再语。疑其难未已也。"

乾纬曰："此自师粲花之舌耳。然默验人情，实亦为理之所有。"

狐悲女奴

陈竹吟尝馆一富室。有小女奴，闻其母行乞于道，饿垂毙，阴盗钱三千与之。为侪辈所发，鞭箠甚苦。富室一楼，有狐借居，数十年未尝为祟。是日女奴受鞭时，忽楼上哭声鼎沸。怪而仰问，同声应曰："吾辈虽异类，亦具人心。悲此女年未十岁，而为母受箠，不觉失声。非敢相扰也。"主人投鞭于地，面无人色者数日。

擘窠书

竹吟与朱青雷游长椿寺，于鬻书画处，见一卷擘窠书大字的别称曰：“梅子流酸溅齿牙，芭蕉分绿上窗纱。日长睡起无情思，闲看儿童捉柳花。”款题“山谷道人即黄庭坚，字鲁直，自号山谷道人”。方拟议真伪，一丐者在旁睨视，微笑曰：“黄鲁直乃书杨诚斋即杨万里，字延秀，号诚斋，南宋词人诗，大是异闻。”掉臂竟去。青雷讶曰：“能作此语，安得乞食？”竹吟太息曰：“能作此语，又安得不乞食？”余谓此竹吟愤激之谈，所谓名士习气也。聪明颖隽之士，或恃才兀傲，久而悖谬乖张，使人不敢向迩者，其势亦可以乞食；或有文无行，久而秽迹恶声，使人不屑齿录者，其势亦可以乞食。是岂可赋《感士不遇》即《感士不遇赋》，晋陶渊明所作哉！

事由自取

一宦家子，资巨万。诸无赖伪相亲昵，诱之冶游，饮博歌舞。不数载，炊烟竟绝，颇颔因饥饿而面黄肌瘦的样子以终。病革时，语其妻曰：“吾为人蛊惑以至此，必讼诸地下。”越半载，见梦于妻曰：“讼不胜也。冥官谓妖童娼女，本捐弃廉耻，借声色以养生；其媚人取财，如虎豹之食人，鲸鲵之吞舟也。然人不入山，虎豹乌能食？舟不航海，鲸鲵乌能吞？汝自就彼，彼何尤焉？惟淫朋狎客，如设阱以待兽，不入不止；悬饵以钓鱼，不得不休。是宜阳有明刑，阴有业报耳。”

又闻有书生昵一狐女，病瘵死。家人清明上冢，见少妇奠酒焚楮钱，伏哭甚哀。其妻识是狐女，遥骂曰：“死魅害人，雷行且诛汝，尚假慈悲耶？”狐女敛衽徐对曰：“凡我辈女求男者，是为采补；杀人过多，天律不容也。男求女者，是为情感；耽玩过度，以致伤生。正如夫妇相悦，成疾夭折，事由自取。鬼神不追理其衽席也，姊何责耶？”此二事足相发明也。

走无常

干宝《搜神记》载马势妻蒋氏事，即今所谓走无常也。武清王庆垞曹氏，有佣媪充此役。先太夫人尝问以冥司追摄，岂乏鬼卒，何故须汝辈。曰：“病榻必有人环守,阳光炽盛,鬼卒难近也。又或有真贵人,其气旺;有真君子,其气刚,尤不敢近。又或兵刑之官,有肃杀之气;强悍之徒,有凶戾之气,亦不能近。惟生魂体阴而气阳,无虑此数事,故必携之以为备。”语颇近理,似非村媪所能臆撰也。

宅上有乌

河间一旧家,宅上忽有乌十馀,哀鸣旋绕,其音甚悲,若曰“可惜! 可惜!”知非佳兆,而莫测兆何事。数日后,乃知其子鬻宅偿博负。乌啼之时,即书券之时也。岂其祖父之灵所凭欤? 为人子孙者,闻此宜怆然思矣。

道士二人

有游士借居万柳堂常见于记载的古代北京别墅名。夏日,湘帘棐几“棐”通“榧”,木名。用榧木做的几桌,列古砚七八,古玉器、铜器、磁器十许,古书册画卷又十许,笔床、水注、酒盏、茶瓯、纸扇、棕拂之类,皆极精致。壁上所粘,亦皆名士笔迹。焚香宴坐,琴声铿然,人望之若神仙。非高轩驷马,不能登其堂也。一日,有道士二人,相携游览,偶过所居。且行且言曰:“前辈有及见杜工部者,形状殆如村翁。吾曩在汴京,见山谷、东坡,亦都似措大旧时指贫寒失意的读书人风味。不及近日名流,有许多家事。”朱导江时偶同行,闻之怪讶,窃随其后。至马车丛杂处,红尘涨合,倏已不见。竟不知是鬼是仙。

游魂索命

乌鲁木齐遣犯刘刚,骁健绝伦。不耐耕作,伺隙潜逃。至根克忒,将出境矣。夜遇一叟,曰:“汝逋亡者耶? 前有卡伦作者原注:卡伦者,戍守瞭望之地也,恐不得过。不如暂匿我屋中,俟黎明耕者毕出,可杂其中以脱也。”刚从之。比稍辨色,觉恍如梦醒,身坐老树腹中。再视叟,亦非昨貌;谛审之,乃夙所手刃弃尸深涧者也。错愕欲起,逻骑已至,乃弭首就擒。军屯法,遣犯私逃,二十日内自归者,尚可贷死。刚就禽在二十日将曙,介在两岐,屯官欲迁就活之。刚自述所见,知必不免,愿早伏法。乃送辕即辕门,古代军营或官署的外门行刑。杀人于七八年前,久无觉者;而游魂为厉,终索命于二万里外。其可畏也哉！

追摄之鬼

日南防守栅兵王十，姚安公旧仆夫也。言乾隆辛酉乾隆六年(1741)夏夜，坐高庙纳凉，暗中见二人坐阁下，疑为盗，静伺所往。

时绍兴会馆西商放债者演剧赛神，金鼓声未息。一人曰："此辈殊快乐，但巧算剥削，恐造业亦深。"一人曰："其间亦有差等。昔闻判司论此事，凡选人或需次多年，旅食匮乏；或赴官远地，资斧艰难，此不得已而举债。其中苦况，不可殚陈。如或乘其急迫，抑勒多端，使进退触藩，茹酸书券。此其罪与劫盗等。阳律不过笞杖，阴律则当堕泥犁。至于冶荡性成，骄奢习惯，预期到官之日，可取诸百姓以偿补。遂指以称贷，肆意繁华。已经负债如山，尚复挥金似土。致渐形竭蹶，日见追呼。铨授有官，逋逃无路，不得不吞声饮恨，为几上之肉，任若辈之宰割。积数既多，取偿难必。故先求重息，以冀得失之相当。在彼为势所必然，在此为事由自取。阳官科断，虽有明条，鬼神固不甚责之也。"王闻是语，疑不类生人。

俄歌吹已停，二人并起，不待启钥，已过栅门。旋闻道路喧传，酒阑客散，有一人中暑暴卒。乃知二人为追摄之鬼也。

某甲报恩

莆田林生霈言：闽一县令，罢官居馆舍。夜有群盗破扉入。一媪惊呼，刃中脑仆地。僮仆莫敢出。巷有逻者，素弗善所为，亦坐视。盗遂肆意搜掠。其幼子年十四五，以锦衾蒙首卧。盗掣取衾，见姣丽如好女，嬉笑抚摩，似欲为无礼。中刃媪突然跃起，夺取盗刀，径负是子夺门出。追者皆被伤，乃仅捆载所劫去。县令怪媪已六旬，素不闻其能技击，何勇鸷乃尔。急往寻视，则媪挺立大言曰："我某都某甲也，曾蒙公再生恩。殁后执役土神祠，闻公被劫，特来视。宦赀是公刑求所得，冥判饱盗橐，我不敢救。至侵及公子，则盗罪当诛，故附此媪与之战。公努力为善。我去矣。"遂昏昏如醉卧。救苏问之，懵然不忆。盖此令遇贫人与贫人讼，剖断亦颇公明，故卒食其报云。

州县官长随

州县官长随古代官员私聘的仆役，姓名籍贯皆无一定，盖预防奸赃败露，使无可踪迹追捕也。姚安公尝见房师石窗陈公一长随，自称山东朱文；后再见于高淳令梁公润堂家，则自称河南李定。梁公颇倚任之。临启程时，此人忽得异疾，乃托姚安公暂留于家，约痊时续往。其疾自两足趾寸寸溃腐，以渐而上，至胸膈穿漏而死。死后检其橐箧，有小册作蝇头字，记所阅凡十七官。每官皆疏其阴事，详载某时某地，某人与闻，某人旁睹，以及往来书札、谳断案牍，无一不备录。其同类有知之者，曰："是尝挟制数官矣。其妻亦某官之侍婢，盗之窃逃。留一函于几上，官竟弗敢追也。今得是疾，岂非天道哉！"霍丈易书曰："此辈依人门户，本为舞弊而来。譬彼养鹰，断不能责以食谷，在主人善驾驭耳。如善其便捷，委以耳目腹心，未有不倒持干戈，授人以柄者。此人不足责，吾责彼十七官也。"姚安公曰："此言犹未揣其本。使十七官者，绝无阴事之可书，虽此人日日橐笔，亦何能为哉？"

有事而无理

理所必无者，事或竟有；然究亦理之所有也，执理者自太固耳。献县近岁有二事：一为韩守立妻俞氏，事祖姑至孝。乾隆庚辰乾隆二十五年(1760)，祖姑失明，百计医祷，皆无验。有黠者绐以刲肉燃灯，祈神佑，则可速愈。妇不知其绐也，竟刲肉燃之。越十馀日，祖姑目竟复明。夫受绐亦愚矣，然惟愚故诚，惟诚故鬼神为之格。此无理而有至理也。一为丐者王希圣，足双挛，以股代足，以肘撑之行。一日，于路得遗金二百，移橐匿草间，坐守以待觅者。俄商家主人张际飞仓皇寻至，叩之。语相符，举以还之。际飞请分取，不受。延至家，议养赡终其身。希圣曰："吾形残废，天所罚也。违天坐食，将必有大咎。"毅然竟去。后困卧裴圣公祠下作者原注：裴圣公不知何时人，志乘亦不能详。士人云，祈雨时有验，忽有醉人曳其足，痛不可忍。醉人去后，足已伸矣，由是遂能行。至乾隆己卯乾隆二十四年(1759)乃卒。际飞故先祖门客，余犹及见。自述此事甚详。盖希圣为善宜受报，而以命自安，不受人报，故神代报焉。非似无理而亦有至理乎！

戈芥舟前辈尝载此二事于县志，讲学家颇病其语怪。余谓芥舟此志，惟乩仙联句及王生殇子二条，偶不割爱耳。全书皆体例谨严，具有史法。其载此二事，正以见匹夫匹妇，足感神明，用以激发善心，砥砺薄俗，非以小说家言滥登舆记也。汉建安中，河间太守刘照妻葳蕤锁事，载《录异传》南朝宋时志怪小说，作者不详；晋武帝时，河间女子剖棺再活事，载《搜神记》。皆献邑故实，何尝不删薙tì删除其文哉！

老猴学字

外叔祖张公紫衡，家有小圃，中筑假山，有洞曰"泄云"。洞前为艺菊地，山后养数鹤。有王昊庐先生集欧阳永叔、唐彦谦句，题联曰："秋花不比春花落，尘梦那知鹤梦长。"颇为工切。一日，洞中笔砚移动，满壁皆摹仿此十四字，拗捩欹斜，不成点画；用笔或自下而上，自右而左，或应连者断，应断者连，似不识字人所书。疑为童稚游戏，重垩用白泥涂墙而锸其户。越数日，启视复然，乃知为魅。一夕，闻格格磨墨声，持刃突入掩之。一老猴跃起冲人去。自是不复见矣。不知其学书何意也。

余尝谓小说载异物能文翰者，惟鬼与狐差可信，鬼本人，狐近于人也。其他草木鸟兽，何自知声病？至于浑家门客并苍蝇、草帚亦具能诗，即属寓言，亦不应荒诞至此。此猴岁久通灵，学人涂抹，正其顽劣之本色，固不必有所取义耳。

卷八

如是我闻二

王某悔罪

先叔仪南公言：有王某、曾某，素相善。王艳曾之妇，乘曾为盗所诬引，阴贿吏毙于狱。方营求媒约，意忽自悔，遂辍其谋。拟为作功德解冤，既而念佛法有无未可知，乃迎曾父母妻子于家，奉养备至。如是者数年，耗其家赀之半。曾父母意不自安，欲以妇归王。王固辞，奉养益谨。又数年，曾母病。王侍汤药，衣不解带。曾母临殁，曰："久荷厚恩，来世何以为报乎？"王乃叩首流血，具陈其实，乞冥府见曾为解释。母慨诺。曾父亦手作一札，纳曾母袖中曰："死果见儿，以此付之。如再修怨，黄泉下无相见也。"后王为曾母营葬，督工劳倦，假寐圹侧。忽闻耳畔大声曰："冤则解矣。尔有一女，忘之乎？"惕然而寤，遂以女许嫁其子。后竟得善终。

以必不可解之冤，而感以不能不解之情，真狡黠人哉！然如是之冤犹可解，知无不可解之冤矣。亦足为悔罪者劝也。

丐妇甚孝

从兄旭升言：有丐妇甚孝其姑，尝饥踣于路，而手一盂饭不肯释，曰："姑未食也。"自云初仅随姑乞食，听指挥而已。一日，同栖古庙，夜闻殿上厉声曰："尔何不避孝妇，使受阴气发寒热？"一人称手捧急檄，仓卒未及睹。又闻叱责曰："忠臣孝子，顶上神光照数尺。尔岂盲耶？"俄闻鞭捶呼号声，久之乃寂。次日至村中，果闻一妇馌田，为旋风所扑，患头痛。问其行事，果以孝称。自是感动，事姑恒恐不至云。

众神判案

旭升又言：县吏李懋华，尝以事诣张家口。于居庸关外，夜失道，暂憩山畔神祠。俄灯光晃耀，遥见车骑杂遝，将至祠门。意是神灵，伏匿庑下。见数贵官并入祠坐，左侧似是城隍，中四五座则不识何神。数吏抱簿陈案上，一一检视。窃听其语，则勘验一郡善恶也。

一神曰："某妇事亲无失礼，然文至而情不至。某妇亦能得姑舅欢，然退与其夫有怨言。"一神曰："风俗日偷，神道亦与人为善。阴律孝妇延一纪，此二妇减半可也。"佥曰："善。"俄一神又曰："某妇至孝而至淫，何以处之?"一神曰："阳律犯淫罪止杖，而不孝则当诛。是不孝之罪，重于淫也。不孝之罪重，则能孝者福亦重。轻罪不可削重福，宜舍淫而论其孝。"一神曰："服劳奉养，孝之小者；亏行辱亲，不孝之大者。小孝难赎大不孝，宜舍孝而科其淫。"一神曰："孝，大德也，非他恶所能掩；淫，大罚也，非他善所能赎。宜罪福各受其报。"侧坐者磬折请曰："罪福相抵可乎?"神掉首曰："以淫而削孝之福，是使人疑孝无福也；以孝而免淫之罪，是使人疑淫无罪也。相抵恐不可。"一神隔坐言曰："以孝之故，虽至淫而不加罪，不使人愈知孝乎？以淫之故，虽至孝而不获福，不使人愈戒淫乎？相抵是。"一神沉思良久曰："此事出入颇重大，请命于天曹可矣。"语讫俱起，各命驾而散。

李故老吏，娴案牍，阴记其语，反复思之，不能决。不知天曹作何判断也。

逸盗得报

董曲江言：陵县一嫠妇，夏夜为盗撬窗入，乘夜睡污之。醒而惊呼，则逸矣。愤恚病卒，竟不得贼之主名。越四载馀，忽村民李十雷震死。一媪合掌诵佛曰："某妇之冤雪矣。当其呼救之时，吾亲见李十逾墙出。畏其悍而不敢言也。"

雅魅

西城将军教场一宅，周兰坡学士尝居之。夜或闻楼上吟哦声，知为狐，弗讶也。及兰坡移家，狐亦他徙。后田白岩僦居，数月狐乃复归。白岩祭以酒脯，并陈祝词于几曰："闻此蜗庐，曾停鹤驭。复闻飘然远引，似桑下浮图原说僧人不在同一棵桑树下连宿三晚，以防时长日久而心生留恋。此处则指漂泊不定。鄙人匏系一官，萍飘十载，拮据称贷，卜此一廛。数夕来咳笑微闻，似仙舆复返。岂鄙人德薄，故尔见侵？抑夙有因缘，来兹聚处欤？既承惠顾，敢拒嘉宾！惟冀各守门庭，使幽明异路，庶均归宁谧，异苔不害于同岑。敬布腹心，伏惟鉴烛。”

次日，楼前飘堕一帖云：“仆虽异类，颇悦诗书雅，不欲与俗客伍。此宅数十年皆词人栖息，惬所素好，故挈族安居。自兰坡先生翛然舍我，后来居者，目不胜驵侩之容，耳不胜歌吹之音，鼻不胜酒肉之气。迫于无奈，窜迹山林。今闻先生山蘿quǎn之季子，文章必有渊源，故望影来归，非期相扰。自今以往，或检书獭祭，偶动芸签；借笔鸦涂，暂磨鸜qú眼产自安徽的名砚。此外如一毫陵犯，任先生诉诸明神。愿廓清襟，勿相疑贰。”末题“康默顿首顿首”。从此声息不闻矣。白岩尝以此帖示客，斜行淡墨，似匆匆所书。

或曰：“白岩托迹微官，滑稽玩世，故作此以寄诙嘲。寓言十九，是或然欤？”然此与李庆子遇狐叟事大旨相类，不应俗人雅魅，叠见一时，又同出于山左。或李因田事而附会，或田因李事而推演？均未可知。传闻异词，姑存其砭世之意而已。

故家子附乩

一故家子，以奢纵撄触犯法网。殁后数年，亲串中有召仙者，忽附乩自道姓名，且陈愧悔。既而复书曰：“仆家法本严，仆之罹祸，以太夫人过于溺爱，养成骄恣之性，故蹈陷阱而不知耳。虽然，仆不怨太夫人。仆于过去生中，负太夫人命，故今以爱之者杀之，隐偿其冤。因果牵缠，非偶然也。”观者皆为太息。夫偿冤而为逆子，古有之矣。偿冤而为慈母，载籍之所未睹也。然据其所言，乃凿然中理。

山间孤庵

宛平何华峰，官宝庆同知时，山行疲困，望水际一草庵，投之暂憩。榜曰“孤松庵”，门联曰：“百鸟多情留我住，青山无语看人忙。”有老僧应门，延入具茗，颇香洁，而落落无宾主意。室三楹，亦甚朴雅，中悬画佛一轴，有八分书汉字书体名。字体似隶而体势多波磔。相传为秦时王次仲所创题曰：“半夜钟磬寂，满庭风露清。琉璃青黯黯，静对古先生。”不署姓名，印章亦模糊不辨。旁一联曰：“花幽防引蝶，云懒怯随风。”亦不题款。指问：“此师自题耶？”漠然不应，以手指耳而已。归途再过其地，则波光岚影，四顾萧然，不见向庵所在。从人记遗烟筒一枝，寻之，尚在老柏下。竟不知是佛祖是鬼魅也。华峰画有《佛光示现卷》，并自记始末甚悉。华峰殁后，想已云烟过眼矣。

汲水女子

族兄次辰言：其同年康熙甲午康熙五十三年(1714)孝廉某，尝游嵩山，见女子汲溪水。试求饮，欣然与一瓢；试问路，亦欣然指示。因共坐树下语，似颇涉翰墨，不类田家妇。疑为狐魅，爱其娟秀，且相款洽。女子忽振衣起曰："危乎哉！吾几败。"怪而诘之。赧然曰："吾从师学道百馀年，自谓此心如止水。师曰：'汝能不起妄念耳，妄念故在也。不见可欲故不乱，见则乱矣。平沙万顷中，留一粒草子，见雨即芽。汝魔障将至，明日试之，当自知。'今果遇君，问答留连，已微动一念；再片刻，则不自持矣。危乎哉！吾几败。"踊身一跃，直上木杪，瞥如飞鸟而去。

顽梗不灵之鬼

次辰又言：族祖征君公讳灵，康熙己未康熙十八年(1679)举博学鸿词，以天性疏放，恐妨游览，称疾不预试。尝至登州观海市，过一村塾小憩。见案上一旧端砚，背刻狂草十六字，曰："万木萧森，路古山深；我坐其间，写《上堵吟》。"侧书"惜哉此叟"四字，盖其号也。问所自来，塾师云："村南林中有厉鬼，夜行者遇之辄病。一日，众伺其出，持兵仗击之，追至一墓而灭。因共发掘，于墓中得此砚。吾以粟一斗易之也。"案，《上堵吟》乃孟达字子度，三国时人。原为刘璋部下，后降刘备作。是必胜国旧臣，降而复叛，败窜入山以死者。生既进退无据，殁又不自潜藏，取暴骨之祸。真顽梗不灵之鬼哉。

夜叉盗酒

海之有夜叉，犹山之有山魈，非鬼非魈，乃自一种类，介乎人物之间者也。刘石庵参知言：诸城滨海处，有结寮捕鱼者。一日，众皆棹舟出，有夜叉入其寮中，盗饮其酒，尽一罂，醉而卧。为众所执，束缚捶击，毫无灵异，竟困踣而死。

一女一婢

族侄贻孙言：昔在潼关，宿一驿。月色满窗，见两人影在窗上，疑为盗；谛视，则腰肢纤弱，鬟髻宛然，似一女子将一婢。穴纸潜觑，乃不睹其形。知为妖魅，以佩刀隔棂斫之。有黑烟两道，声如鸣镝，越屋脊而去。虑其次夜复来，戒仆借鸟铳以俟。夜半果复见影，乃二虎对蹲。与仆发铳并击，应声而灭。自是不复至。疑本游魂，故无形质；阳光震炼，消散不能聚矣。

空中掷钱

献县王生相御，生一子，有抱之者，辄空中掷与数十钱。知县杨某自往视，乃掷下白金五星。此子旋夭亡，亦无他异。或曰："王生倩作戏术者搬运之，将托以箕敛用簸箕收钱，指敛财。"或曰："狐所为也。"是皆不可知。然居官者遇此等事，即确有鬼凭，亦当禁治，使勿荧民听混淆视听，蛊惑百姓，正不必论其真妄也。

月下人掷鹅鸭

李又聃先生言：雍正末年，东光城内忽一夜家家犬吠，声若潮涌。皆相惊出视，月下见一人披发至腰，衰衣麻带，手执巨袋，袋内有千百鹅鸭声，挺立人家屋脊上，良久又移过别家。次日，凡所立之处，均有鹅鸭二三只，自檐掷下。或烹而食，与常畜者味无异，莫知何怪。后凡得鹅鸭之家，皆有死丧，乃知为凶煞偶现也。先外舅马公周箓家，是夜亦二鸭。是岁，其弟靖逆同知庚长公卒。信又聃先生语不谬。

顾自古及今，遭丧者恒河沙数，何以独示兆于是夜？是夜之中，何以独示兆于是地？是地之中，何以独示兆于数家？其示兆皆掷以鹅鸭，又义何所取？鬼神之故，有可知有不可知，存而不论可矣。

道士昼寝

道士王昆霞言：昔游嘉禾，新秋爽朗，散步湖滨。去人稍远，偶遇宦家废圃，丛篁老木，寂无人踪。徙倚其间，不觉昼寝。

梦古衣冠人长揖曰："岑寂荒林，罕逢嘉客；既见君子，实慰素心。幸勿以异物见摈。"心知是鬼，姑诘所从来。曰："仆耒阳张湜，元季流寓此邦，殁而旋葬。爱其风土，无复归思。园林凡易十馀主，栖迟未能去也。"问："人皆畏死而乐生，尔何独耽鬼趣。"曰："死生虽殊，性灵不改，境界亦不改。山川风月，人见之，鬼亦见之；登临吟咏，人有之，鬼亦有之。鬼何不如人？且幽深险阻之胜，人所不至，鬼得以魂游；萧寥清绝之景，人所不睹，鬼得以夜赏。人且有时不如鬼。彼夫畏死而乐生者，由嗜欲撄心，妻孥结恋，一旦舍之入冥漠，如高官解组，息迹林泉，势不能不戚戚。不知本住林泉者，耕田凿井，恬熙相安，原无所戚戚于中也。"问："六道轮回，事有主者，何以竟得自由？"曰："求生者如求官，惟人所命。不求生者如逃名，惟己所为。苟不求生，神不强也。"又问："寄怀既远，吟咏必多。"曰："兴之所至，或得一联一句，率不成篇。境过即忘，亦不复追索。偶然记忆，可质高贤者，才三五章耳。"因朗吟曰："残照下空山，暝色苍然合。"昆霞击节。又吟曰："黄叶——"

甫得二字，忽闻噪叫声，霍然而寤，则渔艇打桨相呼也。再倚柱暝坐，不复成梦矣。

借　书

昆霞又言：其师精晓六壬，而不为人占。昆霞为童子时，一日早起，以小札付之，曰："持此往某家借书。定以申刻至，先期后期皆笞汝。"相去七八十里，竭蹶仅至。则某家兄弟方阋xì墙形容兄弟之间有矛盾。启视其札，惟小字一行曰："借《晋书·王祥传》王祥，字休徵，琅邪临沂（今山东）人。著名孝子，有卧冰求鲤的故事。他幼年丧母，继母朱氏不慈，但王祥并不怨恨，反而愈加恭谨。后其父亦逝，继母朱氏对他更加不满，偷偷拿毒酒给王祥喝，想毒害他。幸好朱氏所生的儿子王览疑心自己的母亲要害哥哥，将酒抢过来要自己喝掉。朱氏怕毒死亲生儿子，连忙从王览那里把毒酒又夺了过去。此后王览事事留心，生怕哥哥再出意外一阅。"兄弟相顾默然，斗遂解，盖其弟正继母所生云。

地水风火之说

嘉峪关外有戈壁，径一百二十里，皆积沙无寸土。惟居中一巨阜，名"天生墩"，戍卒守之。冬积冰，夏储水，以供驿使之往来。初，威信公岳公钟琪西征时，疑此墩本一土山，为飞沙所没，仅露其顶。既有山，必有水。发卒凿之，穿至数十丈，忽持锸chā铁锹者皆堕下。在穴上者俯听之，闻风声如雷吼，乃辍役。穴今已圮，余出塞时，仿佛尚见其遗迹。

案，佛氏有地水风火之说古印度认为世界由地、水、风、火四种元素构成，称为“四大”。余闻陕西有迁葬者，启穴时，棺已半焦。茹千总大业亲见之。盖地火所灼。又献县刘氏，母卒合葬，启穴不得其父棺。迹之，乃在七八步外，倒植土中。先姚安公亲见之。彭芸楣参知亦云，其乡有迁葬者，棺中之骨攒聚于一角，如积薪然。盖地风所吹也。是知大气斡运于地中，阴气化水，阳气则化风化火。水土同为阴类，一气相生，故无处不有。阳气则包于阴中，其微者，烁动之性为阴所解；其稍壮者，聚而成硫黄、丹砂、礜yù石之属；其最盛者，郁而为风为火。故恒聚于一所，不处处皆见耳。

伊犁凿井事

伊犁城中无井，皆出汲于河。一佐领曰：“戈壁皆积沙无水，故草木不生。今城中多老树，苟其下无水，树安得活？”乃拔木就根下凿井，果皆得泉，特汲须修绠汲水用的绳索耳。知古称雍州土厚水深，灼然不谬。徐舍人蒸远曾预斯役，尝为余言。此佐领可云格物。蒸远能举其名，惜忘之矣。后乌鲁木齐筑城时，鉴伊犁之无水，乃卜地通津以就流水。余作是地杂诗，有曰：“半城高阜半城低，城内清泉尽向西。金井银床无用处，随心引取到花畦。”记其实也。然或雪消水涨，则南门为之不开。

又北山支麓，逼近谯楼，登冈顶关帝祠戏楼，则城中纤微皆见。故余诗又曰：“山围芳草翠烟平，迢递新城接旧城。行到丛祠歌舞处，绿氍毹qú shū一种毛织或毛与其他材料混织的毯子上看棋枰。”巴公彦弼镇守时，参将海起云请于山麓坚筑小堡，为犄角之势。巴公曰：“汝但能野战，殊不知兵。北山虽俯瞰城中，然敌或结栅，可筑炮台仰击。火性炎上，势便而利，地势逼近，取准亦不难。彼决不能屯聚也。如筑小堡于上，兵多则地狭不能容，兵少则力弱不能守。为敌所据，反资以保障矣。”诸将莫不叹服。因记伊犁凿井事，并附录之。

异色虞美人

乌鲁木齐，泉甘土沃，虽花草亦皆繁盛。江西蜡花名，亦称“江西腊”，翠菊的别称五色毕备，朵若巨杯，瓣葳蕤如洋菊。虞美人花大如芍药。大学士温公以仓场侍郎出镇时，阶前虞美人一丛，忽变异色，瓣深红如丹砂，心则浓绿如鹦鹉，映日灼灼有光；似金星隐耀，虽画工设色不能及。公旋擢福建巡抚去。余以彩线系花梗，秋收其子，次岁种之，仍常花耳。乃知此花为瑞兆，如扬州芍药偶开金带围一种名贵的芍药，红瓣黄腰，亦称“金腰带”也。

某货郎

辛彤甫先生记异诗曰：“六道谁言事杳冥，人羊转毂迅无停。三弦弹出边关调，亲见青骡侧耳听。”康熙辛丑康熙六十年(1721)，馆余家日作也。初，里人某货郎，逋先祖多金不偿，且出负心语。先祖性豁达，一笑而已。一日午睡起，谓姚安公曰：“某货郎死已久，顷忽梦之，何也？”俄圉人报马生一青骡。咸曰：“某货郎偿夙逋也。”先祖曰：“负我偿者多矣，何独某货郎来偿？某货郎负人亦多矣，何独来偿我？事有偶合，勿神其说，使人子孙蒙耻也。”然圉人每戏呼某货郎，辄昂首作怒状；平生好弹三弦，唱边关调，或对之作此曲，辄耸耳以听云。

刀　笔

古书字以竹简，误则以刀削改之，故曰“刀笔”。黄山谷即黄庭坚，北宋书法家、文学家。字鲁直，号山谷道人、涪翁名其尺牍曰“刀笔”，已非本义。今写讼牒者称刀笔，则谓笔如刀耳，又一义矣。余督学闽中时，一生以导人诬告戍边。闻其将败前，方为人构词，手中笔爆然一声，中裂如劈；恬不知警，卒及祸。又，文安王岳芳言：其乡有构陷善类者，方具草，讶字皆赤色。视之，乃血自毫端出。投笔而起，遂辍是业，竟得令终。余亦见一善讼者，为人画策，诬富民诱藏其妻。富民几破家，案尚未结；而善讼者之妻，真为人所诱逃，不得主名，竟无所用其讼。

善恶之报巧应

天道乘除，不能尽测。善恶之报，有时应，有时不应，有时即应，有时缓应，亦有时示以巧应。余在乌鲁木齐时，吉木萨报遣犯刘允成，为逋负过多，迫而自缢。余饬吏销除其名籍，见原案注语云："为重利盘剥，逼死人命事。"

呼图壁

乌鲁木齐巡检所驻，曰"呼图壁"。"呼图"译言鬼，"呼图壁"译言有鬼也。尝有商人夜行，暗中见树下有人影，疑为鬼，呼问之。曰："吾日暮抵此，畏鬼不敢前，特结伴耳。"因相趁共行，渐相款洽。其人问："有何急事，冒冻夜行？"商人曰："吾夙负一友钱四千，闻其夫妇俱病，饮食药饵恐不给，故送往送还。"是人却立树背，曰："本欲祟公，求小祭祀。今闻公言，乃真长者。吾不敢犯公，愿为公前导可乎？"不得已，姑随之。凡道路险阻，皆预告。俄缺月微升，稍能辨物。谛视，乃一无首人。栗然却立，鬼亦奄然而灭。

赤城山中老翁

冯巨源官赤城教谕时，言赤城山中一老翁，相传元代人也。巨源往见之，呼为仙人。曰："我非仙，但吐纳导引，得不死耳。"叩其术。曰："不离乎《丹经》讲述炼丹术的专书，唐初医药学家孙思邈所作，而非《丹经》所能尽，其分刌cǔn切割节度，妙极微芒。苟无口诀真传，但依法运用，如检谱对弈，弈必败；如拘方治病，病必殆。缓急先后，稍一失调，或结为痈疽，或滞为拘挛；甚或精气瞀乱，神不归舍，竟至于颠痫。是非徒无益已也。"问："容成、彭祖之术，可延年乎？"曰："此邪道也，不得法者，祸不旋踵；真得法者，亦仅使人壮盛。壮盛之极，必有决裂横溃之患。譬如悖理聚财，非不骤富，而断无终享之理。公毋为所惑也。"又问："服食延年，其法如何？"曰："药所以攻伐疾病，调补气血，而非所以养生。方士所饵，不过草木金石。草木不能不朽腐，金石不能不消化。彼且不能自存，而谓借其馀气，反长存乎？"又问："得仙者，果不死欤？"曰："神仙可不死，而亦时时可死。夫生必有死，物理之常。炼气存神，皆逆而制之者也。逆制之力不懈，则气聚而神亦聚；逆制之力或疏，则气消而神亦消。消则死矣。如多财之家,勤俭则常富,不勤不俭则渐贫;再加以奢荡,则贫立至。彼神仙者,固亦兢兢然恐不自保,非内丹一成,即万劫不坏也。”巨源请执弟子礼。曰:“公于此道无缘,何必徒荒其本业?不如其已。”巨源怅然而返。

景州戈鲁斋为余述之,称其言皆笃实,不类方士之炫惑云。

芦中人

先姚安公言:有扶乩治病者,仙自称芦中人。问:“岂伍相国即伍子胥。汉赵晔《吴越春秋·王僚使公子光传》:“楚之亡臣伍子胥奔吴,至江,渔夫渡之。见子胥有饥色,曰:‘为子取饷。’渔夫去后,子胥疑之,乃潜身于深苇之中。有顷,渔夫来,呼之曰:‘芦中人,芦中人,岂非穷士乎!’”后即以“芦中人”代指耶?”曰:“彼自隐语,吾真以此为号也。”其方时效时不效,曰:“吾能治病,不能治命。”

一日,降牛丈希英作者原注:姚安公称牛丈字作此二字音,未知是此二字否。牛丈讳瑍,娶前母安太夫人之从妹家,有乞虚损方者。仙判曰:“君病非药所能治,但遏除嗜欲,远胜于草根树皮。”又有乞种子方者。仙判曰:“种子有方,并能神效。然有方与无方同,神效亦与不效同。夫精血化生,中含欲火,尚毒发为痘,十中必损其一二。况助以热药,抟结成胎,其蕴毒必加数倍。故每逢生痘,百不一全。人徒于夭折之时,惜其不寿;而不知未生之日,已先伏必死之机。生如不生,亦何贵乎种耶?此理甚明,而昔贤未悟。山人志存济物,不忍以此术欺人也。”其说中理,皆医家所不肯言,或真灵鬼凭之欤!

又闻刘季箴先生尝与论医。乩仙曰:“公补虚好用参。夫虚证种种不同,而参之性则专有所主,不通治各证。以藏府而论,参惟至上焦中焦,而下焦不至焉。以荣卫中医学名词。荣指血液循环,卫指气之周转而论,参惟至气分,而血分不至焉。肾肝虚与阴虚,而补以参,庸有济乎?岂但无济,亢阳不更煎铄乎?且古方有生参熟参之分,今采参者得即蒸之,何处得有生参乎?古者参出于上党,秉中央土气,故其性温厚,先入中宫。今上党气竭,惟用辽参,秉东方春气,故其性发生,先升上部。即以药论,亦各有运用之权,愿公审之。”季箴极不以为然。

余不知医,并附录之,待精此事者论定焉。

解砒毒方

歙shè 歙县，地名，在安徽省人蒋紫垣，流寓献县程家庄，以医为业。有解砒毒方，用之十全。然必邀取重资，不满所欲，则坐视其死。一日暴卒，见梦于居停主人曰："吾以耽利之故，误人九命矣。死者诉于冥司，冥司判我九世服砒死。今将赴转轮，赂鬼卒得来见君，以此方奉授。君能持以活一人，则我少受一世业报也。"言讫，泣涕而去曰："吾悔晚矣！"其方以防风药草名。多年生草本植物，羽状复叶，叶片狭长，开白色小花。根供药用，有镇痛、祛痰等作用一两研为末，水调服之而已，无他秘药也。又闻诸沈丈丰功曰："冷水调石青，解砒毒如神。"沈丈平生不妄语，其方当亦验。

猎户驱狐

老儒刘挺生言：东城有猎者，夜半睡醒，闻窗纸淅淅作响，俄又闻窗下窸窣声，披衣叱问。忽答曰："我鬼也。有事求君，君勿怖。"问其何事，曰："狐与鬼自古不并居，狐所窟穴之墓，皆无鬼之墓也。我墓在村北三里许，狐乘我他往，聚族据之，反驱我不得入。欲与斗，则我本文士，必不胜；欲讼诸土神，即幸而得申，彼终亦报复，又必不胜。惟得君等行猎时，或绕道半里，数过其地，则彼必恐怖而他徙矣。然倘有所遇，勿遽殪获，恐事机或泄，彼又修怨于我也。"猎者如其言。后梦其来谢。夫鹊巢鸠据，事理本直。然力不足以胜之，则避而不争；力足以胜之，又长虑深思而不尽其力。不求幸胜，不求过胜，此其所以终胜欤！孱弱者遇强暴，如此鬼可矣。

生魂出窍

舅氏张公健亭言：沧州牧王某，有爱女撄疾沉困。家人夜入书斋，忽见其对月独立花阴下，悚然而返。疑为狐魅托形，嗾犬扑之，倏然灭迹。俄室中病者语曰："顷梦至书斋看月，意殊爽适，不虞有猛虎突至，几不得免。至今犹悸汗。"知所见乃其生魂也。医者闻之，曰："是形神已离，虽卢扁即名医扁鹊，因家在卢国，故称"卢扁"莫措矣。"不久果卒。

方 菊

闽有方竹,燕山之柿形微方,此各一种也。山东益都有方柏,盖一株偶见,他柏树则皆不方。余八九岁时,见外祖家介祉堂中有菊四盎,开花皆正方,瓣瓣整齐如裁剪。云得之天津查氏,名黄金印。先姚安公乞其根归,次岁花渐圆,再一岁则全圆矣。或曰:“花原常菊,特种者别有法,如靛浸莲子,则花青;墨揉玉簪之根,则花黑也。”是或一说欤!

学者哂之

家奴宋遇病革时,忽张目曰:“汝兄弟辈来耶?限在何日?”既而自语曰:“十八日亦可。”时一讲学者馆余家,闻之哂曰:“谵语也。”届期果死。又哂曰:“偶然耳。”申铁蟾方与共食,投箸太息曰:“公可谓笃信程朱矣!”

节烈少妇

奇节异烈,湮没无传者,可胜道哉。姚安公闻诸云台公曰:“明季避乱时,见夫妇同逃者,其夫似有腰缠即盘缠。一贼露刃追之急。妇忽回身屹立,待贼至,突抱其腰。贼以刃击之,血流如注,坚不释手。比气绝而仆,则其夫脱去久矣。惜不得其名姓。”又闻诸镇番公曰:“明季,河北五省皆大饥,至屠人鬻肉,官弗能禁。有客在德州、景州间,入逆旅即旅店午餐,见少妇裸体伏俎上,绷其手足,方汲水洗涤。恐怖战悚之状,不可忍视。客心悯恻,倍价赎之,释其缚,助之著衣,手触其乳。少妇艴然曰:‘荷君再生,终身贱役无所悔。然为婢媪则可,为妾媵则必不可。吾惟不肯事二夫,故鬻诸此也。君何遽相轻薄耶?’解衣掷地,仍裸体伏俎上,瞑目受屠。屠者恨之,生割其股肉一脔。哀号而已,终无悔意。惜亦不得其姓名。”

妇姑抚孤子

肃宁王太夫人,姚安公姨母也。言其乡有嫠妇,与老姑抚孤子,七八岁矣。妇故有色,媒妁屡至,不肯嫁。会子患痘甚危,延某医诊视。某医遣邻妪密语曰："是症吾能治。然非妇荐枕，决不往。"妇与姑皆怒谇。既而病将殆，妇姑皆牵于溺爱，私议者彻夜，竟饮泣曲从。不意施治已迟，迄不能救，妇悔恨投缳殒。人但以为痛子之故，不疑有他。姑亦深讳其事，不敢显言。俄而某医死，俄而其子亦死，室弗戒于火，不遗寸缕。其妇流落入青楼，乃偶以告所欢云。

隔涧讲诵声

余布衣萧客言：有士人宿会稽山中，夜间隔涧有讲诵声。侧耳谛听，似皆谈古训诂。次日，越涧寻访，杳无踪迹。徘徊数日，冀有所逢。忽闻木杪人语曰："君嗜古乃尔，请此相见。"回顾之顷，石室洞开，室中列坐数十人，皆掩卷振衣，出相揖让。士人视其案上，皆诸经注疏。居首坐者拱手曰："昔尼山奥旨，传在经师；虽旧本犹存，斯文未丧；而新说叠出，嗜古者稀。先圣恐久而渐绝，乃搜罗鬼录，征召幽灵。凡历代通儒，精魂尚在者，集于此地，考证遗文；以次转轮，生于人世，冀递修古学，延杏坛传说为孔子授业传道之处，后泛指教学场所一线之传。子其记所见闻，告诸同志，知孔孟所式凭，在此不在彼也。"士人欲有所叩，倏似梦醒，乃倚坐老松之下。

萧客闻之，裹粮而往。攀萝扪葛，一月有馀，无所睹而返。此与朱子颖所述经香阁事，大旨相类。或曰："萧客喜谈古义，尝撰《古经解钩沉》，故士人投其所好以戏之。"是未可知。或曰："萧客造作此言，以自托降生之一。"亦未可知也。

梦人浴血立

姚安公官刑部日，同官王公守坤曰："吾夜梦人浴血立，而不识其人，胡为乎来耶？"陈公作梅曰："此君恒恐误杀人，惴惴然如有所歉，故缘心造象耳。本无是鬼，何由识其为谁？且七八人同定一谳牍，何独见梦于君？君勿自疑。"佛公伦曰："不然。同事则一体，见梦于一人，即见梦于人人也。我辈治天下之狱，而不能虑天下之囚。据纸上之供词，以断生死，何自识其人哉？君宜自儆，我辈皆宜自儆。"姚安公曰："吾以佛公之论为然。"

皋陶不能听之狱

吕太常含辉言：京师有富室娶妇者，男女并韶秀，亲串皆望若神仙。窥其意态，夫妇亦甚相悦。次日天晓，门不启。呼之不应，穴窗窥之，则左右相对缢。视其衾，已合欢矣。婢媪皆曰："是昨夕已卸妆，何又着盛服而死耶？"异哉，此狱虽皋陶不能听矣。

里胥宋某

里胥宋某，所谓东乡太岁者也。爱邻童秀丽，百计诱与狎。为童父所觉，迫童自缢。其事隐密，竟无人知。一夕，梦被拘至冥府，云为童所诉。宋辩曰："本出相怜，无相害意。死由尔父，实出不虞。"童言："尔不相诱，我何缘受淫？我不受淫，何缘得死？推原祸本，非尔其谁？"宋又辩曰："诱虽由我，从则由尔。回眸一笑，纵体相就者谁乎？本未强干，理难归过。"冥官怒叱曰："稚子无知，陷尔机阱。饵鱼充馔，乃反罪鱼耶？"拍案一呼，栗然惊寤。

后官以贿败，宋名丽案中，祸且不测。自知业报，因以梦备告所亲。逮及狱成，乃仅拟城旦。窃谓梦境无凭也。比三载释归，则邻叟恨子之被污，乘其妇独居，饵以重币，已见金夫不有躬矣指为钱失身。宋畏人多言，竟惭而自缢。然则前之幸免，岂非留以有待，示所作所受，如影随形哉！

雕牙秘戏像

旧仆邹明言：昔在丹阳县署，夜半如厕。过一空屋，闻中有男女媟狎声，以为内衙僮婢幽会于斯。惧为累，潜踪而返。后月夜复闻之，从窗隙窃窥，则内衙无此人；又时方冱hù冻指天寒地冻，乃裸无寸缕。疑为妖魅，于窗外轻嗽。倏然灭迹。偶与同伴语及，一火夫曰："此前官幕友某所居。幕友有雕牙秘戏像一盒，腹有机轮，自能运动。恒置枕函中，时出以戏玩。一日失去，疑为同事者所藏。后终无迹。岂此物为祟耶？"遍索室中，迄不可得。以不为人害，亦不复追求。殆常在茵席之间，得人精气，久而幻化欤！

二狐赏花

外祖雪峰张公家，牡丹盛开。家奴李桂，夜见二女凭阑立。其一曰："月色殊佳。"其一曰："此间绝少此花，惟佟氏园与此数株耳。"桂知是狐，掷片瓦击之，忽不见。俄而砖石乱飞，窗棂皆损。雪峰公自往视之，拱手曰："赏花韵事，步月雅人，奈何与小人较量，致杀风景？"语讫寂然。公叹曰："此狐不俗。"

狐堕于地

佃户张九宝言：尝夏日锄禾毕，天已欲暝，与众同坐田塍上。见火光一道如赤练，自西南飞来，突堕于地，乃一狐，苍白色。被创流血，卧而喘息，急举锄击之，复努力跃起，化火光投东北去。后牵车贩鬻至枣强，闻人言某家妇为狐所媚，延道士劾治，已捕得封罂中。儿童辈私揭其符，欲视狐何状。竟破罂飞去。问其月日，正见狐堕之时也。此道士咒术可云有验，然无奈骙无知稚之窃窥。古来竭力垂成，而败于无知者之手，类如斯也夫。

长　臂

老仆刘琪言：其妇弟某，尝独卧一室，榻在北牖。夜半觉有手扪搎摩挲，疑为盗。惊起谛视，其臂乃从南牖探入，长殆丈许。某故有胆，遽捉执之。忽一臂又破棂而入，径批其颊，痛不可忍。方回手支拒，所捉臂已掣去矣。闻窗外大声曰："尔今畏否？"方忆昨夕林下纳凉，与同辈自称不畏鬼也。

鬼何必欲人畏？能使人畏，鬼亦复何荣？以一语之故，寻衅求胜，此鬼可谓多事矣。裘文达公尝曰："使人畏我，不如使人敬我。敬发乎人之本心，不可强求。"惜此鬼不闻此语也。

狐足著红鞋

宗室瑶华道人言：蒙古某额驸清朝宗室或贵族女婿的封号尝射得一狐，其后两足着红鞋，弓弯与女子无异。又沈少宰云椒言：李太仆敬堂，少与一狐女往来。其太翁疑为邻女，布灰于所经之路。院中足印作兽迹，至书室门外，则足印作纤纤样矣。某额驸所射之狐，了无他异。敬堂所眷之狐，居数岁别去。敬堂问："何时当再晤？"曰："君官至三品，当来迎。"此语人多知之。后来果验。

一人立席前

外叔祖张公雪堂言：十七八岁时，与数友月夜小集。时霜蟹初肥，新笃亦熟，酣洽之际，忽一人立席前。着草笠，衣石蓝衫，蹑镶云履，拱手曰："仆虽鄙陋，然颇爱把酒持螯，请附末坐可乎？"众错愕不测，姑揖之坐。问姓名，笑不答，但痛饮大嚼，都无一语。醉饱后，蹶然起曰："今朝相遇，亦是前缘。后会茫茫，不知何日得酬高谊。"语讫，耸身一跃，屋瓦无声，已莫知所在。视椅上有物粲然，乃白金一饼，约略敌是日之所费。或曰仙也，或曰术士也，或曰剧盗也。余谓剧盗之说为近之。小时见李金梁辈，其技可以至此。又闻窦二东之党作者原注：二东，献县巨盗。其兄曰大东，皆逸其名，而以乳名传。他书记载，或作"窦尔敦"，音之转耳，每能夜入人家，伺妇女就寝，胁以刃，禁勿语，并衾褥卷之，挟以越屋数十重。晓钟将动，仍卷之送还。被盗者惘惘如梦。一夕失妇家伏人于室，俟其送还，突出搏击。乃一手挥刀格斗，一手掷妇于床上，如风旋电掣，倏已无踪。殆唐代剑客之支流乎？

奇门法

奇门遁甲之书，所在多有，然皆非真传。真传不过口诀数语，不著诸纸墨也。德州宋清远先生言：曾访一友作者原注：清远曾举其姓名，岁久忘之。清远称雨后泥泞，借某人一驴骑往。则所居不远矣，友留之宿，曰："良夜月明，观一戏剧可乎？"因取凳十馀，纵横布院中，与清远明烛饮堂上。二鼓后，见一人逾垣入，环转阶前，每遇一凳，辄蹒跚，努力良久乃跨过。始而顺行，曲踊一二百度；转而逆行，又曲踊一二百度。疲极踣卧，天已向曙矣。友引至堂上，诘问何来。叩首曰："吾实偷儿，入宅以后，惟见层层皆短垣，愈越愈不能尽，窘而退出，又愈越愈不能尽，故困顿见擒，死生惟命。"友笑遣之。谓清远曰："昨卜有此偷儿来，故戏以小术。"问："此何术？"曰："奇门法也。他人得之恐召祸，君真端谨，如愿学，当授君。"清远谢不愿。友太息曰："愿学者不可传，可传者不愿学，此术其终绝矣乎！”意若有失，怅怅送之返。

故家子问仕路

有故家子，日者推其命大贵，相者亦云大贵，然垂老官仅至六品。一日扶乩，问仕路崎岖之故。仙判曰：“日者不谬，相者亦不谬，以太夫人偏爱之故，削减官禄至此耳。”拜问：“偏爱诚不免，然何至削减官禄？”仙又判曰：“礼云继母如母，则视前妻之子当如子；庶子为嫡母服三年，则视庶子亦当如子。而人情险恶，自设町畦即田埂，比喻界限，所生与非所生，厘然如水火不相入。私心一起，机械万端。小而饮食起居，大而货财田宅，无一不所生居于厚，非所生者居于薄，斯已干造物之忌矣。甚或离间谗构，密运阴谋，诟谇嚣凌气焰嚣张地责骂争吵，罔循礼法，使罹毒者吞声，旁观者切齿，犹哓哓称所生者之受抑。鬼神怒视，祖考怨恫，不祸遣其子，何以见天道之公哉？且人之受享，只有此数，此赢彼缩，理之自然。既于家庭之内，强有所增；自于仕宦之途，阴有所减。子获利于兄弟多矣，物不两大，亦何憾于坎坷乎？”其人悚然而退。

后亲串中一妇闻之，曰：“悖哉此仙！前妻之子，恃其年长，无不吞噬其弟者；庶出之子，恃其母宠，无不凌轹其兄者。非有母为之撑拄，不尽为鱼肉乎？”姚安公曰：“是虽妒口，然不可谓无此事也。世情万变，治家者平心处之可矣。”

天　狐

族祖黄图公言：顺治康熙间，天下初定，人心未一。某甲阴为吴三桂谍，以某乙骁健有心计，引与同谋。既而枭獍伏诛，鲸鲵就筑枭、獍，传说中吞吃自己亲族的鸟和兽。此处的枭獍、鲸鲵都是比喻凶恶的敌人，亦既洗心悔祸，无复逆萌。而来往秘札，多在乙处。书中故无乙名，乙胁以讦发，罪且族灭。不得已以女归乙，赘于家指招乙为上门女婿。乙得志益骄，无复人理，迫淫其妇女殆遍，乃至女之母不免；女之幼弟才十三四，亦不免。皆饮泣受污，惴惴然恐失其意。甲抑郁不自聊，恒避于外。一日，散步田间，遇老父对语，怪附近村落无此人。老父曰：“不相欺，我天狐也。君固有罪，然乙逼君亦太甚，吾窃不平。今盗君秘札奉还。彼无所挟，不驱自去矣。”因出十馀纸付甲。甲验之良是，即毁裂吞之，归而以实告乙。乙防甲女窃取，密以铁瓶瘗他处。潜往检视，果已无存。乃踉跄引女去。女日与诟谇，旋亦仳离。后其事渐露，两家皆不齿于乡党，各携家远遁。

夫明季之乱极矣，圣朝荡涤洪炉，拯民水火。甲食毛践土已三十馀年，当吴三桂拒命之时，彼已手戮桂王，断不得称楚之三户《史记·项羽本纪》："楚虽三户，亡秦必楚。"后代指决心复仇之人。则甲阴通三桂，亦不能称殷之顽民此处指代眷念故国者。即阖门骈戮，亦不为冤。乙从而污其闺帏，较诸荼毒善良，其罪似应末减，然乙初本同谋，罪原相埒；又操戈挟制，肆厥凶淫，罪实当加甲一等。虽后来食报，无可证明，天道昭昭，谅必无幸免之理也。

巨人执烛笼

姚安公读书舅氏陈公德音家。一日早起，闻人语喧阗tián。曰客作张珉，昨夜村外守瓜田，今早已失魂不语矣。灌救百端，至夕乃苏。曰："二更以后，遥见林外有火光，渐移渐近。比至瓜田，乃一巨人，高十馀丈，手执烛笼，大如一间屋。立团焦前，俯视良久。吾骇极晕绝，不知其何时去也。"或曰罔两传说中的一种怪物，或曰当是主夜神。案，《博物志》载主夜神咒曰"婆珊婆演底"，诵之可以辟恶梦，止恐怖。不应反现异状，使人恐怖。疑罔两为近之。

鼓　妖

姚安公又言：一夕，与亲友数人，同宿舅氏斋中。已灭烛就寝矣，忽大声如巨炮，发于床前，屋瓦皆震。满堂战栗，噤不能语，有耳聋数日者。时冬十月，不应有雷霆；又无焰光冲击，亦不似雷霆，公同年高丈尔玿曰："此为鼓妖，非吉征也。主人宜修德以禳之。"德音公亦终日栗栗，无一事不谨慎。是岁家有缢死者，别无他故。殆戒惧之力欤！

姜三莽

姚安公闻先曾祖润生公言：景城有姜三莽者，勇而戆。一日，闻人说宋定伯卖鬼得钱事，大喜曰："吾今乃知鬼可缚。如每夜缚一鬼，唾使变羊，晓而牵卖于屠市，足供一日酒肉赀矣。"于是夜夜荷梃执绳，潜行墟墓间，如猎者之伺狐兔，竟不能遇。即素称有鬼之处，佯醉寝以诱致之，亦寂然无睹。一夕，隔林见数磷火，踊跃奔赴；未至间，已星散去。懊恨而返。如是月馀，无所得，乃止。盖鬼之侮人，恒乘人之畏。三莽确信鬼可缚，意中已视鬼蔑如矣，其气焰足以慑鬼，故鬼反避之也。

杏花之精

益都朱天门言：有书生僦住京师云居寺，见小童年十四五，时来往寺中。书生故荡子，诱与狎，因留共宿。天晓，有客排闼入。书生窘愧，而客者无睹。俄僧送茶入，亦若无睹。书生疑有异，客去，拥而固问之。童曰："公勿怖，我实杏花之精也。"书生骇曰："子其魅我乎？"童曰："精与魅不同。山魈厉鬼，依草附木而为祟，是之谓魅。老树千年，英华内聚，积久而成形，如道家之结圣胎，是之谓精。魅为人害，精则不为人害也。"问："花妖多女子，子何独男？"曰："杏有雌雄，吾故雄杏也。"又问："何为而雌伏？"曰："前缘也。"又问："人与草木安有缘？"惭沮良久，曰："非借人精气，不能炼形故也。"书生曰："然则子仍魅我耳。"推枕遽起。童亦艴然去。此书生悬崖勒马，可谓大智慧矣。其人盖天门弟子，天门不肯举其名云。

申铁蟾

申铁蟾，名兆定，阳曲人。以庚辰乾隆二十五年(1760)举人官知县，主余家最久。庚戌乾隆五十五年(1790)秋，在陕西试用，忽寄一札与余诀。其词恍惚迷离，抑郁幽咽，都不省为何语。而铁蟾固非不得志者，疑不能明也。未几，讣音果至。既而见邵二云赞善，始知铁蟾在西安，病数月。病愈后，入山射猎，归而目前见二圆物如球，旋转如风轮，虽瞑目亦见之。如是数日，忽爆然裂，二小婢从中出，称仙女奉邀。魂不觉随之往。至则琼楼贝阙，一女子色绝代，通词自媒。铁蟾固谢，托以不惯居此宅。女子薄怒，挥之出，霍然而醒。越月馀，目中见二圆物如前，爆出二小婢亦如前，仍邀之往。已别构一宅，幽折窈窕颇可爱。问："此何地？"曰："佛桑。"请题堂额。因为八分书"佛桑香界"字。女子再申前请。意不自持，遂定情。自是恒梦游。久而女子亦昼至，禁铁蟾勿与所亲通。遂渐病。病剧时，方士李某以赤丸饵之，呕逆而卒。其事甚怪。始知前札乃得心疾时作也。

铁蟾聪明绝特，善诗歌，又工八分，驰骋名场，翛然以风流自命。与人交，意气如云，邮筒走天下。中年忽慕神仙，遂生是魔障，迷罔以终。妖以人兴，象由心造。才高意广，翻以好异陨生，其可惜也夫。

垂鬟女子

崔庄旧宅，厅事西有南北屋各三楹，花竹翳如，颇为幽僻。先祖在时，奴子张云会夜往取茶具，见垂鬟女子，潜匿树下，背立向墙隅。意为宅中小婢于此幽期，遽捉其臂，欲有所挟。女子突转其面，白如傅粉，而无耳目口鼻。绝叫仆地。众持烛至，则无睹矣。或曰旧有此怪，或曰张云会一时目眩，或曰实一黠婢，猝为人阻，弗能遁，以素巾幕面，伪为鬼状以自脱也。均未知审。然自此群疑不释，宿是院者恒凛凛，夜中亦往往有声。盖人避弗居，斯狐鬼入之耳。又宅东一楼，明隆庆初所建。右侧一小屋，亦云有魅。虽不为害，然婢媪或见之。姚安公一日检视废书，于簏下捉得二獾。佥曰："是魅矣。"姚安公曰："獾弭首为童子缚，必不能为魅。然室无人迹，至使野兽为巢穴，则有魅也亦宜。斯皆空穴来风之义也。"后西厅析属从兄垣居，今归从侄汝侗。楼析属先兄晴湖，今归侄汝份。子姓日繁，家无隙地，魅皆不驱自去矣。

事事如意

甲与乙相善，甲延乙理家政。及官抚军，并使佐官政，惟其言是从。久而资财皆为所干没，始悟其奸，稍稍谯责之。乙挟甲阴事，遽反噬。甲不胜愤，乃投牒诉城隍。夜梦城隍语之曰："乙险恶如是，公何以信任不疑？"甲曰："为其事事如我意也。"神喟然曰："人能事事如我意，可畏甚矣。公不畏之，而反喜之，不公之绐同"诒"，欺骗而绐谁耶？渠恶贯将盈，终必食报。若公则自贻伊戚，可无庸诉也。"此甲亲告姚安公者。事在雍正末年。甲滇人，乙越人也。

香玉扇坠

《杜阳杂编》唐代笔记小说集，苏鹗撰记李辅国香玉辟邪辟邪，古代传说中的神兽。

似鹿而长尾，有两角。相传唐肃宗赐李辅国香玉辟邪两座。一天，两辟邪忽然一座大笑，一座悲号。李辅国很不安，将两座辟邪打碎。过了一年，李辅国亡事，殊怪异，多疑为小说荒唐。然世间实有香玉。先外祖母有一苍玉扇坠，云是曹化淳故物，自明内府窃出。制作朴略，随其形为双螭纠结状。有血斑数点，色如熔蜡。以手摩热，嗅之作沉香气；如不摩热，则不香。疑李辅国玉，亦不过如是，记事者点缀其词耳。先太夫人尝密乞之，外祖母曰："我死则传汝。"后外祖母殁，舅氏疑在太夫人处，太夫人又疑在舅氏处。卫氏姨母曰："母在时佩此不去身。殆携归黄壤矣。"侍疾诸婢皆言殓时未见。因此又疑在卫氏姨母处。今姨母久亡，卫氏式微已甚，家藏玩好，典卖略尽，终未见此物出鬻。竟不知其何往也。

柴窑片磁

有客携柴窑古代著名瓷窑之一。传为周世宗（柴荣）时所烧造，故名。据文献记载，所烧瓷器有"青如天，明如镜，薄如纸，声如磬"的特点。窑址传在今河南郑州一带，迄今尚未发现。遗物亦无可肯定为柴窑者片磁，索数百金，云嵌于胄，临阵可以辟火器。然无由知确否。余曰："何不绳悬此物，以铳发铅丸击之。如果辟火，必不碎，价数百金不为多；如碎，则辟火之说不确，理不能索价数百金也。"鬻者不肯，曰："公于赏鉴非当行，殊杀风景。"急怀之去。后闻鬻于贵家，竟得百金。夫君子可欺以其方，难罔以非其道。炮火横冲，如雷霆下击，岂区区片瓦所能御？且雨过天晴，不过泑色精妙耳，究由人造，非出神功，何断裂之馀，尚有灵如是耶？余作《旧瓦砚歌》有云："铜雀台址颓无遗，何乃剩瓦多如斯？文士例有好奇癖，心知其妄姑自欺。"柴片亦此类而已矣。

阔石图岭

嘉峪关外有阔石图岭，为哈密、巴尔库尔界。阔石图，译言碑也。有唐太宗时侯君集平高昌碑侯君集，唐初大将。豳州三水（今陕西旬邑北）人。贞观九年（635）从李靖攻吐谷浑。十三年（639）末任交河道行军大总管，次年平定高昌，在山脊。守将砌以砖石，不使人读，云读之则风雪立至，屡试皆不爽。盖山有神，木石有精，示怪异以要血食，理固有之。巴尔库尔又有汉顺帝时裴岑破呼衍王碑全称《汉敦煌太守裴岑纪功碑》，立于永和二年八月。汉顺帝永和二年（137），敦煌太守裴岑率三千人出击匈奴于伊吾北，斩杀呼衍王，在城西十里海子上，则随人拓摹，了无他异。惟云海子为冷龙所居，城中不得鸣夜炮，鸣夜炮则冷龙震动，天必奇寒。是则不可以理推矣。

李老人

李老人，不知何许人，自称年已数百岁，无可考也。其言支离荒杳，殆前明醒神之流。曩客先师钱文敏公家，余曾见之。符药治病，亦时有小验。文敏次子寓京师水月庵，夜饮醉归，见数十厉鬼遮路，因发狂自劙lí刀割其腹。余偕陈裕斋、倪馀疆往视，血肉淋漓，仅存一息，似万万无生理。李忽自来舁去，疗半月而创合。人颇以为异。然文敏公误信祝由，割指上疣赘，创发病卒，李疗之竟无验。盖符箓烧炼之术，有时而效，有时而不效也。先师刘文正公曰："神仙必有，然必非今之卖药道士；佛菩萨必有，然必非今之说法禅僧。"斯真千古持平之论矣。

相法推算之术

杨主事頀，余甲辰乾隆四十九年(1784)典试所士也。相法及推算八字五星，皆有验。官刑部时，与阮吾山共事。忽语人曰："以我法论，吾山半月内当为刑部侍郎。然今刑部侍郎不缺员，是何故耶？"次日堂参后，私语同官曰："杜公缺也。"既而杜凝台果有伊犁之役。一日，仓皇乞假归，来辞余。问："何匆遽乃尔？"曰："家惟一子侍老父，今推子某月当死，恐老父过哀，故急归耳。"是时尚未至死期。后询其乡人，果如所说，尤可异也。余尝问以子平家谓命有定子平，全名徐子平，北宋人，精于星命之学，堪舆家谓命可移堪舆，指风水之学，究谁为是。对曰："能得吉地即是命，误葬凶地亦是命，其理一也。"斯言可谓得其通矣。

彭杞之女

昌吉遣犯彭杞，一女年十七，与其妻皆病瘵。妻先殁，女亦垂尽。彭有官田耕作，不能顾女，乃弃置林中，听其生死。呻吟凄楚，见者心恻。同遣者杨熺语彭曰："君大残忍，世宁有是事！我愿舁归疗治，死则我葬，生则为我妻。"彭曰："大善。"即书券付之。越半载，竟不起。临殁，语杨曰："蒙君高义，感沁心脾。缘伉俪之盟，老亲慨诺，故饮食寝处，不畏嫌疑；搔仰抚摩，都无避忌。然病骸憔悴，迄今未能一荐枕衾，实多愧负。若殁而无鬼，夫复何言；若魂魄有知，当必有以奉报。”呜咽而终。杨涕泣葬之。葬后，夜夜梦女来，狎昵欢好，一若生人；醒则无所睹。夜中呼之，终不出；才一交睫，即弛服横陈矣。往来既久，梦中亦知是梦，诘以不肯现形之由。曰：“吾闻诸鬼矣，人阳而鬼阴，以阴侵阳，必为人害。惟睡则敛阳而入阴，可以与鬼相见。神虽遇而形不接，乃无害也。”此丁亥乾隆三十二年(1767)春事，至辛卯乾隆三十六年(1771)春四年矣。余归之后，不知其究竟如何。

夫卢充金碗晋代干宝《搜神记》记载，范阳卢充与崔少府女儿人鬼幽婚。四年后的三月初三，崔氏女抱子交给卢充，并赠予金碗和诗，于古尝闻；宋玉瑶姬，偶然一见。至于日日相觌，皆在梦中，则载籍之所希睹也。

女子立树下

有孟氏媪清明上冢归，渴就人家求饮。见女子立树下，态殊婉娈，取水饮媪毕，仍邀共坐，意甚款洽。媪问其父母兄弟，对答具有条理。因戏问：“已许嫁未？我为汝媒。”女面赪避入，呼之不出。时已日暮，乃不别而行。越半载，有为媪子议婚者，询知即前女，大喜过望，急促成之。于归后，媪抚其肩曰：“数月不见，汝更长成矣。”女错愕不知所对。细询始末，乃知女十岁失母，鞠于外氏五六年，纳币后始迎归。媪上冢时，原未尝至家也。女家故小姓，又颇窘乏，非媪亲见其明慧，姻未必成。不知是何鬼魅，托形以联其好；又不知鬼魅何所取义，必托形以联其好。事有不可理推者，此类是矣。

苏斗南遇异人

交河苏斗南，雍正癸丑雍正十一年(1733)会试归。至白沟河，与一友遇于酒肆中。友方罢官，饮酣后，牢骚抑郁，恨善恶之无报。适一人褶裤急装，系马于树，亦就对坐。侧听良久，揖其友而言曰：“君疑因果有爽耶？夫好色者必病，嗜博者必贫，势也；劫财者必诛，杀人者必抵，理也。同好色而禀有强弱，同嗜博而技有工拙，则势不能齐；同劫财而有首有从，同杀人而有误有故，则理宜别论。此中之消息微矣。其间功过互偿，或以无报为报；罪福未尽，或有报而不即报。毫厘比较，益微乎微矣。君执目前所见，而疑天道之难明，不亦颠乎？且君亦何可怨天道，君命本当以流外出身，官至七品。以君机械多端，伺察多术，工于趋避，而深于挤排，遂削减为八品。君迁八品之时，自谓以心计巧密，由九品而升，不知正以心计巧密，由七品而降也。"因附耳密语，语讫，大声曰："君忘之乎？"友骇汗浃背，问何以能知。微笑曰："岂独我知，三界孰不知？"掉头上马，惟见黄尘滚滚然，斯须灭迹。

熟虑其后之言

乾隆壬戌乾隆七年(1742)、癸亥乾隆八年(1743)间，村落男妇往往得奇疾。男子则尻骨生尾，如鹿角，如珊瑚枝。女子则患阴挺，如葡萄，如芝菌。有能医之者，一割立愈，不医则死。喧言有妖人投药于井，使人饮水成此病，因以取利。内阁学士永公，时为河间守，或请捕医者治之，公曰："是事诚可疑，然无实据。一村不过三两井，严守视之，自无所施其术。倘一逮问，则无人复敢医此证，恐死者多矣。凡事宜熟虑其后，勿过急也。"固不许。患亦寻息。郡人或以为镇定，或以为纵奸。

后余在乌鲁木齐，因牛少价昂，农颇病。遂严禁屠者，价果减。然贩牛者闻牛贱，皆不肯来。次岁牛价乃倍贵。弛其禁，始渐平。又深山中盗采金者，殆数百人。捕之恐激变，听之又恐养痈。因设策断其粮道，果饥而散出。然散出之后，皆穷为盗，巡防察缉，竟日纷纭。经理半载，始得靖。乃知天下事但知其一，不知其二，多有收目前之效，而贻日后之忧者。始服永公"熟虑其后"一言，真"瞻言百里《诗经·大雅·桑柔》："维此圣人，瞻言百里。"指有远见的言论"也。

卷九

如是我闻三

二犬卧雪地

王征君载扬言：尝宿友人蔬圃中，闻窗外人语。曰："风雪寒甚，可暂避入空屋。"又闻一人语曰："后垣半圮，偷儿阑入，将奈何？食人之食，不可不事人之事。"意谓僮仆之守夜者。天晓启户，地无人迹，惟二犬偃卧墙缺下，雪没腹矣。嘉祥曾映华曰："此载扬寓言，以愧僮仆之负心者也。"余谓犬之为物，不烦驱策而警夜不失职，宁忍寒饿而恋主不他往，天下为僮仆者，实万万不能及。其足使人愧，正不在能语不能语耳。

狐与钟馗

从孙翰清言：南皮赵氏子为狐所媚，附于其身，恒在襟袂间与人语。偶悬钟馗传说中驱鬼镇宅的仙人小像于壁，夜闻室中跳踯声，谓驱之去矣。次日，语如故。诘以曾睹钟馗否。曰："钟馗甚可怖，幸其躯干仅尺馀，其剑仅数寸。彼上床则我下床，彼下床则我上床，终不能击及我耳。"然则画像果有灵欤？画像之灵，果躯干皆如所画欤？设画为径寸之像，亦执针锋之剑，蠕蠕然而斩邪欤？是真不可解矣。

役夫辛五

乾隆戊午乾隆三年(1738)夏，献县修城。役夫数百，拆故堞破砖掷城下。城下役夫数百，运以荆筐。炊熟则鸣柝聚食，方聚食间，役夫辛五告人曰："顷运砖时，忽闻耳畔大声曰：'杀人偿命，欠债还钱。汝知之乎？'回顾无所睹，殊可怪也。"俄而众手合作，砖落如雹，一砖适中辛五，脑裂死。惊呼扰攘，竟不得击者主名。官司莫能诘，断令役夫之长出钱十千，棺敛而已。乃知辛五夙生负击者命，役夫长夙生负辛五钱，因果牵缠，终相填补。微鬼神先告，几何不以为偶然耶！

有怪形踪隐秀

诸桐屿言：其乡旧家有书楼，恒镐钥。每启视，必见凝尘之上有女子足迹，纤削仅二寸有奇，知为鬼魅。然数十年寂无形声，不知何怪也。里人刘生，性轻脱，妄冀有王轩之遇。祈于主人，独宿楼上。具茗果酒肴，焚香切祝，明烛就寝。屏息以伺，亦无所见闻，惟渐觉阴森之气砭入肌骨，目能视，耳能听，而口不能言，四肢不能动。久而寒沁肺腑，如卧层冰积雪中，苦不可忍。至天晓，乃能出语，犹若冻僵。至是无敢复下榻者。此怪行踪可云隐秀，即其料理刘生，不动声色，亦有雅人深致也。

少宰转生之验

顾非熊再生事唐代顾况老来丧子，其子魂魄不离家，顾况作诗云："老人丧其子，日暮泣成血。老人年七十，不作多时别。"亡魂听后，表示如有来生，一定还做父子。后来亡魂投胎，果然依旧投生顾家，见段成式《酉阳杂俎》，又见孙光宪《北梦琐言》；其父顾况集中，亦载是诗，当非诬造。近沈云椒少宰撰其母陆太夫人志，称太夫人于归，甫匝岁，赠公即卒，遗腹生子恒，周三岁亦殇。太夫人哭之恸，曰："吾之为未亡人也，以有汝在；今已矣，吾不忍吾家之宗祀自此而绝也。"于其敛，以朱志其臂，祝曰："天下不绝吾家，若再生以此为验。"时雍正己酉雍正七年(1729)十二月也。是月族人有比邻而居者，生一子，臂朱灼然。太夫人遂抚之以为后，即少宰也。余官礼部尚书时，与少宰同事。少宰为余口述尤详。盖释氏书中，诞妄者原有；其徒张皇罪福，诱人施舍，诈伪者尤多。惟轮回之说，则凿然有证。司命者每因一人一事，偶示端倪，彰神道之教。少宰此事，即借转生之验，以昭苦节之感者也。儒者盛言无鬼，又乌乎知之。

伶人方俊官

伶人方俊官，幼以色艺擅场，为士大夫所赏。老而贩鬻古器，时来往京师。尝览镜自叹曰："方俊官乃作此状！谁信曾舞衫歌扇，倾倒一时耶！"倪馀疆感旧诗曰："落拓江湖鬓欲丝，红牙按曲记当时。庄生蝴蝶归何处？惆怅残花剩一枝。”即为俊官作也。俊官自言本儒家子，年十三四时，在乡塾读书，忽梦为笙歌花烛拥入闺闼，自顾则绣裙锦帔，珠翠满头；俯视双足，亦纤纤作弓弯样，俨然一新妇矣。惊疑错愕，莫知所为。然为众手挟持，不能自主，竟被扶入帏中，与一男子并肩坐；且骇且愧，悸汗而寤。后为狂且所诱，竟失身歌舞之场，乃悟事皆前定也。馀疆曰：“卫洗马问乐令梦，乐云是想。汝殆积有是想，乃有是梦。既有是想是梦，乃有是堕落。果自因生，因由心造，安可委诸夙命耶？”

余谓此辈沉沦贱秽，当亦前身业报受在今生，未可谓全无冥数。馀疆所言，持正本清源之论耳。后苏杏村闻之，曰：“晓岚以三生论因果，惕以未来。馀疆以一念论因果，戒以现在。虽各明一义，吾终以馀疆之论，可使人不放其心。”

童子卧秫田

族祖黄图公言：尝访友至北峰，夏夜散步村外，不觉稍远。闻秫田中有呻吟声，寻声往视，乃一童子裸体卧。询其所苦，言薄暮过此，遇垂髫艳女。招与语，悦其韶秀，就与调谑，女言父母皆外出，邀到家小坐。引至秫叶深处，有屋三楹，阒无一人。女阖其户，出瓜果共食。笑言既洽，弛衣登榻。比拥之就枕，则女忽变形为男子，状貌狰狞，横施强暴。怖不敢拒，竟受其污。蹂躏毒楚，至于晕绝。久而渐苏，则身卧荒烟蔓草间，并室庐失所在矣。盖魅悦此童之色，幻女形以诱之也。见利而趋，反为利饵，其自及也宜矣。

亦鬼亦狐

先师赵横山先生，少年读书于西湖，以寺楼幽静，设榻其上。夜闻室中窸窣声，似有人行，叱问：“是鬼是狐？何故扰我？”徐闻嗫嚅而对曰：“我亦鬼亦狐。”又问：“鬼则鬼，狐则狐耳，何亦鬼亦狐也？”良久，复对曰：“我本数百岁狐，内丹已成，不幸为同类所搤杀，盗我丹去。幽魂沉滞，今为狐之鬼也。”问：“何不诉诸地下？”曰：“凡丹由吐纳导引而成者，如血气附形，融合为一，不自外来，人弗能盗也；其由采补而成者，如劫夺之财，本非己物，故人可杀而吸取之。吾媚人取精，所伤害多矣。杀人者死，死当其罪，虽诉神，神不理也。故宁郁郁居此耳。”问：“汝据此楼，作何究竟？”曰：“本匿影韬声，修太阴炼形之法。以公阳光熏烁，阴魂不宁，故出而乞哀，求幽明各适。”言讫，惟闻搏颡sǎng磕头声，问之不复再答。先生次日即移出。尝举以告门人曰：“取非所有者，终不能有，且适以自戕也。可畏哉！”

农妇骑驴

从兄万周言：交河有农家妇，每归宁，辄骑一驴往。驴甚健而驯，不待人控引即知路。或其夫无暇，即自骑以行，未尝有失。一日，归稍晚，天阴月黑，不辨东西。驴忽横逸，载妇径入秫田中，密叶深处，迷不得返。半夜，乃抵一破寺，惟二丐者栖庑下。进退无计，不得已，留与共宿。次日，丐者送之还。其夫愧焉，将鬻驴于屠肆。夜梦人语曰：“此驴前世盗汝钱，汝捕之急，逃而免。汝嘱捕役絷其妇，羁留一夜。今为驴者，盗钱报；载汝妇入破寺者，絷妇报也。汝何必又结来世冤耶？”惕然而寤，痛自忏悔，驴是夕忽自毙。

窗外牛吼

奴子任玉病革时，守视者夜闻窗外牛吼声，玉骇然而殁。次日，共话其异。其妇泣曰：“是少年尝盗杀数牛，人不知也。”

余某卧病

余某者，老于幕府，司刑名四十馀年，后卧病濒危，灯前月下，恍惚似有鬼为厉者。余某慨然曰：“吾存心忠厚，誓不敢妄杀一人，此鬼胡为乎来耶？”夜梦数人浴血立，曰：“君知刻酷之积怨，不知忠厚亦能积怨也。夫茕茕孱弱，惨被人戕，就死之时，楚毒万状；孤魂饮泣，衔恨九泉，惟望强暴就诛，一申积愤。而君但见生者之可悯，不见死者之可悲，刀笔舞文，曲相开脱。遂使凶残漏网，白骨沉冤。君试设身处地，如君无罪无辜，受人屠割，魂魄有知，旁观谳是狱者改重伤为轻，改多伤为少，改理曲为理直，改有心为无心，使君切齿之仇，从容脱械，仍纵横于人世，君感乎怨乎？不是之思，而诩诩以纵恶为阴功。彼枉死者，不仇君而仇谁乎？”余某惶怖而寤，以所梦备告其子，回手自挝zhuā敲打曰：“吾所见左错矣！吾所见左矣！”就枕未安而殁。

天狐送米

沧州刘太史果实，襟怀夷旷，有晋人风。与饴山老人赵执信，字伸符，号秋谷，晚号饴山老人、知如老人，清代诗人、诗论家、书法家、莲洋山人吴雯，字天章，号莲洋，清代诗人皆友善，而意趣各殊。晚岁家居，以授徒自给。然必孤贫之士，乃容执贽。脩脯皆无几，箪瓢屡空，晏如也。尝买米斗馀，贮罂中，食月馀不尽，意甚怪之。忽闻檐间语曰："仆是天狐，慕公雅操，日日私益耳，勿讶也。"刘诘曰："君意诚善。然君必不能耕，此粟何来？吾不能饮盗泉也，后勿复尔。"狐叹息而去。

梦人对诗

亡侄汝备，字理含。尝梦人对之诵诗，醒而记其一联曰："草草莺花春似梦，沉沉风雨夜如年。"以告余，余讶其非佳谶。果以戊辰乾隆十三年(1748)闰七月夭逝。后其妻武强张氏，抚弟之子为嗣，苦节终身，凡三十馀年，未尝一夕解衣睡。至今婢媪能言之。乃悟二语为孀闺独宿之兆也。

传奇故事

雍正丙午雍正四年(1726)、丁未雍正五年(1727)间，有流民乞食过崔庄，夫妇并病疫。将死，持券哀呼于市，愿以幼女卖为婢，而以卖价买二棺。先祖母张太夫人为葬其夫妇，而收养其女，名之曰连贵。其券署父张立，母黄氏，而不著籍贯，问之已不能语矣。连贵自云，家在山东，门临驿路，时有大官车马往来，距此约行一月馀，而不能举其县名。又云，去年曾受对门胡家聘。胡家亦乞食外出，不知所往。越十馀年，杳无亲戚来寻访，乃以配圉人刘登。登自云山东新泰人，本姓胡，父母俱殁，有刘氏收养之，因从其姓。小时闻父母为聘一女，但不知其姓氏。登既胡姓，新泰又驿路所经，流民乞食，计程亦可以月馀，与连贵言皆符。颇疑其乐昌之镜，离而复合，但无显证耳。

先叔栗甫公曰："此事稍为点缀，竟可以入传奇。惜此女蠢若鹿豕，惟知饱食酣眠，不称点缀，可恨也。"边随园征君曰："'秦人不死，信苻生之受诬；

蜀老犹存，知诸葛之多枉。'作者原注：此乃刘知几《史通》之文。苻生事见《洛阳伽蓝记》，诸葛事见《魏书·毛修之传》。浦二田注《史通》以为未详，盖偶失考史传不免于缘饰，况传奇乎？《西楼记》又名《西楼梦》，明末清初传奇作品，作者袁于令。后冯梦龙有删改本，名为《楚江情》称穆素晖艳若神仙，吴林塘言其祖幼时及见之，短小而丰肌，一寻常女子耳。然则传奇中所谓佳人，半出虚说。此婢虽粗，倘好事者按谱填词，登场度曲，他日红氍毹氍毹 qú shū，一种毛织或毛与其他材料混织的毯子。旧时演剧用红氍毹铺地，因用以为歌舞场、舞台的代称上，何尝不莺娇花媚耶？先生之论，犹未免于尽信书也。"

书生幽魂

聂松岩言：胶州一寺，经楼之后有蔬圃。僧一夕开牖纳凉，月明如昼。见一人徙倚老树下，疑窃蔬者，呼问为谁。磬折而对曰："师勿讶，我鬼也。"问："鬼何不归尔墓？"曰："鬼有徒党，各从其类。我本书生，不幸葬丛冢间。不能与马医夏畦伍，此辈亦厌我非其族。落落难合，故宁避嚣于此耳。"言讫，冉冉没。后往往遥见之，然呼之不应矣。

鬼必畏人

福州学使署，本前明税珰署也。奄人暴横，多潜杀不辜，故至今犹往往见变怪。余督闽学时，奴辈每夜惊。甲申乾隆二十九年(1764)夏，先姚安公至署，闻某室有鬼，辄移榻其中，竟夕晏然。昀尝乘间微谏，请勿以千金之躯与鬼角。因诲昀曰："儒者谓无鬼，迂论也，亦强词也。然鬼必畏人，阴不胜阳也；其或侵人，必阳不足以胜阴也。夫阳之盛也，岂恃血气之壮与性情之悍哉？人之一心，慈祥者为阳，惨毒者为阴；坦白者为阳，深险者为阴；公直者为阳，私曲者为阴。故易象以阳为君子，阴为小人。苟立心正大，则其气纯乎阳刚，虽有邪魅，如幽室之中鼓洪炉而炽烈焰，冱冻自消。汝读书亦颇多，曾见史传中有端人硕士为鬼所击者耶？"昀再拜受教。至今每忆庭训，辄悚然如侍左右也。

狐女甚丽

東州邵氏子，性佻荡。闻淮镇古墓有狐女甚丽，时往伺之。一日，见其坐田塍上，方欲就通款曲。狐女正色曰："吾服气炼形，已二百馀岁，誓不媚一人。汝勿生妄念。且彼媚人之辈，岂果相悦哉？特摄其精耳，精竭则人亡，遇之未有能免者。汝何必自投陷阱也！"举袖一挥，凄风飒然，飞尘眯目，已失所在矣。先姚安公闻之，曰："此狐乃能作此语，吾断其后必生天。"

剧盗兄弟

献县李金梁、李金桂兄弟，皆剧盗也。一夕，金梁梦其父语曰："夫盗有败有不败，汝知之耶？贪官墨吏，刑求威胁之财，神奸巨蠹，豪夺巧取之财，父子兄弟，隐匿偏得之财，朋友亲戚，强求诱诈之财，黠奴干役，侵渔干没之财，巨商富室，重息剥削之财，以及一切刻薄计较，损人利己之财，是取之无害。罪恶重者，虽至杀人亦无害。其人本天道之所恶也。若夫人本善良，财由义取，是天道之所福也；如干犯之，是为悖天。悖天者终必败。汝兄弟前劫一节妇，使母子冤号，鬼神怒视，如不悛改，祸不远矣。"后岁馀，果并伏法。

金梁就狱时，自知不免，为刑房吏史真儒述之。真儒余里人也，尝举以告姚安公，谓盗亦有道。又述巨盗李志鸿之言曰："吾鸣骹跃马三十年，所劫夺多矣，见人劫夺亦多矣；盖败者十之二三，不败者十之七八。若一污人妇女，屈指计之，从无一人不败者。"故恒以是戒其徒。盖天道祸淫，理固不爽云。

肥　僧

辛卯乾隆三十六年(1771)夏，余自乌鲁木齐从军归，僦居珠巢街路东一宅，与龙臬司承祖邻。第二重室五楹，最南一室，帘恒飚起尺馀，若有风鼓之者；馀四室之帘则否。莫喻其故。小儿女入室，辄惊啼，云床上坐一肥僧，向之嬉笑。缁徒厉鬼，何以据人家宅舍？尤不可解也。又三鼓以后，往往闻龙氏宅中有女子哭声；龙氏宅中亦闻之，乃云声在此宅。疑不能明，然知其凿然非善地，遂迁居柘南先生双树斋。后居是二宅者，皆不吉。白环九司寇，无疾暴卒，即在龙氏宅也。凶宅之说，信非虚语矣。先师陈白崖先生曰："居吉宅者未必吉，居凶宅者则无不凶。如和风温煦，未必能使人祛病；而严寒沴厉，一触之则疾生。良药滋补，未必能使人骤健；而峻剂攻伐，一饮之则洞泄。"此亦确有其理，未可执定命与之争。孟子有言："是故知命者，不立乎岩墙之下。"

寡妇呼天

洛阳郭石洲言：其邻县有翁姑受富室二百金，鬻寡媳为妾者。至期，强被以彩衣，掖之登车。妇不肯行，则以红巾反接其手，媒媪拥之坐车上。观者多太息不平。然妇母族无一人，不能先发也。仆夫振辔之顷，妇举声一号，旋风暴作，三马皆惊逸不可止。不趋其家而趋县城，飞渡泥淖，如履康庄平坦的大道，虽仄径狭窄的小路危桥，亦不倾覆。至县衙，乃屹然立。其事遂败。庸知庶女呼天，雷电下击，非典籍之虚词。

厉鬼还冤

从舅姚公介然曰："厉鬼还冤，见于典记者不一，得于传闻者亦不一。癸未乾隆二十八年(1763)五月，自盐山耿家庵还崔庄，乃亲见之。其人年约五十馀，戴草笠，著苎衫，以一驴驮襆被指行李，系河干柳树下，倚树而坐。余亦系马小憩。忽其人蹶然而起，以手作撑拒状，曰：'害汝命，偿汝命耳，何必若是相殴也！'支柱良久，语渐模糊不可辨；忽踊身一跃，已汩没于波浪之中矣。同见者十馀人，咸合掌诵佛。虽不知所报何冤，然害命偿命，则其人所自道也。"

死而复苏

戊子乾隆三十三年(1768)夏，小婢玉儿病瘵死。俄复苏曰："冥役遣我归索钱。"市冥镪焚之，乃死。俄又复苏曰："银色不足，冥役弗受也。"更市金银箔折锭焚之，则死不复苏矣。因忆雍正壬子雍正十年(1732)，亡弟映谷濒危时，亦复类是。然则冥镪果有用耶？冥役需索如是，冥官又所司何事耶？

生为冥官者

胡牧亭侍御言：其乡有生为冥官者，述冥司事甚悉。不能尽忆，大略与传记所载同。惟言六道轮回，不烦遣送，皆各随平生之善恶，如水之流湿，火之就燥，气类相感，自得本途。语殊有理，从来论鬼神者未道也。

二狐跳踉去

狐之媚人，为采补计耳，非渔色也；然渔色者亦偶有之。表兄安滹北言：有人夜宿深林中，闻草间人语曰："君爱某家小童，事已谐否？此事亢阳熏烁，消蚀真阴，极能败道。君何忽动此念耶？"又闻一人答曰："劳君规戒。实缘爱其美秀，遂不能忘情。然此童貌虽艳冶，心无邪念，吾于梦中幻诸淫态诱之，漠然不动。竟无如之何，已绝是想矣。"其人觉有异，潜往窥视，有二狐跳踉去。

冥司考魂

泰州任子田，名大椿，记诵博洽，尤长于《三礼》注疏，六书训诂。乾隆己丑乾隆三十四年(1769)登二甲一名进士，浮沉郎署。晚年始得授御史，未上而卒。自开国以来，二甲一名进士，不入词馆者仅三人，子田实居其一。自言十五六时，偶为从父侍姬以宫词书扇，从父疑之，致侍姬自经死。其魂讼于地下，子田奄奄卧疾。魂亦为追去考问，阅四五年，冥官庭鞫七八度，始辨明出于无心；然卒坐以过失杀人，削减官禄，故仕途偃蹇如斯。贾钝夫舍人曰："治是狱者即顾郎中德懋。二人先不相知，一日相见，彼此如旧识。时同在座亲见其追话冥司事，子田对之，犹慄慄然也。"

隔世偿债

即墨杨槐亭前辈言：济宁一童子为狐所昵，夜必同衾枕。至年二十馀，犹无虚夕。或教之留须，须稍长，辄睡中为狐剃去，更为傅脂粉。屡以符箓驱遣，皆不能制。后正乙真人舟过济宁，投词乞劾治。真人牒于城隍，狐乃诣真人自诉。不睹其形，然旁人皆闻其语。自言："过去生中为女子，此童为僧。夜过寺门，被劫闭窟室中，隐忍受污者十七载，郁郁而终。诉于地下主者，判是僧地狱受罪毕，仍来生偿债。会我以他罪堕狐身，窜伏山林百馀年，未能相遇。今炼形成道，适逢僧后身为此童，因得相报。十七年满自当去，不烦驱遣也。"真人竟无如之何。后不知期满果去否。然据其所言，足知人有所负，虽隔数世犹偿也。

狐　魅

同年项君廷模言：昔尝馆翰林某公家，相见辄讲学。一日，其同乡为外吏者，有所馈赠。某公自陈平生俭素，雅不需此。见其崖岸高峻，遂逡巡携归。某公送宾之后，徘徊厅事前，怅怅惘惘，若有所失，如是者数刻。家人请进内午餐，大遭诟怒。忽闻有数人吃吃窃笑，视之无迹，寻之，声在承尘上。盖狐魅云。

无名火起

陈少廷尉耕岩，官翰林时，为魅所扰。避而迁居，魅辄随往。多掷小帖道其阴事，皆外人不及知者。益悚惧，恒虔祀之。一日掷帖，责其待侄之薄，且曰"不厚资助，祸且至"。众缘是窃疑其侄，密约伺察。夜闻击损器物声，突出掩执，果其侄也。耕岩天性长厚，尤笃于骨肉，但曰："尔需钱可告我，何必乃尔？"笑遣之归寝，由是遂安。

后吴编修朴园突遭回禄传说中的火神。指失火，莫知火之自来。凡再徙居而再焚，余意亦当如耕岩事。朴园曰："固亦疑之。"然第三次迁泉州会馆时，适与客坐厅事中，忽烈焰赫然，自承尘下射。是非人所能上，亦非人所能入也，殆真魅所为矣。

避火书卷

程也园舍人居曹竹虚旧宅中。一夕，弗戒于火，书画古器，多遭焚毁。中褚河南即褚遂良，字登善，唐朝政治家、书法家，曾封爵河南郡公，世称褚河南临《兰亭》一卷，乃五百金所质，方虑来赎时轇轕，忽于灰烬中拣得，匣及袱并爇，而书卷无一字之损。表弟张桂岩馆也园家，亲见之。白香山所谓“在在处处有神物护持”者耶？抑成毁各有定数，此卷不在此火劫中耶？然事则奇矣，亦将来赏鉴家一佳话也。

有怪鸭鸣

同年柯禺峰，官御史时，尝借宿内城友人家。书室三楹，东一室隔以纱厨，扃不启。置榻外室南牖下，睡至半夜，闻东室有声如鸭鸣，怪而谛视。时明月满窗，见黑烟一道，从东室门隙出，着地而行，长可丈馀，蜿蜒如巨蟒。其首乃一女子，鬟鬓俨然，昂而仰视，盘旋地上，作鸭鸣不止。禺峰素有胆，拊榻叱之。徐徐却行，仍从门隙敛而入。天晓，以告主人。主人曰：“旧有此怪，或数年一出，不为害，亦无他休咎。”或曰：“未买是宅前，旧主有侍姬幽死此室。”未知其审也。

善博胥魁

胥魁有善博者，取人财犹探物于囊，犹不持兵而劫夺也。其徒党密相羽翼，意喻色授，机械百出，犹臂指之相使，犹呼吸之相通也。騃ái竖傻瓜多财者，则犹鱼吞饵，犹雉遇媒耳。如是近十年，橐金巨万，俾其子贾于长芦，规什一之利。子亦狡黠，然冶荡好渔色。有堕其术而破家者，衔之次骨，乃乞与偕往，而阴导之为北里游。舞衫歌扇，耽玩忘归，耗其资十之九。胥魁微有所闻，自往检校，已不可收拾矣。论者谓事虽人谋，亦有天道：仇者之动此念，殆神启其心欤？不然，何前愚而后智也！

狐女生子

故城刁飞万言：其乡有与狐女生子者，其父母怒谇之。狐女泣涕曰：“舅姑见逐，义难抗拒。但子未离乳，当且携去耳。”越两岁馀，忽抱子诣其夫曰：“儿已长，今还汝。”其夫遵父母戒，掉首不与语。狐女太息抱之去。此狐殊有人理，但抱去之儿，不知作何究竟。将人所生者仍为人，庐居火食，混迹闾阎欤？抑妖所生者即为妖，幻化通灵，潜踪墟墓欤？或虽为妖而犹承父姓，长育子孙，在非妖非人之界欤？虽为人而犹依母党，往来窟穴，在亦人亦妖之间欤？惜见首不见尾，竟莫得而质之。

六娘子

同年蒋心馀编修言：其乡有故家废宅，往往见艳女靓妆，登墙外视。武生王某，粗豪有胆，径携被独宿其中，冀有所遇。至夜半寂然，乃拊枕自语曰："人言此宅有狐女，今何往耶？"窗外小声应曰："六娘子知君今日来，避往溪头看月矣。"问："汝为谁？"曰："六娘子之婢。"又问："何故独避我？"曰："不知何故，但云畏见此腹负将军相传宋代有一位将军，叫党大尉，鲁莽无知，打仗全凭一股莽劲，而且非常贪吃，每顿必吃到大饱。一日，党将军酒足饭饱后，拍着自己鼓了起来的肚腹自言自语道："我可没有辜负你。"左右的侍从见了，忍不住开玩笑道："您不负肚腹，而肚腹辜负了您啊！"大将军听到了，呵呵大笑起来。事见清代易宗夔《新世说·排调篇》。"亦不解为何语也。王后每举以问人，曰："腹负将军是武职几品？"莫不粲然。后问其乡人，曰："实有其人，亦实有其事；然旁皇竟夜，一无所见耳。其语则心馀所点缀也。"心馀性好诙谐，理或然欤！

山灵佑人

先母张太夫人，尝雇一张媪司炊，房山人也，居西山深处。言其乡有贫极弃家觅食者，素未外出，行半日即迷路。石径崎岖，云阴晦暗，莫知所适。姑枯坐树下，俟天晴辨南北。忽一人自林中出，三四人随之，并狰狞伟岸，有异常人。心知非山灵即妖魅，度不能隐避，乃投身叩拜，泣诉所苦。其人恻然曰："尔勿怖，不害汝也。我是虎神，今为诸虎配食料。待虎食人，尔收其衣物，足自活矣。"因引至一处。嗷然长啸，众虎坌集。其人举手指挥，语啁哳zhāo zhā形容声音繁杂而细碎不可辨。俄俱散去，惟一虎留丛莽间。俄有荷担度岭者，虎跃起欲搏，忽辟易而退。少顷，一妇人至，乃搏食之。捡其衣带，得数金，取以付之，且告曰："虎不食人，惟食禽兽。其食人者，人而禽兽者耳。大抵人天良未泯者，其顶上必有灵光，虎见之即避。其天良澌灭者，灵光全息，与禽兽无异，虎乃得而食之。顷前一男子，凶暴无人理，然攘夺所得，犹恤其寡嫂孤侄，使不饥寒。以是一念，灵光煜煜如弹丸，故虎不敢食。后一妇人，弃其夫而私嫁，又虐其前妻之子，身无完肤，更盗后夫之金，以贻前夫之女，即怀中所携是也。以是诸恶，灵光消尽，虎视之，非复人身，故为所啖。尔今得遇我，亦以善事继母，辍妻子之食以养，顶上灵光高尺许。故我得而佑之，非以尔叩拜求哀也。勉修善业，当尚有后福。”因指示归路，越一日夜得至家。

张媪之父与是人为亲串，故得其详。时家奴之妇，有虐使其七岁孤侄者，闻张媪言，为之少戢。圣人以神道设教，信有以夫。

树巅磷火

磷为鬼火，《博物志》谓战血所成，非也，安得处处有战血哉！盖鬼者，人之馀气也，鬼属阴，而馀气则属阳。阳为阴郁，则聚而成光，如雨气至阴而萤火化，海气至阴而阴火然也。多见于秋冬，而隐于春夏；秋冬气凝，春夏气散故也。其或见于春夏者，非幽房废宅，必深岩幽谷，皆阴气常聚故也。多在平原旷野，薮sǒu泽沮jù洳rù指水草茂盛的低湿之地，阳寄于阴，地阴类，水亦阴类，从其本类故也。先兄晴湖，尝同沈丰功年丈夜行，见磷火在高树巅，青荧如炬，为从来所未闻。李长吉诗曰：“多年老鸮成木魅，笑声碧火巢中起。”疑亦曾睹斯异，故有斯咏。先兄所见，或木魅所为欤！

红斑巨砚

贾人持巨砚求售，色正碧而红斑点点如血沁。试之，乃滑不受墨。背镌长歌一首，曰：“祖龙奋怒鞭顽石，石上血痕胭脂赤。沧桑变幻几度经，水春沙蚀存盈尺。飞花点点粘落红，芳草茸茸挼嫩碧。海人漉得出银涛，鲛客咨嗟龙女惜。云何强遣充砚材，如以嫱施司洴澼。凝脂原不任研磨，镇肉翻成遭弃掷。作者原注：客问镇肉事，判曰：“出《梦溪笔谈》。”宋《梦溪笔谈·艺文二》：“有饔人以一方石镇肉，视之，若有镌刻，试取石洗濯，乃宋海陵王墓铭，谢朓撰并书，其字如钟繇，极可爱。”后以“镇肉”借指尚未被人鉴赏的珍宝音难见赏古所悲，用弗量才谁之责。案头米老玉蟾蜍，为汝伤心应泪滴。”后题：“康熙己未康熙十八年(1679)重九，餐花道人降乩，偶以顽砚请题，立挥长句。因镌诸砚背以记异。”款署“奕焘”二字，不著其姓，不知为谁，餐花道人亦无考。其词感慨抑郁，不类仙语，疑亦落拓之才鬼也。索价十金，酬以四金不肯售。后再问之，云四川一县令买去矣。

奴子纪昌

奴子纪昌，本姓魏，用黄犊子故事隋文帝开皇年间，京兆人韦衮有家奴桃符。桃符除侍候外，还随主出征，出生入死保护韦衮，在敌阵中横冲直闯，无人能敌，人称“飞虎将”。韦衮视桃符为亲子，向隋文帝表奏其功，释去奴隶身份，成为自由民。桃符成家立业后，感恩韦衮，宰杀黄公牛献给韦衮，并向其求赐姓。韦衮让他姓韦。桃符不敢与旧主攀亲，便自称为“黄犊子韦”，从主姓。少喜读书，颇娴文艺，作字亦工楷。最有心计，平生无一事失便宜。晚得奇疾，目不能视，耳不能听，口不能言，四肢不能动，周身并痿痹，不知痛痒；仰置榻上，块然如木石，惟鼻息不绝。知其未死，按时以饮食置口中，尚能咀咽而已。诊之乃六脉平和，毫无病状，名医亦无所措手。如是数年，乃死。老僧果成曰：“此病身死而心生，为自古医经所不载，其业报欤？”然此奴亦无大恶，不过务求自利，算无遗策耳。巧者造物之所忌，谅哉！

李福之妇

奴子李福之妇，悍戾绝伦，日忤其姑舅，面詈背诅，无所不至。或微讽以不孝有冥谪，辄掉头哂曰：“我持观音斋，诵观音咒，菩萨以甚深法力，消灭罪愆，阎罗王其奈我何？”后婴恶疾，楚毒万端，犹曰：“此我诵咒未漱口，焚香用灶火，故得此报，非有他也。”愚哉！

蔡太守判冥事

蔡太守必昌，尝判冥事。朱石君中丞问以佛法忏悔，有无利益。蔡曰：“寻常冤谴，佛能置讼者于善处。彼得所欲，其怨自解。如人世之有和息也。至重业深仇，非人世所可和息者，即非佛所能忏悔，释迦牟尼亦无如之何。”斯言平易而近理。儒者谓佛法为必无，佛者谓种种罪恶皆可消灭，盖两失之。

烧　海

余家距海仅百里，故河间古谓之瀛州。地势趋东，以渐而高，故海岸绝陡，潮不能出，水亦不能入。九河皆在河间，而大禹导河，不直使入海，引之北行数百里，自碣石乃入，职是故也。海中每数岁或数十岁，遥见水云澒洞水势汹涌弥漫的样子中，红光烛天，谓之“烧海”。辄有断椽折栋，随潮而上，人取以为薪。越数日，必互言某匠某匠，为神召去营龙宫。然无亲睹其人，话鲛室贝阙之状者，第传闻而已。余谓是殆重洋巨舶，弗戒于火，水光映射，空无障翳，故千百里外皆可见；梁柱之类，舶上皆有，亦不必定属殿材也。

捕役减刑

献县捕役某，尝奉差捕剧盗，就絷矣。盗妇有色，盗乞以妇侍寝而纵之逃，某弗许。后以积蠹多赃坐斩。行刑前二日，狱舍墙圮，压而死。狱吏叶某，坐不早葺治，得重杖。先是叶某梦身立堂下，闻堂上官吏论捕役事。官指挥曰：“一善不能掩千恶，千恶亦不能掩一善。免则不可，减则可。”既而吏抱牍出，殊不相识，谛视其官，亦不识，方悟所到非县署。醒而阴贺捕役，谓且减死；不知神以得保首领为减也。人计捕役生平，只此一善，而竟得免刑。天道昭昭，何尝不许人晚盖指将功补过哉！

杭州游僧

吴江吴林塘言：其亲表有与狐女遇者，虽无疾病，而惘惘恒若神不足。父母忧之，闻有游僧能劾治，试往祈请。僧曰：“此魅与郎君夙缘，无相害意。郎君自耽玩过度耳。然恐魅不害郎君，郎君不免自害。当善遣之。”乃夜诣其家，趺坐诵梵咒。家人遥见烛下似绣衫女子，冉冉再拜。僧举拂子曰：“留未尽缘作来世欢，不亦可乎？”欻然而隐，自是遂绝。

林塘知其异人，因问以神仙感遇之事。僧曰：“古来传记所载，有寓言者，有托名者，有借抒恩怨者，有喜谈诙诡以诧异闻者，有点缀风流以为佳话，有本无所取而寄情绮语，如诗人之拟艳词者；大都伪者十八九，真者十一二。此一二真者，又大都皆才鬼灵狐，花妖木魅，而无一神仙。其称神仙必诡词。夫神正直而聪明，仙冲虚而清静，岂有名列丹台，身依紫府，复有荡姬佚女，参杂其间，动入桑中之会哉？”林塘叹其精识，为古所未闻。

说是事时，林塘未举其名字。后以问林塘子钟侨，钟侨曰：“见此僧时，才五六岁。当时未闻呼名字，今无可问矣。惟记其语音，似杭州人也。”

乩　仙

李芍亭家扶乩，其仙自称邱长春即邱处机，又作丘处机，字通密，号长春子。曾赴西域阐述道教敬天爱民、戒杀寡欲之旨，被成吉思汗尊为“神仙”，令掌管天下道教，使全真道盛极一时。悬笔而书，疾于风雨，字如颠、素之狂草。客或求丹方，乩判曰：“神仙有丹诀，无丹方，丹方是烧炼金石之术也。《参同契》全称《周易参同契》，东汉魏伯阳著，为道教早期经典炉鼎铅汞，皆是寓名，非言烧炼。方士转相附会，遂贻害无穷。夫金石燥烈，益以火力，亢阳鼓荡，血脉偾张，故筋力似倍加强壮；而消铄真气，伏祸亦深。观艺花者，培以硫黄，则冒寒吐蕊；然盛开之后，其树必枯。盖郁热蒸之下，则精华涌于上，涌尽则立槁耳。何必纵数年之欲，掷千金之躯乎？”其人悚然而起。后芍亭以告田白岩，白岩曰：“乩仙大抵皆托名。此仙能作此语，或真是邱长春欤！”

乩仙词穷

吴云岩家扶乩，其仙亦云邱长春。一客问曰：“《西游记》果仙师所作，以演金丹奥旨乎？”批曰：“然。”又问：“仙师书作于元初，其中祭赛国之锦衣卫，朱紫国之司礼监，灭法国之东城兵马司，唐太宗之太学士、翰林院中书科，皆同明制，何也？”乩忽不动，再问之，不复答。知已词穷而遁矣。然则《西游记》为明人依托无疑也。

梦亡女

文安王氏姨母，先太夫人第五妹也。言未嫁时，坐度帆楼中，遥见河畔一船，有宦家中年妇，伏窗而哭，观者如堵。乳媪启后户往视，言是某知府夫人，昼寝船中，梦其亡女为人执缚宰割，呼号惨切。悸而寤，声犹在耳，似出邻船。遣婢寻视，则方屠一豚子，泻血于盎，未竟也。梦中见女缚足以绳，缚手以红带。覆视其前足，信然，益悲怆欲绝，乃倍价赎而瘗之。其僮仆私言：此女十六而殁。存日极柔婉，惟嗜鸡，每饭必具；或不具，则不举箸。每岁恒割鸡七八百。盖杀业云。

饿　鬼

交河有书生,日暮独步田野间,遥见似有女子,避入秫田。疑荡妇之赴幽期者,逼往视之,寂无所睹,疑其窜伏深丛,不复追迹。归而大发寒热,且作谵语曰:"我饿鬼也,以君有禄相,不敢触忤,故潜匿草间。不虞忽相顾盼,枉步相寻。既尔有情,便当从君索食,乞惠薄奠,即从此辞。"其家为具纸钱肴酒,霍然而愈。苏进士语年曰:"此君本无邪心,以偶尔多事,遂为此鬼所乘。小人之于君子,恒伺隙而中之也。言动可不慎哉!"

山鬼知事

炎凉转瞬,即鬼魅亦然。程鱼门编修曰:"王文庄公遇陪祀北郊,必借宿安定门外一坟园。园故有祟,文庄弗睹也。一岁,灯下有所睹,越半载而文庄卒矣。所谓山鬼能知一岁事耶!"

草际哦诗声

太原申铁蟾言:昔自苏州北上,以舵牙触损,泊舟兴济之南。荒塍野岸,寂无一人,而夜闻草际有哦诗声。心知是鬼,与其友谛听之。所诵凡数十篇,幽咽断续,不甚可辨。铁蟾惟听得一句,曰"寒星炯炯生芒角",其友听得二句,曰"夜深翁仲语,月黑鬼车来"。

有狐狡狯

张完质舍人,僦居一宅,或言有狐。移入之次日,书室笔砚皆开动,又失红柬一方。纷纭询问间,忽一钱铮然落几上,若偿红柬之值也。俄喧言所失红柬,粘宅后空屋。完质往视,则楷书"内室止步"四字,亦颇端正。完质曰:"此狐狡狯。"恐其将来恶作剧,乃迁去。闻此宅在保安寺街,疑即翁覃溪宅也。

东光某氏狐

李又聃先生言:东光某氏宅有狐。一日,忽掷砖瓦,伤盆盎,某氏詈之。夜闻人叩窗语曰:“君睡否?我有一言。邻里乡党,比户而居,小儿女或相触犯,事理之常,可恕则恕之,必不可恕,告其父兄,自当处置。遽加以恶声,于理毋乃不可。且我辈出入无形,往来不测,皆君闻见所不及,提防所不到。而君攘臂与为难,庸有幸乎?于势亦必不敌,幸熟计之。”某氏披衣起谢,自是遂相安。会亲串中有以僮仆微衅,酿为争斗,几成大狱者,又聃先生叹曰:“殊令人忆某氏狐。”

楼上蝙蝠

北河总督署,有楼五楹,为蝙蝠所据多年矣。大小不知凡几万,一白者巨如车轮,乃其魁也,能为变怪。历任总督,皆扃钥弗居。福建李公清时,延正一真人劾治,果皆徙去。不久,李公卒,蝙蝠复归。自是无敢问之者。余谓汤文正公驱五通神又称“五郎神”“五猖神”,横行乡野,专做坏事的妖怪,除民害也。蝙蝠自处一楼,与人无患,李公此举,诚为可已而不已。至于猝捐馆舍抛弃馆舍,即离世的委婉说法,则适值其时,不得谓蝙蝠为祟。修短有数,岂妖魅能操其权乎!

赵平恃胆

余七八岁时,见奴子赵平自负其胆,老仆施祥摇手曰:“尔勿恃胆,吾已以恃胆败矣。吾少年气最盛,闻某家凶宅无人敢居,径携襆被卧其内。夜将半,剨然有声,承尘中裂,忽堕下一人臂,跳掷不已;俄又堕一臂,又堕两足,又堕其身,最后乃堕其首,并满屋迸跃如猿猱。吾错愕不知所为。俄已合为一人,刀痕杖迹,腥血淋漓,举手直来搦吾颈。幸夏夜纳凉,挂窗未阖,急自窗跃出,狂奔而免。自是心胆并碎,至今犹不敢独宿也。汝恃胆不已,无乃不免如我乎!”平意不谓然,曰:“丈原大误,何不先捉一段,使不能凑合成形?”后夜饮醉归,果为群鬼所遮,掖入粪坑中,几于灭顶。

冥司慎法

同年钟上庭言：官宁德日，有幕友病亟。方服药，恍惚见二鬼曰："冥司有某狱，待君往质。药可勿服也。"幕友言："此狱已五十馀年，今何尚未了？"鬼曰："冥司法至严，而用法至慎。但涉疑似，明知其事，证人不具，终不为狱成。故恒待至数十年。"问："如是不稽延拖累乎？"曰："此亦千万之一，不恒有也。"是夕果卒。然则果报有时不验，或缘此欤？又小说所载，多有生魂赴鞫者，或宜迟宜速，各因其轻重缓急欤？要之早晚虽殊，神理终不愦愦，则凿然可信也。

假神

田氏媪诡言其家事狐神，妇女多焚香问休咎，颇获利。俄而群狐大集，需索酒食，罄所获不足供。乃被击破瓮盎，烧损衣物，哀乞不能遣，怖而他投。濒行时，闻屋上大笑曰："尔还敢假名敛财否？"自是遂寂。亦遂不徙。然并其先有之赀，耗大半矣。此余幼时闻先太夫人说。

又有道士称奉王灵官道教的护法镇山神将，掷钱卜事，时有验，祈祷亦盛。偶恶少数辈，挟妓入庙，为所阻。乃阴从伶人假灵官鬼卒衣冠，乘其夜醮，突自屋脊跃下，据坐诃责其惑众，命鬼卒缚之，持铁蒺藜拷问。道士惶怖伏罪，具陈虚诳取钱状。乃哄堂一笑，脱衣冠高唱而出。次日，觅道士，则已窜矣。此雍正甲寅雍正十二年(1734)七月事。余随姚安公宿沙河桥，闻逆旅主人说。

偃蹇书生

安邑宋半塘，尝官鄞县。言鄞有一生，颇工文，而偃蹇困顿，窘迫不第。病中梦至大官署，察其形状，知为冥司。遇一吏，乃其故人，因叩以此病得死否。曰："君寿未尽而禄尽，恐不久来此。"生言："平生以馆谷此处指教书授徒所得的酬金糊口，无过分之暴殄，禄何以先尽？"吏太息曰："正为受人馆谷而疏于训课，冥司谓无功窃食，即属虚糜。销除其应得之禄，补所探支，故寿未尽而禄尽也。盖在三之义，名分本尊，利人脩脯，误人子弟，谴责亦最重。有官禄者减官禄，无官禄者则减食禄，一锱一铢，计较不爽。世徒见才士通儒，或贫或夭，动言天道之难明，乌知自误生平，罪多坐此哉！”生怅然而寤，病果不起。临殁，举以戒所亲，故人得知其事云。

术数之说

道士庞斗枢，雄县人。尝客献县高鸿胪家。先姚安公幼时，见其手撮棋子布几上，中间横斜萦带，不甚可辨；外为八门，则井然可数。投一小鼠，从生门入，则曲折寻隙而出；从死门入，则盘旋终日不得出。以此信鱼腹阵图古代用兵的阵法图定非虚语。然斗枢谓此特戏剧耳。至国之兴亡，系乎天命；兵之胜败，在乎人谋。一切术数，皆无所用。从古及今，有以壬遁星禽指六壬，遁甲，星宿与禽兽相配以占卜吉凶。都是古代占卜之术成事者耶？即如符咒厌劾，世多是术，亦颇有验时。然数千年来，战争割据之世，是时岂竟无传？亦未闻某帝某王某将某相死于敌国之魇魅也，其他可类推矣。姚安公曰：“此语非术士所能言，此理亦非术士所能知。”

诙谐狐语

从舅安公介然言：佃户刘子明，家粗裕。有狐居其仓屋中，数十年一无所扰，惟岁时祭以酒五盏，鸡子数枚而已。或遇火盗，辄叩门窗作声，使主人知之。相安已久。一日，忽闻吃吃笑不止，问之不答，笑弥甚。怒而诃之。忽应曰：“吾自笑厚结盟之兄弟、而疾其亲兄弟者也。吾自笑厚其妻前夫之子、而疾其前妻之子者也。何预于君，而见怒如是？”刘大惭，无以应。俄闻屋上朗诵《论语》曰：“法语之言，能无从乎？改之为贵。巽语之言，能无说乎？绎之为贵。”合乎礼法的话语，能够不接受吗？知错能改才可贵。顺从自己心意的话语，能够不使人高兴吗？能理性分析才可贵太息数声而寂。刘自是稍改其所为。后余以告邵闇谷。闇谷曰：“此至亲密友所难言，而狐能言之；此正言庄论所难入，而狐以诙谐悟之。东方曼倩东方朔，字曼倩，西汉时期著名的文学家。汉武帝即位，征四方士人。东方朔上书自荐，召拜为郎。后任常侍郎、太中大夫等职何加焉！予倘到刘氏仓屋，当向门三揖之。”

犯妇之语

玛纳斯有遣犯之妇，入山樵采，突为玛哈沁所执。作者原注：玛哈沁者，额鲁特之流民，无君长，无部族，或数十人为队，或数人为队；出没深山中，遇禽食禽，遇兽食兽，遇人即食人妇为所得，已褫衣缚树上，炽火于旁。甫割左股一脔，倏闻火器一震，人语喧阗，马蹄声殷动林谷。以为官军掩至，弃而遁。盖营卒牧马，偶以鸟枪击雉子，误中马尾。一马跳掷，群马皆惊，相随逸入万山中，共噪而追之也。使少迟须臾，则此妇血肉狼藉矣，岂非若或使之哉！妇自此遂持长斋，尝谓人曰："吾非佞佛求福也。天下之痛苦，无过于脔割者；天下之恐怖，亦无过于束缚以待脔割者。吾每见屠宰，辄忆自受楚毒时；思彼众生，其痛苦恐怖，亦必如我。故不能下咽耳。"此言亦可告世之饕餮者也。

牛犬夙冤

奴子刘琪，畜一牛一犬。牛见犬辄触，犬见牛辄噬，每斗至血流不止。然牛惟触此犬，见他犬则否；犬亦惟噬此牛，见他牛则否。后系置两处，牛或闻犬声，犬或闻牛声，皆昂首瞑视。后先姚安公官户部，余随至京师，不知二物究竟如何也。或曰："禽兽不能言者，皆能记前生。此牛此犬殆佛经所谓夙冤，今尚相识欤？"余谓夙冤之说，凿然无疑。谓能记前生，则似乎未必。亲串中有姑嫂相恶者，嫂与诸小姑皆睦，惟此小姑则如仇；小姑与诸嫂皆睦，惟此嫂则如仇。是岂能记前生乎？盖怨毒之念，根于性识，一朝相遇，如相反之药，虽枯根朽草，本自无知，其气味自能激斗耳。因果牵缠，无施不报。三生一瞬，可快意于睚眦哉？

亡父阻讼

从伯君章公言：前明青县张公，十世祖赞祁公之外舅也。尝与邑人约，连名讼县吏。乘马而往，经祖墓前，有旋风扑马首。惊而堕，从者舁 yú 抬着以归。寒热陡作，忽迷忽醒，恍惚中似睹鬼物。将延巫禳解，忽起坐，作其亡父语曰："尔勿祈祷，扑尔马者我也。凡讼无益：使理曲，何可讼？使理直，公论具在，人人为扼腕，是即胜矣，何必讼？且讼役讼吏，为患尤大：讼不胜，患在目前;幸而胜,官有来去,此辈长子孙必相报复,患在后日。吾是以阻尔行也。”言讫,仍就枕,汗出如雨。比睡醒,则霍然矣。既而连名者皆败,始信非谵语也。此公闻于伯祖湛元公者。湛元公一生未与人涉讼,盖守此戒云。

圆光术

世有圆光术:张素纸于壁,焚符召神,使五六岁童子视之。童子必见纸上突现大圆镜,镜中人物,历历示未来之事,犹卦影也。但卦影隐示其象,此则明著其形耳。庞斗枢能此术,某生素与斗枢狎,尝觊觎一妇,密祈斗枢圆光,观谐否。斗枢骇曰:“此事岂可渎鬼神。”固强之。不得已勉为焚符,童子注视良久曰:“见一亭子,中设一榻,三娘子与一少年坐其上。”三娘子者,某生之亡妾也。方诟责童子妄语,斗枢大笑曰:“吾亦见之。亭中尚有一匾,童子不识字耳。”怒问:“何字?”曰:“‘己所不欲’四字也。”某生默然,拂衣去。或曰:“斗枢所焚实非符,先以饼饵诱童子,教作是语。”是殆近之。虽曰恶谑,要未失朋友规过之义也。

绿衫怪

先太夫人言:外祖家恒夜见一物,舞蹈于楼前,见人则窜避。月下循窗隙窥之,衣惨绿衫,形蠢蠢如巨鳖。见其手足而不见其首,不知何怪。外叔祖紫衡公遣健仆数人,持刀杖绳索伏门外,伺其出,突掩之。踉跄逃入楼梯下。秉火照视,则墙隅绿锦袱包一银船,左右有四轮,盖外祖家全盛时儿童戏剧之物。乃悟绿衫其袱,手足其四轮也。熔之得三十馀金。一老媪曰:“吾为婢时,房中失此物,同辈皆大遭箠楚。不知何人窃置此间,成此魅也。”《搜神记》载孔子之言曰:“夫六畜之物,龟蛇鱼鳖草木之属,神皆能为妖怪,故谓之‘五酉’。五行之方,皆有其物。酉者老也,故物老则为怪矣。杀之则已,夫何患焉!”然则物久而幻形,固事理之常耳。

两世夫妇

两世夫妇,如韦皋、玉箫者,盖有之矣。景州李西崖言:乙丑乾隆十年(1745)会试,见贵州一孝廉,述其乡民家生一子,甫能言,即云我前生某氏之女，某氏之妻，夫名某字某；吾卒时夫年若干，今年当若干；所居之地，距民家四五日程耳。此语渐闻。至十四五岁时，其故夫知有是说，径来寻问。相见涕泗，述前生事悉相符。是夕竟抱被同寝。其母不能禁，疑而窃听，灭烛以后，已妮妮儿女语矣。母怒，逐其故夫去。此子愤悒不食，其故夫亦栖迟旅舍不肯行。一日防范偶疏，竟相偕遁去，莫知所终。异哉此事！古所未闻也。此谓发乎情而不止乎礼矣。

富室母女

东光霍从占言：一富室女，五六岁时，因夜出观剧，为人所掠卖。越五六年，掠卖者事败，供曾以药迷此女。移檄来问，始得归。归时视其肌肤，鞭痕、杖痕、剪痕、锥痕、烙痕、烫痕、爪痕、齿痕遍体如刻画。其母抱之泣数日，每言及，辄沾襟。先是女自言主母酷暴无人理，幼时不知所为，战栗待死而已；年渐长，不胜其楚，思自裁。夜梦老人曰："尔勿短见，各烙再次，鞭一百，业报满矣。"果一日缚树受鞭，甫及百而县吏持符到。盖其母御婢极残忍，凡觳觫而侍立者，鲜不带血痕；回眸一视，则左右无人色。故神示报于其女也。然竟不悛改，后疽发于项死。子孙今亦式微。从占又云：一宦家妇，遇婢女有过，不加鞭捶，但褫下衣，使露体伏地。自云如蒲鞭之示辱也。后患颠痫，每防守稍疏，辄裸而舞蹈云。

鬼护人

及孺爱先生言：其仆自邻村饮酒归，醉卧于路。醒则草露沾衣，月向午矣。欠伸之顷，见一人瑟缩立树后，呼问"为谁"。曰："君勿怖，身乃鬼也。此间群鬼喜嬲醉人，来为君防守耳。"问："素昧生平，何以见护？"曰："君忘之耶？我殁之后，有人为我妇造蜚语，君不平而白其诬，故九泉衔感也。"言讫而灭，竟不及问其为谁，亦不自记有此事。盖无心一语，黄壤已闻。然则有意造言者，冥冥之中宁免握拳啮齿耶！

古墓地气

河间献王墓在献县城东八十里。墓前有祠，祠前二柏树，传为汉物，未知其审，疑后人所补种。左右陪葬二墓，县志称左毛苌，右贯长卿；然任邱又有毛苌墓，亦莫能详也。或曰：“苌宋代追封乐寿伯，献县正古乐寿地。任邱毛公墓，乃毛亨也。”理或然欤！

从舅安公五占言：康熙中，有群盗觊觎玉鱼之藏，乃种瓜墓旁，阴于团焦中穿地道。将近墓，探以长锥，有白气随锥射出，声若雷霆，冲诸盗皆仆，乃不敢掘。论者谓王墓封闭二千载，地气久郁，故遇隙涌出，非有神灵。余谓王功在六经，自当有神呵护。穿古冢者多矣，何他处地气不久郁而涌乎？

腹中语

鬼魅在人腹中语，余所闻见，凡三事：一为云南李编修衣山，因扶乩与狐女唱和。狐女姊妹数辈，并入居其腹中，时时与语。正一真人劾治弗能遣，竟颠痫终身。余在翰林目睹之。一为宛平张丈鹤友，官南汝光道时，与史姓幕友宿驿舍。有客投刺谒史，对语彻夜。比晓，客及其仆皆不见，忽闻语出史腹中。后拜斗祛之去，俄仍归腹中，至史死乃已。疑其夙冤也。闻金听涛少宰言之。一为平湖一尼，有鬼在腹中，谈休咎多验，檀施鳞集。鬼自云夙生负此尼钱，以此为偿。如《北梦琐言》所记田布事，人侧耳尼腋下，亦闻其语，疑为樟柳神也。闻沈云椒少宰言之。

死者复生

晋杀秦谍，六日而苏。或由缢杀杖杀，故能复活。但不识未苏以前，作何情状。诂经有体，不能如小说琐记也。佃户张天锡，尝死七日，其母闻棺中击触声，开视，已复生。问其死后何所见，曰：“无所见，亦不知经七日，但倏如睡去，倏如梦觉耳。”时有老儒馆余家，闻之，拊髀雀跃曰：“程朱圣人哉！鬼神之事，孔孟犹未敢断其无，惟二先生敢断之。今死者复生，果如所论，非圣人能之哉！余谓天锡自以气结尸厥，瞀不知人，其家误以为死耳，非真死也。虢太子事，载于《史记》《史记·扁鹊仓公列传》有载，扁鹊经虢国，听闻虢国太子暴死，诊断后认为是尸厥症，经医治后太子苏醒，此翁未见耶？

走无常问冥吏

帝王以刑赏劝人善，圣人以褒贬劝人善；刑赏有所不及，褒贬有所弗恤者，则佛以因果劝人善。其事殊，其意同也。缁徒执罪福之说，诱胁愚民，不以人品邪正分善恶，而以布施有无分善恶。福田之说兴，瞿昙氏之本旨晦矣。

闻有走无常者，以《血盆经》忏有无利益问冥吏。冥吏曰："无是事也。夫男女构精，万物生化，是天地自然之气，阴阳不息之机也。化生必产育，产育必秽污，虽淑媛贤母，亦不得不然，非自作之罪也。如以为罪，则饮食不能不便溺，口鼻不能不涕唾，是亦秽污，是亦当有罪乎？为是说者，盖以最易惑者惟妇女，而妇女所必不免者惟产育，以是为有罪，以是罪为非忏不可；而闺阁之财，无不充功德之费矣。尔出入冥司，宜有闻见，血池果在何处？堕血池者果有何人？乃犹疑而问之欤！"走无常后以告人，人讫无信其言者。积重不返，此之谓矣。

二僧自败

释明玉言：西山有僧，见游女踏青，偶动一念。方徙倚凝想间，有少妇忽与目成，渐相软语，云："家去此不远，夫久外出，今夕当以一灯在林外相引。"丁宁而别。僧如期往，果荧荧一灯，相距不半里，穿林渡涧，随之以行，终不能追及。既而或隐或见，倏左倏右，奔驰辗转，道路遂迷。困不能行，踣卧老树之下，天晓谛观，仍在故处。再视林中，则苍藓绿莎，履痕重叠。乃悟彻夜绕此树旁，如牛旋磨也。自知心动生魔，急投本师忏悔。后亦无他。

又言：山东一僧，恒见经阁上有艳女下窥，心知是魅，然私念魅亦良得，径往就之，则一无所睹，呼之亦不出。如是者凡百馀度，遂惘惘得心疾，以至于死。临死乃自言之。此或夙世冤愆，借以索命欤？然二僧究皆自败，非魔与魅败之也。

老妪求药

吴惠叔言：医者某生，素谨厚。一夜，有老媪持金钏一双，就买堕胎药。

医者大骇，峻拒之。次夕，又添持珠花两枝来。医者益骇，力挥去。越半载馀，忽梦为冥司所拘，言有诉其杀人者。至则一披发女子，项勒红巾，泣陈乞药不与状。医者曰："药以活人，岂敢杀人以渔利。汝自以奸败，与我何尤？"女子曰："我乞药时，孕未成形，倘得堕之，我可不死。是破一无知之血块，而全一待尽之命也。既不得药，不能不产，以致子遭扼杀，受诸痛苦，我亦见逼而就缢。是汝欲全一命，反戕两命矣。罪不归汝，反归谁乎？"冥官喟然曰："汝之所言，酌乎事势；彼所执者，则理也。宋以来，固执一理而不揆事势之利害者，独此人也哉？汝且休矣！"拊几有声，医者悚然而寤。

惠叔又言：有疫死还魂者，在冥司遇其故人，褴褛荷校，相见悲喜，不觉握手太息曰："君一生富贵，竟不能带至此耶？"其人蹙然曰："富贵皆可带至此，但人不肯带耳。生前有功德者，至此何尝不富贵耶？寄语世人，早做带来计可也。"李南涧曰："善哉斯言，胜于谓富贵皆空也。"

卷十

如是我闻四

狐之为狐

长山聂松岩言：安邱张卯君先生家有书楼，为狐所据，每与人对语。媪婢童仆，凡有隐慝，必对众暴之。一家畏若神明，惕惕然不敢作过。斯亦能语之绳规，无形之监史矣。然奸黠者或敬事之，则讳其所短，不肯质言。盖聪明有馀，正直则不足也。斯狐之所以为狐欤！

董尼之言

沧州插花庙老尼董氏言：尝夜半睡醒，闻佛殿磬声铿然，如有人礼拜者。次日告其徒。曰："师耳鸣也。"至夜复然，乃潜起蹑足窥之。佛光青荧，依稀辨物，见击磬者乃其亡师，一少妇对佛长跪，喁喁絮祝。回面向内，不识为谁。细听所祝，则为夫病祈福也。恐怖失措，触朱槅有声。阴气冥濛，灯光骤暗。再明，则已无睹矣。先外祖雪峰张公曰："此少妇已入黄泉，犹忧夫病，闻之使人增伉俪之情。"

董尼又言：近一卖花媪，夜经某氏墓，突见某夫人魂立树下，以手招之。无路可避，因战栗拜谒。某夫人曰："吾夜夜在此，待一相识人寄信，望眼几穿，今乃见尔。归告我女我婿，一切阴谋，鬼神皆已全知，无更枉抛心力。吾在冥府，大受鞭笞；地下先亡，更人人唾詈。无地自容，日惟避此树边，苦雨凄风，酸辛万状，尚不知沉沦几载，得付转轮。似闻须所夺小郎指丈夫的弟弟赀财耗散都尽，始冀有生路也。又婿有密札数纸，病中置螺甸又称"螺钿"，一种手工艺品小箧中。嘱其检出毁灭，免得他日口实。"丁宁再三，呜咽而灭。媪潜告其女。女怒曰："为小郎游说耶！"迨于箧中见前札，乃始悚然。后女家日渐消败。亲串中知其事者，皆合掌曰："某夫人生路近矣。"

冥府军籍

乌鲁木齐提督巴公彦弼言：昔从征乌什时，梦至一处山麓，有六七行幄此处指行军驻扎用的帐篷，而不见兵卫；有数十人出入往来，亦多似文吏。试往窥视，遇故护军统领某公作者原注：某名凡五字，公以滚舌音急呼之，今不能记，握手相劳苦，问："公久逝，今何事到此？"曰："吾以平生拙直，得授冥官。今随军籍记战殁者也。"见其几上诸册，有黄色、红色、紫色、黑色数种，问："此以旗分耶？"微哂曰："安有紫旗、黑旗作者原注：按，虽旧制本有黑旗，以黑色夜中难辨，乃改为蓝旗。此公盖偶未知也，此别甲乙之次第耳。"问："次第安在？"曰："赤心为国，奋不顾身者，登黄册；恪遵军令，宁死不挠者，登红册；随众驱驰，转战而殒者，登紫册；仓皇奔溃，无路求生，蹂践裂尸，追歼断脰者，登黑册。"问："同时受命，血溅尸横，岂能一一区分，毫无舛误？"曰："此惟冥官能辨矣。大抵人亡魂在，精气如生；应登黄册者，其精气如烈火炽腾，蓬蓬勃勃。应登红册者，其精气如烽烟直上，风不能摇；应登紫册者，其精气如云漏电光，往来闪烁。此三等中，最上者为明神，最下者亦归善道。至应登黑册者，其精气瑟缩摧颓，如死灰无焰、在朝廷褒崇忠义，自一例哀荣，阴曹则以常鬼视之，不复齿数矣。"巴公侧耳敬听，悚然心折。方欲自问将来，忽炮声惊觉。后常以告麾下曰："吾临阵每忆斯语，便觉捐身锋镝，轻若鸿毛。"

帐外人语

《夜灯丛录》谢济世撰。原书已佚。谢济世，字石霖，号梅庄，康熙五十一年(1712)进士载谢梅庄戆子事，而不知戆子姓卢名志仁，盖未见梅庄自作《戆子传》，仅据传闻也。霍京兆易书，戍葵苏图时，轿夫王二与戆子事相类。后殁于塞外，京兆哭之恸。一夕，忽闻帐外语曰："羊被盗矣，可急向西北追。"出视果然，听其语音，灼然王二之魂也。京兆有一仆，方辞归，是日睹此异，遂解装不行，谓其曹曰："恐冥冥中王二笑人。"

狐不预琐事

沧州瞽者蔡某，每过南川楼下，即有一叟邀之弹唱，且对饮。渐相狎，亦时至蔡家共酌。自云姓蒲，江西人，因贩磁到此。久而觉其为狐，然契分甚深，狐不讳，蔡亦不畏也。

会有以闺阃kǔn 蜚语指闺阁、内室中的闲言碎语涉讼者，众议不一。偶与狐言及，曰："君既通灵，必知其审。"狐艴然曰："我辈修道人，岂干预人家琐事？夫房帏秘地，男女幽期，暧昧难明，嫌疑易起。一犬吠影，每至于百犬吠声。即使果真，何关外人之事？乃快一日之口，为人子孙数世之羞，斯已伤天地之和，召鬼神之忌矣。况杯弓蛇影，恍惚无凭，而点缀铺张，宛如目睹。使人忍之不可，辩之不能，往往致抑郁难言，含冤毕命。其怨毒之气，尤历劫难消。苟有幽灵，岂无业报？恐刀山剑树之上，不能不为是人设一坐也。汝素朴诚，闻此事自当掩耳，乃考求真伪，意欲何为？岂以失明不足，尚欲犁舌乎？"投杯径去，从此遂绝。蔡愧悔，自批其颊，恒述以戒人，不自隐匿也。

兽心人心

舅氏张公梦征言：所居吴家庄西，一丐者死于路，所畜犬守之不去。夜有狼来啖其尸，犬奋啮不使前；俄诸狼大集，犬力尽踣，遂并为所啖。惟存其首，尚双目怒张，眦如欲裂。有佃户守瓜田者亲见之。又程易门在乌鲁木齐，一夕，有盗入室。已逾垣将出，所畜犬追啮其足。盗抽刃斫之，至死啮终不释，因就擒。时易门有仆，曰龚起龙，方负心反噬。皆曰程太守家有二异：一人面兽心，一兽面人心。

对户乌啼

余在乌鲁木齐日，骁骑校萨音绰克图言：曩守红山口卡伦，一日将曙，有乌哑哑对户啼。恶其不吉，引骹矢射之。噭然有声，掠乳牛背上过，牛骇而奔，呼数卒急追。入一山坳，遇耕者二人，触一人仆。扶视无大伤，惟足跛难行。问其家不远，共舁送归。入室坐未定，闻小儿连呼"有贼"，同出助捕，则逃遣犯韩云。方逾垣盗食其瓜，因共执焉。使乌不对户啼，则萨音绰克图不射；萨音绰克图不射，则牛不惊逸；牛不惊逸，则不触人仆；不触人仆，则数卒不至其家；徒一小儿见人盗瓜，其势必不能执缚。乃辗转相引，终使受縶伏诛。此乌之来，岂非有物凭之哉？盖云本剧寇，所劫杀者多矣。尔时虽无所睹，实与刘刚遇鬼因果相同也。

幽魂求葬

又佐领官名，掌管所属地的户口、田宅、兵籍、诉讼等额尔赫图言：曩守吉木萨卡伦，夜闻团焦外呜呜有声。人出逐，则渐退；人止则止，人返则复来。如是数夕。一戍卒有胆，竟操刃随之，寻声迤逦入山中，至一僵尸前而寂。视之，有野兽啮食痕，已久枯矣。卒还以告，心知其求瘗也，具棺葬之，遂不复至。夫神识已离，形骸何有？此鬼沾沾于遗蜕，殊未免作茧自缠。然蝼蚁鱼鳖之谈，自庄生之旷见，岂能使含生之属，均如太上忘情指圣人不为俗世情感所动。观于兹事，知棺衾必慎，孝子之心；胔骼必藏，仁人之政。圣人通鬼神之情状，何尝谓魂升魄降，遂冥漠无知哉？

召福之道

献县令某，临殁前，有门役夜闻书斋人语曰："渠数年享用奢华，禄已耗尽。其父诉于冥司，探支来生禄一年，治未了事。未知许否也？"俄而令暴卒。董文恪公尝曰："天道凡事忌太甚。故过奢过俭，皆足致不祥。然历历验之，过奢之罚，富者轻而贵者重；过俭之罚，贵者轻而富者重。盖富而过奢，耗己财而已；贵而过奢，其势必至于贪婪。权力重，则取求易也。贵而过俭，守己财而已；富而过俭，其势必至于刻薄，计较明则机械多也。士大夫时时深念，知益己者必损人。凡事留其有馀，则召福之道矣。"

牛与女

小奴玉保言：特纳格尔农家，忽一牛入其牧群，甚肥健，久而无追寻者，询访亦无失牛者，乃留畜之。其女年十三四，偶跨此牛往亲串家。牛至半途，不循蹊径，负女度岭蓦涧，直入乱山。崖陡谷深，堕必糜碎，惟抱牛颈呼号。樵牧者闻声追视，已在万峰之顶，渐灭没于烟霭间。其或饲虎狼，或委溪壑，均不可知矣。皆咎其父贪攘此牛，致罹大害。余谓此牛与此女，合是夙冤，即驱逐不留，亦必别有以相报也。

泥地杖字

故城刁飞万言：一村有二塾师，雨后同步至土神祠，踞砌对谈，移时未去。祠前地净如掌，忽见坌起似字迹。共起视之，则泥土杖画十六字曰：“不趁凉爽，自课生徒；溷人书馆，不亦愧乎？”盖祠无居人，狐据其中，怪二人久聒也。时程试指科举考试方增律诗，飞万戏曰：“随手成文，即四言叶xié韵即押韵。我愧此狐。”

饿魂赠语

飞万又言：一书生最有胆，每求见鬼不可得。一夕，雨霁月明，命小奴携罂酒诣丛冢间，四顾呼曰：“良夜独游，殊为寂寞。泉下诸友，有肯来共酌者乎？”俄见磷火荧荧，出没草际。再呼之，呜呜环集，相距丈许，皆止不进。数其影约十馀，以巨杯挹酒洒之，皆俯嗅其气。有一鬼称酒绝佳，请再赐。因且洒且问曰：“公等何故不轮回？”曰：“善根在者转生矣，恶贯盈者堕狱矣。我辈十三人，罪限未满，待轮回者四；业报沉沦，不得轮回者九也。”问：“何不忏悔求解脱？”曰：“忏悔须及未死时，死后无着力处矣。”酒洒既尽，举罂示之，各踉跄去。中一鬼回首丁宁曰：“饿魂得沃壶觞，无以报德。谨以一语奉赠，忏悔须及未死时也。”

战魂出窍

翰林院笔帖式伊实从征伊犁时，血战突围，身中七矛死。越两昼夜，复苏；疾驰一昼夜，犹追及大兵。余与博晰斋同在翰林时，见有伤痕，细询颠末。自言被创时，绝无痛楚，但忽如沉睡。既而渐有知觉，则魂已离体，四顾皆风沙澒洞，不辨东西，了然自知为已死。倏念及子幼家贫，酸彻心骨，便觉身如一叶，随风漾漾欲飞。倏念及虚死不甘，誓为厉鬼杀贼，即觉身如铁柱，风不能摇。徘徊伫立间，方欲直上山巅，望敌兵所在，俄如梦醒，已僵卧战血中矣。晰斋太息曰：“闻斯情状，使人觉战死无可畏，然则忠臣烈士，正复易为，人何惮而不为也！”

古氏屠牛

里有古氏，业屠牛，所杀不可缕数。后古叟目双瞽，古妪临殁时，肌肤溃裂，痛苦万状，自言冥司仿屠牛之法宰割我。呼号月馀乃终。侍姬之母沈媪，亲睹其事。杀业至重，牛有功于稼穑，杀之业尤重。《冥祥记》载晋庾绍之事《冥祥记》，古代志怪小说集。南朝梁王琰撰。书中记载庾绍之亡故后，其灵魂造访生前好友，告诫好友不可杀生，已有“宜勤精进，不可杀生；若不能都断，可勿宰牛”之语，此牛戒之最古者。《宣室志》载夜叉与人杂居则疫生，惟避不食牛人。《酉阳杂俎》亦载之。今不食牛人，遇疫实不传染，小说固非尽无据也。

涉世之道

海宁陈文勤公言：昔在人家遇扶乩，降坛者安溪李文贞公李光地，字晋卿，号厚庵，别号榕村，福建泉州人，清朝著名清官、理学名臣。康熙帝曾三次授予御匾以示表彰，谥号文贞也。公拜问涉世之道，文贞判曰：“得意时毋太快意，失意时毋太快口，则永保终吉。”公终身诵之。尝诲门人曰：“得意时毋太快意，稍知利害者能之；失意时毋太快口，则贤者或未能。夫快口岂特怨尤哉！夷然不屑，故作旷达之语，其招祸甚于怨尤也。”余因忆先高祖《花王阁剩稿》中载宋盛阳先生作者原注：讳大壮，河间诸生，先高祖之外舅也赠诗曰：“狂奴犹故态，旷达是牢骚。”与公所论，殆似重规叠矩矣。

额鲁特女

有额鲁特女，为乌鲁木齐民间妇，数年而寡。妇故有姿首，媒妁日叩其门。妇谢曰：“嫁则必嫁。然夫死无子，翁已老，我去将谁依？请待养翁事毕，然后议。”有欲入赘其家代养其翁者。妇又谢曰：“男子性情不可必，万一与翁不相安，悔且无及。亦不可。”乃苦身操作，翁温饱安乐，竟胜于有子时。越六七年，翁以寿终。营葬毕，始痛哭别墓，易彩服升车去。论者惜其不贞，而不能不谓之孝。内阁学士永公时镇其地，闻之叹曰：“此所谓质美而未学。”

檐上盗

新城王符九言:其友人某,选贵州一令。贷于西商,抑勒剥削,机械百出。某迫于程限,委曲迁就,而西商枝节益多。争论至夜分,始茹痛书券。计券上百金,实得不及三十金耳。西商去后,持金贮箧,方独坐太息,忽闻檐上人语曰:"世间无此不平事!公太柔懦,使人愤填胸臆。吾本意来盗公,今且一惩西商,为天下穷官吐气也。"某悸不敢答。俄屋角窸窣有声,已越垣径去。次日,闻西商被盗,并箧中新旧借券,皆席卷去矣。此盗殊多侠气,然亦西商所为太甚,干造物之忌,故鬼神巧使相值也。

鬼　知

许文木言:其亲串有新得官者,盛具牲醴祭祀用的牲畜与甜酒享祖考。有巫能视鬼,窃语人曰:"某家先灵受祭时,皆颜色惨沮,如欲下泪。而后巷某家之鬼,乃坐对门屋脊上,翘足而笑。是何故也?"后其人到官未久,即伏法。始悟其祖考悲泣之由。而某甲之喜,则终不解。久而有知其阴事者曰:"某甲女有色,是尝遣某妪诱以金珠,同宿数夕。人不知而鬼知也。谁谓冥冥中可堕行哉!"

古墓妖魅

王梅序孝廉言:交河城西有古墓,林木丛杂,云藏妖魅,犯之者多患寒热,樵牧弗敢近。一老儒耿直负气,由所居至县城,其地适中,过必憩息,偃蹇傲倪,竟无所见闻。如是数年。一日,又坐墓侧,袒裼纳凉,归而发狂,谵语曰:"曩以汝为古君子,故任汝放诞,未敢侮汝。汝近乃作负心事,知从前规言矩步,皆貌是心非,今不复畏汝矣。"其家再三拜祷,昏愦数日始痊。自是索然气馁,每经其地,辄俯首疾趋。观此知魅不足畏,心苟无邪,虽凌之而不敢校;亦观此而知魅大可畏,行苟有玷,虽秘之而皆能窥。

近事数条

门人萧山汪生辉祖，字焕曾，乾隆乙未乾隆四十年(1775)进士，今为湖南宁远县知县。未第时，久于幕府，撰《佐治药言》二卷，中载近事数条，颇足以资法戒。

其一曰：孙景溪先生，讳尔周。令吴桥时，幕客叶某一夕方饮酒，偃仆于地，历二时而苏。次日闭户书黄纸疏，赴城隍庙拜毁，莫喻其故。越六日，又偃仆如前，良久复起，则请迁居于署外。自言八年前在山东馆陶幕，有士人告恶少调其妇，本拟请主人专惩恶少，不必妇对质。而问事谢某，欲窥妇姿色，怂恿传讯。致妇投缳，恶少亦抵法。今恶少控于冥府，谓妇不死，则渠无死法；而妇死由内幕之传讯。馆陶城隍神移牒来拘，昨具疏申辩，谓妇本应对质；且造意者为谢某。顷又移牒，谓："传讯之意，在窥其色，非理其冤；念虽起于谢，笔实操于叶。谢已摄至，叶不容宽。"余必不免矣。越夕而殒。

其一曰：浙江臬司同公言：乾隆乙亥乾隆二十年(1755)秋审时，偶一夜潜出，察诸吏治事状。皆已酣寝，惟一室灯烛明。穴窗窃窥，见一吏方理案牍，几前立一老翁、一少妇，心甚骇异，姑视之。见吏初草一签，旋毁稿更书，少妇敛衽退。又抽一卷沉思良久，书一签，老翁亦揖而退。传诘此吏，则先理者为台州因奸致死一案。初拟缓决，旋以身列青衿，败检酿命，改情实。后抽之卷为宁波叠殴致死一案。初拟情实，旋以索逋理直，死由还殴，改缓决。知少妇为捐生之烈魄，老翁为累囚之先灵矣。

其一曰：秀水县署有爱日楼，板梯久毁，阴雨辄闻鬼泣声。一老吏言：康熙中，令之母喜诵佛号，因建此楼。雍正初，有令挈幕友胡姓来。盛夏不欲见人，独处楼中；案牍饮食，皆缒而上下。一日，闻楼上惨号声。从者急梯而上，则胡裸体浴血，自刺其腹，并碎劙周身如刻画。自云曩在湖南某县幕，有奸夫杀本夫者，奸妇首于官。吾恐主人有失察咎，以访拿报，妇遂坐磔。顷见一神引妇来，剚刃于吾腹，他不知也。号呼越夕而死。

其一曰：吴兴某，以善治钱谷有声。偶为当事者所慢，因密讦其侵盗阴事于上官，竟成大狱。后自啮其舌而死。又无锡张某，在归安令裘鲁青幕，有奸夫杀本夫者，裘以妇不同谋，欲出之。张大言曰："赵盾不讨贼为弑君，许止不尝药为弑父。《春秋》有诛意之法，是不可纵也。"妇竟论死。后张梦一女子，被发持剑，搏膺而至曰："我无死法，汝何助之急也？"以刃刺之，觉而刺处痛甚。自是夜夜为厉，以至于死。

其一曰：萧山韩其相先生，少工刀笔，久困场屋，且无子，已绝意进取矣。雍正癸卯雍正元年(1723)，在公安县幕，梦神人语曰："汝因笔孽多，尽削禄嗣。今治狱仁恕，赏汝科名及子，其速归。"未以为信，次夕梦复然。时已七月初旬，答以试期不及。神曰："吾能送汝也。"寤而急理归装。江行风利，八月初二日竟抵杭州，以遗才入闱中式。次年，果举一子。焕曾笃实有古风，其所言当不妄。

又所记《囚关绝祀》一条曰：平湖杨研耕在虞乡县幕时，主人兼署临晋，有疑狱，久未决。后鞫实为弟殴兄死，夜拟谳牍毕，未及灭烛而寝。忽闻床上钩鸣，帐微启，以为风也。少顷复鸣，则帐悬钩上，有白须老人跪床前叩头。叱之不见，而几上纸翻动有声。急起视，则所拟谳牍也。反复详审，罪实无枉。惟其家四世单传，至其父始生二子，一死非命，一又伏辜，则五世之祀斩矣。因毁稿存疑如故，盖以存疑为是也。余谓以王法论，灭伦者必诛；以人情论，绝祀者亦可悯。生与杀皆碍，仁与义竟两妨矣。如必委曲以求通，则谓杀人者抵，以申死者之冤也。申己之冤以绝祖父之祀，其兄有知，必不愿；使其竟愿，是无人心矣。虽不抵不为枉，是一说也。或又谓情者一人之事，法者天下之事也。使凡仅兄弟二人者，弟杀其兄，哀其绝祀，皆不抵，则夺产杀兄者多矣，何法以正伦纪乎？是又未尝非一说也。不有皋陶，此狱实为难断，存以待明理者之论定可矣。

沤麻水雨

姚安公言：昔在舅氏陈公德音家，遇骤雨，自巳至午乃息，所雨皆沤麻水也。时西席一老儒方讲学，众因叩曰："此雨究竟是何理？"老儒掉头面壁曰："子不语怪。"

老儒詈狐

刘香畹言：曩客山西时，闻有老儒经古冢，同行者言中有狐。老儒詈之，亦无他异。老儒故善治生，冬不裘，夏不絺，食不肴，饮不荈，妻子不宿饱。铢积锱累，得四十金，镕为四铤，秘缄之。而对人自诉无担石。自詈狐后，所储金或忽置屋颠树杪，使梯而取；或忽在淤泥浅水，使濡而求；甚或忽投圊溷茅厕，使探而濯；或移易其地，大索乃得；或失去数日，从空自堕，或与客对坐，忽纳于帽檐；或对人拱揖，忽铿然脱袖。千变万化，不可思议。一日，忽四铤跃掷空中，如蛱蝶飞翔，弹丸击触，渐高渐远，势将飞去。不得已，焚香拜祝，始自投于怀。自是不复相嬲，而讲学之气焰已索然尽矣。说是事时，一友曰："吾闻以德胜妖，不闻以詈胜妖也。其及也固宜。"一友曰："使周、张、程、朱詈，妖必不兴。惜其古貌不古心也。"一友曰："周、张、程、朱必不轻詈。惟其不足于中，故悻悻于外耳。"香畹首肯曰："斯言洞见症结矣。"

孝廉性啬

香畹又言：一孝廉颇善储蓄，而性啬吝啬。其妹家至贫，时逼除夕，炊烟不举。冒风雪徒步数十里，乞贷三五金，期明春以其夫馆谷偿。坚以窘辞。其母涕泣助请，辞如故。母脱簪珥付之去，孝廉如弗闻也。是夕，有盗穴壁入，罄所有去。迫于公论，弗敢告官捕。越半载，盗在他县败，供曾窃孝廉家，其物犹存十之七。移牒来问，又迫于公论，弗敢认。其妇吝财不能忍，阴遣子往认焉。孝廉内愧，避弗见客者半载。

夫母子天性，兄妹至情，以啬之故，漠如陌路。此真闻之扼腕矣。乃盗遽乘之，使人一快；失而弗敢言：得而弗敢取，又使人再快。至于椎心茹痛，自匿其瑕，复败于其妇，瑕终莫匿，更使人不胜其快。颠倒播弄，如是之巧，谓非若或使之哉！然能愧不见客，吾犹取其足为善。充此一愧，虽以孝友闻可也。

死犹不忘亲

卢霁渔编修患寒疾，误延读《景岳全书》作者张介宾，字会卿，号景岳，别号通一子，明代医学家者投人参，立卒。太夫人悔焉，哭极恸。然每一发声，辄闻板壁格格响；夜或绕床呼阿母，灼然辨为霁渔声。盖不欲高年之过哀也。悲哉！死而犹不忘亲乎！

亡母幻影

海阳鞠前辈庭和言：一宦家妇临卒，左手挽幼儿，右手挽幼女，呜咽而终。力擘之乃释，目炯炯尚不瞑也。后灯前月下，往往遥见其形，然呼之不应，问之不言；招之不来，即之不见。或数夕不出，或一夕数出；或望之在某人前，而某人反无睹；或此处方睹，而彼处又睹。大抵如泡影空花，电光石火，一转瞬而即灭，一弹指而倏生。虽不为害，而人人意中有一先亡夫人在。故后妻视其子女，不敢生分别心；婢媪童仆视其子女，亦不敢生凌侮心。至男婚女嫁，乃渐不睹，然越数岁或一见，故一家恒惴惴栗栗，如时在其房。或疑为狐魅所托，是亦一说。惟是狐魅扰人，而此不近人。且狐魅又何所取义，而辛苦十馀年，为时时作此幻影耶？殆结恋之极，精灵不散耳。为人子女者，知父母之心，殁而弥切如是也。其亦可以怆然感乎？

善全之鬼

庭和又言：有兄死而吞噬其孤侄者，迫胁侵蚀，殆无以自存。一夕，夫妇方酣眠，忽梦兄仓皇呼曰："起起！火已至。"醒而烟焰迷漫，无路可脱，仅破窗得出。喘息未定，室已崩摧，缓须臾，则灰烬矣。次日，急召其侄，尽还所夺。人怪其数朝之内，忽跖忽夷跖指盗跖，古代盗贼；夷指伯夷，古代贤者。此处指忽好忽坏。其人流涕自责，始知其故。此鬼善全骨肉，胜于为厉多多矣。

狐戏仆

高淳令梁公钦官户部额外主事时，与姚安公同在四川司。是时六部规制严，凡有故不能入署者，必遣人告掌印，掌印移牒司务，司务每日汇呈堂，谓之出付；不能无故不至也。一日，梁公不入署，而又不出付，众疑焉。姚安公与福建李公根侯，寓皆相近，放衙后同往视之。则梁公昨夕睡后，忽闻砰訇撞触声，如怒马腾踏。呼问无应者，悸而起视，乃二仆一御者裸体相搏，捶击甚苦，然皆缄口无一言。时四邻已睡，寓中别无一人，无可如何，坐视其斗。至钟鸣乃并仆，迨晓而苏，伤痕鳞叠，面目皆败。问之都不自知，惟忆是晚同坐后门纳凉，遥见破屋址上有数犬跳踉，戏以砖掷之，嗥而跳。就寝后遂有是变。意犬本是狐，月下视之未审欤！梁公泰和人，与正一真人为乡里，将往陈诉。姚安公曰："狐自游戏，何预于人？无故击之，曲不在彼。祖曲而攻直，于理不顺。"李公亦曰："凡仆隶与人争，宜先克己；理直尚不可纵使有恃而妄行，况理曲乎？"梁公乃止。

人狐相伪

乾隆己未乾隆四年(1739)会试前,一举人过永光寺西街,见好女立门外,意颇悦之,托媒关说,以三百金纳为妾。因就寓其家,亦甚相得。迨出闱返舍,则破窗尘壁,阒无一人,污秽堆积,似废坏多年者。访问邻家,曰:"是宅久空,是家来住仅月馀,一夕自去,莫知所往矣。"或曰:"狐也,小说中盖尝有是事。"或曰:"是以女为饵,窃资远遁,伪为狐状也。"夫狐而伪人,斯亦黠矣;人而伪狐,不更黠乎哉!余居京师五六十年,见类此者不胜数,此其一耳。

狐不害善人

汪御史香泉言:布商韩某,昵一狐女,日渐尪羸。其侣求符箓劾禁,暂去仍来。一夕,与韩共寝,忽披衣起坐曰:"君有异念耶?何忽觉刚气砭人,刺促不宁也?"韩曰:"吾无他念。惟邻人吴某,迫于债负,鬻其子为歌童。吾不忍其衣冠之后代指读书人的后代沦下贱,措四十金欲赎之,故辗转未眠耳。"狐女蹶然推枕曰:"君作是念,即是善人。害善人者有大罚,吾自此逝矣。"以吻相接,嘘气良久,乃挥手而去。韩自是壮健如初。

游僧语

戴遂堂先生曰:尝见一巨公,四月八日在佛寺礼忏放生。偶散步花下,遇一游僧,合掌曰:"公至此何事?"曰:"作好事也。"又问:"何为今日作好事?"曰:"佛诞日也。"又问:"佛诞日乃作好事,馀三百五十九日皆不当作好事乎?公今日放生,是眼前功德,不知岁岁庖厨之所杀,足当此数否乎?"巨公猝不能对。知客僧寺院执事之一,掌管全寺僧俗接待事宜代叱曰:"贵人护法,三宝增光。穷和尚何敢妄语!"游僧且行且笑曰:"紫衣和尚不语,故穷和尚不得不语也。"掉臂径出,不知所往。一老僧窃叹曰:"此阇黎梵语音译,指高僧大不晓事;然在我法中,自是突闻狮子吼矣。"

昔五台僧明玉尝曰:"心心念佛,则恶意不生,非日念数声即为功德也。日日持斋,则杀业永除,非月持数日即为功德也。燔炙肥甘,晨昏餍饫,而月限某日某日不食肉,谓之善人。然则苞苴公行,簠簋不饰指官员收受贿赂,贪婪成性，而月限某日某日不受钱，谓之廉吏乎？”与此游僧之言：若相印合。李杏浦总宪则曰：“此为彼教言之耳。士大夫终身茹素，势必不行。得数日持月斋，则此数日可减杀；得数人持月斋，则此数人可减杀，不愈于全不持乎？”是亦见智见仁，各明一义。第不知明玉傥在，尚有所辨难否耳？

鬼索债

恒王府长史东鄂洛作者原注：据《八旗氏族谱》，当为“董鄂”，然自书为“东鄂”。案牍册籍亦书为“东鄂”。《公羊传》所谓“名从主人也”谪居玛纳斯，乌鲁木齐之支属也。

一日，诣乌鲁木齐，因避暑夜行，息马树下。遇一人半跪问起居，云是戍卒刘青。与语良久，上马欲行。青曰：“有琐事，乞公寄一语：印房官奴喜儿，欠青钱三百。青今贫甚，宜见还也。”次日，见喜儿，告以青语。喜儿骇汗如雨，面色如死灰。怪诘其故，始知青久病死。初死时，陈竹山闵其勤慎，以三百钱付喜儿市酒脯楮钱奠之。喜儿以青无亲属，遂尽干没。事无知者，不虞鬼之见索也。竹山素不信因果，至是悚然曰：“此事不诬，此语当非依托也。吾以为人生作恶，特畏人知；人不及知之处，即可为所欲为耳。今乃知无鬼之论，竟不足恃。然则负隐慝者，其可虑也夫！”

绣履翔舞

昌吉平定后，以军俘逆党子女分赏诸将。乌鲁木齐参将某，实司其事。自取最丽者四人，教以歌舞，脂香粉泽，彩服明珰，仪态万方，宛如娇女，见者莫不倾倒。后迁金塔寺副将，戒期启行，诸童检点衣装，忽箧中绣履四双，翩然跃出，满堂翔舞，如蛱蝶群飞。以杖击之乃堕地，尚蠕蠕欲动，呦呦有声。识者讶其不祥。行至辟展，以鞭挞台员为镇守大臣所劾，论戍伊犁，竟卒于谪所。

劫女案

至危至急之地，或忽出奇焉；无理无情之事，或别有故焉。破格而为之，不能胶柱而断之也。吾乡一媪，无故率媪姬数十人，突至邻村一家，排闼强劫其女去。以为寻衅，则素不往来；以为夺婚，则媪又无子。乡党骇异，莫解其由。女家讼于官,官出牒拘摄,媪已携女先逃,不能踪迹,同行婢妪,亦四散逋亡。累绁多人,辗转推鞫,始有一人吐实,曰:"媪一子,病瘵垂殁,媪抚之恸曰:'汝死自命,惜哉不留一孙,使祖父竟为馁鬼也。'子呻吟曰:'孙不可必得,然有望焉。吾与某氏女私昵,孕八月矣,但恐产必见杀耶。'子殁后,媪咄咄独语十馀日,突有此举。殆劫女以全其胎耳。"官怃然曰:"然则是不必缉,过两三月自返耳。"届期果抱孙自首。官无如之何,仅断以不应重律,拟杖纳赎而已。此事如兔起鹘落,少纵即逝。此媪亦捷疾若神矣。

安静涵言:其携女宵遁时,以三车载婢妪,与己分四路行,故莫测所在。又不遵官路,横斜曲折,歧复有歧,故莫知所向。且晓行夜宿,不淹留一日,俟分娩乃税宅,故莫迹所居停。其心计尤周密也。女归,为父母所弃,遂偕媪抚孤,竟不再嫁。以其初涉溱洧,故旌典不及,今亦不著其氏族也。

烈 药

李庆子言:尝宿友人斋中,天欲晓,忽二鼠腾掷相逐,满室如飚轮旋转,弹丸迸跃,瓶彝罍洗,击触皆翻,砰铿碎裂之声,使人心骇。久之,一鼠踊起数尺,复堕于地,再踊再仆,乃僵。视之七窍皆血流,莫测其故。急呼其家僮收检器物,见柈中所晾媚药数十丸,啮残过半。乃悟鼠误吞此药,狂淫无度,牝不胜嬲而窜避,牡无所发泄,蕴热内燔以毙也。友人出视,且骇且笑,既而悚然曰:"乃至是哉,吾知惧矣!"尽覆所蓄药于水。夫燥烈之药,加以锻炼,其力既猛,其毒亦深。吾见败事者多矣,盖退之硫黄,贤者不免。庆子此友,殆数不应尽,故鉴于鼠而忽悟欤!

死生有地

张鷟《朝野佥载》张鷟,字文成,自号浮休子,唐代小说家。《朝野佥载》,唐代笔记小说集,共六卷曰:"唐青州刺史刘仁轨,以海运失船过多,除名为民,遂辽东效力。遇病,卧平壤城下,褰幕看兵士攻城。有一兵直来前头背坐,叱之不去。须臾城头放箭,正中心而死。微此兵,仁轨几为流矢所中。"大学士温公征乌什时,为领队大臣。方督兵攻城,渴甚,归帐饮。适一侍卫亦来求饮,因让茵与坐。甫拈碗,贼突发巨炮,一铅丸洞其胸死。使此人缓来顷刻,则必不免矣。此公自为余言:与刘仁轨事绝相似。后公征大金川,卒战殁于木果木。知人之生死，各有其地，虽命当阵陨者，苟非其地，亦遇险而得全。然则畏缩求免者，不徒多一趋避乎哉？

狐　事

人物异类，狐则在人物之间；幽明异路，狐则在幽明之间；仙妖异途，狐则在仙妖之间。故谓遇狐为怪可，谓遇狐为常亦可。三代以上无可考。《史记·陈涉世家》称篝火作狐鸣曰："大楚兴，陈胜王。"必当时已有是怪，是以托之。吴均《西京杂记》称广川王发栾书冢，击伤冢中狐，后梦见老翁报冤。是幻化人形，见于汉代。张鷟《朝野佥载》称唐初以来，百姓多事狐神，当时谚曰："无狐魅，不成村。"是至唐代乃最多。《太平广记》载狐事十二卷，唐代居十之九，是可以证矣。诸书记载不一，其源流始末，则刘师退先生所述为详。

盖旧沧州南一学究与狐友，师退因介学究与相见。躯干短小，貌如五六十人，衣冠不古不今，乃类道士；拜揖亦安详谦谨。寒温毕，问枉顾意。师退曰："世与贵族相接者，传闻异词，其间颇有所未明。闻君豁达不自讳，故请祛所惑。"狐笑曰："天生万品，各命以名。狐名狐，正如人名人耳；呼狐为狐，正如呼人为人耳，何讳之有？至我辈之中，好丑不一，亦如人类之内，良莠不齐。人不讳人之恶，狐何必讳狐之恶乎？第言无隐。"师退问："狐有别乎？"曰："凡狐皆可以修道，而最灵者曰狖狐。此如农家读书者少，儒家读书者多也。"问："狖狐生而皆灵乎？"曰："此系乎其种类。未成道者所生，则为常狐；已成道者所生，则自能变化也。"问："既成道矣，自必驻颜。而小说载狐亦有翁媪，何也？"曰："所谓成道，成人道也。其饮食男女，生老病死，亦与人同。若夫飞升霞举，又自一事。此如千百人中，有一二人求仕宦。其炼形服气者，如积学以成名；其媚惑采补者，如捷径以求售。然游仙岛、登天曹者，必炼形服气乃能。其媚惑采补，伤害或多，往往干天律也。"问："禁令赏罚，孰司之乎？"曰："小赏罚统于其长，大赏罚则地界鬼神鉴察之。苟无禁令，则来往无形，出入无迹，何事不可为乎！"问："媚惑采补，既非正道，何不列诸禁令，必俟伤人乃治乎？"曰："此譬诸巧诱人财，使人喜助，王法无禁也。至夺财杀人，斯论抵耳。《列仙传》载酒家妪，何尝干冥诛乎！"问："闻狐为人生子，不闻人为狐生子，何也？"微哂曰："此不足论。盖有所取无所与耳。"问："支机别赠，不惮牵牛妒乎？支机，即织女星；牵牛，即牵牛星。织女把东西送给他人，不怕牛郎妒忌吗？”又哂曰：“公太放言：殊未知其审。凡女则如季姬鄫子之故事，可自择配。妇则既有定偶，弗敢逾防。若夫赠芍采兰，偶然越礼，人情物理，大抵不殊，固可比例而知耳。”问：“或居人家，或居旷野，何也？”曰：“未成道者未离乎兽，利于远人，非山林弗便也；已成道者事事与人同，利于近人，非城市弗便也；其道行高者，则城市山林皆可居，如大富大贵家，其力百物皆可致，住荒村僻壤与通都大邑一也。”师退与纵谈，其大旨惟劝人学道，曰：“吾曹辛苦一二百年，始化人身。公等现是人身，功夫已抵大半，而悠悠忽忽，与草木同朽，殊可惜也。”师退腹笥三藏印度佛教将其圣典分为三类：经藏、律藏、论藏。三藏又作“三法藏”。此处指学识丰富，引与谈禅。则谢曰：“佛家地位绝高，然或修持未到，一入轮回，便迷却本来面目。不如且求不死，为有把握。吾亦屡逢善知识，不敢见异而迁也。”

师退临别曰：“今日相逢，亦是天幸，君有一言赠我乎？”踌躇良久，曰：“三代以下恐不好名，此为下等人言。自古圣贤，却是心气和平，无一毫做作。洛、闽诸儒，撑眉努目，便生出如许葛藤。先生其念之。”师退怃然自失。盖师退崖岸太峻，时或过当云。

狐鬼对语

裘文达公言：尝闻诸石东村曰，有骁骑校，颇读书，喜谈文义。一夜寓直宣武门城上，乘凉散步。至丽谯即城楼之东，见二人倚堞相对语。心知为狐鬼，屏息伺之。其一举手北指曰：“此故明首善书院，今为西洋天主堂矣。其推步星象，制作器物，实巧不可阶。其教则变换佛经，而附会以儒理，吾曩往窃听，每谈至无归宿处，辄以天主解结，故迄不能行。然观其作事，心计亦殊黠。”其一曰：“君谓其黠，我则怪其太痴。彼奉其国王之命，航海而来，不过欲化中国为彼教。揆度事势，宁有是理！而自利玛窦意大利耶稣会传教士，学者。明朝万历年间来到中国以后，源源续至，不偿其所愿终不止，不亦颠软？”其一又曰：“岂但此辈痴，即彼建首善书院者亦复大痴。奸珰柄国指宦官当权，方阴伺君子之隙，肆其诋排，而群聚清谈，反予以钩党之题目，一网打尽，亦复何尤！且三千弟子，惟孔子则可，孟子揣不及孔子，所与讲肄者公孙丑、万章等数人而已。洛闽诸儒，无孔子之道德，而亦招聚生徒，盈千累万，枭鸾并集指小人与君子混杂，门户交争，遂酿为朋党，而国随以亡。东林诸儒，不鉴覆辙，又骛虚名而受实祸。今凭吊遗踪，能无责备于贤者哉！”方相对叹息，忽回顾见人，翳然而灭。东村曰:“天下趋之如骛,而世外之狐鬼,乃窃窃不满也。人误耶?狐鬼误耶?”

冯大邦

王西园先生守河间时,人言献县八里庄河夜行者多遇鬼,惟县役冯大邦,过则鬼不敢出。有遇鬼者,或诈称冯姓名,鬼亦却避。先生闻之曰:“一县役能使鬼畏,此必有故矣。”密访将惩之。或为解曰:“本无是事,百姓造言耳。”先生曰:“县役非一,而独为冯大邦造言:此亦必有故矣。”仍檄拘之,大邦惧而亡去。此庚午乾隆十五年(1750)、辛未乾隆十六年(1751)间事,先生去郡后数载,大邦尚未归。今不知如何也。

神难欺

里有崔某者,与豪强讼,理直而弗能伸也。不胜其愤,殆欲自戕。夜梦其父语曰:“人可欺,神则难欺;人有党,神则无党。人间之屈弥甚,则地下之伸弥畅。今日之纵横如志者,皆十年外业镜台前觳觫对簿者也。吾为冥府司茶吏,见判司注籍矣,汝何恚焉!”崔自是怨尤都泯,更不复一言。

造物巧于人

有善讼者,一日,为人书讼牒,将罗织多人。端绪缴绕头绪纷繁复杂,猝不得分明,欲静坐搆思。乃戒毋通客,并妻亦避居别室。妻先与邻子目成,家无隙所,窥伺岁馀,无由一近也,至是乃得间焉。后每搆思,妻辄嘈杂以乱之,必叱使避出,袭为例。邻子乘间而来,亦袭为例,终其身不败。殁后岁馀,妻以私孕为怨家所讦,官鞫外遇之由,乃具吐实。官拊几喟然曰:“此生刀笔巧矣,乌知造物更巧乎!”

刑官难为

必不能断之狱,不必在情理外也;愈在情理中,乃愈不能明。门人吴生冠贤,为安定令时,余自西域从军还,宿其署中。闻有幼女幼男皆十六七岁,并呼冤于舆前。幼男曰："此我童养之妇。父母亡，欲弃我别嫁。"幼女曰："我故其胞妹。父母亡，欲占我为妻。"问其姓，犹能记。问其乡里，则父母皆流丐，朝朝转徙，已不记为何处人矣。问同丐者，则曰："是到此甫数日，即父母并亡，未知其始末。但闻其以兄妹称，然小家童养媳，与夫亦例称兄妹，无以别也。"有老吏请曰："是事如捉影捕风，杳无实证，又不可以刑求，断合断离，皆难保不误。然断离而误，不过误破婚姻，其失小；断合而误，则误乱人伦，其失大矣。盍断离乎！"推研再四，无可处分，竟从老吏之言。

因忆姚安公官刑部时，织造官名。明清时于南京、杭州、苏州各地设立专局，掌管织造各项丝织品，供皇室之用海保方籍没，官以三步军守其宅。宅凡数百间，夜深风雪，三人坚扃外户，同就暖于邃密寝室中，篝灯共饮。沉醉以后，偶剔灯灭，三人暗中相触击，因而互殴。殴至半夜，各困踣卧。至曙，则一人死焉。其二人一曰戴符，一曰七十五，伤亦深重，幸不死耳。鞫讯时，并云共殴致死，论抵无怨。至是夜昏黑之中，觉其扭者即相扭，觉有殴者即还殴，不知谁扭我谁殴我，亦不知我所扭为谁所殴为谁；其伤之重轻，与某伤为某殴，非惟二人不能知，即起死者问之，亦断不能知也。既一命不必二抵，任官随意指一人，无不可者。如必研讯为某人，即三木严求，亦不过妄供耳。竟无如之何，相持月馀，会戴符病死，借以结案。姚安公尝曰："此事坐罪起衅者，亦可以成狱。然核其情词，起衅者实不知谁。锻炼而求，更不如随意指也。迄今反复追思，究不得一推鞫法。刑官岂易为哉？"

有鬼为祟

文安王岳芳言：其乡有女巫，能视鬼。尝至一宦家，私语其仆妇曰："某娘子床前，一女鬼，着惨绿衫，血渍胸臆，颈垂断而不殊，反折其首，倒悬于背后，状甚可怖。殆将病乎？"俄而寒热大作。仆妇以女巫言告，具楮钱祭祀时焚化的纸钱酒食送之，顷刻而痊。余尝谓风寒暑暍，皆可作疾，何必定有鬼为祟。一女巫曰："风寒暑暍之疾，其起也以渐而觉，其愈也以渐而灭。鬼病则陡然而剧，陡然而止。以此为别，历历不失也。"此言似亦近理。

其言如药

陈石闾言：有旧家子偕数客观剧九如楼。饮方酣，忽一客中恶仆地。

方扶掖灌救，突起坐张目直视。先拊膺痛哭，责其子之冶游；次啮齿握拳，数诸客之诱引。词色俱厉，势若欲相搏噬。其子识是父语声，蒲伏战栗，殆无人色。诸客皆瑟缩潜遁，有踉跄失足破额者。四坐莫不太息。此雍正甲寅雍正十二年(1734)事，石间曾目击之，但不肯道其姓名耳。先师阿文勤公曰："人家不通宾客，则子弟不亲士大夫，所见惟妪婢僮奴，有何好样？人家宾客太广，必有淫朋匪友参杂其间，狎昵濡染，贻子弟无穷之害。"数十年来，历历验所见闻，知公言真药石也。

林外人影

五军塞王生言：有田父夜守枣林，见林外似有人影。疑为盗，密伺之。俄一人自东来，问："汝立此有何事?"其人曰："吾就木时，某在旁窃有幸词，衔之二十馀年矣。今渠亦被摄，吾在此待其缧绁被捆绑着过也。"怨毒之于人，甚矣哉！

亢害满覆

甲与乙有隙，甲妇弗知也。甲死，妇议嫁，乙厚币娶焉。三朝后，共往谒兄嫂，归而迂道至甲墓，对诸耕者馌者拍妇肩呼曰："某甲，识汝妇否耶?"妇恚，欲触树。众方牵挽，忽旋飚飒然，尘沙眯目，则夫妇已并似失魂矣。扶回后，倏迷倏醒，竟终身不瘥。外祖家老仆张才，其至戚也，亲目睹之。夫以直报怨，圣人弗禁，然已甚，则圣人所不为。《素问》曰："亢则害。"《家语》曰："满则覆。"乙亢极满极矣，其及也固宜。

放焰口

僧所诵焰口经，词颇俚，然闻其召魂施食诸梵咒，则实佛所传。余在乌鲁木齐，偶与同人论是事，或然或否。印房官奴白六，故剧盗遣戍者也，卒然曰："是不诬也。曩遇一大家放焰口佛教超度恶鬼的一种法事，欲伺其匆扰取事，乃无隙可乘。伏卧高楼檐角上，俯见摇铃诵咒时，有黑影无数，高可二三尺，或逾垣入，或由窦入，往来摇漾，凡无人处皆满。迨撒米时，倏聚倏散，倏前倏后，如环绕攘夺，并仰接俯拾之态，亦仿佛依稀。其色如轻烟，其状略似人形，但不辨五官四体耳。”然则鬼犹求食，不信有之乎？

新旧石碑

后汉敦煌太守裴岑破呼衍王碑，在巴里坤海子上关帝祠中，屯军耕垦，得之土中也。其事不见《后汉书》，然文句古奥，字划浑朴，断非后人所依托。以僻在西域，无人摹拓，石刻锋棱犹完整。乾隆庚寅乾隆三十五年(1770)，游击刘存存作者原注：此是其字，其名偶忘之。武进人也摹刻一木本，洒火药于上，烧为斑驳，绝似古碑。二本并传于世，赏鉴家率以旧石本为新，新木本为旧。与之辩，傲然弗信也。以同时之物，有目睹之人，而真伪颠倒尚如此，况于千百年外哉！《易》之象数，《诗》之小序，《春秋》之三传，或亲见圣人，或去古未远，经师授受，端绪分明。宋儒曰：“汉以前人皆不知，吾以理知之也。”其类此夫。

西洋贡狮

康熙十四年，西洋贡狮，馆阁前辈多有赋咏。相传不久即逸去，其行如风，巳刻绝锁，午刻即出嘉峪关。此齐东语也。圣祖南巡，由卫河回銮，尚以船载此狮，先外祖母曹太夫人，曾于度帆楼窗罅窥之，其身如黄犬，尾如虎而稍长，面圆如人，不似他兽之狭削。系船头将军柱上，缚一豕饲之。豕在岸犹号叫，近船即噤不出声，及置狮前，狮俯首一嗅，已怖而死。临解缆时，忽一震吼，声如无数铜钲陡然合击。外祖家厩马十馀，隔垣闻之，皆战栗伏枥下；船去移时，尚不敢动。信其为百兽王矣。狮初至，时吏部侍郎阿公礼稗，画为当代顾、陆顾，东晋顾恺之，有“画祖”之称；陆，南朝宋明帝时宫廷画家陆探微，被奉为“画圣”，曾橐笔对写一图，笔意精妙。旧藏博晰斋前辈家，阿公手赠其祖者也。后售于余，尝乞一赏鉴家题签。阿公原未署名，以元代曾有献狮事，遂题曰“元人狮子真形图”。晰斋曰：“少宰丹青，原不在元人下。此赏鉴未为谬也。

略涉文翰之鬼

乾隆庚辰乾隆二十五年(1760)，戈芥舟前辈扶乩，其仙自称唐人张紫鸾，将访刘长卿于瀛洲岛，偕游天姥。或叩以事，书一诗曰：“身从异域来，时见瀛洲岛。日落晚风凉，一雁入云杳。”隐示以鸿冥物外，不预人世之是非也。芥舟与论诗，即欣然酬答，以所游名胜《破石崖》《天姥峰》《庐山联句》三篇而去。芥舟时修《献县志》，因附录志末。其《破石崖》一篇，前为五言律诗八韵，对偶声韵俱谐；第九韵以下，忽作鲍参军《行路难》、李太白《蜀道难》体。唐三百年诗人无此体裁，殊不入格。其以东、冬、庚、青四韵通押，仿昌黎“此日足可惜”诗，以穿鼻声七韵为一部例，又似稍读古书者。盖略涉文翰之鬼，伪托唐人也。

碎镜

河城作者原注：在县东十五里，隋乐寿县故城也西村民，掘地得一镜，广丈馀，已触碎其半。见者人持一片去，置室中，每夕吐光。凡数家皆然。是亦王度神镜，应月盈亏之类。但残破之馀，尚能如是，更异耳。或疑镜何以如此之大，余谓此必河间王宫殿中物。陆机与弟云书曰：“仁寿殿中，有大方镜广丈馀，过之辄写人影。”是晋代犹沿此制也。

崇古之事

乾隆己卯乾隆二十四年(1759)、庚辰乾隆二十五年(1760)间，献县掘得唐张君平墓志。大中七年明经刘伸撰，字画尚可观，文殊鄙俚。余拓示李廉衣前辈，曰：“公谓古人事事胜今人，此非唐文耶？天下率以名相耀耳。如核其实，善笔札者必称晋，其时亦必有极拙之字；善吟咏者必称唐，其时亦必有极恶之诗。非晋之厮役皆羲、献，唐之屠沽皆李、杜也。西子、东家实为一姓，盗跖、柳下乃是同胞，岂能美则俱美，贤则俱贤耶？赏鉴家得一宋砚，虽滑不受墨，亦宝若球图；得一汉印，虽缪不成文，亦珍逾珠璧。问何所取，曰取其古耳。东坡诗曰：‘嗜好与俗殊酸咸。’斯之谓欤！”

屈　狐

交河老儒刘君琢，名璞，素谨厚，以长者称。在余家设帐二十馀年，从兄懋园作者原注：坦居，从弟东白作者原注：羲轮，皆其弟子也。尝自河间岁试归，中途遇雨，借宿民家。主人曰：“家惟有屋两楹，尚可栖止，然素有魅，不知狐与鬼也。君能不畏，则请解装。”不得已宿焉。灭烛以后，承尘上轰轰震响，如怒马奔腾。君琢起着衣冠，长揖仰祝曰：“偃蹇寒儒，偶然宿此，欲祸我耶？我非君仇，欲戏我耶？与君素不狎昵，欲逐我耶？今夜必不能行，明朝亦必不能住，何必多此扰攘耶？”俄闻承尘上似老媪语曰：“客言殊有理，尔辈勿太造次。”闻足音橐橐然，向西北隅去，顷刻寂然矣。君琢尝以告门人曰：“遇意外之横逆，平心静气，或有解时。当时如怒詈之，未必不抛砖掷瓦。”

又刘景南尝僦一寓，迁入之夕，大为狐扰。景南诃之曰：“我自出钱租宅，汝何得鸠占鹊巢？”狐厉声答曰：“使君先居此，我续来争，则曲在我。我居此宅五六十年，谁不知者。君何处不可租宅，而必来共住？是恃气相凌也，我安肯让君？”景南次日遂移去。何励庵先生曰：“君琢所遇之狐，能为理屈；景南所遇之狐，能以理屈人。”先兄晴湖曰：“屈狐易，能屈于狐难。”

僵　尸

道家有太阴炼形法，葬数百年，期满则复生。此但有是说，未睹斯事。古以水银敛者，尸不朽，则凿然有之。董曲江曰：“凡罪应戮尸者，虽葬多年，尸不朽，吕留良焚骨时，开其棺，貌如生，刃之尚有微血。盖鬼神留使伏诛也。某人作者原注：是曲江之亲族，当时举其字，今忘之矣时官浙江，奉檄莅其事，亲目击之。然此类皆不为祟。其为祟者曰僵尸。僵尸有二：其一新死未敛者，忽跃起搏人；其一久葬不腐者，变形如魑魅，夜或出游，逢人即攫。或曰：‘旱魃即此。’莫能详也。夫人死则形神离矣，谓神不附形，安能有知觉运动？谓神乃附形，是复生矣，何又不为人而为妖？且新死尸厥者，并其父母子女或抱持不释，十指抉入肌骨。使无知，何以能踊跃？使有知，何以一息才绝，即不识其所亲？是殆别有邪物凭之，戾气感之，而非游魂之为变欤！袁子才前辈《新齐谐》载南昌士人行尸夜见其友事，始而祈请，继而感激，继而凄恋，继而忽变形搏噬。谓人之魂善而魄恶，人之魂灵而魄愚。其始来也，一灵不泯，魄附魂以行；其既去也，心事既毕，魂一散百魄滞。魂在则为人也，魂去则非其人也。世之移尸走影，皆魄为之。惟有道之人，为能制魄。”语亦凿凿有精理，然管窥之见，终疑其别有故也。

月下男女

任子田言：其乡有人夜行，月下见墓道松柏间，有两人并坐。一男子年约十六七，韶秀可爱；一妇人白发垂项，佝偻携杖，似七八十以上人。倚肩笑语，意若甚相悦。窃讶何物淫妪，乃与少年儿狎昵。行稍近，冉冉而灭。次日，询是谁家冢，始知某早年夭折，其妇孀守五十馀年，殁而合窆合葬于是也。《诗》曰："榖则异室，死则同穴。"情之至也。《礼》曰："殷人之祔也离之，周人之祔也合之。善夫！"圣人通幽明之礼，故能以人情知鬼神之情也。不近人情，又乌知《礼》意哉！

冥司重圣贤

族侄肇先言：有书生读书僧寺，遇放焰口。见其威仪整肃，指挥号令，若可驱役鬼神。喟然曰："冥司之敬彼教，乃过于儒。"灯影朦胧间，一叟在旁语曰："经纶宇宙，惟赖圣贤，彼仙佛特以神道补所不及耳。故冥司之重圣贤，在仙佛上，然所重者真圣贤。若伪圣伪贤，则阴干天怒，罪亦在伪仙伪佛上。古风淳朴，此类差稀。四五百年以来，累囚日众，已别增一狱矣，盖释道之徒，不过巧陈罪福，诱人施舍。自妖党聚徒谋为不轨外，其伪称我仙我佛者，千万中无一。儒则自命圣贤者，比比皆是。民听可惑，神理难诬。是以生拥皋比，殁沉阿鼻生前坐拥高台讲学，死后坠入阿鼻地狱。以其贻害人心，为圣贤所恶故也。"书生骇愕，问："此地府事，公何由知？"一弹指间，已无所睹矣。

反间计

甲乙有夙怨，乙日夜谋倾甲。甲知之，乃阴使其党某以他途入乙家，凡为乙谋，皆算无遗策；凡乙有所为，皆以甲财密助其费，费省而功倍。越一两岁，大见信，素所倚任者皆退听。乃乘间说乙曰："甲昔阴调我妇，讳弗敢言，然衔之实次骨。以力弗敌，弗敢婴。闻君亦有仇于甲，故效犬马于门下。所以尽心于君者，固以报知遇，亦为是谋也。今有隙可抵，盍图之。"乙大喜过望，出多金使谋甲。某乃以乙金为甲行赂，无所不曲到。阱既成，伪造甲恶迹，及证佐姓名以报乙，使具牒。比庭鞫，则事皆子虚乌有，证佐亦莫不倒戈，遂一败涂地，坐诬论戍。愤恚甚，以昵某久，平生阴事皆在其手，不敢再举，竟气结死。死时誓诉于地下，然越数十年卒无报。论者谓难端发自乙，甲势不两立，乃铤而走险，不过自救之兵，其罪不在甲。某本为甲反间，各忠其所事，于乙不为负心，亦不能甚加以罪。故鬼神弗理也。此事在康熙末年。《越绝书》记载早期吴越历史的典籍载子贡谓越王曰："夫有谋人之心，而使人知之者，危也。"岂不信哉！

义兄狐弟

里人范鸿禧，与一狐友昵。狐善饮，范亦善饮，约为兄弟，恒相对醉眠。忽久不至，一日遇于秫田中，问："何忽见弃？"狐掉头曰："亲兄弟尚相残，何有于义兄弟耶？"不顾而去。盖范方与弟讼也。杨铁崖《白头吟》曰："买妾千黄金，许身不许心；使君自有妇，夜夜白头吟。"与此狐所见正同。

樊　长

献县捕役樊长，与其侣捕一剧盗。盗跳免，絷其妇于官店作者原注：捕役拷盗之所，谓之官店，实其私居也，其侣拥之调谑，妇畏箠楚，噤不敢动，惟俯首饮泣。已缓结矣，长突见之，怒曰："谁无妇女？谁能保妇女不遭患难落人手？汝敢如是，吾此刻即鸣官。"其侣慑而止。时雍正四年七月十七日戌刻也。长女嫁为农家妇，是夜为盗所劫，已褫衣反缚，垂欲受污，亦为一盗呵而止。实在子刻，中间仅仅隔一亥刻耳。次日，长闻报，仰面视天，舌挢 jiǎo 翘起不能下也。

琴师钱生

裘文达公赐第，在宣武门内石虎衚衕。文达之前，为右翼宗学。宗学之前，为吴额驸府。吴额驸之前，为前明大学士周延儒第。阅年既久，又窔窌闳深，故不免时有变怪，然不为人害也。厅事西小屋两楹，曰"好春轩"，为文达燕见宾客地。北壁一门，又横通小屋两楹。僮仆夜宿其中，睡后多为魅舁出。不知是鬼是狐，故无敢下榻其中者。琴师钱生独不畏，亦竟无他异。钱面有癞风，状极老丑，蒋春农戏曰："是尊容更胜于鬼，鬼怖而逃耳。"一日，键户外出，归而几上得一雨缨帽，制作绝佳，新如未试。互相传视，莫不骇笑。由此知是狐非鬼，然无敢取者。钱生曰："老病龙钟，多逢厌贱。自司空以外作者原注：文达公时为工部尚书，怜念者曾不数人，我冠诚敝，此狐哀我贫也。"欣然取着，狐亦不复摄去。其果赠钱生耶？赠钱生者又何意耶？斯真不可解矣。

老狐诉子

尝与杜少司寇凝台同宿南石槽，闻两家轿夫相语曰："昨日怪事：我表兄朱某在海淀为人守墓，因入城未返，其妻独宿。闻园中树下有斗声，破窗纸窃窥，见二人攘臂奋击，一老翁举杖隔之，不能止。俄相搏仆地，并现形为狐，跳踉摆拨，触老翁亦仆。老翁蹶起，一手按一狐，呼曰：'逆子不孝！朱五嫂可助我！'朱伏不敢出，老翁顿足曰：'当诉诸土神。'恨恨而散。次夜，闻满园银铛声，似有所搜捕。觉几上瓦瓶似微动，怪而视之，瓶中小语曰：'乞勿言，当报恩。'朱怒曰：'父母恩且不肯报，何有于我！'与瓶掷门外碑趺上，碯然而碎，即闻嗷嗷有声，意其就执矣。"一轿夫曰："斗触父母倒是何大事，乃至为土神捕捉？殊可怖也。"凝台顾余笑曰："非轿夫不能作此言。"

张媪问冥吏

里有张媪，自云尝为走无常，今告免矣。昔到阴府，曾问冥吏："事佛有益否？"吏曰："佛只是劝人为善，为善自受福，非佛降福也。若供养求佛降福，则廉吏尚不受赂，曾佛受赂乎？"又问："忏悔有益否？"吏曰："忏悔须勇猛精进，力补前愆。今人忏悔，只是自首求免罪，又安有益耶？"此语非巫者所肯言。似有所受之。

卷十一

槐西杂志一

余再掌乌台，每有法司会谳事，故寓直西苑之日多。借得袁氏婿数楹，榜曰“槐西老屋”。公馀退食，辄憩息其间。距城数十里，自僚属白事外，宾客殊稀。昼长多暇，晏坐而已。旧有《滦阳消夏录》、《如是我闻》二书，为书肆所刊刻。缘是友朋聚集，多以异闻相告。因置一册于是地，遇轮直则忆而杂书之，非轮直之日则已。其不能尽忆则亦已。岁月骎寻，不觉又得四卷，孙树馨录为一帙，题曰《槐西杂志》。其体例则犹之前二书耳。自今以往，或竟懒而辍笔欤，则以为《挥麈》之三录可也；或老不能闲，又有所缀欤，则以为《夷坚》之丙志亦可也。壬子乾隆五十七年(1792)六月，观弈道人识。

少妇守志

《隋书》载兰陵公主死殉后夫，登于《列女传》之首，颇乖史法作者原注：祖君彦《檄隋文》称兰陵公主逼幸告终。盖欲甚炀帝之恶，当以史文为正，沧州医者张作霖言，其乡有少妇，夫死未周岁辄嫁。越两岁，后夫又死，乃誓不再适，竟守志终身。尝问一邻妇病，邻妇忽瞋目作其前夫语曰：“尔甘为某守，不为我守，何也？”少妇毅然对曰：“尔不以结发视我，三年曾无一肝鬲语，我安得为尔守！彼不以再醮轻我，两载之中，恩深义重，我安得不为彼守！尔不自反，乃敢咎人耶？”鬼竟语塞而退。

此与兰陵公主事相类。盖亦豫让“众人遇我，众人报之；国士遇我，国士报之”之意也。然五伦之中，惟朋友以义合。不计较报施，厚道也；即计较报施，犹直道也。兄弟天属，已不可言报施；况君臣父子夫妇，义属三纲哉。渔洋山人作《豫让桥》诗曰：“国士桥边水，千年恨不穷；如闻柱厉叔，死报莒敖公。”自谓可以敦薄，斯言允矣。然柱厉叔以不见知而放逐，乃挺身死难，以愧人君不知其臣者作者原注：事见刘向《说苑》是犹怨怼之意，特与君较是非，非为君捍社稷也。其事可风，其言则未协乎义。或记载者之失乎？

废宅绝句

江宁王金英，字菊庄，余壬午乾隆二十七年(1762)分校所取士也。喜为诗，才力稍弱，然秀削不俗，颇近宋末四灵。尝画艺菊小照，余戏仿其体格题之，有"以菊为名字，随花入画图"句，菊庄大喜。则所尚可知矣。撰有诗话数卷，尚未成书，霜凋夏绿，其稿不知流落何所。犹记其中一条云：江宁一废宅，壁上微有字迹。拂尘谛视，乃绝句五首。其一曰："新绿渐长残红稀，美人清泪沾罗衣。蝴蝶不管春归否，只趁菜花黄处飞。"其二曰："六朝燕子年年来，朱雀桥圮花不开。未须惆怅问王谢，刘郎一去何曾回？"其三曰："荒池废馆芳草多，踏青年少时行歌。谯楼鼓动人去后，回风袅袅吹女萝。"其四曰："土花漠漠围颓垣，中有桃叶桃根魂。夜深踏遍阶下月，可怜罗袜终无痕。"其五曰："清明处处啼黄鹂，春风不上枯柳枝。惟应夹虺双石兽，记汝曾挂黄金丝。"字极怪伟，不著姓名，不知为人语鬼语。余谓此福王破灭以后，前明故老之词也。

忠孝感天

董秋原言：昔为钜野学官时，有门役典守节孝祠，即携家居祠侧。一日秋祀，门役夜起洒扫，其妻犹寝。梦中见妇女数十辈，联袂入祠。心知神降，亦不恐怖。忽见所识二贫媪亦在其中，再三审视，真不谬。怪问："其未邀旌表，何亦同来？"一媪答曰："人世旌表，岂能遍及穷乡蔀屋草席盖顶之屋。泛指幽暗简陋的房子？湮没不彰者，在在有之。鬼神悯其荼苦，虽祠不设位，亦招之来飨。或藏瑕匿垢，冒滥馨香，虽位设祠中，反不容入。故我二人得至此也。"此事颇创闻。然揆以神理，似当如是。

又，献县礼房吏魏某，临终喃喃自语曰："吾处闲曹，自谓未尝作恶业；不虞贫妇请旌，索其常例，冥谪如是其重也。"二事足相发明。信忠孝节义，感天地动鬼神矣！

恶少装鬼

族叔行止言：有农家妇，与小姑并端丽。月夜纳凉，共睡檐下，突见赤发青面鬼，自牛栏后出，旋舞跳掷，若将搏噬。时男子皆外出守场圃，姑嫂悸不敢语。鬼一一攫搦强污之，方跃上短墙，忽嗷然失声，倒投于地。见其久不动，乃敢呼人。邻里趋视，则墙内一鬼，乃里中恶少某，已昏仆不知人；墙外一鬼屹然立，则社公祠中土偶也。父老谓社公有灵，议至晓报赛祭祀以谢神。一少年哑然曰："某甲恒五鼓出担粪，吾戏抱神祠鬼卒置路侧，使骇走，以博一笑；不虞遇此伪鬼，误为真鬼惊踣也。社公何灵哉！"中一老叟曰："某甲日日担粪，尔何他日不戏之而此日戏之也？戏之术亦多矣，尔何忽抱此土偶也？土偶何地不可置，尔何独置此家墙外也？此其间神实凭之，尔自不知耳。"乃共醵金凑钱以祀。其恶少为父母舁去，困卧数日，竟不复苏。

糊涂神祠

山西太谷县西南十五里白城村，有糊涂神祠，土人奉事之甚严。云稍不敬，辄致风雹。然不知神何代人，亦不知何以得此号。后检《通志》，乃知为狐突祠，元中统三年敕建，本名利应狐突神庙。狐、糊同音，北人读入声皆似平，故"突"转为"涂"也，是又一杜十姨唐杜甫曾任左拾遗，世称"杜拾遗"。民间讹传为"杜十姨"矣。

石中物象

石中物象，往往有之。姜绍书《韵石轩笔记》言，见一石子，作太极图。是犹纹理旋螺，偶分黑白也。颜介子尝见一英德砚山，上有白脉，作"山高月小"四字，炳然分明；其脉直透石背，尚依稀似字之反面，但模糊散漫，不具点画波磔耳。谛视，非嵌非雕，亦非渍染，真天成也。不更异哉！夫山与地俱有，石与山俱有，岂开辟以来，即预知有程邈隶书欤？即预知有东坡《赤壁赋》欤？即曰山孕此石，在宋以后，又谁使仿此字？谁使题此语欤？然则天工之巧，无所不有，精华蟠结，自成文章。非常理所可测矣。

世传河图、洛书，出于北宋，唐以前所未见也。河图作黑白圈五十五，洛书作黑白圈四十五。考孔安国《论语注》，称河图即八卦作者原注：孔安国《论语注》今已不传，此条乃何晏《论语集解》所引是孔氏之门，本无此五十五点之图矣，陈抟何自而得之？至洛书既谓之书，当有文字，乃亦四十五圈，与河图相同，是宜称洛图不得称书。《系辞》又何以别之曰书乎？刘向、刘歆、班固并称洛书有文，孔颖达《尚书正义》并详载其字数作者原注：《洪范》"初一曰五行"一章疏曰，《五行志》全载此一章，云此六十五皆洛书本文。计天言简要，必无次第之数。"初一曰"等二十七字，是禹加之也；"其敬用农用”等一十八字，大刘及顾氏以为龟背先有总三十八字，小刘以为“敬用”等皆禹所第叙，其龟文惟有二十字云云。虽所说字数不同，而足见由汉至唐，洛书无黑白点伪图也观此砚山，知石纹成字，凿然不诬，未可执卢辩晚出之说作者原注：明堂九室法龟文，始见北齐卢辩《大戴礼注》。朱子以为郑康成说，偶误记也遂以太乙九宫真为神禹所受也作者原注：今术家所用洛书，乃太乙行九宫法，出于《易纬·乾凿度》，即《汉书·艺文志》所谓太乙家，当明原不称为洛书也。

少妇之魂

表兄刘香畹言：昔官闽中，闻有少妇素幽静，殁葬山麓。每月明之夕，辄遥见其魂，反接缚树上，渐近则无睹。莫喻其故也。余曰：“此有所示也：人莫喻其受谴之故，而必使人见其受谴，示人所不知，鬼神知之也。”

社公力不及

陈太常枫崖言：一童子年十四五，每睡辄作呻吟声，疑其病也。问之，云无有。既而时作呓语，呼之不醒。其语颇了了，谛听皆媟狎之词，其呻吟亦受淫声也。然问之终不言。知为魅，牒于社公。夜梦社公曰：“魅诚有之，非吾力所能制也。”乃牒于城隍。越一宿，城隍祠中泥塑控马卒无故首自陨，始悟社公所谓力不能制也。然一驺耳，未必城隍之所爱；即城隍之所爱，神正直而聪明，亦必不以所爱之故，曲法庇一驺。牒一陈而伏冥诛，城隍之心事昭然矣。彼社公者，乃揣摩顾畏，隐忍而不敢言，其视城隍何如也！城隍之视此社公又何如也！

狐女作诗

赵太守书三言：有夜遇狐女者，近前挑之，忽不见。俄飞瓦击落其帽。次日睡起，见窗纸细书一诗，曰：“深院满枝花，只应蝴蝶采。嘤嘤草下虫，尔有蓬蒿在。”语殊轻薄，然风致楚楚，宜其不爱纨袴儿。

真山民

田白岩言：尝与诸友扶乩，其仙自称真山民，宋末隐君子也作者原注：按，山民有诗集，今著录《四库全书》中。倡和方洽，外报某客某客来，乩忽不动。他日复降，众叩昨遽去之故。乩判曰："此二君者，其一世故太深，酬酢太熟，相见必有谀词数百句。云水散人，拙于应对，不如避之为佳。其一心思太密，礼数太明，其与人语恒字字推敲，责备无已。闲云野鹤，岂能耐此苛求，故逋逃尤恐不速耳！"后先姚安公闻之，曰："此仙究狷介之士，器量未宏。"

杏 花

从兄懋园言：乾隆丙辰乾隆元年(1736)乡试，坐秋字号中。续一人入号，号军问姓名籍贯，拱手致贺曰："昨梦女子持杏花一枝插号舍上，告我曰：'明日某县某人至，为言杏花在此也。'君名姓籍贯适符，岂非佳兆哉！"其人愕然失色，竟不解考具，称疾而出。乡人有知其事者曰："此生有小婢名杏花，逼乱之而终弃之。竟流落不知所终，意其赍恨以殁矣。"

滴血认亲

从孙树森言：晋人有以赀产托其弟而行商于外者。客中纳妇，生一子。越十馀年，妇病卒，乃携子归。弟恐其索还赀产也，诬其子抱养异姓，不得承父业。纠纷不决，竟鸣于官。官故愦愦，不牒其商所问真赝，而依古法滴血试。幸血相合，乃笞逐其弟。弟殊不信滴血事，自有一子，刺血验之，果不合。遂执以上诉，谓县令所断不足据。乡人恶其贪媢贪婪妒忌无人理，佥曰："其妇夙与某私昵，子非其子，血宜不合。"众口分明，具有征验，卒证实奸状。拘妇所欢鞫之，亦俯首引伏。弟愧不自容，竟出妇逐子，窜身逃去，赀产反尽归其兄。闻者快之。

按，陈业滴血，见《汝南先贤传》，则自汉已有此说。然余闻诸老吏曰："骨肉滴血必相合，论其常也。或冬月以器置冰雪上，冻使极冷；或夏月以盐醋拭器，使有酸咸之味，则所滴之血，入器即凝，虽至亲亦不合。故滴血不足成信谳。"然此令不刺血，则商之弟不上诉，商之弟不上诉，则其妇之野合生子亦无从而败。此殆若或使之，未可全咎此令之泥古矣。

神 蟒

都察院蟒，余载于《滦阳消夏录》中，尝两见其蟠迹，非乌有子虚也。吏役畏之，无敢至库深处者。壬子乾隆五十七年(1792)二月，奉旨修院署。余启库检视，乃一无所睹。知帝命所临，百灵慑伏矣。院长舒穆噜公因言内阁学士札公祖墓亦有巨蟒，恒遥见其出入曝鳞，墓前两槐树，相距数丈，首尾各挂于一树，其身如彩虹横亘也。后葬母卜圹，适当其地，祭而祝之，果率其族类千百蜿蜒去，葬毕，乃归。去时其行如风，然渐行渐缩，乃至长仅数尺。盖能大能小，已具神龙之技矣。乃悟都察院蟒，其围如柱，而能出入窗棂中，隙才寸许，亦犹是也。

是月，与汪蕉雪副宪同在山西马观察家，遇内务府一官。言西十库贮硫黄处亦有二蟒，皆首矗一角，鳞甲作金色。将启钥，必先鸣钲。其最异者，每一启钥，必见硫黄堆户内，磊磊如假山，足供取用，取尽复然。意其不欲人入库，人亦莫敢入也。或曰即守库之神，理或然欤！《山海经》载诸山之神，蛇身鸟首，种种异状，不必定作人形也。

孝子至情

先兄晴湖言：有王震升者，暮年丧爱子，痛不欲生。一夜偶过其墓，徘徊凄恋，不能去。忽见其子独坐陇头，急趋就之。鬼亦不避。然欲握其手，辄引退。与之语，神意索漠，似不欲闻。怪问其故，鬼哂曰："父子宿缘也，缘尽，则尔为尔，我为我矣，何必更相问讯哉！"掉头竟去。震升自此痛念顿消。客或曰："使西河能知此义，当不丧明。"先兄曰："此孝子至情，作此变幻，以绝其父之悲思，如郗超密札之意耳，非正理也。使人存此见，父子兄弟夫妇，均视如萍水之相逢，不日趋于薄哉！"

主婢情深

某公纳一姬，姿采秀艳，言笑亦婉媚，善得人意。然独坐则凝然若有思。习见亦不讶也。一日，称有疾，键户昼卧。某公穴窗纸窥之，则涂脂傅粉，钗钏衫裙，一一整饬，然后陈设酒果，若有所祀者。排闼入问，姬蹙然敛衽跪曰："妾故某翰林之宠婢也。翰林将殁，度夫人必不相容，虑或鬻入青楼，乃先遣出。临别，切切私嘱曰：'汝嫁我不恨，嫁而得所我更慰。惟逢我忌日，汝必于密室靓妆私祭我。我魂若来，以香烟绕汝为验也。'"某公曰："徐铉不负李后主徐铉，五代文学家、书法家。侍奉李后主忠心耿耿，南唐将亡，而入见辞归，礼数都与往日一样，宋主弗罪也。吾何妨听汝。"姬再拜炷香，泪落入俎。烟果袅袅然三绕其颊，渐蜿蜒绕至足。温庭筠《达摩支曲》："捣麝成尘香不灭，拗莲作寸丝难绝。"此之谓欤！虽琵琶别抱，已负旧恩，然身去而心留，不犹愈于同床各梦哉。

节妇之言

交河一节妇建坊，亲串毕集。有表姊妹自幼相谑者，戏问曰："汝今白首完贞矣，不知此四十馀年中，花朝月夕，曾一动心否乎？"节妇曰："人非草木，岂得无情，但觉礼不可逾，义不可负，能自制不行耳。"一日，清明祭扫毕，忽似昏眩，喃喃作呓语，扶掖归，至夜乃苏。顾其子曰："顷恍惚见汝父，言不久相迎，且劳慰甚至，言人世所为，鬼神无不知也。幸我平生无瑕玷，否则黄泉会晤，以何面目相对哉！"越半载，果卒。此王孝廉梅序所言。梅序论之曰："佛戒意恶，是铲除根本工夫，非上流人不能也。常人胶胶扰扰，何念不生，但有所畏而不敢为，抑亦贤矣。此妇子孙，颇讳此语。余亦不敢举其氏族。然其言光明磊落，如白日青天，所谓皎然不自欺也，又何必讳之！"

鼠　穴

姚安公监督南新仓时，一厫后壁，无故圮。掘之，得死鼠近一石，其巨者形几如猫。盖鼠穴壁下，滋生日众，其穴亦日廓，廓至壁下全空，力不任而覆压也。公同事福公海曰："方其坏人之屋，以广己之宅，殆忘其宅之托于屋也耶？"余谓李林甫、杨国忠辈尚不明此理，于鼠乎何尤！

襄阳一僧

先曾祖润生公，尝于襄阳见一僧，本惠登相之幕客也。述流寇事颇悉，相与叹劫数难移。僧曰："以我言之，劫数人所为，非天所为也。明之末年，杀戮淫掠之惨，黄巢流血三千里，不足道矣。由其中叶以后，官吏率贪虐，绅士率暴横，民俗亦率奸盗诈伪，无所不至。是以下伏怨毒，上干神怒，积百年冤愤之气，而发之一朝。以我所见闻，其受祸最酷者，皆其稔恶最甚者也。是可曰天数耶？昔在贼中，见其缚一世家子，跪于帐前，而拥其妻妾饮酒，问'敢怒乎？'曰：'不敢。'问：'愿受役乎？'曰：'愿。'则释缚使行酒于侧。观者或太息不忍。一老翁陷贼者曰：'吾今乃始知因果。'是其祖尝调仆妇，仆有违言，箠而缚之槐，使旁观与妇卧也。即是一端，可类推矣。"座有豪者曰：

“巨鱼吞细鱼，鸷鸟搏群鸟，神弗怒也，何独于人而怒之？”僧掉头曰：“彼鱼鸟耳，人鱼鸟也耶？”豪者拂衣起。明日，邀客游所寓寺，欲挫辱之。已打包去，壁上大书二十字曰：“尔亦不必言，我亦不必说。楼下寂无人，楼上有明月。”疑刺豪者之阴事也。后豪者卒覆其宗。

上暗下明

有郎官覆舟于卫河，一姬溺焉。求得其尸，两掌各握粟一匊一满捧，咸以为怪，河干一叟曰：“是不足怪也。凡沉于水者，上视暗而下视明，惊惶瞀乱，必反从明处求出，手皆掊土。故检验溺人，对十指甲有泥无泥，别生投死弃也。此先有运粟之舟沉于水底，粟尚未腐，故掊之盈手耳。”此论可谓入微，惟上暗下明之故，则不能言其所以然。按，张衡《灵宪》张衡，字平子，东汉人。《灵宪》，张衡所著天文学著作曰：“日譬犹火，月譬犹水。火则外光，水则含景。”又刘邵《人物志》刘邵，字孔才，三国时人。《人物志》，刘邵所著的一部研究人事制度的早期著作曰：“火日外照，不能内见；金水内映，不能外光。”然则上暗下明，固水之本性矣。

乩仙善弈

程念伦，名思孝，乾隆癸酉乾隆十八年(1753)、甲戌乾隆十九年(1754)间，来游京师，弈称国手。如皋冒祥珠曰：“是与我皆第二手，时无第一手，遽自雄耳。”一日，门人吴惠叔等扶乩，问：“仙善弈否？”判曰：“能。”问：“肯与凡人对局否？”判曰：“可。”时念伦寓余家，因使共弈作者原注：凡弈谱，以子记数。象戏谱，以路记数。与乩仙弈，则以象戏法行之。如纵第九路横第三路下子，则判曰：“九三。”馀皆仿此。初下数子，念伦茫然不解，以为仙机莫测也，深恐败名，凝思冥索，至背汗手颤，始敢应一子，意犹惴惴。稍久，似觉无他异，乃放手攻击。乩仙竟全局覆没，满室哗然。乩忽大书曰：“吾本幽魂，暂来游戏，托名张三丰本名通，字君宝，自称张天师后裔，为武当派开山祖师。因粗解弈，故尔率答。不虞此君之见困，吾今逝矣。”惠叔慨然曰：“长安道上，鬼亦诳人。”余戏曰：“一败即吐实，犹是长安道上钝鬼也。”

夜宿神祠

景州申谦居先生，讳诩，姚安公癸巳康熙五十二年(1713)同年也。天性和易，平生未尝有忤色，而孤高特立，一介不取，有古狷者风。衣必缊袍乱麻旧絮做的袍子，食必粗粝。偶门人馈祭肉，持至市中易豆腐，曰："非好苟异，实食之不惯也。"尝从河间岁试归，使童子控一驴。童子行倦，则使骑而自控之。薄暮遇雨，投宿破神祠中。祠止一楹，中无一物，而地下芜秽不可坐。乃摘板扉一扇，横卧户前。夜半睡醒，闻祠中小声曰："欲出避公，公当户不得出。"先生曰："尔自在户内，我自在户外，两不相害，何必避？"久之又小声曰："男女有别，公宜放我出。"先生曰："户内户外即是别，出反无别。"转身酣睡。至晓，有村民见之，骇曰："此中有狐，尝出媚少年人，入祠辄被瓦砾击。公何晏然也？"后偶与姚安公语及，掀髯笑曰："乃有狐欲媚申谦居，亦大异事。"姚安公戏曰："狐虽媚尽天下人，亦断不到君。当是诡状奇形，狐所未睹，不知是何怪物，故惊怖欲逃耳。"可想见先生之为人矣。

女魂待葬

董曲江前辈言：乾隆丁卯乾隆十二年(1747)乡试，寓济南一僧寺。梦至一处，见老树下破屋一间，欹斜欲圮。一女子靓妆坐户内，红愁绿惨，摧抑可怜。疑误入人内室，止不敢进。女子忽向之遥拜，泪涔涔沾衣袂，然终无一言。心悸而悟。越数夕，梦复然，女子颜色益戚，叩额至百馀。欲逼问之，倏又醒。疑不能明，以告同寓，亦莫解。一日，散步寺园，见庑下有故柩，已将朽。忽仰视其树，则宛然梦中所见也。询之寺僧，云是某官爱妾，寄停于是，约来迎取。至今数十年，寂无音问。又不敢移瘗，旁皇无计者久矣。曲江豁然心悟。故与历城令相善，乃醵金市地半亩，告于官而迁葬焉。用知亡人以入土为安，停阁非幽灵所愿也。

玉　印

朱青雷言：高西园尝梦一客来谒，名刺为司马相如。惊怪而寤，莫悟何祥。越数日，无意得司马相如一玉印。古泽斑驳，篆法精妙，真昆吾刀刻也。恒佩之不去身，非至亲昵者不能一见。官盐场时，德州卢丈雅雨为两淮运使，闻有是印，燕见时偶索观之。西园离席半跪，正色启曰："凤翰一生结客，所有皆可与朋友共，其不可共者，惟二物，此印及山妻原指隐士的妻子，后作为自己妻子的谦称也。"卢丈笑遣之曰："谁夺尔物者，何痴乃尔耶！"西园画品绝高，晚得末疾，右臂偏枯，乃以左臂挥毫。虽生硬倔强，乃弥有别趣。诗格亦脱洒，虽托迹微官，蹉跎以殁，在近时士大夫间，犹能追前辈风流也。

碎　杯

杨铁崖词章奇丽，虽被文妖之目，不损其名。惟鞋杯一事又名“金莲杯”，置杯于缠足妇女鞋内，载以行酒，猥亵淫秽，可谓不韵之极，而见诸赋咏，传为佳话。后来狂诞少年，竞相依仿，以为名士风流，殊不可解。闻一巨室，中元家祭，方举酒置案上，忽一杯声如爆竹，剨然中裂，莫解何故。久而知数日前其子邀妓，以此杯效铁崖故事也。

礼部寿草

太常寺仙蝶、国子监瑞柏，仰邀圣藻，人尽知之。翰林院金槐，数人合抱，瘿磊砢重叠磊落如假山，人亦或知之。礼部寿草，则人不尽知也。此草春开红花，缀如火齐一种宝石，秋结实如珠。《群芳谱》《野菜谱》皆未之载，不知其名。或曰：“即田塍公道老作者原注：此草种两家田塍上，用识界限。犁不及则一茎不旁生，犁稍侵之；即蔓延不止，反过所侵之数。故得此名。”余谛审之，叶作锯齿，略相似，花则不似，其说非也。在穿堂之北，治事处阶前甬道之西。相传生自国初，岁久渐成藤本。今则分为二岐，枝格杈枒，挺然老木矣。曹地山先生名之曰“长春草”。余官礼部尚书时，作木栏护之。门人陈太守渼，时官员外，使为之图。盖酝化湛深，和气涵育，虽一草一虫，亦各遂其生若此也。礼部又有连理槐，在斋戒处南荣下。邹小山先生官侍郎，尝绘图题诗，今尚贮库中。然特大小二槐相并而生，枝干互相缠抱耳。非真连理也。

羊　舞

道家言祈禳，佛家言忏悔，儒家则言修德以胜妖。二氏治其末，儒者治其本也。族祖雷阳公畜数羊，一羊忽人立而舞。众以为不祥，将杀羊。雷阳公曰：“羊何能舞，有凭之者也。石言于晋，《左传》之义明矣。祸已成欤，杀羊何益？祸未成而鬼神以是警余也，修德而已。岂在杀羊？”自是一言一动，如对圣贤。后以顺治乙酉顺治二年(1645)拔贡，戊子顺治五年(1648)中副榜，终于通判，讫无纤芥之祸。

丐 妇

三从兄晓东言：雍正丁未雍正五年(1727)会试归，见一丐妇，口生于项上，饮啜如常人。其人妖也耶？余曰：“此偶感异气耳，非妖也。骈拇枝指，亦异于众，可曰妖乎哉？余所见有豕两身一首者，有牛背生一足者。又于闻家庙社会见一人，右手掌大如箕，指大如椎，而左手则如常。日以右手操笔鬻字画。使谈谶纬者见之，必曰此豕祸，此牛祸，此人痾也，是将兆某患；或曰是为某事之应。然余所见诸异，讫毫无征验也。故余于汉儒之学，最不信《春秋》阴阳、《洪范》五行；传于宋儒之学，最不信河图洛书、《皇级经世》。”

酒鬼猎酒

房师孙端人先生，文章淹雅宽宏儒雅，而性嗜酒。醉后所作，与醒时无异。馆阁诸公，以为斗酒百篇之亚也。督学云南时，月夜独饮竹丛下，恍惚见一人注视壶盏，状若朵颐。心知鬼物，亦不恐怖，但以手按盏曰：“今日酒无多，不能相让。”其人瑟缩而隐。醒而悔之，曰：“能来猎酒，定非俗鬼。肯向我猎酒，视我亦不薄。奈何辜其相访意！”市佳酿三巨碗，夜以小几陈竹间。次日视之，酒如故。叹曰：“此公非但风雅，兼亦狷介。稍与相戏，便涓滴不尝。”幕客或曰：“鬼神但歆吸收，嗅其气，岂真能饮？”先生慨然曰：“然则饮酒宜及未为鬼时，勿将来徒歆其气。”先生侄渔珊，在福建学幕，为余述之。觉魏晋诸贤，去人不远也。

见鬼诗

钱塘俞君祺作者原注：偶忘其字，似是佑申也乾隆癸未乾隆二十八年(1763)，在余学署。偶见其《野泊不寐》诗曰：“芦荻荒寒野水平，四围唧唧夜虫声。长眠人亦眠难稳，独倚枯松看月明。”余曰：“杜甫诗曰：‘巴童浑不寝，夜半有行舟。’张继诗曰‘姑苏城外寒山寺，夜半钟声到客船。’均从对面落笔，以半夜得闻，写出未睡，非咏巴童舟、寒山寺钟也。君用此法，可谓善于夺胎。然杜、张所言是眼前景物，君忽然说鬼，不太鹘兀乎？”俞君曰：“是夕实遥见月下一人倚树立，似是文士。拟就谈以破岑寂，相去十馀步，竟冉冉没，故有此语。”钟忻湖戏曰：“‘云中鸡犬刘安过，月里笙歌炀帝归。’唐人谓之见鬼诗，犹嫌假借。如公此作，乃真不愧此名。”

二狐女

霍丈易书言：闻诸海大司农曰：“有世家子读书坟园，园外居民数十家，皆巨室之守墓者也。一日，于墙缺见丽女露半面。方欲注视，已避去。越数日，见于墙外采野花，时时凝睇望墙内。或竟登墙缺，露其半身，以为东家之窥宋玉相传东家有美女，偷窥宋玉三年，而宋玉不动心也，颇萦梦想。而私念居此地者皆粗材，不应有此艳质；又所见皆荆布，不应此女独靓妆，心疑为狐鬼。故虽流目送盼，而未通一词。一夕，独立树下，闻墙外二女私语。一女曰：‘汝意中人方步月，何不就之。’一女曰：‘彼方疑我为狐鬼，何必徒使惊怖。’一女又曰：‘青天白日，安有狐鬼？痴儿不解事至此。’世家子闻之窃喜，褰衣欲出，忽猛省曰：‘自称非狐鬼，其为狐鬼也确矣。天下小人未有自称小人者，岂惟不自称，且无不痛诋小人以自明非小人者。此魅用此术也。’掉臂竟返。次日密访之，果无此二女。此二女亦不再来。”

二人卧树下

吴林塘言：曩游秦陇，闻有猎者在少华山麓，见二人僵然卧树下。呼之犹能强起，问：“何困踬于此？”其一曰：“吾等皆为狐魅者也。初，我夜行失道，投宿一山家。有少女绝妍丽，伺隙调我。我意不自持，即相媟狎。为其父母所窥，甚见詈辱。我拜跪，始免箠挞。既而闻其父母絮絮语，若有所议者。次日，竟纳我为婿，惟约山上有主人，女须更番执役，五日一上直，五日乃返。我亦安之。半载后，病瘵，夜嗽不能寝，散步林下。闻有笑语声，偶往寻视。见屋数楹，有人拥我妇坐石看月。不胜恚忿，力疾欲与角。其人亦怒曰：‘鼠辈乃敢瞰我妇！’亦奋起相搏。幸其亦病惫，相牵并仆。妇安坐石上，嬉笑曰：‘尔辈勿斗，吾明告尔，吾实往来于两家，皆托云上直，使尔辈休息五日，蓄精以供采补耳。今吾事已露，尔辈精亦竭，无所用尔辈。吾去矣。’奄忽不见。两人迷不能出，故饿踣于此，幸遇君等得拯也。”其一人语亦同。

猎者食以干糒，稍能举步，使引视其处。二人共诧曰：“向者墙垣故土，梁柱故木，门故可开合，窗故可启闭，皆确有形质，非幻影也，今何皆土窟耶？院中地平如砥，净如拭，今何土窟以外，崎岖不容足耶？窟广不数尺，狐自容可矣，何以容我二人？岂我二人之形亦为所幻化耶？”一人见对面崖上有破磁，曰：“此我持以登楼失手所碎，今峭壁无路，当时何以上下耶？”四顾徘徊，皆惘惘如梦。二人恨狐女甚，请猎者入山捕之。猎者曰：“邂逅相遇，便成佳偶，世无此便宜事。事太便宜，必有不便宜者存。鱼吞钩，贪饵故也；猩猩刺血明代文学家刘元卿的寓言故事集《贤奕编》中故事，讲的是猎人知道猩猩嗜酒，因此以酒设下陷阱，后猩猩因贪酒而被活捉，嗜酒故也。尔二人宜自恨，亦何恨于狐？”二人乃悯默而止。

狐本寡情

林塘又言：有少年为狐所媚，日渐羸困，狐犹时时来。后复共寝，已疲顿不能御女。狐乃披衣欲辞去，少年泣涕挽留，狐殊不顾。怒责其寡情，狐亦怒曰：“与君本无夫妻义，特为采补来耳。君膏髓已竭，吾何所取而不去？此如以势交者，势败则离；以财交者，财尽则散。当其委曲相媚，本为势与财，非有情于其人也。君于某家某家，皆向日附门墙，今何久绝音问耶？乃独责我？”其音甚厉，侍疾者闻之皆太息。少年乃反面向内，寂无一言。

乩仙之术

汪旭初言：见扶乩者，其仙自称张紫阳北宋道士，道教奉为南宗五祖之首，称“紫阳真人”。叩以《悟真篇》，弗能答也，但判曰“金丹大道，不敢轻传”而已。会有仆妇窃赀逃，仆叩问：“尚可追捕否？”仙判曰：“尔过去生中，以财诱人，买其妻；又诱之饮博，仍取其财。此人今世相遇，诱汝妇逃者，买妻报；并窃赀者，取财报也。冥数先定，追捕亦不得，不如已也。”旭初曰：“真仙自不妄语。然此论一出，凡奸盗皆诿诸夙因，可勿追捕，不推波助澜乎？”乩不能答。有疑之者曰：“此扶乩人多从狡狯恶少游，安知不有人匿仆妻而教之作此语？”阴使人侦之，薄暮果赴一曲巷。登屋脊密伺，则聚而呼卢古代的一种赌博游戏，仆妇方艳饰行酒矣。潜呼逻卒围所居，乃弭首就缚。

律禁师、巫，为奸民窜伏其中也。蓝道行明朝嘉靖年间道士尝假此术以败严嵩，论者不甚以为非，恶嵩故也。然杨、沈诸公，喋血碎首而不能争者，一方士从容谈笑，乃制其死命，则其力亦大矣。幸所排者为嵩，使因而排及清流，虽韩、范、富、欧阳，能与枝梧乎？故乩仙之术，士大夫偶然游戏，倡和诗词，等诸观剧则可；若借卜吉凶，君子当怖其卒也。

妖由人兴

从叔梅庵公曰："淮镇人家有空屋五间，别为院落，用以贮杂物，儿童多往嬉游，跳掷践踏，颇为喧扰。键户禁之，则窃逾短墙入。乃大书一帖粘户上，曰'此房狐仙所住，毋得秽污！'姑以怖儿童云尔。数日后，夜闻窗外语：'感君见招，今已移入，当为君坚守此院也。'自后人有入者，辄为砖瓦所击，并僮奴运杂物者亦不敢往。久而不治，竟全就圮颓，狐仙乃去。此之谓'妖由人兴'。"

神所使

余有庄在沧州南，曰上河涯，今鬻之矣。旧有水明楼五楹，下瞰卫河，帆樯来往栏楯下。与外祖雪峰张公家度帆楼，皆游眺佳处。先祖母太夫人夏月每居是纳凉，诸孙更番随侍焉。

一日，余推窗南望，见男妇数十人登一渡船，缆已解。一人忽奋拳击一叟落近岸浅水中，衣履皆濡。方坐起愤詈，船已鼓棹去。时卫河暴涨，洪波直泻，汹涌有声。一粮艘张双帆顺流来，急如激箭，触渡船，碎如柹木片。数十人并没，惟此叟存，乃转怒为喜，合掌诵佛号。问其何适。曰："昨闻有族弟得二十金，鬻童养媳为人妾，以今日成券，急质田得金如其数，赍之往赎耳。"众同声曰："此一击神所使也。"促换渡船送之过。时余方十岁，但闻为赵家庄人，惜未问其名姓。此雍正癸丑雍正十一年(1733)事。

又，先太夫人言：沧州人有逼嫁其弟妇，而鬻两侄女于青楼者，里人皆不平。一日，腰金贩绿豆泛巨舟诣天津，晚泊河干，坐船舷濯足。忽西岸一盐舟纤索中断，横扫而过，两舷相切，自膝以下筋骨糜碎如割截，号呼数日乃死。先外祖一仆闻之，急奔告曰："某甲得如是惨祸，真大怪事！"先外祖徐曰："此事不怪。若竟不如此，反是怪事。"此雍正甲辰雍正二年(1724)、乙巳雍正三年(1725)间事。

黑　烟

交河王洪绪言：高川刘某，住屋七楹，自居中三楹；东厢二楹，以妻殁无葬地，停柩其中；西厢二楹，幼子与其妹居之。一夕，闻儿啼甚急，而不闻妹语。疑其在灶室未归，从窗罅视已熄灯否。月明之下，见黑烟一道，蜿蜒从东厢户下出，萦绕西厢窗下，久之不去。迨妹醒拊儿，黑烟乃冉冉敛入东厢去。心知妻之魂也。自后每月夜闻儿啼，潜起窥视，所见皆然。以语其妹，妹为之感泣。悲哉，父母之心，死尚不忘其子乎？人子追念其父母，能如是否乎？

恍惚一梦

先师桂林吕公闇斋言：其乡有官邑令者，莅任之日，梦其房师某公。容色憔悴，若重有忧者。邑令蹙然迎拜曰："旅榇客死他乡的灵柩未归，是诸弟子之过也。然念之未敢忘。今幸托荫得一官，将拮据营窀穸 zhūn xī，即墓穴矣。"盖某公卒于戍所，尚浮厝僧院也。某公曰："甚善。然归我之骨，不如归我之魂。子知我骨在滇南，不知我魂羁于此也。我初为此邑令，有试垦汙莱者，吾误报升科。诉者纷纷，吾心知其词直，而恐干吏议，百计回护，使不得申，遂至今为民累。土神诉诸东岳，岳神谓事由疏舛，虽无自利之心，然恐以检举妨迁擢，则其罪与自利等。牒摄吾魂，羁留于此，待此浮粮减免，然后得归。困苦饥寒，所不忍道。回思一时爵禄，所得几何？而业海茫茫，竟杳无崖岸，诚不胜泣血椎心。今幸子来官此，倘念平生知遇，为吁请蠲除，则我得重入转轮，脱离鬼趣。虽生前遗蜕，委诸蝼蚁，亦非所憾矣。"邑令检视旧牍，果有此事。后为宛转请豁，又恍惚梦其来别云。

二人说鬼

交河及方言曰："说鬼者多诞，然亦有理似可信者。雍正乙卯雍正十三年(1735)七月，泊舟静海之南。微月朦胧，散步岸上，见二人坐柳下对谈。试往就之，亦欣然延坐。谛听所说，乃皆幽冥事。疑其为鬼，瑟缩欲遁。二人止之曰：'君勿讶，我等非鬼，一走无常，一视鬼者也。'问：'何以能视鬼？'曰：'生而如是，莫知所以然。'又问：'何以走无常？'曰：'梦寝中忽被拘役，亦莫知所以然也。'共话至二鼓，大抵缕陈报应。因问：'冥司以儒理断狱耶？以佛理断狱耶？'视鬼者曰：'吾能见鬼，而不能与鬼语，不知此事。'走无常曰：'君无须问此，只问己心。问心无愧，即阴律所谓善；问心有愧，即阴律所谓恶。公是公非，幽明一理，何分儒与佛乎？'其说平易，竟不类巫觋语也。"

视鬼者曰

里有视鬼者曰："鬼亦恒憧憧扰扰，若有所营，但不知所营何事；亦有喜怒哀乐，但不知其何由。大抵鬼与鬼竞，亦如人与人竞耳。然微阴不足敌盛阳，故莫不畏人。其不畏人者，一由人据所居，鬼刺促不安，故现变相驱之去；一由祟人求祭享；一由桀骜强魂，戾气未消。如人世无赖，横行为暴，皆遇气旺者避，遇运蹇者乃敢侵。或有冤魂厉魄，得请于神，报复以申积恨者，不在此数。若夫欲心所感，淫鬼应之；杀心所感，厉鬼应之；愤心所感，怨鬼应之。则皆由其人之自召，更不在此数矣。我尝清明上冢，见游女踏青，其妖媚弄姿者，诸鬼随之嬉笑；其幽闲贞静者，左右无一鬼。又尝见学宫有数鬼，教谕鲍先生出作者原注：先生讳梓，南宫人，官献县教谕。载县志《循吏传》则瑟缩伏草间；训导某先生出，则跳掷自如。然则鬼之敢侮与否，尤视乎其人哉！"

梦神医方

侍姬之母沈媪言：盐山有刘某者，患癃闭中医指小便不通利之病，百药不验。一夕，梦神语曰："铜头煅灰，酒服之，即通。"问："铜头何物？"曰："汝辈所谓蝼蛄也。"试之果愈。余谓此湿热蕴结，以湿热攻湿热，借其窜利下行之性耳。若州都之官此处指膀胱，气不能化，则求之于本原，非此物所能导也。

竹林精魅

梁铁幢副宪言：有夜行者于竹林边见一物，似人非人，蠢蠢然摸索而行。叱之不应。知为精魅，拾瓦石击之。其物化为黑烟，缩入林内，啾啾作声曰："我缘宿业堕饿鬼道中。既瞽且聋，艰苦万状。公何忍复相逼？"乃委之而去。余《滦阳消夏录》中，记王菊庄所言女鬼以巧于谗搆受哑报，此鬼受聋瞽报，其聪明过甚者乎？

鬼神忌阴谋

先师汪文端公言：有欲谋害异党者，苦无善计。有黠者密侦知之，阴裹药以献，曰："此药入腹即死，然死时情状，与病卒无异；虽蒸骨旧时蒸熏骨骼以定死因的验尸之法验之，亦与病卒无异也。"其人大喜，留之饮。归则以是夕卒矣。盖先以其药饵之，为灭口计矣。公因太息曰："献药者杀人以媚人，而先自杀也；用其药者，先杀人以灭口，而口终不可灭也。纷纷机械何为乎？"张樊川前辈时在座，因言有好娈童者，悦一宦家子。度无可得理，阴属所爱姬托媒妪招之，约会于别墅，将执而胁污焉。届期，闻已至，疾往掩捕。突失足堕荷塘板桥下，几于灭顶。喧呼掖出，则宦家子已遁，姬已鬓乱钗横矣。盖是子美秀，甚姬亦悦之故也。后无故开阁放此姬，婢妪乃稍泄其事。阴谋者鬼神所忌，殆不虚矣。

朱 盏

卖花者顾媪，持一旧磁器求售。似笔洗而略浅，四周内外及底皆有渤色，似哥窑而无冰纹，中平如砚，独露磁骨，边线界画甚明，不出入毫发，殊非剥落。不知何器，以无用还之。后见《广异志》载嵇胡见石室道士案头朱笔及杯语，《乾膜子》载何元让所见天狐有朱盏笔砚语，又《逸史》载叶法善有持朱钵画符语，乃悟唐以前无朱砚，点勘文籍，则研朱于杯盏；大笔濡染，则贮朱于钵。杯盏略小而口哆翘起，以便掭笔；钵稍大而口敛，以便多注浓沈也。顾媪所持，盖即朱盏，向来赏鉴家未及见耳。急呼之来，问："此盏何往？"曰："本以三十钱买得，云出自井中，因公斥为无用，以二十钱卖诸杂物摊上。今将及一年，不能复问所在矣。"深为惋惜。世多以高价市赝物，而真古器或往往见摈。余尚非规方竹漆断纹将方竹削圆，给古琴上漆。比喻附庸风雅，弄巧成拙者，而交臂失之尚如此，然则蓄宝不彰者，可胜数哉！作者原注：余后又得一朱盏，制与此同，为陈望之抚军持去。乃知此物世尚多有，第人不识耳

鬼言正理

先师介公野园言：亲串中有不畏鬼者，闻有凶宅，辄往宿。或言西山某寺后阁，多见变怪。是岁值乡试，因僦住其中。奇形诡状，每夜环绕几榻间，处之恬然，然亦弗能害也。一夕月明，推窗四望，见艳女立树下，咥然曰："怖我不动，来魅我耶？尔是何怪，可近前。"女亦咥然曰："尔固不识我，我尔祖姑也，殁葬此山。闻尔日日与鬼角，尔读书十馀年，将徒博一不畏鬼之名耶？抑亦思奋身科目，为祖父光、为门户计耶？今夜而斗争，昼而倦卧，试期日近，举业全荒，

岂尔父尔母遣尔裹粮入山之本志哉？我虽居泉壤，于母家不能无情，故正言告尔。尔试思之！”言讫而隐。私念所言颇有理，乃束装归。归而详问父母，乃无是祖姑。大悔顿足曰：“吾乃为黠鬼所卖。”奋然欲再往。其友曰：“鬼不敢以力争，而幻其形以善言解，鬼畏尔矣，尔何必追穷寇？”乃止。此友可谓善解纷矣。然鬼所言者正理也，正理不能禁，而权词能禁之，可以悟消镕刚气之道也。

刘媪卖蛇

前记阁学札公祖墓巨蟒事，据总宪舒穆噜公之言也。壬子乾隆五十七年(1792)三月初十日，蒋少司农戟门邀看桃花，适与札公联坐，因叩其详，知舒穆噜公之语不诬。札公又曰：“尚有一轶事，舒穆噜公未知也。守墓者之妻刘媪，恒与此蟒同寝处，蟠其榻上几满。来必饮以火酒，注巨碗中，蟒举首一嗅，酒减分许，所馀已味淡如水矣。凭刘媪与人疗病，亦多有验。一旦，有欲买此蟒者，给刘媪钱八千，乘其醉而舁之去。去后，媪忽发狂曰：‘我待汝不薄，汝乃卖我。我必褫汝魄。’自挝不止。媪之弟奔告札公。札公自往视，亦无如何。逾数刻竟死。夫妖物凭附女巫，事所恒有；忤妖物而致祸，亦事所恒有。惟得钱卖妖，其事颇奇；而有人出钱以买妖，尤奇之奇耳。此蟒今犹在，其地在西直门外，土人谓之红果园。”

养瞽院

育婴堂、养济院，是处有之。惟沧州别有一院养瞽者，而不隶于官。瞽者刘君瑞曰：“昔有选人陈某，过沧州，资斧匮竭，无可告贷，进退无路，将自投于河。有瞽者悯之，倾囊以助其行。选人入京，竟得官，荐至州牧。念念不能忘瞽者，自赍数百金，将申漂母之报相传韩信落难时，一位洗衣老妇将自己的饭食让给他吃。后指困难时期所得的恩惠。而偏觅瞽者不可得，并其姓名无知者。乃捐金建是院，以收养瞽者。此瞽者与此选人，均可谓古之善人矣。”君瑞又言：“众瞽者留室一楹，旦夕炷香拜陈公。”余谓陈公之侧，瞽者亦宜设一坐。君瑞嗫嚅曰：“瞽者安可与官坐。”余曰：“如以其官而祀之，则瞽者自不可坐。如以其义而祀之，则瞽者之义与官等，何不可坐耶？”此事在康熙中，君瑞告余在乾隆乙亥乾隆二十年(1755)、丙子乾隆二十一年(1756)间，尚能举居是院者为某某。今已三十馀年，不知其存与废矣。

客作李守敬

明季兵乱，曾伯祖镇番公年甫十一，被掠至临清。遇旧客作李守敬，以独轮车送归。崎岖戈马之间，濒危者数，终不舍去也。时宋太夫人在，酬以金。先顿首谢，然后置金于案曰："故主流离，心所不忍，岂为求赏来耶？"泣拜而别，自后不复再至矣。守敬性戆直，侪辈同辈有作奸者，辄龂龂与争，故为众口所排去。而患难之际，不负其心乃如此。

先兆之联

事有先兆，莫知其然。如日将出而霞明，雨将至而础润，动乎彼则应乎此也。余自四岁至今，无一日离笔砚。壬子乾隆五十七年(1792)三月初二日，偶在直庐，戏语诸公曰："昔陶靖节自作挽歌，余亦自题一联曰：'浮沉宦海如鸥鸟，生死书丛似蠹鱼书虫。'百年之后，诸公书以见挽，足矣。"刘石庵参知曰："上句殊不类公，若以挽陆耳山，乃确当耳。"越三日而耳山讣音至，岂非机之先见欤！

人鬼相谈

申苍岭先生言：有士人读书别业，墙外有废冢，莫知为谁。园丁言夜中或有吟哦声，潜听数夕，无所闻。一夕，忽闻之，急持酒往浇冢上曰："泉下苦吟，定为词客。幽明虽隔，气类不殊。肯现身一共谈乎？"俄有人影冉冉出树阴中，忽掉头竟去。殷勤拜祷，至再至三，微闻树外人语曰："感君见赏，不敢以异物自疑。方拟一接清谈，破百年之岑寂。及遥观丰采，乃衣冠华美，翩翩有富贵之容，与我辈缊袍，殊非同调。士各有志，未敢相亲，惟君委曲谅之。"士人怅怅而返，自是并吟哦声亦不闻矣。余曰："此先生玩世之寓言耳。此语既未亲闻，又旁无闻者，岂此士人为鬼揶揄，尚肯自述耶？"先生掀髯曰："钼麑xú ní 晋国著名的大力士槐下之词，浑良夫梦中之噪，谁闻之欤？子乃独诘老夫也！"

废 寺

邱孝廉二田言：永春山中有废寺，皆焦土也。相传初有僧居之，僧善咒术。其徒夜或见山魈，请禁制之。僧曰："人自人，妖自妖，两无涉也。人自行于昼，妖自行于夜，两无害也。万物并生，各适其适。妖不禁人昼出，而人禁妖夜出乎？"久而昼亦嬲人，僧寮无宁宇，始施咒术。而气候已成，党羽已众，竟不可禁制矣。愤而云游，求善劾治者偕之归。登坛檄将，雷火下击，妖歼而寺亦烬焉。僧拊膺曰："吾之罪也！夫吾咒术始足以胜之，而弗肯胜也；吾道力不足以胜之，而妄欲胜也。博善化之虚名，溃败决裂乃至此。养痈贻患，我之谓也夫！"

飞车刘八

飞车刘八，从孙树珊之御者也。其御车极鞭策之威，尽驰驱之力，遇同行者，必蓦越其前而后已，故得此名。马之强弱所不问，马之饥饱所不问，马之生死亦所不问也。历数主，杀马颇多。一日，御树珊往群从家，以空车返。中路马轶，为轮所轧，仆辙中。其伤颇轻，竟昏瞀不知人，舁归则气已绝矣。好胜者必自及，不仁者亦必自及。东野稷以善御名一国，而极马之力，终以败驾。况此役夫哉！自陨其生，非不幸也。

地气转移

先祖光禄公，有庄在沧州卫河东。以地恒积潦积水成患，其水左右斜袤如"人"字，故名"人字汪"。后土语讹"人字"曰"银子"，又转"汪"为"洼"，以吹唇声轻呼之，音乃近"娃"，弥失其真矣。土瘠而民贫，凋敝日甚。庄南八里为狼儿口作者原注：土语以"狼儿"二字合声吹唇呼之，音近"辣"，平声。光禄公曰："人对狼口，宜其不蕃也。"乃改庄门北向。直北五里曰木沽口作者原注："沽"字土音在果、戈之间，自改门后，人字汪渐富腴，而木沽口渐凋敝矣。其地气转移欤？抑孤虚之说古代方术用语，用以推算吉凶祸福及事之成败竟真有之？

守柴巨蛇

人字汪场中有积柴作者原注：俗谓之垛多年矣。土人谓中有灵怪，犯之多致灾祸；有疾病，祷之亦或验。莫敢撷一茎，拈一叶也。雍正乙巳雍正三年(1725)，岁大饥，光禄公捐粟六千石，煮粥以赈。一日，柴不给，欲用此柴，而莫敢举手。乃自往祝曰："汝既有神，必能达理。今数千人枵腹待毙，汝岂无恻隐心？我拟移汝守仓，而取此柴活饥者，谅汝不拒也。"祝讫，麾众拽取，毫无变异。柴尽，得一秃尾巨蛇，蟠伏不动；以巨畚舁入仓中，斯须不见。从此亦遂无灵，然迄今六七十年，无敢窃入盗粟者，以有守仓之约故也。物至毒而不能不为理所屈，妖不胜德，此之谓矣。

史某葬父

从孙树宝言：韩店史某，贫彻骨。父将殁，家惟存一青布袍，将以敛。其母曰："家久不举火，持此易米，尚可多活月馀，何为委之土中乎？"史某不忍，卒以敛。此事人多知之。会有失银钏者，大索不得。史某忽得于粪壤中。皆曰："此天偿汝衣，旌汝孝也。"失钏者以钱六千赎之，恰符衣价。此近日事。或曰："偶然也。"余曰："如以为偶，则王祥固不再得鱼，孟宗固不再生笋也。幽明之感应，恒以一事示其机耳。汝乌乎知之！"

沉沦之鬼

景州李晴嶙言：有刘生训蒙于古寺，一夕，微月之下，闻窗外窸窣声，自隙窥之，墙缺似有二人影。急呼"有盗"，忽隔墙语曰："我辈非盗，来有求于君者也。"骇问："何求？"曰："猥以夙业，堕饿鬼道中，已将百载。每闻僧厨炊煮，辄饥火如焚。窥君似有慈心，残羹冷粥，赐一浇奠可乎？"问："佛家经忏，足济冥途，何不向寺僧求超拔？"曰："鬼逢超拔，是亦前因。我辈过去生中，营营仕宦，势盛则趋附，势败则掉臂如路人。当其得志，本未扶穷救厄，造有善因；今日势败，又安能遇是善缘乎？所幸货赂丰盈，不甚爱惜，孤寒故旧，尚小有周旋。故或能时遇矜怜，得一沾馀沥。不然，则如目键连母在大地狱中，食至口边，皆化猛火，虽佛力亦无如何矣。"生恻然悯之，许如所请，鬼感激呜咽去。自是每以残羹剩酒浇墙外，亦似有肸蚃 xī xiǎng，缥缈、隐约的声响，然不见形，亦不闻语。越岁馀，夜闻墙外呼曰："久叨嘉惠，今来别君。"生问："何往？"曰："我二人无计求脱，惟思作善以自拔。此林内野鸟至多，有弹射者，先惊之使高飞；有网罟者，先驱之使勿入。以是一念，感动神明，今已得付转轮也。"生尝举以告人曰："沉沦之鬼，其力犹可以济物，人奈何谢不能乎？"

伏虎翁童

族兄中涵知旌德县时，近城有虎暴，伤猎户数人，不能捕。邑人请曰："非聘徽州唐打猎，不能除此患也。"作者原注：休宁戴东原曰："明代有唐某，甫新婚而戕于虎。其妇后生一子，祝之曰：'尔不能杀虎，非我子也。后世子孙如不能杀虎，亦皆非我子孙也。'故唐氏世世能捕虎。"乃遣吏持币往。归报唐氏选艺至精者二人，行且至。至则一老翁，须发皓然，时咯咯作嗽；一童子十六七耳，大失望。姑命具食，老翁察中涵意不满，半跪启曰："闻此虎距城不五里，先往捕之，赐食未晚也。"遂命役导往。役至谷口，不敢行，老翁哂曰："我在，尔尚畏耶？"入谷将半，老翁顾童子曰："此畜似尚睡，汝呼之醒。"童子作虎啸声。果自林中出，径搏老翁。老翁手持一柄短斧，纵八九寸，横半之，奋臂屹立。虎扑至，侧首让之。虎自顶上跃过，已血流仆地。视之，自颔下至尾闾，皆触斧裂矣。乃厚赠遣之。

老翁自言炼臂十年，炼目十年。其目以毛帚扫之不瞬，其臂使壮夫攀之，悬身下缒不能动。《庄子》曰："习伏众神。巧者不过习者之门。"信夫。尝见史舍人嗣彪，暗中捉笔书条幅，与秉烛无异。又闻静海励文恪公，剪方寸纸一百片，书一字其上，片片向日叠映，无一笔丝毫出入。均习而已矣，非别有谬巧也。

狐居人家

李庆子言：山东民家，有狐居其屋数世矣。不见其形，亦不闻其语；或夜有火烛盗贼，则击扉撼窗，使主人知觉而已。屋或漏损，则有银钱铿然坠几上。即为修葺，计所给恒浮所费十之二，若相酬者。岁时必有小馈遗置窗外。或以食物答之，置其窗下，转瞬即不见矣。从不出嬲人，儿童或反嬲之，戏以瓦砾掷窗内，仍自窗还掷出。或欲观其掷出，投之不已，亦掷出不已，终不怒也。一日，忽檐际语曰："君虽农家，而子孝弟友，妇姑娣姒即妯娌皆婉顺，恒为善神所护，故久住君家避雷劫。今大劫已过，敬谢主人，吾去矣。"自此遂绝。从来狐居人家，无如是之谨饬者，其有得于老氏"和光"指随俗而居，不露锋芒之旨欤！卒以谨饬自全，不遭劾治之祸，其所见加人一等矣。

从侄虞惇，从兄懋园之子也，壬子三月，随余勘文渊阁书，同在海淀槐西老屋作者原注：余婿袁煦之别业，余葺治之，为轮对上直憩息之地。言懋园有朱漆藤枕，崔庄社会之所买，有年矣。一年夏日，每枕之，辄嗡嗡有声，以为作劳耳鸣也。旬馀后，其声渐厉，似飞虫之振羽，又月馀，声达于外，不待就枕始闻矣。疑而剖视，则一细腰蜂，鼓翼出焉。枕四围无针芥隙，蜂何能遗种于内，如未漆时先遗种，何以越数岁乃生。或曰化生也，然蜂生以蛹，不以化，即果化生，何以他处不化，而化于枕，他枕不化，而化于此枕？枕中不饮不食，何以两月馀犹活？设不剖出，将不死乎？，此理殊不可晓也。

老者失踪

虞惇又言：掖县林知州禹门，其受业师也。自言其祖年八十馀，已昏耄不识人，亦不能步履，然犹善饭。惟枯坐一室，苦郁郁不适。子孙恒以椅舁至门外延眺，以为消遣。一日，命侍者入取物，独坐以俟。侍者出，则并椅失之矣。阖家悲泣惶骇，莫知所为；裹粮四出求之，亦无踪迹。会有友人自劳山来，途遇禹门，遥呼曰："若非觅若祖乎？今在山中某寺，无恙也。"急驰访之，果然。其地距掖数百里，僧不知其何以至。其祖但觉有二人舁之飞行，亦不知其为谁也。此事极怪而非怪，殆山魈狐魅播弄老人，以为游戏耳。

夜半得句

戈孝廉廷模，字式之，芥舟前辈长子也。天姿朗彻，诗格书法，并有父风。于父执中独师事余。余期以远到，乃年四十馀，始选一学官。后得心疾，忽发忽止，竟夭天年。余深悲之，偶与从孙树珏谈及。树珏因言其未殁以前，读书至夜半，偶即景得句曰："秋入幽窗灯黯淡。"属对未就，忽其友某揭帘入，延与坐谈，因告以此句。其友曰："何不对以'魂归故里月凄清'。"式之愕然曰："君何作鬼语？"转瞬不见，乃悟其非人。盖衰气先见，鬼感衰气应之也。故式之不久亦下世。与《灵怪集》唐代张荐所作传奇小说集，已佚载曹唐《江陵佛寺》诗"水底有天春漠漠"一联事颇相类。

坡上老僧

曹慕堂宗丞言：有夜行遇鬼者，奋力与角。俄群鬼大集，或抛掷沙砾，或牵拽手足。左右支吾，大受箠击，颠踣者数矣。而愤恚弥甚，犹死斗不休。忽坡上有老僧持灯呼曰："檀越且止！此地鬼之窟宅也，檀越虽猛士，已陷重围。客主异形，众寡异势，以一人气血之勇，敌此辈无穷之变幻，虽贲、育孟贲和夏育，战国时期勇士无幸胜也，况不如贲、育者乎？知难而退，乃为豪杰。何不暂忍一时，随老僧权宿荒刹耶?"此人顿悟，奋身脱出，随其灯影而行。群鬼渐远，老僧亦不知所往。坐息至晓，始觅得路归。此僧不知是人是鬼，可谓善知识耳。

巨　鸟

海淀人捕得一巨鸟，状类苍鹅，而长喙利吻，目睛突出，眈眈可畏。非鹜非鹳，非鸨非鸬鹚，莫能名之，无敢买者。金海住先生时寓直澄怀园，独买而烹之，味不甚佳。甫食一二脔，觉胸膈间冷如冰雪，坚如铁石；沃以烧春，亦无暖气。委顿数日，乃愈。或曰："张读《宣室志》载，俗传人死数日后，当有禽自柩中出，曰'杀'。有郑生者，尝在隰川，与郡官猎于野，网得巨鸟色苍，高五尺馀；解而视之，忽然不见。里中人言有人死且数日，卜者言此日'杀'当去。其家伺而视之，果有巨鸟苍色自柩中出。"又，《原化记》唐代皇甫氏撰，原书已佚载，韦滂借宿人家，射落'杀'鬼，烹而食之，味极甘美。先生所食，或即'杀'鬼所化，故阴凝之气如是欤？倪馀疆时方同直，闻之笑曰："是又一终南进士指钟馗矣。"

好女同车

自黄村至丰宜门作者原注：俗谓之南西门，凡四十里。泉源水脉，络带钩连，积雨后污潦沮洳，车马颇为阻滞。有李秀者，御空车自固安返。见少年约十五六，娟丽如好女，蹩躠跛行泥涂，状甚困惫。时日已将没，见秀行过，有欲附载之色，而愧沮不言。秀故轻薄，挑与语，邀之同车。忸怩而上。沿途市果饵食之，亦不甚辞。渐相软款，间以调谑。面赪微笑而已。行数里后，视其貌似稍苍，尚不以为意。又行十馀里，暮色昏黄，觉眉目亦似渐改。将近南苑之西门，则广颡高颧，鬑鬑有须矣。自讶目眩，不敢致诘。比至逆旅下车，乃须鬓皓白，成一老翁，与秀握手作别曰："蒙君见爱，怀感良深。惟暮齿衰颜，今夕不堪同榻，愧相负耳。"一笑而去，竟不知为何怪也。秀表弟为余厨役，尝闻秀自言之。且自悔少年无状，致招狐鬼之侮云。

杨　生

文安王岳芳言：有杨生者，貌姣丽，自虑或遇强暴，乃精习技击，十六七时，已可敌数十人。会诣通州应试，暂住京城。偶独游陶然亭，遇二回人强邀入酒肆。心知其意，姑与饮啖，且故索珍味食。二回人喜甚，因诱至空寺，左右挟坐，遽拥于怀。生一手按一人，并踣于地，以足踏背，各解带反接，抽刀拟颈曰："敢动者死！"褫其下衣，并淫之，且数之曰："尔辈年近三十，岂足供狎昵！然尔辈污人多矣，吾为孱弱童子复仇也。"徐释其缚，掉臂径出。后与岳芳同行，遇其一于途。顾之一笑，其人掩面鼠窜去。乃为岳芳具道之。岳芳曰："戕命者使还命，攘财者使还财，律也。此当相偿者也。惟淫人者有治罪之律，无还使受淫之律，此不当偿者也。子之所为，谓之快心则可，谓之合理则未也。"

夜光鸡卵

从孙树森言：南村戈孝廉仲坊，到遵祖庄作者原注：土语呼榛子庄，遵、榛叠韵之讹，祖、子双声之转也。相近又有念祖桥，今亦讹为埝左会曹氏之葬。闻其邻家鸡产一卵，入夜有光，仲坊偕数客往观。时已昏暮，灯下视之，无异常卵。撤去灯火，果吐光荧荧，周卵四围如盘盂。置诸室隅，立门外视之，则一室照耀如昼矣。客或曰："是鸡为蛟龙所感，故生卵有是变怪。恐久而破壳出，不利主人。"仲坊次日即归，不知其究竟如何也。

案，木华《海赋》曰："阳冰不冶，阴火潜然。"盖阳气伏积阴之内，则郁极而外腾。《岭南异物志》称海中所生鱼蜃，置阴处有光。《岭表录异》亦称黄蜡鱼头夜有光如笼烛，其肉亦片片有光。水之所生，与水同性故也。必海水始有火，必海错始有光者，积水之所聚，即积阴之所凝，故百川不能郁阳气，惟海能郁也。至暑月腐草之为萤，以层阴积雨，阳气蒸而化为虫；塞北之夜亮木，以冰谷雪岩，阳气聚而附于木。萤不久即死，夜亮木移植盆盎，越一两岁亦不生明。出潜离隐，气得舒则渐散耳。惟鸡卵夜光则理不可晓，蛟龙所感之说，亦未必然。按，段成式《酉阳杂俎》称岭南毒菌夜有光，杀人至速。盖瘴疠所钟，以温热发为阳焰。此卵或沴疠之气，偶聚于鸡；或鸡多食毒虫，久而蕴结，如毒菌有光之类，亦未可知也。

树旁茶肆

从侄虞惇言：闻诸任邱刘宗万曰："有旗人赴任丘催租，适村民夜演剧，观至二鼓乃散。归途酒渴，见树旁茶肆，因系马而入。主人出，言火已熄，但冷茶耳。入室良久，捧茶半杯出，色殷红而稠粘，气似微醒。饮尽，更求益。曰：'瓶已罄矣。当更觅残剩，须坐此稍待，勿相窥也。'既而久待不出，潜窥门隙，则见悬一裸女子，破其腹，以木撑之，而持杯刮取其血。惶骇退出，乘马急奔。闻后有追索茶钱声，沿途不绝。比至居停，已昏瞀坠仆。居停闻马声出视，扶掖入。次日乃苏，述其颠末。共往迹之，至系马之处，惟平芜老树，荒冢累累，丛棘上悬一蛇，中裂其腹，横支以草茎而已。"此与裴硎《传奇》载卢涵遇盟器婢子杀蛇为酒事相类。然婢子留宾，意在求偶。此鬼鬻茶胡为耶？鬼所需者冥镪，又向人索钱何为耶？

屋上畜牛

田香谷言：景河镇西南有小村，居民三四十家。有邹某者，夜半闻犬声，披衣出视。微月之下，见屋上有一巨人坐。骇极惊呼，邻里并出。稍稍审谛，乃所畜牛昂首而蹲，不知其何以上也。顷刻喧传，男妇皆来看异事。忽一家火发，焰猛风狂，阖村几尽为焦土。乃知此为牛祸，兆回禄火神名，指火灾也。姚安公曰："时方纳稼，豆秸谷草，堆秫篱茅屋间，袤延相接。农家作苦，家家夜半皆酣眠。突尔遭焚，则此村无噍类指大灾之后活下来的人与生物矣。天心仁爱，以此牛惊使梦醒也，何反以为妖哉！"

椒树识人

同郡某孝廉未第时，落拓不羁，多来往青楼中。然倚门者视之，漠然也。惟一妓名椒树者作者原注：此妓佚其姓名，此里巷中戏谐之称也。独赏之，曰："此君岂长贫贱者哉。"时邀之狎饮，且以夜合资供其读书。比应试，又为捐金治装，且为其家谋薪米。孝廉感之，握臂与盟曰："吾傥得志，必纳汝。"椒树谢曰："所以重君者，怪姊妹惟识富家儿；欲人知脂粉绮罗中，尚有巨眼人耳。至白头之约，则非所敢闻。妾性冶荡，必不能作良家妇；如已执箕帚，仍纵怀风月，君何以堪！

如幽闭闺阁，如坐囹圄，妾又何以堪！与其始相欢合，终致仳离，何如各留不尽之情，作长相思哉。”后孝廉为县令，屡招之不赴。中年以后，车马日稀，终未尝一至其署。亦可云奇女子矣。使韩淮阴能知此意，乌有“鸟尽弓藏”之憾哉！

诗二首

胶州法南野，飘泊长安，穷愁颇甚。一日，于李符千御史座上，言曾于泺口在今山东济南以西旅舍见二诗，其一曰：“流落江湖十四春，徐娘半老尚风尘。西楼一枕鸳鸯梦，明月窥窗也笑人。”其二曰：“含情不忍诉琵琶，几度低头掠鬓鸦。多谢西川贵公子，肯持红烛赏残花。”不署年月姓名，不知谁作也。余曰：“此君自寓坎坷耳。然五十六字足抵一篇《琵琶行》矣。”

夜行书生

益都李生文渊，南涧弟也。嗜古如南涧，而博辩则过之。不幸夭逝，南涧乞余志其墓。匆匆未果，并其事状失之，至今以为憾也。

一日，在余生云精舍讨论古礼，因举所闻一事曰：博山有书生，夜行林莽间，见贵官坐松下，呼与语。谛视，乃其已故表丈某公也，不得已近前拜谒。问家事甚悉。生因问：“古称体魄藏于野，而神依于庙主。丈人有家祠，何为在此？”某公曰：“此泥于古不墓祭之文也。夫庙祭地也，主祭位也，神之来格，以是地是位为依归焉耳。如神常居于庙，常附于主，是世世祖妣与子孙人鬼杂处也。且有庙有主，为有爵禄者言之耳。今一邑一乡之中，能建庙者万家不一二，能立祠者千家不一二，能设主者百家不一二。如神依主而不依墓，是百千亿万贫贱之家，其祖妣皆无依之鬼也，有是理耶？知鬼神之情状者，莫若圣人，明器之礼，自夏后氏以来矣。使神在主而不在墓，则明器当设于庙。乃皆瘗之于墓中，是以器供神而置于神所不至也，圣人顾若是颠耶？卫人之祔离之，殷礼也；鲁人之祔合之，周礼也。孔子善周。使神不在墓，则墓之分合，了无所异，有何善不善耶？《礼》曰：‘父没而不忍读父之书，手泽存焉尔。母亡而不忍用其杯棬，口泽存焉尔。’一物之微，尚且如是，顾以先人体魄，视如无物；而别植数寸之木，曰此吾父吾母之神也，毋乃不知类耶？寺钟将动，且与子别。子今见吾，此后可毋为竖儒所惑矣。”生匆遽起立，东方已白。视之正其墓道前也。

狐评道士

陈裕斋言：有僦居道观者，与一狐女狎，靡夕不至。忽数日不见，莫测何故。一夜，搴帘含笑入。问其旷隔之由。曰：“观中新来一道士，众目曰仙。虑其或有神术，姑暂避之。今夜化形为小鼠，自壁隙潜窥，直大言欺世者耳。故复来也。”问：“何以知其无道力？”曰：“伪仙伪佛，技止二端：其一故为静默，使人不测；其一故为颠狂，使人疑其有所托。然真静默者，必淳穆安恬，凡矜持者伪也；真托于颠狂者，必游行自在，凡张皇者伪也。此如君辈文士，故为名高，或迂僻冷峭，使人疑为狷；或纵酒骂座，使人疑为狂，同一术耳。此道士张皇甚矣，足知其无能为也。”时共饮钱稼轩先生家。先生曰：“此狐眼光如镜，然词锋太利，未免不留馀地矣。”

亡妻来别

司爨者曹媪，其子僧也。言尝见粤东一宦家，到寺营斋，云其妻亡已十九年。一夕，灯下见形曰：“自到黄泉，无时不忆，尚冀君百年之后，得一相见。不意今配入转轮，从此茫茫万古，无复会期。故冒冥司之禁，赂监送者来一取别耳。”其夫骇痛，方欲致词，忽旋风入室卷之去，尚隐隐闻泣声。故为饭僧礼忏，资来世福也。此夫此妇，可谓两个不相负矣。《长恨歌》曰：“但令心如金钿坚，天上人间会相见。”安知不以此一念，又种来世因耶！

附会之词

《桂苑丛谈》记李卫公以方竹杖赠甘露寺僧，云此竹出大宛国，坚实而正方，节眼须牙，四面对出云云。案，方竹今闽、粤多有，不为异物。大宛即今哈萨克，已隶职方，其地从不产竹，乌有所谓方者哉。又《古今注》载乌孙有青田核，大如六升瓠。空之以盛水，俄而成酒。案，乌孙即今伊犁地。问之额鲁特，皆云无此。又《杜阳杂编》载元载造芸晖堂于私第。芸香，草名也，出于阗国，其香洁白如玉，入土不朽烂；舂之为屑，以涂其壁，故号曰“芸晖”。于阗即今和阗地，亦未闻此物。惟西域有草名玛努，根似苍术。番僧焚以供佛，颇为珍贵。然色不白，亦不可泥壁。均小说附会之词也。

亡父之灵

黎荇塘言：有少年，其父商于外，久不归。无所约束，因为囊家所诱，博负数百金。囊家议代出金偿众，而勒写鬻宅之券。不得已从之。虑无以对母妻，遂不返其家，夜入林自缢。甫结带，闻马蹄隆隆，回顾，乃其父归也。骇问："何以作此计？"度不能隐，以实告。父殊不怒，曰："此亦常事，何至于此！吾此次所得尚可抵。汝自归家，吾自往偿金索券可也。"时囊家博未散，其父突排闼入。本皆相识，一一指呼姓字，先斥其诱引之非，次责以逼迫之过。众错愕无可置词。既而曰："既不肖子写宅券，吾亦难以博诉官。今偿汝金，汝明日分给众人，还我宅券可乎？"囊家知理屈，愿如命。其父乃解腰缠付囊家，一一验入。得券即就灯焚之，愤然而出。其子还家具食，待至晓不归。至囊家侦探，曰："已焚券去。"方虑有他故。次日，囊家发箧，乃皆纸铤。金所亲收，众目共睹，无以自白，竟出己橐以偿，颇自疑遇鬼。后旬馀，讣音果至，殁已数月矣。

祠中人语

李樵风言：杭州涌金门外，有渔舟泊神祠下，闻祠中人语嘈杂。既而神诃曰："汝曹野鬼，何辱文士？罪当笞。"又闻辩诉曰："人静月明，诸幽魂暂游水次，稍释羁愁。此二措大旧时指贫寒落魄的读书人独讲学谈诗，刺刺不止。众皆不解，实所厌闻。窃相耳语，微示不满，稍稍引去则有之，非敢有所触犯也。"神默然，少顷，曰："论文雅事，亦当择地择人。先生休矣。"俄而磷火如萤，自祠中出，遥闻吃吃笑不已，四散而去。

百岁老妇

刘煓，沧州人。其母以康熙壬申康熙三十一年(1692)生，至乾隆壬子乾隆五十七年(1792)，年一百一岁，尚强健善饭。屡逢恩诏，里胥欲为报官支粟帛，辄固辞弗愿。去岁，欲为请旌建坊，亦固辞弗愿。或询其弗愿之故。慨然曰："贫家嫠妇，赋命蹇薄，正以颠连困苦，为神道所怜，得此寿耳。一邀过分之福，则死期至矣。"此媪所见殊高。计其生平，必无胶胶扰扰意外之营求，宜其恬然冲静，颐养天和，得以葆此长龄矣。

卷十二

槐西杂志二

文士书册

安中宽言：有人独行林莽间，遇二人，似是文士，吟哦而行。一人怀中落一书册，此人拾得。字甚拙涩，波磔皆不甚具，仅可辨识。其中或符箓、或药方、或人家春联，纷糅无绪，亦间有经书古文诗句。展阅未竟，二人遽追来夺去，倏忽不见。疑其狐魅也。一纸条飞落草间，俟其去远，觅得之。上有字曰："《诗经》'於'字皆音'乌'，《易经》'无'字左边无点。"

余谓此借言粗材之好讲文艺者也。然能刻意于是，不愈于饮博游冶乎？使读书人能奖励之，其中必有所成就。乃薄而挥之，斥而笑之，是未思圣人之待互乡传说中人们互相交恶的地方、阙党指阙里，相传是孔子的居所二童子也。讲学家崖岸过峻，使人甘于自暴弃，皆自沽己名，视世道人心如膜外耳。

宁逊公赴宴

景州宁逊公，能以琉璃舂碎调漆，堆为擘窠书。凹凸皴皱，俨若石纹。恒挟技游富贵家，喜索人酒食。或闻燕集，必往搀末席。一日，值吴桥社会，以所作对联匾额往售。至晚，得数金。忽遇十数人邀之，曰："我辈欲君殚一月工，堆字若干分，赠亲友，冀得小津润。今先屈先生一餐，明日奉迎至某所。"宁大喜，随入酒肆，共恣饮啖。至漏下初鼓，主人促闭户。十数人一时不见，座上惟宁一人。无可置辩，乃倾囊偿值，懊恼而归。不知为幻术为狐魅也。李露园曰："此君自宜食此报。"

罗刹成佛

某公眷一娈童，性柔婉，无市井态，亦无恃宠骄纵意。忽泣涕数日，目尽肿。怪诘其故。慨然曰："吾日日荐枕席，殊不自觉。昨寓中某与某童狎，吾穴隙窃窥，丑难言状，与横陈之女迥殊。因自思吾一男子而受污如是，悔不可追，故愧愤欲死耳。”某公譬解百方，终怏怏不释。后竟逃去，或曰：“已改易姓名，读书游泮矣。梅禹金有《青泥莲花记》梅鼎祚，字禹金，号胜乐道人，明代戏曲、小说家。《青泥莲花记》是其专为烟花女子立传的著作，若此童者，亦近于青泥莲花欤？”

又，奴子张凯，初为沧州隶，后夜闻罪人暗泣声，心动辞去，鬻身于先姚安公。年四十馀，无子。一日，其妇临蓐，凯愀然曰：“其女乎！”已而果然。问：“何以知之？”曰：“我为隶时，有某控其嫂与邻人张九私。众知其枉，而事涉暧昧，无以代白也。会官遣我拘张九。我禀曰：‘张九初五日以逋赋拘，初八日笞十五去矣。今不知所往，乞宽其限。’官检征比册，良是，怒某曰：‘初七日张九方押禁，何由至汝嫂室乎？’杖而遣之。其实别一张九，吾借以支吾得免也。去岁，闻此妇死。昨夜梦其向我拜，知其转生为我女也。”后此女嫁为贾人妇，凯夫妇老且病，竟赖其孝养以终。杨椒山有《罗刹成佛记》杨继盛，字仲芳，号椒山，明代谏臣，若此奴者，亦近于罗刹成佛欤？

四喜狐妻

冯平宇言：有张四喜者，家贫佣作。流转至万全山中，遇翁妪留治圃。爱其勤苦，以女赘之。越数岁，翁妪言往塞外省长女，四喜亦挈妇他适。久而渐觉其为狐，耻与异类偶，伺其独立，潜弯弧射之，中左股。狐女以手拔矢，一跃直至四喜前，持矢数之曰：“君太负心，殊使人恨！虽然，他狐媚人，苟且野合耳。我则父母所命，以礼结婚，有夫妇之义焉。三纲所系，不敢仇君；君既见弃，亦不敢强住聒君。”握四喜之手，痛哭，逾数刻，乃蹶然逝。四喜归，越数载，病死，无棺以敛。狐女忽自外哭入，拜谒姑舅，具述始末。且曰：“儿未嫁，故敢来也。”其母感之，詈四喜无良。狐女俯不语。邻妇不平，亦助之詈。狐女瞋视曰：“父母詈儿，无不可者。汝奈何对人之妇，詈人之夫！”振衣竟出，莫知所往。去后，于四喜尸旁得白金五两，因得成葬。后四喜父母贫困，往往于盎中箧内无意得钱米，盖亦狐女所致也。皆谓此狐非惟形化人，心亦化人矣。或又谓狐虽知礼，不至此，殆平宇故撰此事，以愧人之不如者。姚安公曰：“平宇虽村叟，而立心笃实，平生无一字虚妄。与之谈，讷讷不出口，非能造作语言者也。”

不忘旧情

卢观察㧑吉言：在平有夫妇相继死，遗一子，甫周岁，兄嫂咸不顾恤，饿将死。忽一少妇排门入，抱儿于怀，詈其兄嫂曰："尔弟夫妇尸骨未寒，汝等何忍心至此，不如以儿付我，犹可觅一生活处也。"挈儿竟出，莫知所终。邻里咸目睹之，有知其事者曰："其弟在日，常昵一狐女。意或不忘旧情，来视遗孤乎？"是亦张四喜妇之亚同类、相似也。

何某爱猪

乌鲁木齐多狭斜，小楼深巷，方响时闻。自谯鼓初鸣，至寺钟欲动，灯火恒荧荧也。冶荡者惟所欲为，官弗禁，亦弗能禁。有宁夏布商何某，年少美风姿，赀累千金，亦不甚吝，而不喜为北里游。惟畜牝豕十馀，饲极肥，濯极洁，日闭门而沓淫之。豕亦相摩相倚，如昵其雄。仆隶恒窃窥之，何弗觉也。忽其友乘醉戏诘，乃愧而投井死。迪化厅同知木金泰曰："非我亲鞫是狱，虽司马温公司马光，卒赠温国公以告我，我弗信也。"余作是地杂诗，有曰："石破天惊事有无，后来好色胜登徒。何郎甘为风情死，才信刘王爱媚猪。"即咏是事。人之性癖，有至于如此者！乃知以理断天下事，不尽其变；即以情断天下事，亦不尽其变也。

非法二事

张一科，忘其何地人。携妻就食塞外，佣于西商古代商人集群之一，主要集中于陕西、山西一带。明清时期与徽商并雄。西商昵其妻，挥金如土，不数载赀尽归一科，反寄食其家。妻厌薄之，诟谇使去。一科曰："微是人无此日，负之不祥。"坚不可。妻一日持梃逐西商，一科怒詈。妻亦反詈曰："彼非爱我，昵我色也。我亦非爱彼，利彼财也。以财博色，色已得矣，我原无所负于彼；以色博财，财不继矣，彼亦不能责于我。此而不遣，留之何为？"一科益愤，竟抽刃杀之。先以百金赠西商，而后自首就狱。又一人忘其姓名，亦携妻出塞。妻病卒，困不能归，且行乞。忽有西商招至肆，赠五十金。怪其太厚，固诘其由。西商密语曰："我与尔妇最相昵，尔不知也。尔妇垂殁，私以尔托我。我不忍负于死者，故资尔归里。”此人怒掷于地，竟格斗至讼庭。二事相去不一月。

相国温公，时镇乌鲁木齐。一日，宴僚佐于秀野亭，座间论及。前竹山令陈题桥曰：“一不以贫富易交，一不以死生负约，是虽小人，皆古道可风也。”公颦蹙曰：“古道诚然。然张一科曷可风耶？”后杀妻者拟抵，而谳语甚轻；赠金者拟杖，而不云枷示。公沉思良久，慨然曰：“皆非法也。然人情之薄久矣，有司如是上，即如是可也。”

门户之鬼

嘉祥曾映华言：一夕秋月澄明，与数友散步场圃外，忽旋风滚滚，自东南来，中有十馀鬼，互相牵曳，且殴且詈。尚能辨其一二语，似争朱、陆异同也。门户之祸，乃下彻黄泉乎！

李芳树刺血诗

“去去复去去，凄恻门前路。行行重行行，辗转犹含情。含情一回首，见我窗前柳。柳北是高楼，珠帘半上钩。昨为楼上女，帘下调鹦鹉。今为墙外人，红泪沾罗巾。墙外与楼上，相去无十丈。云何咫尺间，如隔千重山？悲哉两决绝，从此终天别。别鹤空徘徊，谁念鸣声哀！徘徊日欲晚，决意投身返。手裂湘裙裾，泣寄稿砧书。可怜帛一尺，字字血痕赤。一字一酸吟，旧爱牵人心。君如收覆水，妾罪甘鞭箠。不然死君前，终胜生弃捐。死亦无别语，愿葬君家土。傥化断肠花，犹得生君家。”右见《永乐大典》，题曰《李芳树刺血诗》，不著朝代，亦不详芳树始末。不知为所自作如窦玄妻诗窦玄，字叔高，汉代人。为人状貌绝异，天子让他与原配妻子离异，再将公主嫁他。窦妻悲怨，寄书信与《古怨歌》一首给丈夫，为时人代作，如焦仲卿妻诗指汉乐府诗《孔雀东南飞》中的刘兰芝也。世无传本，余校勘《四库》偶见之。爱其缠绵悱恻，无一毫怨怒之意，殆可泣鬼神。令馆吏录出一纸，久而失去。今于役滦阳，检点旧帙，忽于小箧内得之。沉湮数百年，终见于世，岂非贞魂怨魄，精贯三光，有不可磨灭者乎！陆耳山副宪曰：“此诗次韩蕲王孙女诗前；彼在宋末，则芳树必宋人。”以例推之，想当然也。

扣门声

舅氏安公实斋，一夕就寝，闻室外扣门声。问之不答，视之无所见。越数夕，复然。又数夕，他室亦复然。如是者十馀度，亦无他故。后村中获一盗，自云我曾入某家十馀次，皆以人不睡而返。问其日皆合，始知鬼报盗警也。故瑞不必为祥，妖不必为灾，各视乎其人。

自谶之联

明永乐二年，迁江南大姓实畿辅明永乐年间的移民政策，永乐七年(1409)前，以移民垦荒为主，充实北京城。畿辅，京城附近的地区始祖椒坡公，自上元徙献县之景城，后子孙繁衍，析居崔庄，在景城东三里。今土人以仕宦科第，多在崔庄，故皆称崔庄纪，举其盛也。而余族则自称景城纪，不忘本也。椒坡公故宅，在景城、崔庄间，兵燹战乱中的野火久圮，其址属族叔楘庵家。楘庵从余受经，以乾隆丙子乾隆二十一年(1756)举乡试，拟筑室移居于是。先姚安公为预题一联曰："当年始祖初迁地，此日云孙再造家。"后室不果筑，而姚安公以甲申乾隆二十九年(1764)八月弃诸孤。卜地惟是处吉，因割他田易诸楘庵而葬焉。前联如公自谶也。事皆前定，岂不信哉？

侍姬沈氏

侍姬沈氏，余字之曰明玕。其祖长洲人，流寓河间，其父因家焉。生二女，姬其次也。神思朗彻，殊不类小家女。常私语其姊曰："我不能为田家妇，高门华族，又必不以我为妇。庶几其贵家媵乎？"其母微闻之，竟如其志。性慧黠，平生未尝忤一人。初归余时，拜见马夫人。马夫人曰："闻汝自愿为人媵，媵亦殊不易为。"敛衽对曰："惟不愿为媵，故媵难为耳。既愿为媵，则媵亦何难！"故马夫人始终爱之如娇女。尝语余曰："女子当以四十以前死，人犹悼惜。青裙白发，作孤雏腐鼠，吾不愿也。"亦竟如其志，以辛亥乾隆五十六年(1791)四月二十五日卒，年仅三十。初仅识字，随余检点图籍，久遂粗知文义，亦能以浅语成诗。临终，以小照付其女，口诵一诗，请余书之曰："三十年来梦一场，遗容手付女收藏。他时话我生平事，认取姑苏沈五娘。"泊然而逝。方病剧时，余以侍值圆明园，宿海淀槐西老屋。一夕，恍惚两梦之，以为结念所致耳。既而知其是夕晕绝，移二时乃苏。语其母曰："适梦至海淀寓所，有大声如雷霆，因而惊醒。"余忆是夕，果壁上挂瓶绳断堕地，始悟其生魂果至矣。故题其遗照有曰："几分相似几分非，可是香魂月下归？春梦无痕时一瞥，最关情处在依稀。"又曰："到死春蚕尚有丝，离魂倩女不须疑。一声惊破梨花梦，恰记铜瓶坠地时。"即记此事也。

持平之论

相去数千里，以燕赵之人，谈滇黔之俗，而谓居是土者，不如吾所知之确，然耶否耶？晚出数十年，以髫龀之子，论耆旧之事，而曰见其人者，不如吾所知之确，然耶否耶？左丘明身为鲁史，亲见圣人；其于《春秋》，确有源委。至唐中叶，陆淳辈始持异论。宋孙复以后，哄然佐斗，诸说争鸣，皆曰左氏不可信，吾说可信。何以异于是耶！

盖汉儒之学务实，宋儒则近名，不出新义，则不能耸听；不排旧说，则不能出新义。诸经训诂，皆可以口辩相争，惟《春秋》事迹厘然，难于变乱。于是谓左氏为楚人、为七国初人、为秦人，而身为鲁史，亲见圣人之说摇。既非身为鲁史，亲见圣人，则传中事迹，皆不足据，而后可惟所欲言矣。沿及宋季，赵鹏飞作《春秋经筌》，至不知成风为僖公生母，尚可与论名分、定褒贬乎？元程端学推波助澜，尤为悍戾。

偶在五云多处作者原注：即原心亭检校端学《春秋解》，周编修书昌因言：有士人得此书，珍为鸿宝。一日，与友人游泰山，偶谈经义，极称其论叔姬归酅一事，推阐至精。夜梦一古妆女子，仪卫尊严，厉色诘之曰："武王元女，实主东岳。上帝以我艰难完节，接迹共姜，俾隶太姬为贵神，今二千馀年矣。昨尔述竖儒之说，谓我归酅为淫于纪季，虚辞诬诋，实所痛心！我隐公七年归纪，庄公二十年归酅，相距三十四年，已在五旬以外矣。以斑白之嫠妇，何由知季必悦我？越国相从，《春秋》之法，非诸侯夫人不书，亦如非卿不书也。我待年之媵，例不登诸简策，徒以矢心不二，故仲尼有是特笔。程端学何所依凭而造此暧昧之谤耶？尔再妄传，当脔尔舌，命从神以骨朵古代兵器，用铁或硬木制做，顶端呈瓜状击之。"狂叫而醒，遂毁其书。余戏谓书昌曰："君耽宋学，乃作此言！"书昌曰："我取其所长，而不敢讳所短也。"是真持平之论矣。

杨令公祠

杨令公祠在古北口内，祀宋将杨业。顾亭林顾炎武，原名绛，字忠清。明亡后改炎武，字宁人，亦自署蒋山佣，尊称为“亭林先生”《昌平山水记》，据《宋史》谓业战死长城北口，当在云中，非古北口也。考王曾《行程录》，已云古北口内有业祠。盖辽人重业之忠勇，为之立庙。辽人亲与业战，曾奉使时，距业仅数十年，岂均不知业殁于何地？《宋史》则元季托克托所修作者原注：“托克托”旧作“脱脱”，盖译音未审。今从《三史国语解》距业远矣，似未可据后驳前也。

天生嘉卉

余校勘秘籍，凡四至避暑山庄：丁未乾隆五十二年(1787)以冬、戊申乾隆五十三年(1788)以秋、己酉乾隆五十四年(1789)以夏，壬子乾隆五十七年(1792)以春，四时之胜胥览焉。每泛舟至文津阁，山容水意，皆出天然，树色泉声，都非尘境；阴晴朝暮，千态万状，虽一鸟一花，亦皆入画。其尤异者，细草沿坡带谷，皆茸茸如绿罽jì毯子一类的东西，高不数寸，齐如裁剪，无一茎参差长短者。苑丁谓之规矩草。出宫墙才数步，即鬖髿 sān suō 比喻草木枝叶散乱的样子滋蔓矣。岂非天生嘉卉，以待宸游帝王巡游哉！

村落文鬼

李又聃先生言：有张子克者，授徒村落，岑寂寡俦指孤独寂寞，没有朋友。偶散步场圃间，遇一士，甚温雅。各道姓名，颇相款洽。自云家住近村，里巷无可共语者，得君如空谷之足音也。因共至塾，见童子方读《孝经》。问张曰：“此书有今文古文，以何为是？”张曰：“司马贞言之详矣。近读《吕氏春秋》，见《审微》篇中引‘诸侯’一章，乃是今文。七国时人所见如是，何处更有古文乎？”其人喜曰：“君真读书人也。”自是屡至塾。张欲报谒，辄谢以贫无栖止，夫妇赁住一破屋，无地延客。张亦遂止。

一夕，忽问：“君畏鬼乎？”张曰：“人未离形之鬼，鬼已离形之人耳，虽未见之，然觉无可畏。”其人恧 nü 惭愧然曰：“君既不畏，我不欺君，身即是鬼。以生为士族，不能逐焰口争钱米。叨为气类，求君一饭可乎？”张契分既深，亦无疑惧，即为具食，且邀使数来。考论图籍，殊有端委。偶论太极无极之旨，其人怫然曰："于传有之：'天道远，人事迩。'六经所论皆人事，即《易》阐阴阳，亦以天道明人事也。舍人事而言天道，已为虚杳；又推及先天之先，空言聚讼，安用此为？谓君留心古义，故就君求食。君所见乃如此乎？"拂衣竟起，倏已影灭。再于相遇处候之，不复睹矣。

堕楼女子

余督学闽中时，院吏言：雍正中，学使有一姬堕楼死，不闻有他故，以为偶失足也；久而有泄其事者，曰姬本山东人，年十四五，嫁一窭人穷苦人家子。数月矣，夫妇甚相得，形影不离。会岁饥，不能自活，其姑卖诸贩鬻妇女者。与其夫相抱，泣彻夜，啮臂为志而别。夫念之不置，沿途乞食，兼程追及贩鬻者，潜随至京师。时于车中一觌面，幼年怯懦，惧遭诃詈，不敢近，相视挥涕而已。既入官媒家，时时候于门侧，偶得一睹，彼此约勿死，冀天上人间，终一相见也。后闻为学使所纳，因投身为其幕友仆，共至闽中。然内外隔绝，无由通问，其妇不知也。一日病死。妇闻婢媪道其姓名籍贯，形状年齿，始知之。时方坐笔捧楼上，凝立良久，忽对众备言始末，长号数声，奋身投下死。学使讳言之，故其事不传。然实无可讳也。

大抵女子殉夫，其故有二：一则搘柱纲常，宁死不辱。此本乎礼教者也，一则忍耻偷生，苟延一息，冀乐昌破镜，再得重圆；至望绝势穷，然后一死以明志。此生于情感者也。此女不死于贩鬻之手，不死于媒氏之家，至玉玷花残，得故夫凶问而后死，诚为太晚。然其死志则久定矣，特私爱缠绵，不能自割。彼其意中，固不以当死不死为负夫之恩，直以可待不待为辜夫之望。哀其遇，悲其志，惜其用情之误则可矣；必执《春秋》大义，责不读书之儿女，岂与人为善之道哉！

纪生遇狐

壬申乾隆十七年(1752)七月，小集宋蒙泉家，偶谈狐事。聂松岩曰：贵族有一事，君知之乎？曩以乡试在济南，闻有纪生者，忘其为寿光为胶州也。尝暮遇女子独行，泥泞颠蹶，倩之扶掖。念此必狐女，姑试与昵，亦足以知妖魅之情状。因语之曰："我识尔，尔勿诳我，然得妇如尔亦自佳。人静后可诣书斋，勿在此相调，徒多迂折。"女子笑而去。夜半果至，狎媟者数夕，觉渐为所惑，因拒使勿来。狐女怨詈不肯去，生正色曰："勿如是也。男女之事，权在于男。男求女，女不愿，尚可以强暴得；女求男，男不愿，则心如寒铁，虽强暴亦无所用之。况尔为盗我精气来，非以情合，我不为负尔情。尔阅人多矣，难以节言，我亦不为隳尔节。始乱终弃，君子所恶，为人言之，不为尔曹言之也。尔何必恋恋于此，徒为无益？"狐女竟词穷而去。乃知一受蛊惑，缠绵至死，符箓不能驱遣者，终由情欲牵连，不能自割耳。使泊然不动，彼何所取而不去哉？

扰狐恶报

法南野又说一事曰：里有恶少数人，闻某氏荒冢有狐，能化形媚人。夜携罝罟jū gǔ 捕兽的网布穴口，果掩得二牝狐。防其变幻，急以锥刺其髀，贯之以索，操刃胁之曰："尔果能化形为人，为我辈行酒，则贷尔命。否则立磔尔！"二狐嗥叫跳掷，如不解者。恶少怒，刺杀其一，其一乃人语曰："我无衣履，及化形为人，成何状耶？"又以刃拟颈，乃宛转成一好女子，裸无寸缕。众大喜，迭肆无礼，复拥使侑觞，而始终掣索不释手。狐妮妮软语，祈求解索。甫一脱手，已瞥然逝。归未到门，遥见火光，则数家皆焦土，杀狐者一女焚焉。知狐之相报也。狐不扰人，人乃扰狐，多行不义，其及也宜哉。

狐知正邪

田白岩说一事曰：某继室少艾，为狐所媚，劾治无验。后有高行道士，檄神将缚至坛，责令供状。佥闻狐语曰："我豫产也，偶挞妇，妇潜窜至此，与某昵。我衔之次骨，是以报。"某忆幼时果有此，然十馀年矣。道士曰："结恨既深，自宜即报，何迟迟至今？得无刺知此事，假借藉口耶？"曰："彼前妇贞女也，惧干天罚，不敢近，此妇轻佻，乃得诱狎。因果相偿，鬼神弗罪，师又何责焉？"道士沉思良久，曰："某昵尔妇几日？"曰："一年馀。""尔昵此妇几日？"曰："三年馀。"道士怒曰："报之过当，曲又在尔，不去，且檄尔付雷部！"狐乃服罪去。清远先生作者原注：蒙泉之父曰："此可见邪正之念，妖魅皆得知。报施之理，鬼神弗能夺也。"

朱某狐婢

清远先生亦说一事曰：朱某一婢，粗材也。稍长，渐慧黠，眉目亦渐秀媚，因纳为妾。颇有心计，摒挡井井，米盐琐屑，家人纤毫不敢欺，欺则必败。又善居积，凡所贩鬻，来岁价必贵。朱以渐裕，宠之专房。一日，忽谓朱曰："君知我为谁？"朱笑曰："尔颠耶？"因戏举其小名曰："尔非某耶？"曰："非也，某逃去久矣，今为某地某人妇，生子已七八岁。我本狐女，君九世前为巨商，我为司会计。君遇我厚，而我干没君三千馀金。冥谪堕狐身，炼形数百年，幸得成道。然坐此负累，终不得升仙。故因此婢之逃，幻其貌以事君。计十馀年来，所入足以敌所逋。今尸解去矣。我去之后，必现狐形。君可付某仆埋之，彼必裂尸而取革，君勿罪彼。彼四世前为饿殍时，我未成道，曾啖其尸。听彼碎磔我，庶冤可散也。"俄化狐仆地，有好女长数寸，出顶上，冉冉去；其貌则别一人矣。朱不忍而自埋之，卒为此仆窃发，剥卖其皮。朱知为夙业，浩叹而已。

贪狡贺某

从孙树畬言：高川贺某，家贫甚。逼除夕，无以卒岁。诣亲串借贷无所得，仅沽酒款之。贺抑郁无聊，姑浇块垒，遂大醉而归。时已昏夜，遇老翁负一囊，蹩躠不进，约贺为肩至高川，酬以雇值。贺诺之。其囊甚重。贺私念方无度岁资，若攘夺而逸，龙钟疲叟，必不能追及。遂尽力疾趋，翁自后追呼，不应。狂奔七八里，甫得至家，掩门急入。呼灯视之，乃新斫杨木一段，重三十馀斤，方知为鬼所弄。殆其贪狡之性，久为鬼恶，故乘其窘而侮之。不然，则来往者多，何独戏贺？是时未见可欲，尚未生盗心，何已中途相待欤？

冥司三瓮酒

树畬 bĕn 又言：垛庄张子仪，性嗜饮，年五十馀，以寒疾卒。将敛矣，忽苏曰："我病愈矣。顷至冥司，见贮酒巨瓮三，皆题'张子仪'封字；其一已启封，尚存半瓮，是必皆我之食料，须饮尽方死耳。"既而果愈，复纵饮二十馀年。一日，谓所亲曰："我其将死乎！昨又梦至冥司，见三瓮酒俱尽矣。"越数日，果无疾而卒。然则《补录纪传》载李卫公食羊之说，信有之乎！

神　豆

宝坻王孝廉锦堂言：宝坻旧城圮坏，水啮雨穿，多成洞穴，妖物遂窟宅其中。后修城时，毁其旧垣，失所凭依，遂散处空宅古寺。四出祟人，男女多为所媚。忽来一道士，教人取黑豆四十九粒，持咒炼七日，以击妖物，应手死。锦堂家多空屋，遂为所据；一仆妇亦为所媚。以道人所炼豆击之，忽风声大作，似有多人喧呼曰："太夫人被创死矣！"趋视，见一巨蛇，豆所伤处，如铳炮铅丸所中。因问道士："凡媚女者必男妖，此蛇何呼太夫人？"道士曰："此雌蛇也。蛇之媚人，其首尾皆可以噏精气，不必定相交接也。"旋有人但闻风声，即似梦魇，觉有吸其精者，精即涌溢。则道士之言信矣。又一人突见妖物，豆在纸裹中，猝不及解，并纸掷之，妖物亦负创遁。又一人为女妖所媚，或授以豆，耽其色美，不肯击，竟以陨身。夫妖物之为祟，事所恒有，至一时群聚而肆毒，则非常之恶，天道所不容矣。此道士不先不后，适以是时来，或亦神所假手欤！

御仆恶主

某侍郎夫人卒，盖棺以后，方陈祭祀，忽一白鸽飞入帏，寻视无睹。俶扰间，烟焰自棺中涌出，连甍屋脊累栋，顷刻并焚。闻其生时，御下严：凡买女奴，成券入门后，必引使长跪，先告戒数百语，谓之教导；教导后即褫衣反接，挞百鞭，谓之试刑。或转侧，或呼号，挞弥甚。挞至不言不动，格格然如击木石，始谓之知畏，然后驱使。安州陈宗伯夫人，先太夫人姨也，曾至其家。常曰其僮仆婢媪，行列进退，虽大将练兵，无如是之整齐也。又余常至一亲串家，丈人行也，入其内室，见门左右悬二鞭，穗皆有血迹，柄皆光泽可鉴。闻其每将就寝，诸婢一一缚于凳，然后覆之以衾，防其私遁或自戕也。后死时，两股疽溃露骨，一若杖痕。

刊方之报

刑曹案牍，多被殴后以伤风死者，在保辜古代刑事案件中一种保护受害人的制度。凡斗殴案件中，被告要在一定期限内对受害人伤情负责。如果被害人在期限内伤重不治，则被告按杀人罪论处限内，于律不能不拟抵。吕太常含晖，尝刊秘方：以荆芥、黄蜡、鱼鳔三味作者原注：鱼鳔炒黄色各五钱，艾叶三片，入无灰酒一碗，重汤煮一炷香，热饮之，汗出立愈。惟百日以内，不得食鸡肉。后其子慕堂，登庚午乾隆十五年(1750)贤书，人以为刊方之报也。

骰子咒

《酉阳杂俎》载骰子咒曰："伊帝弥帝，弥揭罗帝。"诵至十万遍，则六子皆随呼而转。试之，或验或不验。余谓此犹诵"驴"字治病耳。大抵精神所聚，气机应之，气机所感，鬼神通之，所谓"至诚则金石为开"也。笃信之则诚，诚则必动；姑试之则不诚，不诚则不动。凡持炼之术，莫不如是，非独此咒为然矣。

丛冢鬼斗

旧仆兰桂言：初至京师，随人住福清会馆，门以外皆丛冢也。一夜月黑，闻汹汹喧呶声、哭泣声，又有数人劝谕声。念此地无人，是必鬼斗。自门隙窃窥，无所睹。屏息谛听，移数刻，乃一人迁其妇柩，误取他家柩去。妇故有夫，葬亦相近。谓妇为此人所劫，当以此人妇相抵。妇不从而诟争也。会逻者鸣金过，乃寂无声。不知其作何究竟，又不知此误取之妇他年合窆又作何究竟也。然则谓鬼附主而不附墓，其不然乎！

放生咒

虞惇有佃户孙某，善鸟铳，所击无不中。尝见一黄鹂，命取之。孙启曰："取生者耶？死者耶？"问："铁丸冲击，安能预决其生死？"曰："取死者直中之耳，取生者则惊使飞而击其翼。"命取生者。举手铳发，黄鹂果堕。视之，一翼折矣。其精巧如此。适一人能诵放生咒，与约曰："我诵咒三遍，尔百击不中也。"试之果然。后屡试之，无不验。然其词鄙俚，殆可笑噱，不识何以能禁制。又凡所闻禁制诸咒，其鄙俚大抵皆似此，而实皆有验，均不测其所以然也。

校书所得

蔡葛山先生曰："吾校《四库》书，坐讹字夺俸者数矣，惟一事深得校书力。吾一幼孙，偶吞铁钉，医以朴硝等药攻之，不下，日渐尪弱。后校《苏沈良方》，见有小儿吞铁物方，云剥新炭皮研为末，调粥三碗，与小儿食，其铁自下。依方试之，果炭屑裹铁钉而出。乃知杂书亦有用也。此书世无传本，惟《永乐大典》收其全部。余领书局时，属王史亭排纂成帙。苏沈者，苏东坡、沈存中也，二公皆好讲医药。宋人集其所论，为此书云。"

老医知礼

叶守甫，德州老医也。往来余家，余幼时犹及见之。忆其与先姚安公言：常从平原诣海丰，夜行失道，仆从皆迷。风雨将至，四无村墟，望有废寺，往投暂避。寺门虚掩，而门扉隐隐有白粉大书字。敲火视之，则"此寺多鬼，行人勿住"二语也。进退无路，乃推门再拜曰："过客遇雨，求神庇荫；雨止即行，不敢久稽。"闻承尘板上语曰："感君有礼。但今日大醉，不能见客，奈何？君可就东壁坐，西壁蝎窟，恐遭其螫；渴勿饮檐溜，恐有蛇涎；殿后酸梨已熟，可摘食也。"毛发植立，噤不敢语。雨稍止，即惶遽拜谢出，如脱虎口焉。姚安公曰："题门榜示，必伤人多矣。而君得无恙，且得其委曲告语。盖以礼自处，无不可以礼服者；以诚相感，无不可以诚动者。虽异类无间也。君非惟老于医，抑亦老于涉世矣。"

路遇二妇人

朱导江言：新泰一书生，赴省乡试。去济南尚半日程，与数友乘凉早行。黑暗中有二驴追逐行，互相先后，不以为意也。稍辨色后，知为二妇人。既而审视，乃一媪，年约五六十，肥而黑；一少妇，年约二十，甚有姿色。书生频目之。少妇忽回顾失声曰："是几兄耶?"生错愕不知所对。少妇曰："我即某氏表妹也。我家法中表兄妹不相见，故兄不识妹。妹则尝于帘隙窥兄，故相识也。"书生忆原有表妹嫁济南，因相款语。问："早行何适?"曰："昨与妹婿往问舅母疾，本拟即日返。舅母有讼事，浼妹婿入京，不能即归。妹早归为治装也。"流目送盼，情态嫣然，且微露十馀岁时一见相悦意。书生心微动。至路岐，邀至家具一饭。欣然从之，约同行者晚在某所候。至钟动不来。次日，亦无耗。往昨别处循岐路寻之，得其驴于野田中，鞍尚未解。遍物色村落间，绝无知此二妇者。再询，访得其表妹家，则表妹殁已半年馀。其为鬼所惑、怪所啖，抑或为盗所诱，均不可知，而此人遂长已矣。此亦足为少年佻薄者戒也。

时方可村在座，言："游秦、陇时，闻一事与此相类。后有合窆于妻墓者，启圹，则有男子尸在焉。不知地下双魂，作何相见。《焦氏易林》曰：'两夫共妻，莫适为雌。'若为此占矣。"戴东原亦在座，曰："《后汉书》尚有三夫共妻事，君何见不广耶?"余戏曰："二君勿喧，山阴公主面首三十人，独忘之欤?然彼皆不畏其夫者。此鬼私藏少年，不虑及后来之合窆，未免纵欲忘患耳!"东原喟然曰："纵欲忘患，独此鬼也哉?"

造物所忌之事

杂说称娈童始黄帝作者原注：钱詹事辛楣如此说，辛楣能举其书名，今忘之矣，殆出依托。比顽童始见《商书》，然出梅赜伪古文《尚书》是儒学经典著作，西晋之后逐渐散逸。东晋时，豫章内史梅赜献《古文尚书》，每篇有称作《孔安国传》的注。到了南宋初年，吴棫、朱熹等学者开始怀疑梅赜这部书，认为从文字看不像周秦时的文词。到元明清时，有更多的学者认为梅赜这部书作伪，亦不足据。《逸周书》称"美男破老"，殆指是乎?《周礼》有不男之讼，注谓天阉不能御女者。然自古及今，未有以不能御女成讼者；经文简质，疑其亦指此事也。

凡女子淫佚，发乎情欲之自然。娈童则本无是心，皆幼而受绐，或势劫利饵耳。相传某巨室喜狎狡童，而患其或愧拒，乃多买端丽小儿未过十岁者；与诸童媟戏时，使执烛侍侧。种种淫状，久而见惯，视若当然。过三数年，稍长可御，皆顺流之舟矣。有所供养僧规之曰："此事世所恒有，不能禁檀越不为，然因其自愿。譬诸挟妓，其过尚轻；若处心积虑，凿赤子之天真，则恐干神怒。"某不能从，后卒罹祸。夫术取者造物所忌，况此事而以术取哉！

丐妇弃儿救姑

东光有王莽河，即胡苏河也。旱则涸，水则涨，每病涉焉。外舅马公周箓言：雍正末，有丐妇一手抱儿，一手扶病姑涉此水。至中流，姑蹶而仆。妇弃儿于水，努力负姑出。姑大诟曰："我七十老妪，死何害！张氏数世，待此儿延香火，尔胡弃儿以拯我？斩祖宗之祀者尔也！"妇泣不敢语，长跪而已。越两日，姑竟以哭孙不食死。妇呜咽不成声，痴坐数日，亦立槁。不知其何许人，但于其姑詈妇时，知为姓张耳。有著论者，谓儿与姑较，则姑重；姑与祖宗较，则祖宗重。使妇或有夫，或尚有兄弟，则弃儿是。既两世穷嫠，止一线之孤子，则姑所责者是。妇虽死有馀悔焉。

姚安公曰："讲学家责人无已时。夫急流汹涌，少纵即逝，此岂能深思长计时哉！势不两全，弃儿救姑，此天理之正，而人心之所安也。使姑死而儿存，终身宁不耿耿耶？不又有责以爱儿弃姑者耶？且儿方提抱，育不育未可知。使姑死而儿又不育，悔更何如耶？此妇所为，超出恒情已万万。不幸而其姑自殒，以死殉之，其亦可哀矣！犹沾沾焉而动其喙，以为精义之学，毋乃白骨衔冤，黄泉赍恨乎！孙复作《春秋尊王发微》，二百四十年内，有贬无褒；胡致堂作《读史管见》，三代以下无完人。辨则辨矣，非吾之所欲闻也。"

炼气炼心之说

郭石洲言：朱明经静园，与一狐友。一日，饮静园家，大醉，睡花下。醒而静园问之曰："吾闻贵族醉后多变形，故以衾覆君而自守之。君竟不变，何也？"曰："此视道力之浅深矣。道力浅者能化形幻形耳，故醉则变，睡则变，仓皇惊怖则变；道力深者能脱形，犹仙家之尸解，已归人道，人其本形矣，何变之有！"静园欲从之学道。曰："公不能也。凡修道人易而物难，人气纯，物气驳也；成道物易而人难，物心一，人心杂也。炼形者先炼气，炼气者先炼心，所谓志气之帅也。心定则气聚而形固，心摇则气涣而形萎。广成子之告黄帝，乃道家之秘要，非庄叟寓言也。深岩幽谷，不见不闻，惟凝神导引，与天地阴阳往来消息，阅百年如一日，人能之乎？"朱乃止。

因忆丁卯乾隆十二年(1747)同年某御史，尝问所昵伶人曰："尔辈多矣，尔独擅场，何也？”曰：“吾曹以其身为女，必并化其心为女，而后柔情媚态，见者意消。如男心一线犹存，则必有一线不似女，乌能争蛾眉曼睩之宠哉？若夫登场演剧，为贞女则正其心，虽笑谑亦不失其贞；为淫女则荡其心，虽庄坐亦不掩其淫；为贵女则尊重其心，虽微服而贵气存；为贱女则敛抑其心，虽盛妆而贱态在；为贤女则柔婉其心，虽怒甚无遽色；为悍女则拗戾其心，虽理诎无巽词。其他喜怒哀乐，恩怨爱憎，一一设身处地，不以为戏而以为真，人视之竟如真矣。他人行女事而不能存女心，作种种女状而不能有种种女心，此我所以独擅场也。”李玉典曰：“此语猥亵不足道，而其理至精。此事虽小，而可以喻大。天下未有心不在是事而是事能诣极者，亦未有心心在是事而是事不诣极者。心心在一艺，其艺必工；心心在一职，其职必举。小而僚之丸、扁之轮指有些无法用语言文字的方式传授给他人，只能靠自己身体力行去体会的技艺，大而皋、夔、稷、契之营四海指明君贤臣共同治理国家，其理一而已矣。此与炼气炼心之说，可互相发明也。”

人狐无缘

石洲又言：一书生家有园亭，夜雨独坐。忽一女子搴帘入，自云家在墙外，窥宋已久，今冒雨相就。书生曰：“雨猛如是，尔衣履不濡，何也？”女词穷，自承为狐。问：“此间少年多矣，何独就我？”曰：“前缘。”问：“此缘谁所记载？谁所管领？又谁以告尔？尔前生何人？我前生何人？其结缘以何事？在何代何年？请道其详。”狐仓卒不能对，嗫嚅久之，曰：“子千百日不坐此，今适坐此；我见千百人不相悦，独见君相悦。其为前缘审矣，请勿拒。”书生曰：“有前缘者必相悦。吾方坐此，尔适自来，而吾漠然心不动，则无缘审矣，请勿留！”女趑趄间，闻窗外呼曰：“婢子不解事，何必定觅此木强人。”女子举袖一挥，灭灯而去。或云是汤文正公少年事。余谓狐魅岂敢近汤公，当是曾有此事，附会于公耳。

山中野物

乌鲁木齐多野牛，似常牛而高大，千百为群，角利如矛矟 shuò 长矛。其行以强壮者居前，弱小者居后。自前击之，则驰突奋触，铳炮不能御，虽百练健卒，不能成列合围也；自后掠之，则绝不反顾。中推一最巨者，如蜂之有王，随之行止。尝有一为首者，失足落深涧，群牛俱随之投入，重叠殪焉。又有野骡野马，亦作队行，而不似野牛之悍暴，见人辄奔。其状真骡真马也，惟被以鞍勒，则伏不能起。然时有背带鞍花者作者原注：鞍所磨伤之处，创愈则毛作白色，谓之鞍花。又有蹄嵌踣铁者，或曰山神之所乘，莫测其故。久而知为家畜骡马逸入山中，久而化为野物，与之同群耳。骡肉肥脆可食，马则未见食之者。

又有野羊，《汉书·西域传》所谓羱羊也，食之与常羊无异。又有野猪，猛鸷亚于野牛，毛革至坚，枪矢弗能入。其牙铦于利刃，马足触之皆中断。吉木萨山中有老猪，其巨如牛，人近之辄被伤。常率其族数百，夜出暴禾稼。参领额尔赫图牵七犬入山猎，猝与遇，七犬立为所啖，复厉齿向人。鞭马狂奔，乃免。余拟植木为栅，伏巨炮其中，伺其出击之。或曰："傥击不中，则其牙拔栅如拉朽，栅中人危矣。"余乃止。又有野驼，止一峰，脔之极肥美。杜甫《丽人行》所谓"紫驼之峰出翠釜"，当即指此。今人以双峰之驼为八珍之一，失其实矣。

堪舆之术

景城之北，有横冈坡陀，形家又称"堪舆家"，以相度地形吉凶，为人选择宅基、墓地为业谓余家祖茔之来龙。其地属姜氏。明末，姜氏妒余族之盛，建真武祠于上，以厌胜之。崇祯壬午崇祯十五年(1642)，兵燹，余家不绝如线。后祠渐圮，余族乃渐振，祠圮尽而复盛焉。其地今鬻于从侄信夫。时乡中故老已稀，不知旧事，误建土神祠于上，又稍稍不靖。余知之，急属信夫迁去，始安。相地之说，或以为有，或以为无。余谓刘向校书，已列此术为一家，安得谓之全无；但地师所学必不精，又或缘以为奸利，所言尤不足据，不宜溺信之耳。若其凿然有验者，固未可诬也。

弈　棋

《象经》始见《庾开府集》，然所言与今法不相符。《太平广记》载棋子为怪事，所言略近今法，而亦不同。北人喜为此戏，或有耽之忘寝食者。景城真武祠未圮时，中一道士酷好此，因共以"棋道士"呼之，其本姓名乃转隐。一日，从兄方洲入所居，见几上置一局，止三十一子，疑其外出，坐以相待。忽闻窗外喘息声，视之，乃二人四手相持，共夺一子，力竭并踣也。癖嗜乃至于此！南人则多嗜弈，亦颇有废时失事者。从兄坦居言：丁卯乾隆十二年(1747)乡试，见场中有二士，画号板为局，拾碎炭为黑子，剔碎石灰块为白子，对着不止，竟俱曳白而出。夫消闲遣日，原不妨偶一为之；以此为得失喜怒，则可以不必。东坡诗曰："胜固欣然，败亦可喜。"荆公诗曰："战罢两奁收白黑，一枰何处有亏成？"二公皆有胜心者，迹其生平，未能自践此言，然其言则可深思矣。辛卯乾隆三十六年(1771)冬，有以《八仙对弈图》求题者。画为韩湘、何仙姑对局，五仙旁观，而铁拐李枕一壶卢睡。余为题曰："十八年来阅宦途，此心久似水中凫。如何才踏春明路，又看《仙人对弈图》。""局中局外两沉吟，犹是人间胜负心。那似顽仙痴不省，春风蝴蝶睡乡深。"今老矣，自迹生平，亦未能践斯言，盖言则易耳。

征实之学

明天启中，西洋人艾儒略作《西学凡》一卷。言其国建学育才之法，凡分六科：勒铎理加者，文科也；斐录所费哑者，理科也；默弟济纳者，医科也；勒斯义者，法科也；加诺搦斯者，教科也；陡禄日亚者，道科也。其教授各有次第，大抵从文入理，而理为之纲。文科如中国之小学，理科如中国之大学，医科、法科、教科皆其事业，道科则彼法中所谓尽性至命之极也。其致力亦以格物穷理为要，以明体达用为功，与儒学次序略似；特所格之物，皆器数之末，所穷之理，又支离怪诞而不可诘，是所以为异学耳。

末附唐碑一篇，明其教之久入中国。碑称贞观十二年，大秦国阿罗木远将经像来献，即于义宁坊敕造大秦寺一所，度僧二十一人云云。考《西溪丛语》，贞观五年，有传法穆护何禄，将祆教诣阙奏闻。敕令长安崇化坊立祆寺，号大秦寺，又名波斯寺。至天宝四年七月，敕波斯经教，出自大秦，传习而来，久行中国。爰初建寺，因以为名；将以示人，必循其本，其两京波斯寺，并宜改为大秦寺。天下诸州县有者准此。《册府元龟》载，开元七年，吐火罗鬼王上表献解天文人大慕阇，智慧幽深，问无不知。伏乞天恩唤取问诸教法，知其人有如此之艺能；请置一法堂，依本教供养。段成式《酉阳杂俎》载，孝亿国界三千馀里，举俗事祆，不识佛法。有祆祠三千馀所。又载德建国乌浒河中有火祆祠，相传其神本自波斯国来。祠内无像，于大屋下作小庐舍向西，人向东礼神。有一铜马，国人言自天而下。据此数说，则西洋人即所谓波斯，天主即所谓祆神。中国具有记载，不但此碑也。又杜预注《左传》"次睢之社”曰:“睢受汴,东经陈留,是谯彭城入泗。此水次有祆神,皆社祠之。”顾野王《玉篇》亦有“祆”字,音阿怜切,注为祆神。徐铉据以增入《说文》。宋敏求《东京记》载宁远坊有祆神庙,注曰:“《四夷朝贡图》云:‘康国有神名祆毕,国有火祆祠,或传石勒时立此。’”是祆教其来已久,亦不始于唐。岳珂《桯史》记番禺海獠,其最豪者号白番人,本占城之贵人,留中国以通往来之货,屋室侈靡逾制。性尚鬼而好洁,平居终日,相与膜拜祈福。有堂焉以祀,如中国之佛,而实无像设,称为聱牙。亦莫能晓,竟不知为何神。有碑高袤数丈,上皆刻异书如篆籀,是为像主,拜者皆向之。是祆教至宋之末年,尚由贾舶达广州。而利玛窦之初来,乃诧为亘古未有。艾儒略既援唐碑以自证,其为祆教更无疑义。乃当时无一人援据古事,以决源流。盖明自万历以后,儒者早年攻八比,晚年讲心学,即尽一生之能事,故征实之学全荒也。

鬼闻人语

田氏姊言:赵庄一佃户,夫妇甚相得。一旦,妇微闻夫有外遇,未确也。妇故柔婉,亦不甚愠,但戏语其夫:“尔不爱我而爱彼,吾且缢矣。”次日,馌田间,遇一巫能视鬼,见之骇曰:“尔身后有一缢鬼,何也?”乃知一语之戏,鬼已闻之矣。夫横亡者必求代,不知阴律何所取。殆恶其轻生,使不得速入转轮,且使世人闻之,不敢轻生欤?然而又启鬼瞰之渐,并闻有缢鬼诱人自裁者。故天下无无弊之法,虽神道无如何也。

妇魂救悍姑

戈荔田言:有妇为姑所虐,自缢死。其室因废不居,用以贮杂物。后其翁纳一妾,更悍于姑,翁又爱而阴助之;家人喜其遇敌也,又阴助之。姑窘迫无计,亦恚而自缢;家无隙所,乃潜诣是室。甫启钥,见妇披发吐舌当户立。姑故刚悍,了不畏,但语曰:“尔勿为厉,吾今还尔命。”妇不答,径前扑之。阴风飒然,倏已昏仆。俄家人寻视,扶救得苏,自道所见。众相劝慰,得不死。夜梦其妇曰:“姑死我当得代;然子妇无仇姑理,尤无以姑为代理,是以拒姑返。幽室沉沦,凄苦万状,姑慎勿蹈此辙也。”姑哭而醒,愧悔不自容。乃大集僧徒,为作道场七日。戈傅斋曰:“此妇此念,自足生天,可无烦追荐也。”此言良允。然傅斋、荔田俱不肯道其姓氏,余有嗛遗憾焉。

狐祟老儒

姚安公言:霸州有老儒,古君子也,一乡推祭酒。家忽有狐祟,老儒在家则寂然,老儒出则撼窗扉、毁器物、掷污秽,无所不至。老儒缘是不敢出,闭户修省而已。时霸州诸生以河工事愬州牧,期会于学宫,将以老儒列牒首。老儒以狐祟不至,乃别推一王生。自后王生坐聚众抗官伏法,老儒得免焉。此狱兴而狐去,乃知为尼阻止其行也。是故小人无瑞,小人而有瑞,天所以厚其毒;君子无妖,君子而有妖,天所以示之警。

壁上火光

前母安太夫人家有小书室,寝是室者,中夜开目,见壁上恍惚有火光,如燃香状,谛视则无。久而光渐大,闻人声乃徐徐隐。后数岁,谛视之竟不隐,乃壁上悬一画猿,光自猿目中出也。佥曰:"此画宝矣。"外祖安公作者原注:讳国维,佚其字号。今安氏零落殆尽,无可问矣曰:"是妖也,何宝之有?为虺huǐ指毒蛇弗摧,为蛇奈何?不知后日作何变怪矣?"举火焚之,亦无他异。

虎作人语

崔媪家在西山中,言其邻子在深谷樵采,忽见虎至,上高树避之。虎至,昂首作人语曰:"尔在此耶,不识我矣!我今堕落作此形,亦不愿尔识也!"俯首呜咽良久。既而以爪掊地,曰:"悔不及矣。"长号数声,奋然掉首去。

墙上蛇女

杨槐亭言:即墨有人往劳山,寄宿山家。所住屋有后门,门外缭以短墙为菜圃。时日已薄暮,开户纳凉,见墙头一靓妆女子,眉目姣好,仅露其面,向之若微笑。方凝视间,闻墙外众童子呼曰:"一大蛇身蟠于树,而首阁于墙上。"乃知蛇妖幻形,将诱而吸其血也。仓皇闭户,亦不知其几时去。设近之,则危矣。

玉　孩

琴工钱生作者原注：钱生尝客裘文达公家，日相狎习，而忘问名字乡里言：其乡有人，家酷贫，佣作所得，悉以与其寡嫂，嫂竟以节终。一日，在烛下拈纻线，见窗隙一人面，其小如钱，目炯炯内视。急探手攫得之，乃一玉孩，长四寸许，制作工巧，土蚀斑然。乡僻无售者，仅于质库得钱四千。质库置椟中，越日失去，深惧其来赎。此人闻之，曰："此本怪物，吾偶攫得，岂可复胁取人财！"具述本末，还其质券。质库感之，常呼令佣作，倍酬其直，且岁时周恤之，竟以小康。裘文达公曰："此天以报其友爱也。不然，何在其家不化去，到质库始失哉？至慨还质券，尤人情所难，然此人之绪馀耳。世未有锲薄奸黠而友于兄弟者，亦未有友于兄弟而锲薄奸黠者也。"

走无常之言

王庆垞一媪，恒为走无常作者原注：即《滦阳消夏录》所记见送妇再醮之鬼者。有贵家姬问之曰："我辈这妾媵，是何因果？"曰："冥律小善恶相抵，大善恶则不相掩。姨等皆积有小善业，故今生得入富贵家；又兼有恶业，故使有一线之不足也。今生如增修善业，则恶业已偿，善业相续，来生益全美矣。今生如增造恶业，则善业已销，恶业又续，来生恐不可问矣。然增修善业，非烧香拜佛之谓也。孝亲敬嫡，和睦家庭，乃真善业耳。"一姬又问："有子无子，是必前定，祈一检问。如冥籍不注，吾不更作痴梦矣。"曰："此不必检，但常作有子事，虽注无子，亦改注有子；若常作无子事，虽注有子，亦改注无子也。"先外祖雪峰张公，为王庆垞曹氏婿，平生严正，最恶六婆指牙婆、媒婆、师婆、虔婆、药婆、稳婆。常与"三姑"组成"三姑六婆"，独时时引与语，曰："此妪所言，虽未必皆实，然从不劝妇女布施佞佛，是可取也。"

神有灵

翰林院供事茹某作者原注：忘其名，似是茹铤言：曩访友至邯郸，值主人未归，暂寓城隍祠。适有卖瓜者，息担横卧神座前。一卖线叟寓祠内，语之曰："尔勿若是，神有灵也。"卖瓜者曰："神岂在此破屋内？"叟曰："在也。吾常夜起纳凉，闻殿中有人声。蹑足潜听，则有狐陈诉于神前。大意谓邻家狐媚一少年，将死未绝之顷，尚欲取其精。其家愤甚，伏猎者以铳矢攻之。狐骇，现形奔。众噪随其后。狐不投己穴，而投里许外一邻穴。众布网穴外，熏以火，阖穴皆殪，而此狐反乘隙遁。故讼其嫁祸。城隍曰：'彼杀人而汝受祸，讼之宜也。然汝子孙亦有媚人者乎？'良久，应曰：'亦有。''亦曾杀人乎？'又良久，应曰：'或亦有。''杀几人乎？'狐不应。城隍怒，命批其颊。乃应曰：'实数十人。'城隍曰：'杀数十命，偿以数十命，适相当矣。此怨魄所凭，假手此狐也。尔何讼焉？'命检籍示之。狐乃泣去。尔安得谓神不在乎？"乃知祸不虚生，虽无妄之灾，亦必有所以致之；但就事论事者，不能一一知其故耳。

乩仙怒

汪主事康谷言：有在西湖扶乩者，降坛诗曰："我游天目还，跨鹤看龙井。夕阳没半轮，斜照孤飞影。飘然一片云，掠过千峰顶。"未及题名，一客窃议曰："夕阳半没，乃是反照，司马相如所谓'凌倒景'也，何得云'斜照'？"乩忽震撼久之，若有怒者，大书曰："小儿无礼！"遂不再动。余谓客论殊有理，此仙何太护前，独不闻古有"一字师"乎？

魂影拜人

俞君祺言：向在姚抚军署，居一小室。每灯前月下，睡欲醒时，恍惚见人影在几旁，开目则无睹。自疑目眩，然不应夜夜目眩也。后伪睡以伺之，乃一粗婢，冉冉出壁角；侧听良久，乃敢稍移步。人略转，则已缩入矣。乃悟幽魂滞此不能去，又畏人不敢近，意亦良苦。因私计彼非为祟，何必逼近使不安，不如移出。才一举念，已仿佛见其遥拜。可见人心一动，鬼神皆知。"十目十手"，岂不然乎？次日，遂托故移出。后在余幕中，乃言其实，曰："不欲惊怖主人也。"余曰："君一生缜密，然殊未了此鬼事。后来必有居者，负其一拜矣。"

不朽之心

族侄肇先言：曩中涵叔官旌德时，有掘地遇古墓者，棺骸俱为灰土，惟一心存，血色犹赤。惧而投诸水。有石方尺馀，尚辨字迹。中涵叔闻而取观。乡民惧为累，碎而沉之，讳言无是事，乃里巷讹传。中涵叔罢官后，始购得录本，其文曰："白璧有瑕，黄泉蒙耻。魂断水滣，骨埋山趾。我作誓词，祝霾圹底。千百年后，有人发此。尔不贞耶，消为泥滓。尔倘衔冤，心终不死。"末题"壬申三月，耕石翁为第五女作。"盖其女冤死，以此代志。观心仍不朽，知受枉为真。然翁无姓名，女无夫族，岁月无年号，不知为谁。无从考其始末，遂令奇迹不彰，其可惜也夫！

善占卜者

许文木言：康熙末年，鬻古器李鹭汀，其父执也。善六壬，惟晨起自占一课，而不肯为人卜。曰："多泄未来，神所恶也。"有以康节邵康节，名雍，字尧夫。宋朝时著名卜士，谥号康节比之者。曰："吾才得六七分耳。尝占得某日当有仙人扶竹杖来，饮酒题诗而去。焚香候之，乃有人携一雕竹纯阳即吕洞宾，道号纯阳子像求售，侧倚一贮酒壶卢，上刻'朝游北海'一诗也。康节安有此失乎？"年五十馀无子，惟蓄一妾。一日，许父造访，闻其妾泣，且絮语曰："此何事而以戏人，其试我乎？"又闻鹭汀力辩曰："此真实语，非戏也。"许父叩反目之故。鹭汀曰："事殊大奇！今日占课，有二客来市古器，一其前世夫，尚有一夕缘；一其后夫，结好当在半年内；并我为三，生在一堂矣。吾以语彼，彼遽恚怒。数定无可移，我不泣而彼泣，我不讳而彼讳之，岂非痴女子哉！"越半载，鹭汀果死。妾鬻于一翰林家，嫡不能容，过一夕即遣出。再鬻于一中书舍人家，乃相安云。

筌篌入梦

庞雪崖初婚日，梦至一处，见一青衣高髻女子。旁一人指曰："此汝妇也。"醒而恶之。后再婚殷氏，宛然梦中之人。故《丛碧山房集》中有悼亡诗曰："漫说前因与后因，眼前业果定谁真？与君琴瑟初调日，怪煞筌篌入梦人。"记此事也。按"筌篌入梦"凡二事：其一为《仙传拾遗》唐末五代初道士杜光庭所撰，充满离奇梦幻色彩载薛肇摄陆长源女见崔乎；其一为《逸史》唐代卢肇撰，共三卷载卢二舅摄柳氏女见李生，皆以人未婚之妻作伎侑酒，殊大恶作剧。近时所闻吕道士等，亦有此术作者原注：语详《滦阳消夏录》。

摄召精魅

叶旅亭言：其祖犹及见刘石渠。一日，夜饮，有契友迫之召仙女。石渠命扫一室，户悬竹帘，燃双炬于几。众皆移席坐院中，而自禹步持咒，取界尺拍案一声，帘内果一女子亭亭立。友视之，乃其妾也，奋起欲殴。石渠急拍界尺一声，见火光蜿蜒如掣电，已穿帘去矣。笑语友曰："相交二十年，岂有真以君妾为戏者。适摄狐女，幻形激君一怒为笑耳。"友急归视，妾乃刺绣未辍也。如是为戏，庶乎在不即不离间矣。余因思李少君致李夫人汉武帝非常宠爱李夫人，李夫人死后，汉武帝命齐国方士李少君招来她的魂魄以偿相思之情，但使远观，而不使相近，恐亦是摄召精魅，作是幻形也。

僧溃于狐

费长房劾治百鬼，乃后失其符，为鬼所杀。明崇俨卒，剚刃陷胸，莫测所自。人亦谓役鬼太苦，鬼刺之也。恃术者终以术败，盖多有之。

刘香畹言：有僧善禁咒，为狐诱至旷野，千百为群，嗥叫搏噬。僧运金杵，击踣人形一老狐，乃溃围出。后遇于途，老狐投地膜拜，曰："曩蒙不杀，深自忏悔。今愿皈依受五戒。"僧欲摩其顶，忽掷一物幂僧面，遁形而去。其物非帛非革，色如琥珀，粘若漆，牢不可脱。瞀闷不可忍，使人奋力揭去，则面皮尽剥，痛晕殆绝。后痂落，无复人状矣。又一游僧，榜门曰"驱狐"。亦有狐来诱，僧识为魅，摇铃诵梵咒，狐骇而逃。旬月后，有媪叩门，言家近墟墓，日为狐扰，乞往禁治。僧出小镜照之，灼然人也，因随往。媪导至堤畔，忽攫其书囊掷河中，符箓法物，尽随水去。妪亦奔匿秫田中，不可踪迹。方懊恼间，瓦砾飞击，面目俱败；幸赖梵咒自卫，狐不能近，狼狈而归。次日，即愧遁。久乃知妪即土人，其女与狐昵；因其女，赂以金，使盗其符耳。此皆术足以胜狐，卒为狐算。狐有策而僧无备，狐有党而僧无助也。况术不足胜而轻与妖物角乎？

戏言成真

舅氏五占安公言：留福庄木匠某，从卜者问婚姻。卜者戏之曰："去此西南百里，某地某甲今将死，其妻数合嫁汝。急往访求，可得也。”匠信之，至其地，宿村店中。遇一人，问：“某甲居何处？”其人问：“访之何为？”匠以实告。不虑此人即某甲也，闻之恚愤，掣佩刀欲刺之。匠逃入店后，逾垣遁。是人疑主人匿室内，欲入搜。主人不允，互相格斗，竟杀主人，论抵伏法。而匠之名姓里居，则均未及问也。后年馀，有妪同一男一妇过献县，云叔及寡嫂也。妪暴卒，无以敛，叔乃议嫁其嫂。嫂无计，亦曲从。匠尚未娶，众为媒合焉。后询其故夫，正某甲也。异哉！卜者不戏，匠不往；匠不往，无从与某甲斗；无从与某甲斗，则主人不死；主人不死，则某甲不论抵；某甲不论抵，此妇无由嫁此匠也。乃无故生波，卒辗转相牵，终成配偶，岂非数使然哉？又闻京师西四牌楼，有卜者日设肆于衢。雍正庚戌雍正八年(1703)闰六月，忽自卜十八日横死。相距一两日耳，自揣无死法，而爻象甚明。乃于是日键户不出，观何由横死。不虑忽地震，屋圮压焉。使不自卜，是日必设肆通衢中，乌由覆压？是亦数不可逃，使转以先知误也。

仕女图

画士张无念，寓京师樱桃斜街。书斋以巨幅阔纸为窗幪，不着一棂，取其明也。每月明之夕，必有一女子全影在幪心。启户视之，无所睹，而影则如故。以不为祸祟，亦姑听之。一夕谛视，觉体态生动，宛然入画。戏以笔四周钩之，自是不复见，而墙头时有一女子露面下窥。忽悟此鬼欲写照，前使我见其形，今使我见其貌也。与语不应，注视之，亦不羞避，良久乃隐。因补写眉目衣纹，作一仕女图。夜闻窗外语曰：“我名亭亭。”再问之，已寂。乃并题于幪上。后为一知府买去作者原注：或曰，是李中山。或曰狐也，非鬼也。于事理为近。或曰本无是事，无念神其说耳。是亦不可知。然香魂才鬼，恒欲留名于后世。由今溯古，结习相同，固亦理所宜有也。

西城一案

姚安公官刑部江苏司郎中时，西城移送一案，乃少年强污幼女者。男年十六，女年十四。盖是少年游西顶归，见是女撷菜圃中，因相逼胁。逻卒闻女号呼声，就执之。讯未竟，两家父母俱投词，乃其未婚妻，不相知而误犯也。于律未婚妻和奸有条，强奸无条。方拟议间，女供亦复改移，称但调谑而已。乃薄责而遣之。或曰:“是女之父母受重赂,女亦爱此子丰姿,且家富,故造此虚词以解纷。”姚安公曰:“是未可知。然事止婚姻,与贿和人命、冤沉地下者不同。其奸未成无可验,其贿无据难以质。女子允矣,父母从矣,媒保有确证,邻里无异议矣,两造之词亦无一毫之牴牾dǐ wǔ 矛盾矣。君子可欺以其方,不能横加锻炼,入一童子远戍也。”

偶然婚配

某公夏日退朝,携婢于静室昼寝,会阍者守门人启事,问:“主人安在?”一僮故与阍者戏,漫应曰:“主人方拥尔妇睡某所。”妇适至前,怒而诟詈。主人出问,笞逐此僮。越三四年,阍者妇死。会此婢以抵触失宠,主人忘前语,竟以配阍者。事后忆及,乃浩然叹曰:“岂偶然欤。”

钟　怪

文水李华廷言:去其家百里一废寺,云有魅,无敢居者。有贩羊者十馀人,避雨宿其中。夜闻呜呜声,暗中见一物,臃肿团圞,不辨面目,蹒跚而来,行甚迟重。众皆无赖少年,殊不恐怖,共以破砖掷。击中声铮然,渐缩退欲却。觉其无能,噪而追之。至寺门坏墙侧,屹然不动。逼视,乃一破钟,内多碎骨,意其所食也。次日,告土人,冶以铸器。自此怪绝。此物之钝极矣,而亦出嬲人,卒自碎其质。殆见夫善幻之怪,有为祟者,从而效之也。余家一婢,沧州山果庄人也。言是庄故盗薮,有人见盗之获利,亦从之行。捕者急,他盗格斗跳免,而此人就执伏法焉。其亦此钟之类也夫。

柳某负狐友

舅氏安公介然言:有柳某者,与一狐友,甚昵。柳故贫,狐恒周其衣食。又负巨室钱,欲质其女。狐为盗其券,事乃已。时来其家,妻子皆与相问答,但惟柳见其形耳。狐媚一富室女,符箓不能遣,募能劾治者予百金。柳夫妇素知其事,妇利多金,怂恿柳伺隙杀狐。柳以负心为歉。妇谇曰:“彼能媚某家女,不能媚汝女耶?昨以五金为汝女制冬衣,其意恐有在。此患不可不除也!”柳乃阴市砒霜,沽酒以待。狐已知之。会柳与乡邻数人坐,狐于檐际呼柳名，先叙相契之深，次陈相周之久，次乃一一发其阴谋。曰："吾非不能为尔祸，然周旋已久，宁忍便作寇仇！"又以布一匹、棉一束自檐掷下，曰："昨尔幼儿号寒苦，许为作被，不可失信于孺子矣。"众意不平，咸诮让柳。狐曰："交不择人，亦吾之过。世情如是，亦何足深尤？吾姑使知之耳。"太息而去。柳自是不齿于乡党，亦无肯资济升斗者。挈家夜遁带着一家人连夜逃走，竟莫知所终。

夜中鬼唱

舅氏张公梦征言：沧州佟氏园未废时，三面环水，林木翳如，游赏者恒借以宴会。守园人每闻夜中鬼唱曰："树叶儿青青，花朵儿层层。看不分明，中间有个佳人影。只望见盘金衫子，裙是水红绫。"如是者数载。后一妓为座客殴辱，恚而自缢于树。其衣色一如所唱，莫喻其故。或曰："此缢鬼候代，先知其来代之人，故喜而歌也。"

病妇不忘夫

青县一农家，病不能力作，饿将殆，欲鬻妇以图两活。妇曰："我去，君何以自存？且金尽仍饿死。不如留我侍君，庶饮食医药，得以检点，或可冀重生。我宁娼耳。"后十馀载，妇病垂死，绝而复苏曰："顷恍惚至冥司，吏言娼女当堕为雀鸽，以我一念不忘夫，犹可生人道也。"

侍姬郭氏

侍姬郭氏，其父大同人，流寓天津。生时，其母梦鬻端午彩符者，买得一枝，因以为名。年十三，归余。生数子，皆不育，惟一女，适德州卢荫文，晖吉观察子也。晖吉善星命，尝推其命，寿不能四十。果三十七而卒。余在西域时，姬已病瘵，祈签关帝，问："尚能相见否？"得一签曰："喜鹊檐前报好音，知君千里有归心。绣帏重结鸳鸯带，叶落霜凋寒色侵。"谓余即当以秋冬归，意甚喜。时门人邱二田在寓，闻之，曰："见则必见，然末句非吉语也。"后余辛卯乾隆三十六年(1771)六月还，姬病良已。至九月，忽转剧，日渐沉绵，遂以不起。殁后，晒其遗箧，余感赋二诗，曰："风花还点旧罗衣，惆怅酴醾片片飞。

恰记香山居士语：‘春随樊素一时归。’”作者原注：姬以三月三十日亡，恰送春之期也“百折湘裙飐画栏，临风还忆步珊珊。明知神谶曾先定，终惜‘芙蓉不耐寒’。”作者原注：“未必长如此，芙蓉不耐寒。”寒山子诗也即用签中意也。

推命之说

世传推命始于李虚中，其法用年月日而不用时，盖据昌黎所作虚中墓志也。其书《宋史·艺文志》著录，今已久佚，惟《永乐大典》载虚中《命书》三卷，尚为完帙。所说实兼论八字，非不用时。或疑为宋人所伪托，莫能明也。然考虚中墓志，称其最深于五行，书以人始生之年月日，所直日辰，支干相生，胜衰死生，互相斟酌，推人寿夭贵贱、利不利云云。按，天有十二辰，故一日分为十二时。日至某辰，即某时也，故时亦谓之日辰。《国语》“星与日辰之位，皆在北维”是也。《诗》“跂彼织女，终日七襄。”孔颖达疏：“从旦暮七辰一移，因谓之七襄。”是日辰即时之明证。《楚辞》“吉日兮辰良”，王逸注：“日谓甲乙，辰谓寅卯。”以辰与日分言，尤为明白。据此以推，似乎“所直日辰”四字，当连上年月日为句。后人误属下文为句，故有不用时之说耳。余撰《四库全书总目》，亦谓虚中推命不用时，尚沿旧说。今附著于此，以志余过。

至五星之说，世传起自张果。其说不见于典籍。考《列子》称禀天命，属星辰，值吉则吉，值凶则凶，受命既定，即鬼神不能改易，而圣智不能回。王充《论衡》称天施气而众星布精。天施气而众星之气在其中矣。含气而长，得贵则贵，得贱则贱。贵或秩有高下，富或赀有多少，皆星位大小尊卑之所授。是以星言命，古已有之，不必定始于张果。又韩昌黎《三星行》曰：“我生之辰，月宿南斗，牛奋其角，箕张其口。”杜樊川自作墓志曰：“余生于角星昴毕，于角为第八宫，曰疾厄宫，亦曰八杀宫，土星在焉，火星继木。星工杨晞曰：‘木在张于角为第十一福德宫。木为福德大君子，无虞也。’余曰，湖守不周岁迁舍人，木还福于角足矣。火土还死于角，宜哉。”是五星之说，原起于唐，其法亦与今不异。术者托名张果，亦不为无因。特其所托之书，词皆鄙俚，又在李虚中《命书》之下，决非唐代文字耳。

画　妖

霍养仲言：一旧家壁悬挂《仙女骑鹿图》，款题“赵仲穆”，不知确否也作者

原注：仲穆名雍，松雪之子也。每室中无人，则画中人缘壁而行，如灯戏之状。一日，预系长绳于轴首，伏人伺之。俟其行稍远，急掣轴出，遂附形于壁上，彩色宛然。俄而渐淡，俄而渐无，越半日而全隐。疑其消散矣。余尝谓画无形质，亦无精气，通灵幻化，似未必然；古书所谓画妖，疑皆有物凭之耳。后见林登《博物志》载北魏元兆，捕得云门黄花寺画妖，兆诘之曰："尔本虚空，画之所作，奈何有此妖形？"画妖对曰"形本是画，画以象真；真之所示，即乃有神。况所画之上，精灵有凭可通。此臣之所以有感，感而幻化。臣实有罪"云云。其言似亦近理也。

天狐祟狐

骁骑校萨音绰克图与一狐友。一日，狐仓皇来曰："家有妖祟，拟借君坟园栖眷属。"怪问："闻狐祟人，不闻有物更祟狐，是何魅欤？"曰："天狐也，变化通神，不可思议；鬼出电入，不可端倪。其祟人，人不及防；或祟狐，狐亦弗能睹也。"问："同类何不相惜欤？"曰："人与人同类，强凌弱，智绐愚，宁相惜乎？"魅复遇魅，此事殊奇。天下之势，辗转相胜；天下之巧，层出不穷。千变万化，岂一端所可尽乎！

卷十三

槐西杂志三

西壁诗句

丁卯乾隆十二年(1747)同年郭彤纶,戊辰乾隆十三年(1748)上公车,宿新中驿旅舍。灯下独坐吟哦,闻窗外曰:“公是文士,西壁有一诗请教。”出视无所睹;至西壁拂尘寻视,有旅邸卧病诗八句,诗甚凄苦,而鄙俚不甚成句。岂好疥壁人死尚结习未忘耶?抑欲彤纶传其姓名,俾人知某甲旅卒于是,冀家人归其骨也?

夫妻伦常

奴子宋遇凡三娶:第一妻自合卺即不同榻,后竟仳离。第二妻子必孪生,恶其提携之烦,乳哺之不足,乃求药使断产;误信一王媪言,舂砺石为末,服之,石结聚肠胃死。后遇病革时,口喃喃如与人辩。稍苏,私语其第三妻曰:“吾出初妻时,吾父母已受人聘,约日迎娶。妻尚未知,吾先一夕引与狎。妻以为意转,欣然相就。五更尚拥被共眠,鼓吹已至,妻恨恨去。然媒氏早以未尝同寝告后夫,吾母兄亦皆云尔。及至彼,非完璧,大遭疑诟,竟郁郁卒。继妻本不肯服石,吾痛捶使咽尽。殁后惧为厉,又贿巫斩殃。今并恍惚见之,吾必不起矣。”已而果然。

又奴子王成,性乖僻。方与妻嬉笑,忽叱使伏受鞭;鞭已,仍与嬉笑。或方鞭时,忽引起与嬉笑;既而曰:“可补鞭矣。”仍叱使伏受鞭。大抵一日夜中,喜怒反覆者数次。妻畏之如虎,喜时不敢不强欢,怒时不敢不顺受也。一日,泣诉先太夫人。呼成问故。成跪启曰:“奴不自知,亦不自由。但忽觉其可爱,忽觉其可憎耳。”先太夫人曰:“此无人理,殆佛氏所谓夙冤耶!”虑其妻或轻生,并遣之去。后闻成病死,其妻竟着红衫。

夫夫为妻纲,天之经也。然尊究不及君,亲究不及父,故“妻”又训“齐”,有敌体之义焉。则其相与,宜各得情理之平。宋遇第二妻,误杀也,罪止太悍。其第一妻,既已被出而受聘,则恩义已绝,不当更以夫妇论,直诱污他人未婚妻耳。因而致死,其取偿也宜矣。王成酷暴,然未致妇于死也,一日居其室,则一日为所天。殁不制服,反而从吉,其悖理乱常也。其受虐固无足悯焉。

新娘越礼

吴惠叔言:太湖有渔户嫁女者,舟至波心,风浪陡作,舵师失措,已攲仄倾斜、歪斜欲沉,众皆相抱哭。突新妇破帘出,一手把舵,一手牵篷索,折戗飞行船逆风而行,直抵婿家,吉时犹未过也,洞庭人传以为奇。或有以越礼讥者,惠叔曰:"此本渔户女,日日船头持篙橹,不能责以必为宋伯姬也。"

又闻吾郡有焦氏女,不记何县人,已受聘矣。有谋为媵者,中以蜚语,婿家欲离婚。父讼于官,而谋者陷阱已深,非惟证佐凿凿,且有自承为所欢者。女见事急,竟倩邻媪导至婿家,升堂拜姑曰:"女非妇比,贞不贞有明证也。儿与其献丑于官媒,仍为所诬,不如献丑于母前。"遂阖户弛服,请姑验。讼立解。此较操舟之新妇更越礼矣,然危急存亡之时,有不得不如是者。讲学家动以一死责人,非通论也。

修 道

杨雨亭言:劳山深处,有人兀坐木石间,身已与木石同色矣,然呼吸不绝,目炯炯尚能视。此婴儿炼成,而闭不能出者也。不死不生,亦何贵于修道,反不如鬼之逍遥矣。大抵仙有仙骨,质本清虚;仙有仙缘,诀逢指授。不得真传而妄意冲举,因而致害者不一,此人亦其明鉴也。或曰:"以刀破其顶,当兵解旧称学道者死于兵刃为"兵解",意谓借兵刃解脱得道去。"此亦臆度之词,谈何容易乎!

祭灶神

古者大夫祭五祀,今人家惟祭灶神。若门神、若井神、若厕神、若中霤神,或祭或不祭矣。但不识天下一灶神欤?一城一乡一灶神欤?抑一家一灶神欤?如天下一灶神,如火神之类,必在祀典,今无此祀典也。如一城一乡一灶神，如城隍社公之类，必有专祠，今未见处处有专祠也。然则一家一灶神耳，又不识天下人家，如恒河沙数，天下灶神，亦当如恒河沙数？此恒河沙数之灶神，何人为之？何人命之？神不太多耶？人家迁徙不常，兴废亦不常，灶神之闲旷者何所归？灶神之新增者何自来？日日铨除移改，神不又太烦耶？此诚不可以理解。然而遇灶神者，乃时有之。余小时，见外祖雪峰张公家一司爨妪，好以秽物扫入灶。夜梦乌衣人呵之，且批其颊。觉而颊肿成痈，数日巨如杯，脓液内溃，从口吐出；稍一呼吸，辄入喉呕哕欲死。立誓虔祷，乃愈。是又何说欤？或曰："人家立一祀，必有一鬼凭之。祀在则神在，祀废则神废，不必一一帝所命也。"是或然矣。

了鸟丁东

孙叶飞先生，夜宿山家，闻了鸟作者原注：了鸟，门上铁系也。李义山记作此二字丁东声，问为谁？门外小语曰："我非鬼非魅，邻女欲有所白也。"先生曰："谁呼汝为鬼魅而先辩非鬼非魅也？非欲盖弥彰乎！"再听之寂无声矣。

剖腹自明

崔崇屽，汾阳人，以卖丝为业。往来于上谷、云中有年矣。一岁，折阅十馀金，其曹偶有怨言。崇屽恚愤，以刃自剖其腹，肠出数寸，气垂绝。主人及其未死，急呼里胥与其妻至，问："有冤耶？"曰："吾拙于贸易，致亏主人资。我实自愧，故不欲生，与人无预也。其速移我返，毋以命案为人累。"主人感之，赠数十金为棺敛费，奄奄待尽而已。有医缝其肠，纳之腹中，敷药结痂，竟以渐愈。惟遗矢从刃伤处出，谷道闭矣。后贫甚，至鬻其妻。旧共卖丝者怜之，各赠以丝，俾捻线自给。渐以小康，复娶妻生子。至乾隆癸巳乾隆三十八年(1773)、甲午乾隆三十九年(1774)间，年七十乃终。其乡人刘炳为作传。曹受之侍御录以示余，因撮记其大略。

夫贩鬻丧资，常事也。以十馀金而自戕，崇屽可谓轻生矣。然其本志，则以本无毫发私，而其迹有似于干没，心不能白，以死自明，其平生之自好可知矣。濒死之顷，对众告明里胥，使官府无可疑；切嘱其妻，使眷属无可讼，用心不尤忠厚欤！当死不死，有天道焉。事似异而非异也。

宦家娶妇

文安王丈紫府言：霸州一宦家娶妇，甫却扇指完婚，新婿失声狂奔出。众追问故，曰："新妇青面赤发，状如奇鬼，吾怖而走。"妇故中人姿，莫解其故，强使复入，所见如前。父母迫之归房，竟伺隙自缢。既未成礼，女势当归。时贺者尚满堂，其父引之遍拜诸客，曰："小女诚陋，然何至惊人致死哉！"《幽怪录》唐牛僧孺所作。原为十卷，现存三十一篇载卢生娶弘农令女事，亦同于此，但婿未死耳。此殆夙冤，不可以常理论也。自讲学家言之，则必曰："是有心疾，神虚目眩耳。"

衰败先兆

李主事再瀛，汉三制府之孙也，在礼部时为余属，气宇朗彻，余期以远到。乃新婚未几，遽夭天年。闻其亲迎时，新妇拜神，怀中镜忽堕地，裂为二，已讶不祥；既而鬼声啾啾，彻夜不息。盖衰气之所感，先兆之矣。

应酬之礼

选人某，在虎坊桥租一宅。或曰："中有狐，然不为患，入居者祭之则安。"某性啬不从，亦无他异。既而纳一妾，初至日，独坐房中，闻窗外帘隙有数十人悄语，品评其妍媸。忸怩不敢举首。既而灭烛就寝，满室吃吃作笑声作者原注：吃吃笑不止，出《飞燕外传》。或作"嗤嗤"，非也。又有作"哑哑"者，盖据毛亨《诗传》。然《毛传》"哑哑"乃笑貌，非笑声也凡一动作，辄高唱其所为。如是数夕不止，诉于正乙真人。其法官汪某曰："凡魅害人，乃可劾治；若止嬉笑，于人无损。譬互相戏谑，未酿事端，即非王法之所禁。岂可以猥亵细事，渎及明神！"某不得已，设酒肴拜祝，是夕寂然。某喟然曰："今乃知应酬之礼不可废。"

神　迹

王符九言：凤皇店民家，有儿持其母履戏，遗后圃花架下，为其父所拾。妇大遭诟诘，无以自明，拟就缢。忽其家狐祟大作，妇女近身之物，多被盗掷弃他处，半月馀乃止。遗履之疑，遂不辩而释。若阴为此妇解结者，莫谕其故。或曰："其姑性严厉，有婢私孕，惧将投缳。妇窃后圃钥纵之逃。有是阴功，故神遣狐救之欤！"或又曰："即为神佑，何不遣狐先收履，不更无迹乎？"符九曰："神正以有迹明因果也。"余亦以符九之言为然。

视鬼者

胡太虚抚军能视鬼，云尝以葺屋巡视诸仆家，诸室皆有鬼出入，惟一室阒然。问之，曰："某所居也。"然此仆蠢蠢无寸长，其妇亦常奴耳。后此仆死，其妇竟守节终身。盖烈妇或激于一时，节妇非素有定志必不能。饮冰茹蘖指生活清苦，为人清白数十年，其胸中正气，蓄积久矣，宜鬼之不敢近也。又闻一视鬼者曰："人家恒有鬼往来，凡闺房媟狎，必诸鬼聚观，指点嬉笑，但人不见不闻耳。鬼或望而引避者，非他年烈妇、节妇，即孝妇、贤妇也。"与胡公所言，若重规叠矩矣。

两女格斗

朱定远言：一士人夜坐纳凉，忽闻屋上有噪声。骇而起视，则两女自檐际格斗堕，厉声问曰："先生是读书人，姊妹共一婿，有是礼耶？"士人噤不敢语。女又促问，战栗嗫嚅曰："仆是人，仅知人礼。鬼有鬼礼，狐有狐礼，非仆之所知也。"二女唾曰："此人模棱不了事，当别问能了事人耳。"仍纠结而去。苏味道模棱，诚自全之善计也。然以推诿偾事，获谴者亦在在有之。盖世故太深，自谋太巧，恒并其不必避者而亦避，遂于其必当为者而亦不为，往往坐失事机，留为祸本，决裂有不可收拾者。此士人见诮于狐，其小焉者耳。

狐媚男女

济南朱青雷言：其乡民家一少年与邻女相悦，时相窥也。久而微露盗香迹，女父疑焉，夜伏墙上，左右顾视两家，阴伺其往来。乃见女室中有一少年，少年室中有一女，衣饰形貌皆无异。始知男女皆为狐媚也。此真黎邱之技矣。青雷曰："以我所见，好事者当为媒合，亦一佳话。然闻两家父母皆恚甚，各延巫驱狐。时方束装北上，不知究竟如何也。"

同属之故

有视鬼者曰："人家继子，凡异姓者，虽女之子，妻之侄，祭时皆所生来享，所后者弗来也。凡同族者，虽五服以外，祭时皆所后来享，所生者虽亦来，而配食于侧，弗敢先也。惟于某抱养张某子，祭时乃所后来享。久而知其数世前，本于氏妇，怀孕嫁张生，是于之祖也。此何义欤?"余曰："此义易明。铜山西崩，洛钟东应，不以远而阻也比喻重大的事件彼此互相牵引。琥珀拾芥不引针，磁石引针不拾芥，不以近而合也。一木者气相属，二木者气不属耳。观此使人睦族之心，油然而生，追远之心，亦油然而生。一身岐为四肢，四肢各岐为五指，是别为二十岐矣。然二十岐之痛痒，吾皆能觉，一身故也。莫昵近于妻妾，妻妾之痛痒，苟不自言，吾终不觉，则两身而已矣。"

狐挞顽童

宋子刚言：一老儒训蒙乡塾，塾侧有积柴，狐所居也。乡人莫敢犯，而学徒顽劣，乃时秽污之。一日，老儒往会葬，约明日返。诸儿因累几为台，涂朱墨演剧。老儒突返，各挞之流血，恨恨复去。众以为诸儿大者十一二，小者七八岁耳，皆怪师太严。次日，老儒返，云昨实未归。乃知狐报怨也。有欲讼诸土神者，有议除积柴者，有欲往诟詈者。中一人曰："诸儿实无礼，挞不为过，但太毒耳。吾闻胜妖当以德，以力相角，终无胜理。冤冤相报，吾虑祸不止此也。"众乃已。此人可谓平心，亦可谓远虑矣。

一鹅两首

雍正乙卯雍正十三年(1735)，佃户张天锡家生一鹅，一身而两首。或以为妖。沈丈丰功曰："非妖也。人有孪生，卵亦有双黄；双黄者，雏必枳首。吾数见之矣。"与从侄虞惇偶话及此，虞惇曰："凡鹅一雄一雌者，生十卵即得十雏。两雄一雌者，十卵必毈duàn，无法孵化的坏卵一二，父气杂也。一雄两雌者，十卵亦必毈一二，父气弱也。鸡鹜则不妨，物各一性尔。"余因思鹅鸭皆不能自伏卵，人以鸡代伏之。天地生物之初，羽族皆先以气化，后以卵生，不待言矣作者原注：凡物皆先气化而后形交，前人先有鸡先有卵之争，未之思也。第不知最初卵生之时，上古之民淳淳闷闷，谁知以鸡代伏也；鸡不代伏，又何以传种至今也。此真百思不得其故矣。

老狐之语

刘友韩侍御言：向寓山东一友家，闻其邻女为狐媚。女父迹知其穴，百计捕得一小狐，与约曰："能舍我女，则舍尔子。"狐诺之，舍其子而狐仍至。詈其负约。则谢曰："人之相诳者多矣，而责我辈乎？"女父恨甚，使女阳劝之饮，而阴置砒焉。狐中毒，变形踉跄去。越一夕，家中瓦砾交飞，窗扉震撼，群狐合噪来索命。女父厉声道始末，闻似一老狐语曰："悲哉！彼徒见人皆相诳，从而效尤。不知天道好还，善诳者终遇诳也。主人词直，犯之不详。汝曹随我归矣。"语讫寂然。此狐所见，过其子远矣。

红衣缢鬼

季廉夫言：泰兴旧宅后，有楼五楹，人迹罕至。廉夫取其僻静，恒独宿其中。

一夕，甫启户，见板阁上有黑物，似人非人，鬖髿长毳如蓑衣，扑灭其灯，长吼冲人去。又在扬州宿舅氏家，朦胧中见红衣女子推门入。心知鬼物，强起叱之。女子跪地，若有所陈，俄仍冉冉出门去。次日问主人，果有女缢此室，时为祟也。盖幽房曲室，多鬼魅所藏。黑物殆精怪之未成者，潜伏已久，是夕猝不及避耳。缢鬼长跪，或求解脱沉沦乎？廉夫壮年气盛，故均不能近而去也。俚巫言，凡缢死者着红衣，则其鬼出入房闼，中霤神不禁。盖女子不以红衣敛，红为阳色，犹似生魂故也。此语不知何本。然妇女信之甚深，故衔愤死者多红衣就缢，以求为祟。此鬼红衣，当亦由此云。

巨树遭伐

先兄晴湖言：沧州吕氏姑家作者原注：余两胞姑皆适吕氏，此不知为二姑家、五姑家也门外有巨树，形家言其不利。众议伐之，尚未决。夜梦老人语曰："邻居二三百年，忍相戕乎？"醒而悟为树之精，曰："不速伐，且为妖矣。"议乃定。此树如不自言，事尚未可知也。天下有先期防祸，弥缝周章，反以触发祸机者，盖往往如是矣作者原注：闻李太仆敬堂某科磨勘试卷，忽有举人来投刺，敬堂拒未见。然私讶曰："卷其有疵乎？"次日检之，已勘过无签；覆加详核，竟得其谬，累停科。此举人如不干谒，已漏网矣。

鬼不昧本心

奴子王敬，王连升之子也。余旧有质库在崔庄，从官久，折阅都尽，群从鸠赀复设之，召敬司夜焉。一夕，自经于楼上，虽其母其弟莫测何故也。客作胡兴文，居于楼侧，其妻病剧，敬魂忽附之语，数其母弟之失，曰："我自以博负死，奈何多索主人棺敛费，使我负心！此来明非我志也。"或问："尔怨索负者乎？"曰："不怨也。使彼负我，我能无索乎？"又问："然则怨诱博者乎？"曰："亦不怨也。手本我手，我不博，彼能握我手博乎？我安意候代而已。"初附语时，人以为病者瞀乱耳；既而序述生平，寒温故旧，语音宛然敬也。皆叹曰："此鬼不昧本心，必不终沦于鬼趣。"

玉典寓言

李玉典言：有旧家子，夜行深山中，迷不得路。望一岩洞，聊投憩息，则前辈某公在焉。惧不敢进，然某公招邀甚切。度无他害，姑前拜谒。寒温劳苦如平生，略问家事，共相悲慨。因问："公佳城古代对死者阴宅的称呼在某所，何独游至此？"某公喟然曰："我在世无过失，然读书第随人作计，为官第循分供职，亦无所树立。不意葬数年后，墓前忽见一巨碑，螭额篆文，是我官阶姓字；碑文所述，则我皆不知，其中略有影响者，又都过实。我一生朴拙，意已不安；加以游人过读，时有讥评；鬼物聚观，更多姗笑。我不耐其聒，因避居于此。惟岁时祭扫，到彼一视子孙耳。"士人曲相宽慰曰："仁人孝子，非此不足以荣亲。蔡中郎不免愧词，韩吏部亦尝谀墓。古多此例，公亦何必介怀？"某公正色曰："是非之公，人心具在；人即可诳，自问已惭。况公论具存，诳亦何益？荣亲当在显扬，何必以虚词招谤乎？不谓后起胜流，所见皆如是也。"拂衣竟起。士人惘惘而归。余谓此玉典寓言也。其妇翁田白岩曰："此事不必果有，此论则不可不存。"

有鬼扶导醉人

交河老儒刘君琢，居于闻家庙，而设帐于崔庄。一日，夜深饮醉，忽自归家。时积雨之后，道途间两河皆暴涨，亦竟忘之。行至河干，忽又欲浴，而稍惮波浪之深。忽旁有一人曰："此间原有可浴处，请导君往。"至则有盘石如渔矶可供垂钓的水边岩石，因共洗濯。君琢酒少解，忽叹曰："此去家不十馀里，水阻迂折，当多行四五里矣。"其人曰："此间亦有可涉处，再请导君。"复摄衣径渡。将至家，其人匆匆作别去。叩门入室，家人骇路阻何以归。君琢自忆，亦不知所以也。揣摩其人，似高川贺某，或留不住作者原注：村名，其取义则未详赵某。后遣子往谢，两家皆言无此事；寻河中盘石，亦无踪迹。始知遇鬼。鬼多嬲醉人，此鬼独扶导醉人。或君琢一生循谨，有古君子风，醉涉层波，势必危，殆神阴相而遣之欤！

馌妇之踣

奴子董柱言：景河镇某甲，其兄殁，寡嫂在母家。以农忙，与妻共诣之，邀归助馌饷。至中途，憩破寺中。某甲使妇守寺门，而入与嫂调谑。嫂怒叱，竟肆强暴。嫂扞拒呼救，去人穹远遥远，无应者。妇自入沮解，亦不听。会有馌妇踣摔倒于途，碎其瓶罍，客作五六人，皆归就食。适经过，闻声趋视。具陈状。众共愤怒，纵其嫂先行；以二人更番持某甲，裸其妇而迭淫焉。濒行叱曰："尔淫嫂，有我辈证，尔当死。我辈淫尔妇，尔嫂决不为证也。任尔控官，我辈午餐去矣。"某甲反叩额于地，祈众秘其事。此所谓假公济私者也，与前所记杨生事，同一非理，而亦同一快人意。后乡人皆知，然无肯发其事者：一则客作皆流民，一日耘毕，得值即散，无从知为谁何；一则恶某甲故也。皆曰："馌妇之踣，不先不后，岂非若或使之哉！"

求代之鬼

缢鬼溺鬼皆求代，见说部者不一。而自刭自鸩，以及焚死压死者，则古来不闻求代事，是何理欤？热河罗汉峰，形酷似趺坐老僧，人多登眺。近时有一人堕崖死，俄而市人时有无故发狂，奔上其顶，自倒掷而陨者。皆曰：

“鬼求代也。”延僧礼忏,无验。官过以逻卒,乃止。夫自戕之鬼候代,为其轻生也。失足而死,非其自轻生。为鬼所迷而自投,尤非其自轻生。必使辗转相代,是又何理欤?余谓是或冤谴,或山鬼为祟,求祭享耳,未可概目以求代也。

妖鬼畏阳气

余乡产枣,北以车运供京师,南随漕舶以贩鬻于诸省,土人多以为恒业。枣未熟时,最畏雾。雾浥之则瘠而皱,存皮与核矣。每雾初起,或于上风积柴草焚之,烟浓而雾散;或排鸟铳迎击,其散更速。盖阳气盛则阴霾消也。

凡妖物皆畏火器。史丈松涛言:山陕间每山中黄云暴起,则有风雹害稼。以巨炮迎击,有堕虾蟆如车轮大者。余督学福建时,山魈或夜行屋瓦上,格格有声。遇辕门鸣炮,则踉跄奔迸,顷刻寂然。鬼亦畏火器。余在乌鲁木齐,曾以铳击厉鬼,不能复聚成形作者原注:语详《滦阳消夏录》。盖妖鬼亦皆阴类也。

东昌书生

董秋原言:东昌一书生,夜行郊外。忽见甲第甚宏壮,私念此某氏墓,安有是宅,殆狐魅所化欤?稔闻《聊斋志异》青凤、水仙诸事,冀有所遇,踯躅不行。俄有车马从西来,服饰甚华,一中年妇揭帏指生曰:“此郎即大佳,可延入。”生视车后一幼女,妙丽如神仙,大喜过望。既入门,即有二婢出邀。生既审为狐,不问氏族,随之入。亦不见主人出,但供张甚盛,饮馔丰美而已。生候合卺,心摇摇如悬旌。至夕,箫鼓喧阗,一老翁搴帘揖曰:“新婿入赘,已到门。先生文士,定习婚仪,敢屈为傧相,三党有光。”生大失望,然原未议婚,无可复语;又饫其酒食,难以遽辞。草草为成礼,不别而归。家人以失生一昼夜,方四出觅访。生愤愤道所遇,闻者莫不拊掌曰:“非狐戏君,乃君自戏也。”

余因言有李二混者,贫不自存,赴京师谋食。途遇一少妇骑驴,李趁与语,微相调谑。少妇不答亦不嗔。次日,又相遇,少妇掷一帕与之,鞭驴径去,回顾曰:“吾今日宿固安也。”李启其帕,乃银簪珥数事。适资斧竭,持诣质库。正质库昨夜所失,大受拷掠,竟自诬为盗。是乃真为狐戏矣。秋原曰："不调少妇，何缘致此？仍谓之自戏可也。"

弟魂乞哀

莆田李生裕翀言：有陈至刚者，其妇死，遗二子一女。岁馀，至刚又死。田数亩、屋数间，俱为兄嫂收去，声言以养其子女，而实虐遇之。俄而屋后夜夜闻鬼哭，邻人久不平，心知为至刚魂也。登屋呼曰："何不祟尔兄？哭何益？"魂却退数丈外，呜咽应曰："至亲者兄弟，情不忍祟；父之下，兄为尊矣，礼亦不敢祟。吾乞哀而已。"兄闻之感动，詈其嫂曰："尔使我不得为人也。"亦登屋呼曰："非我也，嫂也。"魂又呜咽曰："嫂者兄之妻，兄不可祟，嫂岂可祟耶！"嫂愧不敢出。自是善视其子女，鬼亦不复哭矣。使遭兄弟之变者，尽如此鬼，宁有阋墙之衅指兄弟不睦乎？

醉汉落井

卫媪，从侄虞惇之乳母也。其夫嗜酒，恒在醉乡。一夕，键户自出，莫知所往。或言邻圃井畔有履，视之，果所着；窥之，尸亦在。众谓墙不甚短，醉人岂能逾？且投井何必脱履？咸大惑不解。询守圃者，则是日卖菜未归，惟妇携幼子宿。言夜闻墙外有二人邀客声，继又闻牵拽固留声，又訇然一声，如人自墙跃下者，则声在墙内矣；又闻延坐屋内声，则声在井畔矣；俄闻促客解屦上床声，又訇然一声，遂寂无音响。此地故多鬼，不以为意，不虞此人之入井也，其溺鬼求代者乎？遂堙是井，后亦无他。

古神兽

族叔粲庵言：尝见旋风中有一女子张袖而行，迅如飞鸟，转瞬已在数里外。又尝于大槐树下见一兽跳掷，非犬非羊，毛作褐色，即之已隐。均不知何物。余曰："叔平生专意研经，不甚留心于子、史，此二物，古书皆载之。女子乃飞天夜叉，《博异传》原名《博异志》，中唐传奇志怪小说集，作者谷神子载唐薛淙于卫州佛寺见老僧，言居延海上见天神追捕者是也。褐色兽乃树精，《史记·秦本纪》：'二十七年，伐南山大梓，丰大特传说中居于丰水的牛神。'注曰：'今武都故道，有怒特祠，图大牛上生树本，有牛从木中出，复见于丰水之中。'《列异传》志怪小说集，作者不详：'秦文公时，梓树化为牛。以骑击之，骑不胜；或堕地，髻解被发，牛畏之入水。故秦因是置旄头骑。'庾信《枯树赋》曰：'白鹿贞松，青牛文梓。'柳宗元《祭纛文》曰：'丰有大特，化为巨梓，秦人凭神，乃建旄头。'即用此事也。"

二魂道别

王德圃言：有县吏夜息松林，闻有泣声。吏故有胆，寻往视之，则男女二人并坐石几上，喁喁絮语，似夫妇相别者。疑为淫奔，诘问其由。男子起应曰："尔勿近，我鬼也。此女吾爱婢，不幸早逝，虽葬他所，而魂常依此，今被配入转轮，从此一别，茫茫万古，故相悲耳。"问："生为夫妇，各有配偶，岂死后又颠倒移换耶？"曰："惟节妇守贞者，其夫在泉下暂留，待死后同生人世，再续前缘，以补其一生之茕苦。馀则前因后果，各以罪福受生，或及待，或不及待，不能齐矣。尔宜自去，吾二人一刻千金，不能与尔谈冥事也。"张口嘘气，木叶乱飞，吏悚然反走。后再过其地，知为某氏墓也。德圃为凝斋先生侄。先生作《秋灯丛话》，漏载此事。岂德圃偶未言及，抑先生偶失记耶？

解冤神咒

先外祖母曹太恭人，尝告先太夫人曰："沧州一宦家妇，不见容于夫，郁郁将成心疾，性情乖刺，琴瑟愈不调。会有高行尼至，诣问因果。尼曰：'吾非冥吏，不能稽配偶之籍也；亦非佛菩萨，不能照见三生也。然因缘之理，则吾知之矣。夫因缘无无故而合者也。大抵以恩合者必相欢，以怨结者必相忤。又有非恩非怨，亦恩亦怨者，必负欠使相取相偿也。如是而已。尔之夫妇，其以怨结者乎？天所定也，非人也；虽然，天定胜人，人定亦胜天。故释迦立法，许人忏悔。但消尔胜心，戢尔傲气，逆来顺受，以情感而不以理争；修尔内职，事翁姑以孝，处娣姒以和，待妾媵以恩，尽其在我，而不问其在人，庶几可以挽回乎！徒问往因，无益也。'妇用其言，果相睦如初。"先太夫人尝以告诸妇曰："此尼所说，真闺阁中解冤神咒也。信心行持，无不有验；如或不验，尚是行持未至耳。"

蔡必昌判冥

蔡太守必昌云判冥，论者疑之。然朱竹君之先德作者原注：唐人称人故父曰先德，见《北梦琐言》蔡君先告以亡期。蔡君之母，亦自预知其亡期，皆日辰不爽。是又何说欤？朱石君抚军，言其他事甚悉。石君非妄语人也。顾郎中德懋亦云判冥。后自言以泄漏阴府事，谪为社公，无可验也。余尝闻其论冥律，已载《滦阳消夏录》中。其论鬼之存亡，亦颇有理。大意谓人之馀气为鬼，气久则渐消。其不消者有三：忠孝节义，正气不消；猛将劲卒，刚气不消；鸿材硕学，灵气不消。不遽消者亦三：冤魂恨魄，茹痛黄泉，其怨结则气亦聚也；大富大贵，取多用宏，其精壮则气亦盛也；儿女缠绵，埋忧赍恨，其情专则气亦凝也。至于凶残狠悍，戾气亦不遽消，然堕泥犁者十之九，又不在此数中矣。言之凿凿，或亦果有所征耶？

大旋风

雍正戊申雍正六年(1728)夏，崔庄有大旋风，自北而南，势如潮涌，余家楼堞半揭去作者原注：北方乡居者，率有明楼以防盗，上为城堞。从伯灿宸公家有花二盎、水一瓮，并卷置屋上，位置如故，毫不欹侧；而阶前一风炉铜铫，炭火方炽，乃安然不动，莫明其故。次日，询迤北诸村，皆云未见。过村数里，即渐高入云。其风黄色，嗅之有腥气。或地近东瀛，不过百里，海神来往，水怪飞腾，偶然狡狯欤？

奇　石

从侄虞惇，甲辰乾隆四十九年(1784)闰三月官满城教谕时，其同官戴君，邀游抱阳山。戴携彭、刘二生，从山前往。虞惇偕弟汝侨、子树璟及金、刘二生，由山后观牛角洞、仙人室诸胜。方升山麓，遥见一人岩上立，意戴君遣来迎也。相距尚里许，急往赴之。愈近，其人渐小，至则白石一片，倚岩植立，高尺五六寸，广四五寸耳。绝不类人形，而望之如人，奇矣。凡物远视必小，欧罗巴人所谓视差也。此石远视大而近视小，抑又奇矣。迨下山里许，再回视之，仍如初见状。众谓此石有灵，拟上山携取归。彭生及树璟先往觅，不得;汝侨又与二刘生同往,道路依然,物物如旧,石竟不可复睹矣。盖邃谷深崖,神灵所宅,偶然示现,往往有之。是山所谓仙人室者,在峭壁之上,人不能登。土人每遥见洞口人来往,其必炼精羽化之徒矣。

树后赠语

申丈苍岭言:刘智庙有两生应科试,夜行失道。见破屋,权投栖止。院落半圮,亦无门窗,拟就其西厢坐。闻树后语曰:"同是士类,不敢相拒。西厢是幼女居,乞勿入;东厢是老夫训徒地,可就坐也。"心知非鬼即狐,然疲极不能再进,姑向树拱揖,相对且坐。忽忆当向之问路,再起致词,则不应矣。暗中摸索,觉有物触手;扪之,乃身畔各有半瓜。谢之,亦不应。质明将行,又闻树后语曰:"东去二里,即大路矣。一语奉赠:《周易》互体《周易》卦上下两体相互交错取象而成的新卦,究不可废也。"不解所云,叩之又不应。比就试,策果问互体。场中皆用程朱说,惟二生依其语对,并列前茅焉。

鬼能作贼

乾隆甲子乾隆九年(1744),余在河间应科试,有同学以帕幂首,云堕驴伤额也。既而有同行者知之,曰:"是于中途遇少妇,靓妆独立官柳下,忽按辔问途。少妇曰:'南北驿路,车马往来,岂有迷途之患?尔直欺我孤立耳。'忽有飞瓦击之,流血被面。少妇径入秫田去,不知是人是狐是鬼也。但未见举手,而瓦忽横击,疑其非人;鬼又不应白日出,疑其狐矣。"高梅村曰:"此不必深问。无论是人是鬼是狐,总之当击耳。"又丁卯乾隆十二年(1747)秋,闻有京官子,暮过横街东,为娼女诱入室。突其夫半夜归,胁使尽解衣履,裸无寸缕,负置门外丛冢间。京官子无计,乃号呼称遇鬼。有人告其家迎归。姚安公时官户部,闻之笑曰:"今乃知鬼能作贼。"此均足为佻薄者戒也。

妇鬼引路

乌鲁木齐千总柴有伦言:昔征霍集占时,率卒搜山。于珠尔土斯深谷中遇玛哈沁,射中其一,负矢奔去,馀七八人亦四窜。夺得其马及行帐。树上缚一回妇,左臂左股,已脔食见骨,嗷嗷作虫鸟鸣。见有伦,屡引其颈,又作叩额状。有伦知其求速死，剸刃贯其心。瞠目长号而绝。后有伦复经其地，水暴涨，不敢涉，姑憩息以待减退。有旋风来往马前，倏行倏止，若相引者。有伦悟为回妇之鬼，乘骑从之，竟得浅处以渡。

贾生不知命

季廉夫言：泰兴有贾生者，食饩指明清时经考试取得廪生资格的生员享受廪膳补贴于庠，而僻好符箓禁咒事，寻师访友，炼五雷法，竟成。后病笃，恍惚见鬼来摄。举手作诀，鬼不能近。既而家人闻屋上金铁声，奇鬼狰狞，汹涌而入，咸悚惶避出。遥闻若相格斗者，彻夜乃止。比晓视之，已伏于床下死，手掊地成一深坎，莫知何故也。夫死生数也，数已尽矣，犹以小术与天争，何其不知命乎？

冤谴相寻

廉夫又言：钟太守光豫官江宁时，有幕友二人，表兄弟也。一司号籍，一司批发，恒在一室同榻寝。一夕，一人先睡，一人犹秉烛，忽见案旁一红衣女子坐，骇极，呼其一醒。拭目惊视，则非女子，乃奇形鬼也。直前相搏，二人并昏仆。次日，众怪门不启，破扉入视。其先见者已死，后见者气息仅属，灌治得活。乃具述夜来状。鬼无故扰人，事或有之；至现形索命，则未有无故而来者。幕府宾佐，非官而操官之权，笔墨之间，动关生死，为善易，为恶亦易。是必冤谴相寻，乃有斯变。第不知所缘何事耳。

大拳示现

乌鲁木齐军吏茹大业言：古浪回民，有踞佛殿饮博者，寺僧孤弱，弗能拒也。一夜，饮方酣，一人舒拇指呼曰："一。"突有大拳如五斗栲栳，自门探入，五指齐张，厉声呼曰："六。"举掌一拍，烛灭几碎，十馀人并惊仆。至晓，乃渐苏，自是不敢复至矣。佛于众生无计较心，其护法善神之示现乎？

额上墨画

苏州朱生焕，举壬午乾隆二十七年(1762)顺天乡试第二人，余分校所取也。一日，集余阅微草堂，酒间各说异闻。生言：曩乘舟，见一舵工额上恒贴一膏药，纵约寸许，横倍之。云有疮，须避风。行数日，一篙工私语客曰："是大奇事，云有疮者伪也。彼尝为会首，赛水神例应捧香而前。一夕犯不洁，方跪致祝，有风飐炉灰扑其面；骨栗神悚，几不成礼。退而拂拭，则额上现一墨画秘戏图，神态生动，宛肖其夫妇。洗濯不去，转更分明，故以膏药掩之也。"众不深信，然既有此言，出入往来，不能不注视其额。舵工觉之，曰："小儿又饶舌耶！"长喟而已。然则其事殆不虚，惜未便揭视之耳。

又余乳母李媪言：曩登泰山，见娼女与所欢皆往进香，遇于逆旅，伺隙偶一接唇，竟胶粘不解，擘之则痛彻心髓。众为忏悔，乃开。或曰："庙祝贿娼女作此状，以耸人信心也。"是矣未可知矣。

受贿得祸

献县刑房吏王瑾，初作吏时，受贿欲出一杀人罪。方濡笔起草，纸忽飞着承尘上，旋舞不下。自是不敢枉法取钱，恒举以戒其曹偶，不自讳也。后一生温饱，以老寿终。又一吏恒得贿舞文，亦一生无祸，然殁后三女皆为娼。其次女事发当杖，伍伯夙戒其徒曰："此某师傅女作者原注：土俗呼吏曰师傅，宜从轻。"女受杖讫，语鸨母曰："微我父曾为吏，我今日其殆矣。"嗟乎！乌知其父不为吏，今日原不受杖哉！

狐媚二姊妹

交河有姊妹二妓，皆为狐所媚，羸病欲死。其家延道士劾治，狐不受捕。道士怒，趣设坛，牒雷部。狐化形为书生，见道士曰："炼师勿苦相仇也。夫采补杀人，诚干天律，然亦思此二女者何人哉！饰其冶容，蛊惑年少，无论其破人之家，不知凡几；废人之业，不知凡几；间人之夫妇，不知凡几，罪皆当死。即彼摄人之精，吾摄其精；彼致人之疾，吾致其疾；彼戕人之命，吾戕其命。皆所谓请君入瓮，天道宜然。炼师何必曲庇之？且炼师之劾治，谓人命至重耳。夫人之为人，以有人心也。此辈机械万端，寒暖百变，所谓人面兽心者也。既已兽心，即以兽论。以兽杀兽，事理之常。深山旷野，相食者不啻恒河沙数，可一一上渎雷部耶?”道士乃舍去。论者谓道士不能制狐，造此言也。然其言则深切著明矣。

淮上妓

程鱼门言：朱某昵淮上一妓，金尽，被斥出。一日，有西商过访妓，仆舆奢丽，挥金如土。妓兢兢恐其去，尽谢他客，曲意效媚。日赠金帛珠翠，不可缕数。居两月馀，云暂出赴扬州，遂不返。访问亦无知者。赀货既饶，拟去北里为良家。检点箧笥，所赠已一物不存，朱某所赠亦不存；惟留二百馀金，恰足两月馀酒食费。一家迷离惝恍，如梦乍回。或曰，闻朱某有狐友，殆代为报复云。

游士妾

鱼门又言：游士某，在广陵纳一妾，颇娴文墨。意甚相得，时于闺中倡和。一日，夜饮归，僮婢已睡，室内暗无灯火。入视阒然，惟案上一札曰：“妾本狐女，僻处山林。以夙负应偿，从君半载。今业缘已尽，不敢淹留。本拟暂住待君，以展永别之意。恐两相凄恋，弥难为怀。是以茹痛竟行，不敢再面。临风回首，百结柔肠。或以此一念，三生石上，再种后缘，亦未可知耳！诸惟自爱，勿以一女子之故，至损清神。则妾虽去而心稍慰矣。”某得书悲感，以示朋旧，咸相慨叹。以典籍尝有此事，弗致疑也。后月馀，妾与所欢北上，舟行被盗，鸣官待捕；稽留淮上者数月，其事乃露。盖其母重鬻于人，伪以狐女自脱也。周书昌曰：“是真狐女，何伪之云？吾恐志异诸书所载，始遇仙姬，久而舍去者，其中或不无此类也乎！”

蠕蠕死人首

余在翰林日，侍读索公尔逊同斋戒于待诏厅作者原注：厅旧有何义门书“衡山旧署”一匾，又联句一对。今联句尚存，匾则久亡矣。索公言：前征霍集占时，奉参赞大臣檄调。中途逢大雪，车仗不能至，仅一行帐随。姑支以憩，苦无枕，觅得二三死人首，主仆枕之。夜中并蠕蠕掀动，叱之乃止。余谓此非有鬼，亦非因叱而止也。当断首时，生气未尽，为严寒所束，郁伏于中；得人气温蒸，冻解而气得外发，故能自动。已动则气散，故不再动矣。凡物生性未尽者，以火炙之皆动，是其理也。索公曰："从古战场，不闻逢鬼；吾心恶之，谓吾命衰也。今日乃释此疑。"

自招妖魅

崔庄多枣，动辄成林，俗谓之枣行作者原注：户郎切。余小时，闻有妇女数人，出挑菜，过树下，有小儿坐树杪，摘红熟者掷地下。众竞拾取。小儿急呼曰："吾自喜周二姐娇媚，摘此与食。尔辈黑鬼，何得夺也？"众怒詈，二姐恶其轻薄，亦怒詈，拾块击之。小儿跃过别枝，如飞鸟穿林去。忽悟村中无此儿，必妖魅也。姚安公曰："赖周二姐一詈一击，否则必为所媚矣。凡妖魅媚人，皆自招致。苏东坡《范增论》曰：'物必先腐也，而后虫生之。'"

妇魂求官

有选人在横街夜饮，步月而归。其寓在珠市口，因从香厂取捷径。一小奴持烛笼行，中路踣而灭。望一家灯未息，往乞火。有妇应门，邀入茗饮。心知为青楼，姑以遣兴。然妇羞涩低眉，意色惨沮。欲出，又牵袂固留。试调之，亦宛转相就。适携数金，即以赠之。妇谢不受，但祈曰："如念今宵爱，有长随某住某处，渠久闲居，妻亡子女幼，不免饥寒。君肯携之赴任，则九泉感德矣。"选人戏问："卿可相随否？"泫然曰："妾实非人，即某妻也。为某不能赡子女，故冒耻相求耳。"选人悚然而出，回视乃一新冢也。后感其意，竟携此人及子女去。求一长随，至鬼亦荐枕，长随之多财可知。财自何来？其蠹官而病民可知矣。

老翁遇龙

牛犊马驹，或生麟角，蛟龙之所合，非真麟也。妇女露寝，为所合者亦有之。惟外舅马氏家，一佃户年近六旬，独行遇雨，雷电晦冥，有龙探爪按其笠。以为当受天诛，悸而踣。觉龙碎裂其裤，以为褫衣而后施刑也。不意龙捩转其背，据地淫之。稍转侧缩避，辄怒吼，磨牙其顶。惧为吞噬，伏不敢动。移一二刻，始霹雳一声去。呻吟塍上，腥涎满身。幸其子持蓑来迎，乃负以返。初尚讳匿，既而创甚，求医药，始道其实。耘苗之候，馌妇众矣，乃狎一男子；牧竖亦众矣，乃狎一衰翁。此亦不可以理解者。

破瓮成怪

王方湖言：蒙阴刘生，尝宿其中表家。偶言家有怪物，出没不恒，亦不知其潜何所。但暗中遇之，辄触人倒，觉其身坚如铁石。刘故喜猎，恒以鸟铳随，曰："若然，当携此自防也。"书斋凡三楹，就其东室寝。方对灯独坐，见西室一物向门立。五官四体，一一似人，而目去眉约两寸，口去鼻仅分许，部位乃无一似人。刘生举铳拟之，即却避。俄手掩一扉，出半面外窥，作欲出不出状。才一举铳，则又藏。似惧出而人袭其后者。刘生亦惧怪袭其后，不敢先出也。如是数回，忽露全面，向刘生摇首吐舌，忽发铳一击，则铅丸中扉上，怪已冲烟去矣。盖诱人发铳，使一发不中，不及再发，即乘机遁也。两敌相持，先动者败，此之谓乎！使忍而不发，迟至天晓，此怪既不能透壁穿窗，势必由户出，则必中铳；不出，则必现形矣。然自此知其畏铳。后伏铳窗棂，伺出击之，琤然仆地，如檐瓦堕裂声。视之，乃破瓮一片，儿童就近沿无泑处戏画作人面，笔墨拙涩，随意涂抹，其状一如刘生所见云。

善恶恩怨之报

有富室子病危，绝而复苏，谓家人曰："吾魂至冥司矣。吾尝捐金活二命，又尝强夺某女也。今活命者在冥司具状保，而女之父亦诉牒喧辩。尚未决，吾且归也。"越二日，又绝而复苏曰："吾不济矣。冥吏谓夺女大恶，活命大善，可相抵。冥王谓活人之命，而复夺其女，许抵可也。今所夺者此人之女，而所活者彼人之命；彼人活命之德，报此人夺女之仇，以何解之乎？既善业本重，未可全销，莫若冥司不刑赏，注来生恩自报恩，怨自报怨可也。"语讫而绝。

案，欧罗巴书不取释氏轮回之说，而取其天堂地狱，亦谓善恶不相抵。然谓善恶不抵，是绝恶人为善之路也。大抵善恶可抵，而恩怨不可抵，所谓冤家债主，须得本人是也。寻常善恶可抵，大善大恶不可抵。曹操赎蔡文姬，不得不谓之义举，岂足抵篡弑之罪乎？作者原注：曹操虽未篡，然以周文王自比，其志则篡也，特畏公议耳至未来生中，人未必相遇，事未必相值，故因缘凑合，或在数世以后耳。

仓中知礼之狐

宋村厂作者原注：从弟东白庄名，土人省语呼厂里仓中旧有狐。余家未析箸时，姚安公从王德庵先生读书是庄。仆隶夜入仓院，多被瓦击，而不见其形，惟先生得纳凉其中，不遭扰戏。然时见男女往来，且木榻藤枕，俱无纤尘，若时拂拭者。一日，暗中见一人循墙走，似是一翁，呼问之曰："吾闻狐不近正人，吾其不正乎？"翁拱手对曰："凡兴妖作祟之狐，则不敢近正人；若读书知礼之狐，则乐近正人。先生君子也，故虽少妇稚女，亦不相避，信先生无邪心也。先生何反自疑耶？"先生曰："虽然，幽明异路，终不宜相接，请勿见形可乎？"翁磬折曰："诺。"自是不复睹矣。

善哉野狐

沈瑞彰寓高庙读书，夏夜就文昌阁廊下睡。人静后，闻阁上语曰："吾曹亦无用钱处，尔积多金何也？"一人答曰："欲以此金铸铜佛，送西山潭柘寺供养，冀仰托福佑，早得解形。"一人作啐声曰："咄咄大错！布施须己财。佛岂不问汝来处，受汝盗来金耶？"再听之，寂矣。善哉野狐，檀越云集之时，倘闻此语，应如霹雳声也。

木杪诵书声

瑞彰又言：尝偕数友游西山，至林峦深处，风日暄妍，泉石清旷，杂树新绿，野花半开。眺赏间，闻木杪诵书声。仰视无人，因揖而遥呼曰："在此朗吟，定为仙侣。叨同儒业，可请下一谈乎？"诵声忽止，俄琅琅又在隔溪。有欲觅路追寻者，瑞彰曰："世外之人，趁此良辰，尚耽研典籍。我辈身列黉宫学宫，乃在此携酒榼酒杯、酒盏看游女，其鄙而不顾宜矣，何必多此跋涉乎？"众乃止。

游方尼

沧州有一游方尼，即前为某夫人解说因缘者也，不许妇女至其寺，而肯至人家。虽小家以粗粝为供，亦欣然往。不劝妇女布施，惟劝之存善心，作善事。外祖雪峰张公家，一范姓仆妇，施布一匹。尼合掌谢讫，置几上片刻，仍举付此妇曰："檀越功德，佛已鉴照矣。既蒙见施，布即我布。今已九月，顷见尊姑犹单衫。谨以奉赠，为尊姑制一絮衣可乎？"仆妇踧踖羞愧不安的样子无一词，惟面赪汗下。姚安公曰："此尼乃深得佛心。"惜闺阁多传其轶事，竟无人能举其名。

朴愿少年

先太夫人乳母廖媪言：四月二十八日，沧州社会也，妇女进香者如云。有少年于日暮时，见城外一牛车向东去，载二女，皆妙丽，不类村妆。疑为大家内眷，又不应无一婢媪，且不应坐露车。正疑思间，一女遗红帕于地，其中似裹数百钱，女及御者皆不顾。少年素朴愿，恐或追觅为累，亦未敢拾。归以告母，诮诃其痴。越半载，邻村少年为二狐所媚，病瘵死。有知其始末者，曰："正以拾帕索帕，两相调谑媾合也。"母闻之，憬然悟曰："吾乃知痴是不痴，不痴是痴。"

天道好还

有纳其奴女为媵者，奴弗愿，然无如何也。其人故隶旗籍，亦自有主。媵后生一女，年十四五。主闻其姝丽，亦纳为媵。心弗愿，亦无如何也。喟然曰："不生此女，无此事也。"其妻曰："不纳某女，自不生此女矣。"乃爽然自失。

又亲串中有一女，日构其嫂，使受谯责不聊生。及出嫁，亦为小姑所构，日受谯责如其嫂。归而对嫂挥涕曰："今乃知妇难为也。"天道好还，岂不信哉！

又一少年，喜窥妇女，窗罅帘隙，百计潜伺。一日醉寝，或戏以膏药糊其目。醒觉肿痛不可忍，急揭去，眉及睫毛并拔尽；且所糊即所蓄媚药，性至酷烈，目受其薰灼，竟以渐盲。

又一友好倾轧，往来播弄，能使胶漆成冰炭。一夜酒渴，饮冷茶。中先堕一蝎，陡螫其舌，溃为疮。虽不致命，然舌短而拗戾；语言不复便捷矣。此亦若或使之，非偶然也。

利己者之报

先师陈文勤公言：有一同乡，不欲著其名，平生亦无大过恶，惟事事欲利归于己，害归于人，是其本志耳。一岁，北上公车，与数友投逆旅。雨暴作，屋尽漏。初觉漏时，惟北壁数尺无渍痕。此人忽称感寒，就是榻蒙被取汗。众知其诈病，而无词以移之也。雨弥甚，众坐屋内如露宿，而此人独酣卧。俄北壁颓圮，众未睡皆急奔出；此人正压其下，额破血流，一足一臂并折伤，竟舁而归。此足为有机心者戒矣。因忆奴子于禄，性至狡。从余往乌鲁木齐，一日早发，阴云四合。度天欲雨，乃尽置其衣装于车箱，以余衣装覆其上。行十馀里，天竟放晴，而车陷于淖，水从下入，反尽濡焉。其事亦与此类，信巧者造物之所忌也。

淑女画兰

沈淑孙，吴县人，御史芝光先生孙女也。父兄早卒，鞠于祖母。祖母，杨文叔先生妹也，讳芬，字瑶季，工诗文，画花卉尤工。故淑孙亦习词翰，善渲染。幼许余侄汝备，未嫁而卒。病革时，先太夫人往视之。沈夫人泣呼曰："招孙作者原注：其小字也，尔祖姑来矣，可以相认也。"时已沉迷，犹张目视，泪承睫，举手攀太夫人钏，解而与之，亲为贯于臂，微笑而瞑。始悟其意欲以纪氏物敛也。初病时，自知不起，画一卷，缄封甚固，恒置枕函边，问之不答。至是亦悟其留与太夫人，发之，乃雨兰一幅，上题曰："独坐写幽兰，图成只自看。怜渠空谷里，风雨不胜寒。"盖其家庭之间，有难言者，阻滞嫁期，亦是故也。太夫人悲之，欲买地以葬。姚安公谓于礼不可，乃止。后其柩附漕舶归，太夫人尚恍惚梦其泣拜云。

鬼享神筵

王西侯言：曾与客作都四夜行淮镇西，倦而少憩。闻一鬼遥呼曰："村中赛神，大有酒食，可共往饮啖。"众鬼曰："神筵那可近？尔勿造次。"呼者曰："是家兄弟相争，叔侄互轧，乖戾之气，充塞门庭，败征已具，神不享矣。尔辈速往，毋使他人先也。"西侯素有胆，且立观其所往。鬼渐近，树上系马皆惊嘶。惟见黑气濛濛，转绕从他道去，不知其诣谁氏也。夫福以德基，非可祈也；祸以恶积，非可禳也。苟能为善，虽不祭，神亦助之；败理乱常，而渎祀以冀神佑，神受赇 qiú 贿赂乎？

狡狯之鬼

梁豁堂言：有廖太学，悼其宠姬，幽郁不适，姑消夏于别墅。窗俯清溪，时开对月。一夕，闻隔溪搒掠冤楚声，望似缚一女子，伏地受杖。正怀疑凝眺，女子呼曰："君乃在此，忍不相救耶？"谛视，正其宠姬，骇痛欲绝。而崖陡水深，无路可过，问："尔葬某山，何缘在此？"姬泣曰："生前恃宠，造业颇深。殁被谪配于此，犹人世之军流也。社公酷毒，动辄鞭棰。非大放焰口，不能解脱也。"语讫，为众鬼牵曳去。廖爱恋既深，不违所请；乃延僧施食，冀拔沉沦。

月馀后，声又如前。趋视，则诸鬼益众。姬裸身反接，更摧辱可怜。见廖哀号曰："前者法事未备，而牒神求释，被驳不行。社公以祈灵无验，毒虐更增，必七昼夜水陆道场，始能解此厄也。"廖猛省若社公不在，谁此监刑？社公如在，鬼岂敢斥言其恶？且社公有庙，何为来此？毋乃黠鬼幻形，绐求经忏耶？姬见廖凝思，又呼曰："我实是某，君毋过疑。"廖曰："此灼然伪矣。"因诘曰："汝身有红痣，能举其生于何处，则信汝矣。"鬼不敢答，斯须间，稍稍散去。自是遂绝。

此可悟世情狡狯，虽鬼亦然；又可悟情有所牵，物必抵隙。廖自云有灶婢殁葬此山下，必其知我眷念，教众鬼为之，又可悟外患突来，必有内间矣。

词为红叶

豁堂又言：一粤东举子赴京，过白沟河，在逆旅午餐。见有骡车载妇女，住对屋中，饭毕先行。偶步入，见壁上新题一词曰：“垂杨袅袅映回汀，作态为谁青？可怜弱絮，随风来去，似我飘零。濛濛乱点罗衣袂，相送过长亭。叮咛嘱汝：沾泥也好，莫化浮萍。”作者原注：按，此调名《秋波媚》，即《眼儿媚》也举子曰：“此妓语也，有厌倦风尘之意矣。”日日逐之同行，至京，犹遣小奴记其下车处。后宛转物色，竟纳为小星指侍妾。两不相期，偶然凑合，以一小词为红叶红叶上题诗，比喻姻缘巧合或天赐良缘，此真所谓前缘矣。

婢猫相恶

舅祖陈公德音家，有婢恶猫窃食，见则挞之。猫闻其欬笑即窜避。一日，舅祖母郭太安人使守屋。闭户聊寝，醒则盘中失数梨，旁无他人，猫犬又无食梨理，无以自明，竟大受箠楚。至晚，忽得于灶中，大以为怪。验之，一一有猫爪齿痕。乃悟猫故衔去，使亦以窃食受挞也。“蜂虿有毒”，信哉。婢愤恚，欲再挞猫。郭太安人曰：“断无纵汝杀猫理。猫既被杀，恐冤冤相报，不知出何变怪矣。”此婢自此不挞猫，猫见此婢亦不复窜避。

良朋嘉耦

桐城耿守愚言：一士子游嵩山，搜剔古碑，不觉日晚。时方盛夏，因藉草眠松下。半夜露零，寒侵衣袖，噤而醒，偃卧看月。遥见数人从小径来，敷席山冈，酌酒环坐。知其非人，惧不敢起，姑侧听所言。一人曰：“二公谪限将满，当入转轮，不久重睹白日矣。受生何所，已得消息否？”上坐二人曰：“尚不知也。”既而皆起，曰：“社公来矣。”俄一老人扶杖至，对二人拱手曰：“顷得冥牒，来告喜音：二公前世良朋，来生嘉耦。”指右一人曰：“公官人。”指左一人曰：“公夫人也。”右者顾笑，左者默不语。社公曰：“公何悒悒yì yì，忧郁的样子？阎罗王宁误注哉！此公性刚直，刚则凌物，直则不委曲体人情。平生多所树立，亦多所损伤，故沉沦几二百年，乃得解脱。然究君子之过，故仍得为达官。公本长者，不肯与人为祸福。然事事养痈不治，亦贻患无穷。故堕鬼趣二百年，谪堕女身。以平生深而不险，柔而不佞，故不失富贵。又以此公多忤，而公始终与相得，故生是因缘。神理分明，公何悒悒哉？”众哗笑曰：“渠非悒悒，直初作新妇，未免娇羞耳。有酒有肴，请社公相礼，先为合卺可乎！”酬酢喧杂，不复可辨；晨鸡俄唱，各匆匆散去。不知为前代何许人也。

世故乙某

李应弦言：甲与乙邻居世好，幼同嬉戏，长同砚席，相契如兄弟。两家男女时往来，虽隔墙，犹一宅也。

或为甲妇造谤，谓私其表弟。甲侦无迹，然疑不释，密以情告乙，祈代侦之。乙故谨密畏事，谢不能。甲私念未侦而谢不能，是知其事而不肯侦也，遂不再问，亦不明言，然由是不答其妇。妇无以自明，竟郁郁死。死而附魂于乙曰：“莫亲于夫妇，夫妇之事，乃密祈汝侦，此其信汝何如也。使汝力白我冤，甲疑必释；或阳许侦而徐告以无据，甲疑亦必释。汝乃虑脱侦得实，不告则负甲，告则汝将任怨也。遂置身事外，恝然自全，致我赍恨于泉壤，是杀人而不操兵也。今日诉汝于冥王，汝其往质。”竟颠痫数日死。甲亦曰：“所以需朋友，为其缓急相资也。此事可欺我，岂能欺人？人疏者或可欺，岂能欺汝？我以心腹托汝，无则当言无，直词责我勿以浮言间夫妇；有则宜密告我，使善为计，勿以秽声累子孙。乃视若路人，以推诿启疑窦，何贵有此朋友哉！”遂亦与绝，死竟不吊焉。

乙岂真欲杀人哉，世故太深，则趋避太巧耳。然畏小怨，致大怨；畏一人之怨，致两人之怨。卒杀人而以身偿，其巧安在乎？故曰，非极聪明人，不能作极懵懂事。

署中小儿魂

窦东皋前辈言：前任浙江学政时，署中一小儿，恒往来供给使。以为役夫之子弟，不为怪也。后遣移一物，对曰：“不能。”异而询之，始自言为前学使之僮，殁而魂留于是也。盖有形无质，故能传语而不能举物，于事理为近。然则古书所载，鬼所能为，与生人无异者，又何说欤？

古　城

特纳格尔为唐金满县地，尚有残碑。吉木萨有唐北庭都护府故城，则李卫公所筑也。周四十里，皆以土墼垒成；每墼厚一尺，阔一尺五六寸，长二尺七八寸。旧瓦亦广尺馀，长一尺五六寸。城中一寺已圮尽，石佛自腰以下陷入土，犹高七八尺。铁钟一，高出人头，四围皆有铭，绣涩模糊，一字不可辨识。惟刮视字棱，相其波磔，似是八分书耳。城中皆黑煤，掘一二尺乃见土。额鲁特云："此城昔以火攻陷，四面炮台，即攻城时所筑。"其为何代何人，则不能言之。盖在准噶尔前矣。城东南山冈上一小城，与大城若相犄角。额鲁特云："以此一城阻碍，攻之不克，乃以炮攻也。"

庚寅乾隆三十五年(1770)冬，乌鲁木齐提督标增设后营，余与永馀斋作者原注：名庆，时为迪化城督粮道，后官至湖北布政使奉檄筹画驻兵地。万山丛杂，议数日未定。余谓馀斋曰："李卫公相度地形，定胜我辈。其所建城必要隘，盍因之乎？"馀斋以为然，议乃定，即今古城营也作者原注：名破城，大学士温公为改此名。其城望之似孤悬，然山中千蹊万径，其出也必过此城，乃知古人真不可及矣。褚筠心学士修《西域图志》时，就访古迹，偶忘语此。今附识之。

洞中壁画

喀什噶尔山洞中，石壁劖chán用尖锐器凿刻平处有人马像。回人相传云，是汉时画也。颇知护惜，故岁久尚可辨。汉画如武梁祠堂之类，仅见刻本，真迹则莫古于斯矣。后戍卒燃火御寒，为烟气所薰，遂模糊都尽。惜初出师时，无画手橐笔摹留一纸也。

赵　氏

次子汝传妇赵氏，性至柔婉，事翁姑尤尽孝。马夫人称其工容言德皆全备，非偏爱之词也。不幸早卒，年仅三十有三。余至今悼之。后汝传官湖北时，买一妾，体态容貌，与妇竟无毫发差，一见骇绝。署中及见其妇者，亦莫不骇绝。计其生时，妇尚未殁，何其相肖至此欤？又同妇一夫，尤可异也。然此妾入门数月，又复夭逝。造物又何必作此幻影，使一见再见乎？

缢鬼拜谢

桐城姚别峰，工吟咏，书仿赵吴兴赵孟頫，字子昂，号松雪道人，又号水晶宫道人、鸥波。吴兴人，故又称“赵吴兴”，神骨逼肖。尝摹吴兴体作伪迹，薰暗其纸，赏鉴家弗能辨也。与先外祖雪峰张公善，往来恒主其家，动淹旬月。后闻其观潮没于水，外祖甚悼惜之。余小时多见其笔迹，惜年幼不知留意，竟忘其名矣。舅祖紫衡张公作者原注：先祖母与先母为姑侄，凡祖母兄弟，惟雪峰公称外祖，有服之亲从其近也；馀则皆称舅祖，统于尊也尝延之作书，居宅西小园中。一夕月明，见窗上有女子影，出视则无。四望园内，似有翠裙红袖，隐隐树石花竹间。东就之则在西，南就之则在北。环走半夜，迄不能一睹，倦而憩息。闻窗外语曰：“君为书《金刚经》一部，则妾当相见拜谢。不过七千馀字，君肯见许耶？”别峰故好事，急问：“卿为谁？”寂不应矣。适有宣纸素册，次日，尽谢他笔墨，一意写经。写成，炷香供几上，觊其来取。夜中已失之。至夕，徘徊怅望，果见女子冉冉花外来，叩颡至地。别峰方举手引之，挺然起立，双目上视，血淋漓胸臆间，乃自刭鬼也。噭然惊仆。馆僮闻声持烛至，已无睹矣。顿足恨为鬼所卖。雪峰公曰：“鬼云拜谢，已拜谢矣。鬼不卖君，君自生妄念，于鬼何尤？”

苦乐之境

于南溟明经曰：“人生苦乐，皆无尽境；人心忧喜，亦无定程。曾经极乐之境，稍不适则觉苦；曾经极苦之境，稍得宽则觉乐矣。”尝设帐康宁屯，馆室湫隘，几不可举头。门无帘，床无帐，院落无树。久旱炎郁，如坐炊甑；解衣午憩，蝇扰扰不得交睫。烦躁殆不可耐，自谓此猛火地狱也。久之，倦极睡去。梦乘舟大海中，飓风陡作，天日晦冥，樯断帆摧，心胆碎裂，顷刻覆没。忽似有人提出，掷于岸上，即有人持绳束缚，闭置地窖中。暗不睹物，呼吸亦咽塞不通。恐怖窘急，不可言状。俄闻耳畔唤声，霍然开目，则仍卧三脚木榻上。觉四体舒适，心神开朗，如居蓬莱方丈间也。是夕月明，与弟子散步河干，坐柳下，敷陈此义。微闻草际叹息曰：“斯言中理。我辈沉沦水次，终胜于地狱中人。”

报冤鬼

外舅周箓马公家，有老仆曰门世荣。自言尝渡吴桥钩盘河，日已暮矣，积雨暴涨，沮洳jù rù低湿之地纵横，不知何处可涉。见二人骑马先行，迂回取道，皆得浅处，似熟悉地形者。因逐之行。将至河干，一人忽勒马立，待世荣至，小语曰："君欲渡河，当左绕半里许，对岸有枯树处可行。吾导此人来，此将所有为，君勿与俱败。"疑为劫盗，悚然返辔，从所指路别行，而时时回顾。见此人策马先行，后一人随至中流，突然灭顶，人马俱没；前一人亦化旋风去，乃知为报冤鬼也。

万年松

田丈耕野官凉州镇时，携回万年松一片，性温而活血，煎之，色如琥珀。妇女血枯血闭诸证，服之多验。亲串家递相乞取，久而遂尽。后余至西域，乃见其树，直古松之皮，非别一种也。土人煮以代茶，亦微有香气。其最大者，根在千仞深涧底。枝干亭茗，直出山脊，尚高二三十丈，皮厚者二尺有馀。奴子吴玉保尝取其一片为床。余谓闽广芭蕉叶可容一二人卧，再得一片作席，亦一奇观。

又尝见一人家，即树孔施门窗，以梯上下；入之，俨然一屋。余与呼延化州作者原注：名华国，长安人，己未（乾隆四年，1739）进士，前化州知州同登视，化州曰："此家以巢居兼穴处矣。"盖天山以北，如乌孙、突厥，古多行国，不需梁柱之材，故斧斤不至。意其真盘古时物，万年之名，殆不虚矣。

渔洋赠扇

田白岩曰："名妓月宾，尝来往渔洋山人家，如东坡之于琴操也。"苏斗南因言少时见山东一妓，自云月宾之孙女，尚有渔洋所赠扇。索观之，上画一临水草亭，傍倚二柳，题"庚寅三月道冲写"。不知为谁。左侧有行书一诗曰："烟缕濛濛蘸水青，纤腰相对斗娉婷。樽前试问香山老，柳宿新添第几星？"不署名字，一小印已模糊。斗南以为高年耆宿，偶赋闲情，故讳不自著也。余谓诗格风流，是新城宗派。然渔洋以辛卯康熙五十年（1711）夏卒，庚寅康熙四十九年(1710)是其前一岁,是时不当有老友,"香山老"定指何人?如云自指,又不当云"试问",且词意轻巧,亦不类老笔。或是维摩丈室,偶留天女散花维摩丈室有天女散花,至诸菩萨身上皆落下,至大弟子身上不落,他少年代为题扇,以此调之。妓家借托盛名,而不解文义,遂误认颜标颜标科考时,主考官误认为颜真卿后人,取为状元,宣宗照准。后谢恩之日才知与颜鲁公并无瓜葛耳。

人首出地中

王觐光言:壬午乾隆二十七年(1762)乡试,与数友共租一小宅读书。觐光所居室中,半夜灯光忽黯碧,剪剔复明。见一人首出地中,对灯嘘气。拍案叱之,急缩入。停刻许复出,叱之又缩。如是七八度,几四鼓矣,不胜其扰;又素以胆自负,不欲呼同舍,静坐以观其变。乃惟张目怒视,竟不出地。觉其无能为,熄灯竟睡。亦不知其何时去,然自此不复睹矣。吴惠叔曰:"殆冤鬼欲有所诉,惜未一问也。"

余谓果为冤鬼,当哀泣不当怒视。粉房琉璃街迤东,皆多年丛冢,居民渐拓,每夷而造屋。此必其骨在屋内,生人阳气薰烁,鬼不能安,故现变怪驱之去。初拍案叱,是不畏也,故不敢出。然见之即叱,是犹有鬼之见存,故亦不肯竟去。至熄灯自睡,则全置此事于度外。鬼知其终不可动,遂亦不虚相恐怖矣。东坡书孟德事一篇,即是此义。小时闻巨盗李金梁曰:"凡夜至人家,闻声而嗽者,怯也,可攻也;闻声而启户以待者,怯而示勇也,亦可攻也;寂然无声,莫测动静,此必勍敌,攻之十恒七八败,当量力进退矣。"亦此义也。

蕉鹿之梦

《列子》谓蕉鹿之梦郑国人在郊外砍柴,猎得一鹿,将鹿藏在芭蕉叶下,想明日来取,结果后来怎么都找不到了,以为自己只是做了个梦,非黄帝孔子不能知。谅哉斯言!余在西域,从办事大臣巴公履视军台。巴公先归,余以未了事暂留,与前副将梁君同宿。二鼓有急递,台兵皆差出,余从睡中呼梁起,令其驰送,约至中途遇台兵则使接递。梁去十馀里,相遇即还,仍复酣寝。次日,告余曰:"昨梦公遣我赍廷寄,恐误时刻,鞭马狂奔。今日髀肉尚作楚。真大奇事!"以真为梦,仆隶皆粲然。余乌鲁木齐杂诗曰:"一笑挥鞭马似飞,梦中驰去梦中归。

人生事事无痕过作者原注：东坡诗："事如春梦了无痕。"，蕉鹿何须问是非？"即纪此事也。又有以梦为真者，族兄次辰言：静海一人，就寝后，其妇在别屋夜绩。此人忽梦妇为数人劫去，噩而醒，不自知其梦也，遽携梃出门追之。奔十馀里，果见旷野数人携一妇，欲肆强暴。妇号呼震耳。怒焰炽腾，奋力死斗，数人皆被创逸去。近前慰问，乃近村别一人妇，为盗所劫者也。素亦相识，姑送还其家。惘惘自返，妇绩未竟，一灯尚荧然也。此则鬼神或使之，又不以梦论矣。

铜末束骨

交河黄俊生言：折伤骨者，以开通元宝钱作者原注：此钱唐初所铸，欧阳询所书。其旁微有偃月形，乃进蜡样时，文德皇后误掐一痕，因而未改也。其字当回环读之。俗读为开元通宝，以为玄宗之钱，误之甚矣烧而醋淬，研为末，以酒服下，则铜末自结而为圈，周束折处。曾以一折足鸡试之，果接续如故。及烹此鸡，验其骨，铜束宛然。此理之不可解者。铜末不过入肠胃，何以能透膜自到筋骨间也？惟仓卒间此钱不易得。后见张鷟《朝野佥载》曰："定州人崔务堕马折足，医令取铜末酒服之，遂痊平。及亡后十馀年，改葬，视其胫骨折处，铜末束之。"然则此本古方，但云铜末，非定用开通元宝钱也。

恶果自尝

招聚博塞，古谓之囊家，见李肇《国史补》，是自唐已然矣。至藏蓄粉黛，以分夜合之资，则明以前无是事。家有家妓，官有官妓故也。教坊既废，此风乃炽，遂为豪猾之利源，而骙痴之陷阱。律虽明禁，终不能断其根株。然利旁倚刀，贪还自贼。余尝见操此业者，花娇柳亸，近在家庭，遂不能使其子孙皆醉眠之阮籍。两儿皆染淫毒，延及一门，痨疾缠绵，因绝嗣续。若敖氏之鬼，竟至馁而比喻断子绝孙，没有后代祭祀。

牛报恩怨

临清李名儒言：其乡屠者买一牛，牛知为屠也，缒不肯前，鞭之则横逸。气力殆竭，始强曳以行。牛过一钱肆，忽向门屈两膝跪，泪涔涔下。钱肆悯之，问知价八千，如数乞赎。屠者恨其狞，坚不肯卖，加以子钱亦不许，曰："此牛可恶，必剚刃而甘心，虽万贯不易也。"牛闻是言，蹶然自起随之去。屠者煮其肉于釜，然后就寝。五更自起开釜，妻子怪不回，疑而趋视，则已自投釜中，腰以上与牛俱糜矣。

夫凡属含生，无不畏死，不以其畏而悯恻，反以其畏而恚愤，牛之怨毒，加寻常数等矣。厉气所凭，报不旋踵，宜哉。先叔仪南公，尝见屠者许学牵一牛。牛见先叔，跪不起。先叔赎之，以与佃户张存。存豢之数年，其驾耒服辕，力作较他牛为倍。然则恩怨之间，物犹如此矣，可不深长思哉！

甲妇画像

甲与乙望衡而居，皆宦裔也。其妇皆以姣丽称，二人相契如弟兄，二妇亦相契如姊妹。乙俄卒，甲妇亦卒。乃百计图谋娶乙妇，士论讥焉。纳币之日，厅事有声，登登然如挝叠鼓。却扇之夕，风扑花烛灭者再，人知为乙之灵也。一日，甲妇忌辰，悬画像以祀。像旁忽增一人影，立妇椅侧，左手自后凭其肩，右手戏摩其颊。画像亦侧眸流盼，红晕微生。谛视其形，宛然如乙。似淡墨所渲染，而绝无笔痕，似隐隐隔纸映出，而眉目衣纹，又纤微毕露。心知鬼祟，急裂而焚之。然已众目共睹，万口喧传矣。异哉！岂幽冥恶其薄行，判使取偿于地下，示此变幻，为负死友者戒乎！

卷十四

槐西杂志四

天女妙音

林教谕清标言：曩馆崇安，传有士人居武夷山麓，闻采茶者言，某岩月夜有歌吹声，遥望皆天女也。士人故佻达，乃借宿山家，月出辄往，数夕无所遇。山家亦言有是事，但恒在月望，岁或一两闻，不常出也。士人托言习静，留待旬馀。一夕，隐隐似有声，乃潜踪急往，伏匿丛薄间。果见数女皆殊绝，一女方拈笛欲吹，瞥见人影，以笛指之，遽僵如束缚，然耳目犹能视听。俄清响透云，曼声动魄，不觉自赞曰："虽遭禁制，然妙音媚态，已具赏矣。"语未竟，突一帕飞蒙其首，遂如梦魇，无闻无见，似睡似醒。迷惘约数刻，渐似苏息。诸女叱群婢曳出，谯呵曰："痴儿无状，乃窥伺天上花耶？"趣折修篁，欲行棰楚。士人苦自申理，言性耽音律，冀窃听幔亭法曲，如李謩之傍宫墙，实不敢别有他肠，希彩鸾甲帐。一女微哂曰："悯汝至诚，有小婢亦解横吹，姑以赐汝。"士人匐匍叩谢，举头已杳。回顾其婢，广颡巨目，短发鬅鬙 péng sēng，毛发散乱的样子，腰腹彭亨，气咻咻如喘。惊骇懊恼，避欲却走。婢固引与狎，捉搦不释。愤击仆地，化一豕嗥叫去。岩下乐声，自此遂绝。观是婢，殆是妖，非仙矣。或曰："仙借豕化婢戏之也。"倘或然欤？

鬼妇失钏

刘燮甫言：有一学子，年十六七，聪俊韶秀，似是近上一流，甚望成立。一日，忽发狂谵语，如见鬼神。俟醒时问之，自云："景城社会观剧，不觉夜深，归途过一家求饮。惟一少妇，取水饮我，留我小坐，言其夫应官外出，须明日方归。流目送盼，似欲相就。爱其婉媚，遂相燕好。临行泣涕，嘱勿再来，以二钏赠我。次日视之，铜青斑斑，微有银色，似多年土中者。心知是鬼，而忆念不忘。昨再至其地，徘徊寻视。突有黑面长髯人，手批我颊，踉跄奔归。彼亦随至。从此时时见之，向我诟厉。我即忽睡忽醒，不知其他也。"

父母为诣墓设奠，并埋其钏。俄其子瞋目呼曰："我妇失钏，疑有别故；而未得主名，仅倒悬鞭五百，转鬻远处。今见汝窃来，乃知为汝所诱。此何等事，可以酒食金钱谢耶？"颠痫月馀，竟以不起。然则钻穴逾墙，即地下亦尚有祸患矣。

鬼狐善了事

李云举言：东光有薰狐者，每载燧挟罟，来往墟墓间。一夜，伏伺之际，见一方巾襕衫人自墓顶出，䰩䰩作者原注：苦侯反。《说文》曰："鬼声也。"长啸，群狐四集，围绕丛薄，狰狞嗥叫，齐呼捕此恶人，煮以作脯。薰狐者无路可逃，乃攀援上高树。方巾者指挥群狐，令锯树倒。即闻锯声訇訇然。薰狐者窘急，俯而号曰："如蒙见释，不敢再履此地。"群狐不应，锯声更厉。如是号再三，方巾者曰："果尔，可设誓。"誓讫，鬼狐具不见。此鬼此狐，均可谓善了事矣。

盖侵扰无已，势不得不铤而走险，背城借一在自己城下与敌方决一死战。以群狐之力，原不难于杀一人；然杀一人易，杀一人而激众人之怒，不焚巢犁穴不止也。仅使知畏而纵之，姑取和焉，则后患息矣。有力者不尽其力，乃可以养威；屈人者使其易从，乃可以就服。召陵之役，不责以僭王，而责以苞茅，使易从也；屈完来盟即旋师，不尽其力，以养威也。讲学家说《春秋》者，动议齐桓之小就。方城汉水之固，不识可一战胜乎？一战而不胜，天下事尚可为乎？淮西、符离之事，吾征诸史册矣。

雷火穿屋

族弟继先，尝宿广宁门内友人家。夜大风雨，有雷火自屋山作者原注：近房脊之墙谓之屋山，以形似山也。范石湖诗屡用之穿过，如电光一掣然，墙栋皆摇。次日，视其处，东西壁各一小窦如钱大，盖雷神逐精魅，贯而透也。

凡击人之雷，从天而下；击怪之雷，则多横飞，以遁逃追捕故耳。若寻常之雷，则地气郁积，奋而上出。余在福宁度岭，曾于山巅见云中之雷；在淮镇遇雨，曾于旷野见出地之雷，皆如烟气上冲，直至天半，其端火光一爆，即訇然有声，与铳炮之发无异。然皆在无人之地，其有人之地，则从无此事。或曰："天心仁爱，恐触之者死。"语殊未然。人为三才天、地、人之中，人之聚处，则天地气通，通则弗郁，安得有雷乎？塞外苦寒之地，耕种牧养，渐成墟落，则地气渐温，亦此义耳。

故刀夜警

王岳芳言：其家有一刀，廷尉公故物也。或夜有盗警，则“格格”作爆声，挺出鞘外一二寸。后雷逐妖魅穿屋过，刀堕于地，自此不复作声矣。世传刀剑曾渍人血者，有警皆能自响。是不尽然，惟曾杀多人者乃如是尔。每杀一人，刀上必有迹二条，磨之不去。幼年在河间扬威将军哈公元生家，曾以其佩刀求售，云夜亦有声。验之，信然也。或又谓作声之故，乃鬼所凭，是亦不然。战阵所用，往往曾杀千百人，岂有千百鬼长守一刀者欤？饮血既多，取精不少，厉气之所聚也。盗贼凶鸷，亦厉气之所聚也。厉气相感，跃而自鸣，是犹抚琴者鼓宫宫应，鼓商商应而已。蕤宾古乐十二律中第七律之铁，跃乎池内；黄钟古代音律十二律阳律中第一律之铎，动乎土中，是岂有物凭之哉？至雷火猛烈，一切厉气，遇之皆消，故一触焰光，仍为凡铁。亦非丰隆、列缺，专为此物下击也。

神星村

余尝惜西域汉画，毁于烟煤，而稍疑一二千年笔迹，何以能在？从侄虞惇曰：“朱墨着石，苟风雨所不及，苔藓所不生，则历久能存。易州、满城接壤处，有村曰神星。大河北来，复折而东南，有两峰对峙河南北，相传为落星所结，故以名村。其峰上哆下敛，如云朵之出地，险峻无路。好事者攀踏其孔穴，可至山腰。多有旧人题名，最古者有北魏人、五代人，皆手迹宛然可辨。然则洞中汉画之存于今，不为怪矣。”惜其姓名虞惇未暇一一记也。易州、满城皆近地，当访其土人问之。

神　怒

虞惇又言：落星石北有渔梁筑堰捕鱼的一种设施，土人世擅其利，岁时以特牲祀梁神。偶有人教以毒鱼法，用芫花于上流挼揉搓渍，则下流鱼虾皆自死浮出，所得十倍于网罟。试之良验。因结团焦于上流，日施此术。一日，天方午，黑云自龙潭暴涌出，狂风骤雨，雷火赫然，燔其庐为烬。众惧，乃止。

夫佃渔之法，肇自庖羲；然数罟不入，仁政存焉。绝流而渔，圣人尚恶；况残忍暴殄，聚族而坑哉！干神怒也宜矣。

鬼魅论文

周书昌曰："昔游鹊华，借宿民舍。窗外老树森翳，直接冈顶。主人言时闻鬼语，不辨所说何事也。是夜月黑，果隐隐闻之，不甚了了。恐惊之散去，乃启窗潜出，匍匐草际，渐近窃听。乃讲论韩、柳、欧、苏文，各标举其佳处，一人曰：'如此乃是中声，何前后七子明代以李梦阳、何景明等为首的十四位，提出"文必秦汉，诗必盛唐"的口号，倡导文学复古运动，必排斥不数，而务言秦汉，遂启门户之争？'一人曰：'质文递变，原不一途。宋末文格猥琐，元末文格纤秾浮华优美，故宋景濂诸公，力追韩、欧，救以春容大雅。三杨杨士奇、杨荣、杨溥三人，为明代"台阁体"的代表人物以后，流为台阁之体，日就肤廓，故李崆峒诸公又力追秦汉，救以奇伟博丽。隆、万以后，流为伪体，故长沙一派，又反唇焉。大抵能挺然自为宗派者，其初必各有根柢，是以能传；其后亦必各有流弊，是以互诋。然董江都、司马文园文格不同，同时而不相攻也。李、杜、王、孟诗格不同，亦同时而不相攻也。彼所得者深焉耳。后之学者，论甘则忌辛，是丹则非素，所得者浅焉耳。'"语未竟，我忽作嗽声，遂乃寂然。惜不尽闻其说也。

余曰："此与李词畹记饴山事均以平心之论托诸鬼魅，语已尽，无庸歇后矣。"书昌微愠曰："永年百无一长，然一生不能作妄语。先生不信，亦不敢固争。"

崖岸儒生

董曲江言：一儒生颇讲学，平日亦循谨无过失，然崖岸为人矜持、孤高太甚，动以不情之论责人。友人于五月释服，七月欲纳妾。此生抵以书曰："终制未三月而纳妾，知其蓄志久矣。《春秋》诛心，鲁文公虽不丧娶，犹丧娶也。朋友规过之义，不敢以不告。其何以教我？"其持论大抵类此。一日，其妇归宁，约某日返，乃先期一日，怪而诘之曰："吾误以为月小也。"亦不为讶。次日，又一妇至。大骇愕，觅昨妇，已失所在矣。然自是日渐尪瘠，因以成痨。盖狐女假形摄其精，一夕所耗已多也。前纳妾者闻之，亦抵以书曰："夫妇居室，不能谓之不正也；狐魅假形，亦非意料之所及也。然一夕而大损真元，非恣情纵欲不至是。无乃燕昵之私，尚有不节以礼者乎？且妖不胜德，古之训也。周、张、程、朱不闻曾有遇魅事。而此魅公然犯函丈对老师的尊称，无乃先生之德尚有所不足乎？先生贤者也，责备贤者，《春秋》法也。朋友规过之义，不敢不以告。先生其何以教我？"此生得书，但力辩实无此事，里人造言而已。宋清远先生闻之曰："此所谓以子之矛陷子之盾。"

神明日减

袁愚谷制府作者原注：讳守侗，长山人，官至直隶总督，谥清悫，少与余同砚席，又为姻家。自言三四岁时，尚了了记前生。五六岁时，即恍惚不甚记。今则但记是一岁贡生，家去长山不远；姓名籍贯，家世事迹，全忘之矣。余四五岁时，夜中能见物，与昼无异。七八岁后，渐昏暗。十岁后，遂全无睹；或夜半睡醒，偶然能见，片刻则如故。十六七后以至今，则一两年或一见，如电光石火，弹指即过。盖嗜欲日增，则神明日减耳。

痴　鬼

景州李西崖言：其家一佃户，最有胆，种瓜亩馀，地在丛冢侧。熟时恒自守护，独宿草屋中，或偶有形声，亦恬不为惧。一夕，闻鬼语嘈杂，似相喧诟。出视，则二鬼冢上格斗，一女鬼痴立于旁。呼问其故，一人曰："君来大佳，一事乞君断曲直：天下有对其本夫调其定婚之妻者耶？"其一人语亦同。佃户呼女鬼曰："究竟汝与谁定婚？"女鬼靦觍良久，曰："我本妓女。妓家之例，凡多钱者皆密订相嫁娶。今在冥途，仍操旧术，实不能一一记姓名，不敢言谁有约，亦不敢言谁无约也。"佃户笑且唾曰："何处得此二痴物。"举首则三鬼皆逝矣。

又小时闻舅祖陈公作者原注：讳颖孙，岁久失记其字号。德音公之弟，庚子（康熙五十九年，1720）进士，仙居知县秋亭之祖也说亲见一事曰："亲串中有殁后妾改适者，魂附病婢灵语曰：'我昔问尔，尔自言不嫁。今何负心？'妾殊不惧，从容对曰：'天下有夫尚未亡，自言必改适者乎？公此问先愦愦，何怪我如是答乎？'"二事可互相发明也。

众学论鬼

有讲学者论无鬼，众难之曰："今方酷暑，能往墟墓中独宿纳凉一夜乎？"是翁毅然竟往，果无所见。归益自得，曰："朱文公岂欺我哉！"

余曰：重赍千里，路不逢盗，未可云路无盗也；纵猎终日，野不遇兽，未可云野无兽也。以一地无鬼，遂断天下皆无鬼；以一夜无鬼，遂断万古皆无鬼，举一废百矣。且无鬼之论，创自阮瞻，非朱子也。朱子特谓魂升魄降为常理，而一切灵怪非常理耳，未言无也。故金去伪录曰："二程初不说无鬼神，但无如今世俗所谓鬼神耳。"杨道夫录曰："雨风露雷，日月昼夜，此鬼神之迹也，此是白日公平正直之鬼神。若所谓有啸于梁，触于胸，此则所谓不正邪暗、或有或无、或来或去、或聚或散者。又有所谓祷之而应，祈之而获，此亦所谓鬼神同一理也。"包扬录曰："鬼神死生之理，定不如释家所云，世俗所见；然又有其事昭昭，不可以理推者，且莫要理会。"又曰："南轩亦只是硬不信。如禹鼎魑魅魍魉之属，便是有此物，深山大泽，是彼所居。人往占之，岂不为祟。豫章刘道人，居一山顶结庵。一日，众蜥蜴入来，尽吃庵中水。少顷，庵外皆堆雹。明日，山下果雹。有一妻伯刘大，人甚朴实，不能妄语。言过一岭，闻溪边林中响，乃无数蜥蜴，各抱一物如水晶，未去数里下雹。此理又不知如何。旧有一邑，泥塑一大佛，一方尊信之。后被一无状宗子断其首，民聚哭之，佛颈泥木出舍利。泥木岂有此物，只是人心所致。"吴必大录曰："因论薛士龙家见鬼，曰：世之信鬼神者，皆谓实有在天地间；其不信者，断然以为无鬼。然却又有真个见者，郑景望遂以薛氏所见为实。不知此特虹霓之类耳。问：虹霓只是气，还有形质？曰：既能啜水，亦必有肠肚。只才散便无，如雷部神亦此类。"林赐录曰："世之见鬼神者甚多，不审有无如何？曰：世间人见者极多，如何谓无，但非正理耳。如伯有为厉，伊川谓别是一理。盖其人气未当尽而强死、魂魄无所归，自是如此。昔有人在淮上夜行，见无数形像，似人非人，出没于两水之间。此人明知其鬼，不得已冲之而过。询之，此地乃昔人战场也。彼皆死于非命，衔冤抱恨，固宜未散。坐间或云：乡间有李三者，死而为厉。乡曲凡有祭祀佛事，必设此人一分。后因为人放爆仗，焚其所依之树，自是遂绝。曰：是他枉死气未散，被爆仗惊散。"沈僩录曰："人有不伏其死者，所以既死而此气不散，为妖为怪。如人之凶死及僧道既死多不散作者原注：僧道务养精神，所以凝聚不散。"万人杰录曰："死而气散，泯然无迹者，是其常道理。恁地有托生者，是偶然聚得气不散，又恁生去凑着那生气便再生。”叶贺孙录曰：“潭州一件公事，妇杀夫，密埋之。后为祟，事已发觉，当时便不为祟，以是知刑狱里面，这般事若不与决罪，则死者之冤必不解。”李壮祖录曰：“或问：世有庙食之神，绵历数百年，又何理也？曰：浸久亦散。昔守南康，久旱，不免遍祷于神。忽到一庙，但有三间敝屋，狼藉之甚。彼人言三五十年前，其灵如响，有人来而帷中之神与之言者。昔之灵如彼，今之灵如此，亦自可见。”叶贺孙录曰：“论鬼神之事，谓蜀中灌口二郎庙是李冰，因开离堆立庙。今来现许多灵怪，乃是他第二儿子出来，初间封为王；后来徽宗好道，遂改封为真君。张魏公用兵，祷于其庙，夜梦神语曰：我向来封为王，有血食之奉，故威福得行。今号为真君，虽尊，人以素食祭我，无血食之养，故无威福之灵，今须复封我为王，当有威灵。魏公遂乞复其封。不知魏公是有此梦，是一时用兵，托为此说。又有梓潼神，极灵。此二神似乎割据两川。大抵鬼神用生物祭者，皆是假此生气为灵，古人衅钟衅龟皆此意。汉卿云，李通说有人射虎，见虎后数人随之，乃是为虎伤死之人，生气未散，故结成此形。”黄义刚录曰：“论及请紫姑神吟诗之事，曰：亦有请得正身出现，其家小女子见，不知此是何物。且如衢州有一人事一神，只开所录事目于纸，而封之祠前。少间开封，而纸中自有答语。此不知是如何。”凡此诸说，黎靖德所编语类班班具载，先生何竟诬朱子乎？

此翁索书观之，良久，怃然曰：“朱子尚有此书耶！”悯默而散。

然余犹有所疑者：朱子大旨，谓人秉天地之气生，死则散还于天地。叶贺孙录所谓“如鱼在水，外面水便是肚里水，鳜鱼肚里水与鲤鱼肚里水只是一般”，其理精矣；而无如祭祀之理，制于圣人，载于经典，遂不得不云子孙一气相感，复聚而受祭，受祭既毕，仍散入虚无。不识此气散还以后，与元气浑合为一欤？抑参杂于元气之内欤？如混合为一，则如众水归海，共为一水，不能使江淮河汉，复各聚一处也。如五味和羹，共成一味，不能使姜盐醯酱，复各聚一处也。又安能于中犁出某某之气，使各与子孙相通耶？如参杂于元气之内，则如飞尘四散，不知析为几万亿处，如游丝乱飞，不知相去几万亿里。遇子孙享荐，乃星星点点，条条缕缕，复合为一，于事理毋乃不近耶？即以能聚而论，此气如无知，又安能感格？安能歆享？此气如有知，知于何起？当必有心，心于何附？当必有身。既已有身，则仍一鬼矣。且未聚以前，此亿万微尘，亿万碎缕，尘尘缕缕，各有所知，则不止一鬼矣。不过释氏之鬼，地下潜藏；儒者之鬼，空中旋转。释氏之鬼，平日常存；儒家之鬼，临时凑合耳。又何以相胜耶？此诚非末学所知也。

孽由自作

乌鲁木齐千总某，患寒疾。有道士踵门求诊，云有夙缘，特相拯也。会一流人高某妇，颇能医，见其方，骇曰："桂枝下咽，阳盛乃亡。药病相反，乌可轻试？"力沮之。道士叹息曰："命也夫！"振衣竟去。然高妇用承气汤，竟愈。皆以道士为妄。余归以后，偶阅邸抄，忽见某以侵蚀屯粮伏法。乃悟道士非常人，欲以药毙之，全其首领也。此与旧所记兵部书吏事相类，岂非孽由自作，非智力所可挽回欤？

宋　砚

姚安公云：人家有奇器妙迹，终非佳事。因言癸巳康熙五十二年(1713)同年牟丈灏家作者原注：不知即牟丈，不知或牟丈之伯叔，幼年听之未审也有一砚，天然作鹅卵形，色正紫，一鸜鹆 qú yù 即八哥儿眼如豆大，突出墨池中心，旋螺纹理分明，瞳子炯炯有神气。拊之，腻不留手。叩之，坚如金铁。呵之，水出如露珠。下墨无声，数磨即成浓沈。无款识铭语，似爱其浑成，不欲椎凿。匣亦紫檀根所雕，出入无滞，而包裹无纤隙，摇之无声。背有"紫桃轩"三字，小仅如豆，知为李太仆日华故物也作者原注：太仆有说部名《紫桃轩杂缀》。平生所见宋砚，此为第一。然后以珍吝此砚忤上官，几罹不测，竟恚而撞碎。祸将作时，夜闻砚若呻吟云。

毒　菌

余在乌鲁木齐日，城守营都司朱君馈新菌，守备徐君作者原注：与朱均偶忘其名。盖日相接见，惟以官称，转不问其名字耳因言：昔未达时，偶见卖新菌者，欲买。一老翁在旁，诃卖者曰："渠尚有数政官，汝何敢为此！"卖者逡巡去。此老翁不相识，旋亦不知其何往。次日，闻里有食菌死者。疑老翁是社公。卖者后亦不再见，疑为鬼求代也。《吕氏春秋》称味之美者骆越之菌，本无毒，其毒皆蛇虺之故，中者使人笑不止。陈仁玉《菌谱》载水调苦茗白矾解毒法，张华《博物志》、陶宏景《名医别录》并载地浆解毒法，盖以此也作者原注：以黄泥调水，澄而饮之，曰地浆。

别院异梦

亲串家厅事之侧有别院，屋三楹。一门客每宿其中，则梦见男女裸逐，粉黛杂沓，四围环绕，备诸媟状。初甚乐观，久而夜夜如是，自疑心病也。然移住他室则不梦，又疑为妖。然未睡时寂无影响，秉烛至旦，亦无见闻。其人亦自相狎戏，如不睹旁尚有人，又似非魅，终莫能明。一日，忽悟书厨贮牙镌石琢横陈像凡十馀事，秘戏册卷大小亦十馀事，必此物为祟。乃密白主人尽焚之。有知其事者曰："是物何能为祟哉！此主人征歌选妓之所也，气机所感，而淫鬼应之。此君亦青楼之狎客也，精神所注，而妖梦通之。水腐而后蠛蠓miè měng一种小蚊虫生，酒酸而后醯xī鸡酒瓮中所生的一种小虫集，理之自然也。市肆鬻杂货者，是物不少，何不一一为祟？宿是室者非一人，何不一一入梦哉？此可思其本矣。徒焚此物，无益也。某氏其衰乎！"不十年，而屋易主。

老僧之言

明公恕斋，尝为献县令，良吏也。官太平府时，有疑狱，易服自察访之。偶憩小庵，僧年八十馀矣，见公合掌肃立，呼其徒具茶。徒遥应曰："太守且至，可引客权坐别室。"僧应曰："太守已至，可速来献。"公大骇曰："尔何以知我来？"曰："公一郡之主也，一举一动，通国皆知之，宁独老僧！"又问："尔何以识我？"曰："太守不能识一郡之人，一郡之人，则孰不识太守。"问："尔知我何事出？"曰："某案之事，两造皆遣其党，布散道路间久矣，彼皆阳佯装不识公耳。"公怃然自失，因问："尔何独不阳不识？"僧投地膜拜曰："死罪死罪！欲得公此问也。公为郡不减龚黄泛指循吏，然微不慊于众心者，曰好访。此不特神奸巨蠹，能预为蛊惑计也；即乡里小民，孰无亲党，孰无恩怨乎哉？访甲之党，则甲直而乙曲；访乙之党，则甲曲而乙直。访其有仇者，则有仇者必曲；访其有恩者，则有恩者必直。至于妇人孺子，闻见不真；病媪衰翁，语言昏愦，又可据为信谳乎？公亲访犹如此，再寄耳目于他人，庸有幸乎？且夫访之为害，非仅听讼为然也。闾阎利病，访亦为害，而河渠堤堰为尤甚。小民各私其身家，水有利则遏以自肥，水有患则邻国为壑，是其胜算矣。孰肯揆地形之大局，为永远安澜之计哉？老僧方外人也，本不应预世间事，况官家事耶？第佛法慈悲，舍身济众，苟利于物，固应冒死言之耳。惟公俯察焉。”公沉思其语，竟不访而归。次日，遣役送钱米。归报曰：“公返之后，僧谓其徒曰：‘吾心事已毕。’竟泊然逝矣。”

此事杨丈汶川尝言之。姚安公曰：“凡狱情虚心研察，情伪乃明，信人信己皆非也。信人之弊，僧言是也；信己之弊，亦有不可胜言者。安得再一老僧，亦为说法乎！”

狡狯诗魂

舅氏健亭张公言：读书野云亭时，诸同学修禊xì古代在水边举行的祭礼佟氏园。偶扶乩召仙，共请姓名。乩题曰：“偶携女伴偶闲行，词客何劳问姓名？记否瑶台明月夜，有人嗔唤许飞琼。”再请下坛诗。乩又题曰：“三面纱窗对水开，佟园还是旧楼台。东风吹绿池塘草，我到人间又一回。”众窃议诗情凄惋，恐是才女香魂。然近地无此闺秀，无乃炼形拜月之仙姬乎？众情颠倒，或凝思伫立，或微谑通词。乩忽奋迅大书曰：“衰翁憔悴雪盈颠，傅粉熏香看少年。偶遣诸郎作痴梦，可怜真拜小婵娟。”复大书一“笑”字而去。此不知何代诗魂，作此狡狯；要亦轻薄之意，有以召之。

道士捕狐

胡厚庵先生言：有书生昵一狐女，初遇时，以二寸许壶卢授生，使佩于衣带，而自入其中。欲与晤，则拔其楔，便出嫣婉，去则仍入而楔之。一日，行市中，壶卢为偷儿剪去，从此遂绝，意恒怅怅。偶散步郊外，以消郁结，闻丛翳中有相呼者，其声狐女也。就往与语，匿不肯出，曰：“妾已变形，不能复与君见矣。”怪诘其故。泣诉曰：“采补炼形，狐之常理。近不知何处一道士，又搜索我辈，供其采补。捕得禁以神咒，即僵如木偶，一听其所为。或有道力稍坚，吸之不吐者，则蒸以为脯。血肉既啖，精气亦为所收。妾入壶卢盖避此难，不意仍为所物色，攘之以归。妾畏罹汤镬，已献其丹，幸留残喘。然失丹以后，遂复兽形，从此炼精又须二三百年，始能变化。天荒地老，后会无期；感念旧恩，故呼君一诀。努力自爱，毋更相思也。”生愤恚曰：“何不诉于神？”曰：“诉者多矣。神以为悖入悖出，自作之愆；杀人人杀，相酬之道，置不为理也。乃知百计巧取，适以自戕。自今以往，当专心吐纳，不复更操此术矣。”

此事在乾隆丁巳乾隆二年(1737)、戊午乾隆三年(1738)间，厚庵先生曾亲见此生。后数年，闻山东雷击一道士，或即此道士淫杀过度，又伏天诛欤？螳螂捕蝉，黄雀在后，挟弹者又在其后，此之谓矣。

墙中木人

从弟东白宅，在村西井畔，从前未为宅时，缭以周垣，环筑土屋。其中有屋数间，夜中辄有叩门声。虽无他故，而居者恒病不安。一日，门旁墙圮，出一木人，作张手叩门状，上有符箓。乃知工匠有嗛于主人，作是镇魇也。故小人不可与轻作缘，亦不可与轻作难。

道士取败

何子山先生言：雍正初，一道士善符箓。尝至西山极深处，爱其林泉，拟结庵习静。土人言是鬼魅之巢窟，伐木采薪，非结队不敢入，乃至狼虎不能居，先生宜审。弗听也。俄而鬼魅并作，或窃其屋材，或魇其工匠，或毁其器物，或污其饮食。如行荆棘中，步步挂碍；如野火四起，风叶乱飞，千手千目，应接不暇也。道士怒，结坛召雷将。神降则妖已先遁，大索空山无所得。神去，则数日复集。如是数回，神恶其渎，不复应。乃一手结印，一手持剑，独与战，竟为妖所踣，拔须败面，裸而倒悬。遇樵者得解，狼狈逃去。

道士盖恃其术耳。夫势之所在，虽圣人不能逆；党之已成，虽帝王不能破。久则难变，众则不胜诛也。故唐去牛、李之倾轧指唐末以牛僧孺为首的牛党和李德裕为首的李党的牛李党争，难于河北之藩镇。道士昧众寡之形，客主之局，不量力而婴触犯其锋，取败也宜矣。

小人之计

小人之计万变，每乘机而肆其巧。小时，闻村民夜中闻履声，以为盗，秉炬搜捕，了无形迹。知为魅也，不复问。既而胠箧者知其事，乘夜而往。家人仍以为魅，偃息弗省，遂饱所欲去。此犹因而用之也。邑有令，颇讲学，恶僧如仇。一日，僧以被盗告。庭斥之曰："尔佛无灵，何以庙食？尔佛有灵，岂不能示报于盗，而转渎官长耶？"挥之使去，语人曰："使天下守令用此法，僧不沙汰而自散也。"僧固黠甚，乃阳与其徒修忏祝佛，而阴赂丐者，使捧衣物跪门外，状若痴者。皆曰佛有灵，檀施转盛。此更反而用之，使厄我者助我也。人情如是，而区区执一理与之角，乌有幸哉！

小人张某

张某、瞿某，幼年同学，长相善也。瞿与人讼，张受金，刺得其阴谋，泄于其敌。瞿大受窘辱，衔之次骨；然事密无左证，外则未相绝也。俄张死，瞿百计娶得其妇。虽事事成礼，而家庭共语，则仍呼曰张几嫂。妇故朴愿，以为相怜相戏，亦不较也。一日，与妇对食，忽跃起自呼其名曰："瞿某，尔何太甚耶？我诚负心，我妇归汝，足偿矣。尔必仍呼嫂何耶？妇再嫁常事，娶再嫁妇亦常事。我既死，不能禁妇嫁，即不能禁汝娶也。我已失朋友义，亦不能责汝娶朋友妇也。今尔不以为妇，仍系我姓呼为嫂，是尔非娶我妇，乃淫我妇也。淫我妇者，我得而诛之矣。"竟颠狂数日死。夫以直报怨，圣人不禁。张固小人之常态，非不共之仇也。计娶其妇，报之已甚矣；而又视若倚门妇，玷其家声，是已甚之中又已甚焉。何怪其愤激为厉哉！

恶少忏悔

一恶少感寒疾，昏愦中魂已出舍，伥伥无所适。见有人来往，随之同行。不觉至冥司，遇一吏，其故人也。为检籍良久，蹙额曰："君多忤父母，于法当付镬汤狱。今寿尚未终，可且反，寿终再来受报可也。"恶少惶怖，叩首求解脱。吏摇首曰："此罪至重，微我难解脱，即释迦牟尼亦无能为力也。"恶少泣涕求不已。吏沉思曰："有一故事，君知乎？一禅师登座，问：'虎颔下铃，何人能解？'众未及对，一沙弥曰：'何不令系铃人解。'得罪父母，还向父母忏悔，或希冀可免乎！"少年虑罪业深重，非一时所可忏悔。吏笑曰："又有一故事，君之闻杀猪王屠，放下屠刀，立地成佛乎？"遣一鬼送之归，霍然遂愈。自是洗心涤虑，转为父母所爱怜。后年七十馀乃终。虽不知其果免地狱否，然观其得寿如是，似已许忏悔矣。

佛儒二家之争

许文木言：老僧澄止，有道行。临殁，谓其徒曰："我持律精进，自谓是四禅天人佛教修行的高级境界。世尊嗔我平生议论，好尊佛而斥儒，我相未化，不免仍入轮回矣。"其徒曰："崇奉世尊，世尊反嗔乎？"曰："此世尊所以为世尊也。若党同而伐异，扬己而抑人，何以为世尊乎？我今乃悟，尔见犹左耳。"

因忆杨槐亭言：乙丑乾隆十年(1745)上公车时，偕同年数人行。适一僧同宿逆旅，偶与闲谈。一同年目止之曰："君奈何与异端语？"僧不平曰："释家诚与儒家异，然彼此均各有品地。果为孔子，可以辟佛，颜、曾以下弗能也；果为颜、曾，可以辟菩萨，郑、贾以下弗能也；果为郑、贾，可以辟阿罗汉，程、朱以下弗能也；果为程、朱，可以辟诸方祖师，其依草附木，自托讲学者弗能也。何也？其分量不相及也。先生而辟佛，毋乃高自位置乎？"同年怒且笑曰："惟各有品地，故我辈儒可辟汝辈僧也。"几于相哄而散。

余谓各以本教而论，譬如居家，三王以来，儒道之持世久矣，虽再有圣人弗能易，犹主人也。佛自西域而来，其空虚清净之义，可使驰骛者息营求，忧愁者得排遣；其因果报应之说，亦足警戒下愚，使回心向善，于世不为无补。故其说得行于中国，犹挟技之食客也。食客不修其本技，而欲变更主人之家政，使主人退而受教，此佛者之过也。各以末流而论，譬如种田，儒犹耕耘者也。佛家失其初旨，不以善恶为罪福，而以施舍不施舍为罪福。于是惑众蠹财，往往而有，犹侵越疆畔，攘窃禾稼者也。儒者舍其耒耜，荒其阡陌，而皇皇持梃荷戈，日寻侵越攘窃者与之格斗；即格斗全胜，不知己之稼穑如何也。是又非儒者之颠耶？夫佛自汉明帝后，蔓延已二千年，虽尧、舜、周、孔复生，亦不能驱之去。儒者父子、君臣、兵刑、礼乐，舍之则无以治在下，虽释迦出世，亦不能行彼法于中土。本可以无争，徒以缁徒不胜其利心，妄冀儒绌佛伸，归佛者檀施当益富。讲学者不胜其各心，著作中苟无辟佛数条，则不足见卫道之功。故两家语录，如水中泡影，旋生旋灭，旋灭旋生，互相诟厉而不止。然两家相争，千百年后，并存如故；两家不争，千百年后，亦并存如故也。各修其本业可矣。

汉冢之鬼

陈瑞庵言：献县城外诸邱阜，相传皆汉冢也。有耕者误犁一冢，归而寒热谵语，责以触犯。时瑞庵偶至，问："汝何人？"曰："汉朝人。"又问："汉朝何处人？"曰："我即汉朝献县人，故冢在此，何必问也？"又问："此地汉即名献县耶？"曰："然。"问："此地汉为河间国，县曰乐成。金始改献州，明乃改献县，汉朝安得有此名？"鬼不语。再问之，则耕者苏矣。盖传为汉冢，鬼亦习闻，故依托以求食，而不虞适以是败也。

勇悍耿某

毛其人言：有耿某者，勇而悍。山行遇虎，奋一梃与斗，虎竟避去，自以为中黄古代勇士、佽cì飞春秋时楚国勇士之流也。偶闻某寺后多鬼，时嬲醉人，愤往驱逐。有好事者数人随之往。至则日薄暮，乃纵饮至夜，坐后垣上待其来。二鼓后，隐隐闻啸声，乃大呼曰："耿某在此！"倏人影无数，涌而至，皆吃吃笑曰："是尔耶，易与耳。"耿怒跃下，则鸟兽散去，遥呼其名而詈之，东逐则在西，西逐则在东，此没彼出，倏忽千变。耿旋转如风轮，终不见一鬼，疲极欲返，则嘲笑以激之，渐引渐远。突一奇鬼当路立，锯牙电目，张爪欲搏。急奋拳一击，忽嗷然自仆，指已折，掌已裂矣，乃误击墓碑上也。群鬼合声曰："勇哉！"瞥然俱杳。诸壁上观者闻耿呼痛，共持炬舁归。卧数日，乃能起，右手遂废。从此猛气都尽，竟唾面自干焉。夫能与虓虎敌，而不能不为鬼所困，虎斗力，鬼斗智也。以有限之力，欲胜无穷之变幻，非天下之痴人乎？然一惩即戒，毅然自返，虽谓之大智慧人，亦可也。

二　砚

张桂岩自扬州还，携一琴砚见赠。斑驳剥落，古色黝然。右侧近下，镌"西涯"二篆字，盖怀麓堂故物也。中镌行书一诗曰："如以文章论，公原胜谢刘。玉堂挥翰手，对此忆风流。"款曰"稚绳"，高阳孙相国字也。左侧镌小楷一诗曰："草绿湘江叫子规，茶陵青史有微词。流传此砚人犹惜，应为高阳五字诗。"款曰"不凋"，乃太仓崔华之字。华，渔洋山之门人。渔洋论诗绝句曰:“溪水碧于前渡日,桃花红似去年时。江南肠断何人会,只有崔郎七字诗。”即其人也。二诗本集皆不载,岂以诋诃前辈,微涉讦直,编集时自删之欤?后以赠庆大司马丹年,刘石庵参知颇疑其伪。然古人多有集外诗,终弗能明也。又杨丈汶川作者原注:讳可镜,杨忠烈公曾孙也。以拔贡官户部郎中,与先姚安公同事赠姚安公一小砚,背有铭曰:“自渡辽,携汝伴。草军书,恒夜半。余之心,惟汝见。”款题“芝冈铭”。盖熊公廷弼军中砚,云得之于其亲串家。又家藏一小砚,左侧有“白谷手琢”四字,当是孙公传庭所亲制。二砚大小相近,姚安公以皆前代名臣,合为一匣。后在长儿汝佶处。汝佶夭逝,二砚为婢媪所窃卖。今不可物色矣。

炕下桃杙

余十七岁时,自京师归应童子试,宿文案孙氏作者原注:土语呼若巡诗,音之转也,室庐皆新建,而土炕下钉一桃杙 yì 小木桩。上下颇碍,呼主人去之。主人颇笃实,摇手曰:“是不可去,去则怪作矣。”诘问其故,曰:“吾买隙地构此店,宿者恒夜见炕前一女子立,不言不动,亦无他害。有胆者以手引之,乃虚无所触。道士咒桃杙,钉之,乃不复见。”余曰:“其下必古冢,人在上,鬼不安耳。何不掘出其骨,具棺迁葬?”主人曰:“然。”然不知其果迁否也。又辛巳乾隆二十六年(1761)春,余乞假养疴北仓,姻家赵氏请余题主,先姚安公命之往。归宿杨村,夜已深,余先就枕,仆隶秣马尚未睡。忽见彩衣女子揭帘入,甫露面,即退出。疑为趁座妓女,呼仆隶遣去,皆云外户已闭,无一人也。主人曰:“四日前,有宦家子妇宿此卒,昨移柩去。岂其回煞耶?”归告姚安公。公曰:“我童子时,读书陈氏舅家。值仆妇夜回煞,月明如昼,我独坐其室外,欲视回煞作何状,迄无见也。何尔乃有见耶?然则尔不如我多矣。”至今深愧此训也。

嗜而无悔者

河豚惟天津至多,土人食之如园蔬;然亦恒有死者,不必家家皆善烹治也。姨丈惕园牛公言:有一人嗜河豚,卒中毒死。死后见梦于妻子曰:“祀我何不以河豚耶?”此真死而无悔也。又姚安公言:里有人粗温饱,后以博破家。临殁语其子曰:“必以博具置棺中。如无鬼,与白骨同为土耳,于事何害？如有鬼，荒榛蔓草之间，非此何以消遣耶！”比大殓，佥曰：“死葬之以礼，乱命不可从也。”其子曰：“独不云事死如事生乎？生不能几谏，殁乃违之乎？我不讲学，诸公勿干预人家事。”卒从其命。姚安公曰：“非礼也，然亦孝子无已之心也。吾恶夫事事遵古礼而思亲之心则漠然者也。”

千面之狐

一奴子业针工，其父母鬻身时未鬻此子，故独别居于外。其妇年二十馀，为狐所媚，岁馀病瘵死。初不肯自言，病甚，乃言狐初来时为女形，自言新来邻舍也。留与语，渐涉谑，既而渐相逼，遽前拥抱，遂昏昏如魇。自是每夜辄来，来必换一形，忽男忽女，忽老忽少，忽丑忽好，忽僧忽道，忽鬼忽神，忽今衣冠忽古衣冠，岁馀无一重复者。至则四肢缓纵，口噤不能言，惟心目中了了而已。狐亦不交一言，不知为一狐所化，抑众狐更番而来也。其尤怪者，妇小姑偶入其室，突遇狐出，一跃即逝。小姑所见，是方巾道袍人，白须鬖鬖；妇所见则黯黑垢腻，一卖煤人耳。同时异状，更不可思议矣。

鬼魅畏正人

及孺爱先生作者原注：先生于余为疏从表侄，然幼时为余开蒙，故始终待以师礼言：交河有人田在丛冢旁，去家远，乃筑室就之。夜恒闻鬼语，习见不怪也。一夕，闻冢间呼曰：“尔狼狈何至是？”一人应曰：“适路遇一女，携一童子行。见其面有衰气，死期已近，未之避也。不虞女忽一嚏，其气中人，如巨杵舂撞作者原注：平声，伤而仆地。苏息良久，乃得归。今胸鬲尚作楚也。”此人默记其语。次日，耘者聚集，具述其异，因问：“昨日谁家女子傍晚行，致中途遇鬼？”中一宋姓者曰：“我女昨晚同我子自外家归，无遇鬼事也。”众以为妄语。数日后，宋女为强暴所执，捍刃抗节死。乃知贞烈之气，虽届衰绝，尚刚劲如是也。鬼魅畏正人，殆以此夫。

夙生债负

张完质舍人言：有与狐为友者，将商于外，以家事托狐。凡火烛盗贼，皆为警卫；僮婢或作奸，皆摘发无遗。家政井井，逾于商未出时。惟其妇与邻

地仙报恩

王史亭编修言：有崔生者，以罪戍广东。恐携孥有意外，乃留其妻妾，只身行。到戍后，穷愁抑郁，殊不自聊；且回思"少妇登楼"，弥增忉怛 dāo dá 悲伤。

偶遇一叟，自云姓董，字无念。言颇契，愍其流落，延为子师，亦甚相得。一夕宾主夜酌，楼高月满，忽动离怀，把酒倚栏，都忘酬酢。叟笑曰："君其有'云鬟玉臂'出自杜甫《月夜》怀念妻子之句："香雾云鬟湿，清辉玉臂寒。"之感乎？托在契末，已早为经纪，但至否未可知，故先不奉告，旬月后当有耗耳。"

又半载，叟忽戒僮婢扫治别室，意甚匆遽。顷之，则三小肩舆至，妻妾及一婢揭帘出矣。惊喜怪问。皆曰："得君信相迓，嘱随某官眷属至。急不能久待，故草草来；家事托几房几兄代治，约岁得租米，岁岁鬻金寄至矣。"问："婢何来？"曰："即某官之媵，嫡不能容，以贱价就舟中鬻得也。"生感激拜叟，至于涕零。从此完聚成家，无复故园之梦。越数月，叟谓生曰："此婢中途邂逅，患难相从，当亦是有缘。似当共侍巾栉，无独使向隅也。"

又数载，遇赦得归。生喜跃不能寐，而妻妾及婢俱惨惨有离别之色。生慰之曰："尔辈恋主人恩耶？倘不死，会有日相报耳。"皆不答，惟趣为生治装。濒行，翁治酒作饯，并呼三女出曰："今日事须明言矣。"因拱手对生曰："老夫地仙也。过去生中，与君同官。殁后，君百计营求，归吾妻子，恒耿耿不忘召。今君别鹤离鸾，自合为君料理；但山川绵邈，二孱弱女子，何以能来？因摄召花妖俾，俾先至君家中半年，窥尊室容貌语言，摹拟俱似；并刺知家中旧事，使君有证不疑。渠本三姊妹，故多增一婢耳。渠皆幻相，君勿复思，到家相对旧人，仍与此间无异矣。"生请与三女俱归。叟曰："鬼神各有地界，可暂出不可久越也。"三女握手作别，洒泪沾衣，俯仰间已俱不见。登舟时，遥见立岸上，招之不至矣。归后，妻子具言家日落，赖君岁岁寄金来，得活至今。盖亦此叟所为也。

使世间离别人皆逢此叟，则无复牛女银河之恨矣。史亭曰："信然。然粤东有地仙，他处亦必有地仙；董叟有此术，他仙亦必有此术。所以无人再逢者，当由过去生中原未受恩，胡不肯竭尽心力缩地补天耳。"

止于野心矣。兽不足道，此人何取而自贻患耶！

猴怪伏法

田村一农妇，甚贞静。一日馌饷，有书生遇于野，从乞瓶中水，妇不应。出金一锭投其袖，妇掷且詈，书生皇恐遁。晚告其夫，物色之，无是人，疑其魅也。数日后，其夫外出，阻雨不得归。魅乃幻其夫形，作冒雨归者，入与寝处，草草熄灯，遽相媟戏。忽电光射窗，照见乃向书生。妇恚甚，爪败其面。魅甫跃出窗，闻呦然一声，莫知所往。次早夫归，则门外一猴脑裂死，如刃所中也。盖妖之媚人，皆因其怀春而媾合。若本无是心，而乘其不意，变幻以败其节，则罪当以与强污等。揆诸神理，自必不容，而较前记竹汀所说事，其报更速。或社公权微，不能即断；此遇天神立殛之？抑彼尚未成，此则已玷，可以不请而诛欤？

山涧野鬼

同年邹道峰言：有韩生者，丁卯乾隆十二年(1747)夏读书山中。窗外为悬崖，崖下为涧。涧绝陡，两岸虽近，然可望而不可至也。月明之夕，每见对岸有人影，虽知为鬼，度其不能越，亦不甚怖。久而见惯，试呼与语。亦响应，自言是坠涧鬼，在此待替。戏以馀酒，凭窗洒涧内，鬼下就饮，亦极感谢。自此遂为谈友，诵肄之暇，颇消岑寂。

一日试问："人言鬼前知。吾今岁应举，汝知我得失否。"鬼曰："神不检籍，亦不能前知，何况于鬼？鬼但能以阳气之盛衰，知人年运；以神光之明晦，知人邪正耳。若夫禄命，则冥官执役之鬼，或旁窥窃听而知之；城市之鬼，或辗转相传而闻之；山野之鬼弗能也。城市之中，亦必捷巧之鬼乃闻之，钝鬼亦弗能也。譬君静坐此山，即官府之事不得知，况朝廷之机密乎！"一夕闻隔涧呼曰："与君送喜。顷城隍巡山，与社公相语，似言今科解元是君也。"生亦窃自贺。及榜发，解元乃韩作霖，鬼但闻其姓同耳。生太息曰："乡中人传官里事，果若斯乎！"

地仙报恩

王史亭编修言：有崔生者，以罪戍广东。恐携孥有意外，乃留其妻妾，只身行。到戍后，穷愁抑郁，殊不自聊；且回思“少妇登楼”，弥增忉怛 dāo dá 悲伤。

偶遇一叟，自云姓董，字无念。言颇契，愍其流落，延为子师，亦甚相得。一夕宾主夜酌，楼高月满，忽动离怀，把酒倚栏，都忘酬酢。叟笑曰：“君其有‘云鬟玉臂’出自杜甫《月夜》怀念妻子之句：“香雾云鬟湿，清辉玉臂寒。”之感乎？托在契末，已早为经纪，但至否未可知，故先不奉告，旬月后当有耗耳。”

又半载，叟忽戒僮婢扫治别室，意甚匆遽。顷之，则三小肩舆至，妻妾及一婢揭帘出矣。惊喜怪问。皆曰：“得君信相迓，嘱随某官眷属至。急不能久待，故草草来；家事托几房几兄代治，约岁得租米，岁岁鬻金寄至矣。”问：“婢何来？”曰：“即某官之媵，嫡不能容，以贱价就舟中鬻得也。”生感激拜叟，至于涕零。从此完聚成家，无复故园之梦。越数月，叟谓生曰：“此婢中途邂逅，患难相从，当亦是有缘。似当共侍巾栉，无独使向隅也。”

又数载，遇赦得归。生喜跃不能寐，而妻妾及婢俱惨惨有离别之色。生慰之曰：“尔辈恋主人恩耶？倘不死，会有日相报耳。”皆不答，惟趣为生治装。濒行，翁治酒作饯，并呼三女出曰：“今日事须明言矣。”因拱手对生曰：“老夫地仙也。过去生中，与君同官。殁后，君百计营求，归吾妻子，恒耿耿不忘召。今君别鹤离鸾，自合为君料理；但山川绵邈，二孱弱女子，何以能来？因摄召花妖俾，俾先至君家中半年，窥尊室容貌语言，摹拟俱似；并刺知家中旧事，使君有证不疑。渠本三姊妹，故多增一婢耳。渠皆幻相，君勿复思，到家相对旧人，仍与此间无异矣。”生请与三女俱归。叟曰：“鬼神各有地界，可暂出不可久越也。”三女握手作别，洒泪沾衣，俯仰间已俱不见。登舟时，遥见立岸上，招之不至矣。归后，妻子具言家日落，赖君岁岁寄金来，得活至今。盖亦此叟所为也。

使世间离别人皆逢此叟，则无复牛女银河之恨矣。史亭曰：“信然。然粤东有地仙，他处亦必有地仙；董叟有此术，他仙亦必有此术。所以无人再逢者，当由过去生中原未受恩，胡不肯竭尽心力缩地补天耳。”

得失倚伏

有客在泊镇宿妓，与以金。妓反复审谛，就灯铄之，微笑曰："莫纸铤否？"怪问其故。云数日前粮艘演剧赛神，往看至夜深归。遇少年与以金，就河干草屋野合。至家，探怀觉太轻，取出乃一纸铤。盖遇鬼也。因言相近一妓家，有客赠衣饰甚厚。去后，皆己箧中物，钥故未启，疑为狐所给矣。客戏曰："天道好还。"

又瞽者刘君瑞言：青县有人与狐友，时共饮甚昵。忽久不见，偶过丛莽，闻有呻吟声，视之，此狐也。问："何狼狈乃尔？"狐愧沮良久，曰："顷见小妓颇壮盛，因化形往宿，冀采其精。不虞妓已有恶疮，采得之后，毒渗命门，与平生所采混合为一，如油入面，不可复分。遂溃裂蔓延，达于面部。耻见故人，故久疏来往耳。"此又狐之败于妓者。机械相乘，得失倚伏，胶胶扰扰，将伊于胡底乎将到什么地步为止呢？

承尘有叹声

李千之侍御言：某公子美丰姿，有卫玠璧人指似白璧一样漂亮之人之目。雍正末，值秋试，于丰宜门内租僧舍过夏。以一室设榻，一室读书。每晨兴，书室几榻笔墨之类，皆拂拭无纤尘。乃至瓶插花、砚池注水，亦皆整顿如法，非粗材所办。忽悟北地多狐女，或借通情愫，亦未可知，于意亦良得。既而盘中稍稍置果饵，皆精品。虽不敢食，然益以美人之贻，拭目以待佳遇。一夕月明，潜至北牖外穴纸窃窥，冀睹艳质。夜半，闻器具有声，果一人在室料理。谛视，则修髯伟丈夫也。怖而却走。次日，即移寓。移时，承尘上似有叹声。

黠巧终败

康师，杜林镇僧也。北俗呼僧多以姓，故名号不传焉。工疡医。余小时曾及见之。言其乡人家一婢，怀春死，魂不散，时出祟人。然不现形，不作声，亦不附人语，不使人病。惟时与少年梦中接，稍尪瘦，则别媚他少年，亦不至杀人。故为祟而不以为祟。即尝为所祟者，亦梦境恍惚，莫能确执。如是数十年，不为人所畏，亦不为人所劾治。真黠鬼哉！可谓善藏其用，善遁于虚，善留其不尽，善得老氏之旨矣。然终有人知之，有人传之，则黠巧终无不败也。

人狐并为烬

相传康熙中，瓜子店作者原注：在正阳门之南而偏东火，有少年病瘵不能出，并屋焚焉。火熄，掘之，尸已焦，而有一狐与俱死，知其病为狐媚也。然不知狐何以亦死。或曰："狐情重，救之不出，守之不去也。"或曰："狐媚人至死，神所殛也。"是皆不然。狐鬼皆能变幻，而鬼能穿屋透壁出作者原注：罗两峰云尔。鬼有形无质，纯乎气也，气无所不达，故莫能碍。狐能大能小，与龙等，然有形有质，质能缩而小，不能化而无。故有隙即遁，而无隙则碍不能出。虽至灵之狐，往来亦必由户牖。此少年未死间，狐尚来媚，猝遇火发，户牖俱焰，故并为烬焉耳。

婢女离魂

门人徐通判敬儒言：其乡有富室，昵一婢，宠眷甚至。婢亦倾意向其主，誓不更适。嫡心妒之而无如何。会富室以事他出，嫡密召女侩古代买卖妇女的中介人鬻诸人。待富室归，则以窃逃报。家人知主归事必有变也，伪向女侩买出，而匿诸尼庵。婢自到女侩家，即直视不语，提之立则立，扶之行则行，捺之卧则卧，否则如木偶，终日不动。与之食则食，与之饮则饮，不与亦不索也。到尼庵亦然。医以为愤恚痰迷，然药之不效，至尼庵仍不苏。如是不死不生者月馀。富室归，果与嫡操刃斗，屠一羊沥血告神，誓不与俱生。家人度不可隐，乃以实告。急往尼庵迎归，痴如故。富室附耳呼其名，乃霍然如梦觉。自言初到女侩家，念此特主母意，主人当必不见弃，因自奔归；虑为主母见，恒藏匿隐处，以待主人之来。今闻主人呼，喜而出也。因言家中某日见某人，某人某日作某事，历历不爽。乃知其形去而魂归也。因是推之，知所谓离魂倩女，其事当不过如斯，特小说家点缀成文，以作佳话。至云魂归后衣皆重着，尤为诞谩。着衣者乃其本形，顷刻之间，襟带不解，岂能层层搀入？何不云衣如委蜕，尚稍近事理乎？

当路髑髅

客作田不满作者原注：初以其取不自满假之义，称其命名有古意。既乃知以饕餮得此名，取田、填同音也，夜行失道，误经墟墓间，足踏一髑髅。髑髅作声曰："毋败我面！且祸尔。"不满戆且悍，叱曰："谁遣尔当路！"髑髅曰："人移我于此，非我当路也。"不满又叱曰："尔何不祸移尔者。"髑髅曰："彼运方盛，无如何也。"不满笑且怒曰："岂我衰耶？畏盛而凌衰，是何理耶？"髑髅作泣声曰："君气亦盛，故我不敢祟，徒以虚词恫喝也。畏盛凌衰，人情皆尔，君乃责鬼乎！哀而拨入土窟中，公之惠也。"不满冲之竟过，惟闻背后呜呜声，卒无他异。

余谓不满无仁心。然遇莽卤之人而以大言激其怒，鬼亦有过焉。

倚树小童

蒋苕生编修言：一士人北上，泊舟北仓、杨柳青之间作者原注：北仓去天津二十里，杨柳青距天津四十里。时已黄昏，四顾淼漫。去人家稍远，独一小童倚树立，姣丽特甚；然衣裳华洁，而神意不似大家儿。士故轻薄，自上岸与语。口操南音，自云流落在此，已有人相约携归，待尚未至。渐相款洽，因挑以微词，解扇上汉玉佩为赠。赪颜谢曰："君是解人，亦不能自讳。然故人情重，实不忍别抱琵琶。"置佩而去。士人意未已，欲觇其居停，蹑迹从之。数十步外，倏已灭迹，惟丛莽中一小坟，方悟为鬼也。女子事夫，大义也，从一则为贞，野合乃为荡耳。男子而抱衾裯，已失身矣，犹言从一，非不揣本而齐末乎？然较反面负心，则终为差胜也。

正气慑鬼

先师陈白崖先生言：业师某先生作者原注：忘其姓字，似是姓周，笃信洛闽，而不骛讲学名，故穷老以终，声华阒寂。然内行醇至，粹然古君子也。尝税居空屋数楹，一夜，闻窗外语曰："有事奉白，虑君恐怖，奈何？"先生曰："第入无碍。"入则一人戴首于项，两手扶之；首无巾而身襕衫，血渍其半。先生拱之坐，亦谦逊如礼。先生问："何语？"曰："仆不幸，明末戕于盗，魂滞此屋内。向有居者，虽不欲为祟，然阴气阳光，互相激薄，人多惊悸，仆亦不安。今有一策：邻家一宅，可容君眷属。仆至彼多作变怪，彼必避去；有来居者，扰之如前，必弃为废宅。君以贱价售之，迁居于彼。仆仍安居于此。不两得乎？"先生曰："吾平生不作机械事，况役鬼以病人乎？义不忍为。吾读书此室，图少静耳。君既在此，即改以贮杂物，日扃锁之可乎？"鬼愧谢曰："徒见君案上有性理，故敢以此策进。不知君竟真道学，仆失言矣。既荷见容，即托宇下可也。"后居之四年，寂无他异。盖正气足以慑之矣。

偶人能幻化

凡物太肖人形者，岁久多能幻化。族兄中涵言：官旌德时，一同官好戏剧，命匠造一女子，长短如人，周身形体以及隐微之处，亦一一如人；手足与目与舌，皆施关捩能活动的机械装置，能屈伸运动；衣裙簪珥，可以接时更易。所费百金，殆夺偃师古代传奇故事中的机械师之巧。或植立书室案侧，或坐于床凳，以资笑噱。一夜，僮仆闻书室格格声。时已锸闭，穴纸窥视，月光在牖，乃此偶人来往自行。急告主人自觇之，信然。焚之，嘤嘤作痛声。又先祖母言：舅祖蝶庄张公家，有空屋数间，贮杂物。媪婢或夜见院中有女子，容色姣好，而颔下修髯如戟，两颊亦磔如蝟毛，携四五小儿游戏。小儿或跛或盲，或头面破损，或无耳鼻。人至则倏隐，莫知何妖。然不为人害，亦不外出。或曰目眩，或曰妄语，均不甚留意。后检点此屋，见破裂虎邱泥孩一床，状如所见，其女子之须，则儿童嬉戏以墨笔所画云。

灵验乩仙

景州方夔典言：少尝患心气不宁，稍作劳则似簌簌动。服枣仁、远志之属，时作时止，不甚验也。偶遇友人家扶乩，云是纯阳真人。因拜乞方。乩判曰："此证现于心，而其原出于脾，脾虚则子食母气故也。可炒白术常服之。"试之果验。夔典又言：尝向乩仙问科第。乩判曰："场屋文字，只笔酣墨饱，书味盎然，即中式矣。何必预问乎！"后至乾隆丙辰乾隆元年(1736)登进士。本房同考官出阅卷簿视之，所注批词即此八字也。然则科名前定，并批词亦前定乎？

物各有主

高梅村言：有二村民同行，一人偶便旋，蹴起片瓦，下有一罂。瓦上刻一字，则同行者姓也。惧为所见，托故自返，而潜伏荟翳指草丛中；望其去远，乃往私取。则满罂皆清水矣。不胜其恚，举而尽饮之。时日已暮，无可栖止，忆同行者家尚近，径往借宿。夜中忽患霍乱，呕泄并作，秽其床席几遍；愧不自容，竟宵遁。质明，其家视之，则皆精银，如镕汁泻地成片。然余谓此语特供谐笑，未必真有。而梅村坚执谓不诬。然则物各有主，非人力可强求，凿然信矣。

狐　叟

梅村又言：有姜挺者，以贩布为业，恒携一花犬自随。一日独行，途遇一叟呼之住。问："不相识，何见招？"叟遽叩首有声，曰："我狐也。夙生负君命，三日后君当嗾花犬断我喉。冥数已定，不敢逃死。然窃念事隔百馀年，君转生人道，我堕为狐，必追杀一狐，与君何益？且君已不记被杀事，偶杀一狐，亦无所快于心。愿纳女自赎，可乎？"姜曰："我不敢引狐入室，亦不欲乘危劫人女。贳shì 宽纵，赦免则贳汝，然何以防犬终不噬也？"曰："君但手批一帖曰：'某人夙负，自愿销除。'我持以告神，则犬自不噬。冤家债主，解释须在本人，神不违也。"适携记簿纸笔，即批帖予之。叟喜跃去。后七八载，姜贩布渡大江，突遇暴风，帆不能落，舟将覆。见一人直上樯竿杪，掣断其索，骑帆俱落。望之似是此叟，转瞬已失所在矣。皆曰："此狐能报恩。"余曰："此狐无术自救，能数千里外救人乎？此神以好生延其寿，遣此狐耳。"

狐而人心

周泰宇言：有刘哲者，先与一狐女狎，因以为继妻。操作如常人，孝舅姑，睦娣姒，抚前妻子女如己出，尤人所难能。老而死，其尸亦不变狐形。或曰："是本奔女，讳其事，托言狐也。"或曰："实狐也，炼成人道，未得仙，故有老有死；已解形，故死而尸如人。"

余曰："皆非也，其心足以持之也。凡人之形，可以随心化。郗皇后之为蟒，封使君之为虎，其心先蟒先虎，故其形亦蟒亦虎也。旧说狐本淫妇阿紫所化，其人而狐心也，则人可为狐。其狐而人心也，则狐亦可为人。缁衣黄冠，或坐蜕不仆；忠臣烈女，或骸存不腐，皆神足以持其形耳。此狐死不变形，其类是夫!”泰宇曰：“信然。相传刘初纳狐，不能无疑惮。狐曰：‘妇欲宜家耳，苟宜家，狐何异于人？且人徒知畏狐，而不知往往与狐侣。彼妇之容止无度，生疾损寿，何异狐之采补乎？彼妇之逾墙钻穴，密会幽欢，何异狐之冶荡乎？彼妇之长舌离间，生衅家庭，何异狐之媚惑乎？彼妇之隐盗资产，私给亲爱，何异狐之攘窃乎？彼妇之嚣凌诟谇，六亲不宁，何异狐之祟扰乎？君何不畏彼而反畏我哉？’是狐之立志，欲在人上矣，宜其以人始以人终也。若所说种种类狐者，六道轮回，惟心所造，正恐眼光落地，不免堕入彼中耳。”

家庭之难

古者世禄世官，故宗子必立后，支子不祭，则礼无必立后之文。孟皮不闻有后，亦不闻孔子为立后，非嫡故也。支子之立后，其为茕嫠守志，不忍节妇之无祀乎？譬诸士本无诔，而县贲父则始诔，死职故也。童子本应殇，而汪踦则不殇，卫社稷故也。礼以义起，遂不可废。凡支子之无后者，亦遂沿为例不可废，而家庭之难，即往往由是作焉。

董曲江言：东昌有兄弟三人，仲先死无后，兄欲以其子继，弟亦欲以其子继。兄曰：“弟当让兄。”弟曰：“兄子幼而其子长，弟又当让兄。”讼经年，卒为兄夺。弟恚甚，郁结成疾。疾甚时，语其子曰：“吾必求直于地下。”既而昏眩，经半日复苏，曰：“岂特阳官悖哉，阴官之悖乃更甚。顷魂游冥司，陈诉此事，一阴官诘我曰：‘汝为汝兄无后耶？汝兄已有后矣，汝特为赀产争耳。见兽于野，两人并逐，捷足者先得。汝何讼焉？竟不理也。’夫争继原为赀产，乃瞋目与我讲宗祀，何不解事至此耶？多置纸笔我棺中，我且诉诸上帝也。”此真至死不悟者欤？曲江曰：“吾犹取其不自讳也。”

倚石女子

乙卯乾隆六十年(1795)典试山西时，陶序东以乐平令充同考官。卷未入时，共闲话仙鬼事。序东言有友尝游南岳，至林壑深处，见女子倚石坐花下。稔闻智琼、兰香事，遽往就之。女子以纨扇障面曰：“与君无缘，不宜相近。”

曰："缘自因生，不可从此种因乎？"女子曰："因须夙造，缘须两合，非一人欲种即种也。"翳然灭迹，疑为仙也。余谓情欲之因缘，此女所说是也。至恩怨之因缘，则一人欲种即种，又当别论矣。

真　仙

大同宋中书瑞言：昔在家中戏扶乩，乩动，请问仙号。即书曰："我本住深山，来往白云里。天风忽飒然，云动如流水。我偶随之游，飘飘因至此。荒村茅舍静，小坐亦可喜。莫问我姓名，我忘已久矣。且问此门前，去山凡几里？"书讫，乩遂不动。或者此乃真仙欤。

山灵遥祝

和和呼通诺尔之战，兵士有没蕃者。乙亥乾隆二十年(1755)平定伊犁，望大兵旗帜，投出宥死，安置乌鲁木齐，群呼之曰"小李陵"。此人不知李陵为谁，亦漫应之。久而竟迷其本名。己丑乾隆三十四年(1769)、庚寅乾隆三十五年(1770)间，余在乌鲁木齐，犹见其人，已老矣。言在准噶尔转鬻数主，皆司牧羊。大兵将至前一岁八月中旬，夜栖山谷，望见沙碛有火光。西域诸部，每互相钞掠，疑为劫盗。登冈眺望，乃见一巨人，长丈许，衣冠华整，侍从秉炬前导，约七八十人。俄列队分立，巨人端拱向东拜，意甚虔肃，知为山灵。时准噶尔乱，已微闻阿睦尔撒纳款塞请兵事，窃意或此地当内属，故鬼神预东向耶？既而果然。时尚不知八月中旬为圣节，归正后乃悟天声震叠，为遥祝万寿云。

精于占术之人

甘肃李参将名璇，精康节观梅之术，占事多验。平定西域时，从大学士温公在军营。有兵士遗火，焚辕前枯草，阔丈许。公使占何祥，曰："此无他，公数日内当有密奏耳。火得枯草行最速，急递之象也；烟气上升，上达之象也。知为密奏，凡密奏，当焚草也。"公曰："我无当密奏事。"曰："遗火亦无心，非预定也。"既而果然。其占人终身，则使随手拈一物，或同拈一物，而所断又不同。至京师时，一翰林拈烟筒。曰："贮火而烟呼吸通于内，公非冷局官也;然位不甚通显,尚待人吹嘘故也。”问:“历官当几年?”曰:“公毋怪直言。火本无多,一熄则为灰烬,热不久也。”问:“寿几何?”摇首曰:“铜器原可经久,然未见百年烟筒也。”其人愠去。后岁馀,竟如所言。又一郎官同在座,亦拈此烟筒,观其复何所云。曰:“烟筒火已熄,公必冷官也。已置于床,是曾经停顿也;然再拈于手,是又遇提携复起矣。将来尚有热时,但热又占与前同耳。”后亦如所言。

无名挂轴

吴惠叔携一小幅挂轴,纸色似百年外物,云得之长椿寺市上。笔墨草略,半以淡墨扫烟霭,半作水纹,中惟一小舟,一女子坐篷下,一女子摇橹而已。右角浓墨写一诗曰:“沙鸥同住水云乡,不记荷花几度香。颇怪麻姑太多事,犹知人世有沧桑。”款曰:“画中人自画并题。”无年月,无印记。或以为仙笔,然女仙手迹,人何自得之?或以为游女,又不应作此世外语。疑是明末女冠指女道士,避兵于渔庄蟹舍,自作此图。无旧人跋语,亦难确信。惠叔索题,余无从着笔,置数日还之。惠叔殁于蜀中,此画不知今在否也。

狐报不为已甚

舅氏实斋安公言:程老,村夫子也。女颇韶秀,偶门前买脂粉,为里中少年所挑,泣告父母。惮其暴横,弗敢较,然恚愤不可释,居恒郁郁。故与一狐友,每至辄对饮。一日狐怪其惨沮,以实告,狐默然去。后此少年复过其门,见女倚门笑。渐相软语,遂野合于小圃空屋中。临别,女涕泣不舍,相约私奔。少年因夜至门外,引以归。防程老追索,以刃拟妇曰:“敢泄者死!”越数日,无所闻;知程老讳其事,意甚得,益狎昵无度。后此女渐露妖迹,乃知为魅;然相悦甚,弗能遣也。岁馀病瘵,惟一息仅存,此女乃去。百计医药,幸得不死,赀产已荡然。夫妇露栖,又尪弱不任力作,竟食妇夜合之资,非复从前之悍气矣。程老不知其由,向狐述说。狐曰:“是吾遣黠婢戏之耳。必假君女形,非是不足饵之也;必使知为我辈,防败君女之名也;濒危而舍之,其罪不至死也。报之已足,君无更怏怏矣。”此狐中之朱家、郭解汉代侠士欤?其不为已甚,则又非朱家、郭解所能也。

妒悍狐女

从孙树宝言：辛亥乾隆五十六年(1791)冬，与从兄道原访戈孝廉仲坊，见案上新诗数十纸，中有二绝句云："到手良缘事又违，春风空自锁双扉。人间果有乘龙婿，夜半居然破壁飞。""岂但蛾眉斗尹邢，仙家亦自妒娉婷。请看搔背麻姑爪，变相分明是巨灵。"皆不省所云，询其本事。仲坊曰："昨见沧州张君辅言：南皮某甲，年二十馀，未娶。忽二艳女夜相就。诘所从来，自云：'是狐，以夙命当为夫妇。虽不能为君福，亦不至祸君。'某甲耽昵其色，为之不婚。有规戒之者，某甲谢曰：'狐遇我厚，相处日久无疾病，非相魅者。且言当为我生子，于嗣续亦无害，实不忍负心也。'后族众强为纳妇，甲闻其女甚姣丽，遂顿负旧盟。迨洞房停烛之时，突声若风霆，震撼檐宇，一手破窗而入，其大如箕，攫某甲以去。次日，四出觅访，杳然无迹。七八日后，有数小儿言，某神祠中有声如牛喘。北方之俗，凡神祠无庙祝者，虑流丐栖息，多以土墼墐其户，而留一穴置香炉。自穴窥之，似有一人裸体卧，不辨为谁。启户视之，则某甲在焉，已昏昏不知人矣。多方疗治，仅得不死，自是狐女不至。而妇家畏狐女之暴，亦竟离婚。此二诗记此事也。"

夫狐已通灵，事与人异。某甲虽娶，何碍倏忽之往来？乃逞厥凶锋，几戕其命，狐可谓妒且悍矣。然本无夙约，则曲在狐；既不慎于始而与约，又不善其终而背之，则激而为祟，亦自有词。是固未可全罪狐也。

佛儒流弊

北方之桥，施栏楯以防失足而已。闽中多雨，皆于桥上覆以屋，以庇行人。邱二田言：有人夜中遇雨，趋桥屋。先有一吏携案牍，与军役押数人避屋下，枷锁琅然。知为官府录囚，惧不敢近，但畏缩于一隅。中一囚号哭不止，吏叱曰："此时知惧，何如当日勿作耶？"囚泣曰："吾为吾师所误也。吾师日讲学，凡鬼神报应之说，皆斥为佛氏之妄语。吾信其言，窃以为机械能深，弥缝能巧，则种种惟所欲为，可以终身不败露；百年之后，气反太虚，冥冥漠漠，并毁誉不闻，何惮而不恣吾意乎！不虞地狱非诬，冥王果有。始知为其所卖，故悔而自悲也。"又一囚曰："尔之堕落由信儒，我则以信佛误也。佛家之说，谓虽造恶业，功德即可以消灭；虽堕地狱，经忏即可以超度。吾以为生前焚香布施，殁后延僧持诵，皆非吾力所不能。既有佛法护持，则无所不为，亦非地府所能治。不虞所谓罪福，乃论作事之善恶，非论舍财之多少。金钱虚耗，春煮难逃。向非恃佛之故，又安敢纵恣至此耶?”语讫长号。诸囚亦皆痛哭。乃知其非人也。

夫六经具在，不谓无鬼神；三藏所谈，非以敛财赂。自儒者沽名，佛者渔利，其流弊遂至此极。佛本异教，缁徒借是以谋生，是未足为责。儒者亦何必乃尔乎?

白首完贞者

倪媪，武清人，年未三十而寡。舅姑欲嫁之，以死自誓。舅姑怒，逐诸门外，使自谋生。流离艰苦，抚二子一女，皆婚嫁，而皆不才。茕茕无倚，惟一女孙度为尼，乃寄食佛寺，仅以自存，今七十八岁矣。所谓青年矢志，白首完贞者欤！余悯其节，时亦周之。马夫人尝从容谓曰：“君为宗伯，主天下节烈之旌典。而此媪失诸目睫前，其故何欤?”余曰：“国家典制，具有条格。节妇烈女，学校同举于州郡，州郡条上于台司，乃具奏请旨，下礼曹议，从公论也。礼曹得察核之、进退之，而不得自搜罗之，防私防滥也。譬司文柄者，棘闱墨牍，得握权衡，而不能取未试遗材，登诸榜上。此媪久去其乡，既无举者；京师人海，又谁知流寓之内，有此孤嫠?沧海遗珠，盖由于此。岂余能为而不为欤?”念古来潜德，往往借稗官小说，以发幽光。因撮厥大凡，附诸琐录。虽书原志怪，未免为例不纯，于表章风教之旨，则未始不一耳。

卷十五

姑妄听之一

余性耽孤寂，而不能自闲。卷轴笔砚，自束发至今，无数十日相离也。三十以前，讲考证之学，所坐之处，典籍环绕如獭祭。三十以后，以文章与天下相驰骤，抽黄对白，恒彻夜构思。五十以后，领修秘籍，复折而讲考证。今老矣，无复当年之意兴，惟时拈纸墨，追录旧闻，姑以消遣岁月而已。故已成《滦阳消夏录》等三书，复有此集。缅昔作者，如王仲任、应仲远，引经据古，博辨宏通；陶渊明、刘敬叔、刘义庆，简澹数言：自然妙远。诚不敢妄拟前修，然大旨期不乖于风教。若怀挟恩怨，颠倒是非，如魏泰、陈善之所为，则自信无是矣。适盛子松云欲为剞劂，因率书数行弁biàn书或长篇文章的序言于首。以多得诸传闻也，遂采庄子之语名曰《姑妄听之》《庄子·齐物论》："予尝为女妄言之，女以妄听之"表达了作者对庄子豁达、淡然的喜爱。

乾隆癸丑乾隆五十八年(1793)七月二十五日，观弈道人自题。

探本之论

冯御史静山家，一仆忽发狂自挝，日作谵语云："我虽落拓以死，究是衣冠。何物小人，傲不避路？今惩尔使知。"静山自往视之，曰："君白昼现形耶？幽明异路，恐于理不宜。君隐形耶？则君能见此辈，此辈不能见君，又何从而相避？"其仆俄如昏睡，稍顷而醒，则已复常矣。

门人桐城耿守愚，狷juàn介正直自好，而喜与人争礼数。余尝与论此事，曰："儒者每盛气凌轹，以邀人敬，谓之自重。不知重与不重，视所自为。苟道德无愧于圣贤，虽王侯拥彗不能荣，虽胥靡版筑不能辱拥彗，拿着扫把打扫。胥靡，奴隶。即便是王侯亲自扫地迎接也不看作是荣耀，即便是如罪犯一般去筑墙做苦力也不觉得是耻辱。可贵者在我，则在外者不足计耳。如必以在外为重轻，是待人敬我我乃荣，人不敬我我即辱，舆台仆妾皆可操我之荣辱，毋乃自视太轻欤？"守愚曰："公生长富贵，故持论如斯。寒士不贫贱骄人，则崖岸不立，益为人所贱矣。"余曰："此田子方之言：朱子已驳之。其为客气不待辨，即就其说而论，亦谓道德本重，不以贫贱而自屈；非毫无道德，但贫贱即可骄人也。信如君言：则乞丐较君为更贫，奴隶较君为更贱，群起而骄君，君亦谓之能立品乎？先师陈白崖先生，尝手题一联于书室曰：'事能知足心常惬，人到无求品自高。'斯真探本之论，七字可以千古矣。"

傀儡戏

龚集生言：乾隆己未乾隆四年(1739)，在京师寓灵佑宫，与一道士相识，时共杯酌。一日观剧，邀同往，亦欣然相随。薄暮归，道士拱揖曰："承诸君雅意，无以为酬，今夜一观傀儡可乎？"入夜，至所居室中，惟一大方几，近边略具酒果，中央则陈一棋局。呼童子闭外门，请宾四面围几坐。酒一再行，道士拍界尺一声，即有数小人长八九寸，落局上，合声演剧。呦呦嘤嘤，音如四五岁童子，而男女装饰，音调关目，一一与戏场无异。一出终作者原注：传奇以一折为一齣。古无是字，始见吴任臣《字汇补注》，"齣"读如尺。相沿已久，遂不能废。今亦从俗体书之，瞥然不见。又数人落下，别演一出。众且骇且喜。畅饮至夜分，道士命童子于门外几上置鸡卵数百，白酒数罂，戛然乐止，惟闻铺啜之声矣。诘其何术。道士曰："凡得五雷法者，皆可以役狐。狐能大能小，故遣作此戏，为一宵之娱。然惟供驱使则可，若或役之盗物，役之祟人，或摄召狐女荐枕席，则天谴立至矣。"众见所未见，乞后夜再观，道士诺之。次夕诣所居，则早起已携童子去。

事皆前定

卜者童西硐言：尝见有二人对弈，一客预点一弈图，如黑九三、白六五之类，封置笥中。弈毕发视，一路不差。竟不知其操何术。按《前定录》明代蔡善继所编，收录古来前定之事载：开元中，宣平坊王生为李揆卜进取。授以一缄，可数十纸，曰："君除拾遗日发此。"后揆以李珍荐，命宰臣试文词：一题为《紫丝盛露囊赋》，一题为《答吐蕃书》，一题为《代南越献白孔雀表》。揆自午至酉而成，凡涂八字，旁注两句。翌日，授左拾遗。旬馀，乃发王生之缄视之，三篇皆在其中，涂注者亦如之。是古有此术，此人偶得别传耳。夫操管运思，临枰布子，虽当局之人，有不能预自主持者，而卜者乃能先知之。是任我自为之事，尚莫逃定数；巧取强求，营营然日以心斗者，是亦不可以已乎！

野　人

乌鲁木齐遣犯刚朝荣言：有二人诣西藏贸易，各乘一骡，山行失路，不辨东西。忽十馀人自悬崖跃下，疑为夹坝作者原注：西番以劫盗为夹坝，犹额鲁特之玛哈沁也。渐近，则长皆七八尺，身毵毵 sān sān 毛发细长的样子有毛，或黄或绿，面目似人非人，语啁哳不可辨。知为妖魅，度必死，皆战栗伏地。十馀人乃相向而笑，无搏噬之状，惟挟人于胁下，而驱其骡行。至一山坳，置人于地，二骡一推堕坎中，一抽刀屠割，吹火燔熟，环坐吞啖。亦提二人就坐，各置肉于前。察其似无恶意，方饥困，亦姑食之。既饱之后，十馀人皆扪腹仰啸，声类马嘶。中二人仍各挟一人，飞越峻岭三四重，捷如猿鸟，送至官路旁，各予以一石，瞥然竟去。石巨如瓜，皆绿松也。携归货之，得价倍于所丧。事在乙酉乾隆三十年(1765)、丙戌乾隆三十一年(1766)间，朝荣曾见其一人，言之甚悉。此未知为山精，为木魅，观其行事，似非妖物。殆幽岩穹谷之中，自有此一种野人，从古未与世通耳。

金水晶

漳州产水晶，云五色皆备，然赤者未尝见，故所贵惟紫。别有所谓金晶者，与黄晶迥殊，最不易得。或偶得之，亦大如豇豆，如瓜种止矣。惟海澄公家有一三足蟾，可为扇坠，视之如精金镕液，洞彻空明，为稀有之宝。杨制府景素官汀漳龙道时，尝为余言：然亦相传如是，未目睹也。姑录之以广异闻。

古　砚

陈来章先生，余姻家也。尝得一古砚，上刻云中仪凤形。梁瑶峰相国为之铭曰："其鸣将将，乘云翱翔。有妫之祥，其鸣归昌。云行四方，以发德光。"时癸巳乾隆三十八年(1773)闰月也。至庚子乾隆四十五年(1780)，为人盗去。丁未乾隆五十二年(1787)，先生仲子闻之，多方购得。癸丑乾隆五十八年(1793)六月复乞铭于余。余又为之铭曰："失而复得，如宝玉大弓。孰使之然？故物适逢。譬威凤之翀云，翩没影于遥空；及其归也，必仍止于梧桐。"故家子孙，于祖宗手泽，零落弃掷者多矣。余尝见媒媪携玉佩数事，云某公家求售。外裹残纸，乃北宋椠刻本《公羊传》四页，为怅惘久之。闻之于先人已失之器，越八载购得，又乞人铭以求其传。人之用心，盖相去远矣。

表亲夫妇

董家庄佃户丁锦，生一子曰二牛。又一女赘曹宁为婿，相助工作，甚相得也。二牛生一子曰三宝。女亦生一女，因住母家，遂联名曰四宝。其生也同年同月，差数日耳。姑嫂互相抱携，互相乳哺，襁褓中已结婚姻。三宝四宝又甚相爱，稍长，即跬步不离。小家不知别嫌疑，于二儿嬉戏时，每指曰："此汝夫，此汝妇也。"二儿虽不知为何语，然闻之则已稔矣。七八岁外，稍稍解事，然俱随二牛之母同卧起，不相避忌。会康熙辛丑康熙六十年(1721)至雍正癸卯雍正元年(1723)，岁屡歉，锦夫妇并殁。曹宁先流转至京师，贫不自存，质四宝于陈郎中家作者原注：不知其名，惟知为江南人。二牛继至，会郎中求馆僮，亦质三宝于其家，而诫勿言与四宝为夫妇。郎中家法严，每笞四宝，三宝必暗泣；笞三宝，四宝亦然。郎中疑之，转质四宝于郑氏作者原注：或云，即貂皮郑也，而逐三宝。三宝仍投旧媒媪，又引与一家为馆僮。久而微闻四宝所在，乃夤缘入郑氏家。数日后，得见四宝，相持痛哭，时已十三四矣。郑氏怪之，则诡以兄妹相逢对。郑氏以其名行第相连，遂不疑。然内外隔绝，仅出入时相与目成而已。后岁稔，二牛、曹宁并赴京赎子女，辗转寻访至郑氏。郑氏始知其本夫妇，意甚悯恻，欲助之合卺，而仍留服役。其馆师严某，讲学家也，不知古今事异，昌言排斥曰："中表为婚礼所禁，亦律所禁，违之且有天诛。主人意虽善，然我辈读书人，当以风化为己任，见悖理乱伦而不沮，是成人之恶，非君子也。"以去就力争。郑氏故良懦，二牛、曹宁亦乡愚，闻违法罪重，皆慑而止。后四宝鬻为选人妾，不数月病卒。三宝发狂走出，莫知所终。

或曰："四宝虽被迫胁去，然毁容哭泣，实未与选人共房帏，惜不知其详耳。"果其如是，则是二人者，天上人间，会当相见，定非一瞑不视者矣。惟严某作此恶业，不知何心，亦不知其究竟。然神理昭昭，当无善报。或又曰："是非泥古，亦非好名，殆觊觎四宝，欲以自侍耳。"若然，则地狱之设，正为斯人矣。

鬼附鸣冤

乾隆戊午乾隆三年(1738)，运河水浅，粮艘衔尾不能进。共演剧赛神，运官皆在。方演《荆钗记》投江一出，忽扮钱玉莲者长跪哀号，泪随声下，口喃喃诉不止，语作闽音，啁哳无一字可辨。知为鬼附，诘问其故，鬼又不能解人语。或投以纸笔，摇首似道不识字，惟指天画地，叩额痛哭而已。无可如何，掖于岸上，尚呜咽跳掷，至人散乃已。久而稍苏，自云突见一女子，手携其头自水出。骇极失魂，昏然如醉，以后事皆不知也。此必水底羁魂，见诸官会集，故出鸣冤。然形影不睹，言语不通。遣善泅者求尸，亦无迹。旗丁又无新失女子者，莫可究诘。乃连衔具牒，焚于城隍祠。越四五日，有水手无故自到死。或即杀此女子者，神谴之欤？

文士争名

郑太守慎人言：尝有数友论闽诗，于林子羽颇致不满。夜分就寝，闻笔砚格格有声，以为鼠也。次日见几上有字二行，曰："如'檄雨古潭暝，礼星寒殿开'，似钱、郎钱，钱起，字仲文，唐代诗人；郎，郎士员，字君胄，唐代诗人。二人齐名诸公都未道及，可尽以为唐摹晋帖乎？"时同寝数人，书皆不类；数人以外，又无人能作此语者。知文士争名，死尚未已。郑康成为厉之事，殆不虚乎？

无　尘

黄小华言：西城有扶乩者，下坛诗曰："策策西风木叶飞，断肠花谢雁来稀。吴娘日暮幽房冷，犹着玲珑白苎衣。"皆不解所云。乩又书曰："顷过某家，见新来稚妾，锁闭空房。流落仳离，自其定命；但饥寒可念，振触人心，遂恻然咏此。敬告诸公，苟无驯狮、调象之才，勿轻举此念，亦阴功也。"请问仙号，书曰："无尘。"再问之，遂不答。按李无尘，明末名妓，祥符人。开封城陷，殁于水。有诗集，语颇秀拔。其哭王烈女诗曰："自嫌予有泪，敢谓世无人！"措词得体，尤为作者所称也。

拾麦妇女

“遗秉”“滞穗”《诗经·小雅·大田》:“彼有遗秉,此有滞穗”指成把的麦穗,寡妇之利,其事远见于周雅。乡村麦熟时,妇孺数十为群,随刈者之后,收所残剩,谓之拾麦。农家习以为俗,亦不复回顾,犹古风也。人情渐薄,趋利若骛,所残剩者不足给,遂颇有盗窃攘夺,又浸淫而失其初意者矣。故四五月间,妇女露宿者遍野。

有数人在静海之东,日暮后趁凉夜行,遥见一处有灯火,往就乞饮。至则门庭华焕,僮仆皆鲜衣;堂上张灯设乐,似乎燕宾。遥望三贵人据榻坐,方进酒行炙。众陈投止意,阍者为白主人,颔之。俄又呼回,似附耳有所嘱。阍者出,引一媪悄语曰:“此去城市稍远,仓卒不能致妓女。主人欲于同来女伴中,择端正者三人侑酒荐寝,每人赠百金;其馀亦各有犒赏。媪为通词,犒赏当加倍。”媪密告众。众利得资,怂恿幼妇应其请。遂引三人入,沐浴妆饰,更衣裙侍客;诸妇女皆置别室,亦大有酒食。至夜分,三贵人各拥一妇入别院,阖家皆灭烛就眠。诸妇女行路疲困,亦酣卧不知晓。比日高睡醒,则第宅人物,一无所睹,惟野草芃芃,一望无际而已。寻觅三妇,皆裸露在草间,所更衣裙已不见,惟旧衣抛十馀步外,幸尚存。视所与金,皆纸铤。疑为鬼。而饮食皆真物,又疑为狐。或地近海滨,蛟螭水怪所为欤?

贪利失身,乃只博一饱。想其惘然相对,忆此一宵,亦大似邯郸枕上矣。先兄晴湖则曰:“舞衫歌扇,仪态万方,弹指繁华,总随逝水。鸳鸯社散之日,茫茫回首,旧事皆空,亦与三女子裸露草间,同一梦醒耳。岂但海市蜃楼,为顷刻幻景哉!”

鬼　酬

乌鲁木齐参将德君楞额言:向在甘州,见互控于张掖令者。甲云造言污蔑,乙云事有实证。讯其事,则二人本中表,甲携妻出塞,乙亦同行。至甘州东数十里,夜失道。遇一人似贵家仆,言此僻径少人,我主人去此不远,不如投止一宿,明日指路上官道。随行三四里,果有小堡。其人入,良久出,招手曰:“官唤汝等入。”进门数重,见一人坐堂上,问姓名籍贯,指挥曰："夜深无宿饭，只可留宿。门侧小屋，可容二人；女子令与媪婢睡可也。"二人就寝后，似隐隐闻妇唤声。暗中出视，摸索不得门。唤声亦寂，误以为耳偶鸣也。比睡醒，则在旷野中。急觅妇，则在半里外树下，裸体反接，鬓乱钗横，衣裳挂在高枝上。言一婢持灯导至此，有华屋数楹，婢媪数人。俄主人随至，逼同坐。拒不肯，则婢媪合手抱持，解衣缚臂置榻上。大呼无应者，遂受其污。天欲明，主人以二物置颈旁，屋宇顿失，身已卧沙石上矣。视颈旁物，乃银二铤，各镌重五十两，其年号则崇祯，其县名则榆次。土蚀黑黯，真百年以外铸也。甲戒乙勿言，约均分。后违约，乙怒诟争，其事乃泄。甲夫妇虽坚不承，然诘银所自，则云拾得；又诘妇缚伤，则云搔破。其词闪烁，疑乙语未必诳也。令笑谴甲曰："于律得遗失物当入官。姑念尔贫，可将去。"又瞋视乙曰："尔所告如虚，则同拾得，当同送官，于尔无分；所告如实，则此为鬼以酬甲妇，于尔更无分。再多言，且笞尔。"并驱之出。以不理理之，可谓善矣。

此与拾麦妇女事相类：一以巧诱而以财移其心；一以强胁，而以财消其怒。其揣度人情，投其所好，伎俩亦略相等也。

古今好尚

金重牛鱼，即沈阳鲟鳇鱼，今尚重之。又重天鹅，今则不重矣。辽重毗离，亦曰毗令邦契丹语音译，即宣化黄鼠，明人尚重之，今亦不重矣。明重消熊栈鹿，栈鹿当是以栈饲养，今尚重之；消熊则不知为何物，虽极富贵家，问此名亦云未睹。盖物之轻重，各以其时之好尚，无定准也。

记余幼时，人参、珊瑚、青金石价皆不贵，今则日昂。绿松石、碧鸦犀价皆至贵，今则日减。云南翡翠玉，当时不以玉视之，不过如蓝田乾黄，强名以玉耳，今则以为珍玩，价远出真玉上矣。又灰鼠旧贵白，今贵黑。貂旧贵长毳cuì 细毛，故曰丰貂，今贵短毳。银鼠旧比灰鼠价略贵，远不及天马，今则贵几如貂。珊瑚旧贵鲜红如榴花，今则贵淡红如樱桃，且有以白类车渠为至贵者。盖相距五六十年，物价不同已如此，况隔越数百年乎！儒者读《周礼》蚳醬蚳，蚁卵。古人用白色的蚁卵做酱，供食用，窃窃疑之，由未达古今异尚耳。

猩　唇

八珍惟熊掌、鹿尾为常见，驼峰出塞外，已罕觏矣作者原注：此野驼之单峰，非常驼之双峰也。语详《槐西杂志》猩唇则仅闻其名。乾隆乙未乾隆四十年(1775)，闵抚军少仪馈余二枚，贮以锦函，似甚珍重。乃自额至颏全剥而腊之，口鼻眉目，一一宛然，如戏场面具，不仅两唇。庖人不能治，转赠他友。其庖人亦未识，又复别赠，不知转落谁氏，迄未晓其烹饪法也。

虫　兰

李又聃先生言：东光毕公作者原注：偶忘其名，官贵州通判，征苗时运饷遇寇，血战阵亡者也，尝奉檄勘苗峒地界，土官盛谦款接。宾主各一磁盖杯置面前，土官手捧启视，则贮一虫如蜈蚣，蠕蠕旋动。译者云，此虫兰，开则生，兰谢则死，惟以兰蕊为食，至不易得。今喜值兰时，搜岩剔穴，得其二。故必献生，表至敬也。旋以盐末少许洒杯中，覆之以盖。须臾启视，已化为水，湛然净绿，莹澈如琉璃，兰气扑鼻。用以代醯xī醋，香沁齿颊，半日后尚留馀味。惜未问其何名也。

灰培之法

西域之果，蒲桃即葡萄莫盛于土鲁番，瓜莫盛于哈密。蒲桃京师贵绿者，取其色耳。实则绿色乃微熟，不能甚甘；渐熟则黄，再熟则红，熟十分则紫，甘亦十分矣。此福松岩额驸作者原注：名福增格，怡府婿也镇辟展时为余言。瓜则充贡品者，真出哈密；馈赠之瓜，皆金塔寺产。然贡品亦只熟至六分有奇，途间封闭包束，瓜气自相郁蒸，至京可熟至八分。如以熟八九分者贮运，则蒸而霉烂矣。余尝问哈密国王苏来满作者原注：额敏和卓之子："京师园户，以瓜子种植者，一年形味并存；二年味已改，惟形粗近；三年则形味俱变尽。岂地气不同欤？"苏来满曰："此地土暖泉甘而无雨，故瓜味浓厚。种于内地，固应少减，然亦养子不得法。如以今年瓜子，明年种之，虽此地味亦不美，得气薄也。其法当以灰培瓜子，贮于不湿不燥之空仓，三五年后乃可用。年愈久则愈佳，得气足也。若培至十四五年者，国王之圃乃有之，民间不能待，亦不能久而不坏也。"其语似为近理。然其灰培之法,必有节度,亦必有宜忌,恐中国以意为之,亦未必能如所说耳。

绿衫女子

裘超然编修言:杨勤悫公年幼时,往来乡塾,有绿衫女子时乘墙缺窥之。或偶避入,亦必回眸一笑,若与目成。公始终不侧视。一日,拾块掷公曰:"如此妍皮,乃裹痴骨!"公拱手对曰:"钻穴逾墙,实所不解。别觅不痴者何如?"女子忽瞠目直视曰:"汝狡黠如是,安能从尔索命乎?且待来生耳。"散发吐舌而去。自此不复见矣。此足见立心端正,虽冤鬼亦无如何;又足见一代名臣,在童稚之年,已自树立如此也。

丛竹中人语

河间王仲颖先生作者原注:安溪李文贞公为先生改字曰"仲退"。然原字行已久,无人称其改字也,名之锐,李文贞公之高弟。经术湛深,而行谊方正,粹然古君子也。乙卯雍正十三年(1735)、丙辰乾隆元年(1736)间,余随姚安公在京师,先生犹官国子监助教,未能一见,至今怅然。

相传先生夜偶至邸后空院,拔所种莱菔萝卜下酒,似恍惚见人影,疑为盗。倏已不见,知为鬼魅,因以幽明异路之理厉声责之。闻丛竹中人语曰:"先生邃于《易》,一阴一阳,天之道也。人出以昼,鬼出以夜,是即幽明之分。人居无鬼之地,鬼居无人之地,是即异路焉耳。故天地间无处无人,亦无处无鬼,但不相干,即不妨并育。使鬼昼入先生室,先生责之是也。今时已深更,地为空隙,以鬼出之时,入鬼居之地,既不秉烛,又不扬声,猝不及防,突然相遇,是先生犯鬼,非鬼犯先生。敬避似已足矣,先生何责之深乎?"先生笑曰:"汝词直,姑置勿论。"自拔莱菔而返。后以语门人,门人谓:"鬼既能言:先生又不畏怖,何不叩其姓字,暂假词色,问冥司之说为妄为真,或亦格物之一道。"先生曰:"是又人与鬼狎矣,何幽明异路之云乎?"

神女足迹

郑慎人言：曩与数友往九鲤湖，宿仙游山家。夜凉未寝，出门步月。忽清风泠然，穿林而过，木叶簌簌，栖鸟惊飞，觉有种种花香，沁人心骨。出林后沿溪而去，水禽亦磔格乱鸣，似有所见。然凝睇无睹也。心知为仙灵来往。次日，寻视林内，微雨新晴，绿苔如罽，步步皆印弓弯；又有跣足之迹，然总无及三寸者。溪边泥迹亦然。数之，约二十馀人。指点徘徊，相与叹异，不知是何神女也。慎人有四诗纪之，忘留其稿，不能追忆矣。

驭蝶女子

慎人又言：一日，庭花盛开，闻婢妪惊相呼唤。推窗视之，竞以手指桂树杪。乃一蛱蝶大如掌，背上坐一红衫女子，大如拇指，翩翩翔舞。斯须过墙去。邻家儿女，又惊相呼唤矣。此不知为何怪，殆所谓花月之妖欤？说此事时，在刘景南家。景南曰："安知非闺阁游戏，以通草花朵中人物，缚于蝶背而纵之耶？"是亦一说。慎人曰："实见小人在蝶背，有磬控驾驭之状，俯仰顾盼，意态生动，殊不类偶人也。"是又不可知矣。

神　谴

舅氏安公介然言：曩随高阳刘伯丝先生官瑞州，闻城西土神祠，有一泥鬼忽仆地，又一青面赤发鬼，衣装面貌与泥鬼相同，压于其下。视之，则里中少年某，伪为鬼状也，已断脊死矣。众相骇怪，莫明其故。久而有知其事者曰："某邻妇少艾，挑之，为所詈。妇是日往母家，度必夜归过祠前。祠去人稍远，乃伪为鬼状伏像后，待其至而突掩之，将乘其惊怖昏仆，以图一逞。不虞神之见谴也。"盖其妇弟预是谋，初不敢告人，事定后，乃稍稍泄之云。介然公又言：有狂童荡妇相遇于河间文庙前，调谑无所避忌。忽飞瓦破其脑，莫知所自来也。

夫圣人道德侔乎天地，岂如二氏之教，必假灵异而始信，必待护法而始尊哉！然神鬼㧑呵，则理所应有。必谓朱锦作会元，由于前世修文庙，视圣人太小矣；必谓数仞宫墙，竟无灵卫，是又儒者之迂也。

当止不止之戒

三座塔作者原注：蒙古名古尔板苏巴尔，汉唐之营州柳城县，辽之兴中府也。今为喀剌沁右翼地金巡检作者原注：裘文达公之侄婿，偶忘其名言：有樵者山行遇虎，避入石穴中，虎亦随入。穴故嵌空而缭曲，辗转内避，渐不容虎。而虎必欲搏樵者，努力强入。樵者窘迫，见旁一小窦，尚足容身，遂蛇行而入；不意蜿蜒数步，忽睹天光，竟反出穴外。乃力运数石，窒虎退路，两穴并聚柴以焚之。虎被熏灼，吼震岩谷，不食顷，死矣。此事亦足为当止不止之戒也。

奇　石

金巡检又言：巡检署中一太湖石，高出檐际，皴皱斑驳，孔窍玲珑，望之势如飞动。云辽金旧物也。考金尝拆艮岳山名。在今河南开封城内东北隅奇石，运之北行，此殆所谓"卿云万态奇峰"耶？然金以大定府为北京，今大宁城是也。辽兴中府，金降为州，不应置石于州治，是又疑不能明矣。又相传京师兔儿山石，皆艮岳故物，余幼时尚见之。余虎坊桥宅，为威信公故第，厅事东偏，一石高七八尺，云是雍正中初造宅时所赐，亦移自兔儿山者。南城所有太湖石，此为第一。余又号"孤石老人"，盖以此云。

花　木

京师花木最古者，首给孤寺吕氏藤花，次则余家之青桐，皆数百年物也。桐身横径尺五寸，耸峙高秀。夏月庭院皆碧色。惜虫蛀一孔，雨渍其内，久而中朽至根，竟以枯槁。吕氏宅后售与高太守兆煌，又转售程主事振甲。藤今犹在，其架用梁栋之材，始能支柱。其阴覆厅事一院，其蔓旁引，又覆西偏书室一院。花时如紫云垂地，香气袭衣。慕堂孝廉在日作者原注：慕堂名元龙，庚午举人，朱石君之妹婿也。与余同受业于董文恪公，或自宴客，或友人借宴客，觞咏殆无虚夕。迄今四十馀年，再到曾游，已非旧主，殊深邻笛之悲魏晋时嵇康、吕安被司马昭杀害后，向秀路过嵇康旧居，闻邻人笛声，感怀故友，写下《思旧赋》。后引为悼念亡友的典故。倪穟畴年丈尝为题一联曰："一庭芳草围新绿，十亩藤花落古香。"书法精妙，如渴骥怒猊。今亦不知所在矣。

佳　狐

陈句山前辈移居一宅，搬运家具时，先置书十馀箧于庭。似闻树后小语曰："三十馀年，此间不见此物矣。"视之阒如。或曰："必狐也。"句山掉首曰："解作此语，狐亦大佳。"

木　偶

先祖光禄公，康熙中于崔庄设质库，司事者沈玉伯也。尝有提傀儡者，质木偶二箱，高皆尺馀，制作颇精巧。逾期未赎，又无可转售，遂为弃物，久置废屋中。一夕月明，玉伯见木偶跳舞院中，作演剧之状。听之，亦咿嘤似度曲。玉伯故有胆，厉声叱之，一时迸散。次日，举火焚之，了无他异。盖物久为妖，焚之则精气烁散，不能复聚。或有所凭亦为妖，焚之则失所依附，亦不能灵。固物理之自然耳。

无良吏役

献县一令，待吏役至有恩。殁后，眷属尚在署，吏役无一存问者。强呼数人至，皆狰狞相向，非复曩时。夫人愤恚，恸哭柩前，倦而假寐。恍惚见令语曰："此辈无良，是其本分。吾望其感德已大误，汝责其负德，不又误乎？"霍然忽醒，遂无复怨尤。

刘　横

康熙末，张歌桥作者原注：河间县地有刘横者作者原注："横"读去声，以其强悍得此称，非其本名也居河侧。会河水暴涨，小舟重载者，往往漂没。偶见中流一妇，抱断橹浮沉波浪间，号呼求救，众莫敢援，横独奋然曰："汝曹非丈夫哉，乌有见死不救者！"自棹舴艋追三四里，几覆没者数，竟拯出之。越日，生一子。月馀，横忽病，即命妻子治后事。时尚能行立，众皆怪之。横太息曰："吾不起也。吾援溺之夕，恍惚梦至一官府。吏卒导入，官持簿示吾曰：'汝平生积恶种种，当以今岁某日死，堕豕身五世，受屠割之刑。幸汝一日活二命，作大阴功，于冥律当延二纪。今销除寿籍，用抵业报，仍以原注死日死。缘期限已迫，恐世人昧昧，疑有是善事，反促其生。故召尔证明，使知其故。今生因果并完矣，来生努力可也。’醒而心恶之，未以告人。今届期果病，尚望活乎？”既而竟如其言。此见神理分明，毫厘不爽。乘除进退，恒合数世而计之。勿以偶然不验，遂谓天道无知也。

邻妇事

郑苏仙言：有约邻妇私会，而病其妻在家者，夙负妻家钱数千，乃遣妻赍还，妻欣然往。不意邻妇失期，而其妻乃途遇强暴，尽夺衣裙簪珥，缚置秫丛。皆客作流民，莫可追诘，其夫惟俯首太息，无复一言。人亦不知邻妇事也。后数年有村媪之子，挑人妇女，为媪所觉，反复戒饬，举此事以明因果，人乃稍知。盖此人与邻妇相闻，实此媪通词，故知之审。惟邻妇姓名，则媪始终不肯泄，幸不败焉。

狐之幻

狐所幻化，不知其自视如何，其互相视又如何。尝于《滦阳消夏录》论之。然狐本善为妖惑者也。至鬼则人之馀气，其灵不过如人耳。人不能化无为有，化小为大，化丑为妍。而诸书载遇鬼者，其棺化为宫室，可延人入；其墓化为庭院，可留人居。其凶终之鬼，备诸恶状者，可化为美丽。岂一为鬼而即能欤？抑有教之者欤？此视狐之幻，尤不可解。忆在凉州路中，御者指一山坳曰：“曩与车数十辆露宿此山，月明之下，遥见山半有人家，土垣周络，屋角一一可数。明日过之，则数冢而已。”是无人之地，亦能自现此象矣。明器之作，圣人其知此情状乎？

浙僧败道

吴僧慧贞言：有浙僧立志精进，誓愿坚苦，胁未尝至席。一夜，有艳女窥户。心知魔至，如不见闻。女蛊惑万状，终不能近禅榻。后夜夜必至，亦终不能使起一念。女技穷，遥语曰：“师定力如斯，我固宜断绝妄想。虽然，师忉利天中人也，知近我则必败道，故畏我如虎狼。即努力得到非非想天非非想，不是没有想，似想非想。非非想天，佛教语，三界中无色界第四天，亦不过柔肌着体，如抱冰雪；媚姿到眼，如见尘壒，不能离乎色相也。如心到四禅天，则花自照镜，镜不知花；月自映水，水不知月，乃离色相矣。再到诸菩萨天，则花亦无花，镜亦无镜，月亦无月，水亦无水，乃无色无相，无离不离，为自在神通，不可思议。师如敢容我一近，而真空不染，则摩登伽一意皈依，不复再扰阿难矣。"僧自揣道力足以胜魔，坦然许之。偎倚抚摩，竟毁戒体。懊丧失志，侘傺失意而神情恍惚的样子以终。

夫"磨而不磷，涅而不缁遭碾磨而不被粉碎，遭墨浸而不变黑"，惟圣人能之，大贤以下弗能也。此僧中于一激，遂开门揖盗。天下自恃可为，遂为人所不敢为，卒至溃败决裂者，皆此僧也哉！

南宋国手

德音斋扶乩，其仙降坛不作诗，自署名曰"刘仲甫"。众不知为谁。有一国手在侧，曰："是南宋国手，著有《棋诀》四篇者也。"因请对弈。乩判曰："弈则我必负。"固请，乃许，乩果负半子。众曰："大仙谦挹，欲奖成后进之名耶？"乩判曰："不然，后人事事不及古，惟推步与弈棋则皆胜古。或谓因古人所及，更复精思，故已到竿头，又能进步，是为推步言，非为弈棋言也。"盖风气日薄，人情日巧，其倾轧攻取之术，两机激薄，变幻万端，吊诡出奇，不留馀地。古人不肯为之事，往往肯为；古人不敢冒之险，往往敢冒；古人不忍出之策，往往忍出。故一切世事心计，皆出古人上。弈棋亦心计之一，故宋元国手，至明已差一路，今则差一路半矣。然古之国手，极败不过一路耳；今之国手，或败至两路三路，是则踏实蹈虚之辨也。"问："弈竟无常胜法乎？"又判曰："无常胜法，而有常不负法。不弈则常不负矣。仆猥以夙慧，得作鬼仙，世外闲身，名心都尽，逢场作戏，胜败何关。若当局者角争得失，尚慎旃哉《诗经·魏风·陟岵》："尚慎旃哉，犹来无止。"！"四座有经历世故者，多喟然太息。

狐之罚觞

季沧洲言：有狐居某氏书楼中数十年矣，为整理卷轴，驱除虫鼠，善藏弆jǔ收藏者不及也。能与人语，而终不见其形。宾客宴集，或虚置一席，亦出相酬酢，词气恬雅，而谈言微中，往往倾其座人。一日，酒纠宣觞政，约各言所畏，无理者罚，非所独畏者亦罚。有云畏讲学者，有云畏名士者，有云畏富人者，有云畏贵官者，有云畏善谀者，有云畏过谦者，有云畏礼法周密者，有云畏缄默慎重、欲言不言者。最后问狐，则曰："吾畏狐。"众哗笑曰："人畏狐可也，君为同类，何所畏？请浮大白。"狐哂曰："天下惟同类可畏也。夫瓯、越之人，与奚、狄不争地；江海之人，与车马不争路。类不同也。凡争产者，必同父之子；凡争宠者，必同夫之妻；凡争权者，必同官之士；凡争利者，必同市之贾。势近则相碍，相碍则相轧耳。且射雉者媒以雉，不媒以鸡鹜；捕鹿者由以鹿，不由以羊豕。凡反间内应，亦必以同类；非其同类，不能投其好而入，伺其隙而抵也。由是以思，狐安得不畏狐乎？"座有经历险阻者，多称其中理。独一客酌酒狐前曰："君言诚确。然此天下所同畏，非君所独畏。仍宜浮大白。"乃一笑而散。

余谓狐之罚觞，应减其半。盖相碍相轧，天下皆知之，至伏肘腋之间胳膊与腋窝，比喻亲近之处，而为心腹之大患，托水乳之契，而藏钩距指阴谋之深谋，则不知者或多矣。

灶丁狐妻

沧州李媪，余乳母也。其子曰柱儿，言昔往海上放青时作者原注：海滨空旷之地，茂草丛生，土人驱牛马往牧，谓之放青，有灶丁夜方寝作者原注：海上煮盐之户，谓之灶丁，闻室内窸窣有声。时月明穿牖，谛视无人，以为虫鼠类也。俄闻人语嘈杂，自远而至。有人连呼曰："窜入此屋矣。"疑讶间已到窗外，扣窗问曰："某在此乎？"室内泣应曰："在。"又问："留汝乎？"泣应曰："留。"又问："汝同床乎？别宿乎？"泣良久，乃应曰："不同床谁肯留也！"窗外顿足曰："败矣！"忽一妇大笑曰："我度其出投他所，人必不相饶。汝以为未必，今竟何如？尚有面目携归乎？"此语之后，惟闻索索人行声，不闻再语。既而妇又大笑曰："此尚不决，汝为何物乎？"扣窗呼灶丁曰："我家逃婢投汝家，既已留宿，义无归理。此非尔胁诱，老奴无词以仇汝；即或仇汝，有我在，老奴无能为也。尔等且寝，我去矣。"穴纸私窥，阒然无影；回顾枕畔，则一艳女横陈。且喜且骇，问所自来。言："身本狐女，为此家狐买作妾。大妇妒甚，日日加箠楚。度不可住，逃出求生。所以不先告君者，虑恐怖不留，必为所执，故蜷伏床角，俟其追至，始冒死言已失身，冀或相舍。今幸得脱，愿生死随君。”灶丁虑无故得妻，或为人物色，致有他虞。女言：“能自隐形，不为人见，顷缩身为数寸，君顿忘耶！”遂留为夫妇，亲操井臼，不异贫家，灶丁竟以小康。

柱儿于灶丁为外兄，故知其审。李媪说此事时，云女尚在。今四十馀年，不知如何矣。此婢遭逢患难，不辞诡语以自污，可谓铤而走险。然既已自污，则其夫留之为无理，其嫡去之为有词，此冒险之计，实亦决胜之计也，婢亦黠矣哉。惟其夫初既不顾其后，后又不为之所，使此婢援绝路穷，至一决而横溃，又何如度德量力，早省此一举欤！

神语不诬

老儒周懋官，口操南音，不记为何许人。久困名场，流离困顿，尝往来于周西擎、何华峰家。华峰本亦姓周，或二君之族欤？乾隆初，余尚及见之，迂拘拙钝，古君子也。每应试，或以笔画小误被贴，或已售而以一二字被落。亦有过遭吹索，如题目写“曰”字偶稍狭，即以误作“日”字贴；写“己”字末笔偶锋尖上出，即以误作“已”字贴，尤抑郁不平。

一日，焚牒文昌祠，诉平生未作过恶，横见沮抑。数日后，梦朱衣吏引至一殿，神据案语曰：“尔功名坎坷，遽渎明神，徒挟怨尤，不知因果。尔前身本部院吏也，以尔狡黠舞文，故罚尔今生为书痴，毫不解事。以尔好指摘文牒，虽明知不误，而巧词锻炼，以挟制取财，故罚尔今生处处以字画见斥。”因指簿示之曰：“尔以‘日’字见贴者，此官前世乃福建驻防音德布之妻，老节妇也，因咨文写‘音’为殷，译语谐声，本无定字。尔反复驳诘，来往再三，使穷困孤嫠所得建坊之金，不足供路费。尔以‘已’字见贴者，此官前世以知县起服，本历俸三年零一月。尔需索不遂，改其文‘三’字为‘五’，‘一’字为‘十’，又以五年零十月核计，应得别案处分。比及辨白，坐原文错误，已沉滞年馀。业报牵缠，今生相遇，尔何冤之可鸣欤？其他种种，皆有夙因，不能为尔备陈，亦不可为尔预泄。尔宜委顺，无更哓哓。倘其不信，则缁袍黄冠行，且有与尔为难者，可了然悟矣。”语讫，挥出。

霍然而醒，殊不解缁袍黄冠之语。时方寓佛寺，因迁徙避之。至乙卯雍正十三年(1735)乡试，闱中已拟第十三。二场僧道拜父母判中，有“长揖君亲”字，盖用傅弈表“不忠不孝，削发而揖君亲”语也。考官以为疵累，竟斥落。方知神语不诬，此其馆步丈陈谟家作者原注：名登廷，枣强人，官制造库郎中。自详述于步丈者。后不知所终，殆坎壈以殁矣。

妻借婢生

虞倚帆待诏言：有选人张某，携一妻一婢至京师，僦居海丰寺街。岁馀，妻病殁。又岁馀，婢亦暴卒。方治櫘棺材，忽似有呼吸，既而目睛转动，已复苏。呼选人执手泣曰："一别年馀，不意又相见。"选人骇愕，则曰："君勿疑谵语，我是君妇，借婢尸再生也。此婢虽侍君巾栉，恒郁郁不欲居我下。商于妖尼，以术魇我，我遂发病死。魂为术者收瓶中，镇以符咒，埋尼庵墙下。局促昏暗，苦状难言。会尼庵墙圮，掘地重筑，圬者劚土破瓶，我乃得出。茫茫昧昧，莫知所往，伽蓝神指我诉城隍。而行魇法者皆有邪神为城社，辗转撑拄，狱不能成。达于东岳，乃捕逮术者，鞫治得状，拘婢付泥犁。我寿未尽，尸已久朽，故判借婢尸再生也。"阖家悲喜，仍以主母事之。而所指作魇之尼，则谓选人欲以婢为妻，故诈死片时，造作斯语。不顾陷人于重辟，汹汹欲讦讼。事无实证，惧干妖妄罪，遂讳不敢言。然倚帆尝私叩其僮仆，具道妇再生后，述旧事无纤毫差；其语音行步，亦与妇无纤毫异。又婢拙女红，而妇善刺绣，有旧所制履未竟，补成其半，宛然一手，则似非伪托矣。此雍正末年事也。

庸行易忘

范蘅洲作者原注：山阴人，名家相，甲戌(乾隆十九年，1754)进士，官柳州府知府之侄女，未婚殉节，吞金环不死，卒自投于河。曾太守作者原注：嘉祥人，曾子裔也，偶忘其名字之女，以救母并焚死。其事迹始末，当时皆了了知之。今四十馀年，不能举其详矣。奇闻易记，庸行易忘，固事理之常欤！附存姓氏，冀不泯幽光。《孔子家语》载弟子七十二人，固不必一一皆具行实尔。

冥王为冥王

蘅洲言：其乡某甲甚朴愿，一生无妄为。一日昼寝，梦数役持牒摄之去。至一公署，则冥王坐堂上，鞫以谋财杀某乙。某乙至，亦执甚坚。盖某乙自外索逋归，天未曙，趁凉早发。遇数人，见腰缠累然，共击杀之，携资遁，弃尸岸旁。某甲适棹舴艋过，见尸大骇，视之，识为某乙，尚微有气。因属邻里，抱置舟上，欲送之归。某乙垂绝，忽稍苏，张目见某甲，以为众夺财去，某甲独载尸弃诸江也。故魂至冥司，独讼某甲。冥王检籍，云盗为某某，非某甲。某乙以亲见固争。冥吏又以冥籍无误理，与某乙固争。冥王曰："冥籍无误，论其常也。然安知千百万年不误者，不偶此一误乎？我断之不如人质之也，吏言之不如囚证之也。"故拘某甲。某甲具述载送意。照以业镜，如所言。某乙乃悟。某甲初窃怪误拘，冥王告以故，某甲亦悟。遂别治某乙狱，而送某甲归。夫折狱之明决，至冥司止矣；案牍之详确，至冥司亦止矣。而冥王若是不自信也，又若是不惮烦也，斯冥王所以为冥王欤！

矫枉过直

"仲尼不为已甚出自《孟子·离娄下》，意为孔子做事不会做得太过"，岂仅防矫枉过直哉？圣人之所虑远也。老子曰："民不畏死，奈何以死畏之！"夫民未尝不畏死，至知必死乃不畏。至不畏死，则无事不可为矣。

小时闻某大姓为盗劫，悬赏格购捕，半岁馀，悉就执，亦俱引伏。而大姓恨盗甚，以多金赂狱卒，百计苦之：至足不蹑地，胁不到席，束缚不使如厕，裤中蛆虫蠕蠕嘬股髀，惟不绝饮食，使勿速死而已。盗恨大姓甚，私计强劫得财，律不分首从，斩；轮奸妇女，律亦不分首从，斩。二罪从一科断，均归一斩，万无加至磔裂车裂，也指凌迟处死理。乃于庭鞫时，自供遍污其妇女。官虽不据以录供，而众口坚执，众耳共闻，迄不能灭此语。不善大姓者又从而附会，谓盗已论死足蔽罪，而不惜多金，又百计苦之，其衔恨次骨正以此。人言籍籍，亦无从而辨此疑，遂大为门户玷，悔已无及。

夫劫盗骈戮，不能怨主人；即拷掠追讯，桎梏幽系，亦不能怨主人，法所应受也。至虐以法外，则其志不甘。掷石击石，力过猛必激而反。取一时之快，受百世之污，岂非已甚之故乎？然则圣人之所虑远矣。

高斗救女

霍养仲言：雍正初，东光有农家，粗具中人产。一夕，有劫盗，不甚搜财物，惟就衾中曳其女，掖入后圃，仰缚曲项老树上，盖其意本不在劫也。女哭詈。客作高斗，睡圃中，闻之跃起，挺刃出与斗。盗尽披靡，女以免。女恚愤泣涕，不语不食。父母宽譬终不解，穷诘再三，始出一语曰："我身裸露，可令高斗见乎？"父母喻意，竟以妻斗。此与楚钟建事适相类。然斗始愿不及此，徒以其父病，主为医药。及死为棺敛，葬以隙地，而招其母司炊煮，故感激出死力耳。罗大经《鹤林玉露》载咏朱亥诗曰："高论唐虞儒者事，负君卖友岂胜言。凭君莫笑金椎陋，却是屠沽解报恩。"至哉言乎！

夫妇睽离

太白诗曰："徘徊映歌扇，似月云中见。相见不相亲，不如不相见。"此为冶游言也。人家夫妇有睽离离散阻隔，而日日相见者，则不知是何因果矣。

郭石洲言：中州有李生者，娶妇旬馀而母病，夫妇更番守侍，衣不解结者七八月。母殁后，谨守礼法，三载不内宿。后贫甚，同依外家。外家亦仅仅温饱，屋宇无多，扫一室留居。未匝月，外姑之弟远就馆，送母来依姊。无室可容，乃以母与女共一室，而李生别榻书斋，仅早晚同案食耳。阅两载，李生入京规进取，外舅亦携家就幕江西。后得信，云妇已卒。李生意气懊丧，益落拓不自存，仍附舟南下觅外舅。外舅已别易主人，随往他所。无所栖托，姑卖字糊口。一日，市中遇雄伟丈夫，取视其字曰："君书大好。能一岁三四十金，为人书记乎？"李生喜出望外，即同登舟。烟水渺茫，不知何处。至家，供张亦甚盛。及观所属笔札，则绿林豪客也。无可如何，姑且依止。虑有后患，因诡易里籍姓名。主人性豪侈，声伎满前，不甚避客。每张乐，必召李生，偶见一姬，酷肖其妇，疑为鬼。姬亦时时目李生，似曾相识，然彼此不敢通一语。盖其外舅江行，适为此盗所劫，见妇有姿首，并掠以去。外舅以为大辱，急市薄榇，诡言女中伤死，伪为哭敛，载以归。妇惮死失身，已充盗后房，故于是相遇。然李生信妇已死，妇又不知李生改姓名，疑为貌似，故两相失。大抵三五日必一见，见惯亦不复相目矣。如是六七年，一日，主人呼李生曰："吾事且败，君文士不必与此难。此黄金五十两，君可怀之，藏某处丛荻间，候兵退，速觅渔舟返。此地人皆识君，不虑其不相送也。"语讫，挥手使急去伏匿。未几，闻哄然格斗声，既而闻传呼曰："盗已全队扬帆去，且籍其金帛妇女。"时已曛黑，火光中窥见诸乐伎皆披发肉袒，反接系颈，以鞭杖驱之行，此姬亦在内，惊怖战栗，使人心恻。明日，岛上无一人，痴立水次。良久，忽一人棹小舟呼曰："某先生耶？大王故无恙，且送先生返行。"一日夜，至岸，惧遭物色，乃怀金北归。至则外舅已先返，仍住其家。货所携，渐丰裕。念夫妇至相爱，而结褵女子出嫁时，母亲为之系佩巾，以示出家后侍奉公婆，操持家务，后代指婚姻十载，始终无一月共枕席。今物力稍充，不忍终以薄槥葬，拟易佳木，且欲一睹其遗骨，亦夙昔之情。外舅力沮不能止，词穷吐实。急兼程至豫章，冀合乐昌之镜。则所俘乐伎，分赏已久，不知流落何所矣。每回忆六七年中，咫尺千里，辄惘然如失。又回忆被俘时，缧绁鞭笞之状，不知以后摧折，更复若何，又辄肠断也。从此不娶，闻后竟为僧。

戈芥舟前辈曰："此事竟可作传奇，惜末无结束，与《桃花扇》相等。虽曲终不见，江上峰青，绵邈含情，正在烟波不尽，究未免增人怊怅耳。"

紫　桃

金可亭作者原注：此浙江金孝廉，名嘉炎。与金大司农同姓同号，各自一人言：有赵公者，官监司。晚岁家居，得一婢曰紫桃，宠专房，他姬莫当夕。紫桃亦婉娈善奉事，呼之必在侧，百不一失。赵公固聪察，疑有异，于枕畔固诘。紫桃自承为狐，然夙缘当侍公，与公无害。昵爱久，亦弗言。家有园亭，一日立两室间，呼紫桃。则两室各一紫桃出。乃大骇。紫桃谢曰："妾分形也。"

偶春日策杖郊外，逢道士与语，甚有理致。情颇洽，问所自来。曰："为公来。公本谪仙，限满当归三岛。今金丹已为狐所盗，不可复归。再不治，虑寿限亦减。仆公旧侣，故来视公。"赵公心知紫桃事，邀同归。

道士踞坐厅事，索笔书一符，曼声长啸。邸中纷纷扰扰，有数十紫桃，容色衣饰，无毫发差，跪庭院皆满。道士呼真紫桃出。众相顾曰："无真也。"又呼最先紫桃出。一女叩额曰："婢子是。"道士叱曰："尔盗赵公丹已非，又呼朋引类，务败其道，何也？"女对曰："是有二故：赵公前生，炼精四五百年，元关坚固，非更番迭取不能得。然赵公非碌碌者，见众美遝进，必觉为蛊惑，断不肯纳。故终始共幻一形，匿其迹也。今事已露，愿散去。"道士挥手令出，顾赵公太息曰："小人献媚旅进，君子弗受也。一小人伺君子之隙，投其所尚，众小人从而阴佐之，则君子弗觉矣。《易》'姤卦'之初六，一阴始生，其象为'系于金柅'。柅以止车，示当止也。不止则履霜之初，即坚冰之渐。浸假而‘剥卦’六五至矣。今日之事，是之谓乎？然苟无其隙，虽小人不能伺；苟无所好，虽小人不能投。千金之堤，溃于蚁漏，有罅故也。公先误涉旁门，欲讲容成之术；既而耽玩艳冶，失其初心。嗜欲日深，故妖物乘之而麇集。衅因自起，于彼何尤？此始此终，固亦其理；驱之而不谴，盖以是耳。吾来稍晚，于公事已无益。然从此摄心清静，犹不失作九十翁。”再三珍重，瞥然而去。赵公后果寿八十馀。

蜕形之狐

哈密屯军，多牧马西北深山中。屯弁屯田的小吏或往考牧，中途恒憩一民家。主翁或具瓜果，意甚恭谨。久渐款洽，然窃怪其无邻无里，不圃不农，寂历空山，作何生计。一日，偶诘其故，翁无词自解，云实蜕形之狐。问：“狐喜近人，何以僻处？狐多聚族，何以独居？”曰：“修道必世外幽栖，始精神坚定。如往来城市，则嗜欲日生，难以炼形服气，不免于媚人采补，摄取外丹。倘所害过多，终干天律；至往来墟墓，种类太繁，则踪迹彰明，易招弋猎，尤非远害之方，故均不为也。”屯弁喜其朴诚，亦不猜惧，约为兄弟。翁亦欣然。因出便旋，循墙环视，翁笑曰：“凡变形之狐，其室皆幻；蜕形之狐，其室皆真。老夫尸解以来，久归人道，此并葺茅伐木，手自经营，公毋疑如海市也。”他日再往，屯军告月明之夕，不睹人形，而石壁时现二人影，高并丈馀，疑为鬼物，欲改牧厂。屯弁以问，此翁曰：“此所谓木石之怪夔罔两也。山川精气，翕合而生，其始如泡露，久而渐如烟雾，久而凝聚成形，尚空虚无质，故月下惟见其影；再百馀年，则气足而有质矣。二物吾亦尝见之，不为人害，无庸避也。”后屯弁泄其事，狐遂徙去，惟二影今尚存焉。此哈密徐守备所说。徐云久拟同屯弁往观，以往返须数日，尚未暇也。

风雨惊马

乌鲁木齐牧厂一夕大风雨，马惊逸者数十匹，追寻无迹。七八日后，乃自哈密山中出。知为乌鲁木齐马者，马有火印故也。是地距哈密二十馀程，何以不十日即至？知穹谷幽岩，人迹未到之处，别有捷径矣。大学士温公遣台军数辈，裹粮往探。皆粮尽空返，终不得路。或曰台军惮路远，在近山逗留旬日，诡云已往。或曰台军惮伐山开路劳，又惮移台搬运费，故讳不言。或曰自哈密辟展至迪化作者原注：即乌鲁木齐之城名，今因为州名，人烟相接，村落市廛，邮传馆舍如内地，又沙平如掌。改而山行，则路既险阻，地亦荒凉，事事皆不适，故不愿。或曰道途既减大半，则台军之额，驿马之数，以及一切转运之费，皆应减大半，于官吏颇有损，故阴掣肘。是皆不可知。然七八日得马之事，终不可解。或又为之说曰："失马谴重，司牧者以牢醴祷山神。神驱之，故马速出，非别有路也。"然神能驱之行，何不驱之返乎？

水面羊头

奴子王廷佑之母言：幼时家在卫河侧，一日晨起，闻两岸呼噪声。时水暴涨，疑河决，踉跄出视，则河中一羊，头昂出水上，巨如五斗栲栳，急如激箭，顺流向北去。皆曰羊神过。余谓此蛟螭之类，首似羊也。《埤雅》载龙九似，亦称首似牛云。

棒椎鱼

居卫河侧者言：河之将决，中流之水必凸起，高于两岸；然不知其在何处也。至棒椎鱼集于一处，则所集之处不一两日溃矣。父老相传，验之百不失一。棒椎鱼者，象其形而名，平时不知在何所，网钓亦未见得之者，至河暴涨乃麇qún至。护堤者见其以首触岸，如万杵齐筑，则决在斯须间矣，岂非数哉！然唐尧洪水，天数也；神禹随刊，则人事也。惟圣人能知天，惟圣人不委过于天，先事而绸缪，后事而补救，虽不能消弭，亦必有所挽回。

窃酒狐

先曾祖母王太夫人八旬时，宾客满堂。奴子李荣司茶酒，窃沧酒半罂，匿房内。夜归将寝，闻罂中有鼾声，怪而撼之，罂中忽语曰："我醉欲眠，尔勿扰。"知为狐魅，怒而极撼之，鼾益甚。探手引之，则一人首出罂口，渐巨如斗，渐巨如栲栳。荣批其颊，则掉首一摇，连罂旋转。砰然有声，触瓮而碎，已涓滴不遗矣。荣顿足极骂，闻梁上语曰："长孙无礼作者原注：长孙，荣之小名也，许尔盗不许我盗耶？尔既惜酒，我亦不胜酒，今还尔。"据其项而呕，自顶至踵，淋漓殆遍。此与余所记西城狐事相似而更恶作剧。然小人贪冒，无一事不作奸，稍料理之，未为过也。

狐狸打牌

安州陈大宗伯，宅在孙公园作者原注：其后废墟即孙退谷之别业。后有楼贮杂物，云有狐居，然不甚露形声也。一日，闻似相诟谇，忽乱掷牙牌于楼下，琤琤如雹。数之，得三十一扇，惟阙二四一扇耳。二四幺二，牌家谓之至尊作者原注：以合为九数故也，得者为大捷。疑其争此二扇，怒而抛弃欤？余儿时曾亲见之。杜工部大呼“五白”，韩昌黎博塞争财，李习之作《五木经》，杨大年喜叶子戏。偶然寄兴，借此消闲，名士风流，往往不免。乃至“元邱校尉狐狸的别称”亦复沿波，余性迂疏，终以为非雅戏也。

异　术

蒋心馀言：有客赴人游湖约，至则画船箫鼓，红裙而侑酒者，谛视乃其妇也。去家二千里，不知何流落到此。惧为辱，噤不敢言。妇乃若不相识，无恐怖意，亦无惭愧意，调丝度曲，引袖飞觞，恬如也。惟声音不相似，又妇笑好掩口，此妓不然，亦不相似。而右腕红痣如粟颗，乃复宛然。大惑不解，草草终筵，将治装为归计。俄得家书，妇半载前死矣。疑为见鬼，亦不复深求。所亲见其意态殊常，密诘再三，始知其故，咸以为貌偶同也。

后闻一游士来往吴越间，不事干谒，不通交游，亦无所经营贸易，惟携姬媵数辈闭门居；或时出一二人，属媒媪卖之而已。以为贩鬻妇女者，无与人事，莫或过问也。一日，意甚匆遽，急买舟欲赴天目山，求高行僧作道场。僧以其疏语掩抑支离，不知何事；又有“本是佛传，当求佛佑，仰借慈云之庇，庶宽雷部之刑”语。疑有别故，还其衬施，谢遣之。至中途，果殒于雷。后从者微泄其事，曰：“此人从一红衣番僧受异术，能持咒摄取新敛女子尸，又摄取妖狐淫鬼，附其尸以生，即以自侍。再有新者，即以旧者转售人，获利无算。因梦神责以恶贯将满，当伏天诛，故忏悔以求免，竟不能也。”疑此客之妇，即为此人所摄矣。理藩院尚书留公亦言红教喇嘛有摄召妇女术，故黄教斥以为魔云。

三贼盗墓

外祖安公，前母安太夫人父也。殁时家尚盛，诸舅多以金宝殉。或陈“璠玙二者皆为美玉”之戒，不省。又筑室墓垣外，以数壮夫逻守，柝声铃声，彻夜相答。或曰：“是树帜招盗也。”亦不省。既而果被发。盖盗乘守者昼寝，衣青蓑，逾垣伏草间，故未觉其入。至夜，以椎凿破棺。柝二击则亦二椎，柝三击则亦三椎，故转以击柝不闻声。伏至天欲晓，铃柝皆息，乃逾垣遁。故未觉其出。一含珠巨如龙眼核，亦裂颏取去。先闻之也，告官。大索未得间，诸舅同梦外祖曰：“吾夙生负此三人财，今取偿，捕亦不获。惟我未尝屠割彼，而横见酷虐，刃劙断我颐，是当受报，吾得直于冥司矣。”后月馀，获一盗，果取珠者。珠为尸气所蚀，已青黯不值一钱。其二盗灼知姓名，而千金购捕不能得，则梦语不诬矣。

逃妾

表叔王月阡言：近村某甲买一妾，两月馀，逃去。其父反以妒杀焚尸讼。会县官在京需次时，逃妾构讼，事与此类。触其旧愤，穷治得诬状。计不得逞，然坚不承转鬻。盖无诱逃实证，难于究诘，妾卒无踪。某甲妇弟住隔县。妇归宁，闻弟新纳妾，欲见之。妾闭户不肯出，其弟自曳之来。一见即投地叩额，称死罪，正所失妾也。妇弟以某甲旧妾，不肯纳；某甲以曾侍妇弟，亦不肯纳，鞭之百，以配老奴，竟以爨婢终焉。

夫富室构讼，词连帷薄，此不能旦夕结也，而适值是县官。女子转鬻，深匿闺帏，此不易物色求也，而适值其妇弟。机械百端，可云至巧，乌知造物更巧哉！

虎伥道士

门人葛观察正华，吉州人。言其乡有数商，驱骡纲驮货物的骡群行山间，见樵径上立一道士，青袍棕笠，以麈尾招其中一人曰：“尔何姓名？”具以对。又问籍何县，曰：“是尔矣，尔本谪仙，今限满当归紫府。吾是尔本师，故来导尔，尔宜随我行。”此人私念平生不能识一字，鲁钝如是，不应为仙人转生；且父母年已高，亦无弃之求仙理，坚谢不往。道士太息，又招众人曰："彼既堕落，当有一人补其位。诸君相遇，即是有缘，有能随我行者乎？千载一遇，不可失也。"众亦疑骇无应者，道士咈然去。众至逆旅，以此事告人。或云仙人接引，不去可惜；或云恐或妖物，不去是。有好事者，次日循樵径探之，甫登一岭，见草间残骸狼藉，乃新被虎食者也。惶遽而返。此道士殆虎伥传说中引猛虎食人的怪物欤？故无故而致非常之福，贪冒者所喜，明哲者所惧也。无故而作非分之想，侥幸者其偶，颠越者其常也。谓此人之鲁钝，正此人之聪明可矣。

秋　蟹

宋人咏蟹诗曰："水清讵免双螯黑，秋老难逃一背红。"借寓朱勔之贪婪必败也。然他物供庖厨，一死焉而已，惟蟹则生投釜甑，徐受蒸煮，由初沸至熟，至速亦逾数刻，其楚毒有求死不得者。意非夙业深重，不堕是中。相传赵公宏燮官直隶巡抚时作者原注：时直隶尚未设总督，一夜梦家中已死僮仆媪婢数十人，环跪阶下，皆叩额乞命，曰："奴辈生受豢养恩，而互结朋党，蒙蔽主人，久而枝蔓牵缠，根柢胶固，成牢不可破之局。即稍有败露，亦众口一音，巧为解结，使心知之而无如何。又久而阴相掣肘，使不如众人之意，则不能行一事。坐是罪恶，堕入水族，使世世罹汤镬之苦。明日主人供膳蟹，即奴辈后身，乞见赦宥。"公故仁慈，天曙，以梦告司庖，饬举蟹投水，且为礼忏作功德。时霜蟹肥美，使宅所供，尤精选膏腴。奴辈皆窃笑曰："老翁狡狯，造此语怖人耶！吾辈岂受汝给者。"竟效校人之烹校人，管理池塘的小吏。《孟子·万章上》记载，有人送了一条活鱼给郑国大夫子产，子产将鱼交给校人放生。校人私下将鱼烹而食之，却报告说鱼已放入深塘，潜入水底不见了，而以已放告；又干没其功德钱，而以佛事已毕告。赵公竟终不知也。此辈作奸，固其常态；要亦此数十僮仆婢媪者，留此锢习，适以自戕。"请君入瓮"，此之谓欤！

离　魂

魂与魄交而成梦，究不能明其所以然。先兄晴湖，尝咏高唐神女事曰："他人梦见我，我固不得知；我梦见他人，人又乌知之？孱王自幻想，神女宁幽期？如何巫山上，云雨今犹疑。”足为瑶姬传说中炎帝的第三个女儿雪谤。

然实有见人之梦者。奴子李星，尝月夜村外纳凉，遥见邻家少妇掩映枣林间。以为守圃防盗，恐其翁姑及夫或同在，不敢呼与语。俄见其循塍西行半里许，入秫丛中。疑其有所期会，益不敢近，仅远望之。俄见穿秫丛出行数步，阻水而返。痴立良久，又循水北行百馀步，阻泥泞又返，折而东北入豆田。诘屈行，颠踬者再。知其迷路，乃遥呼曰：“几嫂深夜往何处？迤北更无路，且陷淖中矣。”妇回顾应曰：“我不能出，几郎可领我还。”急赴之，已无睹矣。知为遇鬼，心惊骨栗，狂奔归家。乃见妇与其母坐门外墙下，言适纺倦睡去，梦至林野中，迷不能出，闻几郎在后唤我，乃霍然醒。与星所见一一相符。盖疲苶nié疲倦之极，神不守舍，真阳飞越，遂至离魂。魂与形离，是即鬼类，与神识起灭自生幻象者不同，故人或得而见之。独孤生之梦游，正此类耳。

民　言

有州牧以贪横伏诛。既死之后，州民喧传其种种冥报，至不可殚书。余谓此怨毒未平，造作讹言耳。先兄晴湖则曰：“天地无心，视听在民，民言如是，是亦可危也已。”

灰解凝滞

里媪遇饭食凝滞者，即以其物烧灰存性，调水服之。余初斥其妄，然亦往往验。审思其故，此皆油腻凝滞者也。盖油腻先凝，物稍过多，则遇之必滞。凡药物入胃，必凑其同气，故某物之灰，能自到某物凝滞处。凡油腻得灰即解散，故灰到其处，滞者自行，犹之以灰浣垢而已。若脾弱之凝滞，胃满之凝滞，气郁之凝滞，血瘀痰结之凝滞，则非灰所能除矣。

狼　妇

乌鲁木齐军校王福言：曩在西宁，与同队数人入山射生。遥见山腰一番妇独行，有四狼随其后。以为狼将搏噬，番妇未见也，共相呼噪。番妇如不闻。一人引满射狼，乃误中番妇，倒掷堕山下。众方惊悔，视之，亦一狼也。四狼则已逸去矣。盖妖兽幻形，诱人而啖，不幸遭殪yì杀死也。岂恶贯已盈，若或使之欤！

卷十六

姑妄听之二

情理互妨

天下事，情理而已，然情理有时而互妨。里有姑虐其养媳者，惨酷无人理，遁归母家。母怜而匿别所，诡言未见，因涉讼。姑以朱老与比邻，当见其来往，引为证。朱私念言女已归，则驱人就死；言女未归，则助人离婚。疑不能决，乞签于神。举筒屡摇，签不出。奋力再摇，签乃全出。是神亦不能决也。辛彤甫先生闻之曰："神殊愦愦！十岁幼女，而日日加炮烙，恩义绝矣。听其逃死不为过。"

屏上绝句

戈孝廉仲坊，丁酉乾隆四十二年(1777)乡试后，梦至一处，见屏上书绝句数首。醒而记其两句曰："知是蓬莱第一仙，因何清浅几多年？"壬子乾隆五十七年(1792)春，在河间见景州李生，偶话其事。李骇曰："此余族弟屏上近人题梅花作也。句殊不工，不知何以入君梦？"前无因缘，后无征验，《周官》即《周礼》，相传为周公所作，王莽建立新朝后改名叫《周礼》六梦，竟何所属乎？

雄鸡卵

《新齐谐》作者原注：即《子不语》之改名载雄鸡卵事，今乃知竟实有之。其大如指顶形，似闽中落花生，不能正圆，外有斑点，向日映之，其中深红如琥珀，以点目眚shěng眼睛生白翳，即白内障，甚效。德少司空成，汪副宪承霈皆尝以是物合药。然不易得，一枚可以值十金。阿少司农迪斯曰："是虽罕睹，实亦人力所为。"以肥壮雄鸡闭笼中，纵群雌绕笼外，使相近而不能相接。久而精气抟结，自能成卵。此亦理所宜然。然鸡秉巽风之气，故食之发疮毒。其卵以盛阳不泄，郁积而成，自必蕴热，不知何以反明目。又《本草》之所不载，医经之所未言，何以知其能明目？此则莫明其故矣。汪副宪曰："有以蛇卵售欺者，但映日不红，即为伪托。"亦不可不知也。

前因后果

沈媪言：里有赵三者，与母俱佣于郭氏。母殁后年馀，一夕，似梦非梦，闻母语曰："明日大雪，墙头当冻死一鸡，主人必与尔，尔慎勿食。我尝盗主人三百钱，冥司判为鸡以偿，今生卵足数而去也。"次日，果如所言。赵三不肯食，泣而埋之。反复穷诘，始吐其实。此数年内事也。然则世之供车骑受刲煮者，必有前因焉，人不知耳。此辈之狡黠攘窃者，亦必有后果焉，人不思耳。

子归父骨

余十一二岁时，闻从叔灿若公言：里有齐某者，以罪戍黑龙江，殁数年矣。其子稍长，欲归其骨，而贫不能往，恒蹙然如抱深忧。一日，偶得豆数升，乃屑以为末，水抟成丸；衣以赭土，诈为卖药者以往，姑以给取数文钱供口食耳。乃沿途买其药者，虽危症亦立愈。转相告语，颇得善价，竟借是达戍所，得父骨以箧负归。归途于窝集吉林、黑龙江一带方言，即原始森林遇三盗，急弃其资斧，负箧奔。盗追及，开箧见骨，怪问其故。涕泣陈述。共悯而释之，转赠以金。方拜谢间，一盗忽擗踊大恸曰："此人孱弱如是，尚数千里外求父骨。我堂堂丈夫，自命豪杰，顾及不能耶？诸君好住，吾今往肃州矣。"语讫，挥手西行。其徒呼使别妻子，终不反顾，盖所感者深矣。惜人往风微，无传于世。余作《滦阳消夏录》诸书，亦竟忘之。癸丑乾隆五十八年(1793)三月三日，宿海淀直庐，偶然忆及，因录以补志乘之遗。倘亦潜德未彰，幽灵不泯，有以默启余衷乎！

叟与狐

李蟠木言：其乡有灌园叟，年六十馀矣。与客作数人同屋寝，忽闻其哑哑作颤声，又呢呢作媚语，呼之不应。一夕，灯未尽，见其布衾蠕蠕掀簸，如有人交接者，问之亦不言。既而白昼或忽趋僻处，或无故闭门。怪而觇之，辄有瓦石飞击。人方知其为魅所据。

久之不能自讳，言初见一少年至园中，似曾相识，而不能记忆；邀之坐，问所自来。少年言："有一事告君，祈君勿拒。君四世前与我为密友，后忽借胥魁势豪夺我田。我诉官，反遭笞。郁结以死，诉于冥官。主者以契交隙末，当以欢喜解冤，判君为我妇二十年。不意我以业重，遽堕狐身，尚有四年未了。比我炼形成道，君已再入轮回，转生今世。前因虽昧，旧债难消；夙命牵缠，遇于此地。业缘凑合，不能待君再堕女身，便乞相偿，完此因果。"我方骇怪，彼遽嘘我以气，惘惘然如醉如梦，已受其污。自是日必一两至，去后亦自悔恨，然来时又帖然意肯，竟自忘为老翁，不知其何以故也。

一夜，初闻狎昵声，渐闻呻吟声，渐闻悄悄乞缓声，渐闻切切求免声；至鸡鸣后，乃嗷然失声。突梁上大笑曰："此足抵笞三十矣。"自是遂不至。后葺治草屋，见梁上皆白粉所画圈，十圈为一行。数之，得一千四百四十，正合四年之日数。乃知为所记淫筹。计其来去，不满四年，殆以一度抵一日矣。

或曰："是狐欲媚此叟，故造斯言。"然狐之媚人，悦其色，摄其精耳。鸡皮鹤发，有何色之可悦？有何精之可摄？其非相媚也明甚。且以扶杖之年，讲分桃指男宠之事之好，逆来顺受，亦太不情。其为身异性存，夙根未泯，自然相就，如磁引针，亦明甚。狐之所云，殆非虚语。然则怨毒纠结，变端百出，至三生之后而未已，其亦慎勿造因哉！

少年行遇

文水李秀升言：其乡有少年山行，遇少妇独骑一驴。红裙蓝帔，貌颇娴雅，屡以目侧睨。少年故谨厚，虑或招嫌，恒在其后数十步，俯首未尝一视。至林谷深处，妇忽按辔不行，待其追及，语之曰："君秉心端正，大不易得，我不欲害君。此非往某处路，君误随行。可于某树下绕向某方，斜行三四里即得路矣。"语讫，自驴背一跃，直上木杪，其身渐渐长丈馀。俄风起叶飞，瞥然已逝。再视其驴，乃一狐也。少年悸几失魂。殆飞天野叉之类欤？使稍与狎昵，不知作何变怪矣。

举子遇鬼

癸丑乾隆五十八年(1793)会试，陕西一举子于号舍遇鬼，骤发狂疾。众掖出归寓，鬼亦随出，自以首触壁，皮骨皆破。避至外城，鬼又随至，卒以刃自刺死。未死间，手书片纸付其友，乃“天网恢恢，疏而不漏”八字。虽不知所为何事，其为冤报则凿凿矣。

克己之狐

南皮郝子明言：有士人读书僧寺，偶便旋于空院，忽有飞瓦击其背。俄闻屋中语曰：“汝辈能见人，人则不能见汝辈。不自引避，反嗔人耶？”方骇愕间，屋内又语曰：“小婢无礼，当即笞之，先生勿介意。然空屋多我辈所居，先生凡遇此等处，宜面墙便旋，勿对门窗，则两无触忤矣。”此狐可谓能克己。

余尝谓僮仆吏役与人争角而不胜，其长恒引以为辱，世态类然。夫天下至可耻者，莫过于悖理。不问理之曲直，而务求我所隶属，人不能犯以为荣，果足为荣也耶？昔有属官私其胥魁，百计袒护。余戏语之曰：“吾侪身后，当各有碑志一篇，使盖棺论定，撰文者奋笔书曰：‘公秉正不阿，于所属吏役，犯法者一无假借。’人必以为荣，谅君亦以为荣也。又或奋笔书曰：‘公平生喜庇吏役，虽受赇 qiú 骫 wěi 法收受贿赂，贪赃枉法，亦一一曲为讳匿。’人必以为辱，谅君亦以为辱也。何此时乃以辱为荣，以荣为辱耶？”先师董文恪曰：“凡事不可载入行状，即断断不可为。”斯言谅矣。

魅惑贾商

侍鹭川作者原注：侍氏未详所出，疑本侍其氏，明洪武中，凡复姓皆令去一字，因为侍氏也言：有贾于淮上者，偶行曲巷，见一女姿色明艳，殆类天人。私访其近邻，曰：“新来未匝月，只老母携婢数人同居，未知为何许人也。”贾因赂媒媪觇之。其母言：“杭州金姓，同一子一女往依其婿。不幸子遘疾，卒于舟；二仆又乘隙窃资逃。茕茕孤嫠，惧遭强暴，不得已税屋权住此，待亲属来迎。尚未知其肯来否？”语讫，泣下。媒舔以既无所归，又无地主，将来作何究竟，有女如是，何不于此地求佳婿，暮年亦有所依。母言：“甚善，我亦不求多聘币。但弱女娇养久，亦不欲草草。有能制衣饰奁具约值千金者，我即许之。所办仍是渠家物，我惟至彼一阅视，不取纤芥归也。”媒以告贾，贾私计良得。旬日内，趣办金珠锦绣，殚极华美；一切器用，亦事事精好。先亲迎一日，邀母来观，意甚惬足。次日，箫鼓至门，乃坚闭不启。候至数刻，呼亦不应。询问邻舍，又未见其移居。不得已逾墙入视，则阒无一人。遍索诸室，惟破床堆髑髅数具，乃知其非人。回视家中，一物不失，然无所用之，重鬻仅能得半价。懊丧不出者数月，竟莫测此魅何所取。或曰："魅本无意惑贾，贾妄生窥伺，反往觇魅，魅故因而戏弄之。"是于理当然。或又曰："贾富而悭，心计可以析秋毫，犯鬼神之忌，故魅以美色颠倒之。"是亦理所宜有也。

奇瘤异疮

《宣室志》载陇西李生左乳患痈，一日痈溃，有雉自乳飞出，不知所之。《闻奇录》载崔尧封外甥李言吉左目患瘤，剖之有黄雀鸣噪而去。其事皆不可以理解。札阁学郎阿亲见其亲串家小婢项上生疮，疮中出一白蝙蝠。知唐人记二事非虚。岂但"六合之外，存而不论"哉？

无心之巧

曹慕堂宗丞有乩仙所画《醉钟馗图》，余题以二绝句曰："一梦荒唐事有无，吴生粉本几临摹。纷纷画手多新样，又道先生是酒徒。""午日家家蒲酒香，终南进士亦壶觞。太平时节无妖疠，任尔闲游到醉乡。"画者题者，均弄笔狡狯而已。

一日，午睡初醒，听窗外婢媪悄语说鬼：有王媪家在西山，言曾月夕守瓜田，遥见双灯自林外冉冉来，人语嘈杂，乃一大鬼醉欲倒，诸小鬼掖之踉跄行。安知非醉钟馗乎？天地之大，无所不有。随意画一人，往往遇一人与之肖；随意命一名，往往有一人与之同。无心暗合，是即化工之自然也。

狐习儒者

相传魏环极先生尝读书山寺，凡笔墨几榻之类，不待拂拭，自然无尘。初不为意，后稍稍怪之。一日晚归，门尚未启，闻室中窸窣有声，从隙窃觇，见一人方整饬书案。骤入掩之，其人瞥穿后窗去。急呼令近，其人遂拱立窗外，意甚恭谨。问："汝何怪？"磬折对曰："某狐之习儒者也。以公正人，不敢近，然私敬公，故日日窃执仆隶役，幸公勿讶。"先生隔窗与语，甚有理致。自是虽不敢入室，然遇先生不甚避，先生亦时时与言。

一日，偶问："汝视我能作圣贤乎？"曰："公所讲者道学，与圣贤各一事也。圣贤依乎中庸，以实心励实行，以实学求实用。道学则务语精微，先理气，后彝伦伦理纲常，尊性命，薄事功，其用意已稍别。圣贤之于人，有是非心，无彼我心；有诱导心，无苛刻心。道学则各立门户，不能不争；既已相争，不能不巧诋以求胜。以是意见，生种种作用，遂不尽可令孔孟见矣。公刚大之气，正直之情，实可质鬼神而不愧，所以敬公者在此。公率其本性，为圣为贤亦在此。若公所讲，则固各自一事，非下愚之所知也。"公默然遣之。后以语门人曰："是盖因明季党祸，有激而言，非笃论也。然其抉摘情伪，固可警世之讲学者。"

二石兽

沧州南一寺临河干，山门圮于河，二石兽并沉焉。阅十馀岁，僧募金重修，求二石兽于水中，竟不可得，以为顺流下矣。棹数小舟，曳铁钯，寻十馀里无迹。

一讲学家设帐寺中，闻之笑曰："尔辈不能究物理。是非木柹，岂能为暴涨携之去？乃石性坚重，沙性松浮，湮于沙上，渐沉渐深耳。沿河求之，不亦颠乎？"众服为确论。一老河兵闻之，又笑曰："凡河中失石，当求之于上流。盖石性坚重，沙性松浮，水不能冲石，其反激之力，必于石下迎水处，啮沙为坎穴。渐激渐深，至石之半，石必倒掷坎穴中。如是再啮，石又再转。转转不已，遂反溯流逆上矣。求之下流，固颠；求之地中，不更颠乎？"如其言，果得于数里外。然则天下之事，但知其一、不知其二者多矣，可据理臆断欤！

轻佻农家子

交河及友声言：有农家子，颇轻佻。路逢邻村一妇，伫目睨视。方微笑挑之，适有馌者同行，遂各散去。阅日，又遇诸途，妇骑一乌牸zì 雌性牛，似相顾盼。农家子大喜，随之。时霖雨之后，野水纵横，牛行沮洳中甚速。沾体濡足，颠蹶作者原注：音致，挫折者屡，比至其门，气殆不属。及妇下牛，觉形忽不类；谛视之，乃一老翁。恍惚惊疑，有如梦寐。翁讶其痴立，问："到此何为？"无可置词，诡以迷路对，踉跄而归。

次日，门前老柳削去木皮三尺馀，大书其上曰："私窥贞妇，罚行泥泞十里。"乃知为魅所戏也。邻里怪问,不能自掩,为其父箠几殆。自是愧悔,竟以改行。此魅虽恶作剧,即谓之善知识可矣。

友声又言:一人见狐睡树下,以片瓦掷之。不中,瓦碎有声,狐惊跃去。归甫入门,突见其妇缢树上,大骇呼救。其妇狂奔而出,树上缢者已不见。但闻檐际大笑曰:"亦还汝一惊。"此亦足为佻达者戒也。

败师之徒

同年陈半江言:有道士善符箓,驱鬼缚魅,具有灵应。所至惟蔬食茗饮而已,不受铢金寸帛也。久而术渐不验,十每失四五。后竟为群魅所遮,大见窘辱,狼狈遁走。诉于其师。师至,登坛召将,执群魅鞫状。乃知道士虽不取一物,而其徒往往索人财,乃为行法;又窃其符箓,摄狐女媟狎。狐女因窃污其法器,故神怒不降,而仇之者得以逞也。师拊髀叹曰:"此非魅败尔,尔徒之败尔也;亦非尔徒之败尔,尔不察尔徒,适以自败也。赖尔持戒清苦,得免幸矣;于魅乎何尤!"拂衣竟去。夫天君泰然,百体从令,此儒者之常谈也。然奸黠之徒,岂能以主人廉介,遂辍贪谋哉!半江此言,盖其官直隶时,与某令相遇于余家,微以相讽。此令不悟,故清风两袖,而卒被恶声,其可惜也已。

鬼之有灵

里有少年,无故自掘其妻墓,几见棺矣。时耕者满野,见其且詈且掘,疑为颠痫,群起阻之。诘其故,坚不肯吐,然为众手所牵制,不能复掘,荷锸恨恨去。皆莫测其所以然也。越日,一牧者忽至墓下,发狂自挝曰:"汝播弄是非,间人骨肉多矣,今乃诬及黄泉耶?吾得请于神,不汝贷也。"因缕陈始末,自啮其舌死。盖少年恃其刚悍,顾盼自雄,视乡党如无物。牧者惎jì怨恨焉,因为造谤曰:"或谓某帷薄不修,吾固未信也。昨偶夜行,过其妻墓,闻林中呜呜有声,惧不敢前,伏草间窃视。月明之下,见七八黑影,至墓前与其妻杂坐调谑,媟声艳语,一一分明。人言其殆不诬耶?"有闻之者,以告少年。少年为其所中,遽有是举。方窃幸得计,不虞鬼之有灵也。小人狙诈,自及也宜哉。然亦少年意气凭陵,乃招是忌。故曰:"君子不欲多上人凌驾于其他人之上。"

七 婿

从孙树宝，盐山刘氏甥也。言其外祖有至戚，生七女，皆已嫁。中一婿，夜梦与婿僚六人，以红绳连系，疑为不祥。会其妇翁殁，七婿皆赴吊。此人忆是噩梦，不敢与六人同眠食；偶或相聚，亦稍坐即避出。怪诘之，具述其故。皆疑其别有所嗛嫌隙，托是言也。一夕，置酒邀共饮，而私键其外户，使不得遁。突殡宫火发，竟七人俱烬。乃悟此人无是梦则不避六人，不避六人则主人不键户，不键户则七人未必尽焚。神特以一梦诱之，使无一得脱也。此不知是何夙因？同为此家之婿，同时而死，又不知是何夙因？七女同生于此家，同时而寡，殆必非偶然矣。

孝为德之至

周密庵言：其族有孀妇，抚一子，十五六矣。偶见老父携幼女，饥寒困惫，踣不能行，言愿与人为养媳。女故端丽，孀妇以千钱聘之。手书婚帖，留一宿而去。女虽孱弱，而善操作，井臼皆能任；又工针黹针线活，家借以小康。事姑先意承志，无所不至。饮食起居，皆经营周至，一夜往往三四起。遇疾病，日侍榻旁，经旬月目不交睫。姑爱之乃过于子。姑病卒，出数十金与其夫使治棺衾。夫诘所自来，女低回良久曰："实告君，我狐之避雷劫者也。凡狐遇雷劫，惟德重禄重者庇之可免。然猝不易逢，逢之又皆为鬼神所呵护，猝不能近。此外惟早修善业，亦可以免。然善业不易修，修小善业亦不足度大劫。因化身为君妇，黾勉事姑。今借姑之庇，得免天刑，故厚营葬礼以申报，君何疑焉！"子故孱弱，闻之惊怖，竟不敢同居，女乃泣涕别去。后遇祭扫之期，其姑墓上必先有焚楮酹酒迹，疑亦女所为也。是特巧于逭huàn 逃避死，非真有爱于其姑。然有为为之，犹邀神福，信孝为德之至矣。

村女与狐

闻有村女，年十三四，为狐所媚。每夜同寝处，笑语媟狎，宛如伉俪。然女不狂惑，亦不疾病，饮食起居如常人，女甚安之。狐恒给钱米布帛，足一家之用，又为女制簪珥衣裳，及衾枕茵褥之类，所值逾数百金。女父亦甚安之。

如是岁馀，狐忽呼女父语曰："我将还山，汝女奁具亦略备，可急为觅一佳婿，吾不再来矣。汝女犹完璧，无疑我始乱终弃也。"女故无母，倩邻妇验之，果然。此余乡近年事，婢媪辈言之凿凿，竟与乖崖还婢其事宋代名臣张咏，字复之，号乖崖。张咏有个婢女，但并未纳婢女为妾。他离任时命其父母领之回家，并出资让婢女嫁人略同。狐之媚人，从未闻有如是者。其亦夙缘应了，夙债应偿耶？

道士转念

杨雨亭言：登莱间有木工，其子年十四五，甚姣丽。课之读书，亦颇慧。一日，自乡塾独归，遇道士对之诵咒，即惘惘不自主，随之俱行。至山坳一草庵，四无居人，道士引入室，复相对诵咒。心顿明了，然口噤不能声，四肢缓亸duǒ下垂不能举。又诵咒，衣皆自脱。道士掖伏榻上，抚摩偎倚，调以媟词，方露体近之，忽蹶起却坐曰："修道二百馀年，乃为此狡童败乎！"沉思良久，复偃卧其侧，周身玩视，慨然曰："如此佳儿，千载难遇，纵败吾道，不过再炼气二百年，亦何足惜。"奋身相逼，势已万万无免理。间不容发之际，又掉头自语曰："二百年辛苦，亦大不易。"掣身下榻，立若木鸡，俄绕屋旋行如转磨，突抽壁上短剑，自刺其臂，血如涌泉。欹倚呻吟，约一食顷，掷剑呼此子曰："尔几败，吾亦几败，今幸俱免矣。"更对之诵咒。此子觉如解束缚，急起披衣。道士引出门外，指以归路。口吐火焰，自焚草庵，转瞬已失所在，不知其为妖为仙也。

余谓妖魅纵淫，断无顾虑。此殆谷饮岩栖，多年胎息，偶差一念，魔障遂生；幸道力原深，故忽迷忽悟，能勒马悬崖耳。老子称不见可欲，使心不乱；若已见已乱，则非大智慧不能猛省，非大神通不能痛割。此道士于欲海横流，势不能遏，竟毅然一决，以楚毒断绝爱根，可谓地狱劫中证天堂果矣。其转念可师，其前事可勿论也。

尘壁诗

朱秋圃初入翰林时，租横街一小宅，最后有破屋数楹，用贮杂物。一日，偶入检视，见尘壁仿佛有字迹。拂拭谛观，乃细楷书二绝句，其一曰："红蕊几枝斜，春深道韫家。枝枝都看遍，原少并头花。"其二曰："向夕对银釭，含情坐绮窗。未须怜寂寞，我与影成双。"墨迹黯淡，殆已多年。又有行书一段，剥落残缺。玩其句格，似是一词，惟末二句可辨，曰：“天孙织女星莫怅阻银河，汝尚有牵牛相忆。”不知是谁家娇女，寄感摽梅梅子成熟后落下，后比喻女子适嫁。然不畏人知，濡毫题壁，亦太放诞风流矣。余曰：“《摽梅》三章，非女子自赋耶?”秋圃曰：“旧说如是，于心终有所格格。忆先儒有一说，云是女子父母所作，是或近之。”倪馀疆闻之曰：“详词末二语，是殆思妇之作，遘脱辁 pīng 之变指被抛弃者也。二公其皆失之乎！”既而秋圃揭换壁纸，又得数诗，其一曰：“门掩花空落，梁空燕不来。惟馀双小婢，鞋印在青苔。”其二曰：“久已梳妆懒，香奁偶一开。自持明镜看，原让赵阳台。”又一首曰：“咫尺楼窗夜见灯，云山似阻几千层。居家翻作无家客，隔院真成退院僧。镜里容华空若许，梦中晤对亦何曾。侍儿劝织回文锦，懒惰心情病未能。”则馀疆之说信矣。后为程文恭公诵之，公俯思良久，曰：“吾知之，吾不言。”既而曰：“语语负气，不见答也亦宜。”

邻鬼相斗

李漱六言：有佃户所居枕旷野。一夕，闻兵仗格斗声，阖家惊骇。登墙视之，无所睹。而战声如故，至鸡鸣乃息，知为鬼也。次日复然。病其聒不已，共谋伏铳击之，果应声啾啾奔散。既而屋上屋下，众声合噪曰：“彼劫我妇女，我亦劫彼妇女为质，互控于社公。社公愦愦，劝以互抵息事。俱不肯伏，故在此决胜负，何预汝事，汝以铳击我？今共至汝家，汝举铳则我去，汝置铳则我又来，汝能夜夜自昏至晓，发铳不止耶?”思其言中理，乃跪拜谢过，大具酒食纸钱送之去。然战声亦自此息矣。

夫不能不为之事，不出任之，是失几也；不能不除之害，不力争之，是养痈也。鬼不干人，人反干鬼，鬼有词矣，非开门揖盗乎！孟子有言，乡邻有斗者，被发缨冠而往救之，则惑也。虽闭户可也。

告密者

尹松林舍人言：有赵延洪者，性伉直，嫉恶至严，每面责人过，无所避忌。偶见邻妇与少年语，遽告其夫。夫侦之有迹，因伺其私会骈斩之，携首鸣官。官已依律勿论矣。越半载，赵忽发狂自挝，作邻妇语，与索命，竟啮断其舌死。

夫荡妇逾闲，诚为有罪。然惟其亲属得执之，惟其夫得杀之，非乱臣贼子，人人得而诛者也。且所失者一身之名节，所玷者一家之门户，亦非神奸巨蠹，弱肉强食，虐焰横煽，沉冤莫雪，使人人公愤者也。律以隐恶扬善之义，即转语他人，已伤盛德。倘伯仁由我而死表示对他人的死亡负有责任，尚不免罪有所归；况直告其夫，是诚何意，岂非激以必杀哉！游魂为厉，固不为无词。观事经半载，始得取偿，其必得请于神，乃奉行天罚矣。然则以讦jié揭发别人的隐私或攻击别人的短处为直，固非忠厚之道，抑亦非养福之道也。

负心佣奴

御史佛公伦，姚安公老友也。言贵家一佣奴，以游荡为主人所逐。衔恨次骨，乃造作蜚语，诬主人帷薄不修，缕述其下烝上报状指上下乱伦，言之凿凿，一时传布。主人亦稍闻之，然无以拑其口，又无从而与辩；妇女辈惟爇香吁神而已。一日，奴与其党坐茶肆，方抵掌纵谈，四座耸听，忽噭然一声，已仆于几上死。所由检验，以痰厥具报。官为敛，埋棺薄土浅，竟为群犬搰食，残骸狼藉。始知为负心之报矣。

佛公天性和易，不喜闻人过，凡僮仆婢媪，有言旧主之失者，必善遣使去，鉴此奴也。尝语昀曰："宋党进闻平话说韩信作者原注：优人演说故实，谓之平话。《永乐大典》所载，尚数十部，即行斥逐。或请其故，曰：'对我说韩信，必对韩信亦说我，是乌可听？'千古笑其愦愦，不知实绝大聪明。彼但喜对我说韩信，不思对韩信说我者，乃真愦愦耳！"真通人之论也。

古衣冠人

福建泉州试院，故海防道署也，室宇宏壮。而明季兵燹，署中多婴杀戮；又三年之中，学使按临仅两次。空闭日久，鬼物遂多。阿雨斋侍郎言：尝于黄昏以后，隐隐见古衣冠人暗中来往。即而视之，则无睹。余按临是郡，时幕友孙介亭亦曾见纱帽红袍人入奴子室中，奴子即梦魇。介亭故有胆，对窗唾曰："生为贵官，死乃为僮仆辈作祟，何不自重乃尔耶？"奴子忽醒，此后遂不复见。意其魂即栖是室，故欲驱奴子出；一经斥责，自知理屈而止欤？

里俗

里俗遇人病笃时，私剪其着体衣襟一片，炽火焚之。其灰有白文，斑驳如篆籀者则必死，无字迹者即生。又或联纸为衾，其缝不以糊粘，但以秤锤就捣衣砧上捶之。其缝缀合者必死，不合者即生。试之，十有八九验。此均不测其何理。

罗刹影

莆田林生霈言：闻泉州有人，忽灯下自顾其影，觉不类己形。谛审之，运动转侧，虽一一与形相应，而首巨如斗，发蓬鬙头发散乱的样子如羽葆，手足皆钩曲如鸟爪，宛然一奇鬼也。大骇，呼妻子来视，所见亦同。自是每夕皆然，莫喻其故，惶怖不知所为。邻有塾师闻之，曰："妖不自兴，因人而兴。子其阴有恶念，致罗刹感而现形欤？"其人悚然具服，曰："实与某氏有积仇，拟手刃其一门，使无遗种，而跳身以从鸭母作者原注：康熙末，台湾逆寇朱一贵结党煽乱。一贵以养鸭为业，闽人皆呼为鸭母云。今变怪如是，毋乃神果警我乎？且辍是谋，观子言验否。"是夕鬼影即不见。此真一念转移，立分祸福矣。

拉花者

丁御史芷谿言：曩在天津，遇上元，有少年观灯夜归，遇少妇甚妍丽，徘徊歧路，若有所待，衣香鬓影，楚楚动人。初以为失侣之游女，挑与语，不答；问姓氏里居，亦不答。乃疑为幽期密约迟所欢而未至者，计可以挟制留也，邀至家少憩。坚不肯。强迫之同归。柏酒粉团，时犹未彻，遂使杂坐妻妹间，联袂共饮。初甚靦觍，既而渐相调谑，媚态横生，与其妻妹互劝酬。少年狂喜，稍露留宿之意，则微笑曰："缘蒙不弃，故暂借君家一卸妆。恐伙伴相待，不能久住。"起解衣饰，卷束之，长揖径行，乃社会中拉花者也作者原注：秧歌队中作女妆者，俗谓之拉花。少年愤恚，追至门外，欲与斗。邻里聚问，有亲见其强邀者，不能责以夜入人家；有亲见其唱歌者，不能责以改妆戏妇女，竟哄笑而散。此真侮人反自侮矣。

邻女索枣

老仆卢泰言：其舅氏某，月夜坐院中枣树下，见邻女在墙上露半身，向之索枣。扑数十枚与之。女言今日始归宁，兄嫂皆往守瓜，父母已睡。因以手指墙下梯，斜盼而去。其舅会意，蹑梯而登。料女甫下，必有几凳在墙内，伸足试踏，乃踏空堕溷中。女父兄闻声趋视，大受箠楚。众为哀恳乃免。然邻女是日实未归，方知为魅所戏也。前所记骑牛妇，尚农家子先挑之；此则无因而至，可云无妄之灾。然使招之不往，魅亦何施其技？仍谓之自取可矣。

空园黑影

李芍亭言：有友尝避暑一僧寺，禅室甚洁，而以板窒其后窗。友置榻其下。一夕月明，枕旁有隙如指顶，似透微光。疑后为僧密室，穴纸觇之，乃一空园，为厝棺之所。意其间必有鬼，因侧卧枕上，以一目就窥。夜半，果有黑影，仿佛如人，来往树下。谛视粗能别男女，但眉目不了了。以耳就隙窃听，终不闻语声。厝棺约数十，然所见鬼少仅三五，多不过十馀。或久而渐散，或已入转轮欤？如是者月馀，不以告人，鬼亦竟未觉。一夕，见二鬼媟狎于树后，距窗下才七八尺，冶荡之态更甚于人，不觉失声笑，乃阒然灭迹。次夜再窥，不见一鬼矣。越数日寒热大作，疑鬼为祟，乃徙居他寺。

变幻如鬼，不免于意想之外，使人得见其阴私。十目十手，殆非虚语。然智出鬼上，而卒不免为鬼驱。察见渊鱼者不祥出自《列子·说符篇》，意为知道别人的隐私是不吉利的，又是之谓矣。

移甲代乙事

大学士温公镇乌鲁木齐日，军屯报遣犯王某逃，缉捕无迹。久而微闻其本与一吴某皆闽人，同押解至哈密辟展间，王某道死。监送台军不通闽语，不能别孰吴孰王。吴某因言死者为吴，而自冒王某之名，来至配所数月，伺隙潜遁。官府据哈密文牒，缉王不缉吴，故吴幸跳免。然事无左证，疑不能明，竟无从究诘。

军吏巴哈布因言：有卖丝者妇，甚有姿首。忽得奇疾，终日惟昏昏卧，而食则兼数人。如是两载馀，一日噭然长号，僵如尸厥。灌治竟夜，稍稍能言自云："魂为城隍判官所摄，逼为妾媵，而别摄一饿鬼附其形。至某日寿尽之期，冥牒拘召，判官又嘱鬼役别摄一饿鬼抵。饿鬼亦喜得转生，愿为之代。迨城隍庭讯，乃察知伪状，以判官鬼役付狱，遣我归也。"后判官塑像无故自碎，此妇又两年馀乃终。计其复生至再死，与其得疾至复生，日数恰符。知以枉被掠夺，仍还其应得之寿矣。然则移甲代乙，冥司亦有，所惜者此少城隍一讯耳。

狐魅扰人

李柯亭言：滦州民家，有狐据其仓中居，不甚为祟；或偶然抛掷砖瓦，盗窃饮食耳。后延术士劾治，殪数狐；且留符曰："再至则焚之。"狐果移去。然时时幻形为其家妇女，夜出与邻舍少年狎；甚乃幻其幼子形，与诸无赖同卧起。大播丑声，民固弗知。一日，至佛寺，闻禅室嬉笑声。穴纸窃窥，乃其女与僧杂坐。愤甚，归取刃，其女乃自内室出，始悟为狐复仇，再延术士。术士曰："是已窜逸，莫知所之矣。"

夫狐魅小小扰人，事所恒有，可以不必治，即治亦罪不至死。遽骈诛之，实为已甚，其衔冤也固宜。虽有符可恃，狐不能再逞，而相报之巧，乃卒生于所备外。然则君子于小人，力不足胜，固遭反噬；即力足胜之，而机械潜伏，变端百出，其亦深可怖已。

狐女报恩

嵩辅堂阁学言：海淀有贵家守墓者，偶见数犬逐一狐，毛血狼藉。意甚悯之，持杖击犬散，提狐置室中，俟其苏息，送至旷野，纵之去。越数日，夜有女子款扉入，容华绝代。骇问所自来。再拜曰："身是狐女，昨遘大难，蒙君再生，今来为君拂枕席。"守墓者度无恶意，因纳之。往来狎昵两月馀，日渐瘵瘦，然爱之不疑也。一日方共寝，闻窗外呼曰："阿六贱婢，我养创甫愈，未即报恩，尔何得冒托我名，魅郎君使病？脱有不讳，族党中谓我负义，我何以自明？即知事出于尔，而郎君救我，我坐视其死，又何以自安？今偕姑姊来诛尔。"女子惊起欲遁，业有数女排闼入，掊击立毙。守墓者惑溺已久，痛惜恚忿，反斥此女无良，夺其所爱。此女反复自陈，终不见省，且拔刃跃起，欲为彼女报冤。此女乃痛哭越墙去。守墓者后为人言之，犹恨恨也。此所谓“忠而见谤，信而见疑”也欤！

生徒戏师

董曲江前辈言：有讲学者，性乖僻，好以苛礼绳生徒。生徒苦之，然其人颇负端方名，不能诋其非也。

塾后有小圃。一夕散步月下，见花间隐隐有人影。时积雨初晴，土垣微圮，疑为邻里窃蔬者。迫而诘之，则一丽人匿树后，跪答曰：“身是狐女，畏公正人不敢近，故夜来折花。不虞为公所见，乞曲恕。”言词柔婉，顾盼间百媚俱生。讲学者惑之，挑与语，宛转相就。且云妾能隐形，往来无迹，即有人在侧亦不睹，不至为生徒知也。因相燕昵，比天欲晓，讲学者促之行。曰：“外有人声，我自能从窗隙去，公无虑。”俄晓日满窗，执经者麇至，女仍垂帐偃卧。讲学者心摇摇，然尚冀人不见。忽外言某媪来迓女。女披衣径出，坐皋比讲台上，理鬓讫，敛衽谢曰：“未携妆具，且归梳沐。暇日再来访，索昨夕缠头锦指代寻欢作乐的费用耳。”乃里中新来角妓，诸生徒赂使为此也。讲学者大沮，生徒课毕归早餐，已自负衣装遁矣。外有馀必中不足，岂不信乎？

贵公子梦妾

曲江又言：济南有贵公子，妾与妻相继殁。一日，独坐荷亭，似睡非睡，恍惚若见其亡姬。素所怜爱，即亦不畏，问何以能返。曰：“鬼有地界，土神禁不许阑入。今日明日，值娘子诵经期，连放焰口，得来领法食也。”问娘子已来否，曰：“娘子狱事未竟，安得自来？”问施食无益于亡者，作焰口何益，曰：“天心仁爱，佛法慈悲，赈人者佛天喜，赈鬼者佛天亦喜，是为亡者资冥福，非为其自来食也。”问泉下况味何似？曰：“堕女身者妾夙业，充下陈者君夙缘，业缘俱满，静待转轮，亦无大苦乐，但乏一小婢供驱使，君能为焚一偶人乎？”懵腾而醒，姑信其有，为作偶人焚之，次夕见梦，则一小婢相随矣。

夫束刍缚竹，剪纸裂缯，假合成质，何亦通灵？盖精气抟结，万物成形，形不虚立，秉气含精，虽久而腐朽，犹蜎蠕以化，芝菌以蒸。故人之精气未散者为鬼，布帛之精气，鬼之衣服亦如生。其于物也，既有其质，精气斯凝。以质为范，象肖以成，火化其渣滓，不化其菁英。故体为灰烬，而神聚幽冥，如人殂谢，魄降而魂升。夏作明器，殷周相承，圣人所以知鬼神之情也。若夫金钉春条，未阏佳城，殡宫阒寂，彳亍chì chù，走走停停的样子夜行，投畀炎火，微闻呷嘤。是则衰气所召，妖以人兴，抑或他物之所凭矣作者原注：有樊媪者在东光见有是事。

仙灵之宅

朱子颖运使言：昔官叙永同知时，由成都回署，偶遇茂林，停舆小憩。遥见万峰之顶，似有人家；而削立千仞，实非人迹所到。适携西洋远镜，试以窥之，见草屋三楹，向阳启户。有老翁倚松立，一幼女坐檐下，手有所持，似俯首缝补；屋柱似有对联，望不了了。俄云气滃郁烟雾弥漫的样子，遂不复睹。后重过其地，林麓依然，再以远镜窥之，空山而已。其仙灵之宅，误为人见，遂更移居欤？

桃花易梅

潘南田潘是稷，字南田，号墨痴，又号剑门山人，清代画家画有逸气，而性情孤峭，使酒骂座，落落然不合于时。偶为余作梅花横幅，余题一绝曰："水边篱落影横斜，曾在孤山处士家。只怪樛枝蟠似铁，风流毕竟让桃花。"盖戏之也。后余从军塞外，侍姬辈嫌其敝黯，竟以桃花一幅易之。然则细琐之事，亦似皆前定矣。

王恩溥遇鬼

青县王恩溥，先祖母张太夫人乳母孙也。一日，自兴济夜归，月明如昼，见大树下数人聚饮，杯盘狼藉。一少年邀之入座，一老翁嗔语少年曰："素不相知，勿恶作剧。"又正色谓恩溥曰："君宜速去，我辈非人，恐小儿等于君不利。"恩溥大怖，狼狈奔走，得至家，殆无气以动。后于亲串家作吊，突见是翁，惊仆欲绝，惟连呼："鬼！鬼！"老翁笑掖之起，曰："仆耽鞠糵代指酒，日恒不足。前值月夜，荷邻里相邀，酒已无多。遇君适至，恐增一客则不满枯肠，故诡语遣君。君乃竟以为真耶！"宾客满堂，莫不绝倒。中一客目击此事，恒向人说之。偶夜过废祠，见数人轰饮，亦邀入座。觉酒味有异，心方疑讶，乃为群鬼挤入深淖，化磷火荧荧散。东方渐白，有耕者救之乃出。缘此胆破，翻疑恩溥所见为真鬼。后途遇此翁，竟不敢接谈。此表兄张自修所说。

戴君恩诏则曰实有此事，而所传殊倒置。乃此客先遇鬼，而恩溥闻之。偶夜过某村，值一多年未晤之友，邀之共饮。疑其已死，绝裾奔逃。后相晤于姻家，大遭诟谇也。二说未审孰是。然由张所说，知不可偶经一事，遂谓事事皆然，致失于误信；由戴所说，知亦不可偶经一事，遂谓事事皆然，反败于多疑也。

老儒家狐

李秋崖言：一老儒家，有狐居其空仓中，三四十年未尝为祟。恒与人对语，亦颇知书；或邀之饮亦肯出，但不见其形耳。老儒殁后，其子亦诸生，与狐酬酢如其父，狐不甚答，久乃渐肆扰。生故设帐于家，而兼为人作讼牒。凡所批课文，皆不遗失；凡作讼牒，则甫具草辄碎裂，或从手中掣其笔。凡脩脯所入，毫厘不失；凡刀笔所得，虽扃锁严密，辄盗去。凡学子出入，皆无所见；凡讼者至，或瓦石击头面流血，或檐际作人语，对众发其阴谋。生苦之，延道士劾治。登坛召将，摄狐至。狐侃侃辩曰："其父不以异类视我，与我交至厚。我亦不以异类自外，视其父如弟兄。今其子自堕家声，作种种恶业，不陨身不止。我不忍坐视，故挠之使改图；所攫金皆埋其父墓中，将待其倾覆，周其妻子，实无他肠。不虞炼师之见谴，生死惟命。"道士蹶然下座，三揖而握其手曰："使我亡友有此子，吾不能也；微我不能，恐能者千百无一二。此举乃出尔曹乎？"不别主人，太息径去。其子愧不自容，誓辍是业，竟得考终。

复生男子

乾隆丙辰乾隆元年（1736）、丁巳乾隆二年（1737）间，户部员外郎长公泰有仆妇，年二十馀，中风昏眩，气奄奄如缕，至夜而绝。次日，方为营棺敛，手足忽动，渐能屈伸，俄起坐，问："此何处？"众以为犹谵语也。既而环视室中，意若省悟，喟然者数四，默默无语，从此病顿愈。然察其语音行步，皆似男子，亦不能自梳沐，见其夫若不相识。觉有异，细诘其由。始自言本男子，数日前死。魂至冥司，主者检算未尽，然当谪为女身，命借此妇尸复生。觉倏如睡去，倏如梦醒，则已卧板榻上矣。问其姓名里贯，坚不肯言，惟曰事已至此，何必更为前世辱。遂不穷究。初不肯与仆同寝，后无词可拒，乃曲从；然每一荐枕，辄饮泣至晓。或窃闻其自语曰："读书二十年，作官三十馀年，乃忍耻受奴子辱耶？"其夫又尝闻呓语曰："积金徒供儿辈乐，多亦何为？"呼醒问之，则曰未言。知其深讳，亦姑置之。长公恶言神怪事，禁家人勿传，故事不甚彰，然亦颇有知之者。越三载馀，终郁郁病死。讫不知其为谁也。

魅无善恶

先师裘文达公言：有郭生，刚直负气。偶中秋燕集，与朋友论鬼神，自云不畏。众请宿某凶宅以验之，郭慨然仗剑往。宅约数十间，秋草满庭，荒芜蒙翳。扃户独坐，寂无见闻。二鼓后，有人当户立。郭奋剑欲起，其人挥袖一拂，觉口噤体僵，有如梦魇，然心目仍了了。其人磬折致词曰："君固豪士，为人所激，因至此。好胜者常情，亦不怪君。既蒙枉顾，本应稍尽宾主意，然今日佳节，眷属皆出赏月，礼别内外，实不欲公见。公又夜深无所归，今筹一策，拟请君入瓮，幸君勿嗔。觞酒豆肉，聊以破闷，亦幸勿见弃。"遂有数人舁郭置大荷缸中，上覆方桌，压以巨石。俄隔缸笑语杂遝，约男妇数十，呼酒行炙，一一可辨。忽觉酒香触鼻，暗中摸索，有壶一、杯一、小盘四，横阁象箸二。方苦饥渴，且姑饮啖。复有数童子绕缸唱艳歌，有人扣缸语曰："主人命娱宾也。"亦靡靡可听。良久又扣缸语曰："郭君勿罪，大众皆醉，不能举巨石。君且姑耐，贵友行至矣。"语讫遂寂。次日，众见门不启，疑有变，逾垣而入。郭闻人声，在缸内大号。众竭力移石，乃闯然出，述所见闻，莫不拊掌。视缸中器具，似皆己物。还家讯问，则昨夕家宴，并酒肴失之，方诟谇大索也。此魅可云狡狯矣。然闻之使人笑不使人怒，当出瓮时，虽郭生亦自哑然也，真恶作剧哉。

余容若曰："是犹玩弄为戏也。曩客秦陇间，闻有少年随塾师读书山寺。相传寺楼有魅，时出媚人。私念狐女必绝艳，每夕诣楼外，祷以媟词，冀有所遇。一夜，徘徊树下，见小鬟招手。心知狐女至，跃然相就。小鬟悄语曰：'君是解人，不烦絮说。娘子甚悦君，然此何等事，乃公然致祝！主人怒君甚，以君贵人，不敢祟，惟约束娘子颇严。今夜幸他出，娘子使来私招君，君宜速往。'少年随之行，觉深闺曲巷，都非寺内旧门径。至一房，朱槅半开，虽无灯，隐隐见床帐。小鬟曰：'娘子初会，觉靦觍，已卧帐内。君第解衣，径登榻，无出一言，恐他婢闻也。'语讫径去。少年喜不自禁，遽揭其被，拥于怀而接唇。忽其人惊起大呼。却立愕视，则室庐皆不见，乃塾师睡檐下乘凉也。塾师怒，大施夏楚。不得已吐实，竟遭斥逐。此乃真恶作剧矣。"文达公曰："郭生恃客气，故仅为魅侮；此生怀邪心，故竟为魅陷。二生各自取耳，岂魅有善恶哉！"

佛号度鬼

李村有农家妇，每早晚出馌，辄见女子随左右。问同行者，则不见。意大恐怖。后乃渐随至家，然恒在院中，或在墙隅，不入寝室。妇逼视，即却走；妇返，即仍前，知为冤对，因遥问之。女子曰："汝前生与我并贵家妾，汝妒我宠，以奸盗诬我致幽死。今来取偿，讵汝今生事姑孝，恒为善神所护，我不能近，故日日相随，揆度事势，万万无可相报理。汝倘作道场度我，我得转轮，即亦解冤矣。"妇辞以贫。女子曰："汝贫非虚语，能发念诵佛号万声，亦可度我。"问："此安得能度鬼？"曰："常人诵佛号，佛不闻也。特念念如对佛，自摄此心而已。若忠臣孝子，诚感神明，一诵佛号，则声闻三界，故其力与经忏等。汝是孝妇，知必应也。"妇如所说，发念持诵。每诵一声，则见女子一拜。至满万声，女子不见矣。此事故老德高望重的老者时说之，知笃志事亲，胜信心礼佛。

刘某尽孝

又闻洼东有刘某者，母爱其幼弟，刘爱弟更甚于母。弟婴痼疾，母忧之，废寝食。刘经营疗治，至鬻其子供医药。尝语妻曰："弟不救，则母可虑。毋宁我死耳？"妻感之，鬻及衵衣贴身衣物，无怨言。弟病笃，刘夫妇昼夜泣守。有丐者夜栖土神祠，闻鬼语曰："刘某夫妇轮守其弟，神光照烁，猝不能入，有违冥限，奈何？"土神曰："兵家声东而击西，汝知之乎？"次日，其母灶下卒中恶。夫妇奔视，母苏而弟已绝矣。盖鬼以计取之也。后夫妇并年八十馀乃卒。奴子刘琪之女，嫁于洼东，言闻诸故老曰，刘自奉母以外，诸事蠢蠢如一牛。有告以某忤其母者，刘掉头曰："世宁有是人？人宁有是事？汝毋造言！"其痴多类此，传以为笑。不知乃天性纯挚，直以尽孝为自然，故有是疑耳。元人《王彦章墓》诗曰："谁意人间有冯道？"即此意矣。

翰林院鬼

景少司马介兹官翰林时，斋宿清秘堂作者原注：此因乾隆甲子（乾隆九年，1744）御题“集贤清秘”额，因相沿称之，实无此堂名。积雨初晴，微月未上，独坐廊下，闻瀛洲亭中语曰：“今日楼上看西山，知杜紫微‘雨馀山态活’句，真神来之笔。”一人曰：“此句佳在‘活’字，又佳在‘态’字烘出‘活’字。若作山色山翠，则兴象俱减矣。”疑为博晰之等尚未睡，纳凉池上，呼之不应；推户视之，阒无人迹。次日，以告晰之。晰之笑曰：“翰林院鬼，故应作是语。”

狐能换形

释家能夺舍，道家能换形。夺舍者托孕妇而转生；换形者血气已衰，大丹未就，则借一壮盛之躯与之互易也。狐亦能之。

族兄次辰云：有张仲深者，与狐友，偶问其修道之术，狐言：“初炼幻形，道渐深则炼蜕形，蜕形之后，则可以换形。凡人痴者忽黠，黠者忽颠，与初不学仙而忽好服饵导引，人怪其性情变常，不知皆魂气已离，狐附其体而生也。然既换人形，即归人道，不复能幻化飞腾。由是而精进，则与人之修仙同，其证果较易。或声色货利，嗜欲牵缠，则与人之惑溺同，其堕轮回亦易。故非道力坚定，多不敢轻涉世缘，恐浸淫而不自觉也。”其言似亦近理。然则人欲之险，其可畏也哉。

失路至冥司

朱介如言：尝因中暑眩瞀，觉忽至旷野中，凉风飒然，意甚爽适。然四顾无行迹，莫知所向。遥见数十人前行，姑往随之。至一公署，亦姑随入。见殿阁宏敞，左右皆长廊；吏役奔走，如大官将坐衙状。中一吏突握其手曰：“君何到此？”视之，乃亡友张恒照。悟为冥司，因告以失路状。张曰：“生魂误至，往往有此，王见之亦不罪；然未免多一诘问。不如且坐我廊屋，俟放衙，送君返；我亦欲略问家事也。”入坐未几，王已升座。自窗隙窃窥，见同来数十人，以次庭讯，语不甚了了，惟一人昂首争辩，似不服罪。王举袂一挥，殿左忽现大圆镜，围约丈馀。镜中现一女子反缚受鞭像。俄似电光一瞥，又现一女子忍泪横陈像。其人叩颡磕头曰:‘伏矣。’即曳去。良久放衙,张就问子孙近状。朱略道一二,张挥手曰:“勿再言,徒乱人意。”因问:“顷所见者业镜耶?”曰:“是也。”问:“影必肖形,今无形而现影,何也?”曰:“人镜照形,神镜照心。人作一事,心皆自知;既已自知,即心有此事;心有此事,即心有此事之象。故一照而毕现也。若无心作过,本不自知,则照亦不见。心无是事,即无是象耳。冥司断狱,惟以有心无心别善恶,君其识之。”又问:“神镜何以能照心?”曰:“心不可见,缘物以形。体魂已离,存者性灵。神识不灭,如灯荧荧。外光无翳,内光虚明,内外莹澈,故纤芥必呈也。”语讫,遽曳之行。觉此身忽高忽下,如随风败箨 tuò 竹笋上一片一片的皮。倏然惊醒,则已卧榻上矣。此事在甲子乾隆九年(1744)七月。怪其乡试后期至,乃具道之。

节妇吟

东光马节妇,余妻党也。年未二十而寡,无翁姑兄弟,亦无子女。艰难困苦,坐卧一破屋中,以浣濯缝纫自给,至鬻釜以易粟,而拾破瓦盆以代釜。年八十馀,乃终。余尝序马氏家乘,然其夫之名字,与母之族氏,则忘之久矣。

相传其十一二,时随母至外家。故有狐,夜掷瓦石击其窗。闻屋上厉声曰:“此有贵人,汝辈勿取死。”然竟以民妇终,殆孟子所谓“天爵”欤?先师李又聃先生与同里,尝为作诗曰:“早岁吟黄鹄,颠连四十春。怀贞心比铁,完节鬓如银。慷慨期千古,凋零剩一身。几番经坎坷,此念未缁磷。作者原注:节妇初寡时,尚存薄田数亩。有欲迫之嫁者,侵凌至尽震撼惊风雨,㧑呵赖鬼神。作者原注:一岁霖雨经旬,邻屋新造者皆圮,节妇一破屋,支柱欹斜,竟得无恙天原常佑善,人竟不怜贫。稍觉亲朋少,羞为乞索频。一家徒四壁,九食度三旬。绝粒肠空转,佣针手尽皴。有薪皆扫叶,无甑可生尘。黧面真如鹄,悬衣半似鹑。遮门才破荐作者原注:屋扉破碎不能葺,以破荐代扉者十馀年,藉草是华茵。只自甘饥冻,翻嫌话苦辛。偷儿嗤饿鬼作者原注:夜有盗过节妇屋上,节妇呼问,盗大笑曰:”吾何至进汝饿鬼家!”,女伴笑痴人。作者原注:有同巷贫妇,再醮富室。归宁时华服过节妇曰:“看我享用,汝岂非大痴耶!”生死心无改,存亡理亦均。喧阗凭燕雀,坚劲自松筠。伊我钦贤淑,多年共里闉。不辞歌咏拙,取表性情真。公议存乡校,廷评待史臣。他时邀紫诰,光映九河滨。“盖先生壬申乾隆十七年(1752)公车主余家时所作,故仅云“颠连四十春”。诗格绝类香山。敬录于此,一以昭节妇之贤,一以存先师之遗墨也。后外舅周箓马公见此诗，遂割腴田三百亩为节妇立嗣，且为请旌。或亦讽谕之力欤！

仙 诗

余从军西域时，草奏草檄，日不暇给，遂不复吟咏。或得一联一句，亦境过辄忘。乌鲁木齐杂诗百六十首，皆归途追忆而成，非当日作也。一日，功加毛副戎自述生平，怅怀今昔，偶为赋一绝句曰："雄心老去渐颓唐，醉卧将军古战场。半夜醒来吹铁笛，满天明月满林霜。"毛不解诗，余亦不复存稿。后同年杨君逢元过访，偶话及之。不知何日杨君登城北关帝祠楼，戏书于壁，不署姓名。适有道士经过，遂传为仙笔。余畏人乞诗，杨君畏人乞书，皆不肯自言。人又微知余能诗不能书，杨君能书不能诗，亦遂不疑及，竟几于流为丹青。迨余辛卯乾隆三十六年(1771)还京祖饯，于是始对众言之。乃爽然若失。昔南宋闽人林外题词于西湖，误传仙笔。元王黄华诗刻于山西者，后摹刻于滇南，亦误传仙笔。然则诸书所谓仙诗者，此类多矣。

选人与魅

图裕斋前辈言：有选人到京城等待候补官职的举人游钓鱼台。时西顶社会，游女如织。薄暮车马渐稀，一女子左抱小儿，右持鼗 táo 鼓即拨浪鼓，袅袅来。见选人，举鼗一摇，选人一笑，女子亦一笑。选人故狡黠，揣女子装束类贵家，而抱子独行，又似村妇，踪迹诡异，疑为狐魅。因逐之絮谈，女子微露夫亡之幼意。选人笑语之曰："毋多言，我知尔，亦不惧尔。然我贫，闻尔辈能致财。若能赡我，我即从尔去。"女子亦笑曰："然则同归耳。"至其家屋，不甚宏壮，而颇华洁；亦有父母姑姊妹。彼此意会，不复话氏族，惟献酬款洽而已。酒阑就宿，备极燕婉。次日入城，携小奴及襆被往，颇相安。惟女子冶荡无度，奔命殆疲。又渐使拂枕簟，侍梳沐，理衣裳，司洒扫，至于烟筒茗碗之役，亦遣执之。久而其姑若姊妹，皆调谑指挥，视如僮婢。选人耽其色，利其财，不能拒也。一旦，使涤厕牏，选人不肯，女子愠曰："事事随汝意，此乃不随我意耶？"诸女亦助之诮责，由此渐相忤。既而每夜出不归，云亲戚留宿。又时有客至，皆曰中表，日嬉笑燕饮，或琵琶度曲，而禁选人勿至前。选人恚愤，女子亦怒，且笑曰："不如是，金帛从何来？使我谢客易，然一家三十口，须汝供给，汝能之耶？"选人知不可留，携小奴入京，僦住屋。次日再至，则荒烟蔓草，无复人居，并衣装不知所往矣。选人本携数百金，善治生，衣颇褴褛，忽被服华楚，皆怪之。具言赘婿状，人亦不疑。俄又褴褛，讳不自言。后小奴私泄其事，人乃知之。曹慕堂宗丞曰："此魅窃逃，犹有人理。吾所见有甚于此者矣。"

女子归宁

武强张公令誉，康熙丁酉康熙五十六年(1717)举人，刘景南之妇翁也。言有选人纳一姬，聘币颇轻，惟言其母爱女甚，每月当十五日在寓，十五日归宁。悦其色美而值廉，竟曲从之。后一选人纳姬，约亦如是。选人初不肯，则举此选人为例。询访信然，亦曲从之。二人本同年，一日话及，前选人忽省曰："君家阿娇，归宁上半月耶？下半月耶？"曰："下半月。"前选人大悟，忽引入内室视之，果一人也。盖其初鬻之时，已预留再鬻地矣。张公淳实君子，度必无妄言。惟是京师鬻女之家，虽变幻万状，亦必欺以其方，故其术一时不遽败。若月月克日归宁，已不近事理；又不时往来于两家，岂人不见闻。是必败之道，狡黠者断不出此。或传闻失实，张公误听之欤？然紫陌荒郊野岭的路看花，动多迷路。其造作是语，固亦不为无因耳。

姊妹二姬

朱青雷言：李华麓在京，以五百金纳一姬。会以他事诣天津，还京之日，途遇一友，下车为礼。遥见姬与二媒媪同车驰过。大骇愕，而姬若弗见华麓者。恐误认，思所衣绣衫，又己所新制，益怀疑，草草话别。至家则姬故在。一见即问："尔先至耶？媒媪又将尔嫁何处？"姬仓皇不知所对。乃怒遣家僮呼其父母来领女。父母狼狈至。其妹闻姊有变，亦同来。入门则宛然车中女，其绣衫乃借于姊者，尚未脱。盖少其姊一岁，容貌略相似也。华麓方跳踉如虓虎，见之省悟，嗒然无一语。父母固诘相召意，乃述误认之故，深自引愆。父母亦具述方鬻次女，借衣随媒媪同往事。问价几何，曰："三百金，未允也。"华麓輾然，急开箧取五百金，置几上曰："与其姊同价可乎？"顷刻议定，留不遣归，即是夕同衾焉。风水相遭，无心凑合。此亦可为佳话矣。

悖妄狂生

刘东堂言：狂生某者，性悖妄，诋訾今古，高自位置。有指摘其诗文一字者，衔之次骨，或至相殴。值河间岁试，同寓十数人，或相识，或不相识，夏夜散坐庭院纳凉。狂生纵意高谈，众畏其唇吻，皆缄口不答。惟树后坐一人，抗词与辩，连抵其隙，理屈词穷，怒问："子为谁？"暗中应曰："仆焦王相也作者原注：河间之宿儒。"骇问："子不久死耶？"笑应曰："仆如不死，敢捋虎须耶？"狂生跳掷叫号，绕墙寻觅。惟闻笑声吃吃，或在木杪，或在檐端而已。

群狐戏少年

王洪绪言：鄚州古邑名，故城在今河北任丘境内筑堤时，有少妇抱衣袱行堤上，力若不胜，就柳下暂息。时佣作数十人，亦散憩树下。少妇言归自母家，幼弟控一驴相送。驴惊坠地，弟入秫田追驴，自辰至午尚未返。不得已沿堤自行，家去此西北四五里，谁能抱袱送我，当谢百钱。一少年私念此可挑，不然亦得谢，乃随往。一路与调谑，不甚答亦不甚拒。行三四里，突七八人要同"邀"，中途拦截于路曰："何物狂且，敢觊觎我家妇女？"共执缚箠楚，皆曰："送官徒涉讼，不如埋之。"少妇又述其谑语。益无可辩，惟再三哀祈。一人曰："姑贯尔。然须罚掘开此塍，尽泄其积水。"授以一锸，坐守促之。掘至夜半，水道乃通，诸人亦不见。环视四面，芦苇丛生，杳无村落。疑狐穴被水，诱此人浚jùn 疏通治云。

卷十七

姑妄听之三

狐女升仙

族侄竹汀言：文安有佣工古北口外者，久无音问。其父母值岁荒，亦就食口外，且觅子，亦久无音问。后乃有人见之泰山下，言昔至密云东北，日已暮，风雪并作。遥见山谷有灯光，漫往投止。至则土屋数楹，围以秫篱，有老妪应门，问其里贯，入以告。又遣问姓名年岁，并问："曾有子出口否？子何名？年几何岁？"具以实对。忽有女子整衣出，延入上坐，拜而侍立；促老妪督婢治酒肴，意甚亲昵。莫测其由，起而固诘。则失声伏地曰："儿不敢欺翁姑。儿狐女也，尝与翁姑之子为夫妇。本出相悦，无相媚意。不虞其爱恋过度，竟以瘵亡。心恒愧悔，故誓不别适，依其墓以居。今无意与翁姑遇，幸勿他往，儿尚能养翁姑。"初甚骇怖，既而见其意真切，相持涕泣，留共居。狐女奉事无不至，转胜于有子。如是六七年，狐女忽遣老妪市一棺，且具锸畚。怪问其故，欣然曰："翁姑宜贺儿。儿奉事翁姑，自追念逝者，聊尽寸心耳，不期感动土神，闻于岳帝。岳帝悯之，许不待丹成，解形证果。今以遗蜕合窆biǎn合葬，表同穴意也。"引至侧室，果一黑狐卧榻上，毛光如漆；举之轻如叶，扣之乃作金石声。信其真仙矣。葬事毕，又启曰："今隶碧霞元君为女官，当往泰山。请共往。"故相偕至此，僦屋与土人杂居。狐女惟不使人见形，其供养仍如初也。后不知其所终。此与前所记狐女略相近，然彼有所为而为，故仅得逭诛逃避惩罚；此无所为而为，故竟能成道。天上无不忠不孝之神仙，斯言谅哉。

愚孝某妇

竹汀又言：有夜宿城隍庙廊者，闻殿中鬼语曰："奉牒拘某妇。某妇恋其病姑，不肯死，念念固结，神不离舍，不能摄取，奈何？"城隍曰："愚忠愚孝，多不计成败。与命数争，徒自苦者固不少；精诚之至，鬼神所不能夺者，挽回一二，间亦有之。与强魂捍拒，其事迥殊，此宜申岳帝取进止，毋遽以厉鬼往也。”语讫，遂寂。后不知究竟能摄否。然足知人定胜天，确有是理矣。

判冥者议案

顾郎中德懋，世所称判冥者也。尝自言平反一狱，颇自喜。其姓名不敢泄，其事则有姑出其妇者，以小姑之谗，非其罪也。姑性卞急躁，仓卒度无挽回理，而母家亲党无一人，遂披缁尼庵，待姑意转。其夫怜之，时往视妇，亦不能无情。庵旁有废园，每约以夜伏破屋，而自逾墙缺私就之。来往岁馀，为其师所觉。师持戒严，以为污佛地，斥其夫勿来，来且逐妇。夫遂绝迹，妇竟郁郁死。冥官谓既入空门，宜遵佛法，乃耽淫犯戒，当从僧律科断，议付泥犁。顾驳之曰：“尼犯淫戒，固有明刑。然必初念皈依，中违誓愿，科以僧律，百喙无词。此妇则无罪仳离，冀收覆水，恩非断绝，志且坚贞。徒以孤苦无归，托身荒刹。其为尼也，但可谓之毁容，未可谓之奉法；其在庵也，但可谓之借榻，不可谓之安禅。若据其浮踪，执为恶业，则瑶光夺婿《洛阳伽蓝记》有载，北魏时洛阳有瑶光寺，为宫廷嫔妃美人等学道之所。当时有“洛阳男儿急作髻，瑶光寺尼夺作婿”之说，以此来嘲讽寺院不洁，更以何罪相加？至其感念故夫，逾墙幽会，迹似‘赠以芍药’，事均‘采彼蘼芜’。人本同衾，理殊失节。阳律于未婚私媾，仅拟杖刑，犹容纳赎。兹之违礼，恐视彼为轻，况已抑郁捐生，纵有微愆，足以蔽罪。自应宽其薄罚，径付转轮。准理酌情，似乎两协。”事上，冥王竟从其议。此语真妄，无可证验，然据其所议，固持平之论矣。又，顾临殁，自云以多泄阴事，谪为社公。姑存其说，亦足为轻谈温室者箴也。

千虑一失

库尔喀喇乌苏作者原注：库尔喀喇，译言黑；乌苏，译言水也台军李印，尝随都司刘德行山中。见悬崖老松贯一矢，莫测其由。晚宿邮舍，印乃言昔过是地，遥见一骑飞驰来，疑为玛哈沁，伏深草伺之。渐近，则一物似人非人，据马上，马乃野马也。知为怪，发一矢，中之。嗡然如钟声，化黑烟去，野马亦惊逸。今此矢在树，知为木妖也。问：“顷见之何不言？”曰：“射时彼原未见我。彼既有灵，恐闻之或报复，故宁默也。”其机警多类此。一日，塔尔巴哈台押逋寇满答尔至，命印接解。以铁杻贯手，以铁链从马腹横锁其足。时已病，奄奄仅一息。与之食，亦不甚咽，在马上每欲倒掷下，赖絷足得不堕。但虑其死，不虑其逃也。至戈壁，两马相并，又作欲堕状，印举手引之，突挺然而起，以杻击印仆马下，即旋辔驰入戈壁去。戈壁东北连科布多作者原注：北路定边副将军所属，绵亘数百里，古无人迹，竟莫能追，始知其病者伪也。参将岳济，坐是获重谴，印亦长枷。既而伊犁复捕得满答尔。盖额鲁特来降者，赏赉最厚。满答尔贪饵而出，因就擒。讯其何以敢再至，则曰："我罪至重，谅必不料我来；我随众而来，亦必不疑其中有我。"其所计良是，而不虞识其项上箭瘢也。以印之巧密，而卒为术愚；以满答尔之深险，而卒以诈败。日以心斗，诚不知其所穷。然任智终遇其敌，未有千虑不一失者，则定理也。

墙外曲

李义山李商隐，字义山，号玉溪生，又号樊南生，唐代诗人诗"空闻子夜鬼悲歌"，用晋时鬼歌子夜事也。李昌谷李贺，字长吉，唐代诗人。郡望陇西，家居福昌之昌谷，后人因称"李昌谷"，又称"诗鬼"诗"秋坟鬼唱鲍家诗"，则以鲍参军鲍照，字明远，曾任临海王刘子顼前军刑狱参军，故世称"鲍参军"有《蒿里行》，幻窅其词耳。然世固往往有是事。田香沚言：尝读书别业，一夕风静月明，闻有度昆曲者。亮折清圆，凄心动魄。谛审之，乃《牡丹亭》"叫画"一出也。忘其所以，静听至终。忽省墙外皆断港荒陂，人迹罕至，此曲自何而来？开户视之，惟芦荻瑟瑟而已。

老儒投书

香沚又言：有老儒授徒野寺。寺外多荒冢，暮夜或见鬼形，或闻鬼语。老儒有胆，殊不怖。其僮仆习惯，亦不怖也。一夕，隔墙语曰："邻君已久，知先生不讶。尝闻吟咏，案上当有温庭筠诗，乞录其《达摩支曲》一首焚之。"又小语曰："末句'邺城风雨连天草'，祈写'连'为'粘'，则感极矣。顷争此一字，与人赌小酒食也。"老儒适有温集，遂举投墙外。约一食顷，忽木叶乱飞，旋飚怒卷泥沙洒窗户如急雨。老儒笑且叱曰："尔辈勿劣相。我筹之已熟：两相角赌，必有一负，负者必怨，事理之常。然因改字以招怨，则吾词曲；因其本书以招怨，则吾词直。听尔辈狡狯，吾不愧也。"语讫而风止。褚鹤汀曰："究是读书鬼，故虽负气求胜，而能为理屈。然老儒不出此集，不更两全乎？"王縠原曰："君论世法也，老儒解世法，不老儒矣。"

伥鬼害虎

司爨王媪作者原注：即见醉钟馗者言：有樵者伐木山冈，力倦小憩。遥见一人持衣数袭，沿路弃之，不省其何故。谛视之，履险阻如坦途，其行甚速，非人可及；貌亦惨淡不似人，疑为妖魅。登高树瞰之，人已不见。由其弃衣之路，宛转至山坳，则一虎伏焉。知人为伥鬼，衣所食者之遗也。急弃柴自冈后遁。次日，闻某村某甲于是地死于虎矣。路非人径所必经，知其以衣为饵，导之至是也。物莫灵于人，人恒以饵取物。今物乃以饵取人，岂人弗灵哉！利汩其灵，故智出物下耳。然是事一传，猎者因循衣所在，得虎窟，合铳群击，殪其三焉。则虎又以智败矣。辗转倚伏，机械又安有穷欤！或又曰："虎至悍而至愚，心计万万不到此。闻伥役于虎，必得代乃转生。是殆伥诱人自代，因引人捕虎报冤也。"伥者人所化，揆诸人事，固亦有之。又惜虎知伥助已，不知即伥害已矣。

大商学仙

梁豁堂言：有粤东大商，喜学仙，招纳方士数十人，转相神圣，皆曰冲举可坐致。所费不赀，然亦时时有小验，故信之益笃。

一日，有道士来访，虽敝衣破笠，而神意落落，如独鹤孤松。与之言，微妙玄远，多出意表。试其法，则驱役鬼神，呼召风雨，如操券也；松鲈、台菌、吴橙、闽荔，如取携也；星娥琴竽，玉女歌舞，犹仆隶也。握其符，十洲三岛可以梦游。出黍颗之丹，点瓦石为黄金，百炼不耗。粤商大骇服，诸方士自顾不及，亦稽首称圣师，皆愿为弟子，求传道。道士曰："然则择日设坛，当一一授汝。"至期，道士登座，众拜讫。道士问："尔辈何求？"曰："求仙。"问："求仙何以求诸我？"曰："如是灵异，非真仙而何？"道士轩渠笑的样子良久，曰："此术也，非道也。夫道者冲漠自然，与元气为一，乌有如是种种哉！盖三教之放失久矣。儒之本旨，明体达用而已，文章记诵，非也，谈天说性，亦非也；佛之本旨，无生无灭而已，布施供养，非也，机锋语录，亦非也；道之本旨，清净冲虚而已，章咒符箓，非也，炉火服饵，亦非也。尔所见种种，是皆章咒符箓事，去炉火服饵，尚隔几尘。况长生乎？然无所征验，遽斥其非，尔必谓訾其所能，而毁其所不能，徒大言耳。今示以种种能为，而告以种种不可为，尔庶几知返乎！儒家释家，大伪日增，门径各别，可勿与辩也。吾疾夫道家之滋伪，故因汝好道，姑一正之。”因指诸方士曰：“尔之不食，辟谷丸也。尔之前知，桃偶人也；尔之烧丹，房中药也；尔之点金，缩银法也；尔之入冥，茉莉根也；尔之召仙，摄灵鬼也；尔之返魂，役狐魅也；尔之般运，五鬼术也；尔之辟兵，铁布衫也；尔之飞跃，鹿卢跻也。名曰道流，皆妖人耳。不速解散，雷部且至矣。”振衣欲起。

众牵衣叩额曰：“下士沉迷，已知其罪，幸逢仙驾，是亦前缘。忍不一度脱乎？”道士却坐，顾粤商曰：“尔曾闻笙歌锦绣之中，有一人挥手飞升者乎？”顾诸方士曰：“尔曾闻炫术鬻财之辈，有一人脱屣羽化者乎？夫修道者须谢绝万缘，坚持一念，使此心寂寂如死，而后可不死；使此气绵绵不停，而后可长停。然亦非枯坐事也。仙有仙骨，亦有仙缘。骨非药物所能换，缘亦非情如所能结。必积功累德，而后列名于仙籍，仙骨以生；仙骨既成，真灵自尔感通，仙缘乃凑。此在尔辈之自度，仙家安有度人法乎？”因索纸大书十六字曰：“内绝世缘，外积阴骘；无怪无奇，是真秘密。”投笔于案，声如霹雳，已失所在矣。

小　狐

表伯王洪生家，有狐居仓中，不甚为祟。然小儿女或近仓游戏，辄被瓦击。一日，厨下得一小狐，众欲捶杀以泄愤。洪生曰：“是挑衅也。人与妖斗，宁有胜乎？”乃引至榻上，哺以果饵，亲送至仓外。自是儿女辈往来其地，不复击矣。此不战而屈人也。

绿　云

又，舅氏安公五占，居县东留福庄。其邻家二犬，一夕吠甚急。邻妇出视无一人，惟闻屋上语曰：“汝家犬太恶，我不敢下。有逃婢匿汝家灶内，烦以烟熏之，当自出。”妇大骇，入视灶内，果嘤嘤有泣声。问是何物，何以至此？灶内小语曰：“我名绿云，狐家婢也。不胜鞭箠，逃匿于此，冀少缓须臾死，惟娘子哀之。”妇故长斋礼佛，意颇怜悯，向屋仰语曰：“渠畏怖不出，我亦实不忍火攻。苟无大罪，乞仙家舍之作者原注：里俗呼狐曰仙家。”屋上应曰：“我二千钱新买得，那能即舍？”妇曰：“二千钱赎之，可乎？”良久乃应曰：“是或尚可。”妇以钱掷于屋上，遂不闻声。妇扣灶呼曰：“绿云可出，我已赎得汝，汝主去矣。”灶内应曰：“感活命恩，今便随娘子驱使。”妇曰：“人那可蓄狐婢，汝且自去，恐惊骇小儿女，亦慎勿露形。”果似有黑物瞥然逝。后每逢元旦，辄闻窗外呼曰：“绿云叩头。”

占卜术

蒙古以羊骨卜，烧而观其坼兆，犹蛮峒鸡卜南方少数民族用鸡占卜也。霍丈易书在葵苏图军台时，有老妇解此术。使卜归期，妇侧睨良久，曰：“马未鞍，人未冠，是不行也；然鞍与冠皆已具，行有兆矣。”越数月，又使卜。妇一视即拜，曰：“马已鞍，人已冠矣，公不久其归乎！”既而果赐环。又，大学士温公言：曩征乌什，俘回部十馀人，禁地窖中。一日，指口诉饥。投以杏，众分食讫，一年老者握其核，喃喃密祝，掷于地上，观其纵横奇偶，忽失声哭。其党环视，亦皆哭。既而骈诛之牒至。疑其法如《火珠林》钱卜也。是与蓍龟虽不同，然以骨取象者，龟之变；以物取数者，蓍之变。其借人精神以有灵，理则一耳。

群狐格斗

康熙癸巳康熙五十二年(1713)秋，宋村厂佃户周甲，不胜其妇之箠楚，夜伺妇寝，逃匿破庙，将待晓，介邻里乞怜。妇觉之，追迹至庙，对神像数其罪，叱使伏受鞭。庙故有狐。鞭甫十馀，方哀呼，群狐合噪而出，曰：“世乃有此不平事！”齐夺甲置墙隅，执其妇，褫无寸缕，即以其鞭鞭之，至流血未释。突狐妇又合噪而出，曰：“男子但解护男子。渠背妻私昵某家女，不应死耶?”亦夺其妇置墙隅，而相率执甲。群狐格斗争救，喧哄良久。守田者疑为劫盗，大呼鸣铳为声援，狐乃各散。妇已委顿，甲竭蹶跌跌撞撞，行路不稳的样子负以归。王德庵先生时设帐于是，见妇在途中犹喃喃骂也。

先生尝曰：“快哉诸狐！可谓礼失而求野。狐妇乃恶伤其类，又别执一理，操同室之戈。盖门户分而朋党起，朋党盛而公论淆，轇轕纷纭，是非蜂起，其相轧也久矣。”

张铉耳嫁婢

张铉耳先生家，一夕觅一婢不见，意其逋逃。次日，乃醉卧宅后积薪下。

空房锁闭，不知其何从入也。沃发渍面，至午乃苏。言昨晚闻后院嬉笑声，稔知狐魅，习惯不惧，窃从门隙窥之。见酒炙罗列，数少年方聚饮。俄为所觉，遽跃起拥我逾墙入。恍惚间如睡如梦，噤不能言，遂被逼入坐。陈酿醇酴，加以苛罚，遂至沉酣，不记几时眠，亦不知其几时去也。

铉耳先生素刚正，自往数之曰："相处多年，除日日取柴外，两无干犯。何突然越礼，以良家婢子，作倡女侑觞？子弟猖狂，父兄安在？为家长者宁不愧乎？"至夜半，窗外语曰："儿辈冶荡，业已笞之。然其间有一线乞原者：此婢先探手入门，作谑词乞肉，非出强牵。且其月下花前，采兰赠芍，阅人非一，碎璧多年，故儿辈敢通款曲。不然，则某婢某婢色岂不佳，何终不敢犯乎？防范之疏，仆与先生似当两分其过，惟俯察之。"先生曰："君既笞儿，此婢吾亦当痛笞。"狐哂曰："过摽梅之年怀春少女的年纪，而不为之择配偶，郁而横决，罪岂独在此婢乎？"先生默然。次日，呼媒媪至，凡年长数婢尽嫁之。

杜　奎

邱县丞天锦言：西商有杜奎者，不知其乡贯，其语似泽、潞人也。刚劲有胆，不畏鬼神，空宅荒祠，所至恒襆被独宿，亦无所见闻。偶行经六盘山麓，日已曛黑，遂投止。废堡破屋，荒烟蔓草，四无人踪。度万万无寇盗，解装绊马，拾枯枝爇火御寒，竟展衾安卧。方欲睡间，闻有哭声，谛听之，似在屋后，似出地下。时榾柮木块方燃，室明如昼，因侧眠握刃以待之。俄声渐近，已在窗外黑处呜呜不已，然终不露形。杜叱问曰："平生未曾见，尔辈是何鬼物？可出面言。"暗中有应者曰："身是女子，裸无寸缕，愧难相见，如不见弃，许入被中，则有物蔽形，可以对语。"杜知其欲相媚惑，亦不惧之，微哂曰："欲入即入。"阴风飒然，已一好女共枕矣。羞容靦覥，掩面泣曰："一语才通，遽相偎倚。人虽冶荡，何至于斯？缘有苦情，迫于陈诉，虽嫌造次，勿讶淫奔。此堡故群盗所居，妾偶独行，为其所劫，尽褫衣裳簪珥，缚弃涧中。夏浸寒泉，冬埋积雪，沉阴冱冻，万苦难名。后恶党伏诛，废为墟莽，无人可告，茹痛至今。幸空谷足音，得见君子，机缘难再，千载一时，故忍耻相投，不辞自献。拟以一宵之爱，乞市薄榇，移骨平原。庶地气少温，得安营魄。倘更作佛事，超拔转轮，则再造之恩，誓世世长执巾栉。"语讫拭泪，纵体入怀。杜慨然曰："本谓尔为妖，乃沉冤如是。吾虽耽花柳，然乘人窘急，挟制求欢，则落落丈夫义不出此。汝既畏冷，无妨就我取温；如讲幽期，则不如径去。"女伏枕叩额，亦不再言。杜拥之酣眠，帖然就抱。天晓，已失所在。乃留数日，为营葬营斋。

越数载归里，有邻家小女，见杜辄恋恋相随。后老而无子，求为侧室，父母不肯。女自请相从，竟得一男。知其事者，皆疑为此鬼后身也。

珊瑚钩

《宋书·符瑞志》曰：珊瑚钩，王者恭信则见。然不言其形状，盖自然之宝也。杜工部诗曰："飘飘青琐郎，文采珊瑚钩。"似即指此。萧诠诗曰："珠帘半上珊瑚钩。"则以珊瑚为钩耳。余见故大学士杨公一带钩，长约四寸馀，围约一寸六七分。其钩就倒垂桠杈，截去附枝，作一螭头。其系绦镮柱，亦就一横出之瘿瘤，作一芝草。其干天然弯曲，脉理分明，无一毫斧凿迹，色亦纯作樱桃红，殆为奇绝。其挂钩之环，则以交柯连理之枝，去其外歧，而存其周围相属者，亦似天成。然珊瑚连理者多，佩环似此者亦多，不为异也。云以千四百金得诸洋舶。此在壬午乾隆二十七年(1762)、癸未乾隆二十八年(1763)间，其时珊瑚易致，价尚未昂云。

红斑美玉

又，余在乌鲁木齐时，见故大学士温公有玉一片，如掌大，可作臂阁文房用具，用于写字时抬高手腕，也可代替镇纸。质理莹白，面有红斑四点，皆大如指顶，鲜活如花片。非血浸，非油炼，非琥珀烫，深入腠理，而晕脚四散，渐远渐淡，以至于无，盖天成也。公恒以自随。木果木之战，公埋轮絷马指在战场上陷入绝境，慷慨捐生，此物想流落蛮烟瘴雨间矣。

玉　簪

又，尝见贾人持一玉簪，长五寸馀，圆如画笔之管。上半纯白，下半莹澈如琥珀，为目所未睹。有酬以九百金者，坚不肯售。余终疑为药炼也。

玉　蟹

五十年前，见董文恪公一玉蟹，质不甚巨，而纯白无点瑕。独视之亦常玉，以他白玉相比，则非隐青即隐黄隐赭，无一正白者，乃知其可贵。顷与柘林司农话及，司农曰："公在日，偶值匮乏，以六百金转售之矣。"

祖父附形

益都有书生，才气飚发，颇为隽上。一日，晚凉散步，与村女目成。密遣仆妇通词，约某夕虚掩后门待。生潜踪匿影，方暗中扪壁窃行，突火光一掣，朗若月明，见一厉鬼当户立。狼狈奔回，几失魂魄。次日至塾，塾师忽端坐大言曰："吾辛苦积得小阴骘，当有一孙登第。何逾墙钻穴，自败成功？幸我变形阻之，未至削籍，然亦殿两举矣。尔受人脩脯，教人子弟，何无约束至此耶？"自批其颊十馀，昏然仆地。方灌治间，宅内仆妇亦自批其颊曰："尔我家三世奴，岂朝秦暮楚者耶？幼主妄行当劝戒，不从则当告主人。乃献媚希赏，几误其终身，岂非负心耶？后再不悛，且褫尔魄！"语讫，亦昏仆。并久之，乃苏。门人李南涧曾亲见之。

盖祖父之积累如是其难，子孙之败坏如是其易也。祖父之于子孙如是，其死尚不忘也，人可不深长思乎！然南涧言此生终身不第，颇颔以终终生穷困潦倒。殆流荡不返，其祖亦无如何欤？抑或附形于塾师，附形于仆妇，而不附形于其孙，亦不附形于其子，犹有溺爱者存，故终不知惩欤？

罗生求狐

狐魅，人之所畏也，而有罗生者，读小说杂记，稔闻狐女之姣丽，恨不一遇。近郊古冢，人云有狐，又云时或有人与狎昵。乃诣其窟穴，具贽币牲醴，投书求婚姻，且云或香闺娇女，并已乘龙，或鄙弃樗材，不堪倚玉，则乞赐一艳婢，用充贵媵，衔感亦均。再拜置之而返，数日寂然。

一夕，独坐凝思，忽有好女出灯下，嫣然笑曰："主人感君盛意，卜今吉日，遣小婢三秀来充下陈，幸见收录。"因叩谒如礼，凝眸侧立，妖媚横生。生大欣慰，即于是夜定情。自以为彩鸾甲帐，不是过也。婢善隐形，人不能见；虽远行别宿，亦复相随，益惬生所愿。惟性饕餮，家中食物，多被窃；食物不足，则盗衣裳器具，鬻钱以买，亦不知谁为料理，意有徒党同来也。以是稍谯责之，然媚态柔情，摇魂动魄，低眉一盼，亦复回嗔。又冶荡殊常，蛊惑万状，卜夜卜昼，靡有已时，尚嗛嗛不足。以是家为之凋，体亦为之敝。久而疲于奔命，怨詈时闻，渐起衅端，遂成仇隙。呼朋引类，妖祟大兴，日不聊生。

延正一真人劾治，婢现形抗辩曰："始缘祈请，本异私奔；继奉主命，不为苟合。手札具存，非无故为魅也。至于盗窃淫佚，狐之本性，振古如是，彼岂不知？既以耽色之故，舍人而求狐；乃又责狐以人理，毋乃悖欤？即以人理而论，图声色之娱者，不能惜畜养之费。既充妾媵，即当仰食于主人；所给不敷，即不免私有所取，家庭之内，似此者多。较攘窃他人，终为有间。若夫闺房燕昵，何所不有？圣人制礼，亦不能立以程限；帝王定律，亦不能设以科条。在嫡配尚属常情，在姬侍尤其本分。录以为罪，窃有未甘。"真人曰："鸠众肆扰，又何理乎？"曰："嫁女与人，意图求取。不满所欲，聚党喧哄者，不知凡几，未闻有人科其罪，乃科罪于狐欤？"真人俯思良久，顾罗生笑曰："君所谓求仁得仁，亦复何怨？老夫耄矣，不能驱役鬼神，预人家儿女事。"后罗生家贫如洗，竟以瘵终。

吴士俊自尽

从侄秀山言：奴子吴士俊尝与人斗，不胜，恚而求自尽，欲于村外觅僻地。甫出栅，即有二鬼邀之。一鬼言投井佳，一鬼言自缢更佳，左右牵掣，莫知所适。俄有旧识丁文奎者从北来，挥拳击二鬼遁去，而自送士俊归。士俊惘惘如梦醒，自尽之心顿息。文奎亦先以缢死者，盖二人同役于叔父栗甫公家。文奎殁后，其母婴疾困卧，士俊尝助以钱五百，故以是报之。此余家近岁事，与《新齐谐》所记针工遇鬼略相似，信凿然有之。而文奎之求代而来，报恩而去，尤足以激薄俗矣。

天　刑

周景垣前辈言：有巨室眷属，连舻之任，晚泊大江中。俄一大舰来同泊，门灯樯帜，亦官舫也。日欲没时，舱中二十馀人露刃跃过，尽驱妇女出舱外。有靓妆女子隔窗指一少妇曰："此即是矣。"群盗应声曳之去。一盗大呼曰："我即尔家某婢父，尔女酷虐我女，鞭箠炮烙无人理。幸逃出遇我，尔追捕未获。衔冤次骨，今来复仇也。"言讫，扬帆顺流去，斯须灭影。缉寻无迹，女竟不知其所终，然情状可想矣。夫贫至鬻女，岂复有所能为？而不虑其能为盗也。婢受惨毒，岂复能报？而不虑其父能为盗也。此所谓蜂虿有毒欤！

又李受公言：有御婢残忍者，偶以小过闭空房，冻饿死，然无伤痕。其父讼不得直，反受笞。冤愤莫释，夜逾垣入，并其母女手刃之。海捕多年，竟终漏网，是不为盗亦能报矣。又言京师某家火，夫妇子女并焚，亦群婢怨毒之所为，事无显证，遂无可追求。是不必有父亦自能报矣。

余有亲串，鞭笞婢妾，嬉笑如儿戏，间有死者。一夕，有黑气如车轮，自檐堕下，旋转如风，啾啾然有声，直入内室而隐。次日，疽发于项如粟颗，渐以四溃，首断如斩。是人所不能报，鬼亦报之矣。人之爱子，谁不如我？其强者衔冤茹痛，郁结莫申，一决横流，势所必至。其弱者横遭荼毒，赍恨黄泉，哀感三灵，岂无神理！不有人祸，必有天刑，固亦理之自然耳。

琢　玉

世谓古玉皆昆吾刀刻，不尽然也。魏文帝《典论》三国时魏文帝曹丕的学术著作，原二十二篇，现存《自叙》《论文》《论方术》三篇已不信世有昆吾刀，是汉时已无此器。李义山诗"玉集胡沙割"，是唐已沙碾矣。今琢玉之巧，以痕都斯坦为第一。其地即佛经之印度、《汉书》之身毒；精是技者，相传犹汉武时玉工之裔，故所雕物象，颇有中国花草，非西域所有者，沿旧谱也。又云别有奇药能软玉，故细入毫芒，曲折如意。余尝见玛少宰兴阿自西域买来梅花一枝，虬干夭矫，殆可以插瓶；而开之则上盖下底成一盒，虽细条碎瓣亦皆空中。又尝见一钵，内外两重，可以转而不可出，中间隙缝，仅如一发，摇之无声，断无容刀之理。刀亦断无屈曲三折，透至钵底之理。疑其又有粘合无迹之药，不但能软也。此在前代，偶然一见，谓之鬼工。今则纳赆输琛进贡，有如域内，亦寻常视之矣。

假　死

闽人有女未嫁卒，已葬矣。阅岁馀，有亲串见之别县。初疑貌相似，然声音体，态无相似至此者。出其不意，从后试呼其小名，女忽回顾。知不谬，又疑为鬼。归告其父母，开冢验视，果空棺。共往踪迹，初阳不相识，父母举其胸胁瘢痣，呼邻妇密视，乃俱伏。觅其夫，则已遁矣。盖闽中茉莉花根，以酒磨汁，饮之一寸，可尸蹶一日，服至六寸尚可苏，至七寸乃真死。女已有婿，而私与邻子狎，故磨此根使诈死，待其葬而发墓共逃也。婿家鸣官，捕得邻子，供词与女同。时吴林塘官闽县，亲鞫是狱。欲引开棺见尸律，则人实未死，事异图财；欲引药迷子女例，则女本同谋，情殊掠卖。无正条可以拟罪，乃仍以奸拐本律断。人情变幻，亦何所不有乎？

器　玩

唐宋人最重通犀又名“通天犀”，上下贯通的犀牛角，所云“种种人物，形至奇巧者。唐武后之简，作双龙对立状。宋孝宗之带，作南极老人扶杖像”，见于诸书者不一，当非妄语。今惟有黑白二色，未闻有肖人物形者，此何以故欤？惟大理石往往似画，至今尚然。尝见梁少司马铁幢家一插屏，作一鹰立老树斜柯上，觜距翼尾，一一酷似；侧身旁睨，似欲下搏，神气亦极生动。朱运使子颖尝以大理石镇纸赠亡儿汝佶，长约二寸，广约一寸，厚约五六分。一面悬崖对峙，中有二人乘一舟顺流下；一面作双松欹立，针鬣分明，下有水纹，一月在松梢，一月在水，宛然两水墨小幅。上有刻字，一题曰“轻舟出峡”，一题曰“松溪印月”，左侧题“十岳山人”，字皆八分书。盖明王寅故物也。汝佶以献余，余于器玩不甚留意，后为人取去。烟云过眼矣，偶然忆及，因并记之。

北宋苑画

旧蓄北宋苑画八幅，不题名氏，绢丝如布，笔墨沉着，工密中有浑浑穆穆之气，疑为真迹。所画皆故事，而中有三幅不可考。一幅下作甲仗武装的卫士隐现状，上作一月衔树杪，一女子衣带飘舞，翩如飞鸟，似御风而行。一幅作旷野之中，一中使背诏立；一人衣巾褴褛自右来，二小儿迎拜于左，其人作引手援之状。中使若不见三人，三人亦若不见中使宫廷使者。一幅作一堂甚华敞，阶下列酒罂五，左侧作艳女数人，靓妆彩服若贵家姬；右侧作媪婢携抱小儿女，皆侍立甚肃。中一人常服据榻坐，自抱一酒罂，持钻钻之。后前一幅辨为红线传说中的女侠，后二幅则终不知为谁。姑记于此，俟博雅者考之。

士大夫习气

张石粼先生，姚安公同年老友也。性伉直，每面折人过。然慷慨尚义，视朋友之事如己事，劳与怨皆不避也。尝梦其亡友某公盛气相诘曰：“君两为县令，凡故人子孙零替者，无不收恤。独我子数千里相投，视如陌路，何也？”先生梦中怒且笑曰：“君忘之欤？夫所谓朋友，岂势利相攀援，酒食相征逐哉？为缓急可恃，而休戚相关也。我视君如弟兄，吾家奴结党以蠹我，其势蟠固，我无可如何。我尝密托君察某某，君目睹其奸状，而恐招嫌怨，讳不肯言。及某某贯盈自败，君又博忠厚之名，百端为之解脱。我事之偾不偾，我财之给不给，君皆弗问，第求若辈感激，称长者而已。是非厚其所薄，薄其所厚乎？君先陌路视我，而怪我视君如陌路，君忘之欤？”其人瑟缩而去。此五十年前事也。

大抵士大夫之习气，类以不谈人过为君子，而不计其人之亲疏，事之利害。余尝见胡牧亭为群仆剥削，至衣食不给。同年朱学士竹君奋然代为驱逐，牧亭生计乃稍苏。又尝见陈裕斋殁后，孀妾孤儿，为其婿所凌逼。同年曹宗丞慕堂亦奋然鸠率旧好，代为驱逐，其子乃得以自存。一时清议，称古道者百不一二，称多事者十恒八九也。又尝见崔总宪应阶娶孙妇，赁彩轿亲迎。其家奴互相钩贯，非三百金不能得，众喙一音。至前期一两日，价更倍昂。崔公恚愤，自求朋友代赁。朋友皆避怨不肯应，甚有谓彩轿无定价，贫富贵贱，各随其人为消长，非他人所可代赁，以巧为调停者。不得已，以己所乘轿结彩缯用之。一时清议，谓坐视非理者亦百不一二，谓善体下情者亦十恒八九也。彼一是非，此一是非，将乌乎质之哉。

庸人自扰

朱青雷言：尝谒椒山祠，见数人结伴入。众皆叩拜，中一人独长揖。或诘其故，曰：“杨公员外郎，我亦员外郎，品秩相等，无庭参礼也。”或又曰：“杨公忠臣。”咈然曰：“我奸臣乎？”于大羽因言：聂松岩尝骑驴，遇一治磨者，嗔不让路。治磨者曰：“石工遇石工作者原注：松岩安邱张卯君之弟子，以篆刻名一时，何让之有？”余亦言：交河一塾师与张晴岚论文相诋。塾师怒曰：“我与汝同岁入泮指学童入学，同至今日皆不第，汝何处胜我耶？”三事相类，虽善辩者无如何也。田白岩曰：“天地之大，何所不有？遇此种人，惟当以不治治之，亦于事无害；必欲其解悟，弥出葛藤。尝见两生同寓佛寺，一詈紫阳，一詈象山，喧诟至夜半。僧从旁解纷，又谓异端害正，共与僧斗。次日，三人破额，诣讼庭。非天下本无事，庸人自扰之乎？”

老妪蓄鸡

昌平有老妪，蓄鸡至多，惟卖其卵。有买鸡充馔者，虽十倍其价不肯售。所居依山麓，日久滋衍，殆以谷量形容鸡的数量多。将曙时，唱声竞作，如传呼之相应也。会刈麦曝于门外，群鸡忽千百齐至，围绕啄食。媪持杖驱之不开，遍呼男女，交手扑击，东散西聚，莫可如何。方喧呶间，住屋五楹，訇然摧圮，鸡乃俱惊飞入山去。此与《宣室志》所载李甲家鼠报恩事相类。夫鹤知夜半，鸡知将旦，气之相感而精神动焉，非其能自知时也。故邵子曰："禽鸟得气之先。"至万物成毁之数，断非禽鸟所先知，何以聚族而来，脱主人于厄乎？此必有凭之者矣。

甲乙捕狐

从侄汝夔言：甲乙并以捕狐为业，所居相距十馀里。一日，伺得一冢有狐迹，拟共往，约日落后会于某所。乙至，甲已先在，同至冢侧，相其穴，可容人。甲令乙伏穴内，而自匿冢畔丛薄中，待狐归穴，甲御其出路，而乙在内禽絷之。乙暗坐至夜分，寂无音响，欲出与甲商进止。呼良久，不应，试出寻之，则二墓碑横压穴口，仅隙光一线，阔寸许，重不可举。乃知为甲所卖。次日，闻外有叱牛声，极力号叫。牧者始闻，报其家往视。鸠聚集人移石，已幽闭一昼夜矣。疑甲谋杀，率子弟诣甲，将执讼官。至半途，乃见甲裸体反缚柳树上。众围而唾詈，或鞭朴之。盖甲赴约时，路遇馌妇相调谑，因私狎于秫丛。时盛暑，各解衣置地。甫脱手，妇跃起掣其衣走，莫知所向。幸无人见，狼狈潜归。未至家，遇明火持械者，见之呼曰："奴在此。"则邻家少妇三四，睡于院中，忽见甲解衣就同卧；惊唤众起，已弃衣逾墙遁。方共里党追捕也。甲无以自白，惟呼天而已。乙述昨事，乃知皆为狐所卖。

然伺其穴而掩袭，此戕杀之仇也。戕杀之仇，以游戏报之：一闭使不出而留隙使不死；一褫其衣使受缚无辩，而人觉即遁，使其罪亦不至死。犹可谓善留馀地矣。

二　冢

天下有极细之事，而皋陶亦不能断者。门人折生遇兰，健令也。官安定日，有两家争一坟山，讼四五十年，阅两世矣。其地广阔不盈亩，中有二冢，两家各以为祖茔。问邻证，则万山之中，裹粮挈水乃能至，四无居人。问契券，则皆称前明兵燹已不存。问地粮串票旧时缴纳钱粮的收据，则两造原告与被告具在，其词皆曰："此地万不足耕，无锱铢之利，而有地丁之额。所以百控不已者，徒以祖宗邱陇，不欲为他人占耳。"又皆曰："苟非先人之体魄，谁肯涉讼数十年，认他人为祖宗者。"或疑为谋占吉地，则又皆曰："秦陇素不讲此事，实无此心，亦彼此不疑有此心；且四周皆石，不能再容一棺，如得地之后，掘而别葬，是反授不得者以间。谁敢为之？"竟无以折服，又无均分理，无入官理，亦莫能判定。大抵每祭必斗，每斗必讼官。惟就斗论斗，更不问其所因矣。

后蔡西斋为甘肃藩司，闻之曰："此争祭，非争产也，盍以理喻之。"曰："尔既自以为祖墓，应听尔祭。其来争祭者既愿以尔祖为祖，于尔祖无损，于尔亦无损也，听其享荐亦大佳，何必拒乎？"亦不得已之权词，然迄不知其遵否也。

有福富室

胡牧亭言：其乡一富室，厚自奉养，闭门不与外事，人罕得识其面。不善治生，而财终不耗；不善调摄，而终无疾病。或有祸患，亦意外得解。尝一婢自缢死，里胥大喜，张其事报官。官亦欣然即日来。比陈尸检验，忽手足蠕蠕动。方共骇怪，俄欠伸，俄转侧，俄起坐，已复苏矣。官尚欲以逼污投缳锻炼罗织，微以语导之。婢叩首曰："主人妾媵如神仙，宁有情到我？设其到，我方欢喜不暇，宁肯自戕？实闻父不知何故，为官所杖杀，悲痛难释，愤恚求死耳，无他故也。"官乃大沮去。其他往往多类此。乡人皆言其蠢然一物，乃有此福，理不可明。偶扶乩召仙，以此叩之。乩判曰："诸公误矣，其福正以其蠢也。此翁过去生中，乃一村叟，其人淳淳闷闷，无计较心；悠悠忽忽，无得失心；落落漠漠，无爱憎心；坦坦平平，无偏私心；人或凌侮，无争竞心；人或欺绐，无机械心；人或谤詈，无嗔怒心；人或构害，无报复心。故虽槁死牖下，无大功德，而独以是心为神所福，使之食报于今生。其蠢无知识，正其身异性存，未昧前世善根也。诸君乃以为疑，不亦误耶？"时在侧者，信不信参半。吾窃有味斯言也，余曰："此先生自作传赞，托诸斯人耳。然理固有之。"

刘 生

刘约斋舍人言：刘生名寅作者原注：此在刘景南家酒间话及。南北乡音各异，不知是此"寅"字否也，家酷贫。其父早年与一友订婚姻，一诺为定，无媒妁，无婚书庚帖，亦无聘币；然子女则并知之也。刘生父卒，友亦卒。刘生少不更事，窭益甚，至寄食僧寮。友妻谋悔婚，刘生无如之何。女竟郁郁死，刘生知之，痛悼而已。是夕，灯下独坐，悒悒不宁。忽闻窗外啜泣声，问之不应，而泣不已。固问之，仿佛似答一"我"字。刘生顿悟，曰："是子也耶？吾知之矣。事已至此，来生相聚可也。"语讫遂寂，后刘生亦夭死，惜无人好事，竟不能合葬华山。《长恨歌》曰："天长地久有时尽，此恨绵绵无了期。"此之谓乎！虽悔婚无迹，不能名以贞；又以病终，不能名以烈。然其志则贞烈兼矣。说是事时，满座太息，而忘问刘生里贯。约斋家在苏州，意其乡里欤？

游僧卖药

河间有游僧，卖药于市。以一铜佛置案上，而盘贮药丸，佛作引手取物状。有买者，先祷于佛，而捧盘进之。病可治者，则丸跃入佛手；其难治者，则丸不跃。举国信之。后有人于所寓寺内，见其闭户研铁屑。乃悟其盘中之丸，必半有铁屑，半无铁屑；其佛手必磁石为之，而装金于外。验之信然，其术乃败。会有讲学者，阴作讼牒，为人所讦。到官昂然不介意，侃侃而争。取所批《性理大全》核对，笔迹皆相符，乃叩额伏罪。太守徐公，讳景曾，通儒也。闻之笑曰："吾平生信佛不信僧，信圣贤不信道学。今日观之，灼然不谬。"

孤鬼问路

杨槐亭前辈有族叔，夏日读书山寺中。至夜半，弟子皆睡，独秉烛咿唔。倦极假寐，闻叩窗语曰："敢敬问先生，此往某村当从何路？"怪问为谁，曰："吾鬼也。谿谷重复，独行失路。空山中鬼本稀疏，偶一二无赖贱鬼，不欲与言；即问之，亦未必肯相告。与君幽明虽隔，气类原同，故闻书声而至也。"具以告之，谢而去。后以语槐亭，槐亭怃然曰："吾乃知孤介寡合，即作鬼亦难。"

暗中人语

李秋崖与金谷村尝秋夜坐济南历下亭，时微雨新霁，片月初生。秋崖曰："韦苏州'流云吐华月'句兴象天然，觉张子野'云破月来花弄影'句，便多少着力。"谷村未答，忽暗中人语曰："岂但着力不着力，意境迥殊。一是诗语，一是词语，格调亦迥殊也。即如《花间集》'细雨湿流光'句，在词家为妙语，在诗家则靡靡矣。"愕然惊顾，寂无一人。

观日道士

胶州法南墅，尝偕一友登日观即泰山日观峰。先有一道士倚石坐，傲不为礼，二人亦弗与言。俄丹曦欲吐，海天滉耀，千汇万状，不可端倪。南墅吟元人诗曰："'万古齐州烟九点，五更沧海日三竿。'不信然乎！"道士忽哂曰："昌谷用作《梦天》诗，故为奇语。用之泰山，不太假借乎？"南墅回顾，道士即不再言。

既而踆乌古代传说中太阳里的三足鸟，指太阳涌上，南墅谓其友曰："太阳真火，故入水不濡也。"道士又哂曰："公谓日自海出乎？此由不知天形，故不知地形；不知地形，故不知水形也。盖天椭圆如鸡卵，地浑圆如弹丸，水则附地而流，如核桃之皱皱。椭圆者东西远而上下近。凡有九重，最上曰宗动，元气之表，无象可窥。次为恒星，高不可测。次七重，则日月五星各占一重，随大气旋转，去地且二百馀万里，无论海也。浑圆者地无正顶，身所立处皆为顶；地无正平，目所见处皆为平。至广漠之野，四望天地相接处，其圆中规，中高而四陨之证也，是为地平。圆规以外，目所不见者，则地平下矣。湖海之中，四望天水相合处，其圆中规，是又水随地形，中高四陨之证也。然江河之水狭且浅，夹以两岸，行于地中，故日出地上始受日光。惟海至广至深，附于地面，无所障蔽，故中高四陨之处，如水晶球之半。日未至地平，倒影上射，则初见如一线；日将近地平，则斜影横穿，未明先睹。今所见者是日之影，非日之形；是天上之日影隔水而映，非海中之日影浴水而出也。至日出地平，则影斜落海底，转不能见矣。儒家盖尝见此景，故以为天包水，水浮地，日出入于水中，而不知日自附天，水自附地。佛家未见此景，故以须弥山四面为四州，日环绕此山，南昼则北夜，东暮则西朝，是日常旋转，平行竟不入地。证以今日所见，其谬更无庸辩矣。"南墅惊其博辩，欲与再言，道士笑曰："更竟其说。子不知九万里之围圆，以渐而迤，以渐而转，渐迤渐转，遂至周环，必以为人能正立，不能倒立，拾杨光先之说，苦相诘难。老夫慵惰，不能与子到大郎山上看南斗作者原注：大郎山在亚禄国（即清代对美国的音译），与中国上下反对。其地南极出地三十五度，北极入地三十五度，不如其已也。”振衣径去，竟莫测其何许人。

战阵时药

大学士温公言：征乌什时，有骁骑校腹中数刃，医不能缝。适生俘数回妇，医曰：“得之矣。”择一年壮肥白者，生刳腹皮，幂于创上，以匹帛缠束，竟获无恙。创愈后，浑合为一，痛痒亦如一。公谓：“非战阵无此病，非战阵亦无此药。”信然。然叛徒逆党，法本应诛；即不剥肤，亦即断脰。用救忠义之士，固异于杀人以活人尔。

石上论学

周化源言：有二士游黄山，留连松石，日暮忘归。夜色苍茫，草深苔滑，乃共坐于悬崖之下，仰视峭壁，猿鸟路穷；中间片石斜欹，如云出岫山。缺月微升，见有二人坐其上，知非仙即鬼，屏息静听。

右一人曰：“顷游岳麓，闻此翁又作何语？”左一人曰：“去时方聚众讲《西铭》，归时又讲《大学衍义》作者真德秀，号西山，南宋著名理学家。《大学衍义》为元、明、清三朝皇族学士必读之书也。”右一人曰：“《西铭》论万物一体，理原如是。然岂徒心知此理，即道济天下乎？父母之于子，可云爱之深矣，子有疾病，何以不能疗？子有患难，何以不能救？无术焉而已。此犹非一身也。人之一身，虑无不深自爱者，己之疾病，何以不能疗？己之患难，何以不能救？亦无术焉而已。今不讲体国经野之政，捍灾御变之方，而曰吾仁爱之心，同于天地之生物。果此心一举，万物即可以生乎？吾不知之矣。至《大学》条目，自格致以至治平，节节相因，而节节各有其功力。譬如土生苗，苗成禾，禾成谷，谷成米，米成饭，本节节相因。然土不耕则不生苗，苗不灌则不得禾，禾不刈则不得谷，谷不舂则不得米，米不炊则不得饭，亦节节各有其功力。西山作《大学衍义》，列目至齐家而止，谓治国平天下可举而措之。不知虞舜之时，果瞽瞍允若而洪水即平，三苗即格乎？抑犹有治法在乎？又不知周文之世，果太姒徽音而江汉即化，崇侯即服乎？抑别有政典存乎？今一切弃置，而归本于齐家，毋亦如土可生苗，即炊土为饭乎？吾又不知之矣。”左一人曰：“琼山所补，治平之道其备乎？”右一人曰：“真氏过于泥其本，邱氏又过于逐其末，不究古今之时势，不揆南北之情形，琐琐屑屑，缕陈多法，且一一疏请施行，是乱天下也。即其海运一议，胪列历年漂失之数，谓所省转运之费，足以相抵。不知一舟人命，讵止数十；合数十舟即逾千百，又何为抵乎？亦妄谈而已矣。”左一人曰：“是则然矣。诸儒所述封建井田，皆先王之大法，有太平之实验，究何如乎？”右一人曰：“封建井田，断不可行，驳者众矣。然讲学家，持是说者，意别有在，驳者未得其要领也。夫封建井田不可行，微驳者知之，讲学者本自知之。知之而必持是说，其意固欲借一必不行之事，以藏其身也。盖言理言气，言性言心，皆恍惚无可质。谁能考未分天地之前，作何形状；幽微暧昧之中，作何情态乎？至于实事，则有凭矣。试之而不效，则人人见其短长矣。故必持一不可行之说，使人必不能试，必不肯试，必不敢试，而后可号于众曰：‘吾所传先王之法，吾之法可为万世致太平，而无如人不用，何也！’人莫得而究诘，则亦相率而欢曰：‘先生王佐之才，惜哉不竟其用’云尔。以棘刺之端为母猴，而要以三月斋戒乃能观，是即此术。第彼犹有棘刺，犹有母猴，故人得以求其削。此更托之空言，并无削之可求矣。天下之至巧，莫过于是。驳者乃以迂阔议之，乌识其用意哉！”相与太息者久之，划然长啸而去。

二士窃记其语，颇为人述之。有讲学者闻之，曰：“学求闻道而已。所谓道者，曰天曰性曰心而已。忠孝节义，犹为末务；礼乐刑政，更末之末矣。为是说者，其必永嘉之徒永嘉学派的门徒。永嘉学派为南宋时期在浙东永嘉（即今浙江温州）一带形成的、提倡事功之学的一脉儒家学派也夫！”

楚楚二诗

刘香畹寓斋扶乩，邀余未赴。或传其二诗曰：“是处春山长药苗，闲随蝴蝶过溪桥。林中借得樵童斧，自斫槐根木瘿瓢。”“飞岩倒挂万年藤，猿狖攀缘到未能。记得随身棕拂子，前年遗在最高层。”虽意境微狭，亦楚楚有致。

《春秋》诛心之法

《春秋》有原心之法，有诛心之法。青县有人陷大辟，县令好外宠，其子年十四五，颇秀丽。乘其赴省宿馆舍，邀之于途，托言牒诉而自献焉，狱竟解。实为娈童，人不以娈童贱之，原其心也。里有少妇与其夫狎昵无度，夫病瘵死。姑察其性佚荡，恒自监之，眠食必共，出入必偕，五六年未常离一步。竟郁郁以终。实为节妇，人不以节妇许之，诛其心也。余谓此童与郭六事相类，惟欠一死耳作者原注：语详《滦阳消夏录》。此妇心不可知，而身则无玷。《大车》之诗所谓“畏子不奔，畏子不敢”者，在上犹为有刑政，则在下犹为守礼法。君子与人为善，盖棺之后，固应仍以节许之。

啄木画符

啄木能禹步劾禁，竟实有之。奴子李福，性顽劣，尝登高木之杪，以杙塞其穴口，而锯平其外，伏草间伺之。啄木返，果翩然下树，以喙画沙若符篆，画毕，以翼拂之，其穴口之杙，铮然拔出如激矢。此岂可以理解欤？余在书局，销毁妖书，见《万法归宗》中载有是符，其画纵横交贯，略如小篆两“無”字相并之形。不知何以得之，亦不知其信否也。

交游当慎

李福又尝于月黑之夜，出村南丛冢间，呜呜作鬼声，以恐行人。俄磷火四起，皆呜呜来赴。福乃狼狈逃归。此以类相召也。故人家子弟，于交游当慎其所召。

美妇化虎

壬午乾隆二十七年(1762)顺天乡试，与安溪李延彬前辈同分校。偶然说虎，延彬曰：“里有入山樵采者，见一美妇隔涧行，衣饰华丽，不似村妆，心知为魅。伏丛薄中觇所往，适一鹿引麑下涧饮，妇见之，突扑地化为虎，衣饰委地如蝉蜕，径搏二鹿食之。斯须仍化美妇，整顿衣饰，款款循山去。临流照影，妖媚横生，几忘其曾为虎也。”秦涧泉前辈曰：“妖媚蛊惑，但不变虎形耳，搏噬之性则一也。偶露本质，遽相惊讶，此樵何少见多怪乎！”

驿壁一诗

大学士伍公镇乌鲁木齐日，颇喜吟咏，而未睹其稿。惟于驿壁见一诗曰："极目孤城上，苍茫见四郊。斜阳高树顶，残雪乱山坳。牧马嘶归枥，啼乌倦返巢。秦兵真耐冷，薄暮尚鸣骹射箭。"殊有中唐气韵。

鬼声救援

東州佃户邵仁我言：有李氏妇，自母家归。日薄暮，风雨大作，避入废庙中。入夜稍止，已暗不能行。适客作作者原注：俗谓之短工。为人锄田刈禾，计日受值，去来无定者也数人荷钽入。惧遭强暴，又避入庙后破屋。客作暗中见影，相呼追迹。妇窘急无计，乃呜呜作鬼声，既而墙内外并呜呜有声，如相应答。数人怖而反。夜半雨晴，竟潜踪得脱。此与李福事相类，而一出偶相追逐，一似来相救援。虽谓秉心贞正，感动幽灵，亦未必不然也。

灶婢奇女子

仁我又言：有盗劫一富室，攻楼门垂破。其党手炬露刃，迫胁家众曰："敢号呼者死！且大风，号呼亦不闻，死何益！"皆噤不出声。一灶婢年十五六，睡厨下，乃密持火种，黑暗中伏地蛇行，潜至后院，乘风纵火，焚其积柴。烟焰烛天，阖村惊起，数里内邻村亦救视。大众既集，火光下明如白昼，群盗格斗不能脱，竟骈首就擒。主人深感此婢，欲留为子妇，其子亦首肯，曰："具此智略，必能作家，虽灶婢何害。"主人大喜，趣取衣饰，即是夜成礼，曰："迟则讲尊卑，论良贱，是非不一，恐有变局矣。"亦奇女子哉！

鬼魅能语

边秋崖前辈言：一宦家夜至书斋，突见案上一人首，大骇，以为咎征。里有道士能符箓，时预人丧葬事。急召占之，亦骇曰："大凶！然可禳解，斋醮之费，不过百馀金耳。"正拟议间，窗外有人语曰："身不幸伏法就终，幽魂无首，则不可转生，故恒自提携，累如疣赘。顷见公棐几滑净，偶置其上。适公猝至，仓皇忘取，以致相惊。此自仆之粗疏，无关公之祸福。术士妄语，慎不可听。”道士仍丧气而去。

又言：一宦家患狐祟，延术士劾治，法不验，反为狐所窘。走投其师，更乞符箓至。方登坛檄将，已闻楼上般移声、呼应声，汹汹然相率而去。术士顾盼有德色，宦家亦深感谢。忽举首见壁上一帖曰：“公衰运将临，故吾辈得相扰。昨公捐金九百建育婴堂，德感明神，又增福泽，故吾辈举族而去。术士行法，适值其时；据以为功，深为忝窃表示愧得其名，谦逊用法。赐以觞豆觞与豆，古代盛酒器皿，为稍障羞颜，庶几或可；若有所酬赠，则小人太徼幸矣。”字径寸馀，墨痕犹湿。术士惭沮，竟噤不敢言。

梁简文帝《与湘东王书》引谚曰：“山川而能语，葬师旧时丧葬活动中的风水师食无所；肺腑而能语，医师面如土。”此二事者，可谓鬼魅能语矣，术士其知之。

负心之罪

朱导江言：有妻服已释，忽为礼忏者，意甚哀切，过于初丧。问之，初不言。所亲或私叩之，乃泫然曰：“亡妇相聚半生，初未觉其有显过。顷忽梦至冥司，见女子数百人，锁以银铛，驱以骨朵，入一大官署中，俄闻号呼凄惨，栗魄动魂。既而一一引出，并流血被骭小腿，匍匐膝行，如牵羊豕。中一人见我招手，视即亡妇。惊问：‘何罪至此？’曰：‘坐事事与君怀二意。初谓为家庭常态，不意阴律至严，与欺父欺君竟同一理，故堕落如斯。’问：‘二意者何事？’曰：‘不过骨肉之中私庇子女，奴隶之中私庇婢媪，亲串之中私庇母党，均使君不知而已。今每至月朔，必受铁杖三十，未知何日得脱。此累累者皆是也。’尚欲再言，已为鬼卒曳去。多年伉俪，未免有情，故为营斋造福耳。”

夫同牢之礼指婚姻之礼，于情最亲，亲则非疏者所能间；敌体之义，于分本尊，尊则非卑者所能违。故二人同心，则家庭之纤微曲折，男子所不能知、与知而不能自为者，皆足以弥缝其阙。苟徇其私爱，意有所偏，则机械百出，亦可于耳目所不及者无所不为，种种衅端，种种败坏，皆从是起。所关者大，则其罪自不得轻。况信之者至深，托之者至重，而欺其不觉，为所欲为，在朋友犹属负心，应干神谴；则人原一体，分属三纲者，其负心之罪不更加倍蓰五倍乎？寻常细故，断以严刑，因不得谓之深文制定或援用法律条文苛责严峻矣。

人情狙诈之事

人情狙诈伺机取诈，无过于京师。余尝买罗小华名龙文，字含章，号小华。明代著名制墨家墨十六铤，漆匣黯敝，真旧物也。试之，乃抟泥而染以黑色，其上白霜，亦盦于湿地所生。又丁卯乾隆十二年(1747)乡试，在小寓买烛，爇之不燃，乃泥质而幂以羊脂。又灯下有唱卖炉鸭者，从兄万周买之。乃尽食其肉，而完其全骨，内傅以泥，外糊以纸，染为炙煿烘烤之色，涂以油，惟两掌头颈为真。又奴子赵平以二千钱买得皮靴，甚自喜。一日骤雨，着以出，徒跣而归，盖靿则乌油高丽纸揉作绉纹，底则糊粘败絮，缘之以布。其他作伪多类此，然犹小物也。

有选人见对门少妇甚端丽，问之，乃其夫游幕，寄家于京师，与母同居。越数月，忽白纸糊门，全家号哭，则其夫讣音至矣。设位祭奠，诵经追荐，亦颇有吊者。既而渐鬻衣物，云乏食，且议嫁，选人因赘其家。又数月，突其夫生还，始知为误传凶问。夫怒甚，将讼官。母女哀吁，乃尽留其囊箧，驱选人出。越半载，选人在巡城御史处，见此妇对簿。则先归者乃妇所欢，合谋挟取选人财，后其夫真归而败也。黎邱之技，不愈出愈奇乎！

又西城有一宅，约四五十楹，月租二十馀金，有一人住半载馀，恒先期纳租，因不过问。一日，忽闭门去，不告主人。主人往视，则纵横瓦砾，无复寸椽，惟前后临街屋仅在。盖是宅前后有门，居者于后门设木肆，贩鬻屋材，而阴拆宅内之梁柱门窗，间杂卖之。各居一巷，故人不能觉。累栋连甍，搬运无迹，尤神乎技矣。

然是五六事，或以取贱值，或以取便易，因贪受饵，其咎亦不尽在人。钱文敏公曰：“与京师人作缘，斤斤自守，不入陷阱已幸矣。稍见便宜，必藏机械，神奸巨蠹，百怪千奇，岂有便宜到我辈。”诚哉是言也。

几下人舞

王青士言：有弟谋夺兄产者，招讼师至密室，篝灯筹画。讼师为设机布阱，一一周详，并反间内应之术，无不曲到。谋既定，讼师掀髯曰：“令兄虽猛如虎豹，亦难出铁网矣。然何以酬我乎？”弟感谢曰：“与君至交，情同骨肉，岂敢忘大德。”时两人对据一方几。忽几下一人突出，绕室翘一足而跳舞。目光如炬，长毛毵毵如蓑衣，指讼师曰：“先生斟酌：此君视先生如骨肉，先生其危乎?”且笑且舞,跃上屋檐而去。二人与侍侧童子并惊仆。家人觉声息有异,相呼入视,已昏不知人。灌治至夜半,童子先苏,具述所闻见。二人至晓乃能动。事机已泄,人言藉藉,竟寝其谋,闭门不出者数月。

相传有狎一妓者,相爱甚。然欲为脱籍,则拒不从;许以别宅自居,礼数如嫡,拒益力。怪诘其故,喟然曰:“君弃其结发而昵我,此岂可托终身者乎?”与此鬼之言,可云所见略同矣。

至死方悟

张夫人,先祖母之妹,先叔之外姑也。病革时,顾侍者曰:“不起矣。闻将死者见先亡,今见之矣。”即而环顾病榻,若有所觅,喟然曰:“错矣!”俄又拊枕曰:“大错矣!”俄又瞑目啮齿、掐掌有痕曰:“真大错矣!”疑为谵语,不敢问。良久,尽呼女媳至榻前,告之曰:“吾向以为夫族疏而母族亲,今来导者皆夫族,无母族也;吾向以为媳疏而女亲,今亡媳在左右而亡女不见也。非一气者相关,异派者不属乎?回思平日之存心,非厚其所薄,薄其所厚乎?吾一误矣,尔曹勿再误也。”此三叔母张太宜人所亲闻。妇女偏私,至死不悟者多矣。此犹是大智慧人,能回头猛省也。

老妪谏主

孔子有言:谏有五,吾从其讽。圣人之究悉物情也。亲串中一妇,无子而阴忮暗地里妒忌其庶子,侄若婿又媒蘖短长,私党胶固,殆不可以理喻。妇有老乳母,年八十馀矣。闻之,匍匐入谒,一拜,辄痛哭曰:“老奴三日不食矣。”妇问:“曷不依尔侄?”曰:“老奴初有所蓄积,侄事我如事母,诱我财尽。今如不相识,求一盂饭不得矣。”又问:“曷不依尔女若婿?”曰:“婿诱我财如我侄,我财尽后,弃我亦如我侄,虽我女无如何也。”又问:“至亲相负,曷不讼之?”曰:“讼之矣,官以为我已出嫁,于本宗为异姓;女已出嫁,又于我为异姓。其收养为格外情,其不收养律无罪,弗能直也。”又问:“尔将来奈何?”曰:“亡夫昔随某官在外,娶妇生一子,今长成矣。吾讼侄与婿时,官以为既有此子,当养嫡母;不养则律当重诛。已移牒拘唤,但不知何日至耳。”妇爽然若失,自是所为遂渐改。此亲戚族党唇焦舌敝不能争者,而此妪以数言回其意。现身说法,言之者无罪,闻之者足以戒耳。触龙之于赵太后,盖用此术矣。

卷十八

姑妄听之四

以贼攻贼

马德重言：沧州城南，盗劫一富室，已破扉入，主人夫妇并被执，众莫敢谁何。有妾居东厢，变服逃匿厨下，私语灶婢曰："主人在盗手，是不敢与斗。渠辈屋脊各有人，以防救应；然不能见檐下。汝挟后窗循檐出，密告诸仆：各乘马执械，四面伏三五里外。盗四更后必出。四更不出，则天晓不能归巢也。出必挟主人送。苟无人阻，则行一二里必释；不释恐见其去向也。俟其释主人，急负还而相率随其后，相去务在半里内。彼如返斗即奔还，彼止亦止，彼行又随行。再返斗仍奔，再止仍止，再行仍随行。如此数四，彼不返斗则随之，得其巢。彼返斗则既不得战，又不得遁，逮至天明，无一人得脱矣。"婢冒死出告，众以为中理，如其言，果并就擒。重赏灶婢。妾与嫡故不甚协，至是亦相睦。后问妾何以办此，泫然曰："吾故盗魁某甲女。父在时，尝言行劫所畏惟此法，然未见有用之者。今事急姑试，竟侥幸验也。"故曰，用兵者务得敌之情。又曰，以贼攻贼。

小人反噬

戴东原言：有狐居人家空屋中，与主人通言语，致馈遗，或互假器物，相安若比邻。一日，狐告主人曰："君别院空屋，有缢鬼多年矣，君近拆是屋，鬼无所栖，乃来与我争屋。时时现恶状，恐怖小儿女，已自可憎；又作祟使患寒热，尤不堪忍。某观道士能劾鬼，君盍求之除此害。"主人果求得一符，焚于院中。俄暴风骤起，声轰然如雷霆，方骇愕间，闻屋瓦格格乱鸣，如数十人奔走践踏者。屋上呼曰："吾计大左，悔不及。顷神将下击，鬼缚而吾亦被驱，今别君去矣。"盖不忍其愤，急于一逞，未有不两败俱伤者。观于此狐，可为炯鉴。

又，吕氏表兄作者原注：忘其名字，先姑之长子也言：有人患狐祟，延术士禁咒。

狐去而术士需索无厌，时遣木人纸虎之类至家扰人。赂之，暂止。越旬日复然，其祟更甚于狐。携家至京师避之，乃免。锐于求胜，借助小人，未有不遭反噬者，此亦一征矣。

山　精

乌鲁木齐参将海起云言：昔征乌什时，战罢还营，见崖下树椏间一人探首外窥。疑为间谍，奋矛刺之作者原注：军中呼矛曰苗子，盖声之转，中石上，火光激迸，矛折，臂几损。疑为目眩，然矛上地上皆有血迹，不知何怪。余谓此必山精也。深山大泽，何所不育？《白泽图》所载，虽多附会，殆亦有之。又言：有一游兵，见黑物蹲石上，疑为熊，引满射之。三发皆中，而此物夷然如不知。骇极，驰回呼伙伴，携铳往，则已去矣。余谓此亦山精耳。

贞烈长姐

常山峪道中加班轿夫作者原注：九卿肩舆，以八人更番，出京则加四人，谓之加班刘福言：长姐者，忘其姓，山东流民之女。年十五六，随父母就食于赤峰作者原注：即乌蓝哈达。乌蓝译言红，哈达译言峰也。今建为赤峰州，租田以耕。一日，入山采樵，遇风雨，避岩下。雨止已昏黑，畏虎不敢行，匿草间。遥见双炬，疑为虎目。至前则官役数人，衣冠不古不今，叱问何人，以实告。官坐石上，令曳出。众呼跪，长姐以为山神，匍匐听命。官曰："汝夙孽应充我食。今就擒，当啖尔。速解衣伏石上，无留寸缕，致挂碍齿牙。"知为虎王，觳觫祈免。官曰："视尔貌尚可，肯侍我寝，当赦尔。后当来往于尔家，且福尔。"长姐愤怒跃起曰："岂有神灵肯作此语？必邪魅也。啖则啖耳，长姐良家女，不能蒙面作此事。"拾石块奋击，一时奔散。此非其力足胜之，其气足胜之，其贞烈之心足以帅其气也。故曰："其为气也，至大至刚。"

侠义角妓

张太守墨谷言：德、景间有富室，恒积谷而不积金，防劫盗也。康熙、雍正间，岁频歉，米价昂。闭廪不肯粜升合，冀价再增。乡人病之，而无如何。有角妓号玉面狐者曰："是易与，第备钱以待可耳。"乃自诣其家曰："我为鸨母钱树，鸨母顾虐我。昨与勃豀，约我以千金自赎。我亦厌倦风尘，愿得一忠厚长者托终身，念无如公者。公能捐千金，则终身执巾栉。闻公不喜积金，即钱二千贯亦足抵。昨有木商闻此事，已回天津取赀。计其到，当在半月外。我不愿随此庸奴。公能于十日内先定，则受德多矣。”张故惑此妓，闻之惊喜，急出谷贱售。廪已开，买者坌至，不能复闭，遂空其所积，米价大平。谷尽之日，妓遣谢富室曰：“鸨母养我久，一时负气相诟，致有是议。今悔过挽留，义不可负心。所言姑俟诸异日。”富室原与私约，无媒无证，无一钱聘定，竟无如何也。此事李露园亦言之，当非虚谬。闻此妓年甫十六七，遽能办此，亦女侠哉！

孝廉狐妾

丁药圃言：有孝廉四十无子，买一妾，甚明慧。嫡不能相安，旦夕诟谇。越岁，生一子。益不能容，竟转鬻于远处。孝廉惘惘如有失。独宿书斋，夜分未寐，妾忽搴帷入。惊问：“何来？”曰：“逃归耳。”孝廉沉思曰：“逃归虑来追捕，妒妇岂肯匿？且事已至此，归何所容？”妾笑曰：“不欺君，我实狐也。前以人来，人有人理，不敢不忍诟；今以狐来，变幻无端，出入无迹，彼乌得而知之？”因嬿婉如初。

久而渐为僮婢泄，嫡大恚，多金募术士劾治。一术士檄将拘妾至，妾不服罪，攘臂与术士争曰：“无子纳妾，则纳为有理；生子遣妾，则遣为负心。无故见出，罪不在我。”术士曰：“既见出矣，岂可私归？”妾曰：“出母未嫁，与子未绝；出妇未嫁，于夫亦未绝。况鬻我者妒妇，非见出于夫。夫仍纳我，是未出也，何不可归？”术士怒曰：“尔本兽类，何敢据人理争？”妾曰：“人变兽心，阴律阳律皆有刑；兽变人心，反以为罪，法师据何宪典耶？”术士益怒曰：“吾持五雷法，知诛妖耳，不知其他。”妾大笑曰：“妖亦天地之一物，苟其无罪，天地未尝不并育。上帝所不诛，法师乃欲尽诛乎？”术士拍案曰：“媚惑男子，非尔罪耶？”妾曰：“我以礼纳，不得为媚惑；倘其媚惑，则摄精吸气，此生久槁矣。今在家两年，复归又五六年，康强无恙，所谓媚惑者安在？法师受妒妇多金，锻炼周内，以酷济贪耳，吾岂服耶！”问答之顷，术士顾所召神将，已失所在。无可如何，瞋目曰：“今不与尔争，明日会当召雷部。”

明日，嫡再促设坛，则宵遁矣。盖所持之法虽正，而法以贿行，故魅亦不畏，神将亦不满也。相传刘念台先生官总宪时，题御史台一联曰：“无欲常教心似水，有言自觉气如霜。”可谓知本矣。

三数奇鬼

莫雪崖言：有乡人患疫，困卧草榻，魂忽已出门外，觉顿离热恼，意殊自适。然道路都非所曾经，信步所之。偶遇一故友，相见悲喜。忆其已死，忽自悟曰：“我其入冥耶？”友曰：“君未合死，离魂到此耳。此境非人所可到，盍同游览，以广见闻。”因随之行，所经城市墟落，都不异人世；往来扰扰，亦各有所营。见乡人皆目送之，然无人交一语也。

乡人曰：“闻有地狱，可一观乎？”友曰：“地狱如囚牢，非冥官不能启，非冥吏不能导，吾不能至也。有三数奇鬼，近乎地狱，君可以往观。”因改循岐路，行半里许，至一地，空旷如墟墓。见一鬼，状貌如人，而鼻下则无口。问：“此何故？”曰：“是人生时，巧于应对，谀词颂语，媚世悦人，故受是报，使不能语；或遇焰口浆水，则饮以鼻。”又见一鬼尻耸向上，首折向下，面着于腹，以两手支拄而行。问：“此何故？”曰：“是人生时，妄自尊大，故受此报，使不能仰面傲人。”又见一鬼，自胸至腹，裂罅数寸，五脏六腑，虚无一物。问：“此何故？”曰：“是人生时，城府深隐，人不能测，故受是报，使中无匿形。”又见一鬼，足长二尺，指巨如椎，踵巨如斗，重如千斛之舟，努力半刻，始移一寸。问：“此何故？”曰：“此人生时，高材捷足，事事务居人先，故受是报，使不能行。”又见一鬼，两耳拖地，如曳双翼，而混沌无窍。问：“此何故？”曰：“此人生时，怀忌多疑，喜闻蜚语，故受此报，使不能听。是皆按恶业浅深，待受报期满，始入转轮。其罪减地狱一等，如阳律之徒流也。”俄见车骑杂遝，一冥官经过，见乡人，惊曰：“此是生魂，误游至此，恐迷不得归。谁识其家，可导使去。”友跪启是旧交。官即令送返。将至门，大汗而醒，自是病愈。

雪崖天性爽朗，胸中落落无宿物；与朋友谐戏，每俊辩横生。此当是其寓言，未必真有。然庄生、列子，半属寓言，义足劝惩，固不必刻舟求剑尔。

书生遇丽妇

陈半江言：有书生月夕遇一妇，色颇姣丽，挑以微词，欣然相就。自云家在邻近，而不肯言姓名。又云夫恒数日一外出，家有后窗可开，有墙缺可逾，遇隙即来，不能预定期也。如是五六年，情好甚至。一岁，书生将远行，妇夜来话别。书生言随人作计，后会无期。凄恋万状，哽咽至不成语。妇忽嬉笑曰："君如此情痴，必相思致疾，非我初来相就意。实与君言，我鬼之待替者也。凡人与鬼狎，无不病且死，阴剥阳也。惟我以爱君韶秀，不忍玉折兰摧，故必越七八日后，待君阳复，乃肯再来。有剥有复，故君能无恙。使遇他鬼，则纵情冶荡，不出半载，索君于枯鱼之肆矣。我辈至多，求如我者则至少，君其宜慎。感君义重，此所以报也。"语讫，散发吐舌作鬼形，长啸而去。书生震栗几失魂，自是虽遇冶容指美女，曾不侧视。

村妇弄巧

王梅序言：交河有为盗诬引者，乡民朴愿，无以自明，以赂求援于县吏。吏闻盗之诬引，由私调其妇，致为所殴，意其妇必美，却赂而微示以意曰："此事秘密，须其妇潜身自来，乃可授方略。"居间者以告乡民。乡民惮死失志，呼妇母至狱，私语以故。母告妇，咈然不应也。越两三日，吏家有人夜扣门。启视，则一丐妇，布帕裹首，衣百结破衫，闯然入。问之不答，且行且解衫与帕，则鲜妆华服艳妇也。惊问所自，红潮晕颊，俯首无言，惟袖出片纸，就所持灯视之，"某人妻"三字而已。吏喜过望，引入内室，故问其来意。妇掩泪曰："不喻君语，何以夜来？既已来此，不必问矣，惟祈毋失信耳。"吏发洪誓，遂相嬿婉。潜留数日，大为妇所蛊惑，神志颠倒，惟恐不得当妇意。妇暂辞去。言村中日日受侮，难于久住。如城中近君租数楹，便可托庇荫，免无赖凌藉，亦可朝夕相往来。吏益喜，竟百计白其冤。狱解之后，遇乡民，意甚索漠，以为狎昵其妇，愧相见也。后因事到乡，诣其家，亦拒不见。知其相绝，乃大恨。

会有挟妓诱博者讼于官，官断妓押归原籍。吏视之，乡民妇也，就与语。妇言苦为夫禁制，愧相负，相忆殊深。今幸相逢，乞念旧时数日欢，免杖免解。吏又惑之，因告官曰："妓所供乃母家籍，实县民某妻，宜究其夫。"盖觊怂恿官卖，自买之也。遣拘乡民，乡民携妻至，乃别一人。问邻里皆云不伪。问吏何以诬乡民，吏不能对，答曰风闻。问闻之何人，则噤无语。呼妓问之，妓乃言吏初欲挟污乡民妻，妻念从则失身，不从则夫死，值妓新来，乃尽脱簪珥，赂妓冒名往，故与吏狎识。今当受杖，适与相逢，因仍诳托乡民妻，冀脱箠楚。不虞其又有他谋，致两败也。官覆勘乡民，果被诬。姑念其计出救死，又出于其妻，释不究，而严惩此吏焉。

神奸巨蠹，莫吏若矣，而为村妇所笼络，如玩弄婴孩。盖愚者恒为智者败，而物极必反，亦往往于所备之外，有智出其上者，突起而胜之。无往不复，天之道也。使智者终不败，则天地间惟智者存，愚者断绝矣，有是理哉！

鬼魇人

鬼魇人至死，不知何意。倪馀疆曰："吾闻诸施亮生矣，取啖其生魂耳。盖鬼为馀气，渐消渐减，以至于无；得生魂之气以益之，则又可再延。故女鬼恒欲与人狎，摄其精也。男鬼不能摄人精，则杀人而吸其生气，均犹狐之采补耳。"

因忆刘挺生言：康熙庚子康熙五十九年(1720)，有五举子晚遇雨，栖破寺中。四人已眠，惟一人眠未稳，觉阴风飒然，有数黑影自牖入，向四人嘘气，四人即梦魇。又向一人嘘气，心虽了了，而亦渐昏瞀，觉似有拖曳之者。及稍醒，已离故处，似被絷缚，欲呼则噤不能声；视四人亦纵横偃卧。众鬼共举一人啖之，斯须而尽；又以次食二人。至第四人，忽有老翁自外入，厉声叱曰："野鬼无造次！此二人有禄相，不可犯也。"众鬼骇散。二人倏然自醒，述所见相同。后一终于教谕，一终于训导。鲍敬亭先生闻之，笑曰："平生自薄此官，不料为鬼神所重也。"观其所言，似亮生之说不虚矣。

鬼求治墓

李庆子言：朱生立园，辛酉乾隆六年(1741)北应顺天试。晚过羊留之北，因绕避泥泞，遂迂回失道，无逆旅可栖。遥见林外有人家，试往投止。至则土垣瓦舍，凡六七楹，一童子出应门。朱具道乞宿意。一翁衣冠朴雅，延宾入，止旁舍中。呼灯至，黯黯无光。翁曰："岁歉油不佳，殊令人闷，然无如何也。"又曰："夜深不能具肴馔，村酒小饮，勿以为亵。"意甚款洽。朱问："家中有何人？"曰："零丁孤苦，惟老妻与僮婢同居耳。"问朱何适，朱告以北上。曰："有一札及少物欲致京中，僻路苦无书邮。今遇君甚幸。"朱问："四无邻里，独居不怖乎？"曰："薄田数亩，课奴辈耕作，因就之卜居。贫无储蓄，不畏盗也。"朱曰："谓旷野多鬼魅耳。"翁曰："鬼魅即未见，君如怖是，陪坐至天曙，可乎？”因借朱纸笔，入作书札；又以杂物封函内，以旧布裹束，密缝其外。付朱曰：“居址已写于函上，君至京拆视自知。”天曙作别，又切嘱信物勿遗失，始殷勤分手。

朱至京，拆视布裹，则函题“朱立园先生启”字，其物乃金簪银钏各一双。其札称：“仆老无子息，误惑妇言，以婿为嗣。至外孙犹间一祭扫，后则视为异姓，纸钱麦饭，久已阙如；三尺孤坟，亦就倾圮。九泉茹痛，百悔难追。谨以殉棺薄物，祈君货鬻，归途以所得之直，修治荒茔，并稍浚冢南水道，庶淫潦不浸幽窀zhūn 墓穴。如允所祈，定如杜回结草。知君畏鬼，当暗中稽首，不敢见形，勿滋疑虑。亡人杨宁顿首。”朱骇汗浃背，方知遇鬼；以书中归途之语，知必不售，既而果然。还至羊留，以所卖簪钏钱遣仆往治其墓，竟不敢再至焉。

古衣冠人之论

吴云岩言：有秦生者，不畏鬼，恒以未一见为歉。一夕，散步别业，闻树外朗吟唐人诗曰：“自去自来人不知，归时惟对空山月。”其声哀厉而长。隔叶窥之，一古衣冠人倚石坐。确知为鬼，遽前掩之，鬼亦不避。

秦生长揖曰：“与君路异幽明，人殊今古，邂逅相遇，无可寒温。所以来者，欲一问鬼神情状耳。敢问为鬼时何似？”曰：“一脱形骸，即已为鬼，如茧成蝶，亦不自知。”问：“果魂升魄降，还入太虚乎？”曰：“自我为鬼，即在此间。今我全身现与君对，未尝随细缊元气，升降飞扬。子孙祭时始一聚，子孙祭毕则散也。”问：“果有神乎？”曰：“鬼既不虚，神自不妄。譬有百姓，必有官师。”问：“先儒称雷神之类，皆旋生旋化，果不诬乎？”曰：“作措大时，饱闻是说。然窃疑霹雳击格，轰然交作，如一雷一神，则神之数多于蚊蚋；如雷止神灭，则神之寿促于蜉蝣。以质先生，率遭呵叱。为鬼之后，乃知百神奉职，如世建官，皆非顷刻之幻影。恨不能以所闻见，再质先生。然尔时拥皋比者，计为鬼已久，当自知之，无庸再诘矣。大抵无鬼之说，圣人未有。诸大儒恐人谄渎，故强造斯言。然禁沉湎可，并废酒醴则不可；禁淫荡可，并废夫妇则不可。禁贪惏可，并废财货则不可；禁斗争可，并废五兵则不可。故以一代盛名，挟百千万亿朋党之助，能使人噤不敢语，而终不能慑服其心，职是故耳。传其教者，虽心知不然，然不持是论，即不得称为精义之学，亦违心而和之曰：理必如是云尔。君不察先儒矫枉之意，生于相激，非其本心；后儒辟邪之说，压于所畏，亦非其本心。竟信儒者，真谓无鬼神，皇皇质问，则君之受绐久矣。泉下之人，不欲久与生人接；君亦不宜久与鬼狎。言尽于此，馀可类推。”曼声长啸而去。

案，此谓儒者明知有鬼，故言无鬼，与黄山二鬼谓儒者明知井田封建不可行，故言可行，皆洞见症结之论。仅目以迂阔，犹堕五里雾中矣。

才鬼俊辩

汪主事厚石言：有在西湖扶乩者，下坛诗曰：“旧埋香处草离离，只有西陵夜月知。词客情多来吊古，幽魂肠断看题诗。沧桑几劫湖仍绿，云雨千年梦尚疑。谁信灵山散花女，如今佛火对琉璃。”众知为苏小小也。客或请曰：“仙姬生在南齐，何以亦能七律？”乩判曰：“阅历岁时，幽明一理。性灵不昧，即与世推移。宣圣诗文中对孔子的尊称惟识大篆，祝词何写以隶书？释迦不解华言，疏文何行以骈体？是知千载前人，其性识至今犹在，即能解今之语，通今之文。江文通、谢玄晖能作爱妾换马八韵律赋，沈休文子青箱能作《金陵怀古》五言律诗，古有其事，又何疑于今乎？”又问：“尚能作永明体否？”即书四诗曰：“欢来不得来，侬去不得去。懊恼石尤风，一夜断人渡。”“欢从何处来？今日大风雨。湿尽杏子衫，辛苦皆因汝。”“结束蛱蝶裙，为欢棹舴艋。宛转沿大堤，绿波双照影。”“莫泊荷花汀，且泊杨柳岸。花外有人行，柳深人不见。”盖《子夜歌》也。虽才鬼依托，亦可云俊辩矣。

二疑案

表兄安伊在言：河城秋获时，有少妇抱子行塍上，忽失足仆地，卧不复起。获者遥见之，疑有故。趋视，则已死，子亦触瓦角脑裂死。骇报田主，田主报里胥。辨验死者，数十里内无此妇；且衣饰华洁，子亦银钏红绫衫，不类贫家。大惑不解，且覆以苇箔用芦苇编成的帘子，更番守视，而急闻于官。河城去县近，官次日晡时至。启箔检视，则中置藁秸一束，二尸已不见；压箔之砖固未动，守者亦未顷刻离也。官大怒，尽拘田主及守者去，多方鞫治，无丝毫谋杀弃尸状。纠结缴绕至年馀，乃以疑案上。上官以案情恍惚，往返驳诘，又岁馀。乃姑俟访，而是家已荡然矣。此康熙癸巳康熙五十二年(1713)、甲午康熙五十三年(1714)间事。

相传村南墟墓间，有黑狐夜夜拜月，人多见之。是家一子好弋猎，潜往伏伺，彀弩中其股。噭然长号，化火光西去。搜其穴，得二小狐，絷以返。旋逸去，月馀而有是事，疑狐变幻来报冤。然荒怪无据，人不敢以入供，官亦不敢入案牍，不能不以匿尸论，故纷扰至斯也。又言：城西某村有丐妇，为姑所虐，缢于土神祠。亦箔覆待检，更番守视。官至，则尸与守者俱不见。亦穷治如河城。后七八年，乃得之于安平作者原注：深州属县。盖妇颇白晰，一少年轮守时，褫下裳淫其尸。尸得人气复生，竟相携以逃也。此康熙末事。或疑河城之事当类此，是未可知。或并为一事，则传闻误矣。

悍妇求妾

同年龚肖夫言：有人四十馀无子，妇悍妒，万无纳妾理，恒郁郁不适。偶至道观，有道士招之曰："君气色凝滞，似有重忧，道家以济物为念，盍言其实，或一效铅刀之用乎！"异其言，具以告。道士曰："固闻之，姑问君耳。君为制鬼卒衣装十许具，当有以报命。如不能制，即假诸伶官亦可也。"心益怪之，然度其诳取无所用，当必有故，姑试其所为。是夕，妇梦魇，呼不醒，且呻吟号叫声甚惨。次日，两股皆青黯。问之，秘不言，吁嗟而已。三日后复然。自是每三日后皆复然。半月后，忽遣奴唤媒媪，云将买妾。人皆弗信，其夫亦虑后患，殊持疑。既而妇昏瞀累日，醒而促买妾愈急，布金于案，与僮仆约：三日不得必重抶，得而不佳亦重抶。观其状，似非诡语。觅二女以应，并留之。是夕，即整饰衾枕，促其夫入房。举家骇愕，莫喻其意；夫亦惘惘如梦境。后复见道士，始知其有术能摄魂：夜使观中道众为鬼装，而道士星冠羽衣坐堂上，焚符摄妇魂，言其祖宗翁姑，以斩祀不孝，具牒诉冥府，用桃杖决一百；遣归，克期令纳妾。妇初以为噩梦，尚未肯。俄三日一摄，如征比然。其昏瞀累日，则倒悬其魂，灌鼻以醋，约三日不得好女子，即付泥犁也。

摄魂小术，本非正法。然法无邪正，惟人所用，如同一戈矛，用以杀掠则劫盗，用以征讨则王师耳。术无大小，亦惟人所用，如不龟手之药，可以洴澼絖，亦可以大败越师耳寓言故事。宋国有人，世代以漂洗为业，祖传保护手不皴裂的药。后有人用百金购得，献给吴王，使吴军在冬季与越军水上交战时，士兵的手不会被冻裂，战斗力大大提高。洴澼，即漂洗。道士所谓善用其术欤！至嚣顽悍妇，情理不能喻，法令不能禁，而道士能以术制之。尧牵一羊，舜从而鞭，羊不行，一牧竖驱之则群行。

物各有所制，药各有所畏。神道设教，以驯天下之强梗，圣人之意深矣。讲学家乌乎识之？

狐代太学谋

褚鹤汀言：有太学生，赀巨万，妻生一子死。再娶，丰于色，太学惑之，托言家政无佐理，迎其母至。母又携二妹来。不一载，其一兄二弟亦挈家来。久而僮仆婢媪皆妻党，太学父子反茕茕若寄食。又久而筦钥簿籍、钱粟出入，皆不与闻；残杯冷炙，反遭厌薄矣。稍不能堪，欲还夺所侵权，则妻兄弟哄于外，妻母妹等诟于内。尝为众所聚殴，至落须败面，呼救无应者。其子狂奔至，一掴仆地，惟叩额乞缓死而已。

恚不自胜，诣后圃将自经。忽一老人止之曰："君勿尔。君家之事，神人共愤久矣。我居君家久，不平尤甚。君但焚牒土神祠，云乞遣后圃狐驱逐，神必许君。"如其言。是夕，果屋瓦乱鸣，窗扉震撼，妻党皆为砖石所击，破额流血。俄而妻党妇女并为狐媚，虽其母不免。昼则发狂裸走，丑词亵状，无所不至；夜则每室坌集数十狐，更番嬲戏，不胜其创，哀乞声相闻。厨中肴馔，俱摄置太学父子前；妻党所食，皆杂以秽物。知不可住，皆窜归。太学乃稍稍召集旧仆，复理家政，始可以自存。妻党觊觎未息，恒来探视，入门辄被击，或私有所携，归家则囊已空矣。其妻或私馈亦然。由是遂绝迹。然核计赀产，损耗已甚，微狐力，则太学父子饿殍矣。

此至亲密友所不能代谋，此狐百计代谋之，岂狐之果胜人哉？人于世故深，故远嫌畏怨，趋易避难，坐视而不救；狐则未谙世故，故不巧博忠厚长者名，义所当为，奋然而起也。虽狐也，为之执鞭，所欣慕焉。

瞽者报仇

瞽者刘君瑞言：一瞽者年三十馀，恒往来卫河旁，遇泊舟者，必问："此有殷桐乎？"又必申之曰："夏殷之殷，梧桐之桐也。"有与之同宿者，其梦中呓语，亦惟此二字。问其姓名，则旬日必一变，亦无深诘之者。如是十馀年，人多识之，或逢其欲问，辄呼曰："此无殷桐，别觅可也。"

一日，粮艘泊河干，瞽者问如初。一人挺身上岸曰："是尔耶，殷桐在此，尔何能为？"瞽者狂吼如虓虎，扑抱其颈，口啮其鼻，血淋漓满地。众前拆解，牢不可开，竟共堕河中，随流而没。后得尸于天妃宫前作者原注：海口不受尸，凡河中求尸不得，至天妃宫前必浮出桐捶其左胁骨尽断，终不释手；十指抠桐肩背，深入寸馀；两颧两颊，啮肉几尽。迄不知其何仇，疑必父母之冤也。

夫以无目之人，侦有目之人，其不得决也；以孱弱之人，搏强横之人，其不敌亦决也。此较伍胥之仇楚，其报更难矣。乃十馀年坚意不回，竟卒得而食其肉，岂非精诚之至，天地亦不能违乎？宋高宗之歌舞湖山，究未可以势弱解也。

山中遇仙

王昆霞作《雁宕游记》一卷，朱导江为余书挂幅，摘其中一条云："四月十七日，晚出小石门，至北硐，耽玩忘返，坐树下待月上。倦欲微眠，山风吹衣，栗然忽醒。微闻人语曰：'夜气澄清，尤为幽绝，胜罨画图中看金碧山水。'以为同游者夜至也。俄又曰：'古琴铭云："山虚水深，万籁萧萧。古无人踪，惟石嶕峣。"真妙写难状之景。尝乞洪谷子画此意，竟不能下笔。'窃讶斯是何人，乃见荆浩？起坐听之。又曰：'顷东坡为画竹半壁，分柯布叶，如春云出岫，疏疏密密，意态自然，无杈枒怒张之状。'又一人曰：'近见其《西天目诗》，如空江秋净，烟水渺然；老鹤长唳，清飔远引，亦消尽纵横之气。缘才子之笔，务殚心巧；飞仙之笔，妙出天然，境界故不同耳。'知为仙人，立起仰视。忽扑簌一声，山花乱落，有二鸟冲云去。"其诗有"蹑屐颇笑谢康乐，化鹤亲见徐佐卿"句，即记此事也。

刑求金钏

刘拟山家失金钏，掠问小女奴，具承卖与打鼓者作者原注：京师无赖游民，多妇女在家倚门，其夫白昼避出，担二荆筐，操短柄小鼓击之，收买杂物，谓之打鼓。凡僮婢幼孩窃出之物，多以贱价取之。盖虽不为盗，实盗之羽翼，然赃物细碎，所值不多，又踪迹诡秘，无可究诘，故王法亦不能禁也。又掠问打鼓者衣服形状，求之不获。仍复掠问，忽承尘上微嗽曰："我居君家四十年，不肯一露形声，故不知有我。今则实不能忍矣。此钏非夫人检点杂物，误置漆奁中耶？"如言求之，果不谬，然小女奴已无完肤矣。拟山终身愧悔，恒自道之曰："时时不免有此事，安能处处有此狐！"故仕宦二十馀载，鞫狱未尝以刑求。

无名乩仙

多小山言：尝于景州见扶乩者，召仙不至。再焚符，乩摇撼良久，书一诗曰："薄命轻如叶，残魂转似蓬。练拖三尺白，花谢一枝红。云雨期虽久，烟波路不通。秋坟空鬼唱，遗恨宋家东。"知为缢鬼。姑问姓名，又书曰："妾系本吴门，家侨楚泽。偶业缘之相凑，宛转通词；讵好梦之未成，仓皇就死。律以圣贤之礼，君子应讥；谅其儿女之情，才人或悯。聊抒哀怨，莫问姓名。"此才不减李清照；其"圣贤""儿女"一联，自评亦确也。

辟佛之罪

《新齐谐》载冥司榜吕留良之罪曰"辟佛太过"。此必非事实也。留良之罪，在明亡以后，既不能首阳一饿，追迹夷齐；又不能戢影逃名，鸿冥世外，如真山民之比。乃青衿应试，身列胶庠指学府；其子葆中，亦高掇科名，以第二人入翰苑。则久食周粟，断不能自比殷顽。何得肆作谤书，荧惑黔首？诡托于桀犬之吠尧，是首鼠两端指摇摆不定，犹豫不决，进退无据，实狡黠反覆之尤。核其生平，实与钱谦益相等。殁罹阴遣，自必由斯。至其讲学辟佛，则以尊朱之故，不得不辟陆、王为禅。既已辟禅，自不得不牵连辟佛。非其本志，亦非其本罪也。金人入梦以来，辟佛者多，辟佛太过者亦多，以是为罪，恐留良转有词矣。

抑尝闻五台僧明玉之言曰：辟佛之说，宋儒深而昌黎浅，宋儒精而昌黎粗，然而披缁之徒，畏昌黎不畏宋儒，衔昌黎不衔宋儒也。盖昌黎所辟，檀施供养之佛也，为愚夫妇言之也；宋儒所辟，明心见性之佛也，为士大夫言之也。天下士大夫少而愚夫妇多；僧徒之所取给，亦资于士大夫者少，资于愚夫妇者多。使昌黎之说胜，则香积无烟，祇园无地，虽有大善知识，能率恒河沙众，枵腹露宿而说法哉！此如用兵者先断粮道，不攻而自溃也。故畏昌黎甚，衔昌黎亦甚。使宋儒之说胜，不过尔儒理如是，儒法如是，尔不必从我；我佛理如是，佛法如是，我亦不必从尔。各尊所闻，各行所知，两相枝拄，未有害也。故不畏宋儒，亦不甚衔宋儒。然则唐以前之儒，语语有实用；宋以后之儒，事事皆空谈。讲学家之辟佛，于释氏毫无所加损，徒喧哄耳。录以为功，固为谠论正直的言论；录以为罪，亦未免重视留良耳。

王发救人

奴子王发，夜猎归。月明之下，见一人为二人各捉一臂，东西牵曳，而寂不闻声。疑为昏夜之中，剥夺衣物，乃向空虚鸣一铳，二人奔迸散去。一人返奔归，倏皆不见，方知为鬼。比及村口，则一家灯火出入，人语嘈囋zá声音杂乱而喧闹，云："新妇缢死复苏矣。"妇云："姑命晚餐作饼，为犬衔去两三枚。姑疑窃食，痛批其颊。冤抑莫白，痴立树下。俄一妇来劝：'如此负屈，不如死。'犹豫未决，又一妇来怂恿之。恍惚迷瞀，若不自知，遂解带就缢，二妇助之。闷塞痛苦，殆难言状，渐似睡去，不觉身已出门外。一妇曰：'我先劝，当代我。'一妇曰：'非我后至不能决，当代我。'方争夺间，忽霹雳一声，火光四照，二妇惊走，我乃得归也。"后发夜归，辄遥闻哭詈，言破坏我事，誓必相杀。发亦不畏。一夕，又闻哭詈。发诃曰："尔杀人，我救人，即告于神，我亦理直。敢杀即杀，何必虚相恐怖！"自是遂绝。然则救人于死，亦招欲杀者之怨，宜袖手者多欤？此奴亦可云小异矣。

四救先生

宋清远先生言：昔在王坦斋先生学幕时，一友言梦游至冥司，见衣冠数十人累累入；冥王诘责良久，又累累出，各有愧恨之色。偶见一吏，似相识，而不记姓名，试揖之，亦相答。因问："此并何人，作此形状？"吏笑曰："君亦居幕府，其中岂无一故交耶？"曰："仆但两次佐学幕，未入有司署也。"吏曰："然则真不知矣。此所谓四救先生者也。"

问："四救何义？"曰："佐幕者有相传口诀，曰救生不救死，救官不救民，救大不救小，救旧不救新。救生不救死者，死者已死，断无可救；生者尚生，又杀以抵命，是多死一人也，故宁委曲以出之。而死者衔冤与否，则非所计也。救官不救民者，上控之案，使冤得申，则官之祸福不可测；使不得申，即反坐不过军流耳。而官之枉断与否，则非所计也。救大不救小者，罪归上官，则权位重者谴愈重，且牵累必多；罪归微官，则责任轻者罚可轻，且归结较易。而小官之当罪与否，则非所计也。救旧不救新者，旧官已去，有所未了，羁留之恐不能偿；新官方来，有所委卸，强抑之尚可以办。其新官之能堪与否，则非所计也。是皆以君子之心，行忠厚长者之事，非有所求取巧为舞文，亦非有所恩仇私相报复。然人情百态，事变万端，原不能执一而论。苟坚持此例，则矫枉过直，顾此失彼，本造福而反造孽，本弭事而反酿事，亦往往有之。今日所鞫，即以此贻祸者。”

问：“其果报何如乎？”曰：“种瓜得瓜，种豆得豆。夙业牵缠，因缘终凑。未来生中，不过亦遇四救先生，列诸四不救而已矣。”俯仰之间，霍然忽醒，莫明其入梦之故，岂神明或以假告人欤？

石膏治疫

乾隆癸丑乾隆五十八年(1793)春夏间，京中多疫。以张景岳法治之，十死八九；以吴又可法治之，亦不甚验。有桐城一医，以重剂石膏治冯鸿胪星实之姬，人见者骇异。然呼吸将绝，应手辄痊。踵其法者，活人无算。有一剂用至八两，一人服至四斤者。虽刘守真之《原病式》、张子和之《儒门事亲》，专用寒凉，亦未敢至是，实自古所未闻矣。考喜用石膏，莫过于明缪仲淳作者原注：名希雍，天、崇间人，与张景岳同时，而所传各别。本非中道，故王懋竑《白田集》有《石膏论》一篇，力辩其非。不知何以取效如此。此亦五运六气，适值是年，未可执为定例也。

敬鬼神而远之

从伯君章公言：中表某丈，月夕纳凉于村外，遇一人似是书生，长揖曰：“仆不幸获谴于社公，自祷弗解也。一社之中，惟君祀社公最丰，而数十年一无所祈请。社公甚德君，亦甚重君。君为一祷，必见从。”表丈曰：“尔何人？”曰：“某故诸生，与君先人亦相识，今下世三十馀年矣。昨偶向某家索食，为所诉也。”表丈曰：“己事不祈请，乃祈请人事乎？人事不祈请，乃祈请鬼事乎？仆无能为役，先生休矣。”其人掉臂去曰：“自了汉只顾自己，不顾大局的人耳，不足谋也。”

夫肴酒必丰，敬鬼神也；无所祈请，远之也。敬鬼神而远之，即民之义也。视流俗之谄渎，迂儒之傲侮，为得其中矣。说此事时，余甫八九岁，此表丈偶忘姓名。其时乡风淳厚，大抵必端谨笃实之家，始相与为婚姻。行谊似此者多，不能揣度为谁也。“高山仰止，景行行止”，俯仰七十年间，能勿罨然高远的样子远想哉！

青史难诬

黄叶道人潘班，尝与一林下巨公连坐，屡呼巨公为兄。巨公怒且笑曰："老夫今七十馀矣。"时潘已被酒，昂首曰："兄前朝年岁，当与前朝人序齿，不应阑入本朝。若本朝年岁，则仆以顺治二年九月生，兄以顺治元年五月入大清，仅差十馀月耳。唐诗曰'与兄行年较一岁'，称兄自是古礼，君何过责耶？"满座为之咋舌。论者谓潘生狂士，此语太伤忠厚，宜其坎壈终身，然不能谓其无理也。

余作《四库全书总目》，明代集部以练子宁至金川门卒龚诩八人列解缙、胡广诸人前，并附案语曰："谨案练子宁以下八人，皆惠宗旧臣也。考其通籍之年，盖有在解缙等后者。然一则效死于故君，一则邀恩于新主，枭鸾异性，未可同居，故分别编之，使各从其类。至龚诩卒于成化辛丑明宪宗成化十七年(1481)，更远在缙等后，今亦升列于前，用以昭名教是非。"千秋论定，纡青拖紫比喻位高权重之荣，竟不能与荷戟老兵争此一纸之先后也。黄泉易逝，青史难诬。潘生是言，又安可以佻薄废乎？

老于幕府之言

曾映华言：有数书生赴乡试，长夏溽暑，趁月夜行。倦投一废祠之前，就阶小憩，或睡或醒。一生闻祠后有人声，疑为守瓜枣者，又疑为盗，屏息细听。

一人曰："先生何来？"一人曰："顷与邻冢争地界，讼于社公。先生老于幕府在官署中干了一辈子者，请揣其胜负。"一人笑曰："先生真书痴耶！夫胜负乌有常也？此事可使后讼者胜，诘先讼者曰：'彼不讼而尔讼，是尔兴戎侵彼也。'可使先讼者胜，诘后讼者曰：'彼讼而尔不讼，是尔先侵彼，知理曲也。'可使后至者胜，诘先至者曰：'尔乘其未来，早占之也。'可使先至者胜，诘后至者曰：'久定之界，尔忽翻旧局，是尔无故生衅也。'可使富者胜，诘贫者曰：'尔贫无赖，欲使畏讼赂尔也。'可使贫者胜，诘富者曰：'尔为富不仁，兼并不已，欲以财势压孤茕也。'可使强者胜，诘弱者曰：'人情抑强而扶弱，尔欲以肤受之诉耸听也。'可使弱者胜，诘强者曰：'天下有强凌弱，无弱凌强。彼非真枉，不敢冒险婴尔锋也。'可以使两胜，曰：'无券无证，纠结安穷？中分以息讼,亦可以已也。'可以使两败,曰:'人有阡陌,鬼宁有疆畔?一棺之外,皆人所有,非尔辈所有,让为闲田可也。'以是种种胜负,乌有常乎?"一人曰:"然则究竟当何如?"一人曰:"是十说者,各有词可执,又各有词以解,纷纭反覆,终古不能已也。城隍社公不可知,若夫冥吏鬼卒,则长拥两美庄矣。"语讫遂寂,此真老于幕府之言也。

益力毒物

蛇能报冤,古记有之,他毒物则不能也。然闻故老之言曰:"凡遇毒物,无杀害心,则终不遭螫;或见即杀害,必有一日受其毒。"验之颇信。是非物之知报,气机相感耳。狗见屠狗者群吠,非识其人,亦感其气也。又有生啖毒虫者,云能益力。毒虫中人或至死,全贮其毒于腹中,乃反无恙,此又何理欤?崔庄一无赖少年习此术,尝见其握一赤练蛇,断其首而生啮,如有馀味。殆其刚悍鸷忍之气足以胜之乎?力何必益?即益力方药亦颇多,又何必是也?

狐之报复

贾公霖言:有贸易来往于樊屯者,与一狐友。狐每邀之至所居,房舍一如人家,但出门后,回顾则不见耳。一夕,饮狐家。妇出行酒,色甚妍丽。此人醉后心荡,戏捘按住其腕。妇目狐,狐侧睨笑曰:"弟乃欲作陈平耶?"亦殊不怒,笑谑如平时。

此人归后,一日,忽家中客作控一驴送其妇来,云得急信,君暴中风,故借驴仓皇连夜至。此人大骇,以为同伴相戏也。旅舍无地容眷属,呼客作送归,客作已自去。距家不一日程,时甫辰巳,乃自控送妇。中途遇少年与妇摩肩过,手触妇足。妇怒詈,少年惟笑谢,语涉轻薄。此人愤与相搏,致驴惊逸入歧路,蜀秫方茂,斯须不见。此人舍少年追妇,寻蹄迹行一二里,驴陷淖中,妇则不知所往矣。野田连陌,四无人踪,彻夜奔驰,徬徨至晓,姑骑驴且返,再商觅妇。未及数里,闻路旁大呼曰:"贼得矣。"则邻村驴昨夜被窃,方四出缉捕也。众相执缚,大受箠楚。赖遇素识多方辩说,始得免。懊丧至家,则纺车琤 chēng 然声音清脆貌,妇方引线。问以昨事,茫然不知。始悟妇与客作及少年皆狐所幻,惟驴为真耳。狐之报复恶矣，然衅则此人自启也。

二人对泣

壬子乾隆五十七年(1792)春，滦阳采木者数十人夜宿山坳，见隔涧坡上有数鹿散游，又有二人往来林下，相对泣。共诧人入鹿群，鹿何不惊？疑为仙鬼，又不应对泣。虽崖高水急，人径不通，然月明如昼，了然可见，有微辨其中一人似旧木商某者。俄山风陡作，木叶乱鸣，一虎自林突出，搏二鹿殪焉。知顷所见，乃其生魂矣。东坡诗曰“未死神先泣”，是之谓乎！闻此木商亦无大恶，但心计深密，事事务得便宜耳。阴谋者道家所忌，良有以夫。

巧者拙欤

又闻巴公彦弼言：征乌什时，一日攻城急，一人方奋力酣战，忽有飞矢自旁来，不及见也；一人在侧见之，急举刀代格，反自贯颅死。此人感而哭奠之。夜梦死者曰：“尔我前世为同官，凡任劳任怨之事，吾皆卸尔；凡见功见长之事，则抑尔不得前。以是因缘，冥司注今生代尔死。自今以往，两无恩仇。我自有赏恤，毋庸尔祭也。”此与木商事相近。木商阴谋，故谴重；此人小智，故谴轻耳。然则所谓巧者，非正其拙欤！

郝　瑗

门人郝瑗，孟县人，余己卯乾隆二十四年(1759)典试所取士也。成进士，授进贤令。菲衣恶食，视民事如家事。仓库出入，月月造一册。预储归途舟车费，扃jiōng关闭一笥中，虽窘急不用铢两。囊箧皆结束室中，如治装状，盖无日不为去官计。人见其日日可去官，亦无如之何。后患病乞归，不名一钱，以授徒终于家。

闻其少时，值春社，游人如织。见一媪将二女，村妆野服，而姿致天然，瑗与同行，未尝侧盼。忽见妪与二女，踏乱石横行至绝涧，鹄立树下。怪其不由人径，若有所避，转凝睇视之。媪从容前致词曰：“节物暄xuān妍景色明媚美好，率儿辈踏青，各觅眷属。以公正人不敢近，亦乞公毋近儿辈，使刺促不宁。”瑗悟为狐魅，掉臂去之。然则花月之妖，为人心自召明矣。

山有数虎

木兰伐官木者，遥见对山有数虎。悬崖削壁，非迂回数里不能至；人不畏虎，虎亦不畏人也。俄见别队伐木者，冲虎径过。众顿足危栗。然人如不见虎，虎如不见人也。数日后，相晤话及。别队者曰：“是日亦遥见众人，亦似遥闻呼噪声，然所见乃数巨石，无一虎也。”是殆命不遭咥 dié 啃咬乎？然命何能使虎化石，其必有司命者矣。司命者空虚无朕，冥漠无知，又何能使虎化石？其必天与鬼神矣。天与鬼神能司命，而顾谓天即理也，鬼神二气之良能也。然则理气浑沦，一屈一伸，偶遇斯人，怒而搏者，遂峙而嶙峋乎？吾无以测之矣。

推命之说

景州高冠瀛，以梦高江村而生，故亦名士奇。笃学能文，小试必第一，而省闱辄北，竟坎壈以终。年二十馀时，日者推其命，谓天官、文昌、魁星、贵人皆集于一宫，于法当以鼎甲入翰林。而是岁只得食饩 xì 即科考只取得廪生资格。计其一生遭遇，亦无更得志于食饩者。盖其赋命本薄，故虽极盛之运，所得不过如是也。田白岩曰：“张文和公八字，日者以其一生仕履，较量星度，其开坊仅抵一衿耳，此与冠瀛之命，可以互勘。术家宜以此消息，不可徒据星度，遽断休咎也。”又尝见一术士云，凡阵亡将士，推其死绥之岁月，运必极盛。盖尽节一时，垂名千古，馨香百世，荣逮子孙，所得有在王侯将相之上者故也。立论极奇，而实有至理。此又法外之意，不在李虚中等格局中矣。

畸人多相似

冠瀛久困名场，意殊抑郁，尝语余及雪崖曰：“闻旧家一宅，留宿者夜辄遭魇，或鬼或狐，莫能明也。一生有胆力，欲伺为祟者何物，故寝其中。二更后，果有黑影瞥落地，似前似却，闻生转侧，即伏不动。知其畏人，佯睡以俟之，渐作鼾声。俄觉自足而上，稍及胸腹，即觉昏沉，急奋右手搏之，执得其尾，即以左手扼其项。嗷然一声，作人言求释。急呼灯视之，乃一黑狐。众共捺制，刃穿其髀，贯以索而自系于左臂。度不能幻化，乃持刀问其作祟意。狐哀鸣曰：'凡狐之灵者，皆修炼求仙：最上者调息炼神，讲坎离龙虎之旨，吸精服气，饵日月星斗之华，用以内结金丹，蜕形羽化。是须仙授，亦须仙才。若是者吾不能。次则修容成素女之术，妖媚蛊惑，摄精补益，内外配合，亦可成丹。然所采少则道不成，所采多则戕人利己，不干冥谪，必有天刑。若是者吾不敢。故以剽窃之功，为猎取之计，乘人酣睡，仰鼻息以收馀气，如蜂采蕊，无损于花，凑合渐多，融结为一，亦可元神不散，岁久通灵。即我辈是也。虽道浅术疏，积功亦苦。如不见释，则百年精力，尽付东流，惟君子哀而恕之。'生悯其词切，竟纵之使去。此事在雍正末年，相传已久。吾因是以思，科场上者鸿才硕学，吾亦不能；次者行险徼幸，吾亦不敢；下者剽窃猎取，庶几能之，而吾又有所不肯，吾道穷矣。二君皆早掇科第，其何以教我乎？"

雪崖戏曰："以君作江村后身，如香山之为白老矣。惟此一念，当是身异性存。此病至深，仆辈实无药相救也。"相与一笑而罢。盖冠瀛为文，喜戛戛生造，硬语盘空，屡踬 zhì 有司，率多坐是喜欢标新立异，用语气势雄伟有力却不切实际，每次落榜，都是这些原因。故雪崖用以为戏。《贾长江集》有"独行潭底影，数息树边身"一联，句下夹注一诗曰："两句三年得，一吟双泪流。知音如不赏，归卧故山秋。"千古畸人，其意见略相似矣。

山中怪人

吉木萨台军言：尝逐雉入深山中，见悬崖之上，似有人立。越涧往视，去地不四五丈，一人衣紫氆氇 pǔ lu 一种毛织品，可以做衣服，床毯等，面及手足皆黑毛，茸茸长寸许；一女子甚姣丽，作蒙古装，惟跣足不靴，衣则绿氆氇也，方对坐共炙肉。旁侍黑毛人四五，皆如小儿，身不着寸缕，见人嘻笑。其语非蒙古，非额鲁特，非回部，非西番，啁哳如鸟不可辨。观其情状，似非妖物，乃跪拜之。忽掷一物于崖下，乃熟野骡肉半肘也。又拜谢之，皆摇手。乃携以归，足三四日食。再与牧马者往迹，不复见矣。意其山神欤？

有妖如虹

世言虹见则雨止，此倒置也，乃雨止则虹见耳。盖云破日露，则回光返照，射对面之云。天体浑圆，上覆如笠，在顶上则仰视，在四垂则侧视，故敛为一线。其形随下垂，两面之势，屈曲如弓。又侧视之中，斜对目者近，平对目者远。以渐而远，故重重云气，皆见其边际，叠为重重红绿色；非真有一物如带，横亘天半也。其能下涧饮水，或见其首如驴者作者原注：见朱子语录，并有能狎昵妇女者作者原注：见《太平广记》，当是别一妖气，其形似虹；或别一妖物，化形为虹耳。

蝇入耳为祟

及孺爱先生言：尝亲见一蝇，飞入人耳中为祟，能作人言，惟病者闻之。或谓蝇之蠢蠢，岂能成魅？或魅化蝇形耳。此语近之。青衣童子之宣赦，浑家门客之吟诗，皆小说妄言，不足据也。

辟尘之珠

辟尘之珠，外舅马公周箓曾遇之，确有其物，而惜未睹其形也。初，隆福寺鬻杂珠宝者，布茵于地作者原注：俗谓之摆摊，罗诸小箧于其上，虽大风霾，无点尘。或戏以囊有辟尘珠，其人椎鲁，漫笑应之，弗信也。如是半载，一日，顿足大呼曰："吾真误卖至宝矣！"盖是日飞尘忽集，始知从前果珠所辟也。按医书有服响豆法。响豆者，槐实之夜中爆响者也，一树只一颗，不可辨识。其法槐始花时，即以丝网幂树上，防鸟鹊啄食。结子熟后，多缝布囊贮之，夜以为枕，听无声者即弃去。如是递枕，必有一囊作爆声者。取此一囊，又多分小囊贮之，枕听，初得一响者则又分。如二枕渐分至仅存二颗，再分枕之，则响豆得矣。此人所鬻之珠，谅亦无几。如以此法分试，不数刻得矣，何至交臂失之乎？乃漫然不省，卒以轻弃，当缘禄相原薄耳。

六人并纯孝

乾隆甲辰乾隆四十九年(1784)，济南多火灾。四月杪，南门内西横街又火，自东而西，巷狭风猛，夹路皆烈焰。有张某者，草屋三楹在路北，火未及时，原可挈妻孥出；以有母柩，筹所以移避，既势不可出，夫妇与子女四人，抱棺悲号，誓以身殉。时抚标参将方督军扑救，隐隐闻哭声，令标军升后巷屋寻声至所居，垂绠使缒出。张夫妇并呼曰："母柩在此，安可弃也？"其子女亦呼曰："父母殉父母，我不当殉父母乎？"亦不肯上。俄火及，标军越屋避去，仅以身免。以为阖门并煨烬，遥望太息而已。乃火熄巡视，其屋岿然独存。盖回飙忽作，火转而北，绕其屋后，焚邻居一质库，始复西也。非鬼神呵护，何以能然！

此事在癸丑乾隆五十八年(1793)七月，德州山长张君庆源录以寄余，与余《滦阳消夏录》载嫣妇事相类。而夫妇子女，齐心同愿，则尤难之难。夫"二人同心，其利断金"，况六人乎！庶女一呼，雷霆下击，况六人并纯孝乎！精诚之至，哀感三灵，虽有命数，亦不能不为之挽回。人定胜天，此亦其一。事虽异闻，即谓之常理可也。余于张君不相识，而张君间关邮致，务使有传，则张君之志趣可知矣。因为点定字句，录之此编。

急智应变

吕太常含晖言：京师有一民家，停柩遇火，无路可出，亦无人肯助舁。乃阖家男妇，锹镢刀铲，合手于室内掘一坎，置棺于中，上覆以土。坎甫掩而火及，屋虽被焚，棺在坎中，竟无恙，火性炎上故也。此亦应变之急智，因张孝子事附录之。

小儿当路戏

交河泊镇有王某，善技击，所谓王飞骽者是也作者原注："骽"俗作腿，相沿已久，然非正字也。一夕，偶过墟墓间，见十馀小儿当路戏，约皆四五岁，叱使避，如不闻，怒掴其一，群儿共噪詈。王愈怒，蹴以足。群儿坌涌，各持砖瓦击其髁，捷若猿猱，执之不得；拒左则右来，御前则后至，盘旋撑拄，竟以颠陨；头目亦被伤，屡起屡仆，至于夜半，竟无气以动。次日家人觅之归，两足青紫，卧半月乃能起。小儿盖狐也。以王之力，平时敌数十壮夫，尚挥霍自如；而遇此小魅，乃一败涂地。《淮南子》引尧诫曰："战战栗栗，日慎一日。人莫踬绊倒于山而踬于垤小土丘。"《左传》曰："蜂虿有毒。"信夫！

狐为魅以报

郭彤纶言：阜城有人外出，数载无音问。一日，仓皇夜归，曰："我流落无藉，误落群盗中，所劫杀非一。今事败，幸跳身免；然闻他被执者已供我姓名居址，计已飞檄拘眷属。汝曹宜自为计，俱死无益也。"挥泪竟去，更无一言。阖家震骇，一夜星散，尽所居竟废为墟，人亦不明其故也。越数载，此人至其故宅，访父母妻子移居何处，邻人告以久逃匿，亦茫然不测所由。稍稍踪迹，知其妻在彤纶家佣作。叩门寻访，乃知其故。然在外实无为盗事，后亦实无夜归事。彤纶为稽官牍，亦并无缉捕事。久而忆耕作八沟时作者原注：汉右北平之故地也，筑室山冈。冈后有狐，时或窃物，又或夜中嗥叫搅人睡。乃聚徒劚破其穴，熏之以烟，狐乃尽去。疑或其为魅以报欤？

故人孤冢

奴子史锦文，尝往沧州延医。暑月未携襆被，乘一马而行。至张家沟西，痁忽作，乃系马于树，倚树小憩。渐懵腾睡去，梦至一处，草屋数楹，一翁一媪坐门外，见锦文邀坐，问姓名；自言姓李行六，曾在崔庄住两载，与其父史成德有交，锦文幼时亦相见，今如是长成耶。感念存殁，意颇凄怆。媪又问："五魁无恙否作者原注：五魁，史锦彩之乳名？三黑尚相随否作者原注：三黑，李姓，锦文异父弟，随继母同来者也？"亦颇周至。翁因言今年水潦，由某路至某处水虽深，然沙底不陷；由某路至某处水虽浅，然皆红土胶泥，粘马足难行。雨且至，日已过午，尔宜速往，不留汝坐矣。霍然而醒，遥见四五丈外，有一孤冢，意即李六所葬欤？如所指路，晚至常家砖河，果遇雨。归告其继母，继母曰："是尝在崔庄卖瓜果，与尔父日游醉乡者也。"殂谢黄泉，尚惓惓故人之子，亦小人之有意识者矣。

迂缓傅显

奴子傅显，喜读书，颇知文义，亦稍知医药。性情迂缓，望之如偃蹇老儒。一日，雅步行市上，逢人辄问："见魏三兄否作者原注：奴子魏藻，行三也？"或指所在，复雅步以往。比相见，喘息良久。魏问相见何意？曰："适在苦水井前，遇见三嫂在树下作针黹，倦而假寐。小儿嬉戏井旁，相距三五尺耳。似乎可虑。男女有别，不便呼三嫂使醒，故走觅兄。"魏大骇，奔往，则妇已俯井哭子矣。夫僮仆读书，可云佳事。然读书以明理，明理以致用也。食而不化，至昏愦僻谬，贻害无穷，亦何贵此儒者哉！

老成远虑

武强一大姓，夜有劫盗，群起捕逐。盗逸去，众合力穷追。盗奔其祖茔松柏中，林深月黑，人不敢入，盗亦不敢出。相持之际，树内旋飚四起，沙砾乱飞，人皆眯目不相见，盗乘间突围得脱。众相诧异，先灵何反助盗耶？主人夜梦其祖曰："盗劫财不能不捕，官捕得而伏法，盗亦不能怨主人。若未得财，可勿追也；追而及，盗还斗伤人，所失不大乎？即众力足殪盗，盗殪则必告官，官或不谅，坐以擅杀，所失不更大乎？且我众乌合，盗皆死党；盗可夜夜伺我，我不能夜夜备盗也。一与为仇，隐忧方大，可不深长思乎？旋风我所为，解此结也，尔又何尤焉！"主人醒而喟然曰："吾乃知老成远虑，胜少年盛气多矣。"

平　姐

沧州城守尉永公宁与舅氏张公梦征友善。余幼在外家，闻其告舅氏一事曰："某前锋有女曰平姐，年十八九，未许人。一日，门外买脂粉，有少年挑之，怒詈而入。父母出视，路无是人，邻里亦未见是人也。夜扃户寝，少年乃出于灯下。知为魅，亦不惊呼，亦不与语，操利剪伪睡以俟之。少年不敢近，惟立于床下，诱说百端。平姐如不见闻。少年倏去，越片时复来，握金珠簪珥数十事，值约千金，陈于床上。平姐仍如不见闻。少年又去，而其物则未收，至天欲曙，少年突出曰：'吾伺尔彻夜，尔竟未一取视也！人至不可以利动，意所不可，鬼神不能争，况我曹乎？吾误会尔私祝一言，妄谓托词于父母，故有是举，尔勿嗔也。'敛其物自去。盖女家素贫，母又老且病，父所支饷不足赡，曾私祝佛前，愿早得一婿养父母，为魅所窃闻也。"然则一语之出，一念之萌，暧昧中俱有伺察矣。耳目之前，可涂饰假借乎！

不肖之子

瑶泾有好博者，贫至无甑，夫妇寒夜相对泣，悔不可追。夫言："此时但有钱三五千，即可挑贩给朝夕，虽死不入囊家矣。顾安所从得乎？"忽闻扣窗语曰："尔果悔，是亦易得，即多于是亦易得，但恐故智复萌耳。"以为同院尊长悯恻相周，遂饮泣设誓，词甚坚苦。随开门出视，月明如昼，寂无一人，惘惘莫测其所以。次夕，又闻扣窗曰："钱已尽返，可自取。"秉火起视，则数百千钱累累然皆在屋内，计与所负适相当。夫妇狂喜，以为梦寐，彼此掐腕皆觉痛，知灼然是真作者原注：俗传梦中自疑是梦者，但自掐腕觉痛者是真，不痛者是梦也。以为鬼神佑助，市牲醴祭谢。途遇旧博徒曰："尔术进耶？运转耶？何数年所负，昨一日尽复也？"罔知所对，唯诺而已。归甫设祭，闻檐上语曰："尔勿妄祭，致招邪鬼。昨代博者是我也。我居附近尔父墓，以尔父愤尔游荡，夜夜悲啸，我不忍闻，故幻尔形往囊家取钱归。尔父寄语：事可一不可再也。"语讫遂寂。此人亦自此改行，温饱以终。呜呼！不肖之子，自以为惟所欲为矣，其亦念黄泉之下，有夜夜悲啸者乎？

遗腹子

李秀升言：山西有富室，老惟一子。子病瘵，子妇亦病瘵，势皆不救，父母甚忧之。子妇先卒，其父乃趣为子纳妾。其母骇曰："是病至此，不速之死乎？"其父曰："吾固知其必不起。然未生是子以前，吾尝祈嗣于灵隐，梦大士言：'汝本无后，以捐金助赈活千人，特予一孙送汝老。'不趁其未死，早为纳妾，孙自何来乎？"促成其事。不三四月而子卒，遗腹果生一子，竟延其祀。山谷诗曰："能与贫人共年谷，必有明月生蚌胎。"信不诬矣。

子诚寻父

宝坻王泗和，余姻家也。尝示余书艾孝子事一篇曰：艾子诚，宁河之艾邻村人。父文仲，以木工自给。偶与人斗，击之踣，误以为死，惧而逃。虽其妻莫知所往，第仿佛传闻似出山海关尔。是时妻方娠，越两月，始生子诚。文仲不知已有子；子诚幼鞠于母，亦不知有父也。迨稍有知，乃问母父所在，母泣语以故。子诚自是惘惘如有失，恒絮问其父之年齿状貌，及先世之名字，姻娅之姓氏里居。亦莫测其意，姑一一告之。比长，或欲妻以女，子诚固辞曰："乌有其父流离，而其子安处室家者？"始知其有志于寻父，徒以孀母在堂，不欲远离耳。然文仲久无音耗，子诚又生未出里闾，天地茫茫，何从踪迹？皆未信其果能往。子诚亦未尝议及斯事，惟力作以养母。越二十年，母以疾卒。营葬毕，遂治装裹粮赴辽东，有沮以存亡难定者，子诚泫然曰："苟相遇，生则共返，歿则负骨归。苟不相遇，宁老死道路间，不生还矣。"众挥涕而送之。子诚出关后，念父避罪亡命，必潜踪于僻地。凡深山穷谷，险阻幽隐之处，无不物色。久而赀斧既竭，行乞以糊口。凡二十载，终无悔心。一日，于马家城山中遇老父，哀其穷饿，呼与语。询得其故，为之感泣，引至家，款以酒食。俄有梓人携具入，计其年与父相等。子诚心动，谛审其貌，与母所说略相似。因牵裾泣涕，具述其父出亡年月，且缕述家世及戚党，冀其或是。是人且骇且悲，似欲相认，而自疑在家未有子。子诚具陈始末，乃噭然相持哭。盖文仲辗转逃避，乃至是地，已阅四十馀年；又变姓名为王友义，故寻访无迹，至是始偶相遇也。老父感其孝，为谋归计。而文仲流落久，多逋负，滞不能行。子诚乃踉跄奔还，质田宅，贷亲党，得百金再往，竟奉以归。归七年，以寿终。子诚得父之后，始娶妻。今有四子，皆勤俭能治生。昔文安王原寻亲万里之外，子孙至今为望族。子诚事与相似，天殆将昌其家乎？子诚佃种余田，所居距余别业仅二里。余重其为人，因就问其详而书其大略如右，俾学士大夫，知陇亩间有是人也。时癸丑乾隆五十八年（1793）重阳后二日。

案，子诚求父多年，无心忽遇，与宋朱寿昌寻母事同，皆若有神助，非人力所能为。然精诚之至，故哀感幽明，虽谓之人力亦可也。

一产三男

引据古义，宜征经典；其馀杂说，参酌而已，不能一一执为定论也。《汉书·五行志》以一产三男列于人痾病，其说以为母气盛也，故谓之咎征。然成周八士，四乳而生，圣人不以为妖异，抑又何欤？夫天地氤氲，万物化醇，非地之自能生也。男女构精，万物化生，非女之自能生也。使三男不夫而孕，谓之人痾可矣；既为有父之子，则父气亦盛可知，何独以为阴盛阳衰乎？循是以推，则嘉禾专车，异亩同颖，见于《书序》者，亦将谓地气太盛乎？大抵《洪范》五行，说多穿凿，而此条之难通为尤甚，不得以源出伏胜，遂以传为经。国家典制，凡一产三男，皆予赏赉。一扫曲学之陋说，真千古定议矣。余修《续文献通考》，于"祥异考"中，变马氏之例，削去此门，遵功令也。癸丑乾隆五十八年(1793)七月草此书成，适仪曹以题赏一产三男本稿请署。偶与论此，因附记于书末。

《姑妄听之》跋

河间先生典校秘书廿馀年，学问文章，名满天下。而天性孤峭，不甚喜交游。退食之馀，焚香扫地，杜门著述而已。年近七十，不复以词赋经心，惟时时追录旧闻，以消闲送老。初作《滦阳消夏录》，又作《如是我闻》，又作《槐西杂志》，皆已为坊贾刊行。今岁夏秋之间，又笔记四卷，取庄子语题曰"姑妄听之"。以前三书，甫经脱稿，即为钞胥私写去。脱文误字，往往而有，故此书特付时彦校之。

时彦尝谓先生诸书，虽托诸小说，而义存劝戒，无一非典型之言，此天下之所知也。至于辨析名理，妙极精微；引据古义，具有根柢，则学问见焉。叙述剪裁，贯穿映带，如云容水态，迥出天机，则文章亦见焉。读者或未必尽知也。第曰："先生出其馀技，以笔墨游戏耳。"然则视先生之书去小说几何哉？夫著书必取熔经义，而后宗旨正；必参酌史裁，而后条理明；必博涉诸子百家，而后变化尽。譬大匠之造宫室，千楹广厦，与数椽小筑，其结构一也。故不明著书之理者，虽诂经评史，不杂则陋；明著书之理者，虽稗官脞记，亦具有体例。

先生尝曰："《聊斋志异》盛行一时，然才子之笔，非著书者之笔也。虞初以下，干宝以上，古书多佚矣。其可见完帙者，刘敬叔《异苑》、陶潜《续搜神记》，小说类也。《飞燕外传》《会真记》，传记类也。《太平广记》，事以类聚，故可并收。今一书而兼二体，所未解也。小说既述见闻，即属叙事，不比戏场关目，随意装点。伶玄之传，得诸樊嫕，故猥琐具详；元稹之记，出于自述，故约略梗概。杨升庵伪撰《秘辛》，尚知此意，升庵多见古书故也。今燕昵之词、媟狎之态，细微曲折，摹绘如生。使出自言，似无此理；使出作者代言，则何从而闻见之？又所未解也。留仙之才，余诚莫逮其万一；惟此二事，则夏虫不免疑冰。刘舍人云：'滔滔前世，既洗予闻；渺渺来修，谅尘彼观。'心知其意，倘有人乎？"

因先生之言，以读先生之书，如叠矩重规，毫厘不失，灼然与才子之笔，分路而扬镳。自喜区区私议，尚得窥先生涯涘也。因附记于末，以告世之读先生书者。

乾隆癸丑乾隆五十八年(1793)十一月，门人盛时彦字松云。乾隆年间纪昀弟子。从纪昀游，素为纪昀倚重并引为知己谨跋。

卷十九

滦阳续录一

景薄桑榆太阳接近桑榆树，指日暮，也指暮年，精神日减，无复著书之志，惟时作杂记，聊以消闲。《滦阳消夏录》等四种，皆弄笔遣日者也。年来并此懒为，或时有异闻，偶题片纸；或忽忆旧事，拟补前编。又率不甚收拾，如云烟之过眼，故久未成书。今岁五月，扈从滦阳。退直之馀，昼长多暇，乃连缀成书，命曰《滦阳续录》。缮写既完，因题数语，以志缘起。若夫立言之意，则前四书之序详矣，兹不复衍焉。嘉庆戊午嘉庆三年(1798)七夕后三日，观弈道人书于礼部直庐，时年七十有五。

相人之法

嘉庆戊午嘉庆三年(1798)五月，余扈从滦阳。将行之前，赵鹿泉前辈云：有瞽者郝生，主彭芸楣参知家，以揣骨游士大夫间，语多奇险。惟揣胡祭酒长龄，知其四品，不知其状元耳。在江湖术士中，其艺差精。郝自称河间人。余询乡里无知者，殆久游于外欤？郝又称其师乃一僧，操术弥高，与人接一两言，即知其官禄；久住深山，立意不出。其事太神，则余不敢信矣。

案，相人之法，见于《左传》，其书汉志亦著录；惟太素脉通过人体脉搏变化来预言人的祸福吉凶的方术、揣骨相术的一种，以摸骨来断人富贵吉凶二家，前古未闻。太素脉至北宋始出，其授受渊源，皆支离附会，依托显然。余于《四库全书总目》已详论之。揣骨亦莫明所自起。考《太平广记》一百三十六引《三国·典略》称：北齐神武与刘贵、贾智等射猎，遇盲妪，遍扪诸人，云并当贵；及扪神武，云皆由此人。似此术南北朝已有。又，《定命录》称：天宝十四载755年，东阳县瞽者马生，捏赵自勤头骨，知其官禄。《刘公嘉话录》称：贞元唐德宗李适年号末，有相骨山人，瞽双目。人求相，以手扪之，必知贵贱。《剧谈录》称：开成唐文宗李昂年号中，有龙复本者，无目，善听声揣骨，是此术至唐乃盛行也。流传既古，当有所受。故一知半解，往往或中，较太素脉稍有据耳。

火珠映日

诚谋英勇公阿公作者原注：文成公之子言：灯市口东有二郎神庙。其庙面西，而晓日初出，辄有金光射室中，似乎返照。其邻屋则不然，莫喻其故。或曰："是庙基址与中和殿东西相直，殿上火珠作者原注：宫殿金顶，古谓之火珠。唐崔曙有《明堂火珠诗》是也映日回光耳。"其或然欤？

无首人

阿公偶问余刑天干戚刑天又作"形天"，《山海经》中人物。传说刑天执干戚舞，与天帝争夺神位，被天帝断首事，余举《山海经》以对。阿公曰："君勿谓古记荒唐，是诚有也。昔科尔沁台吉达尔玛达都尝猎于漠北深山，遇一鹿负箭而奔，因引弧殪之。方欲收取，忽一骑驰而至，鞍上人有身无首，其目在两乳，其口在脐，语啁哳自脐出。虽不可辨，然观其手所指画，似言鹿其所射，不应夺之也。从骑皆震慑失次，台吉清朝对蒙古贵族封爵名素有胆，亦指画示以彼射未仆，此射乃获，当剖而均分。其人会意，亦似首肯，竟持半鹿而去。不知其是何部族，居于何地。据其形状，岂非刑天之遗类欤？天地之大，何所不有，儒者自拘于见闻耳。"

案，《史记》称《山海经》《禹本纪》所有怪物，余不敢信。是其书本在汉以前。《列子》称大禹行而见之，伯益知而名之，夷坚闻而志之。其言必有所受，特后人不免附益又窜乱之，故往往悠谬太甚；且杂以秦汉之地名，分别观之，可矣。必谓本依附《天问》作《山海经》，不应引《山海经》反注《天问》，则太过也。

鬼之形状

胡中丞太初、罗山人两峰，皆能视鬼。恒阁学兰台，亦能见之，但不能常见耳。戊午嘉庆三年(1798)五月，在避暑山庄直庐，偶然语及。兰台言：鬼之形状仍如人，惟目直视。衣纹则似片片挂身上，而束之下垂，与人稍殊。质如烟雾，望之依稀似人影。侧视之，全体皆见；正视之，则似半身入墙中，半身凸出。其色或黑或苍，去人恒在一二丈外，不敢逼近。偶猝不及避，则或瑟缩匿墙隅，或隐入坎井，人过乃徐徐出。盖灯昏月黑、日暮云阴，往往遇之，不为讶也。所言与胡、罗二君略相类，而形状较详。知幽明之理，不过如斯，其或黑或苍者，鬼本生人之馀气，渐久渐散，以至于无。故《左传》称新鬼大，故鬼小。殆由气有厚薄，斯色有浓淡欤？

晴昼见龙

兰台又言：尝晴昼仰视，见一龙自西而东，头角略与画图同，惟四足开张，摇撼如一舟之鼓四棹；尾扁而阔，至末渐纤，在似蛇似鱼之间；腹下正白如匹练。夫阴雨见龙，或露首尾鳞爪耳，未有天无纤翳，不风不雨，不电不雷，视之如此其明者。录之亦足资博物也。

鬼吏夺食

赵鹿泉前辈言：孙虚船先生未第时，馆于某家。主人之母适病危。馆童具晚餐至。以有他事，尚未食，命置别室几上。倏见一白衣人入室内，方恍惚错愕，又一黑衣短人逡巡入。先生入室寻视，则二人方相对大嚼，厉声叱之。白衣者遁去，黑衣者以先生当门，不得出，匿于墙隅。先生乃坐于户外观其变。俄主人踉跄出，曰："顷病者作鬼语，称冥使奉牒来拘。其一为先生所扼，不得出，恐误程限，使亡人获大咎。未审真伪，故出视之。"先生乃移坐他处，仿佛见黑衣短人狼狈去，而内寝哭声如沸矣。先生笃实君子，一生未尝有妄语，此事当实有也。惟是阴律至严，神听至聪，而摄魂吏卒不免攘夺病家酒食。然则人世之吏卒，其可不严察乎！

画中狐妖

门人伊比部秉绶言：有书生赴京应试，寓西河沿旅舍中。壁悬仕女一轴，风姿艳逸，意态如生。每独坐，辄注视凝思，客至或不觉。一夕，忽翩然自画下，宛一好女子也。书生虽知为魅，而结念既久，意不自持，遂相与笑语嬿婉。比下第南归，竟买此画去。至家悬至书斋，寂无灵响，然真真之唤弗辍也。三四月后，忽又翩然下。与话旧事，不甚答。亦不暇致诘，但相悲喜。自此狎媟无间，遂患羸疾。其父召茅山道士劾治。道士熟视壁上，曰："画无妖气，为祟者非此也。”结坛作法。次日，有一狐殪坛下。知先有邪心，以邪召邪，狐故得而假借。其京师之所遇，当亦别一狐也。

婢女柳青

断天下之是非，据礼据律而已矣。然有于礼不合，于律必禁，而介然孤行其志者。亲党家有婢名柳青，七八岁时，主人即指与小奴益寿为妇。迨年十六七，合婚有日，益寿忽以博负逃，久而无耗。主人将以配他奴，誓死不肯。婢颇有姿，主人乘间挑之，许以侧室。亦誓死不肯。乃使一媪说之曰："汝既不肯负益寿，且暂从主人，当多方觅益寿，仍以配汝。如不从，既鬻诸远方，无见益寿之期矣。”婢暗泣数日，竟俯首荐枕席，惟时时促觅益寿。越三四载，益寿自投归。主人如约为合卺。合卺之后，执役如故，然不复与主人交一语。稍近之，辄避去。加以鞭箠，并赂益寿，使逼胁，讫不肯从。无可如何，乃善遣之。临行以小箧置主母前，叩拜而去。发之，皆主人数年所私给，纤毫不缺。后益寿负贩，婢缝纫，拮据自活，终无悔心。余乙酉乾隆三十年(1765)家居，益寿尚持铜磁器数事来售，头已白矣。问其妇，云久死。异哉，此婢不贞不淫，亦贞亦淫，竟无可位置，录以待君子论定之。

人狐相斗

吴茂邻，姚安公门客也。见二童互詈，因举一事曰：交河有人尝于途中遇一叟泥滑失足，挤此人几仆。此人故暴横，遂辱詈叟母。叟怒，欲与角，忽俯首沉思，揖而谢罪，且叩其名姓居址，至歧路别去。此人至家，其母白昼闭房门，呼之不应，而喘息声颇异，疑有他故。穴窗窥之，则其母裸无寸丝，昏昏如醉，一人据而淫之。谛视，即所遇叟也。愤激叫呶，欲入捕捉，而门窗俱坚固不可破。乃急取鸟铳自棂外击之，噭然而仆，乃一老狐也。邻里聚观，莫不骇笑。此人詈狐之母，特托空言，竟致此狐实报之，可以为善骂者戒。此狐快一朝之愤，反以殒身，亦足为睚眦必报者戒也。

溪蚌二珠

诚谋英勇公言：畅春苑前有小溪，直夜内侍，每云阴月黑，辄见空中朗然悬一星。共相诧异，辗转寻视，乃见光自溪中出。知为宝气，画计取之。得一蚌，横径四五寸。剖视得二珠，缀合为一，一大一稍小，巨似枣，形以壶卢。不敢私匿，遂以进御，至今用为朝冠之顶。此乾隆初事也。小溪不能产巨蚌，蚌珠未闻有合欢。斯由天命，圣人因地呈符瑞，寿跻九旬，康强如昔，岂偶然也哉！

秋 莲

莲以夏开，惟避暑山庄之莲至秋乃开，较长城以内迟一月有馀。然花虽晚开，亦复晚谢，至九月初旬，翠盖红衣，宛然尚在。苑中每与菊花同瓶对插，屡见于圣制诗中。盖塞外地寒，春来较晚，故夏亦花迟。至秋早寒而不早凋，则莫明其理。今岁恭读圣制诗注，乃知苑中池沼汇武列水之三源，又引温泉以注之，暖气内涵，故花能耐冷也。

奇 器

戴遂堂先生讳亭，姚安公癸巳乾隆五十二年(1713)同年也。罢齐河令归，尝馆余家。言其先德本浙江人，心思巧密，好与西洋人争胜。在钦天监与南怀仁忤作者原注：怀仁西洋人，官钦天监正，遂徙铁岭。故先生为铁岭人。言少时见先人造一鸟铳，形若琵琶，凡火药铅丸皆贮于铳脊，以机轮开闭。其机有二，相衔如牝牡，扳一机则火药铅丸自落筒中，第二机随之并动，石激火出而铳发矣。计二十八发，火药铅丸乃尽，始需重贮。拟献于军营，夜梦一人诃责曰："上帝好生，汝如献此器使流布人间，汝子孙无噍类矣。"乃惧而不献。说此事时，顾其侄秉瑛作者原注：乾隆乙丑(乾隆十年，1745)进士，官甘肃高台知县曰："今尚在汝家乎？可取来一观。"其侄曰："在户部学习时，五弟之子窃以质钱，已莫可究诘矣。"其为实已亡失，或爱惜不出，盖不可知。然此器亦奇矣。

诚谋英勇公因言：征乌什时，文成公与勇毅公明公犄角为营，距寇垒约里许。每相往来，辄有铅丸落马前后，幸不为所中耳。度鸟铳之力不过三十馀步，必不相及，疑沟中有伏。搜之无见，皆莫明其故。破敌之后，执虏讯之，乃知其国宝器有二铳，力皆可及一里外。搜索得之，试验不虚，与勇毅公各分其一。勇毅公征缅甸，殁于阵，铳不知所在。文成公所得，今尚藏于家。究不知何术制作也。

神臂弓

宋代有神臂弓，实巨弩也，立于地而踏其机，可三百步外贯铁甲，亦曰“克敌弓”。洪容斋试词科，有《克敌弓铭》是也。宋军拒金，多倚此为利器。军法不得遗失一具，或败不能携，则宁碎之，防敌得其机轮仿制也。元世祖灭宋，得其式，曾用以制胜。至明乃不得其传，惟《永乐大典》尚全载其图说。然其机轮一事一图，但有短长宽窄之度与其牝牡凸凹之形，无一全图。余与邹念乔侍郎穷数日之力，审谛逗合，讫无端绪。余欲钩摹其样，使西洋人料理之。先师刘文正公曰：“西洋人用意至深，如算术借根法，本中法流入西域，故彼国谓之东来法。今从学算，反秘密不肯尽言。此弩既相传利器，安知不阴图以去，而以不解谢我乎？《永乐大典》贮在翰苑，未必后来无解者，何必求之于异国？”余与念乔乃止。“维此老成，瞻言百里。”信乎所见者大也。

西厢鬼卒

贝勒春晖主人言：热河碧霞元君庙作者原注：俗谓之娘娘庙两厢，塑地狱变相。西厢一鬼卒，惨淡可畏，俗所谓地方鬼也。有人见其出买杂物，如柴炭之类，往往堆积于庙内。问之土人，信然。然不为人害，亦习而相忘。或曰：“鬼不烹饪，是安用此？《左传》曰：‘石不能言，物或凭焉。’其他精怪欤？恐久且为患，当早图之。”

余谓天地之大，一气化生。深山大泽，何所不有。热河穹岩巨壑，密迩民居，人本近彼，彼遂近人，于理当有之。抑或草木之妖，依其本质；狐狸之属，原其故居，借形幻化，托诸土偶，于理当亦有之。要皆造物所并育也。圣人以魑魅魍魉铸于禹鼎，庭氏方相列于周官，去其害民者而已，原未尝尽除异类。既不为害，自可听其去来。海客狎鸥，忽翔不下。作者原注：“鸥”字《列子》本作“沤”，盖古今假借，然古今行用。从无书作沤鸟者，故今以通行字书之机心一起，机心应之，或反胶胶扰扰矣。

天道不负人

宛平陈鹤龄，名永年，本富室，后稍落。其弟永泰，先亡。弟妇求析箸，不得已从之。弟妇又曰："兄公男子能经理，我一孀妇，子女又幼，乞与产三分之二。"亲族皆曰不可。鹤龄曰："弟妇言是，当从之。"弟妇又以孤寡不能征逋负，欲以赀财当二分，而以积年未偿借券，并利息计算，当鹤龄之一分。亦曲从之。后借券皆索取无着，鹤龄遂大贫。此乾隆丙午乾隆五十一年(1786)事也。陈氏先无登科者，是年鹤龄之子三立，竟举于乡。放榜之日，余同年李步玉居与相近，闻之喟然曰："天道固终不负人！"

寝室小像

南皮张浮槎，名景运，即著《秋坪新语》者也。有一子，早亡，其妇缢以殉。缢处壁上，有其子小像，高尺馀，眉目如生。其迹似画非画，似墨非墨。妇固不解画，又无人能为追写，且寝室亦非人所能到。是时亲党毕集，均莫测所自来。张氏纪氏为世姻，纪氏之女适张者数十人，张氏之女适纪者亦数十人。众目同观，咸诧为异。全谓此烈妇精诚之至极，不为异也。盖神之所注，气即聚焉。气之所聚，神亦凝焉。神气凝聚，象即生焉。象之所丽，迹即著焉。生者之神气动乎此，亡者之神气应乎彼，两相翕合，遂结此形。故曰缘心生象，又曰至诚则金石为开也。浮槎录其事迹，征士大夫之歌咏。余拟为一诗，而其理精微，笔力不足以阐发，凡数易稿，皆不自惬。至今耿耿于心，姑录于此，以昭幽明之感，诗则期诸异日焉。

神仙服饵

神仙服饵，见于杂书者不一，或亦偶遇其人；然不得其法，则反能为害。戴遂堂先生言：尝见一人服松脂十馀年，肌肤充悦，精神强固，自以为得力。然久而觉腹中小不适，又久而病燥结，润以麻仁之类，不应。攻以硝黄之类，所遗者细仅一线。乃悟松脂粘挂于肠中，积渐凝结愈厚，则其窍愈窄，故束而至是也。无药可医，竟困顿至死。又见一服硫黄者，肤裂如磔，置冰上，痛乃稍减。古诗"服药求神仙，多为药所误"，岂不信哉！

仙踪灵迹

长城以外，万山环抱，然皆坡陀如冈阜。至王家营迤东，则嵚崎秀拔，皴皱皆含画意。盖天开地献，灵气之所钟故也。有罗汉峰，宛似一僧趺坐，头项胸腹臂肘，历历可数。有磬锤峰，即《水经注》所称武列水侧有孤石云举者也，上丰下锐，屹若削成。余修《热河志》时，曾蹑梯挽绠至其下，乃无数石卵与碎砂凝结而成，亘古不圮，莫明其故。有双塔峰，亭亭对立，远望如两浮图，拔地涌出。无路可上，或夜闻上有钟磬经呗声，昼亦时有片云往来。乾隆庚戌乾隆五十五年(1790)，命守吏构木为梯，遣人登视。一峰周围一百六步，上有小屋。屋中一几一香炉，中供片石，镌"王仙生"三字。一峰周围六十二步，上种韭二畦；塍畛方正，如园圃之所筑。是决非人力所到，不谓之仙踪灵迹不得矣。

耳目之前，惝恍莫测尚如此，讲学家执其私见，动曰此理之所无，不亦颠乎作者原注：距双塔峰里许有关帝庙，住持僧悟真云：乾隆壬寅(乾隆四十七年，1782)，一夜大雷雨，双塔峰坠下一石佛，今尚供庙中。然仅粗石一片，其一面略似佛形而已。此事在庚戌前八年。毋乃以此峰向有灵异，欲引而归诸彼法欤。疑以传疑，并附著之。

山中仙

同年蔡芳三言：尝与诸友游西山，至深处，见有微径，试缘而登，寂无居人，只破屋数间，苔侵草没。视壁上大书一"我"字，笔力险劲。因入观之，复有字迹，谛视乃二诗。其一曰："溪头散步遇邻家，邀我同尝嫩蕨芽。携手贪论南渡事，不知触折亚枝花。"其二曰："酒酣醉卧老松前，露下空山夜悄然。野鹿经年相见熟，也来分我绿苔眠。"不著年月姓名。味其词意，似前代遗民。或以为仙笔，非也。

又表弟安中宽，昔随木商出古北口，因访友至古尔板苏巴尔汉作者原注：俗称三座塔，即唐之营州，辽之兴中府也。居停主人云：山家尝捕得一鹿，方缚就涧边屠割，忽绳寸寸断，蹶然逸去。遥见对山一戴笠人，似举手指画，疑其以术禁制之。是山陡立，古无人迹，或者其仙欤？

诗 谶

先师何励庵先生，讳琇，雍正癸丑雍正十一年(1733)进士，官至宗人府主事。宦途坎坷，贫病以终。著有《樵香小记》，多考证经史疑义，今著录《四库全书》中。为诗颇喜陆放翁。一日，作《咏怀》诗曰："冷署萧条早放衙，闲官风味似山家。偶来旧友寻棋局，绝少馀钱落画叉。浅碧好储消夏酒，嫣红已到殿春花。镜中频看头如雪，爱惜流光倍有加。"为余书于扇上。姚安公见之，沉吟曰："何摧抑哀怨乃尔，殆神志已颓乎？"果以是年夏秋间谢世。古云诗谶，理或有之。

吕城土神祠

赵鹿泉前辈言：吕城，吴吕蒙所筑也。夹河两岸，有二土神祠，其一为唐汾阳王郭子仪，已不可解；其一为袁绍部将颜良，更不省其所自来。土人祈祷，颇有灵应。所属境周十五里，不许置一关帝祠，置则为祸。有一县令不信，值颜祠社会，亲往观之，故令伶人演《三国志》杂剧。狂风忽起，卷芦棚苫盖至空中，斗掷而下，伶人有死者；所属十五里内，瘟疫大作，人畜死亡；令亦大病几殆。

余谓两军相敌，各为其主，此胜彼败，势不并存。此以公义杀人，非以私恨杀人也。其间以智勇之略，败于意外者，其数在天，不得而尤人。以驽下之才，败于胜已者，其过在已，亦不得而尤人。张睢阳厉鬼杀贼，以社稷安危，争是一郡，是为君国而然，非为一已而然也。使功成事定之后，殁于战阵者皆挟以为仇，则古来名将，无不为鬼所殛矣，有是理乎！且颜良受歼已久，越一二千年，曾无灵响，何忽今日而为神？何忽今日而报怨？揆以天理，殆必不然。是盖庙祝师巫，造为诡语，山妖水怪，因民听荧惑而依托之。刘敬叔《异苑》曰："丹阳县有袁双庙，真第四子也。真为桓宣武诛，便失所在。太元中，形见于丹阳，求立庙。未即就功，大有虎灾。被害之家，辄梦双至，催功甚急。百姓立祠，于是猛暴用息。常以二月晦，鼓舞祈祠，其日恒风雨。至元嘉五年，设奠讫，村人邱都于庙后见一物，人面鼋身，葛巾，七孔端正而有酒气。未知为双之神，为是物凭也。"余谓来必风雨，其为水怪无疑，然则是事古有之矣。

狐兄弟相争

舅氏张公梦征作者原注：亦字尚文，讳景说言：沧州吴家庄东一小庵，岁久无僧，恒为往来憩息也。有月作人指短工，每于庵前遇一人，招之坐谈，颇相投契。渐与赴市沽饮，情益款洽。偶询其乡贯居址，其人愧谢曰："与君交厚，不敢欺，实此庵中老狐也。"月作人亦不怖畏，来往如初。一日复遇，挈鸟铳相授曰："余狎一妇，余弟亦私与狎，是盗嫂也。禁之不止，殴之则余力不敌，愤不可忍，将今夜伺之于路歧，与决生死。闻君善用铳，俟交斗时，乞发以击彼，感且不朽。月明如昼，君望之易辨也。"月作人诺之，即所指处伏草间。既而私念曰："其弟无礼，诚当死，然究所媚之外妇，彼自有夫，非嫂也。骨肉之间，宜善处置，必致之死，不太忍乎？彼兄弟犹如此，吾时与往来，倘有睚眦，虑且及我矣。"因乘其纠结不解，发一铳而两杀之。《棠棣》之诗曰："兄弟阋于墙，外御其侮。"家庭交构，未有不归于两伤者。舅氏恒举此事为子侄戒，盖是人负两狐归，尝目睹也。

堕节之妇

司庖杨媪言：其乡某甲将死，嘱其妇曰："我生无馀赀，身后汝母子必冻饿。四世单传，存此幼子。今与汝约：不拘何人，能为我抚孤则嫁之，亦不限服制月日，食尽则行。"嘱讫，闭目不更言，惟呻吟待尽。越半日，乃绝。有某乙闻其有色，遣媒妁请如约。妇虽许婚，以尚足自活，不忍行。数月后，不能举火，乃成礼。合卺之夜，已灭烛就枕，忽闻窗外叹息声。妇识其謦欬说话之前的清喉之声，知为故夫之魂。隔窗呜咽，语之曰："君有遗言，非我私嫁。今夕之事，于势不得不然，君何以为祟？"魂亦呜咽曰："吾自来视儿，非来祟汝。因闻汝啜泣卸妆，念贫故使汝至于此，心脾凄动，不觉喟然耳。"某乙悸甚，急披衣起曰："自今以往，所不视君子如子者，有如日。"灵语遂寂。后某乙耽玩艳妻，足不出户。而妇恒惘惘，如有失，某乙倍爱其子以媚之，乃稍稍笑语。七八载后，某乙病死，无子，亦别无亲属。妇据其赀，延师教子，竟得游泮。又为纳妇，生两孙。至妇年四十馀，忽梦故夫曰："我自随汝来，未曾离此。因吾子事事得所，汝虽日与彼狎昵，而念念不忘我，灯前月下，背人弹泪。我皆见之，故不欲稍露形声，惊尔母子。今彼已转轮，汝寿亦尽，馀情未断，当随我同归也。”数日果微疾，以梦告其子，不肯服药，荏苒遂卒。其子奉棺合葬于故夫，从其志也。程子谓饿死事小，失节事大。是诚千古之正理，然为一身言之耳。此妇甘辱一身，以延宗祀，所全者大，似又当别论矣。杨媪能举其姓氏里居，以碎璧归赵，究非完美，隐而不书。悯其遇，悲其志，为贤者讳也。

又吾乡有再醮故夫之三从表弟者，两家所居，距一牛鸣地。嫁后仍以亲串礼回视其姑，三数日必一来问起居，且时有赡助，姑赖以活。殁后，出赀敛葬，岁恒遣人祀其墓。又京师一妇，少寡，虽颇有姿首，而针黹烹饪，皆非所能。乃谋于翁姑，伪称己女，鬻为宦家妾，竟养翁姑终身。是皆堕节之妇，原不足称；然不忘旧恩，亦足励薄俗。君子与人为善，固应不没其寸长。讲学家持论务严，遂使一时失足者，无路自赎，仅甘心于自弃，非教人补过之道也。

幽魂读书

慧灯和尚言：有举子于丰宜门外租小庵过夏，地甚幽僻。一日，得揣摩秘本，于灯下手钞，闻窗外似窸窣有人，试问为谁。外应曰：“身是幽魂，沉滞于此，不闻书声者百馀年矣。连日听君讽诵，怅触夙心，思一晤谈，以消郁结。与君气类，幸勿相惊。”语讫，揭帘径入，举止温雅，甚有士风。举子惶怖，呼寺僧。僧至，鬼亦不畏，指一椅曰：“师且坐，我故识师。师素朴野，无丛林市井气，可共语也。”僧及举子俱踧踖不能答。鬼乃探取所录书，才阅数行，遽掷之于地，奄然而灭。

大　蛇

杨雨亭言：莱州深山，有童子牧羊，日恒亡一二，大为主人朴责。留意侦之，乃二大蛇从山罅出，吸之吞食。其巨如瓮，莫敢撄也。童子恨甚，乃谋于其父，设犁刀于山罅，果一蛇裂腹死。惧其偶之报复，不敢复牧于是地。时往潜伺，寂无形迹，意其他徙矣。半载以后，贪是地水草胜他处，仍驱羊往牧。牧未三日，而童子为蛇吞矣。盖潜匿不出，以诱童子之来也。童子之父有心计，阳不搜索，而阴祈营弁藏一炮于深草中，时密往伺察。两月以外，见石上有蜿蜒痕，乃载燧夜伏其旁。蛇果下饮于涧，簌簌有声，遂一发而糜碎焉。还家之后，忽发狂自挝曰："汝计杀我夫，我计杀汝子，适相当也。我已深藏不出，汝又百计以杀我，则我为枉死矣，今必不舍汝。"越数日而卒。俚谚有之曰："角力不解，必同仆地；角饮不解，必同沉醉。"斯言虽小，可以喻大矣。

巡视台湾事

孟鹭洲自记巡视台湾事曰："乾隆丁酉乾隆四十二年(1777)，偶与友人扶乩，乩赠余以诗曰：'乘槎万里渡沧溟，风雨鱼龙会百灵。海气粘天迷岛屿，潮声簸地走雷霆。鲸波不阻三神岛，鲛室争看二使星。记取白云飘渺处，有人同望蜀山青。'时将有巡视台湾之役，余疑当往。数日，果命下。六月启行，八月至厦门，渡海，驻半载始归。归时风利，一昼夜即登岸。去时飘荡十七日，险阻异常。初出厦门，即雷雨交作，云雾晦冥。信帆而往，莫知所适。忽腥风触鼻，舟人曰：'黑水洋也。'其水比海水凹下数十丈，阔数十里，长不知其所极。黝然而深，视如泼墨。舟中摇手戒勿语，云其下即龙宫，为第一险处，度此可无虞矣。至白水洋，遇巨鱼鼓鬣而来，举其首如危峰障日。每一拨刺，浪涌如山，声砰訇如霹雳，移数刻始过尽，计其长，当数百里。舟人云来迎天使，理或然欤？既而飓风四起，舟几覆没。忽有小鸟数十，环绕樯竿。舟人喜跃，称天后来拯。风果顿止，遂得泊澎湖。圣人在上，百神效职，不诬也。遐思所历，一一与诗语相符，非鬼神能前知欤！时先大夫尚在堂，闻余有过海之役，命兄到赤嵌来视余。遂同登望海楼，并末二句亦巧合。益信数皆前定，非人力所能为矣。戊午嘉庆三年(1798)秋，扈从滦阳，与晓岚宗伯话及。宗伯方草《滦阳续录》，因书其大略付之，或亦足资谈柄耶。"以上皆鹭洲自序。

考唐钟辂作《定命录》，大旨在戒人躁竞，毋涉妄求。此乩仙预告未来，其语皆验。可使人知无关祸福之惊恐，与无心聚散之踪迹，皆非偶然，亦足消趋避之机械矣。

梁上妖漏言

高密单作虞言：山东一巨室，无故家中廪自焚，以为偶遗火也。俄怪变数作，阖家大扰。一日，厅事上砰磕有声，所陈设器玩俱碎。主人性素刚劲，厉声叱问曰："青天白日之下，是何妖魅，敢来为祟？吾行诉尔于神矣！"梁上朗然应曰："尔好射猎，多杀我子孙。衔尔次骨，至尔家伺隙八年矣。尔祖宗泽厚，福运未艾，中霤神、灶君、门尉禁我弗使动，我无如何也。今尔家兄弟外争，妻妾内讧，一门各分朋党，俨若寇仇。败征已见，戾气应之，诸神不歆尔祀，邪鬼已阚尔室，故我得而甘心焉。尔尚愦愦哉！"其声愤厉，家众共闻。主人悚然有思，抚膺太息曰："妖不胜德，古之训也。德之不修，于妖乎何尤？"乃呼弟及妻妾曰："祸不远矣，幸未及也。如能共释宿憾，各逐私党，翻然一改其所为，犹可以救。今日之事，当自我始。尔等听我，祖宗之灵，子孙之福也；如不听我，我披发入山矣。"反复开陈，引咎自责，泪涔涔渍衣袂。众心感动，并伏几哀号，立逐离间奴婢十馀人，凡彼此相轧之事，并一时顿改。执豕于牢，歃血盟神曰："自今以往，怀二心者如此豕！"方彼此谢罪，闻梁上顿足曰："我复仇而自漏言，我之过也夫！"叹诧而去。此乾隆八九年间事。

两处空花

侍姬明玕，粗知文义，亦能以常言成韵语。尝夏夜月明，窗外夹竹桃盛开，影落枕上。因作花影诗曰："绛桃映月数枝斜，影落窗纱透帐纱。三处婆娑花一样，只怜两处是空花。"意颇自喜。次年竟病殁。其婢玉台，侍余二年馀，年甫十八，亦相继夭逝。"两处空花"，遂成诗谶。气机所动，作者殊不自知也。

忠厚之诗

一庖人随余数年矣，今岁扈从滦阳，忽无故束装去，借住于附近巷中。盖挟余无人烹饪，故居奇以索高价也。同人皆为不平，余亦不能无愤恚。既而忽忆武强刘景南官中书时，极贫窘，一家奴偃蹇求去。景南送之以诗曰："饥寒迫汝各谋生，送汝依依尚有情。留取他年相见地，临阶惟叹两三声。"忠厚之言，溢于言表。再三吟诵，觉褊 biǎn 急气量狭小之气都消。

卷二十

滦阳续录二

彩衣小人

一馆吏议叙清朝制度，对考绩优异的官员，交部核议，奏请给予加级、记录等奖励得经历，需次会城，久不得差遣，困顿殊甚。上官有怜之者，权令署典史。乃大作威福，复以气焰轹同僚，缘是以他事落职。邵二云学士偶话及此，因言其乡有人方夜读，闻窗棂有声，谛视之，纸裂一罅，有两小手擘之，大才如瓜子，即有一小人跃而入，彩衣红履，头作双髻，眉目如画，高仅二寸馀。掣案头笔举而旋舞，往来腾踏于砚上，拖带墨沈，书卷俱污。此人初甚错愕，坐观良久，觉似无他技，乃举手扑之，噭然就执。踡跼掌握之中，音呦呦如虫鸟，似言乞命。此人恨甚，径于灯上烧杀之，满室作枯柳木气，迄无他变。炼形甫成，毫无幻术，而肆然侮人以取祸，其此吏之类欤！此不知实有其事，抑二云所戏造，然闻之亦足以戒也。

风导前行

昌吉守备刘德言：昔征回部时，因有急檄，取珠尔土斯路驰往。阴晦失道，十馀骑皆迷，裹粮垂尽，又无水草，姑坐树根，冀天晴辨南北。见崖下有人马骨数具，虽风雪剥蚀，衣械并朽，察其形制，似是我兵。因对之慨叹曰："再两日不晴，与君辈在此为侣矣。"顷之，旋风起林外，忽来忽去，似若相招。试纵马随之，风即前导；试暂憩息，风亦不行。晓然知为斯骨之灵。随之返行三四十里，又度岭两重，始得旧路，风亦欻xū然忽然，迅速息矣。众哭拜之而去。嗟乎！生既捐躯、魂犹报国；精灵长在，而名氏翳如。是亦可悲也已。

神仙之说

谓无神仙，或云遇之；谓有神仙，又不恒遇。刘向、葛洪、陶弘景以来，记神仙之书，不啻chì不止，不只百家；所记神仙之名姓，不啻千人。然后世皆不复言及。后世所遇，又自有后世之神仙。岂保固精气，虽得久延，而究亦终归迁化耶？又神仙清静，方士幻化，本各自一途。诸书所记，凡幻化者皆曰神仙，殊为无别。

有王媪者，房山人，家在深山。尝告先母张太夫人曰：山有道人，年约六七十，居一小庵，拾山果为粮，掬泉而饮，日夜击木鱼诵经，从未一至人家。有就其庵与语者，不甚酬答，馈遗亦不受。王媪之侄佣于外，一夕，归省母，过其庵前。道人大骇曰："夜深虎出，尔安得行！须我送尔往。"乃琅琅击木鱼前导。未半里，果一虎突出。道人以身障之，虎自去，道人不别亦自去。后忽失所在。此或似仙欤？

从叔梅庵公言：尝见有人使童子登三层明楼上作者原注：北方以覆瓦者为暗楼，上层作雉堞形以备御寇者为明楼，以手招之，翩然而下，一无所损。又以铜盂投溪中，呼之，徐徐自浮出。此皆方士禁制之术，非神仙也。

舅氏张公健亭言：砖河农家，牧数牛于野，忽一时皆暴死。有道士过之，曰："此非真死，为妖鬼所摄耳。急灌以吾药，使藏府勿坏。吾为尔劾治，召其魂。"因延至家，禹步作法。约半刻，牛果皆蹶然起。留之饭，不顾而去。有知其事者曰："此先以毒草置草中，后以药解之耳。不肯受谢，示不图财，为再来荧惑地也。吾在山东，见此人行此术矣。"此语一传，道士遂不复至。是方士之中，又有真伪，何概曰神仙哉！

荒野茅屋

李南涧言：其邻县一生，故家子也。少年佻达，颇渔猎男色。一日，自亲串家饮归，距城稍远，云阴路黑，度不及入，微雪又簌簌下。方踌躇间，见十许步外有灯光，遣仆往视，则茅屋数间，四无居人，屋中惟一童一妪。问："有栖止处否？"妪曰："子久出外，惟一孙与我住此。尚有空屋两间，不嫌湫jiǎo隘矮小狭窄，可权宿也。"遂呼童系二马树上，而邀生入座。妪言老病须早睡，嘱童应客。童年约十四五，衣履破敝，而眉目极姣好。试挑与言，自吹火煮茗不甚答。渐与谐笑，微似解意，忽乘间悄语曰："此地密迩祖母房，雪晴当亲至公家乞赏也。"生大喜慰，解绣囊玉玦赠之。亦羞涩而受。软语良久，乃掩门持灯去。生与仆倚壁倦憩，不觉昏睡。比醒，则屋已不见，乃坐人家墓柏下，狐裘貂冠，衣裤靴袜，俱已褫无寸缕矣。裸露雪中，寒不可忍。二马亦不知所在。幸仆衣未褫，乃脱其敝裘蔽上体，蹩躠 bié xiè 躲躲闪闪的样子而归，诡言遇盗。俄二马识途自归。已尽剪其尾鬣。衣冠则得于溷中，并狼藉污秽，灼然非盗。无可置词，仆始具泄其情状。乃知轻薄招侮，为狐所戏也。

刘德令军

戊子乾隆三十三年(1768)昌吉之乱，先未有萌也。屯官以八月十五夜，犒诸流人，置酒山坡，男女杂坐。屯官醉后，逼诸流妇使唱歌，遂顷刻激变，戕杀屯官，劫军装库，据其城。十六日晓，报至乌鲁木齐，大学士温公促聚兵。时班兵散在诸屯，城中仅一百四十七人，然皆百战劲卒，视贼蔑如也。温公率之即行，至红山口，守备刘德叩马曰："此去昌吉九十里，我驰一日至城下，是彼逸而我劳，彼坐守而我仰攻，非百馀人所能办也。且此去昌吉皆平原，玛纳斯河虽稍阔，然处处策马可渡，无险可扼。所可扼者此山口一线路耳。贼得城必不株守，其势当即来。公莫如驻兵于此，借陡崖遮蔽。贼不知多寡，俟其至而扼险下击，是反攻为守，反劳为逸，贼可破也。"温公从之。及贼将至，德左执红旗，右执利刃，令于众曰："望其尘气，虽不过千人，然皆亡命之徒，必以死斗，亦不易当。幸所乘皆屯马，未经战阵，受创必反走。尔等各擎枪屈一膝跪，但伏而击马，马逸则人乱矣。"又令曰："望影鸣枪，则枪不及贼，火药先尽，贼至反无可用。尔等视我旗动，乃许鸣枪；敢先鸣者，手刃之。"俄而贼众枪争发，砰訇动地。德曰："此皆虚发，无能为也。"迨铅丸击前队一人伤，德曰："彼枪及我，我枪必及彼矣。"举旗一挥，众枪齐发。贼马果皆横逸，自相冲击。我兵噪而乘之，贼遂歼焉。温公叹曰："刘德状貌如村翁，而临阵镇定乃尔。参将都司，徒善应对趋跄耳。"故是役以德为首功。然捷报不能缕述曲折，今详著之，庶不湮没焉。

神之威灵

由乌鲁木齐至昌吉，南界天山，无路可上；北界苇湖，连天无际，淤泥深丈许，入者辄灭顶。贼之败也，不西还据昌吉，而南北横奔，悉入绝地，以为惶遽迷瞀也。后执俘讯之，皆曰惊溃之时，本欲西走，忽见关帝立马云中，断其归路，故不得已而旁行，冀或匿免也。神之威灵，乃及于二万里外。国家之福祚，又能致神助于二万里外。猬锋螗斧刺猬的毛，螳螂的前腿。比喻微弱的力量,潢huáng 指微不足道的造反、叛乱池盗弄何为哉!

忠烈赫尔喜

昌吉未乱以前,通判赫尔喜奉檄调至乌鲁木齐,核检仓库。及闻城陷,愤不欲生,请于温公曰:“屯官激变,其反未必本心。愿单骑迎贼于中途,谕以利害。如其缚献渠魁,可勿劳征讨;如其枭獍成群,不肯反正,则必手刃其帅,不与俱生。”温公阻之不可,竟橐鞬tuó jiān 橐,弓箭鞬盒的外皮囊。鞬,马上装弓箭的器具驰去,直入贼中,以大义再三开导。贼皆曰:“公是好官,此无与公事。事已至此,势不可回。”遂拥至路旁,置之去。知事不济,乃掣刃奋力杀数贼,格斗而死。当时公论惜之曰:“屯官非其所属,流人非其所治,无所谓徇纵也。衅起一时,非预谋不轨,无所谓失察也。奉调他出,身不在署,无所谓守御不坚与弃城逃遁也。所劫者军装库,营弁所掌,无所谓疏防也。于理于法,皆可以无死。而终执与城共存、城亡与亡之一言,甘以身殉。推是志也,虽为常山、睢阳可矣。”故于其柩归,罔不哭奠。而于屯官之残骸归作者原注:屯官为贼以铁劚自踵寸寸劚至顶。乱定后,始掇拾之。无焚一陌纸钱者。

长卷二诗

朱青雷言:曾见一长卷,字大如杯,怪伟极似张二水张瑞图,字长公、无画,号二水、果亭山人、芥子、白毫庵主等。明代四大书法家之一。首题“纪梦十首”,而蠹蚀破烂,惟二首尚完整可读。其一曰:“梦到蓬莱顶,琼楼碧玉山。波浮天半壁,日涌海中间。遥望仙官立,翻输野老闲。云帆三十丈,高挂径西还。”其二曰:“郁郁长生树,层层太古苔。空山未开凿,元气尚胚胎。灵境在何处?梦游今几回?最怜鱼鸟意,相见不惊猜。”年月姓名皆已损失,不知谁作也。尝为李玉典书扇,并附以跋。或曰:“此青雷自作,托之古人。”然青雷诗格婉秀如秦少游小石调,与二诗笔意不近。或又曰:“诗字皆似张东海。”《东海集》余昔曾见,不记有此二诗否,待更考之。青雷跋谓,前诗后四句未经人道。然昌黎诗:“我能屈曲自世间,安能从汝求神仙?”即是此意,特袭取无痕耳。

富室子死于狐

同郡有富室子，形状臃肿，步履蹒跚，又不修边幅，垢腻恒满面。然好游狭斜，遇妇女必注视。一日独行，遇幼妇，风韵绝佳。时新雨泥泞，遽前调之曰："路滑如是，嫂莫要扶持否？"幼妇正色曰："尔勿愦愦，我是狐女，平生惟拜月炼形，从不作媚人采补事。尔自顾何物，乃敢作是言，行且祸尔。"遂掬沙屑洒其面，惊而却步，忽堕沟中，努力踊出，幼妇已不知所往矣。自是心恒惴惴，虑其为祟，亦竟无患。数日后，友人邀饮，有新出小妓侑酒。谛视，即前幼妇也。疑似惶惑，罔知所措，强试问之曰："某日雨后，曾往东村乎？"妓漫应曰："姊是日往东村视阿姨，吾未往也。姊与吾貌相似，公当相见耶？"语殊恍惚，竟莫决是怪是人，是一是二，乃托故逃席去。去后，妓述其事曰："实憎其丑态，且惧行强暴，姑诳以伪词，冀求解免。幸其自仆，遂匿于麦场积柴后。不虞其以为真也。"席中莫不绝倒。一客曰："既入青楼，焉能择客？彼固能千金买笑者也，盍挈尔诣彼乎！"遂偕之同往，具述妓翁姑及夫名氏，其疑乃释作者原注：妓姊妹即所谓大杨、二杨者，当时名士多作《杨柳枝词》，皆借寓其姓也。妓复谢以小时固识君，昨喜见怜，故答以戏谑，何期反致唐突，深为歉仄，敢抱衾枕以自赎。吐词娴雅，姿态横生。遂大为所惑，留连数夕。召其夫至，计月给夜合之资。狎昵经年，竟殒于消渴。

先兄晴湖曰："狐而人，则畏之，畏死也。人而狐，则非惟不畏，且不畏死，是尚为能充其类也乎！'行且祸汝'，彼固先言。是子也，死于妓，仍谓之死于狐可也。"

三兄弟

郭大椿、郭双桂、郭三槐，兄弟也。三槐屡侮其兄，且诣县讼之。归憩一寺，见缁袍满座，梵呗竞作。主人虽吉服，而容色惨沮，宣疏通诚之时，泪随声下。叩之，寺僧曰："某公之兄病危，为叩佛祈福也。"三槐痴立良久，忽发颠狂，顿足捶胸而呼曰："人家兄弟如是耶！"如是一语，反复不已。掖至家，不寝不食，仍顿足捶胸，诵此一语，两三日不止。大椿、双桂故别住，闻信俱来，持其手哭曰："弟何至是？"三槐又痴立良久，突抱两兄曰："兄固如是耶！"长号数声，一踊而绝。咸曰神殛之，非也。

三槐愧而自咎，此圣贤所谓改过，释氏所谓忏悔也。苟充是志，虽田荆、姜被，均所能为。神方许之，安得殛之？其一恸立殒，直由感动于中，天良激发，自觉不可立于世，故一瞑不视，戢影黄泉，岂神之褫其魄哉？惜知过而不知补过，气质用事，一往莫收；无学问以济之，无明师益友以导之，无贤妻子以辅之，遂不能恶始美终，以图晚盖，是则其不幸焉耳。昔田氏姊买一小婢，倡家女也。闻人诮邻妇淫乱，瞿然惊曰："是不可为耶？吾以为当如是也。"后嫁为农家妻，终身贞洁。然则三槐悖理，正坐不知。故子弟当先使知礼。

两奁棋子

朝鲜使臣郑思贤，以棋子两奁赠予，皆天然圆润，不似人工。云黑者海滩碎石，年久为潮水冲激而成；白者为小车渠壳，亦海水所磨莹，皆非难得。惟检寻其厚薄均，轮郭正，色泽匀者，日积月累，比较抽换，非一朝一夕之力耳。置之书斋，颇为雅玩，后为范大司农取去。司农殁后，家计萧然，今不知在何所矣。

仙山灵境

海中三岛十洲，昆仑五城十二楼，词赋家沿用久矣。朝鲜、琉球、日本诸国，皆能读华书。日本，余见其五京地志及《山川全图》，疆界袤延数千里，无所谓仙山灵境也。朝鲜、琉球之贡使，则余尝数数与谈，以是询之，皆曰东洋自日本以外，大小国土凡数十，大小岛屿不知几千百，中朝人所必不能至者，每帆樯万里，商舶往来，均不闻有是说。惟琉球之落漈 jì 海底深陷的地方，似乎三千弱水。然落漈之舟，偶值潮平之岁，时或得还，亦不闻有白银宫阙，可望而不可即也。然则三岛十洲，岂非纯构虚词乎！

《尔雅》《史记》，皆称河出昆仑。考河源有二：一出和阗，一出葱岭。或曰葱岭其正源，和阗之水入之。或曰和阗其正源，葱岭之水入之。双流既合，亦莫辨谁主谁宾。然葱岭、和阗，则皆在今版图内，开屯列戍四十馀年，即深岩穷谷，亦通耕牧。不论两山之水，孰为正源，两山之中，必有一昆仑确矣。而所谓瑶池、悬圃、珠树、芝田，概乎未见，亦概乎未闻。然则五城十二楼，不又荒唐矣乎！不但此也，灵鹫山在今拔达克善，诸佛菩萨，骨塔具存，题记梵书，一一与经典相合。尚有石室六百馀间，即所谓大雷音寺，回部游牧者居之。我兵追剿波罗泥都、霍集占，曾至其地，所见不过如斯。种种庄严，似亦藻绘之词矣。相传回部祖国，以铜为城。近西之回部云，铜城在其东万里；近东之回部云，铜城在其西万里。彼此遥拜，迄无人曾到其地。因是以推，恐南怀仁《坤舆图说》所记五大人洲，珍奇灵怪，均此类焉耳。周编修书昌则曰："有佛缘者，然后能见佛界；有仙骨者，然后能见仙境。未可以寻常耳目，断其有无。曾见一道士游昆仑归，所言与旧记不殊也。"是则余不知之矣。

狡黠长随

蔡季实殿撰有一仆，京师长随也。狡黠善应对，季实颇喜之。忽一日，二幼子并暴卒，其妻亦自缢于家。莫测其故，姑殓之而已。其家有老妪私语人曰："是私有外遇，欲毒杀其夫，而后携子以嫁。阴市砒制饼饵，待其夫归。不虞二子窃食，竟并死。妇悔恨莫解，亦遂并死。"然妪昏夜之中，窗外窃听，仅粗闻密谋之语，未辨所遇者为谁，亦无从究诘矣。其仆旋亦发病死。死后，其同侪窃议曰："主人惟信彼，彼乃百计欺主人。他事毋论，即如昨日四鼓诣圆明园侍班，彼故纵驾车骡逸，御者追之复不返。更漏已促，叩门借车必不及，急使雇倩。则曰风雨将来，非五千钱人不往。主人无计，竟委曲从之。不太甚乎！奇祸或以是耶！"季实闻之曰："是死晚矣，吾误以为解事人也。"

宦成归里者

杨槐亭前辈言：其乡有宦成归里者，闭门颐养，不预外事，亦颇得林下之乐，惟以无嗣为忧。晚得一子，珍惜殊甚。患痘甚危，闻劳山道士能前知，自往叩之。道士輾然曰："贤郎尚有多少事未了，那能便死！"果遇良医而愈。后其子冶游骄纵，竟破其家，流离寄食，若敖之鬼遂馁若敖氏的鬼将因灭宗而无人祭祀，指后嗣断绝。乡党论之曰："此翁无咎无誉，未应遽有此儿。惟萧然寒士，作令不过十年，而宦橐逾数万。毋乃致富之道有不可知者在乎？"

贪婪道人

槐亭又言：有学茅山法道教修炼的一种法术者，劾治鬼魅，多有奇验。有一家为狐所祟，请往驱除。整束法器，克日将行。有素识老翁诣之曰："我夕与狐友。狐事急，乞我一言。狐非获罪于先生，先生亦非有憾于狐也。不过得其贽zhì币古代拜见尊长所送的礼金，故为料理耳。狐闻事定之后，彼许馈廿四金。今愿十倍其数，纳于先生，先生能止不行乎？"因出金置案上。此人故贪惏lán贪婪，不知足，当即受之。次日，谢遣请者曰："吾法能治凡狐耳。昨召将检查，君家之祟乃天狐，非所能制也。"得金之后，竟殊自喜，因念狐既多金，可以术取。遂考召四境之狐，胁以雷斧火狱，俾纳贿焉。征索既频，狐不胜扰，乃共计盗其符印。遂为狐所凭附，颠狂号叫，自投于河。群狐仍摄其金去，铢两不存。人以为如费长房、明崇俨也。后其徒阴泄之，乃知其致败之故。

夫操持符印，役使鬼神，以驱除妖疠，此其权与官吏侔矣。受赂纵奸，已为不可；又多方以盈其谿壑，天道神明，岂逃鉴察？微群狐杀之，雷霆之诛，当亦终不免也。

女为侧室命

天地高远，鬼神茫昧，似与人无预。而有时其应如响，殚人之智力，不能与争。沧州上河涯，有某甲女，许字某乙子。两家皆小康，婚期在一二年内矣。有星士过某甲家，阻雨留宿。以女命使推。星士沉思良久曰："未携算书，此命不能推也。"觉有异，穷诘之。始曰："据此八字，侧室命也。君家似不应至此。且闻嫁已有期，而干支无刑克，断不再醮。此所以愈疑也。"有黠者闻此事，欲借以牟利，说某甲曰："君家赀几何，加以嫁女必多费，益不支矣。命既如是，不如先诡言女病，次诡言女死，市空棺速葬；而夜携女走京师，改名姓鬻为贵家妾，则多金可坐致矣。"某甲从之。会有达官嫁女，求美媵，以二百金买之。越月馀，泛舟送女南行，至天妃闸，阖门俱葬鱼腹，独某甲女遇救得生。以少女无敢收养，闻于所司。所司问其由来，女在是家未久，仅知主人之姓，而不能举其爵里；惟父母姓名居址，言之凿凿。乃移牒至沧州，其事遂败。时某乙子已与表妹结婚，无改盟理。闻某甲之得多金也，愤恚欲讼。某甲窘迫，愿仍以女嫁其子。其表妹家闻之，又欲讼。纷纭轇轕jiāo gé交错，杂乱，势且成大狱。两家故旧戚，众为调和，使某甲出资往迎女，而为某乙子之侧室，其难乃平。女还家后，某乙子已亲迎。某乙以牛车载女至家，见其姑，苦辩非己意。姑曰："既非尔意，鬻尔时何不言有夫？"女无词以应。引使拜嫡，女稍趑趄zī jū想进又不敢前进，形容疑惧、犹豫不决。姑曰："尔买为媵时，亦不拜耶？"又无词以应，遂拜如礼。姑终身以奴隶畜之。

此雍正末年事。先祖母张太夫人时避暑水明楼，知之最悉。尝语侍婢曰："其父不过欲多金，其女不过欲富贵，故生是谋耳。乌知非徒无益，反失所本有哉！汝辈视此，可消诸妄念矣。"

文　鸾

先四叔母李安人，有婢曰文鸾，最怜爱之。会余寄书觅侍女，叔母于诸侄中最喜余，拟以文鸾赠。私问文鸾，亦殊不拒。叔母为制衣裳簪珥，已戒日脂车。有妒之者嗾其父多所要求，事遂沮格。文鸾竟郁郁发病死。余不知也。数年后稍稍闻之，亦如雁过长空，影沉秋水矣。今岁五月，将扈从启行，摒挡小倦，坐而假寐。忽梦一女翩然来。初不相识，惊问："为谁？"凝立无语。余亦遽醒，莫喻其故也。适家人会食，余偶道之。第三子妇，余甥女也，幼在外家与文鸾嬉戏，又稔知其赍恨事，瞿然曰："其文鸾也耶？"因具道其容貌形体，与梦中所见合。是耶非耶？何二十年来久置度外，忽无因而入梦也？询其葬处，拟将来为树片石。皆曰邱陇已平，久埋没于荒榛蔓草，不可识矣。姑录于此，以慰黄泉。忆乾隆辛卯乾隆三十六年(1771)九月，余题秋海棠诗曰："憔悴幽花剧可怜，斜阳院落晚秋天。词人老大风情减，犹对残红一怅然。"宛似为斯人咏也。

借鹊寓意

宗室敬亭先生，英郡王五世孙也。著《四松堂集》五卷，中有《拙鹊亭记》曰："鹊巢鸠居，谓鹊巧而鸠拙也。小园之鹊，乃十百其侣，惟林是栖。窥其意，非故厌乎巢居，亦非畏鸠夺之也。盖其性拙，视鸠为甚，殆不善于为巢者。故雨雪霜霰，毛羽漓褷lí shī，羽毛初生时粘黏的样子，而朝阳一晞，乃复群噪于木杪，其音怡然，似不以露栖为苦。且飞不高翥zhù鸟向上飞，去不远飏，惟饮啄于园之左右。或时入主人之堂，值主人食弃其馀，便就而置其喙；主人之客来，亦不惊起，若视客与主人皆无机心者然。辛丑乾隆四十六年(1781)初冬，作一亭于堂之北，冻林四合，鹊环而栖之，因名曰'拙鹊亭'。夫鸠拙宜也，鹊何拙？然不拙不足为吾园之鹊也。"

案，此记借鹊寓意，其事近在目前，定非虚构，是亦异闻也。先生之弟仓场侍郎宜公，刻先生集竟，余为校雠chóu校对书籍，纠正谬误，因掇而录之，以资谈柄。

横　虎

疡医殷赞庵，自深州病家归，主人遣杨姓仆送之。杨素暴戾，众名之曰横作者原注：去声虎，沿途寻衅，无一日不与人竞也。一日，昏夜至一村，旅舍皆满，乃投一寺。僧曰："惟佛殿后空屋三楹。然有物为祟，不敢欺也。"杨怒曰："何物敢祟杨横虎！正欲寻之耳。"促僧扫榻，共赞庵寝。赞庵心怯，近壁眠；横虎卧于外，明烛以待。人定后，果有声呜呜自外入，乃一丽妇也。渐逼近榻，杨突起拥抱之，即与接唇狎戏。妇忽现缢鬼形，恶状可畏。赞庵战栗，齿相击。杨徐笑曰："汝貌虽可憎，下体当不异人，且一行乐耳。"左手揽其背、右手遽褪其裤，将按置榻上，鬼大号逃去，杨追呼之，竟不返矣。遂安寝至晓。临行，语寺僧曰："此屋大有佳处，吾某日还，当再宿，勿留他客也。"赞庵尝以语沧州王友三曰："世乃有逼奸缢鬼者，横虎之名，定非虚得。"

俳谐之诗

科场为国家取人材，非为试官取门生也。后以诸房额数有定，而分卷之美恶则无定，于是有拨房之例。雍正癸丑雍正十一年(1733)会试，杨丈农先房作者原注：杨丈讳椿，先姚安公之同年，拨入者十之七。杨丈不以介意，曰："诸卷实胜我房卷，不敢心存畛zhěn域指两物之间的界限，使黑白倒置也。"此闻之座师介野园先生，先生即拨入杨丈房者也。乾隆壬戌乾隆七年(1742)会试，诸襄七前辈不受拨，一房仅中七卷，总裁亦听之。闻静儒前辈，本房第一，为第二十名。王铭锡竟无魁选，任钧台前辈，乃一房两魁。戊辰乾隆十三年(1748)会试，朱石君前辈为汤药冈前辈之房首，实从金雨叔前辈房拨入，是雨叔亦一房两魁矣。当时均未有异词。所刻同门卷，余皆尝亲见也。

庚辰乾隆二十五年(1760)会试，钱箨tuò石前辈以蓝笔画牡丹，遍赠同事，遂递相题咏。时顾晴沙员外拨出卷最多，朱石君拨入卷最多，余题晴沙画曰："深浇春水细培沙，养出人间富贵花。好是艳阳三四月，馀香风送到邻家。"边秋崖前辈和余韵曰："一番好雨净尘沙，春色全归上苑花。此是沉香亭畔种作者原注：上声，莫教移到野人家。"又题石君画曰："乞得仙园花几茎，嫣红姹紫不知名。何须问是谁家种，到手相看便有情。"石君自和之曰："春风春雨剩枯茎，倾国何曾一问名。心似维摩老居士，天花来去不关情。"张镜壑前辈继和曰："墨捣青泥砚涴wò染上，浸渍沙，浓蓝写出洛阳花。云何不着胭脂染，拟把因缘问画家。""黛为花片翠为茎，《欧谱》知居第几名？却怪玉盘承露冷，香山居士太关情。"盖皆多年密友，脱略形骸，互以虐谑为笑乐，初无成见于其间也。

蒋文恪公时为总裁，见之曰："诸君子跌宕风流，自是佳话。然古人嫌隙，多起于俳谐。不如并此无之，更全交之道耳。"皆深佩其言。盖老成之所见远矣。录之以志少年绮语之过，后来英俊，慎勿效焉。

拜榜之误

科场填榜完时，必卷而横置于案。总裁、主考，具朝服九拜，然后捧出，堂吏谓之"拜榜"。此误也。以公事论，一榜皆举子，试官何以拜举子？以私谊论，一榜皆门生，座主何以拜门生哉？或证以《周礼》拜受民数之文，殊为附会。盖放榜之日，当即以题名录进呈。录不能先写，必拆卷唱一名，榜填一名，然后付以填榜之纸条，写录一名。今纸条犹谓之录条，以此故也。必拜而送之，犹拜折之礼也。榜不放，录不出；录不成，榜不放。故录与榜必并陈于案，始拜。榜大录小，灯光晃耀之下，人见榜而不见录，故误认为拜榜也。厥后，或缮录未完，天已将晓；或试官急于复，命先拜而行，遂有拜时不陈录于案者，久而视为固然。堂吏或因可无录而拜，遂竟不陈录。又因录既不陈，可暂缓写而追送，遂至写榜竣后，无录可陈，而拜遂潜移于榜矣。尝以问先师阿文勤公，公述李文贞公之言如此。文贞公即己丑康熙四十八年(1709)座主也。

禁忌之事

翰林院堂不启中门，云启则掌院不利。癸巳乾隆三十八年(1773)，开四库全书馆，质郡王临视，司事者启之。俄而掌院刘文正公、觉罗奉公相继逝。又门前沙堤中，有土凝结成丸，倘或误碎，必损翰林。癸未乾隆二十八年(1763)，雨水冲激，露其一，为儿童掷裂。吴云岩前辈旋殁。又原心亭之西南隅，翰林有父母者，不可设坐，坐则有刑克。陆耳山时为学士，毅然不信，竟丁外艰。至左角门久闭不启，启则司事者有谴谪，无人敢试，不知果验否也。其馀部院，亦各有禁忌。如礼部甬道屏门，旧不加搭渡作者原注：搭渡以巨木二方，夹于门限，坡陀如桥状，使堂官乘车者可从中入，以免于旁绕。钱箨石前辈不听，旋有天坛灯杆之事者。亦往往有应。此必有理存焉，但莫详其理安在耳。

褚学士梦狐女

相传翰林院宝善亭，有狐女曰二姑娘，然未睹其形迹。惟褚筠心学士斋宿时，梦一丽人携之行，逾越墙壁，如踏云雾。至城根高丽馆，遇一老叟，惊曰："此褚学士，二姑娘何造次乃尔？速送之归。"遂霍然醒。筠心在清秘堂，曾自言之。

巧计至拙

神奸机巧，有时败也；多财恣横，亦有时败也。以神奸用其财，以多财济其奸，斯莫可究诘矣。

景州李露园言：燕、齐间有富室失偶，见里人新妇而艳之。阴遣一媪，税屋与邻，百计游说，厚赂其舅姑，使以不孝出其妇，约勿使其子知。又别遣一媪与妇家素往来者，以厚赂游说其父母，伪送妇还。舅姑亦伪作悔意，留之饭，已呼妇入室矣。俄彼此语相侵，仍互诟，逐妇归，亦不使妇知。于是买休卖休，与母家同谋之事，俱无迹可寻矣。既而二媪诈为媒，与两家议婚。富室以惮其不孝辞，妇家又以贫富非偶辞，于是谋娶之计亦无迹可寻矣。迟之又久，复有亲友为作合，乃委禽焉。其夫虽贫，然故士族，以迫于父母，无罪弃妇，已怏怏成疾，犹冀破镜再合；闻嫁有期，遂愤郁死。死而其魂为厉于富室。合卺之夕，灯下见形，挠乱不使同衾枕，如是者数夜。改卜其昼，妇又恚曰："岂有故夫在旁，而与新夫如是者？又岂有三日新妇，而白日闭门如是者？"大泣不从。无如之何，乃延术士劾治。术士登坛焚符，指挥叱咤，似有所睹，遽起谢去，曰："吾能驱邪魅，不能驱冤魄也。"延僧礼忏，亦无验。忽忆其人素颇孝，故出妇不敢阻。乃再赂妇之舅姑，使谕遣其子。舅姑虽痛子，然利其金，姑共来怒詈。鬼泣曰："父母见逐，无复住理。且讼诸地下耳。"从此遂绝。不半载，富室竟死。殆讼得直欤？富室是举，使邓思贤不能讼，使包龙图不能察。且恃其钱神，至能驱鬼，心计可谓巧矣，而卒不能逃幽冥之业境。闻所费不下数千金，为欢无几，反以殒生。虽谓之至拙可也，巧安在哉！

张相公庙

京师有张相公庙，其缘起无考，亦不知张相公为谁。土人或以为河神。然河神宜在沽水、滹县间，京师非所治也。又密云亦有张相公庙，是实山区，并非水国，不去河更远乎！委巷之谈，殊未足征信。余谓唐张守珪、张仲武皆曾镇平卢，考高适《燕歌行序》，是诗实为守珪作。一则曰："战士军前半死生，美人帐下犹歌舞。"再则曰："君不见边庭征战苦，至今犹忆李将军。"于守珪大有微词。仲武则摧破奚寇，有捍御保障之功，其露布今尚载《文苑英华》。以理推之，或士人立庙祀仲武，未可知也。行箧无书可检，俟扈从回銮后，当更考之。

卷二十一

滦阳续录三

轮回奇事

轮回之说，凿然有之。恒兰台之叔父，生数岁，即自言前身为城西万寿寺僧。从未一至其地，取笔粗画其殿廊门径，庄严陈设，花树行列，往验之，一一相合。然平生不肯至此寺，不知何意。此真轮回也。朱子所谓轮回虽有，乃是生气未尽，偶然与生气凑合者，亦实有之。余崔庄佃户商龙之子，甫死，即生于邻家。未弥月，能言。元旦父母偶出，独此儿在襁褓。有同村人叩门，云贺新岁。儿识其语音，遽应曰："是某丈耶？父母俱出，房门未锁，请入室小憩可也。"闻者骇笑。然不久夭逝。朱子所云，殆指此类矣。天下之理无穷，天下之事亦无穷，未可据其所见，执一端论之。

豪气败于妖冶

德州李秋崖言：尝与数友赴济南秋试，宿旅舍中，屋颇敝陋。而旁一院，屋二楹，稍整洁，乃锁闭之。怪主人不以留客，将待富贵者居耶？主人曰："是屋有魅，不知其狐与鬼，久无人居，故稍洁。非敢择客也。"一友强使开之，展襆被独卧，临睡大言曰："是男魅耶，吾与尔角力；是女魅耶，尔与吾荐枕。勿瑟缩不出也。"闭户灭烛，殊无他异。人定后，闻窗外小语曰："荐枕者来矣。"方欲起视，突一巨物压身上，重若磐石，几不可胜。扪之，长毛鬖鬖sān毛发垂下来的意思，喘如牛吼。此友素多力，因抱持搏击。此物亦多力，牵拽起仆，滚室中几遍。诸友闻声往视，门闭不得入，但听其砰訇而已。约二三刻许，魅要害中拳，噭然遁。此友开户出，见众人环立，指天画地，说顷时状，意殊自得也。时甫交三鼓，仍各归寝。此友将睡未睡，闻窗外又小语曰："荐枕者真来矣。顷欲相就，家兄急欲先角力，因尔唐突。今渠已愧沮不敢出，妾敬来寻盟也。"语讫，已至榻前，探手抚其面，指纤如春葱，滑泽如玉，脂香粉气，馥馥袭人。心知其意不良，爱其柔媚，且共寝以观其变。遂引之入衾，备极缱绻。至欢畅极时，忽觉此女腹中气一吸，即心神恍惚，百脉沸涌，昏昏然竟不知人。比晓，门不启，呼之不应，急与主人破窗入，噀xùn含在口中喷出水喷之，乃醒，已儽léi然疲惫、颓废的样子如病夫。送归其家，医药半载，乃杖而行。自此豪气都尽，无复轩昂意兴矣。力能胜强暴，而不能不败于妖冶。欧阳公曰："祸患常生于忽微，智勇多困于所溺。"岂不然哉！

刚直妇人

余家水明楼与外祖张氏家度帆楼，皆俯临卫河。一日，正乙真人舟泊度帆楼下。先祖母与先母，姑侄也，适同归宁，闻真人能役鬼神，共登楼自窗隙窥视。见三人跪岸上，若陈诉者；俄见真人若持笔判断者。度必邪魅事，遣仆侦之。

仆还报曰：对岸即青县境。青县有三村妇，因拾麦，俱僵于野。以为中暑，舁之归。乃口俱喃喃作谵语，至今不死不生，知为邪魅。闻天师舟至，并来陈述。天师亦莫省何怪，为书一符，钤印其上，使持归焚于拾麦处，云姑召神将勘之。数日后，喧传三妇为鬼所劫，天师劾治得复生。久之，乃得其详曰：三妇魂为众鬼摄去，拥至空林，欲迭为无礼。一妇俯首先受污。一妇初撑拒，鬼揶揄曰："某日某地，汝与某幽会秫丛内。我辈环视嬉笑，汝不知耳，遽诈为贞妇耶！"妇猝为所中，无可置辩，亦受污。十馀鬼以次媟亵，狼藉困顿，殆不可支。次牵拽一妇，妇怒詈曰："我未曾作无耻事。为汝辈所挟，妖鬼何敢尔！"举手批其颊。其鬼奔仆数步外，众鬼亦皆辟易，相顾曰："是有正气，不可近，误取之矣。"乃共拥二妇入深林，而弃此妇于田塍，遥语曰："勿相怨，稍迟遣阿姥送汝归。"正旁皇寻路，忽一神持戟自天下，直入林中，即闻呼号乞命声，顷刻而寂。神携二妇出曰："鬼尽诛矣，汝等随我返。"恍惚如梦，已回生矣。往询二妇，皆呻吟不能起。其一本倚市门，叹息而已；其一度此妇必泄其语，数日，移家去。

余尝疑妇烈如是，鬼安敢摄。先兄晴湖曰："是本一庸人妇，未遭患难，无从见其烈也。追观两妇之贱辱，义愤一激，烈心陡发，刚直之气，鬼遂不得不避之。故初误触而终不敢干也。夫何疑焉？"

导引求仙者

刘书台言：其乡有导引古代一种健身之法求仙者，坐而运气，致手足拘挛肌肉萎缩，不能控制，然行之不辍。有闻其说而悦之者，礼为师，日从受法，久之亦手足拘挛。妻孥患其闲废致郁结，乃各制一椅，恒舁于一室，使对谈丹诀。二人促膝共语，寒暑无间，恒以为神仙奥妙，天下惟尔知我知，无第三人能解也。人或窃笑，二人闻之，太息曰："朝菌不知晦朔，蟪蛄不知春秋，信哉是言，神仙岂以形骸论乎？"至死不悔，犹嘱子孙秘藏其书，待五百年后有缘者。或曰："是有道之士，托废疾以自晦也。"余于杂书稍涉猎，独未一阅丹经。然欤否欤？非门外人所知矣。

鬻妻者

安公介然言：束州有贫而鬻妻者，已受币，而其妻逃。鬻者将讼，其人曰："卖休买休，厥罪均，币且归官，君何利焉？今以妹偿，是君失一再婚妇，而得一室女也，君何不利焉？"鬻者从之。或曰："妇逃以全贞也。"或曰："是欲鬻其妹而畏人言，故托诸不得已也。"既而其妻归，复从人逃。皆曰："天也。"

生化之源

程编修鱼门言：有士人与狐女狎，初相遇即不自讳，曰："非以采补祸君，亦不欲托词有夙缘，特悦君美秀，意不自持耳。然一见即恋恋不能去，倘亦夙缘耶？"不数数至，曰："恐君以耽色致疾也。"至或遇其读书作文，则去，曰："恐妨君正务也。"如是近十年，情若夫妇。士子久无子，尝戏问曰："能为我诞育否耶？"曰："是不可知也。夫胎者，两精相搏，翕合而成者也。媾合之际，阳精至而阴精不至，阴精至而阳精不至，皆不能成。皆至矣，时有先后，则先至者气散不摄，亦不能成。不先不后，两精并至，阳先冲而阴包之，则阳居中为主而成男；阴先冲而阳包之，则阴居中为主而成女。此化生自然之妙，非人力所能为。故有一合即成者，有千百合而终不成者。故曰不可知也。"问："孪生何也？"曰："两气并盛，遇而相冲，正冲则岐而二，偏冲则其一阳多而阴少，阳即包阴其一阴多而阳少，阴即包阳。故二男二女者多，亦或一男一女也。”问：“精必欢畅而后至。幼女新婚，畏缩不暇，乃有一合而成者，阴精何以至耶？”曰：“燕尔之际，两心同悦，或先难而后易，或貌瘁而神怡，其情既洽，其精亦至，故或偶一遇之也。”问：“既由精合，必成于月信落红以后，何也？”曰：“精如谷种，血如土膏，旧血败气，新血生气，乘生气乃可养胎也。吾曾侍仙妃，窃闻讲生化之源，故粗知其概。‘愚夫妇所知能，圣人有所不知能’，此之谓矣。”后士人年过三十，须暴长。狐忽叹曰：“是鬑鬑 lián 须发稀疏的样子者如芒刺，人何以堪！见辄生畏，岂夙缘尽耶！”初谓其戏语，后竟不再来。

鱼门多髯，任子田因其纳姬，说此事以戏之。鱼门素闻此事，亦为失笑。既而曰：“此狐实大有词辩，君言之未详。”遂具述其论如右。以其颇有理致，因追忆而录存之。

真假杜翁

《吕览》称黎邱之鬼，善幻人形，是诚有之。余在乌鲁木齐，军吏巴哈布曰：甘肃有杜翁者，饶于赀。所居故旷野，相近多狐貉穴。翁恶其夜嗥呼，悉薰而驱之。俄而，其家人见内室坐一翁，厅外又坐一翁，凡行坐之处，又处处有一翁来往，殆不下十馀。形状声音衣服如一，摒挡指挥家事，亦复如一。阖门大扰，妻妾皆闭门自守。妾言翁腰有绣囊可辨，视之无有，盖先盗之矣。有教之者曰：“至夜必入寝，不纳即返者翁也；坚欲入者即妖也。”已而皆不纳即返。又有教之者曰：“使坐于厅事，而舁器物以过，诈仆碎之，嗟惜怒叱者翁也，漠然者即妖也。”已而皆嗟惜怒叱。喧呶一昼夜，无如之何。有一妓，翁所昵也，十日恒三四宿其家。闻之，诣门曰：“妖有党羽，凡可以言传者必先知，凡可以物验者必幻化。盍使至我家，我故乐籍，无所顾惜。使壮士执巨斧立榻旁，我裸而登榻，以次交接，其间反侧曲伸，疾徐进退，与夫抚摩偎倚，口舌所不能传，耳目所不能到者，纤芥异同，我自意会，虽翁不自知，妖决不能知也。我呼曰：‘斫！’即速斫，妖必败矣。”众从其言，一翁启衾甫入，妓呼曰：“斫！”斧落，果一狐脑裂死。再一翁稍趑趄，妓呼曰：“斫！”果惊窜去。至第三翁，妓抱而喜曰：“真翁在此，馀并杀之可也。”刀杖并举，殪其大半，皆狐与貛也。其逃者遂不复再至。

禽兽夜鸣，何与人事？此翁必扫其穴，其扰实自取。狐貛既解化形，何难见翁陈诉，求免播迁？遽逞妖惑，其死亦自取也。计其智数，盖均出此妓下矣。

无效佛事

吴青纡前辈言：横街一宅，旧云有祟，居者多不安。宅主病之，延僧作佛事。

入夜放焰口时，忽二女鬼现灯下，向僧作礼曰："师等皆饮酒食肉，诵经拜忏殊无益；即焰口施食，亦皆虚抛米谷，无佛法点化，鬼弗能得。烦师传语主人，别延道德高者为之，则幸得超生矣。"僧怖且愧，不觉失足落座下，不终事，灭烛去。后先师程文恭公居之，别延僧禅诵，音响遂绝。此宅文恭公殁后，今归沧州李臬使随轩。

赛商鞅

表兄安伊在言：县人有与狐女昵者，多以其妇夜合之资，买簪珥脂粉赠狐女。狐女常往来其家，惟此人见之，他人不见也。一日，妇诟其夫曰："汝财自何来，乃如此之用？"狐女忽暗中应曰："汝财自何来，乃独责我？"闻者皆绝倒。余谓此自伊在之寓言，然亦足见惟无瑕者可以责人。

赛商鞅者，不欲著其名氏里贯，老诸生也。挈家寓京师。天资刻薄，凡善人善事，必推求其疵颣 lèi 缺点，毛病，故得此名。钱敦堂编修殁，其门生为经纪棺衾，赡恤妻子，事事得所。赛商殃曰："世间无如此好人。此欲博古道之名，使要津闻之，易于攀援奔竞耳。"一贫民，母死于路，跪乞钱买棺，形容枯槁，声音酸楚，人竞以钱投之。赛商鞅曰："此指尸敛财，尸亦未必其母。他人可欺，不能欺我也。"过一旌表节妇坊下，仰视微哂曰："是家富贵，仆从如云，岂少秦宫、冯子都耶！此事须核，不敢遽言非，亦不敢遽言是也。"平生操论皆类此。人皆畏而避之，无敢延以教读者，竟困顿以殁。殁后，妻孥流落，不可言状。有人于酒筵遇一妓，举止尚有士风，讶其不类倚门者，问之，即其少女也。亦可哀矣。先姚安公曰："此老生平亦无大过，但务欲其识加人一等，故不觉至是耳。可不戒哉！"

扶乩稿本

乾隆壬午乾隆二十七年(1762)九月，门人吴惠叔邀一扶乩者至，降仙于余绿意轩中。下坛诗曰："沉香亭畔艳阳天，斗酒曾题诗百篇。二八妖娆亲捧砚，至今身带御炉烟。""满城风叶蓟门秋，五百年前感旧游。偶与蓬莱仙子遇，相携便上酒家楼。"余曰："然则青莲居士耶？"批曰："然。"赵春涧突起问曰："大仙斗酒百篇，似不在沉香亭上。杨贵妃马嵬陨玉，年已三十有八，似尔时不止十六岁。大仙平生足迹，未至渔阳，何以忽感旧游？天宝至今，亦不止五百年。何以大仙误记？"乩惟批"我醉欲眠"四字，再叩之，不动矣。大抵乩仙多灵鬼所托，然尚实有所凭附。此扶乩者，则似粗解吟咏之人，炼手法而为之，故必此人与一人共扶，乃能成字，易一人则不能书。其诗亦皆流连光景，处处可用。知决非古人降坛也。尔日猝为春涧所中，窘迫之状可掬。后偶与戴庶常东原议及，东原骇曰："尝见别一扶乩人，太白降坛，亦是此二诗，但改'满城'为'满林'，'蓟门'为'大江'耳。"知江湖游士，自有此种稿本，转相授受，固不足深诘矣。宋蒙泉前辈亦曰：有一扶乩者至德州，诗顷刻即成。后检之，皆村书诗学大成中句也。

唐代古镜

田丈耕野，统兵驻巴尔库尔时作者原注：即巴里坤。"坤"字以吹唇声读之，即"库尔"之合声，军士凿井得一镜。制作精妙，铭字非隶非八分作者原注：隶即今之楷书，八分即今之隶书，似景龙钟铭，惟土蚀多剥损。田丈甚宝惜之，常以自随。殁于广西戎幕时，以授余姊婿田香谷。传至香谷之孙，忽失所在。后有亲串戈氏于市上得之，以还田氏。昨岁欲制为镜屏，寄京师乞余考定。余付翁检讨树培，推寻铭文，知为唐物。余为镌其释文于屏趺，而题三诗于屏背曰："曾逐毡车出玉门，中唐铭字半犹存。几回反复分明看，恐有崇徽旧手痕。""黄鹄无由返故乡，空留鸾镜没沙场。谁知土蚀千年后，又照将军鬓上霜。""暂别仍归旧主人，居然宝剑会延津。何如揩尽珍珠粉，满匣龙吟送紫珍。"香谷孙自有题识，亦镌屏背，叙其始末甚详。《夜灯随录》载威信公岳公钟琪西征时，有裨将得古镜。岳公求之不得，其人遂遘祸。正与田丈同时同地，疑即此镜传讹也。

盗人取耳

门人邱人龙言：有赴任官，舟泊滩河。夜半，有数盗执炬露刃入。众皆慑伏。一盗拽其妻起，半跪启曰："乞夫人一物，夫人勿惊。"即割一左耳，敷以药末，曰："数日勿洗，自结痂愈也。"遂相率呼啸去。怖几失魂，其创果不出血，亦不甚痛，旋即平复。以为仇耶，不杀不淫；以为盗耶，未劫一物。既不劫不杀不淫矣，而又戕其耳；既戕其耳矣，而又赠以良药。是专为取耳来也。取此耳又何意耶？千思万索，终不得其所以然，天下真有理外事也。邱生曰："苟得此盗，自必有其所以然；其所以然亦必在理中，但定非我所见之理耳。"然则论天下事，可据理以断有无哉？恒兰台曰："此或采生折割之党，取以炼药。"似乃近之。

温　玉

董天士先生，前明高士，以画自给，一介不妄取。先高祖厚斋公老友也，厚斋公多与唱和，今载于《花王阁剩稿》者，尚可想见其为人。故老或言其有狐妾，或曰天士孤僻，必无之。

伯祖湛元公曰："是有之，而别有说也。吾闻诸董空如曰：天士居老屋两楹，终身不娶；亦无仆婢，井臼皆自操。一日晨兴，见衣履之当着者，皆整顿置手下；再视则盥漱俱已陈。天士曰：'是必有异，其妖将媚我乎？'窗外小语应曰：'非敢媚公，欲有求于公。难于自献，故作是以待公问也。'天士素有胆，命之入。入辄跪拜，则娟静好女也。问其名，曰：'温玉。'问何求，曰：'狐所畏者五：曰凶暴，避其盛气也；曰术士，避其劾治也；曰神灵，避其稽察也；曰有福，避其旺运也；曰有德，避其正气也。然凶暴不恒有，亦究自败。术士与神灵，吾不为非，皆无如我何，有福者运衰亦复玩之；惟有德者则畏而且敬。得自附于有德者，则族党以为荣，其品格即高出侪类上。公虽贫贱，而非义弗取，非礼弗为。倘准奔则为妾之礼，许侍巾栉，三生之幸也；如不见纳，则乞假以虚名，为画一扇，题曰某年月日为姬人温玉作。亦叨公之末光矣。'即出精扇置几上，濡墨调色，拱立以俟。天士笑从之。女自取天士小印印扇上，曰：'此姬人事，不敢劳公也。'再拜而去。次日晨兴，觉足下有物，视之，则温玉。笑而起曰：'诚不敢以贱体玷公，然非共榻一宵，非亲执媵御之役，则姬人字终为假托。’遂捧衣履侍洗漱讫，再拜曰：‘妾从此逝矣。’瞥然不见，遂不再来。岂明季山人声价最重，此狐女亦移于风气乎？然襟怀散朗，有王夫人林下风，宜天士之不拒也。”

书　痴

先姚安公曰：“子弟读书之馀，亦当使略知家事，略知世事，而后可以治家，可以涉世。明之季年，道学弥尊，科甲弥重。于是黠者坐讲心学，以攀援声气；朴者株守课册，以求取功名。致读书之人，十无二三能解事。崇祯壬午崇祯十五年(1642)，厚斋公携家居河间，避孟村土寇。厚斋公卒后，闻大兵将至河间，又拟乡居。濒行时，比邻一叟顾门神叹曰：‘使今日有一人如尉迟敬德、秦琼尉迟恭，字敬德，鲜卑名将；秦琼，字叔宝，唐朝开国将领。后民间传为门神，当不至此。’汝两曾伯祖，一讳景星，一讳景辰，皆名诸生也。方在门外束襆被，闻之，与辩曰：‘此神荼、郁垒二神名，汉代以前民间奉为门神像，非尉迟敬德、秦琼也。’叟不服，检丘处机《西游记》为证。二公谓委巷小说不足据，又入室取东方朔《神异经》与争。时已薄暮，检寻既移时，反复讲论又移时，城门已阖，遂不能出。次日将行，而大兵已合围矣。城破，遂全家遇难。惟汝曾祖光禄公、曾伯祖镇番公及叔祖云台公存耳。死生呼吸，间不容发之时，尚考证古书之真伪，岂非惟知读书不预外事之故哉！”姚安公此论，余初作各种笔记，皆未敢载，为涉及两曾伯祖也。今再思之，书痴尚非不佳事，古来大儒似此者不一，因补书于此。

射狐者

奴子刘福荣，善制网罟gǔ网弓弩，凡弋禽猎兽之事，无不能也。析爨cuàn分立灶台，指分家时分属于余，无所用其技，颇郁郁不自得。年八十馀，尚健饭，惟时一携鸟铳，散步野外而已。其铳发无不中。一日，见两狐卧陇上，再击之不中，狐亦不惊。心知为灵物，惕然而返，后亦无他。外祖张公水明楼，有值更者范玉，夜每闻瓦上有声，疑为盗；起视则无有。潜踪侦之，见一黑影从屋上过。乃设机瓦沟，仰卧以听。半夜闻机发，有女子呼痛声。登屋寻视，一黑狐折股死矣。是夕闻屋上詈曰：“范玉何故杀我妾？”时邻有刘氏子为妖所媚，玉私度必是狐，亦还詈曰：“汝纵妾淫奔，不知自愧，反詈吾。吾为刘氏子除患也。"遂寂无语。然自是觉夜夜有人以石灰渗其目，交睫即来，旋洗拭，旋又如是。渐肿痛溃裂，竟至双瞽，盖狐之报也。其所见逊刘福荣远矣，一老成经事，一少年喜事故也。

亲历生死者

门人有作令云南者，家本苦寒，仅携一子一僮，拮据往，需次会城。久之得补一县，在滇中，尚为膏腴地。然距省窎远，其家又在荒村，书不易寄。偶得鱼雁，亦不免浮沉，故与妻子几断音问。惟于坊本搢绅中检得官某县而已。偶一狡仆舞弊，杖而遣之。此仆衔次骨。其家事故所备知，因伪造其僮书云，主人父子先后卒，二棺今浮厝佛寺，当措赀来迎。并述遗命，处分家事甚悉。

初，令赴滇时，亲友以其朴讷，意未必得缺；即得缺，亦必恶。后闻官是县，始稍稍亲近，并有周恤其家者，有时相馈问者。其子或有所称贷，人亦辄应，且有以子女结婚者。乡人有宴会，其子无不与也。及得是书，皆大沮，有来唁者，有不来唁者。渐有索逋者，渐有道途相遇似不相识者。僮奴婢媪皆散，不半载，门可罗雀矣。既而令托入觐官寄千二百金至家迎妻子，始知前书之伪，举家破涕为笑，如在梦中。亲友稍稍复集，避不敢见者，颇亦有焉。

后令与所亲书曰："一贵一贱之态，身历者多矣；一贫一富之态，身历者亦多矣。若夫生而忽死，死逾半载而复生，中间情事，能以一身亲历者，仆殆第一人矣。"

社公叹曰

门人福安陈坊言：闽有人深山夜行，仓卒失路。恐愈迷愈远，遂坐崖下，待天晓。忽闻有人语，时缺月微升，略辨形色，似二三十人坐崖上，又十馀人出没丛薄间。顾视左右皆乱冢，心知为鬼物，伏不敢动。俄闻互语社公来，窃睨之，衣冠文雅，年约三十馀，颇类书生，殊不作剧场白须布袍状。先至崖上，不知作何事。次至丛薄，对十馀鬼太息曰："汝辈何故自取横亡，使众鬼不以为伍，饥寒可念，今有少物哺汝。"遂撮饭撒草间。十馀鬼争取，或笑或泣。社公又太息曰："此邦之俗，大抵胜负之念太盛，恩怨之见太明。其弱者力不能敌，则思自戕以累人。不知自尽之案，律无抵法，徒自陨其生也。其强者妄意两家各杀一命，即足相抵，则械斗以泄愤，不知律凡杀二命，各别以生者抵，不以死者抵。死者方知悔之已晚，生者不知为之弥甚，不亦悲乎？”十馀鬼皆哭。俄远寺钟动，一时俱寂。此人尝以告陈生，陈生曰：“社公言之，不如令长言之也。然神道设教，或挽回其一二，亦未可知耳。”

前明古寺

嘉庆丙辰嘉庆元年(1796)冬，余以兵部尚书出德胜门监射主持科举考试。营官以十刹海为馆舍，前明古寺也。殿宇门径，与刘侗《帝京景物略》所说全殊，非复僧住一房，佛亦住一房之旧矣。寺僧居寺门一小屋，余所居则在寺之后殿，室亦精洁。而封闭者多，验之，有乾隆三十一年封者，知旷废已久。余住东廊室内，气冷如冰，爇数炉不热，数灯皆黯黯作绿色。知非佳处，然业已入居，故宿一夕，竟安然无恙。奴辈住西廊，皆不敢睡，列炬彻夜坐廊下，亦幸无恙。惟闻封闭室中，喁喁有人语，听之不甚了了耳。轿夫九人，入室酣眠。天晓，已死其一矣。

饬别觅居停，乃移住真武祠。祠中道士云，闻有十刹海老僧，尝见二鬼相遇，其一曰：“汝何来？”曰：“我转轮期未至，偶此闲游。汝何来？”其一曰：“我缢魂之求代者也。”问：“居此几年？”曰：“十馀年矣。”又问：“何以不得代？”曰：“人见我皆惊走，无如何也。”其一曰：“善攻人者藏其机，匕首将出袖而神色怡然，乃有济也。汝以怪状惊之，彼奚为不走耶？汝盍脂香粉气以媚之，抱衾荐枕以悦之，必得当矣。”老僧素严正，厉声叱之，欻然入地。数夕后，寺果有缢者。此鬼可谓阴险矣。然寺中所封闭，似其鬼尚多，不止此一二也。

老僧过屠市

汪阁学晓园言：有一老僧过屠市，泫然流涕。或讶之，曰：“其说长矣。吾能记两世事：吾初世为屠人，年三十馀死，魂为数人执缚去。冥官责以杀业至重，押赴转轮受恶报。觉恍惚迷离，如醉如梦，惟热恼不可忍。忽似清凉，则已在豕栏矣。断乳后，见食不洁，心知其秽；然饥火燔烧，五脏皆如焦裂，不得已食之。后渐通猪语，时与同类相问讯，能记前身者颇多，特不能与人言耳。大抵皆自知当屠割，其时作呻吟声者，愁也；目睫往往有湿痕者，自悲也。躯干痴重，夏极苦热，惟汩没泥水中少可，然不常得。毛疏而劲，冬极苦寒，视犬羊软毳cuì厚氄指鸟兽身上细软的毛，有如仙兽。遇捕执时，自知不免，姑跳踉奔避，冀缓须臾。追得后，蹴踏头项，拗捩蹄肘，绳勒四足深至骨，痛若刃劇jí割破。或载以舟车，则重叠相压，肋如欲折，百脉涌塞，腹如欲裂。或贯以竿而扛之，更痛甚三木古代加在犯人颈、手、足三处的刑具矣。至屠市，提掷于地，心脾皆震动欲碎。或即日死，或缚至数日，弥难忍受。时见刀俎在左，汤镬在右，不知着我身时，作何痛楚，辄簌簌战栗不止。又时自顾己身，念将来不知磔裂分散，作谁家杯中羹，又凄惨欲绝。比受戮时，屠人一牵拽，即惶怖昏瞀，四体皆软，觉心如左右震荡，魂如自顶飞出，又复落下。见刀光晃耀，不敢正视，惟瞑目以待刲kuī刳屠杀剖解。屠人先剚zì用刀刺刃于喉，摇撼摆拨，泻血盆盎中，其苦非口所能道，求死不得，惟有长号。血尽始刺心大痛，遂不能作声，渐恍惚迷离，如醉如梦，如初转生时。良久稍醒，自视已为人形矣。冥官以夙生尚有善业，仍许为人，是为今身。顷见此猪，哀其荼毒，因念昔受此荼毒时，又惜此持刀人将来亦必受此荼毒，三念交萦，故不知涕泪之何从也。"屠人闻之，遽掷刀于地，竟改业为卖菜佣。

屠人后身

晓园说此事时，李汇川亦举二事曰：有屠人死，其邻村人家生一猪，距屠人家四五里。此猪恒至屠人家中卧，驱逐不去。其主人捉去，仍自来；絷以锁，乃已。疑为屠人后身也。又一屠人死，越一载馀，其妻将嫁。方彩服登舟，忽一猪突至，怒目眈眈，径裂妇裙，啮其胫。众急救护，共挤猪落水，始得鼓棹行。猪自水跃出，仍沿岸急追。适风利扬帆去，猪乃懊丧自归。亦疑屠人后身，怒其妻之琵琶别抱也。此可为屠人作猪之旁证。又言：有屠人杀猪甫死，适其妻有孕，即生一女，落蓐即作猪号声，号三四日死。此亦可证猪还为人。余谓此即朱子所谓生气未尽，与生气偶然凑合者，别自一理，又不以轮回论也。

占梦之说

汪编修守和为诸生时，梦其外祖史主事珥，携一人同至其家，指示之曰：此我同年纪晓岚，将来汝师也。因窃记其衣冠形貌，后以己酉乾隆五十四年

(1789)拔贡应廷试,值余阅卷,擢高等。授官来谒时,具述其事,且云衣冠形貌,与今毫发不差,以为应梦。迨嘉庆丙辰嘉庆元年(1769)会试,余为总裁,其卷适送余先阅作者原注:凡房官荐卷,皆由监试御史先送一主考阅定,而复转轮公阅,复得中式,殿试以第二人及第。乃知梦为是作也。

按,人之有梦,其故难明。《世说》载卫玠问乐令梦,乐云是想,又云是因,而未深明其所以然。戊午乾隆三年(1738)夏,扈从滦阳,与伊子墨卿以理推求。有念所专注,凝神生象,是为意识所造之梦,孔子梦周公是也。有祸福将至,朕兆先萌,与见乎蓍龟,动乎四体相同,是为气机所感之梦,孔子梦奠两楹是也。其或心绪瞀乱,精神恍惚,心无定主,遂现种种幻形,如病者之见鬼,眩者之生花,此意想之歧出者也。或吉凶未著,鬼神前知,以象显示,以言微寓,此气机之旁召者也。虽变化杳冥,千态万状,其大端似不外此。

至占梦之说,见于《周礼》,事近祈禳,礼参巫觋,颇为攻《周礼》者所疑。然其文亦见于《小雅》"大人占之",固凿然古经载籍所传,虽不免多所附会,要亦实有此术也。惟是男女之爱,骨肉之情,有凝思结念,终不一梦者,则意识有时不能造。仓卒之患,意外之福,有忽至而不知者,则气机有时不必感。且天下之人,如恒河沙数,鬼神何独示梦于此人?此人一生得失,亦必不一,何独示梦于此事?且事不可泄,何必示之?既示之矣,而又隐以不可知之象,疑以不可解之语作者原注:如《酉阳杂俎》载梦得枣者,谓"枣"字似两"来"字,重"来"者,呼魄之象,其人果死。《朝野佥载》崔湜梦座下听讲而照镜,谓座下听讲,法从上来,"镜"字,金旁竟也。小说所记梦事,如此迂曲者不一是鬼神日日造谜语,不已劳乎?事关重大,示以梦可也;而猥琐小事,亦相告语作者原注:如《敦煌实录》载宋补梦人坐桶中,以两杖极打之,占桶中人为肉食,两杖像两箸,果得饱肉食之类,不亦亵乎?

大抵通其所可通,其不可通者,置而不论可矣。至于《谢小娥传》,其父兄之魂既告以为人劫杀矣,自应告以申春、申蘭,乃以"田中走,一日夫"隐申春,以"车中猴,东门草"隐申蘭,使寻索数年而后解,不又颠乎?此类由于记录者欲神其说,不必实有是事。凡诸家所占梦事,皆可以是观之,其法非大人之旧也。

神之预告

何纯斋舍人,何恭惠公之孙也。言恭惠公官浙江海防同知时,尝于肩舆中见有道士跪献一物。似梦非梦,涣然而醒,道士不知所在,物则宛然在手中，乃一墨晶印章也。辨验其文，镌“青宫太保”四字，殊不解其故。后官河南总督，卒于任作者原注：官制有河东总督，无河南总督，时公以河南巡抚加总督衔，故当日有是称，特赠太子太保。始悟印章为神预告也。

案，仕路升沉，改移不一，惟身后饰终之典，乃为一生之结局。《定命录》载李迥秀自知当为侍中，而终于兵部尚书，身后乃赠侍中。又载张守珪自知当为凉州都督，而终于括州刺史，身后乃赠凉州都督。知神注禄籍，追赠与实授等也。恭惠公官至总督，而神以赠官告，其亦此意矣。

求交狐友

高冠瀛言：有人宅后空屋住一狐，不见其形，而能对面与人语。其家小康，或以为狐所助也。有信其说者，因此人以求交于狐。狐亦与款洽。一日，欲设筵飨狐。狐言老而饕餮。乃多设酒肴以待。比至日暮，有数狐醉倒现形，始知其呼朋引类来也。如是数四，疲于供给，衣物典质一空，乃微露求助意。狐大笑曰：“吾惟无钱供酒食，故数就君也。使我多财，我当自醉自饱，何所取而与君友乎？”从此遂绝。此狐可谓无赖矣，然余谓非狐之过也。

卷二十二

滦阳续录四

老儒掴鬼

刘香畹言：有老儒宿于亲串家，俄主人之婿至，无赖子也。彼此气味不相入，皆不愿同住一屋，乃移老儒于别室。其婿睨nì斜着眼看之而笑，莫喻其故也。室亦雅洁，笔砚书籍皆具。老儒于灯下写书寄家，忽一女子立灯下，色不甚丽，而风致颇娴雅。老儒知其为鬼，然殊不畏，举手指灯曰："既来此，不可闲立，可剪烛。"女子遽灭其灯，逼而对立。老儒怒，急以手摩砚上墨沈，掴其面而涂之，曰："以此为识，明日寻汝尸，剉而焚之！"鬼"呀"然一声去。次日，以告主人。主人曰："原有婢死于此室，夜每出扰人；故惟白昼与客坐，夜无人宿。昨无地安置君，揣君耆德年老德高硕学，鬼必不出。不虞其仍现形也。"乃悟其婿窃笑之故。此鬼多以月下行院中，后家人或有偶遇者，即掩面急走。他日留心伺之，面上仍墨污狼藉。鬼有形无质，不知何以能受色？当仍是有质之物，久成精魅，借婢幻形耳。《酉阳杂俎》曰："郭元振尝山居，中夜，有人面如盘，瞚眨眼目出于灯下。元振染翰题其颊曰：'久戍人偏老，长征马不肥。'其物遂灭。后随樵闲步，见巨木上有白耳，大数斗，所题句在焉。"是亦一证也。

秋　儿

乌鲁木齐农家多就水灌田，就田起屋，故不能比闾lǘ古代二十五家为一闾，后指里巷的大门。这里指人聚居处、里巷而居。往往有自筑数椽，四无邻舍，如杜工部诗所谓"一家村"者。且人无徭役，地无丈量，纳三十亩之税，即可坐耕数百亩之产。故深岩穷谷，此类尤多。

有吉木萨军士入山行猎，望见一家，门户坚闭，而院中似有十馀马，鞍鞯悉具。度必玛哈沁所据，噪而围之。玛哈沁见势众，弃锅帐突围去。众惮其死斗，亦遂不追。入门，见骸骨狼藉，寂无一人，惟隐隐有泣声。寻视，见幼童约十三四，裸体悬窗棂上。解缚问之，曰："玛哈沁四日前来，父兄与斗不胜，即一家并被缚。率一日牵二人至山溪洗濯，曳归，共脔割炙食，男妇七八人并尽矣。今日临行，洗濯我毕，将就食，中一人摇手止之。虽不解额鲁特语，观其指画，似欲支解为数段，各携于马上为粮。幸兵至，弃去，今得更生。”泣絮絮不止。闵其孤苦，引归营中，姑使执杂役。童子因言其家尚有物埋窖中。营弁使导往发掘，则银币衣物甚多。细询童子，乃知其父兄并劫盗。其行劫必于驿路近山处，瞭见一二车孤行，前后十里无援者，突起杀其人，即以车载尸入深山；至车不能通，则合手以巨斧碎之，与尸及襆被并投于绝涧，惟以马驮货去。再至马不能通，则又投羁绁于绝涧，纵马任其所往，共负之由鸟道归，计去行劫处数百里矣。归而窖藏一两年，乃使人伪为商贩，绕道至辟展诸处卖于市，故多年无觉者。而不虞玛哈沁之灭其门也。童子以幼免连坐，后亦牧马坠崖死，遂无遗种。此事余在军幕所经理，以盗已死，遂置无论。由今思之，此盗踪迹诡秘，猝不易缉；乃有玛哈沁来，以报其惨杀之罪。玛哈沁食人无餍，乃留一童子，以明其召祸之由。此中似有神理，非偶然也。盗姓名久忘，惟童子坠崖时，所司牒报记名秋儿云。

无处无鬼之说

佃户刘破车妇云：尝一日早起乘凉扫院，见屋后草棚中有二人裸卧。惊呼其夫来，则邻人之女与其月作人也，并僵卧，似已死。俄邻人亦至，心知其故，而不知何以至此。以姜汤灌苏，不能自讳，云：“久相约，而逼仄无隙地。乘雨后墙缺，天又阴晦，知破车草棚无人，遂藉草私会。倦而憩，尚相恋未起。忽云破月来，皎然如昼。回顾棚中，坐有七八鬼，指点揶揄。遂惊怖失魂，至今始醒。”众以为奇。破车妇云：“我家故无鬼，是鬼欲观戏剧，随之而来。”先从兄懋园曰：“何处无鬼？何处无鬼观戏剧？但人有见有不见耳。此事不奇也。”

因忆福建囦yuān关公馆作者原注：俗谓之水口大学士杨公督浙闽时所重建。值余出巡，语余曰：“公至水口公馆，夜有所见，慎勿怖，不为害也。余尝宿是地，已下键睡。因天暑，移床近窗，隔纱幌视天晴阴。时虽月黑，而檐挂六灯尚未烬，见院中黑影，略似人形，在阶前或坐或卧，或行或立，而寂然无一声。夜半再视之，仍在。至鸡鸣，乃渐渐缩入地。试问驿吏，均不知也。”余曰：“公为使相，当有鬼神为阴从。余焉有是？”公曰：“不然。仙霞关内，此地为水陆要冲，用兵者所必争。明季唐王，国初郑氏、耿氏，战斗杀伤，不知其几。此其沉沦之魄，乘室宇空虚而窃据；有大官来，则避而出耳。”此亦足证无处无鬼之说。

二仆琐事

老仆施祥尝曰："天下惟鬼最痴。鬼据之室，人多不住，偶然有客来宿，不过暂居耳，暂让之何害？而必出扰之。遇禄命重、血气刚者，多自败；甚或符箓劾治，更蹈不测。即不然，而人既不居，屋必不葺，久而自圮，汝又何归耶？"老仆刘文斗曰："此语诚有理，然谁能传与鬼知？汝毋乃更痴于鬼！"姚安公闻之曰："刘文斗正患不痴耳。"

祥小字举儿，与姚安公同庚，八岁即为公伴读。数年，始能暗诵《千字文》；开卷乃不识一字。然天性忠直，视主人之事如己事，虽嫌怨不避。尔时家中外倚祥，内倚廖媪，故百事皆井井。雍正甲寅雍正十二年(1734)，余年十一，元夜偶买玩物。祥启张太夫人曰："四官今日游灯市，买杂物若干。钱固不足惜，先生明日即开馆，不知顾戏弄耶？顾读书耶？"太夫人首肯曰："汝言是。"即收而键诸箧。此虽细事，实言人所难言也。今眼中遂无此人，徘徊四顾，远想慨然。

汝来

先兄晴湖第四子汝来，幼韶秀，余最爱之，亦颇知读书。娶妇生子后，忽患颠狂。如无人料理，即发不薙tì 同"剃"，用刀刮去毛发，面不盥；夏或衣絮，冬或衣葛，不自知也。然亦无疾病，似寒暑不侵者。呼之食即食，不呼之食亦不索。或自取市中饼饵，呼儿童共食，不问其价，所残剩亦不顾惜。或一两日觅之不得，忽自归。一日，遍索无迹，或云村外柳林内似仿佛有人。趋视，已端坐僵矣。其为迷惑而死，未可知也。其或自有所得，托以混迹，缘尽而化去，亦未可知也。忆余从福建归里时，见余犹跪拜如礼，拜讫，卒然曰："叔大辛苦。"余曰："是无奈何。"又卒然曰："叔不觉辛苦耶？"默默退去。后思其言，似若有意，故至今终莫能测之。

小人之心

姚安公言：庐江孙起山先生谒选时，贫无资斧，沿途雇驴而行，北方所谓短盘也。一日，至河间南门外，雇驴未得。大雨骤来，避民家屋檐下，主人见之，怒曰："造屋时汝未出钱，筑地时汝未出力，何无故坐此？"推之立雨中。

时河间犹未改题缺，起山入都，不数月竟掣得是县。赴任时，此人识之，惶愧自悔，谋卖屋移家。起山闻之，召来笑而语之曰："吾何至与汝辈较。今既经此，后无复然，亦忠厚养福之道也。"因举一事曰："吾乡有爱莳shì栽种花者，一夜偶起，见数女子立花下，皆非素识。知为狐魅，遽掷以块，曰：'妖物何得偷看花！'一女子笑而答曰：'君自昼赏，我自夜游，于君何碍？夜夜来此，花不损一茎一叶，于花又何碍？遽见声色，何鄙吝至此耶？吾非不能揉碎君花，恐人谓我辈所见，亦与君等，故不为耳。'飘然共去，后亦无他。狐尚不与此辈较，我乃不及狐耶？"

后此人终不自安，移家莫知所往。起山叹曰："小人之心，竟谓天下皆小人。"

荒诞之言

太原申铁蟾，好以香奁艳体寓不遇之感。尝谒某公未见，戏为无题诗曰："垩yǎn覆盖，掩盖粉围墙罨画楼，隔窗闻拨钿箜篌。分作者原注：去声无信使通青鸟，枉遣游人驻紫骝。月姊定应随顾兔，星娥可止待牵牛？垂杨疏处雕栊近，只恨珠帘不上钩。"殊有玉溪生风致。王近光曰："似不应疑及织女，诬蔑仙灵。"余曰："已矣哉，'织女别黄姑，一年一度一相见，彼此隔河何事无？'元微之诗也。'海客乘槎上紫氛，星娥罢织一相闻。只应不惮牵牛妒，故把支机石赠君。'李义山诗也。微之之意，在于双文；义山之意，在于令狐。文士掉弄笔墨，借为比喻，初与织女无涉。铁蟾此语，亦犹元、李之志云尔，未为诬蔑仙灵也。至于纯构虚词，宛如实事；指其时地，撰以姓名，《灵怪集》所载郭翰遇织女事作者原注：《灵怪集》今佚。此条见《太平广记》六十八，则悖妄之甚矣。夫词人引用，渔猎百家，原不能一一核实；然过于诬罔，亦不可不知。盖自庄、列寓言，借以抒意，战国诸子，杂说弥多，谶纬稗官，递相祖述，遂有肆无忌惮之时。如李冗《独异志》诬伏羲兄妹为夫妇，已属丧心；张华《博物志》更诬及尼山，尤为狂吠按，张华不应悖妄至此，殆后人依托。如是者不一而足。今尚流传，可为痛恨。又有依傍史文，穿凿锻炼。如《汉书·贾谊传》有太守吴公'爱幸之'之语，《骈语雕龙》作者原注：此书明人所撰，陈枚刻之，不著作者姓名遂列长沙于娈童类中。注曰：'大儒为龙阳。'《史记·高帝本纪》称母媪在大泽中，太公往视，见有蛟龙其上。晁以道诗遂有'杀翁分我一杯羹，龙种由来事杳冥'句，以高帝乃龙交所生，非太公子。《左传》有成风私事季友、敬嬴私事襄仲之文。私事云者，密相交结，以谋立其子而已。后儒拘泥'私'字，虽朱子亦有'却是大恶'之言。如是者亦不一而足。学者当考校真妄，均不可炫博矜奇，遽执为谈柄也。"

狐小虐少年

从叔梅庵公言：族中有二少年作者原注：此余小时闻公所说，忘其字号；大概是伯叔行也，闻某墓中有狐迹，夜携铳往，共伏草中伺之，以背相倚而睡。醒则二人之发交结为一，贯穿缭绕，猝不可解；互相牵掣，不能行，亦不能立；稍稍转动，即彼此呼痛。胶扰彻晓，望见行路者，始呼至，断以佩刀，狼狈而返。愤欲往报，父老曰："彼无形声，非力所胜；且无故而侵彼，理亦不直。侮实自召，又何仇焉？仇必败滋甚。"二人乃止。此狐小虐之使警，不深创之以激其必报，亦可谓善自全矣。然小虐亦足以激怒，不如敛戢勿动，使伺之无迹弥善也。

石匮贮五谷

太和门丹墀chí宫殿前红色的台阶下有石匮，莫知何名，亦莫知所贮何物。德脊shèn斋前辈作者原注：脊斋名德保，与定圃前辈同名。乾隆壬戌（乾隆七年，1742）进士，官至翰林院侍读。故当时以大德保、小德保别之云云：图裕斋之先德，昔督理殿工时，曾开视之。以问裕斋，曰："信然。其中皆黄色细屑，仅半匮不能满，凝结如土坯。谛审似是米谷岁久所化也。"

余谓丹墀左之石阙，既贮嘉种，则此为五谷，于理较近。且大驾卤簿古代帝王驾出时扈从的仪仗队中，象背宝瓶，亦贮五谷。盖稼穑维宝，古训相传；八政首食，见于《洪范》。定制之意，诚渊乎远矣。

五火神墓

宣武门子城内，如培塿pǒu lǒu小土丘者五，砌之以砖，土人云五火神墓。明成祖北征时，用火仁、火义、火礼、火智、火信制飞炮，破元兵于乱柴沟。后以其术太精，恐或为变，杀而葬于是。立五竿于丽谯qiáo城门侧，岁时祭之，使鬼有所归，不为厉焉。后成祖转生为庄烈帝，五人转生李自成、张献忠诸贼，乃复仇也。此齐东之语，非惟正史无此文，即明一代稗官小说，充栋汗牛，亦从未言及斯人斯事也。戊子乾隆三十三年(1768)秋，余见汉军步校董某，言闻之京营旧卒云："此水平也。京城地势，惟宣武门最低，衢巷之水，遇雨皆汇于子城。每夜雨太骤，守卒即起，视此培塿，水将及顶，则呼开门以泄之；没顶则门扉为水所壅，不能启矣。今日久渐忘，故或有时阻碍也。其城上五竿，则与白塔信炮相表里。设闻信炮，则昼悬旗，夜悬灯耳。与五火神何与哉！"此言似乎近理，当有所受之。

拨卷阅诗

科场拨卷即拨房。科举时代乡试，试卷分房审阅，由房官推荐给主考决定取舍。因每房中额各有定数，而每房试卷好坏不一，往往形成各房中卷多寡不均。将中卷超额房内的试卷，拨入中卷少的房内，通过该房推荐录取，谓拨房，受拨者意多不惬，此亦人情。然亦视其卷何如耳。壬午乾隆二十七年(1762)顺天乡试，余充同考官作者原注：时阅卷尚不回避本省，得一合字卷，文甚工而诗不佳。因甫改试诗之制，可以恕论，遂呈荐主考梁文庄公。已取中矣，临填草榜，梁公病其"何不改乎此度"句侵下文"改"字作者原注：题为"始吾于人也"四句驳落。别拨一合字备卷与余。先视其诗，第六联曰："素娥寒对影，顾兔夜眠香。"作者原注：题为《月中桂》已喜其秀逸。及观其第七联曰："倚树思吴质，吟诗忆许棠。"遂跃然曰："吴刚字质，故李贺《李凭箜篌引》曰：'吴质不眠倚桂树，露脚斜飞湿寒兔。'此诗选本皆不录，非曾见《昌谷集》者不知也。华州试《月中桂》诗，举许棠为第一人。棠诗今不传，非曾见王定保《摭言》、计敏夫《唐诗纪事》者不知也。中彼卷之'开花临上界，持斧有仙郎'，何如中此诗乎！微公拨入，亦自愿易之。"即朱子颖也。

放榜后，时已九月，贫无絮衣。蒋心馀素与唱和，借衣与之，乃来见，以所作诗为贽。余丙子乾隆二十一年(1756)扈从时，古北口车马壅塞，就旅舍小憩。见壁上一诗，剥残过半，惟三四句可辨。最爱其"一水涨喧人语外，万山青到马蹄前"二语，以为"云中路绕巴山色，树里河流汉水声"不是过也，惜不得姓名。及展其卷，此诗在焉。乃知针芥契合，已在六七年前，相与叹息者久之。子颖待余最尽礼，殁后，其二子承父之志，见余尚依依有情。翰墨因缘，良非偶尔，何尝以拨房为亲疏哉？余《严江舟中诗》曰："山色空濛淡似烟，参差绿到大江边。斜阳流水推篷坐，处处随人欲上船。"实从"万山"句夺胎。尝以语子颖曰："人言青出于蓝，今日乃蓝出于青。"子颖虽逊谢，意似默可。此亦诗坛之佳话，并附录于此。

先师介野园

先师介野园先生，官礼部侍郎。扈从南巡，卒于路。卒前一夕，有星陨于舟前。卒后，京师尚未知，施夫人梦公乘马至门前，骑从甚都，然伫立不肯入。但遣人传语曰："家中好自料理，吾去矣。"匆匆竟过。梦中以为时方扈从，疑或有急差遣，故不暇入。觉后，乃惊怛dá悲伤。比凶问至，即公卒之夜也。公屡掌文柄，凡四主会试，四主乡试，其他杂试殆不可缕数。尝有恩荣宴科举时代，殿试后由皇帝亲临宣布登第名次，随即设宴招待新进士诗曰："鹦鹉新班宴御园作者原注：按，"鹦鹉新班"不知出典，当时拟问公，竟因循忘之，摧颓老鹤也乘轩。龙津桥上黄金榜，四见门生作状元。"丁丑乾隆二十二年（1757）年作也。于文襄公亦赠以联曰："天下文章同轨辙，门墙桃李半公卿。"可谓儒者之至荣。然日者推公之命云："终于一品武阶，他日或以将军出镇耶！"公笑曰："信如君言，则将军不好武矣。"及公卒，圣心悼惜，特赠都统。盖公虽官礼曹，而兼摄副都统。其扈从也，以副都统班行，故即武秩进一阶。日者之术，亦可云有验矣。

温铁山问寿

乩仙多伪托古人，然亦时有小验。温铁山前辈作者原注：名温敏，乙丑（乾隆十年，1745）进士，官至盛京侍郎尝遇扶乩者，问寿几何。乩判曰："甲子年华有二秋。"以为当六十二。后二年卒，乃知二秋为二年。盖灵鬼时亦能前知也。又闻山东巡抚国公，扶乩问寿。乩判曰："不知。"问："仙人岂有所不知？"判曰："他人可知，公则不可知。修短有数，常人尽其所禀而已。若封疆重镇，操生杀予夺之权，一政善，则千百万人受其福，寿可以增；一政不善，则千百万人受其祸，寿亦可以减。此即司命之神不能预为注定，何况于吾？岂不闻苏颋误杀二人，减二年寿；娄师德亦误杀二人，减十年寿耶？然则年命之事，公当自问，不必问吾也。"此言乃凿然中理，恐所遇竟真仙矣。

以狐召狐

族叔育万言：张歌桥之北，有人见黑狐醉卧场屋中作者原注：场中守视谷麦小屋，俗谓之场屋。初欲擒捕，既而念狐能致财，乃覆以衣而坐守之。狐睡醒，伸缩数四，即成人形。甚感其护视，遂相与为友。狐亦时有所馈赠。一日，问狐曰："设有人匿君家，君能隐蔽弗露乎？"曰："能。"又问："君能凭附人身狂走乎？"曰："亦能。"此人即恳乞曰："吾家酷贫，君所惠不足以赡，而又愧于数渎君。今里中某甲甚富，而甚畏讼。顷闻觅一妇司庖，吾欲使妇往应。居数日，伺隙逃出，藏君家；而吾以失妇，阳欲讼。妇尚粗有姿首，可诬以蜚语，胁多金。得金之后，公凭附使奔至某甲别墅中，然后使人觅得，则承惠多矣。"狐如所言，果得多金，觅妇返后，某甲以在其别墅，亦不敢复问。然此妇狂疾竟不愈，恒自妆饰，夜似与人共嬉笑，而禁其夫勿使前。急往问狐，狐言无是理，试往侦之。俄归而顿足曰："败矣！是某甲家楼上狐，悦君妇之色，乘吾出而彼入也。此狐非我所能敌，无如何矣！"此人固恳不已。狐正色曰："譬如君里中某，暴横如虎，使彼强据人妇，君能代争乎？"后其妇颠痫日甚，且具发其夫之阴谋。针灸劾治皆无效，卒以瘵死。里人皆曰："此人狡黠如鬼，而又济以狐之幻，宜无患矣。不虞以狐召狐，如螳螂黄雀之相伺也。古诗曰：'利旁有倚刀，贪人还自戕。'信矣！"

烧金御女之士

门人王廷绍言：忻州有以贫鬻妇者。去几二载，忽自归，云初被买时，引至一人家。旋有一道士至，携之入山，意甚疑惧。然业已卖与，无如何。道士令闭目，即闻两耳风飕飕。俄令开目，已在一高峰上。室庐华洁，有妇女二十馀人，共来问讯，云此是仙府，无苦也。因问："到此何事？"曰："更番侍祖师寝耳。此间金银如山积，珠翠锦绣，嘉肴珍果，皆役使鬼神，随呼立至。服食日用，皆比拟王侯。惟每月一回小痛楚，亦不害耳。"因指曰："此处仓库，此处庖厨，此我辈居处，此祖师居处。"指最高处两室曰："此祖师拜月拜斗处，此祖师炼银处。"亦有给使之人，然无一男子也。自是每白昼则呼入荐枕席，至夜则祖师升坛礼拜，始各归寝。惟月信落红后，则净褫内外衣，以红绒为巨绠，缚大木上，手足不能丝毫动；并以绵丸窒口，喑不能声。祖师持金管如箸，寻视脉穴，刺入两臂两股肉内，吮吸其血，颇为酷毒。吮吸后，以药末糁 sǎn 谷类磨成的小渣创孔，即不觉痛，顷刻结痂。次日，痂落如初矣。其地极高，俯视云雨皆在下。忽一日狂飙陡起，黑云如墨压山顶，雷电激射，势极可怖。祖师惶遽，呼二十馀女，并裸露环抱其身，如肉屏风。火光入室者数次，皆一掣即返。俄一龙爪大如箕，于人丛中攫祖师去。霹雳一声，山谷震动，天地晦冥。觉昏瞀如睡梦，稍醒，则已卧道旁。询问居人，知去家仅数百里，乃以臂钏易敝衣遮体，乞食得归也。忻州人尚有及见此妇者，面色枯槁，不久患瘵而卒。盖精血为道士采尽矣。据其所言，盖即烧金御女之士，其术灵幻如是，尚不免于天诛；况不得其传，徒受妄人之蛊惑，而冀得神仙，不亦颠哉！

吴承绂夫妇

江南吴孝廉，朱石君之门生也。美才夭逝，其妇誓以身殉，而屡缢不能死。忽灯下孝廉形见，曰："易彩服则死矣。"从其言，果绝。孝廉乡人录其事征诗，作者甚众。余亦为题二律。而石君为作墓志，于孝廉之坎坷、烈妇之慷慨，皆深致悼惜，而此事一字不及。或疑其乡人之粉饰，余曰："非也。文章流别，各有体裁。郭璞注《山海经》《穆天子传》，于西王母事铺叙綦qí极，很详。其注《尔雅·释地》，于'西至西王母'句，不过曰'西方昏荒之国'而已，不更益一语也。盖注经之体裁，当如是耳。金石之文，与史传相表里，不可与稗官杂记比，亦不可与词赋比。石君博极群书，深知著作之流别，其不著此事于墓志，古文法也，岂以其伪而削之哉！"余老多遗忘，记孝廉名承绂fú，烈妇之姓氏，竟不能忆。姑存其略于此，俟扈跸bì随侍皇帝出行回銮，当更求其事状，详著之焉。

鬼不忘故人

老仆施祥，尝乘马夜行至张白。四野空旷，黑暗中有数人掷沙泥，马惊嘶不进。祥知是鬼，叱之曰："我不至尔墟墓间，何为犯我？"群鬼揶揄曰："自作剧耳，谁与尔论理。"祥怒曰："既不论理，是寻斗也。"即下马，以鞭横击之。喧哄良久，力且不敌；马又跳踉掣其肘。意方窘急，忽遥见一鬼狂奔来，厉声呼曰："此吾好友，尔等毋造次！"群鬼遂散。祥上马驰归，亦不及问其为谁。次日，携酒于昨处奠之，祈示灵响，寂然不应矣。祥之所友，不过厮养屠沽耳，而九泉之下，故人之情乃如是。

如愿小传

门人吴钟侨，尝作《如愿小传》，寓言滑稽，以文为戏也。后作蜀中一令，值金川之役，以监运火药殁于路。诗文皆散佚，惟此篇偶得于故纸中，附录于此。

其词曰：如愿者，水府之女神，昔彭泽清洪君以赠庐陵欧明者是也。以事事能给人之求，故有是名。水府在在皆有之，其遇与不遇，则系人之禄命耳。有四人同访道，涉历江海，遇龙神召之，曰：“鉴汝等精进，今各赐如愿一。”即有四女子随行。其一人求无不获，意极适，不数月病且死，女子曰：“今世之所享，皆前生之所积；君夙生所积，今数月销尽矣。请归报命。”是人果不起。又一人求无不获，意犹未已。至冬月，求鲜荔巨如瓜者。女子曰：“谿壑可盈，是不可餍，非神道所能给。”亦辞去。又一人所求有获有不获，以咎女子。女子曰：“神道之力，亦有差等，吾有能致不能致也。然日中必昃 zè 太阳偏西，月盈必亏。有所不足，正君之福，不见彼先逝者乎？”是人惕然，女子遂随之不去。又一人虽得如愿，未尝有求。如愿时为自致之，亦蹙然不自安。女子曰：“君道高矣，君福厚矣，天地鉴之，鬼神佑之。无求之获，十倍有求，可无待乎我，我惟阴左右之而已矣。”他日相遇，各道其事，或喜或怅。曰：“惜哉！逝者之不闻也。”

此钟侨弄笔狡狯之文，偶一为之，以资惩劝，亦无所不可；如累牍连篇，动成卷帙，则非著书之体矣。

奇创公案

郭石洲言：河南一巨室，宦成归里，年六十馀矣，强健如少壮。恒蓄幼妾三四人；至二十岁，则治奁具而嫁之，皆宛然完璧。娶者多阴颂其德，人亦多乐以女鬻之。然在其家时，枕衾狎昵，与常人同。或以为但取红铅供药饵，或以为徒悦耳目，实老不能男，莫知其审也。后其家婢媪私泄之，实使女而男淫耳。有老友密叩虚实，殊不自讳，曰：“吾血气尚盛，不能绝嗜欲。御女犹可以生子，实惧为身后累；欲渔男色，又惧艾豭之事，为子孙羞。是以出此间道也。”此事奇创，古所未闻。

夫闺房之内，何所不有？床笫事可勿深论。惟岁岁转易，使良家女得再嫁名，似于人有损；而不稽其婚期，不损其贞体，又似于人有恩。此种公案，竟无以断其是非。戈芥舟前辈曰：“是不难断，直恃其多财，法外纵淫耳。昔窦二东之行劫，必留其御寒之衣衾，还乡之资斧，自以为德。此老之有恩，亦若是而已矣。”

丁一士

里有丁一士者，矫捷多力，兼习技击、超距之术。两三丈之高，可翩然上；两三丈之阔，可翩然越也。余幼时犹及见之，尝求睹其技。使余立一过厅中，余面向前门，则立前门外面相对；余转面后门，则立后门外面相对。如是者七八度，盖一跃即飞过屋脊耳。后过杜林镇，遇一友，邀饮桥畔酒肆中。酒酣，共立河岸。友曰："能越此乎？"一士应声耸身过。友招使还，应声又至。足甫及岸，不虞岸已将圮，近水陡立处开裂有纹。一士未见，误踏其上，岸崩二尺许。遂随之坠河，顺流而去。素不习水，但从波心踊起数尺，能直上而不能旁近岸，仍坠水中。如是数四，力尽，竟溺焉。

盖天下之患，莫大于有所恃。恃财者终以财败，恃势者终以势败，恃智者终以智败，恃力者终以力败。有所恃，则敢于蹈险故也。田侯松岩于滦阳买一劳山杖，自题诗曰："月夕花晨伴我行，路当坦处亦防倾。敢因恃尔心无虑，便向崎岖步不平！"斯真阅历之言，可贯而佩者矣。

一尼一僧

沧州甜水井有老尼，曰慧师父，不知其为名为号，亦不知是此"慧"字否，但相沿呼之云尔。余幼时，尝见其出入外祖张公家。戒律谨严，并糖不食，曰："糖亦猪脂所点成也。"不衣裘，曰："寝皮与食肉同也。"不衣绸绢，曰："一尺之帛，千蚕之命也。"供佛面筋必自制，曰："市中皆以足踏也。"焚香必敲石取火，曰："灶火不洁也。"清斋一食，取足自给，不营营募化。外祖家一仆妇，以一布为施。尼熟视识之，曰："布施须用己财，方为功德。宅中为失此布，笞小婢数人，佛岂受如此物耶？"妇以情告曰："初谓布有数十匹，未必一一细检，故偶取其一。不料累人受箠楚，日相诅咒，心实不安。故布施求忏罪耳。"尼掷还之曰："然则何不密送原处，人亦得白，汝亦自安耶！"后妇死数年，其弟子乃泄其事，故人得知之。乾隆甲戌乾隆十九年(1754)、乙亥乾隆二十年(1755)间，年已七八十矣，忽过余家，云将诣潭柘寺礼佛，为小尼受戒。余偶话前事，摇首曰："实无此事，小妖尼饶舌耳。"相与叹其忠厚。临行，索余题佛殿一额。余属赵春磵代书。合掌曰："谁书即乞题谁名，佛前勿作诳语。"为易赵名，乃持去，后不再来。近问沧州人，无识之者矣。

又，景城天齐庙一僧，住持果成之第三弟子。士人敬之，无不称曰三师父，遂佚其名。果成弟子颇不肖，多散而托钵四方。惟此僧不坠宗风，无大刹知客市井气，亦无法座禅师骄贵气；戒律精苦，虽千里亦打包徒步，从不乘车马。先兄晴湖尝遇之中途，苦邀同车，终不肯也。官吏至庙，待之礼无加；田夫、野老至庙，待之礼不减。多布施、少布施、无布施，待之礼如一。禅诵之馀，惟端坐一室，入其庙如无人者。其行事如是焉而已。然里之男妇，无不曰三师父道行清高。及问其道行安在，清高安在，则茫然不能应。其所以感动人心，正不知何故矣。尝以问姚安公，公曰："据尔所见，有不清不高处耶？无不清不高，即清高矣。尔必欲锡飞、杯渡，乃为善知识耶？"此一尼一僧，亦彼法中之独行者矣。三师父涅槃不久，其名当有人知，俟见乡试诸孙辈，使归而询之庙中。

奸盗事

九州之大，奸盗事无地无之，亦无日无之，均不为异也。至盗而稍别于盗，而不能不谓之盗；奸而稍别于奸，究不能不谓之奸，斯为异矣。盗而人许遂其盗，奸而人许遂其奸，斯更异矣。乃又相触立发，相牵立息，发如鼎沸，息如电掣，不尤异之异乎！舅氏安公五章言：有中年失偶者，已有子矣，复买一有夫之妇。幸控制有术，犹可相安。既而是人死，平日私蓄，悉在此妇手。其子微闻而索之，事无佐证，妇弗承也。后侦知其藏贮处，乃夜中穴壁入室。方开箧携出，妇觉，大号有贼，家众惊起，各持械入。其子仓皇从穴出，迎击之，立踣。即从穴入搜馀盗，闻床下喘息有声，群呼尚有一贼，共曳出絷缚。比灯至审视，则破额昏仆者其子，床下乃其故夫也。其子苏后，与妇各执一词。子云"子取父财，不为盗"。妇云"妻归前夫，不为奸"。子云"前夫可再合，而不可私会"。妇云"父财可索取，而不可穿窬 yú 指打洞行窃"。互相诟谇，势不相下。次日，族党密议，谓涉讼两败，徒玷门风。乃阴为调停，使尽留金与其子，而听妇自归故夫，其难乃平。然已"鼓钟于宫，声闻于外"矣。先叔仪南公曰："此事巧于相值，天也；所以致有此事，则人也。不纳此有夫之妇，子何由而盗，妇何由而奸哉？彼所恃者，力能驾驭耳。不知能驾驭于生前，不能驾驭于身后也。"

卷二十三

滦阳续录五

祖某不畏鬼

戴东原言：其族祖某，尝僦僻巷一空宅。久无人居，或言有鬼。某厉声曰："吾不畏也。"入夜，果灯下见形，阴惨之气，砭人肌骨。一巨鬼怒叱曰："汝果不畏耶？"某应曰："然。"遂作种种恶状，良久，又问曰："仍不畏耶？"又应曰："然。"鬼色稍和，曰："吾亦不必定驱汝，怪汝大言耳。汝但言一畏字，吾即去矣。"某怒曰："实不畏汝，安可诈言畏？任汝所为可矣！"鬼言之再四，某终不答。鬼乃太息曰："吾住此三十馀年，从未见强项似汝者。如此蠢物，岂可与同居！"奄然灭矣。或咎之曰："畏鬼者常情，非辱也。谬答以畏，可息事宁人。彼此相激，伊于胡底乎？"某曰："道力深者，以定静祛魔，吾非其人也，以气凌之，则气盛而鬼不逼；稍有牵就，则气馁而鬼乘之矣。彼多方以饵吾，幸未中其机械也。"论者以其说为然。

某公苛于古礼

饮食男女，人生之大欲存焉。干名义，渎伦常，败风俗，皆王法之所必禁也。若痴儿骙ái傻，愚蠢女，情有所钟，实非大悖于礼者，似不必苛以深文。

余幼闻某公在郎署时，以气节严正自任。尝指小婢配小奴，非一年矣。往来出入，不相避也。一日，相遇于庭，某公亦适至，见二人笑容犹未敛，怒曰："是淫奔也！于律奸未婚妻者，杖。"遂亟呼杖。众言："儿女嬉戏，实无所染，婢眉与乳可验也。"某公曰："于律谋而未行，仅减一等。减则可，免则不可。"卒并杖之，创几殆。自以为河东柳氏之家法，不是过也。自此恶其无礼，故稽其婚期。二人遂同役之际，举足趑趄；无事之时，望影藏匿。跋前疐zhì后进退两难的处境，日不聊生。渐郁悒成疾，不半载内，先后死。其父母哀之，乞合葬。某公仍怒曰："嫁殇非礼，岂不闻耶？"亦不听。后某公殁时，口喃喃似与人语，不甚可辨。惟"非我不可""于礼不可"二语，言之十馀度，了了分明。咸疑其有所见矣。

夫男女非有行媒，不相知名，古礼也。某公于孩稚之时，即先定婚姻，使明知为他日之夫妇。朝夕聚处，而欲其无情，必不能也。“内言不出于阃 kǔn 内室，外言不入于阃”，古礼也。某公僮婢无多，不能使各治其事；时时亲相授受，而欲其不通一语，又必不能也。其本不正，故其末不端。是二人之越礼，实主人有以成之。乃操之已蹙，处之过当，死者之心能甘乎？冤魄为厉，犹以‘于礼不可’为词，其斯以为讲学家乎？

夫妇重聚

山西人多商于外，十馀岁辄从人学贸易。俟蓄积有赀，始归纳妇。纳妇后仍出营利，率二三年一归省，其常例也。或命途蹇 jiǎn 剥时运不济，或事故萦牵，一二十载不得归。甚或金尽裘敝，耻还乡里，萍飘蓬转，不通音问者，亦往往有之。

有李甲者，转徙为乡人靳乙养子，因冒其姓。家中不得其踪迹，遂传为死。俄其父母并逝，妇无所依，寄食于母族舅氏家。其舅本住邻县，又挈家逐什一即逐什一之利，指商人逐利，商舶南北，岁无定居。甲久不得家书，亦以为死。靳乙谋为甲娶妇。会妇舅旅卒，家属流寓于天津；念妇少寡，非长计，亦谋嫁于山西人，他时尚可归乡里。惧人嫌其无母家，因诡称己女。众为媒合，遂成其事。合卺之夕，以别已八年，两怀疑而不敢问。宵分私语，乃始了然。甲怒其未得实据而遽嫁，且诟且殴。阖家惊起，靳乙隔窗呼之曰：“汝之再娶，有妇亡之实据乎？且流离播迁，待汝八年而后嫁，亦可谅其非得已矣。”甲无以应，遂为夫妇如初。破镜重合，古有其事。若夫再娶而仍元配，妇再嫁而未失节，载籍以来，未之闻也。姨丈卫公可亭，曾亲见之。

沧州酒

沧州酒，阮亭先生谓之“麻姑酒”，然土人实无此称。著名已久，而论者颇有异同。盖舟行来往，皆沽于岸上肆中，村酿薄醨，殊不足辱杯斝 jiǎ 古代用于温酒的酒器。通常用青铜铸造，圆口，三足；又土人防征求无餍，相戒不以真酒应官，虽笞箠不肯出，十倍其价亦不肯出，保阳制府，尚不能得一滴，他可知也。其酒非市井所能酿，必旧家世族，代相授受，始能得其水火之节候。水虽取于卫河，而黄流不可以为酒，必于南川楼下，如金山取江心泉法，以锡罂沉至河底，取其地涌之清泉，始有冲虚之致。其收贮畏寒畏暑，畏湿畏蒸，犯之则味败。其新者不甚佳，必庋阁至十年以外，乃为上品，一罂可值四五金。然互相馈赠者多，耻于贩鬻。又大姓若戴、吕、刘、王，若张、卫，率多零替，酿者亦稀，故尤难得。或运于他处，无论肩运、车运、舟运，一摇动即味变。运到之后，必安静处澄半月，其味乃复。取饮注壶时，当以杓平挹；数摆拨则味亦变，再澄数日乃复。姚安公尝言：饮沧酒禁忌百端，劳苦万状，始能得花前月下之一酌，实功不补患；不如遣小竖随意行沽，反陶然自适，盖以此也。其验真伪法：南川楼水所酿者，虽极醉，胸膈不作恶，次日亦不病酒，不过四肢畅适，恬然高卧而已。其但以卫河水酿者则否。验新陈法：凡庋guǐ阁搁置器物的架子二年者，可再温一次；十年者，温十次如故，十一次则味变矣；一年者再温即变，二年者三温即变，毫厘不能假借，莫知其所以然也。

董曲江前辈之叔名思任，最嗜饮。牧沧州时，知佳酒不应官，百计劝谕，人终不肯破禁约。罢官后，再至沧州，寓李进士锐巅家，乃尽倾其家酿。语锐巅曰："吾深悔不早罢官。"此虽一时之戏谑，亦足见沧酒之佳者不易得矣。

三世之妇偿债

先师李又聃先生言：东光有赵氏者作者原注：先生曾举其字，今不能记，似尚是先生之尊行，尝过清风店，招一小妓侑酒，偶语及某年宿此，曾招一丽人留连两夕，计其年今未满四十。因举其小名，妓骇曰："是我姑也，今尚在。"明日，同至其家，宛然旧识。方握手寒温，其祖姑闻客出现，又大骇曰："是东光赵君耶？三十馀年不相见，今鬓虽欲白，形状声音，尚可略辨。君号非某耶？"问之，亦少年过此所狎也。三世一堂，都无避忌，传杯话旧，惘惘然如在梦中。又住其家两夕而别。别时言祖籍本东光，自其翁始迁此，今四世矣。不知祖墓犹存否？因举其翁之名，乞为访问。赵至家后，偶以问乡之耆旧。一人愕然良久，曰："吾今乃始信天道。是翁即君家门客，君之曾祖与人讼，此翁受怨家金，阴为反间，讼因不得直。日久事露，愧而挈家逃。以为在海角天涯矣，不意竟与君遇，使以三世之妇，偿其业债也。吁，可畏哉！"

安　生

又聃先生又言：有安生者，颇聪颖。忽为众狐女摄入承尘上，吹竹调丝，行炙劝酒，极媟狎冶荡之致。隔纸听之，甚了了，而承尘初无微隙，不知何以入也。燕乐既终，则自空掷下，头面皆伤损，或至破骨流血。调治稍愈，又摄去如初。毁其承尘，则摄置屋顶，其掷下亦如初。然生殊不自言苦也。生父购得一符，悬壁上。生见之，即战栗伏地，魅亦随绝。问生符上何所见。云初不见符，但见兵将狰狞，戈甲晃耀而已。此狐以为仇耶？不应有燕昵之欢；以为媚耶？不应有扑掷之酷。忽喜忽怒，均莫测其何心。或曰："是仇也，媚之乃死而不悟。"然媚即足以致其死，又何必多此一掷耶？

儒生戏鬼

李汇川言：有严先生，忘其名与字。值乡试期近，学子散后，自灯下夜读。一馆童送茶入，急失声仆地，碗碎琤然。严惊起视，则一鬼披发瞪目立灯前。严笑曰："世安有鬼，尔必黠盗饰此状，欲我走避耳。我无长物，惟一枕一席。尔可别往。"鬼仍不动。严怒曰："尚欲给人耶？"举界尺击之，瞥然而灭。严周视无迹，沉吟曰："竟有鬼耶？"既而曰："魂升于天，魄降于地，此理甚明。世安有鬼，殆狐魅耳。"仍挑灯琅琅诵不辍。此生崛强，可谓至极，然鬼亦竟避之。盖执拗之气，百折不回，亦足以胜之也。

又闻一儒生，夜步廊下。忽见一鬼，呼而语之曰："尔亦曾为人，何一作鬼，便无人理？岂有深更昏黑，不分内外，竟入庭院者哉？"鬼遂不见。此则心不惊怖，故神不瞀乱，鬼亦不得而侵之。又故城沈丈丰功作者原注：讳鼎勋，姚安公之同年尝夜归遇雨，泥潦纵横，与一奴扶掖而行，不能辨路。经一废寺，旧云多鬼。沈丈曰："无人可问，且寺中觅鬼问之。"径入，绕殿廊呼曰："鬼兄鬼兄，借问前途水深浅？"寂然无声。沈丈笑曰："想鬼俱睡，吾亦且小憩。"遂偕奴倚柱睡至晓。此则襟怀洒落，故作游戏耳。

物理不可解者

阿文成公平定伊犁时，于空山捕得一玛哈沁。诘其何以得活，曰："打牲为粮耳。”问:“潜伏已久,安得如许火药?”曰:“蜣螂 qiāng láng 昆虫。俗称屎壳郎曝干为末,以鹿血调之,曝干,亦可以代火药。但比硝磺力稍弱耳。”又一蒙古台吉云:“鸟铳贮火药铅丸后,再取一干蜣螂,以细杖送入,则比寻常可远出一二十步。”此物理之不可解者,然试之均验。又疡医殷赞庵云:“水银能蚀五金,金遇之则白,铅遇之则化。凡战阵铅丸陷入骨肉者,割取至为楚毒,但以水银自创口灌满,其铅自化为水,随水银而出。”此不知验否,然于理可信。

除恶务本

田白岩言:有士人僦居僧舍,壁悬美人一轴,眉目如生,衣褶飘飏如动。士人曰:“上人不畏扰禅心耶?”僧曰:“此天女散花图,堵芬木画也。在寺百馀年矣,亦未暇细观。”一夕,灯下注目,见画中人似凸起一二寸,士人曰:“此西洋界画,故视之若低昂,何堵芬木也。”画中忽有声曰:“此妾欲下,君勿讶也。”士人素刚直,厉声叱曰:“何物妖鬼敢媚我!”遽掣其轴,欲就灯烧之。轴中絮泣曰:“我炼形将成,一付祝融,则形消神散,前功付流水矣。乞赐哀闵,感且不朽。”僧闻俶 chù 扰骚扰,扰乱,亟来视。士人告以故。僧憬然曰:“我弟子居此室,患瘵而死,非汝之故耶?”画不应,既而曰:“佛门广大,何所不容。和尚慈悲,宜见救度。”士怒曰:“汝杀一人矣,今再纵汝,不知当更杀几人。是惜一妖之命,而戕无算人命也。小慈是大慈之贼,上人勿吝!”遂投之炉中。烟焰一炽,血腥之气满室,疑所杀不止一僧矣。后入夜,或嘤嘤有泣声。士人曰:“妖之馀气未尽,恐久且复聚成形。破阴邪者惟阳刚。”乃市爆竹之成串者十馀作者原注:京师谓之火鞭,总结其信线为一,闻声时骤然爇之,如雷霆砰磕,窗扉皆震,自是遂寂。除恶务本,此士人有焉。

狐而人者

有与狐为友者。天狐也,有大神术,能摄此人于千万里外。凡名山胜境,恣其游眺,弹指而去,弹指而还,如一室也。尝云:“惟贤圣所居不敢至,真灵所驻不敢至,馀则披图按籍,惟意所如耳。”一日,此人祈狐曰:“君能携我于九州之外,能置我于人闺阁中乎?”狐问何意,曰:“吾尝出入某友家,预后庭丝竹之宴。其爱妾与吾目成,虽一语未通,而两心互照。但门庭深邃,盈盈一水，徒怅望耳。君能于夜深人静，摄我至其绣闼，吾事必济。”狐沉思良久，曰：“是无不可。如主人在何？”曰：“吾侦其宿他姬所而往也。”后果侦得实，祈狐偕往。狐不俟其衣冠，遽携之飞行。至一处，曰：“是矣。”瞥然自去。此人暗中摸索，不闻人声，惟觉触手皆卷轴，乃主人之书楼也。知为狐所弄，仓皇失措，误触一几倒，器玩落板上，碎声砰然。守者呼：“有盗！”僮仆坌至，启锁明烛，执械入。见有人瑟缩屏风后，共前击仆，以绳急缚。就灯下视之，识为此人，均大骇愕。此人故狡黠，诡言偶与狐方忤，被提至此。主人故稔知之，拊掌 fǔ 掌用鞭、杖或竹板之类的东西打揶揄曰：“此狐恶作剧，欲我痛抶君耳。姑免笞，逐出！”因遣奴送归。他日，与所亲密言之，且詈曰：“狐果非人，与我相交十馀年，乃卖我至此。”所亲怒曰：“君与某交，已不止十馀年，乃借狐之力，欲乱其闺阃。此谁非人耶？狐虽愤君无义，以游戏儆君，而仍留君自解之路，忠厚多矣。使待君华服盛饰，潜挈置主人卧塌下，君将何词以自文？由此观之，彼狐而人，君人而狐者也。尚不自反耶？”此人愧沮而去。狐自此不至，所亲亦遂与绝。郭彤纶与所亲有瓜葛，故得其详。

老儒刘泰宇

老儒刘泰宇，名定光，以舌耕为活。有浙江医者某，携一幼子流寓，二人甚相得，因卜邻。子亦韶秀，礼泰宇为师。医者别无亲属，濒死托孤于泰宇。泰宇视之如子。适寒冬，夜与共被。有杨甲为泰宇所不礼，因造谤曰：“泰宇以故人之子为娈童。”泰宇愤恚，问此子知尚有一叔，为粮艘旗丁掌书算。因携至沧州河干，借小屋以居；见浙江粮艘，一一遥呼，问有某先生否。数日，竟得之，乃付以侄。其叔泣曰：“夜梦兄云，侄当归。故日日独坐舵楼望。兄又云：‘杨某之事，吾得直于神矣。’则不知所云也。”泰宇亦不明言，悒悒自归。迂儒拘谨，恒念此事无以自明，因郁结发病死。灯前月下，杨恒见其怒目视。杨故犷悍，不以为意。数载亦死。妻别嫁，遗一子，亦韶秀。有宦室轻薄子，诱为娈童，招摇过市，见者皆太息。泰宇，或云肃宁人，或云任邱人，或云高阳人。不知其审，大抵住河间之西也。迹其平生，所谓殁而可祀于社者欤！此事在康熙中年，三从伯灿宸公喜谈因果，尝举以为戒。久而忘之。戊午嘉庆三年(1798)五月十二日，住密云行帐，夜半睡醒，忽然忆及，悲其名氏翳如。至滦阳后，为录大略如右。

常守福

常守福，镇番人。康熙初，随众剽掠，捕得当斩。曾伯祖光吉公时官镇番守备，奇其状貌，请于副将韩公免之，且补以名粮，收为亲随。光吉公罢官归，送公至家，因留不返。从伯祖钟秀公尝曰："常守福矫捷绝伦，少时尝见其以两足挂明楼雉堞上，倒悬而扫砖线之雪，四周皆净。作者原注：剧盗多能以足向上，手向下，倒抱楼角而登。近雉堞处以砖凸出三寸，四围镶之，则不能登，以足不能悬空也。俗谓之砖线持帚翩然而下，如飞鸟落地，真健儿也。"后光吉公为娶妻生子。闻今尚有后人，为四房佃种云。

无益之戏

门联唐末已有之，蜀辛寅逊为孟昶题桃符，"新年纳馀庆，嘉节号长春"二语是也。但今以朱笺书之为异耳。余乡张明经晴岚，除夕前自题门联曰："三间东倒西歪屋，一个千锤百炼人。"适有锻铁者求彭信甫书门联，信甫戏书此二句与之。两家望衡对宇，见者无不失笑。二人本辛酉乾隆六年(1741)拔贡同年，颇契厚，坐此竟成嫌隙。凡戏无益，此亦一端。又，董曲江前辈喜诙谐，其乡有演剧送葬者，乞曲江于台上题一额。曲江为书"吊者大悦"四字，一邑传为口实，致此人终身切齿，几为其所构陷。后曲江自悔，尝举以戒友朋云。

逝妇念君

董秋原言：有张某者，少游州县幕。中年度足自赡，即闲居以莳花种竹自娱。偶外出数日，其妇暴卒。不及临诀，心恒怅怅如有失。一夕，灯下形见，悲喜相持。妇曰："自被摄后，有小罪过待发遣，遂羁绊至今。今幸勘结，得入轮回，以距期尚数载，感君忆念，祈于冥官，来视君，亦夙缘之未尽也。"遂相缱绻如平生。自此人定恒来，鸡鸣辄去。嬿婉之意有加，然不一语及家事，亦不甚问儿女，曰："人世嚣杂，泉下人得离苦海，不欲闻之矣。"一夕，先数刻至，与语不甚答，曰："少迟君自悟耳。"俄又一妇搴帘入，形容无二，惟衣饰差别，见前妇惊却。前妇叱曰："淫鬼假形媚人，神明不汝容也！"后妇狼狈出门去。此妇乃握张泣。张惝恍莫知所为。妇曰："凡饿鬼多托名以求食，淫鬼多假形以行媚，世间灵语，往往非真。此鬼本西市娼女，乘君思忆，投隙而来，以盗君之阳气。适有他鬼告我，故投诉社公，来为君驱除。彼此时谅已受笞矣！"问："今在何所？"曰："与君本有再世缘，因奉事翁姑，外执礼而心怨望，遇有疾病，虽不冀幸其死，亦不迫切求其生。为神道所录，降为君妾。又因怀挟私愤，以语激君，致君兄弟不甚睦，再降为媵婢。须后公二十馀年生，今尚浮游墟墓间也。"张牵引入帏，曰："幽明路隔，恐干阴谴，来生会了此愿耳。"呜咽数声而灭。时张父母已故，惟兄别居。乃诣兄具述其事，友爱如初焉。

孝子杀人

有嫠妇年未二十，惟一子，甫三四岁。家徒四壁，又鲜族属，乃议嫁。妇色颇艳。其表戚某甲，密遣一妪说之曰："我于礼无娶汝理，然思汝至废眠食。汝能托言守志，而私昵于我，每月给赀若干，足以赡母子。两家虽各巷，后屋则仅隔一墙，梯而来往，人莫能窥也。"妇惑其言，遂出入如外妇。人疑妇何以自活，然无迹可见，姑以为尚有蓄积而已。久而某甲奴婢泄其事。其子幼，即遣就外塾宿。至十七八，亦稍闻繁言。每泣谏，妇不从；狎昵杂坐，反故使见闻，冀杜其口。子恚甚，遂白昼入某甲家，剚刃于心，出于背，而以"借贷不遂，遭其轻薄，怒激致杀"首于官。官廉得其情，百计开导，卒不吐实，竟以故杀论抵。乡邻哀之，好事者欲以片石表其墓，乞文于朱梅崖前辈。梅崖先一夕梦是子，容色惨沮，对而拱立，至是憬然曰："是可毋作也。不书其实，则一凶徒耳，乌乎表？书其实，则彰孝子之名，适以伤孝子之心，非所以安其灵也。"遂力沮罢其事。是夕，又梦其拜而去。是子也，甘殒其身，以报父仇，复不彰母过以为父辱，可谓善处人伦之变矣。或曰："斩其宗祀，祖宗恫焉。盍待生子而为之乎？"是则讲学之家，责人无已，非余之所敢闻也。

迂言实确

小人之谋，无往不福君子也。此言似迂而实信。李云举言其兄宪威官广东时，闻一游士性迂僻，过岭干谒亲旧，颇有所获。归装襆被衣履之外，独有二巨箧，其重四人乃能舁，不知其何所携也。一日，至一换舟处，两舷相接，束以巨绳，扛而过。忽四绳皆断如刃截，訇然堕板上。两箧皆破裂，顿足悼惜。急开检视，则一贮新端砚，一贮英德石也。石箧中白金一封，约六七十两，纸裹亦绽。方拈起审视，失手落水中。倩渔户没水求之，仅得小半。方懊丧间，同来舟子遽贺曰："盗为此二箧，相随已数日，以岸上有人家，不敢发。吾惴惴不敢言。今见非财物，已唾而散矣。君真福人哉！抑阴功得神佑也？"同舟一客私语曰："渠有何阴功，但新有一痴事耳。渠在粤日，尝以百二十金托逆旅主人买一妾，云是一年馀新妇，贫不举火，故鬻以自活。到门之日，其翁姑及婿俱来送，皆羸病如乞丐。临入房，互相抱持，痛哭诀别。已分手，犹追数步，更絮语。媒媪强曳妇入，其翁抱数月小儿向渠叩首曰：'此儿失乳，生死未可知。乞容其母暂一乳，且延今日，明日再作计。'渠忽跃然起曰：'吾谓妇见出耳。今见情状，凄动心脾，即引汝妇去，金亦不必偿也。古今人相去不远，冯京之父，吾岂不能为哉！'竟对众焚其券。不知乃主人窥其忠厚，伪饰己女以绐之。倘其竟纳，又别有狡谋也。同寓皆知，渠至今未悟，岂鬼神即录为阴功耶？"又一客曰："是阴功也。其事虽痴，其心则实出于恻隐。鬼神鉴察亦鉴察其心而已矣。今日免祸，即谓缘此事可也。彼逆旅主人，尚不知究竟如何耳。"先师又聃先生，云举兄也。谓云举曰："吾以此客之论为然。"

余又忆姚安公言：田丈耕野西征时，遣平鲁路守备李虎，偕二千总，将三百兵出游徼，猝遇额鲁特自间道来。二千总启虎曰："贼马健，退走必为所及。请公率前队扼山口，我二人率后队助之。贼不知我多寡，犹可以守。"虎以为然，率众力斗。二千总已先遁，盖绐虎与战，以稽时刻，虎败，则去已远也。虎遂战殁。后荫其子先捷如父官。此虽受绐而败，然受绐适以成其忠。故曰，小人之谋，无往不福君子也。此言似迂而实确。

富室贷粮

云举又言：有人富甲一乡，积粟千馀石。遇岁歉，闭不肯粜 tiào 卖粮食。忽一日，征集仆隶，陈设概量，手书一红笺，榜于门曰："岁歉人饥，何心独饱？今拟以历年积粟，尽贷乡邻，每人以一石为律。即日各具囊箧赴领，迟则粟尽矣。"附近居民，闻声云合，不一日而粟尽。有请见主人申谢者，则主人不知所往矣。惶遽大索，乃得于久锸敝屋中，酣眠方熟，人至始欠伸。众惊愕掖起，于身畔得一纸曰："积而不散，怨之府也；怨之所归，祸之丛也。千家饥而一家饱，剽劫为势所必至，不名实两亡乎？感君旧恩，为君市德。希恕专擅，是所深祷。”不省所言者何事。询知始末，太息而已。然是时人情汹汹，实有焚掠之谋。得是博施，乃转祸为福。此幻形之妖，可谓爱人以德矣。所云“旧恩”，则不知其故。或曰：“其家园中有老屋，狐居之数十年，屋圮乃移去。意即其事欤？”

小　香

小时闻乳母李氏言：一人家与佛寺邻。偶寺廊跃下一小狐，儿童捕得，絷缚鞭棰，皆慑伏不动。放之则来往于院中，绝不他往。与之食则食，不与之食亦不敢盗；饥则向人摇尾而已。呼之似解人语，指挥之亦似解人意。举家怜之，恒禁儿童勿凌虐。一日，忽作人语曰：“我名小香，是钟楼上狐家婢。偶嬉戏误事，因汝家儿童顽劣，罚受其蹂躏一月。今限满当归，故此告别。”问：“何故不逃避？”曰：“主人养育多年，岂有逃避之理？”语讫，作叩额状，翩然越墙而去。时余家一小奴窃物远飏，乳母因说此事，喟然曰：“此奴乃不及此狐。”

深山废兰若

陈云亭舍人言：其乡深山中有废兰若，云鬼物据之，莫能修复。一僧道行清高，径往卓锡。初一两夕，似有物窥伺。僧不闻不见，亦遂无形声。三五日后，夜有野叉排闼入，狰狞跳掷，吐火嘘烟。僧禅定自若。扑及蒲团者数四，然终不近身；比晓，长啸去。次夕，一好女至，合什作礼，请问法要。僧不答，又对僧琅琅诵《金刚经》，每一分讫，辄问此何解。僧又不答。女子忽旋舞，良久，振其双袖，有物簌簌落满地，曰：“此比散花何如？”且舞且退，瞥眼无迹。满地皆寸许小儿，蠕蠕几千百，争缘肩登顶，穿襟入袖。或龁啮，或搔爬，如蚊虻虮虱之攒咂；或抉剔耳目，擘裂口鼻，如蛇蝎之毒螫。撮之投地，爆然有声，一辄分形为数十，弥添弥众。左支右绌，困不可忍，遂委顿于禅榻下。久之苏息，寂无一物矣。僧慨然曰：“此魔也，非迷也。惟佛力足以伏魔，非吾所及。浮屠不三宿桑下，何必恋恋此土乎？”天明，竟打包返。余曰：“此公自作寓言，譬正人之愠于群小耳。然亦足为轻尝者戒。”云亭曰：“仆百无一长，惟平生不能作妄语。此僧归路过仆家，面上血痕细如乱发，实曾目睹之。”

石人作怪

老仆刘廷宣言：雍正初，佃户张璜于褚寺东架团焦作者原注：俗谓之团瓢，“焦”字音转也。二字出《北齐书》本纪守瓜，夜恒见一人，行步迟重，徐徐向西北去。一夕，偶窃随之，视所往，见至一丛冢处，有十馀女鬼出迓，即共狎笑媟戏。知为妖物，然似是蠢蠢无所能，乃藏火铳于团焦，夜夜伺之。一夜，又见其过。发铳猝击，訇然仆地。秉火趋视，乃一翁仲也。次日，积柴燔为灰，亦无他异。至夜，梦十馀妇女罗拜，曰：“此怪不知自何来，力猛如罴虎。凡新葬女鬼，无老少皆遭胁污；有枝拒者，登其坟顶，踊跃数四，即土陷棺裂，无可栖身。故不敢不从，然饮恨则久矣。今蒙驱除，故来谢也。”后有从高川来者，云石人洼冯道墓前作者原注：冯道，景城人，所居今犹名相国庄，距景城二三里。墓则在今石人洼。余幼时见残缺石兽、石翁仲尚有存者，县志云不知道墓所在，盖承旧志之误也忽失一石人，乃知即是物也。是物自五代至今，始炼成形，岁月不为不久；乃甫能幻化，即纵凶淫，卒自取焚如之祸。与邵二云所言木偶，其事略同，均可为小器易盈者鉴也。

女子赏花

外叔祖张公蝶庄家有书室，颇轩敞。周以回廊，中植芍药三四十本，花时香过邻墙。门客闵姓者，携一仆下榻其中。一夕就枕后，忽外有女子声曰：“姑娘致意先生。今日花开，又值好月，邀三五女伴借一赏玩，不致有祸于先生。幸勿开门唐突，足见雅量矣。”闵噤不敢答，亦不复再言。俄微闻衣裳綷縩衣服摩擦的声音声，穴窗纸视之，无一人影；侧耳谛听，时似喁喁私语，若有若无，都不辨一字。跼蹐枕席，睡不交睫。三鼓以后，似又闻步履声。俄而隔院犬吠，俄而邻家犬亦吠，俄而巷中犬相接而吠。近处吠止，远处又吠，其声迢递连绵不绝向东北，疑其去矣。恐忤之招祟，不敢启户。天晓出视，了无痕迹，惟西廊尘土似略有弓弯印，亦不分明，盖狐女也。外祖雪峰公曰：“如此看花，何必更问主人？殆闵公莽莽有伧气粗鲁的习气，恐其偶然冲出，致败人意耳。”

董华之妻

沧州有董华者，读书不成，流落为市肆司书算。复不能善事其长，为所排挤。出以卖药卜卦自给，遂贫无立锥。一母一妻，以缝纴浣濯佐之，犹日不举火。会岁饥，枵腹空腹，饿肚子杜门，势且俱毙。闻邻村富翁方买妾，乃谋于母，将鬻妇以求活。妇初不从。华告以失节事大，致母饿死事尤大，乃涕泗曲从，惟约以倘得生还，乞仍为夫妇，华亦诺之。妇故有姿，富翁颇宠眷，然枕席时有泪痕。富翁固问，毅然对曰："身已属君，事事可听君所为。至感忆旧恩，则虽刀锯在前，亦不能断此念也。"适岁再饥，华与母并为饿殍。富翁虑有变，匿不使知。有一邻妪偶泄之，妇殊不哭，痴坐良久，告其婢媪曰："吾所以隐忍受玷者，一以活姑与夫之命，一以主人年已七十馀，度不数年，即当就木；吾年尚少，计其子必不留我，我犹冀缺月再圆也。今则已矣！"突起开楼窗，踊身倒坠而死。此与前录所载福建学院妾相类。然彼以儿女情深，互以身殉，彼此均可以无恨。此则以养姑养夫之故，万不得已而失身，乃卒无救于姑与夫，事与愿违，徒遭玷污，痛而一决，其赍恨尤可悲矣。

槐镇一僧

余十岁时，闻槐镇一僧作者原注：槐镇即《金史》之槐家镇，今作"淮镇"，误也，农家子也，好饮酒食肉。庙有田数十亩，自种自食，牧牛耕田外，百无所知。非惟经卷法器，皆所不蓄，毗卢袈裟，皆所不具；即佛龛香火，亦在若有若无间也。特首无发，室无妻子，与常人小异耳。一日，忽呼集邻里，而自端坐破几上，合掌语曰："同居三十馀年，今长别矣。以遗蜕奉托可乎？"溘然而逝，合掌端坐仍如故，鼻垂两玉箸，长尺馀。众大惊异，共为募木造龛。舅氏安公实斋居丁家庄，与相近，知其平日无道行，闻之不信。自往视之，以造龛未竟，二日尚未敛，面色如生，抚之肌肤如铁石。时方六月，蝇蚋不集，亦了无尸气，竟莫测其何理也。

狐之阴谋

喀喇沁公丹公作者原注：号益亭，名丹巴多尔济，姓乌梁汗氏，蒙古王孙也言：内廷都领侍萧得禄，幼尝给事其邸第。偶见一黑物如猫，卧树下，戏击以弹丸。其物甫一转身，即巨如犬。再击，又一转身，遂巨如驴。惧不敢复击。物亦自去。俄而飞瓦掷砖，变怪陡作。知为狐魅，惴惴不自安。或教以绘像事之，其祟乃止。后忽于几上得钱数十，知为狐所酬，始试收之，秘不肯语。次日，增至百文。自是日有所增，渐至盈千。旋又改为银一铤，重约一两。亦日有所增，渐至一铤五十两。巨金不能密藏，遂为管领者所觉。疑盗诸官库，搒掠讯问，几不能自白。然后知为狐所陷也。

夫飞土逐肉作者原注："断竹续竹，飞土逐肉"，《吴越春秋》载陈音所诵古歌，即弹弓之始也，儿戏之常。主人知之，亦未必遽加深责；狐不能畅其志也。饵之以利，使盈其贪壑，触彼祸罗，狐乃得适所愿矣。此其设阱伏机，原为易见；徒以利之所在，遂令智昏。反以为我礼即虔，彼心故悦。委曲自解，致不觉堕其彀中。昔夫差贪勾践之服事，卒败于越；楚怀贪商於之六百，卒败于秦；北宋贪灭辽之割地，卒败于金；南宋贪伐金之助兵，卒败于元。军国大计，将相同谋，尚不免于受饵。况区区童稚，乌能出老魅之阴谋哉，其败宜矣！

又举一近事曰：有刑曹某官之仆夫，睡中觉有舌舐其面。举石击之，踣而毙。烛视，乃一黑狐，剥之，腹中有一小人首，眉目宛然，盖所炼婴儿未成也。翌日，为主人御车归。狐凭附其身，举凳击主人，且厉声陈其枉死状。盖欲报之而不能，欲假手主人以鞭笞泄其愤耳。此二狐同一复仇，余谓此狐之悍而直，胜彼狐之阴而险也。

炼形之鬼

丹公又言：科尔沁达尔汗王一仆，尝行路拾得二毡囊，其一满贮人牙，其一满贮人指爪。心颇诧异，因掷之水中。旋一老妪仓皇至，左顾右盼，似有所觅，问仆曾见二囊否。仆答以未见。妪知为所毁弃，遽大愤怒，折一木枝奋击仆。仆徒手与搏，觉其衣裳柔脆，如通草之心；肌肉虚松，似莲房之穰。指所抠处，辄破裂，然放手即长合如故。又如抽刀之断水。互斗良久，妪不能胜，乃舍去。临去顾仆詈曰："少则三月，多则三年，必褫汝魄！"然至今已逾三年，不能为祟，知特大言相恐而已。此当是炼形之鬼，取精未足，不能凝结成质，故仍聚气而为形。其蓄人牙爪者，牙者骨之馀，爪者筋之馀，殆欲合炼服饵，以坚固其质耳。

爱公能视鬼

田侯松岩言：今岁六月，有扈从侍卫和升，卒于滦阳。马兰镇总兵爱公星阿，与和亲旧，为经理棺衾，送其骨归葬。一夕如厕，缺月微明。见一人如立烟雾中，问之不言，叱之不动。爱公故能视鬼，凝神谛审，乃和之魂也。因拱而祝曰："昔敛君时，物多不备，我力绵薄，君所深知。今形见，岂有所责耶？"不言不动如故。又祝曰："闻殁于塞外者，不焚路引，其鬼不得入关。曩偶忘此，君毋乃为此来耶？"魂即稽首至地，倏然而隐。爱公为具牒于城隍，后不复见。

又，扈从南巡时，与爱公同寓江宁承天寺，规模宏壮，楼阁袤延，所住亦颇轩敞。一日，方共坐，忽楼窗六扇无风自开，俄又自阖。爱公视之，曰："有一僧坐北牖上，其面横阔，须鬑鬑如久未剃，目瞪视而项微偻，盖缢鬼也。"以问寺僧，僧不能讳，惟怪何以识其貌，疑有人泄之。不知爱公之自能视也。又偶在船头，戏拈篙刺水。忽掷篙却避，面有惊色。怪诘其故，曰："有溺鬼缘篙欲上也。"

戊午嘉庆三年(1798)年八月，宴蒙古外藩于清音阁，爱公与余连席。余以松岩所语叩之，云皆不妄。然则随处有鬼，亦复如人。此求归之鬼，有系恋之心，开窗之鬼，有争据心；缘篙之鬼，有竞斗心。其得失胜负、喜怒哀乐，更当一一如人。是胶胶扰扰，地下尚无了期。释氏讲忏悔解脱，圣人之法，亦使有所归而不为厉，其深知鬼神之情状矣。子贡曰："大哉死乎，君子息焉！"庄周曰："嗟来桑扈乎！而已反其真。"特就耳目所及言之耳。

卷二十四

滦阳续录六

狐善画者

狐能诗者，见于传记颇多；狐善画则不概见。海阳李丈砚亭言：顺治、康熙间，周处士珛薄游楚豫。周以画松名，有士人倩画书室一壁。松根起于西壁之隅，盘拏夭矫，横径北壁，而纤末犹扫及东壁一二尺；觉浓阴入座，长风欲来。

置酒邀社友共赏。方攒立壁下，指点赞叹，忽一友拊掌绝倒，众友俄亦哄堂。盖松下画一秘戏图，有大木榻布长簟，一男一妇，裸而好合；流目送盼，媚态宛然。旁二侍婢亦裸立，一挥扇驱蝇，一以两手承妇枕，防蹂躏坠地。乃士人及妇与媵婢小像也。哗然趋视，眉目逼真，虽僮仆亦辨识其面貌，莫不掩口。士人恚甚，望空指划，詈妖狐。忽檐际大笑曰："君太伤雅。曩闻周处士画松，未尝目睹。昨夕得观妙迹，坐卧其下不能去，致失避君，未尝抛砖掷瓦相忤也。君遽毒詈，心实不平，是以与君小作剧。君尚不自反，乖戾如初，行且绘此像于君家白板扉，博途人一粲矣。君其图之。"盖士人先一夕设供客具，与奴子秉烛至书室，突一黑物冲门去。士人知为狐魅，曾诟厉也。众为慰解，请入座；设一虚席于上。不见其形，而语音琅然；行酒至前辄尽，惟不食肴馔，曰："不茹荤四百馀年矣。"濒散，语士人曰："君太聪明，故往往以气凌物。此非养德之道，亦非全身之道也。今日之事，幸而遇我，倘遇负气如君者，则难从此作矣。惟学问变化气质，愿留意焉。"丁宁郑重而别。回视所画，净如洗矣。

次日，书室东壁忽见设色桃花数枝，衬以青苔碧草。花不甚密，有已开者，有半开者；有已落者，有未落者；有落未至地随风飞舞者八九片，反侧横斜，势如飘动，尤非笔墨所能到。上题二句曰："芳草无行径，空山正落花。"按，此二句，初唐杨师道之诗不署姓名。知狐以答昨夕之酒也。后周处士见之，叹曰："都无笔墨之痕。觉吾画犹努力出棱，有心作态。"

棋道士

景城北冈有玄帝庙，明末所建也。岁久，壁上霉迹隐隐成峰峦起伏之形，望似远山笼雾。余幼时尚及见之。庙祝棋道士病其晦昧，使画工以墨钩勒，遂似削圆方竹。今庙已圮尽矣，棋道士不知其姓，以癖于象戏，故得此名。或以为齐姓误也。棋至劣而至好胜，终日丁丁然不休。对局者或倦求去，至长跪留之。尝有人指对局者一着，衔之次骨，遂拜绿章，诅其速死。又一少年偶误一着，道士幸胜。少年欲改着，喧争不许。少年粗暴，起欲相殴。惟笑而却避曰："任君击折我肱，终不能谓我今日不胜也。"亦可云痴物矣。

酒有别肠

酒有别肠比喻能豪饮，信然。八九十年来，余所闻者，顾侠君前辈称第一，缪文子前辈次之。余所见者，先师孙端人先生亦入当时酒社。先生自云："我去二公中间，犹可著十馀人。"次则陈句山前辈与相敌，然不以酒名。近时路晋清前辈称第一，吴云岩前辈亦骎骎争胜。晋清曰："云岩酒后弥温克，是即不胜酒力，作意矜持也。"验之不谬。同年朱竹君学士、周稚圭观察，皆以酒自雄。云岩曰："二公徒豪举耳。拇阵喧呶指行酒令，泼洒几半，使坐而静酌则败矣。"验之亦不谬。后辈则以葛临溪为第一，不与之酒，从不自呼一杯；与之酒，虽盆盎无难色，长鲸一吸，涓滴不遗。尝饮余家，与诸桐屿、吴惠叔等五六人角，至夜漏将阑，众皆酩酊，或失足颠仆，临溪一一指挥僮仆扶掖登榻，然后从容登舆去，神志湛然，如未饮者。其仆曰："吾相随七八年，从未见其独酌，亦未见其偶醉也。"惟饮不择酒，使尝酒亦不甚知美恶，故其同年以登徒好色戏之，然亦罕有矣。惜不及见顾缪二前辈，一决胜负也。端人先生恒病余不能饮，曰："东坡长处，学之可也，何并其短处，亦刻画求似？"及余典试得临溪，以书报先生，先生覆札曰："吾再传有此君，闻之起舞，但终恨君是蜂腰耳。"前辈风流，可云佳话。今老矣，久不预少年文酒之会，后来居上，又不知为谁矣。

人心牛马

高官农家畜一牛，其子幼时，日与牛嬉戏，攀角捋尾皆不动。牛或嗅儿顶、舐儿掌，儿亦不惧。稍长，使之牧。儿出即出，儿归即归，儿行即行，儿止即止，儿睡则卧于侧，有年矣。一日往牧，牛忽狂奔至家，头颈皆浴血，跳踉哮吼，以角触门。儿父出视，即掉头回旧路。知必有变，尽力追之。至野外，则儿已破颅死；又一人横卧道左，腹裂肠出，一枣棍弃于地。审视，乃三果庄盗牛者作者原注：三果庄回民所聚，沧州盗薮也。始知儿为盗杀，牛又触盗死也。是牛也，有人心焉。

又西商李盛庭买一马，极驯良。惟路逢白马，必立而注视，鞭策不肯前。或望见白马，必驰而追及，衔勒不能止。后与原主谈及，原主曰："是本白马所生，时时觅其母也。"是马也，亦有人心焉。

牛犊复仇

余八岁时，闻保母丁媪言：某家有牸牛，跛不任耕，乃鬻诸比邻屠肆。其犊甫离乳，视宰割其母，牟牟鸣数日。后见屠者即奔避，奔避不及，则伏地战栗，若乞命状。屠者或故逐之，以资笑噱，不以为意也。犊渐长，甚壮健，畏屠者如初。及角既坚利，乃伺屠者侧卧凳上，一触而贯其心，遽驰去。屠者妇大号捕牛。众悯其为母复仇，故缓追，逸之，竟莫知所往。时丁媪之亲串杀人，遇赦获免，仍与其子同里闬。丁媪故窃举是事为之忧危，明仇不可狎也。

余则取犊有复仇之心，知力弗胜，故匿其锋，隐忍以求一当。非徒孝也，抑亦智焉。黄帝《巾机铭》曰：作者原注："机"是本字，校者或以为破体俗书，改为"機"字，反误"日中必慧作者原注：按，《汉书·贾宜传》引此句，作"熭"。《六韬》引此句，作"彗"。音义并同，操刀必割。"太阳到了中午，就一定要晒东西，手里拿着刀，就一定要割东西。比喻当机立断，不失时机言机之不可失也。《越绝书》子贡谓越王曰："夫有谋人之心，使人知之者，危也。"言机之不可泄也。孙子曰："善用兵者，闭门如处女，出门如脱兔。"斯言当矣。

举子杀狐妾

姜慎思言：乾隆己卯乾隆二十四年(1759)夏，有江南举子以京师逆旅多湫隘，乃税西直门外一大家坟院读书。偶晚凉树下散步，遇一女子，年十五六，颇白晳。挑与语，不嗔不答，转墙角自去。夜半睡醒，似门上了鸟微有声，疑为盗。呼僮不应，自起隔门罅窥之，乃日间所见女子也。知其相就，急启户，拥以入。女子自言："为守坟人女，家酷贫，父母并拙钝，恒恐嫁为农家妇。顷蒙顾盼，意不自持，故从墙缺至君处。君富贵人，自必有妇，倘能措百金与父母，则为妾媵无悔。父母嗜利，亦必从也。"举子诺之，遂相缱绻。至鸡鸣乃去。自是夜半恒至，妖媚冶荡，百态横生。举子以为巫山、洛水不是过也。一夜来稍迟，举子自步月候之。乃忽从树杪飞下。举子顿悟，曰："汝毋乃狐耶?"女子殊不自讳，笑而应曰："初恐君骇怖，故托虚词。今情意已深，不妨明告。将来游宦四方，有一隐形随侍之妾，不烦车马，不择居停，不需衣食。昼可携于怀袖，夜即出而荐枕席，不愈于千金买笑耶?"举子思之，计良得。自是潜住书室，不待夜度矣。然每至秉烛，则外出，夜半乃返，或微露鬓乱钗横状。举子疑之而未决。既而与其娈僮乱；旋为二仆所窥，亦并与乱。庖人知之，亦续狎焉。一日，昼与娈僮寝。举子潜扼杀之，遂现狐形，因埋于墙外。半月后，有老翁诣举子曰："吾女托身为君妾，何忽见杀?"举子愤然曰："汝知汝女为吾妾，则易言矣。夫两雄共雌，争而相戕，是为妒奸，于律当议抵。汝女既为我妾，明知非人而我不改盟，则夫妇之名分定矣。而既淫于他人，又淫于我仆，我为本夫，例得捕奸。杀之又何罪耶?"翁曰："然则何不杀君仆?"举子曰："汝女死则形见，此则皆人也。手刃四人，而执一死狐为罪案，使汝为刑官，能据以定谳乎?"翁俯首良久，以手拊膝曰："汝自取也夫！吾诚不料汝至此。"振衣自去。举子旋移居准提庵，与慎思邻房。其娈童与狐尤昵，衔主人之太忍，具泄其事于慎思，故得其详。

深山二翁

吉木萨作者原注：乌鲁木齐所属地屯兵张鸣凤调守卡伦作者原注：军营了望之名，与一菜园近。灌园叟年六十馀，每遇风雨，辄借宿于卡伦。一夕，鸣凤醉以酒而淫之。叟醒大恚，控于营弁。验所创，尚未平。申上官，除鸣凤粮。时鸣凤年甫二十，众以为必无此理。或疑叟或曾窃污鸣凤，故此相报。然复鞫两造，皆不承，咸云怪事。有官奴玉保曰："是固有之，不为怪也。曩牧马南山，为射雉者惊，马逸。惧遭责罚，入深山追觅。仓皇失道，愈转愈迷，经一昼夜不得出。遥见林内屋角，急往投之；又虑是盗巢，或见戕害，且伏草间觇情状。良久，有二老翁携手笑语出，坐磐石上，拥抱偎倚，意殊亵狎。俄左一翁牵右一翁伏石畔，恣为淫媟。我方以窥见阴私，惧杀我灭口，惴惴蜷缩不敢动。乃彼望见我，了无愧怍，共呼使出，询问何来；取二饼与食，指归路曰：'从某处见某树转至某处，见深涧沿之行，一日可至家。'又指最高一峰曰：'此是正南，迷即望此知方向。'又曰：'空山无草，汝马已饥而自归。此间熊与狼至多，勿再来也。'比归家，马果先返。今张鸣凤爰六十之叟，非此老翁类乎！"

据其所言，天下真有理外事矣。惟二翁不知何许人，遁迹深山，似亦修道之士，何以所为乃如此？《因树屋书影》记仙人马绣头事，称其比及顽童，云中有真阴可采。是容成术，非但御女，兼亦御男。然采及老翁，有何裨益？即修炼果有此法，亦邪师外道而已，上真定无此也。

几上诗

张助教潜亭言：昔与一友同北上，夜宿逆旅。闻猝缭有声，或在窗外，或在室之外间。初以为虫鼠，不甚讶。后微闻叹息，乃始栗然，侦之无睹也。至红花埠，偶忘收笔砚，夜分闻有阁笔声。次早，几上有字迹，阴黯惨淡，似有似无。谛审，乃一诗，其词曰："上巳好莺花，寒食多风雨。十年汝忆吾，千里吾随汝。相见不得亲，悄立自凄楚。野水青茫茫，此别终万古。"似香魂怨抑之语。然潜亭自忆无此人，友自忆亦无此人，不知其何以来也。程鱼门曰："君肯诵是诗，定无是事。恐贵友讳言之耳。"众以为然。

旧仆悼主

同年胡侍御牧亭，人品孤高，学问文章亦具有根柢。然性情疏阔，绝不解家人生产事，古所谓不知马几足者，殆有似之。奴辈玩弄如婴孩。尝留余及曹慕堂、朱竹君、钱辛楣饭，肉三盘，蔬三盘，酒数行耳，闻所费至三四金，他可知也。同年偶谈及，相对太息。竹君愤尤甚，乃尽发其奸，迫逐之。然积习已深，密相授受，不数月，仍故辙。其党类布在士大夫家，为竹君腾谤，反得喜事名。于是人皆坐视，惟以小人有党，君子无党，姑自解嘲云尔。后牧亭终以贫困郁郁死。死后一日，有旧仆来，哭尽哀，出三十金置几上，跪而祝曰："主人不迎妻子，惟一身寄居会馆，月俸本足以温饱。徒以我辈剥削，致薪米不给。彼时以京师长随，连衡成局，有忠于主人者，共排挤之，使无食宿地，故不敢立异同。不虞主人竟以是死。中心愧悔，夜不能眠。今尽献所积助棺敛，冀少赎地狱罪也。"祝讫自去。满堂宾客之仆，皆相顾失色。

陈裕斋因举一事曰："有轻薄子见少妇独哭新坟下，走往挑之。少妇正色曰：'实不相欺，我狐女也。墓中人耽我之色，至病瘵而亡。吾感其多情，而愧其由我而殒命，已自誓于神，此生决不再偶。尔无妄念，徒取祸也。'此仆其类此狐欤！"然余谓终贤于掉头竟去者。

冰火虫生

田侯松岩言：幼时居易州之神石庄作者原注：土人云，本名神子庄，以尝出一神童故也。后有三巨石陨于庄北，如春秋宋国之事，故改今名。在易州西南二十馀里，偶与僮辈嬉戏马厩中。见煮豆之锅，凸起铁泡十数，并形狭而长。僮辈以石破其一，中有虫长半寸馀，形如柳蠹，色微红，惟四短足与其首皆作黑色，而油然有光，取出犹蠕蠕能动。因一一破视，一泡一虫，状皆如一。

又言：头等侍卫常君青作者原注：此又别一常君，与常大宗伯同名，乾隆癸酉戍守西域，卓帐南山作者原注：塞外山脉，自西南趋东北，西域三十六国，夹之以居，在山南者呼曰"北山"，在山北者呼曰"南山"，其实一山也之下。山半有飞瀑二丈馀，其泉甚甘。会冬月冰结，取水于河，其水湍悍而性冷，食之病人。不得已，仍凿瀑泉之冰。水窍甫通，即有无数冰丸随而涌出，形皆如橄榄。破之，中有白虫如蚕，其口与足则深红，殆所谓冰蚕者欤？此与铁中之虫，锻而不死，均可谓异闻矣。

然天地之气，一动一静，互为其根。极阳之内必伏阴，极阴之内必伏阳。八卦之对待。坎以二阴包一阳，离以二阳包一阴。六十四卦之流行，阳极于乾，即一阴生，下而为姤；阴极于坤，即一阳生，下而为复。其静也伏斯敛，敛斯郁焉；其动也郁斯蒸，蒸斯化焉。至于化则生，生不已矣。特冲和之气，其生有常；偏胜之气，其生不测。冲和之气，无地不生；偏胜之气，或生或不生耳。故沸鼎炎熇，寒泉冱结，其中皆可以生虫也。崔豹《古今注》载，火鼠生炎洲火中，绩其毛为布，入火不燃。今洋舶多有之，先兄晴湖蓄数尺，余尝试之。又《神异经》载，冰鼠生北海冰中，穴冰而居，啮冰而食，岁久大如象，冰破即死。欧罗巴人曾见之，谢梅庄前辈戍乌里雅苏台时，亦曾见之。是兽且生于火与冰矣。其事似异，实则常理也。

乩仙前知

数皆前定，故鬼神可以前知。然有其事尚未发萌，其人尚未举念，又非吉凶祸福之所关、因果报应之所系，游戏琐屑至不足道，断非冥籍所能预注者，而亦往往能前知。乾隆庚寅乾隆三十五年(1770)，有翰林偶遇乩仙，因问宦途。乩判一诗曰："春风一笑手扶筇，桃李花开泼眼浓。好是寻香双蛱蝶，粉墙才过巧相逢。"茫不省为何语。俄御试翰林，以编修改知县。众谓次句隐用河阳一县花事，可云有验，然其馀究不能明。比同年往慰，司阍者扶杖蹩躄出。盖朝官仆隶，视外吏如天上人。司阍者得主人外转信，方立阶上，喜而跃曰："吾今日登仙矣！"不虞失足，遂损其胫，故杖而行也。数日后，微闻一日遣二仆，而罪状不明。旋有泄其事者曰："二仆皆谋为司阍，而无如先已有跛者。乃各阴饰其妇，俟主人燕息，诱而蛊之。至夕，一妇私具饼饵，一妇私煎茶，皆暗中摸索至书斋廊下。猝然相触，所赍俱倾；愧不自容，转怒而相诟。主人不欲深究，故善遣去。"于是诗首句三四句并验。此乩可谓灵鬼矣，然何以能前知此等事，终无理可推也。马夫人雇一针线人，曾在是家，云二仆谋夺司阍则有之，初无自献其妇意，乃私谋于一黠仆，黠仆为画此策，均与约是日有暇，可乘隙以进。而不使相知，故致两败。二仆逐后，黠仆又党附于跛者，邀游妓馆。跛者知其有伏机，阳使先往待，而阴告主人往捕，故黠仆亦败。嗟乎！一州县官司阍耳，而此四人者互相倾轧，至辗转多方而不已。黄雀螳螂之喻，兹其明验矣。故记之，以着世情之险。

归雁诗

余官兵部尚书时，往良乡送征湖北兵，小憩长辛店旅舍。见壁上有《归雁诗》二首，其一曰："料峭西风雁字斜，深秋又送汝还家。可怜飞到无多日，二月仍来看杏花。"其二曰："水阔云深伴侣稀，萧条只与燕同归。惟嫌来岁乌衣巷，却向雕梁各自飞。"末题"晴湖"二字，是先兄字也。然语意笔迹皆不似先兄，当别一人。或曰："有郑君名鸿撰，亦字晴湖。"

画扇题诗

偶见田侯松岩持画扇，笔墨秀润，大似衡山文徵明，原名璧，字徵明，号衡山居士。明代画家、书法家、文学家，云其亲串德君芝麓所作也。上有一诗曰："野水平沙落日遥，半山红树影萧条。酒楼人倚孤樽坐，看我骑驴过板桥。"风味翛然无拘无束，自由自在的样子，有尘外之致。复有德君题语，云是卓悟庵作画，即画此诗意。故并录此诗，殆亦爱其语也。田侯云，悟庵名卓礼图，然不能详其始末。大抵沉于下僚者，遥情高韵，而名氏翳如。录而存之，亦郭恕先之远山数角耳。

鬼亦敛财

古人祠宇，俎豆一方，使后人挹想风规，生其效法，是即维风励俗之教也。其间精灵常在，肸蚃xī xiǎng 连绵不绝如闻者，所在多有；依托假借，凭以猎取血食者，间亦有之。

相传有士人宿陈留一村中，因溽暑散步野外。黄昏后，冥色苍茫，忽遇一人相揖。俱坐老树之下，叩其乡里名姓。其人云："君勿相惊，仆即蔡中郎也。祠墓虽存，享祀多缺；又生叨士流殁，不欲求食于俗辈。以君气类，故敢布下忱。明日赐一野祭可乎？"士人故雅量，亦不恐怖，因询以汉末事，依违酬答，多罗贯中《三国演义》中语，已窃疑之；及询其生平始末，则所述事迹与高则诚《琵琶记》纤悉曲折，一一皆同。因笑语之曰："资斧匮乏，实无以享君，君宜别求有力者。惟一语嘱君：自今以往，似宜求《后汉书》、《三国志》、中郎文集稍稍一观，于求食之道更近耳。"其人面赪徊耳，跃起现鬼形去。是影射敛财之术，鬼亦能之矣。

城隍调停

梁豁堂言：有客游粤东者，妇死寄柩于山寺。夜梦妇曰："寺有厉鬼，伽蓝神弗能制也。凡寄柩僧寮者，男率为所役，女率为所污。吾力拒，弗能免也。君盍讼于神？"醒而忆之了了，乃炷香祝曰："我梦如是，其春睡迷离耶？意想所造耶？抑汝真有灵耶？果有灵，当三夕来告我。"已而再夕，梦皆然。

乃牒诉于城隍，数日无肸蚃。一夕，梦妇来曰："讼若得直，则伽蓝为失纠举，山神社公为失约束，于阴律皆获谴，故城隍踌躇未能理。君盍再具牒，称将诣江西诉于正乙真人，则城隍必有处置矣。"如所言，具牒投之。数日，又梦妇来曰："昨城隍召我，谕曰：'此鬼原居此室中，是汝侵彼，非彼摄汝也。男女共居一室，其仆隶往来，形迹嫌疑，或所不免。汝诉亦不为无因。今为汝重笞其仆隶，已足谢汝。何必坚执奸污，自博不贞之名乎？从来有事不如化无事，大事不如化小事。汝速令汝夫移柩去，则此案结矣。'再四思之，凡事可已则已，何必定与神道争，反激意外之患。君即移我去可也。"问："城隍既不肯理，何欲诉天师，即作是调停？"曰："天师虽不治幽冥，然遇有控诉，可以奏章于上帝，诸神弗能阻也。城隍亦恐激意外患，故委曲消弭，使两造均可以已耳。"语讫，郑重而去。其夫移柩于他所，遂不复梦。

此鬼苟能自救，即无多求，亦可云解事矣。然城隍既为明神，所司何事，毋乃聪明而不正直乎？且养痈不治，终有酿为大狱时；并所谓聪明者，毋乃亦通蔽各半乎？

狐不现真形

田白岩言：济南朱子青与一狐友，但闻声而不见形。亦时预文酒之会，词辩纵横，莫能屈也。一日，有请见其形者。狐曰："欲见吾真形耶？真形安可使君见；欲见吾幻形耶？是形既幻，与不见同，又何必见？"众固请之，狐曰："君等意中，觉吾形何似？"一人曰："当庞眉皓首。"应声即现一老人形。又一人曰："当仙风道骨。"应声即现一道士形。又一人曰："当星冠羽衣。"应声即现一仙官形。又一人曰："当貌如童颜。"应声即现一婴儿形。又一人戏曰："庄子言：姑射神人，绰约若处子。君亦当如是。"即应声现一美人形。又一人曰："应声而变，是皆幻耳，究欲一睹真形。"狐曰："天下之大，孰肯以真形示人者，而欲我独示真形乎？大笑而去。"子青曰："此狐自称七百岁，盖阅历深矣。"

哀厉鬼语

舅氏实斋安公曰："讲学家例言无鬼。鬼吾未见，鬼语则吾亲闻之。雍正壬子雍正十年（1732）乡试，返宿白沟河。屋三楹，余住西间。先一南士住东间。交相问讯，因沽酒夜谈。南士称：‘与一友为总角交，其家酷贫，亦时周以钱粟。后北上公车，适余在某巨公家司笔墨，悯其飘泊，邀与同居，遂渐为主人所赏识。乃摭 zhí 拾取，摘取余家事，潜造蜚语，挤余出而据余馆。今将托钵山东。天下岂有此无良人耶！’方相与太息，忽窗外呜呜有泣声，良久语曰：‘尔尚责人无良耶！尔家本有妇，见我在门前买花粉，诡言未娶，诳我父母，赘尔于家。尔无良否耶？我父母患疫先后殁，别无亲属，尔据其宅，收其资，而棺衾祭葬俱草草，与死一奴婢同。尔无良否耶？尔妇附粮艘寻至，入门与尔相诟厉，即欲逐我；既而知原是我家，尔衣食于我，乃暂容留。尔巧说百端，降我为妾。我苟求宁静，忍泪曲从。尔无良否耶？既据我宅，索我供给，又虐使我，呼我小名，动使伏地受杖。尔反代彼揿我项背，按我手足，叱我勿转侧。尔无良否耶？越年馀，我财产衣饰剥削并尽，乃鬻我于西商。来相我时，我不肯出，又痛捶我，致我途穷自尽。尔无良否耶？我殁后，不与一柳棺，不与一纸钱，复褫我敝衣，仅存一裤，裹以芦席，葬丛冢。尔无良否耶？吾诉于神明，今来取尔，尔尚责人无良耶？’其声哀厉，同往并闻。南士惊怖瑟缩，莫措一词，遽噭然仆地。余虑或牵涉，未晓即行。不知其后如何，谅无生理矣。因果分明，了然有据。但不知讲学家见之，又作何遁词耳。”

东楼凶方

张浮槎《秋坪新语》载余家二事，其一记先兄晴湖家东楼鬼。作者原注：此楼在兄宅之西，以先世未析产时，楼在宅之东，故沿其旧名其事不虚，但委曲未详耳。此楼建于明万历乙卯，距今百八十四年矣。楼上楼下，凡缢死七人，故无敢居者，是夕不得已开之，遂有是变。殆形家所谓凶方欤？然其侧一小楼，居者子孙蕃衍，究莫明其故也。其一记余子汝佶临殁事，亦十得六七；惟作西商语索逋事，则野鬼假托以求食。后穷诘其姓名、居址、年月与见闻此事之人，乃词穷而去。汝佶与债家涉讼时，刑部曾细核其积逋数目，具有案牍，亦无此条。盖张氏纪氏为世姻，妇女递相述说，不能无纤毫增减也。嗟乎！所见异词，所闻异词，所传闻异词，鲁史且然，况稗官小说。他人记吾家之事，其异同吾知之，他人不能知也。然则吾记他人家之事，据其所闻，辄为叙述，或虚或实或漏，他人得而知之，吾亦不得知也。刘后村诗曰：“斜阳古柳赵家庄，负鼓盲翁正作场。死后是非谁管得，满村听唱蔡中郎。”匪今斯今，振古如兹矣。惟不失忠厚之意，稍存劝惩之旨，不颠倒是非如《碧云騢》，不怀挟恩怨如《周秦行记》，不描摹才子佳人如《会真记》，不绘画横陈如《秘辛》，冀不见摈于君子云尔。

附

纪汝佶六则

亡儿汝佶，以乾隆甲子乾隆九年(1744)生。幼颇聪慧，读书未多，即能作八比。乙酉乾隆三十年(1765)举于乡，始稍稍治诗，古文尚未识门径也。会余从军西域，乃自从诗社才士游，遂误从公安、竟陵两派入。后依朱子颖于泰安，见《聊斋志异》抄本作者原注：时是书尚未刻，又误堕其窠臼，竟沉沦不返，以讫于亡。故其遗诗遗文，仅付孙树庭等存乃父手泽，余未一为编次也。惟所作杂记，尚未成书，其间琐事，时或可采。因为简择数条，附此录之末，以不没其篝灯呵冻之劳。又惜其一归彼法，百事无成，徒以此无关著述之词，存其名字也。

花隐老人

花隐老人居平陵城之东，鹊华桥之西，不知何许人，亦不自道真姓字。所居有亭台水石，而莳花尤多。居常不与人交接，然有看花人来，则无弗纳。曳杖伛偻前导，手无停指，口无停语，惟恐人之不及知、不及见也。园无隙地，殊香异色，纷纷拂拂，一往无际，而兰与菊与竹，尤擅天下之奇。兰有红有素，菊有墨有绿。又有丹竹纯赤，玉竹纯白；其他若方若斑，若紫若百节。虽非目所习见，尚为耳所习闻也。异哉物之聚于所好，固如是哉！

狐女炊饭

士人某寓岱庙之环咏亭。时已深冬，北风甚劲。拥炉夜坐，冷不可支，乃息烛就寝。既觉，见承尘纸破处有光。异之，披衣潜起，就破处审视。见一美妇，长不满二尺，紫衣青袴，着红履，纤瘦如指，髻作时世妆；方爇火炊饭，灶旁一短足几，几上锡檠灯架荧然。因念此必狐也。正凝视间，忽然一嚏。妇惊，触几灯覆，遂无所见。晓起，破承尘视之。黄泥小灶，光洁异常；铁釜大如碗，饭犹未熟也；小锡檠倒置几下，油痕狼籍。惟爇火处纸不燃，殊可怪耳。

深山巨蟒

徂徕cú lái山名山有巨蟒二，形不类蟒，顶有角如牛，赤黑色，望之有光。其身长约三四丈，蜿蜒深涧中。涧广可一亩，长可半里，两山夹之中，一隙仅三尺许。游人登其巅，对隙俯窥，则蟒可见。相传数百年前，颇为人害。有异僧禁制，遂不得出。夫深山大泽，实生龙蛇，似此亦无足怪；独怪其蜷伏数百年，而能不饥渴也。

韩生鞭怪

泰安韩生，名鸣岐，旧家子，业医。尝夤yín夜深夜骑马赴人家，忽见数武之外有巨人，长十馀丈。生胆素豪，摇鞚kòng带嚼子的马笼头径过，相去咫尺，即挥鞭击之。顿缩至三四尺，短发鬅鬙sēng蓬松散乱，状极丑怪，唇吻翕xī嘴巴一张一合辟，格格有声。生下马执鞭逐之。其行缓涩，蹒跚地上，竟颇窘。既而身缩至一尺，而首大如瓮，似不胜载，殆欲颠仆。生且行且逐，至病者家，乃不见，不知何怪也。汶阳范灼亭说。

烟　戏

戊寅乾隆二十三年(1758)五月二十八日，吴林塘年五旬，时居太平馆中。余往为寿。座客有能为烟戏者，年约六十馀，口操南音，谈吐风雅，不知其何以戏也。俄有仆携巨烟筒来，中可受烟四两，爇火吸之，且吸且咽，食顷方尽。索巨碗瀹yuè煮苦茗，饮讫，谓主人曰："为君添鹤算可乎？"即张吻吐鹤二只，飞向屋角；徐吐一圈，大如盘，双鹤穿之而过，往来飞舞，如掷梭然。既而嘎喉有声，吐烟如一线，亭亭直上，散作水波云状。谛视皆寸许小鹤，颉颃xié háng鸟儿上下翻飞的样子左右，移时方灭，众皆以为目所未睹也。俄其弟子继至，奉一觞与主人曰："吾技不如师，为君小作剧可乎？"呼吸间，有朵云飘缈筵前，徐结成小楼阁，雕栏绮窗，历历如画。曰："此海屋添筹指为人祝寿也。"诸客复大惊，以为指上毫光现玲珑塔，亦无以喻是矣。以余所见诸说部，如掷杯化鹤、顷刻开花之类，不可殚述，毋亦实有其事，后之人少所见多所怪乎？如此事非余目睹，亦终不信也。

良 驹

豫南李某，酷好马。尝于遵化牛市中见一马，通体如墨，映日有光，而腹毛则白于霜雪，所谓乌云托月者也。高六尺馀，骙尾鬈然马鬃卷曲，足生爪，长寸许，双目莹澈如水精，其气昂昂如鸡群之鹤。李以百金得之，爱其神骏，刍秣用草料喂养必身亲。然性至狞劣，每覆障泥，须施绊锁，有力者数人左右把持，然后可乘。按辔徐行，不觉其驶，而瞬息已百里。有一处去家五日程，午初就道，比至，则日未衔山也。以此愈爱之。而畏其难控，亦不敢数乘。

一日，有伟丈夫碧眼虬髯，款门求见，自云能教此马。引就枥下，马一见即长鸣。此人以掌击左右肋，始弭耳不动。乃牵就空屋中，阖户与马盘旋。李自隙窥之，见其手提马耳，喃喃似有所云，马似首肯。徐又提耳喃喃如前，马亦似首肯。李大惊异，以为真能通马语也。少间，启户，引缰授李，马已汗如濡矣。临行，谓李曰："此马能择主，亦甚可喜。然其性未定，恐或伤人；今则可以无虑矣。"

马自是驯良，经二十馀载，骨干如初。后李至九十馀而终，马忽逸去，莫知所往。